LUZ EM AGOSTO

WILLIAM FAULKNER

Luz em agosto

Tradução
Celso Mauro Paciornik

Posfácio
Michel Laub

1ª *reimpressão*

Copyright © 1932 by William Faulkner
Copyright renovado em 1959 por William Faulkner
Tradução publicada mediante acordo com a Random House, uma divisão da Penguin Random House LLC.

A presente tradução baseou-se na edição *Novels 1930-1935* (Washington: Library of America, 1985)

Grafia atualizada segundo o Acordo Ortográfico da Língua Portuguesa de 1990, que entrou em vigor no Brasil em 2009.

Título original
Light in August

Capa
Alceu Chiesorin Nunes

Foto de capa
Sem título, Cy Twombly, 2001, acrílico, giz de cera e colagem em papel, 124 × 99 cm © Cy Twombly Foundation, cortesia de Gagosian. Reprodução: Robert McKeever

Foto do autor
© Henri Cartier-Bresson/ Magnum Photos/ Fotoarena

Revisão
Jane Pessoa
Renata Lopes Del Nero

Dados Internacionais de Catalogação na Publicação (CIP)
(Câmara Brasileira do Livro, SP, Brasil)

Faulkner, William, 1897-1962
   Luz em agosto / William Faulkner ; tradução Celso Mauro Paciornik ; posfácio Michel Laub. — 1ª ed. — São Paulo : Companhia das Letras, 2021.

   Título original: Light in August.
   ISBN 978-65-5921-097-8

   1. Romance 2. Ficção 3. Ficção norte-americana I. Laub, Michel. II. Título.

21-66745   CDD-813

Índice para catálogo sistemático:
1. Ficção : Literatura norte-americana   813

Cibele Maria Dias – Bibliotecária – CRB-8/9427

Todos os direitos desta edição reservados à
EDITORA SCHWARCZ S.A.
Rua Bandeira Paulista, 702, cj. 32
04532-002 — São Paulo — SP
Telefone: (11) 3707-3500
www.companhiadasletras.com.br
www.blogdacompanhia.com.br
facebook.com/companhiadasletras
instagram.com/companhiadasletras
twitter.com/cialetras

Sumário

LUZ EM AGOSTO, 9

Posfácio — Faulkner, autobiografia e moral, Michel Laub, 463

1

Sentada à beira da estrada, espiando a carroça subir a colina em sua direção, Lena pensa: "Vim do Alabama: um estirão. O caminho todo do Alabama até aqui andando. Um estirão". Pensando *apesar de não fazer nem um mês que estou na estrada já cheguei no Mississippi, o mais longe de casa que já fui. Estou mais longe agora da Serraria do Doane do que já estive desde que tinha doze anos*

Ela nem mesmo fora à Serraria do Doane antes de seu pai e sua mãe morrerem, embora seis ou oito vezes por ano fosse à cidade nos sábados, na carroça, usando um vestido comprado por reembolso postal e com os pés descalços sobre o assoalho da carroça e os sapatos embrulhados num pedaço de papel ao seu lado no assento. Ela calçaria os sapatos pouco antes de a carroça chegar na cidade. Depois de se tornar uma mocinha, pediria ao pai que parasse a carroça na entrada da cidade, desceria e seguiria andando. Não diria ao pai por que preferia caminhar em vez de seguir na carroça. Ele achava que era por causa das ruas planas, das calçadas. Mas era porque ela acreditava que as pessoas que a vissem ou cruzassem com ela a pé achariam que ela também morava na cidade.

Quando tinha doze anos, o pai e a mãe morreram no mesmo verão, numa casa de troncos de três quartos e uma sala, sem telas, num quarto iluminado por um lampião de querosene rodeado por um turbilhão de insetos, o assoalho nu polido como prata velha por pés descalços. Ela era a filha viva mais nova. A mãe morreu primeiro. Ela disse: "Cuide do pai". Lena obedeceu. Um dia o pai disse: "Você vai até a Serraria do Doane com o McKinley. Prepare-se para ir, esteja pronta quando ele chegar". E morreu. McKinley, o irmão, chegou numa carroça. Eles sepultaram o pai num bosque atrás de uma igreja rural uma tarde, com laje tumular de pinho. Na manhã seguinte, ela partiu para sempre, mas é possível que não soubesse que isso ia acontecer na ocasião, na carroça com McKinley, a caminho da Serraria do Doane. A carroça era emprestada, e o irmão prometera devolvê-la ao anoitecer.

O irmão trabalhava na serraria. Todos os homens da vila trabalhavam na serraria ou para ela. A serraria cortava pinho. Já estava ali havia sete anos e em outros sete destruiria toda a floresta ao seu alcance. Depois, algumas máquinas e a maioria dos homens que as operavam e viviam delas e para elas seriam colocados em vagões de carga e levados embora. Mas uma parte do maquinário seria abandonada, já que peças novas sempre poderiam ser compradas a prestação — engrenagens gastas, emperradas, petrificadas, projetando-se dos montículos de tijolo quebrado e tufos de mato com uma aparência extremamente assombrosa, e caldeiras destruídas por dentro alçando as chaminés ferrugentas e inativas com um ar teimoso, frustrado e estúpido sobre uma paisagem pustulada de tocos de silenciosa e profunda desolação, não arada, não semeada, esvaindo-se lentamente em ravinas vermelhas cunhadas debaixo das chuvas longas e mansas do outono e da fúria galopante dos equinócios primaveris. E a vila, que mesmo nos seus melhores dias não tivera o nome registrado nos anais dos Correios, agora nem sequer seria lembrada pelos herdeiros opilados, que puseram abaixo os edifícios e os queimaram em seus fogões e lareiras.

    Eram talvez cinco famílias no lugar quando Lena chegou. Havia um trilho e uma estação, e uma vez por dia um trem misto passava resfolegando por ela. O trem podia ser parado com uma bandeira vermelha, mas em geral surgia das colinas devastadas de repente como uma aparição e gemendo feito uma *banshee*,* cruzava e deixava para trás aquele menos-que-vilarejo como a conta esquecida de um colar arrebentado. O irmão era vinte anos mais velho. Ela mal se lembrava dele quando fora viver em sua companhia. Ele morava numa casa de quatro quartos sem pintura com a mulher assoberbada de filhos e trabalho duro. Durante quase a metade de cada ano, a cunhada ou estava parindo, ou estava se recuperando. Nesse período, Lena fazia todo o trabalho doméstico e cuidava dos outros filhos. Um dia disse para si mesma: "Acho que foi por isso que tive um tão cedo".

    Ela dormia num puxado na parte traseira da casa, que tinha uma janela que ela aprendera a abrir e fechar no escuro, sem fazer barulho, embora também dormissem no puxado, no começo, o sobrinho mais velho, depois os dois mais velhos, depois os três. Vivia ali havia oito anos quando abriu a janela pela primeira vez. Não a abrira mais de uma dúzia de vezes quando descobriu que jamais deveria ter aberto. Ela disse consigo: "É a minha sina".

    A cunhada contou ao irmão. Só então ele observou sua mudança de forma, que já deveria ter notado. Era um homem rude.

---

* "Banshee": no folclore irlandês, espírito na forma de mulher lamuriosa que aparece ou é ouvida por membros da família como sinal de que um deles está prestes a morrer. (N. T.)

Brandura, bondade e juventude (tinha apenas quarenta) e quase tudo o mais, afora uma espécie de firmeza tenaz e desesperada e a herança sombria de seu orgulho racial, já o tinham abandonado. Chamou-a de puta. Ele acusou o homem certo (de qualquer modo, o número de solteiros jovens ou casanovas de serragem era bem menor que o de famílias), mas ela não o admitiu, apesar de o homem já ter partido havia seis meses. Ela apenas repetia, teimosa: "Ele vai mandar me buscar. Ele disse que vai mandar me buscar"; inabalável, simplória, explorando aquela reserva de paciência e inamovível fidelidade de que dependem e em que confiam os Lucas Burch, mesmo não pretendendo estar presentes quando a necessidade surgir. Duas semanas depois, ela tornou a pular a janela. Foi um pouco mais difícil dessa vez. "Se tivesse sido difícil assim antes, acho que não estaria fazendo isso agora", pensou. Poderia ter saído pela porta, à luz do dia. Ninguém a teria impedido. Talvez soubesse disso. Mas preferiu sair de noite, e pela janela. Levava um leque de folha de palma e uma trouxinha habilmente amarrada num lenço grande colorido. Esta continha, entre outras coisas, trinta e cinco cents em moedas de dez e cinco. O par de sapatos tinha sido do irmão, que o dera a ela. Não estava muito gasto porque no verão nenhum deles usava sapatos. Quando sentiu o pó da estrada embaixo dos pés, ela tirou os sapatos e seguiu carregando-os na mão.

Já estava nisso havia quase quatro semanas. Nessas quatro semanas decorridas a evocação de *longe* é um pacato corredor pavimentado com uma fé inquebrantável e tranquila e povoado de rostos e vozes bondosos e sem nome: *Lucas Burch? Não conheço. Não conheço ninguém com esse nome por aqui. Esta estrada? Vai para Pocahontas. Ele poderia estar lá. É possível. Esta carroça vai um bom pedaço naquela direção. Levo você até lá;* desenrolando-se agora atrás dela uma longa e monótona sucessão de pacatas e invariáveis mudanças de dia para noite e novamente de noite para dia, pela qual ela avançava em idênticas e anônimas e vagarosas carroças como se por uma sucessão de avatares de rodas rangentes e orelhas caídas, como algo se movendo eternamente e sem progredir na face de uma urna. A carroça sobe a colina na sua direção. Lena a ultrapassara um quilômetro e meio antes. A carroça estava parada à beira da estrada, as mulas adormecidas nos tirantes com as cabeças apontando o rumo que ela seguia. Ela vira a carroça e os dois homens agachados ao lado do celeiro atrás da cerca. Olhara a carroça e os homens ao mesmo tempo: um único olhar de relance, abrangente, rápido, inocente e profundo. Não parou; muito provavelmente os homens além da cerca não a viram olhando para a carroça nem para eles. Tampouco olhou para trás. Prosseguiu até sumir de vista, caminhando devagar, os sapatos desamarrados nos tornozelos, até atingir o topo da colina um quilômetro e meio adiante. Sentou-se na beira da valeta, com os pés na cavidade rasa, e tirou os sapatos. Um momento depois, começou a ouvir a carroça. Ouviu durante algum tempo. Então a carroça despontou, subindo a colina.

Os estalos e rangidos agudos e estridentes de seus ferros e madeiras desgastados pela ação do tempo e mal lubrificados são lentos e terríveis: uma série de estampidos secos e indolentes atingindo, a oitocentos metros de distância, o silêncio quente, plácido, com cheiro fresco de pinheiros da tarde de agosto. Mesmo com as mulas se arrastando em constante e inabalável hipnose, o veículo não parece avançar. Parece suspenso a meio caminho para todo o sempre, tão infinitesimal é o seu progresso, como uma conta gasta no cordão vermelho-claro da estrada. Tanto que isso escapa à observação do olhar quando visão e sentidos se misturam e confundem sonolentamente, como a própria estrada, com todas as alterações suaves e monótonas entre sombra e claridade, como linha já medida sendo rebobinada num carretel. De modo que, por fim, como que saindo de alguma região insignificante e trivial mais distante, o som parece chegar lento e terrível e sem significado, como um fantasma viajando oitocentos metros adiante do próprio vulto. "Esse longe ao alcance do ouvido antes que da vista", Lena pensa. Ela pensa em si mesma como já se movendo, montando novamente, pensando *Então será como se eu já tivesse avançado oitocentos metros antes mesmo de subir na carroça, antes até de a carroça chegar aonde eu estava esperando, e como se quando a carroça estiver sem mim de novo ela seguir ainda oitocentos metros comigo* Ela espera, sem nem mesmo olhar a carroça agora, enquanto o pensamento devaneia veloz, sereno, repleto de rostos e vozes bondosos e sem nome: *Lucas Burch? Disse que tentou em Pocahontas? Esta estrada? Vai para Springvale. Espere aqui. Tem uma carroça que vai passar daqui a pouco e que levará você até onde ela for* Pensando: "E se ele está indo até Jefferson, eu estarei ao alcance do ouvido de Lucas Burch antes que da vista. Ele ouvirá a carroça, mas não saberá o que é. Então terá alguém ao alcance do ouvido antes que da vista. E aí ele me verá e ficará emocionado. E serão dois ao alcance da sua vista antes que da sua lembrança".

De cócoras, encostados na parede sombreada do estábulo de Winterbottom, Armstid e Winterbottom a viram passar na estrada. Eles perceberam imediatamente que era uma jovem, grávida e forasteira. "Queria saber onde ela arranjou essa barriga", disse Winterbottom.

"Eu gostaria de saber de que distância ela a trouxe a pé", disse Armstid.

"Visitando alguém no caminho, eu acho", arriscou Winterbottom.

"Acho que não. Senão eu teria ouvido falar. E não há ninguém no caminho até a minha casa, aliás. Eu teria ouvido falar disso também."

"Acho que ela sabe aonde está indo", concluiu Winterbottom. "Anda como se soubesse."

"Vai ter companhia logo, logo, antes que consiga ir muito mais longe", disse Armstid. A mulher já se fora, vagarosa, com sua carga volumosa e inconfundível. Nenhum deles a vira dar uma olhadela sequer ao passar num vestido azul desbotado e disforme, carregando um leque de folha de palma e uma trouxinha de pano. "Não veio de nenhum lugar perto", disse Armstid. "Ela vai nesse passo como quem está nele há um tempão e ainda tem muito chão pela frente."

"Deve estar visitando alguém das redondezas", sugeriu Winterbottom.

"Acho que eu teria ouvido falar disso", respondeu Armstid. A mulher seguiu em frente. Não olhara para trás. Sumiu na estrada: inchada, lenta, decidida, sem pressa e inabalável como a própria tarde. Sumiu também da conversa dos dois; talvez até da mente deles, porque um instante depois Armstid disse o que viera dizer. Ele já fizera duas viagens antes, percorrendo oito quilômetros de carroça e se acocorando e cuspindo durante três horas à sombra da parede do celeiro de Winterbottom com a pachorra e a dissimulação imemoriais de sua gente, para dizê-lo. Fazer uma oferta por uma capinadeira que Winterbottom queria vender. Finalmente, Armstid olhou para o sol e ofereceu quanto havia decidido oferecer, deitado na cama, três noites antes. "Conheço um sujeito em Jefferson que me vende por esse preço", ele disse.

"Acho bom você comprar", rebateu Winterbottom. "Parece um negócio e tanto."

"Tá bem", disse Armstid. E cuspiu. Olhou de novo o sol, e levantou-se. "Bom, acho melhor eu ir pra casa."

Ele subiu na carroça e acordou as mulas. Mais, ele as pôs

em movimento, pois só um negro sabe dizer quando uma mula está dormindo ou acordada. Winterbottom acompanhou-o até a cerca, apoiando os braços no varão de cima. "Sim senhor", disse. "Pois claro que vou comprar a capinadeira por essa quantia. Se você não levar, quero ser um cão se eu não tiver o bom senso de comprá-la eu mesmo, por esse preço. O dono dela não teria um par de mulas para vender por uns cinco dólares, teria?"

"Tá bem", disse Armstid. E partiu, a carroça iniciando seu chocalhar lento e devorador de milhas. Ele também não olha para trás. Aparentemente, não está olhando para a frente também, porque não vê a mulher sentada na valeta ao lado da estrada até a carroça estar quase no alto da ladeira. No momento em que reconhece o vestido azul, ele não sabe dizer nem se ela chegou a ver a carroça. E ninguém poderia saber se ele chegara a olhar para a mulher também pois, na aparente ausência de progresso de ambos, eles se aproximam devagar enquanto a carroça se arrasta penosamente na direção dela na aura vagarosa e palpável de sonolência e poeira vermelha em que as patas persistentes das mulas se movem como num sonho, pontuadas pelo retinir esparso de arreios e o balouço ágil de orelhas de lebre, as mulas ainda nem adormecidas nem acordadas quando ele as sofreia.

Por debaixo de uma touca de sol azul desbotada, agora mais desgastada do que pelo água-e-sabão convencional, ela olha para ele serena e amável: jovem, risonha, cândida, amistosa e alerta. Ela continua parada. Por baixo do vestido puído daquele mesmo azul desbotado, o corpo está disforme e imóvel. O leque e a trouxa repousam no colo. Ela está sem meias. Os pés nus descansam lado a lado na valeta rasa. O par de sapatos pesados, masculinos, empoeirados ao seu lado está igualmente inerte. Na carroça parada, senta-se Armstid, encurvado, os olhos claros. Ele nota a borda do leque cuidadosamente debruada com o mesmo azul desbotado da touca e do vestido.

"Até onde você vai?", ele pergunta.

"Estava tentando pegar um pouco mais de estrada antes de escurecer", ela responde, e já se levanta e pega os sapatos e sobe morosa e resoluta para a estrada, acercando-se da carroça. Armstid não desce para ajudá-la. Ele apenas mantém a parelha quieta enquanto ela sobe com dificuldade passando por cima da roda e acomoda os sapatos embaixo do assento. A carroça segue adiante. "Obrigada", diz ela. "Já estava cansando de ir a pé."

Ao que parece Armstid em nenhum momento olhara diretamente para ela, mas já notara que não usava anel. Ele não olha para ela agora. De novo a carroça retoma seu lento chocalhar. "De que lonjura você veio?", ele pergunta.

Ela solta o ar. Não é tanto um suspiro mas uma expiração serena, como se de serena admiração. "Um estirão e tanto, parece agora. Venho do Alabama."

"Alabama? Neste estado? Onde está a sua gente?"

Ela também não olha para ele. "Estou tentando encontrá-lo neste caminho. Talvez o conheça. O nome dele é Lucas Burch. Disseram bem lá atrás que ele está em Jefferson, trabalhando na serraria."

"Lucas Burch." O tom de Armstid é quase idêntico ao dela. Eles estão sentados lado a lado no assento vergado com a mola quebrada. Ele pode perceber as mãos dela no colo e o perfil por debaixo da touca de sol; pelo canto dos olhos, ele vê. Ela parece estar fitando a estrada que se estende por entre as orelhas balouçantes das mulas. "E você fez todo esse caminho até aqui a pé, sozinha, atrás dele?"

Por um momento ela não responde. Depois diz: "As pessoas foram bondosas. Elas foram muito boa gente".

"As mulheres também?" Pelo canto dos olhos ele observa o perfil da moça, pensando *Não sei o que Martha vai dizer* pensando: "Acho que sei o que Martha vai dizer. Acho que as mulheres provavelmente serão bondosas sem ser muito gentis. Os homens, bem, eles poderiam. Mas talvez só uma mulher má possa ser muito boa com outra mulher que precise de bondade" pensando *Sim, eu sei. Sei exatamente o que Martha vai dizer*

Ela está sentada um pouco para a frente, perfeitamente imóvel, o perfil perfeitamente imóvel, as maçãs do rosto. "É uma coisa estranha", diz.

"Como as pessoas podem olhar uma mocinha estranha andando pela estrada no seu estado e saber que o marido a abandonou?" Ela não se mexe. A carroça tem agora uma espécie de ritmo, a madeira mal lubrificada e gasta fundindo-se na tarde arrastada, na estrada, no calor. "E você pretende encontrá-lo aqui."

Ela não se mexe, aparentemente vigiando a estrada vagarosa por entre as orelhas das mulas, a distância, talvez, talhada na estrada e definida. "Acho que vou encontrá-lo. Não vai ser difícil. Ele vai estar onde a maioria dos homens se junta, e onde estiver o riso e a farra. Sempre teve jeito pra isso."

Armstid emite um grunhido, um ruído selvagem, brusco. "Eia, mulas", exclama; diz para si mesmo, entre pensando e falando em voz alta: "Acho que vai. Acho que esse sujeito está fadado a descobrir que cometeu um grande erro quando parou nestes lados do Arkansas, ou mesmo do Texas".

O sol está baixo, uma hora acima do horizonte agora, acima da rápida chegada da noite de verão. O carreiro sai da estrada, ainda mais quieto que a estrada. "Chegamos", diz Armstid.

A mulher se mexe de repente. Estica o braço e procura os sapatos; parece que não vai retardar a carroça mais que o tempo de calçá-los. "Muito agradecida", diz. "Foi uma grande ajuda."

A carroça é sofreada de novo. A mulher prepara-se para descer. "Mesmo que chegue ao armazém do Varner antes de escurecer, ainda estará a uns vinte quilômetros de Jefferson", diz Armstid.

18

Ela segura desajeitada os sapatos, a trouxa, o leque com uma mão, a outra livre para ajudá-la a apear. "Acho bom eu ir andando", diz.

Armstid não toca nela. "Você vem comigo e pernoita na minha casa", ele insiste, "onde mulheres… onde uma mulher pode… se você… Venha, agora. Levo você até o Varner assim que amanhecer; lá poderá arranjar um transporte até a cidade. Vai ter alguém indo, num sábado. Ele não vai fugir durante a noite. Se estiver mesmo em Jefferson, ainda estará lá amanhã."

Ela permanece sentada, muito quieta, os pertences seguros na mão para apear. Está olhando para a frente, para onde a estrada faz uma curva e desaparece, entrecortada de sombras. "Acho que me restam alguns dias."

"Tá bem. Você ainda tem muito tempo. Só que é capaz de ganhar a qualquer momento uma companhia que será incapaz de andar. Venha lá pra casa comigo." Ele põe as mulas em movimento sem esperar pela resposta. A carroça entra pelo carreiro, o caminho escuro. A mulher se recosta sem largar o leque, a trouxa, os sapatos.

"Não queria dever favor", diz ela. "Não queria incomodar."

"Tá bem", diz Armstid. "Você vem comigo." Pela primeira vez, as mulas começam a andar prontamente por contra própria. "Cheirando milho", diz Armstid, pensando "Mas mulher é assim mesmo. É uma das primeiras a puxar o tapete de uma irmã mulher mas circulará em público sozinha, sem vergonha, porque sabe que as pessoas, os homens, cuidarão dela. Ela não se importa com as mulheres. Não foi uma mulher que a meteu no que ela nem mesmo chama de encrenca. Sim, senhor. Deixe uma delas se casar ou se meter em encrenca sem estar casada, e na mesma hora e lugar ela se separa da raça e da espécie feminina e passa o resto da vida tentando se juntar com a masculina. É por isso que elas cheiram rapé e fumam e querem votar."

Quando a carroça passa pela casa e segue na direção do celeiro, a esposa o está observando da porta da frente. Ele não olha nessa direção; não precisa olhar para saber que ela estará ali, está ali. "Sim", pensa, com sardônica aflição, virando as mulas para o portão aberto, "sei exatamente o que ela vai dizer. Acho que sei exatamente." Para a carroça. Não precisa olhar para saber que a esposa agora está na cozinha, que ela não está olhando agora; só esperando. Ele para a carroça. "Você vai para a casa", diz; ele já apeou, e a mulher agora está apeando devagar, ensimesmada. "Quando encontrar alguém, será Martha. Chego lá assim que alimentar os animais." Ele não a observa cruzar o quintal e caminhar em direção à cozinha. Não precisa. Passo a passo com ela, entra pela porta da cozinha também e vai até a esposa, que agora vigia a porta da cozinha exatamente como vigiara a carroça passar da porta da frente. "Acho que sei exatamente o que ela vai dizer", pensa.

Ele desatrela a parelha, dá-lhe água, coloca-a no estábulo e a alimenta, e solta as vacas no pasto. Depois vai para a cozinha. Ela ainda está lá, a esposa grisalha com o semblante frio, severo, irascível que gerou cinco filhos em seis anos e os criou até se tornarem homens e mulheres. Ela não é uma indolente. Ele não olha na sua direção. Vai até a pia, enche uma bacia com a água do balde e arregaça as mangas da camisa. "O nome dela é Burch", diz. "Pelo menos é como ela diz que se chama o sujeito que está procurando. Lucas Burch. Alguém disse no caminho que ele está em Jefferson agora." Começa a se lavar de costas para a esposa. "Veio do Alabama, sozinha e a pé, assim ela diz."

A sra. Armstid não olha em volta. Está atarefada com a mesa. "Ela vai deixar de estar sozinha muito antes de ver o Alabama de novo", diz.

"Ou esse sujeito Burch também, eu acho." Ele está muito ocupado na pia, com a água e o sabão. E pode sentir a esposa olhando para ele, para a parte de trás da cabeça, os ombros enfiados na camisa azul desbotada pelo suor. "Ela diz que alguém lá no Samson disse para ela que tem um sujeito chamado Burch ou algo assim trabalhando na serraria em Jefferson."

"E ela espera encontrá-lo por lá. Esperando. Com a casa mobiliada e tudo."

Ele não sabe dizer pela voz se a esposa agora o está fitando ou não. Enxuga-se com um pano feito de saco de farinha aberto. "Talvez encontre. Se o que ele está querendo é fugir dela, acho que vai descobrir que cometeu um grande erro quando parou antes de colocar o rio Mississippi entre eles." Agora sabe que a esposa está olhando para ele: a senhora grisalha nem gorda nem magra, de um vigor masculino, batalhadora, numa roupa durável, cinzenta, puída, grosseira e áspera, as mãos nos quadris, as feições de um general derrotado em batalha.

"Vocês homens", ela diz.

"O que pretende fazer sobre isso? Mandá-la embora? Deixá-la dormir no celeiro, talvez?"

"Vocês homens", ela repete. "Malditos homens."

Elas entram na cozinha juntas, mas a sra. Armstid vai na frente, direto para o fogão. Lena fica parada perto da porta. Está com a cabeça descoberta agora, o cabelo liso penteado. Até o vestido azul parece fresco e bem assentado. Ela observa enquanto a sra. Armstid no fogão bate com estrondo as trempes de metal e maneja as achas de lenha com a brusquidão de um homem. "Gostaria de ajudar", diz Lena.

A sra. Armstid não olha em volta. Ela lida no fogão com uma fúria estrepitosa. "Fique aí onde está. Poupe seus pés agora e poupará suas costas um pouco mais de tempo talvez."

"Seria muita bondade sua se me deixasse ajudar."

"Fique aí onde está. Faço isso três vezes por dia há trinta anos. O tempo em que eu precisava de ajuda já passou." Atarefada no fogão, ela não olha para trás. "Armstid disse que seu nome é Burch."

"É", diz a outra. Sua voz está bem grave agora, bastante calma. Ela fica sentada quieta, as mãos imóveis sobre o colo. E a sra. Armstid não olha em volta tampouco. Continua lidando no fogão, que parece exigir-lhe uma atenção absolutamente desproporcional à feroz determinação com que acendera o fogo. Ele parece atrair sua atenção como um relógio caro.

"Seu nome já é Burch?", pergunta a sra. Armstid.

A jovem não responde de imediato. A sra. Armstid já não chacoalha o fogão, mas continua de costas para a moça. Então ela se vira. Elas se olham, subitamente nuas, observando-se: a jovem na cadeira, com o cabelo penteado e as mãos inertes sobre o colo, e a mais velha ao lado do fogão, enrolando, imóvel também, um anel rebelde de cabelo grisalho na base do crânio, e com um rosto que poderia ter sido esculpido em pedra. Então a mais jovem fala.

"Eu não contei direito. Meu nome não é Burch ainda. É Lena Grove."

Elas se entreolham. A voz da sra. Armstid não é fria nem quente. Não é absolutamente nada. "E então você quer alcançá-lo para que seu nome seja Burch a tempo. É isso?"

Lena baixou os olhos agora, como se observasse as mãos sobre o colo. Sua voz é baixa, obstinada. Mas ela está serena. "Não acho que preciso de uma promessa do Lucas. O que aconteceu foi só que infelizmente ele teve de partir. Seus planos não deram muito certo para ele voltar e me buscar como pretendia. Acho que nós não precisamos fazer promessas de boca. Quando descobriu naquela noite que teria de partir, ele…"

"Descobriu em qual noite? Na noite em que você lhe contou sobre esse pirralho?"

A outra não responde por um momento. Seu rosto está impassível como uma rocha, mas não duro. Sua obstinação tem um quê de suave, uma qualidade íntima de tranquila e calma irracionalidade e alheamento. A sra. Armstid a observa. Lena não está olhando para ela ao falar. "Ele tinha recebido um aviso de que poderia ter de partir muito antes daquilo. Só não me contou antes porque não queria me preocupar. Quando ficou sabendo que poderia precisar partir, percebeu que seria melhor partir logo, que poderia se dar bem mais depressa em algum lugar onde o capataz não ficasse pegando no pé dele. Mas continuou deixando pra lá. Só que quando isto aqui aconteceu, não podíamos mais deixar pra lá. O capataz estava pegando no pé do Lucas porque não gostava dele porque ele era jovem e cheio de vida o tempo todo e o capataz queria dar o emprego do Lucas para um sobrinho. Ele não tinha me contado porque isso só ia me amofinar. E quando isto aqui aconteceu, não podíamos esperar mais. Fui eu que disse para ele ir. Ele falou que ficaria se eu quisesse, mesmo que o capataz não o tratasse bem. Mas eu disse para ele partir. Mesmo assim ele não queria. Mas eu falei para ele ir. Só me mandasse dizer quando estivesse pronto, para eu vir. E aí seus planos simplesmente não deram certo, de modo que ele não pôde mandar me buscar a tempo, como pretendia. Vivendo entre estranhos desse jeito, um rapaz precisa de tempo para se arranjar. Ele não sabia, quando foi embora, que precisaria de mais tempo para se arranjar do que imaginava. Especialmente um rapaz cheio de vida como o Lucas, que gosta das pessoas e de se divertir, e que agrada muito as pessoas. Ele não sabia que demoraria mais do que tinha planejado, moço que é, e as pessoas sempre procurando por ele porque ele tem jeito para o riso e as brincadeiras, interferindo no seu trabalho sem que percebesse, porque ele não gostava de ferir o sentimento de ninguém. E eu queria que ele tivesse essa última diversão, porque o casamento é diferente com um moço, um moço cheio de vida, e uma mulher. Ele dura tanto com um moço cheio de vida. Não acha?"

A sra. Armstid não responde. Ela olha para a outra sentada na cadeira com o cabelo alisado e as mãos imóveis ainda pousadas no colo, e o rosto doce e pensativo. "É mais provável que já tenha me mandado o recado e ele tenha se extraviado no caminho. É bem longe daqui até o Alabama, e ainda nem cheguei em Jefferson. Eu disse para ele que não o esperaria escrever, que ele não tem jeito para cartas. 'Basta você me enviar um recado dizendo que está pronto para me receber', eu disse para ele. 'Estarei esperando.' No começo eu me preocupei um pouco, depois que ele partiu, porque meu nome não era Burch ainda, e o meu irmão e a sua gente não conheciam Lucas tão bem quanto eu. Como poderiam?" Em seu rosto vai surgindo lentamente uma expressão de doce e luminosa surpresa, como se acabasse de pensar em algo que nem mesmo tinha consciência de ignorar. "Como esperar isso deles, não é? Mas ele precisava se estabelecer primeiro; ele é que teria todo o incômodo de estar entre estranhos, e eu não teria nada para me preocupar, tinha apenas de esperar enquanto ele ficava com todo o aborrecimento e as dificuldades. Contudo, depois de um tempo, acho que fiquei ocupada demais preparando esta criatura para a sua hora para me preocupar com qual era o meu nome ou com o que as pessoas iriam pensar. Mas eu e o Lucas não precisamos de promessas de boca. Foi algum imprevisto que surgiu, ou então ele mandou o recado e ele se extraviou. Aí um dia resolvi agir e não esperar mais."

"Como sabia que direção seguir quando saiu?"

Lena está fitando as mãos. Elas estão se mexendo agora, vincando em absorta concentração uma dobra da saia. Não é acanhamento, timidez. É aparentemente algum reflexo pensativo da própria mão. "Ficava me perguntando. Como o Lucas é um jovem cheio de vida que logo se dá bem com as pessoas, eu sabia que por onde ele tivesse passado as pessoas se lembrariam dele. Então fui perguntando. E as pessoas foram muito bondosas. E, de fato, ouvi dois dias atrás na estrada que ele está em Jefferson, trabalhando na serraria."

A sra. Armstid observa o rosto abaixado. As mãos plantadas nos quadris, ela olha a mulher mais jovem com uma expressão de frio e impessoal desprezo. "E acredita que ele estará lá quando você chegar. Se é que ele esteve lá algum dia. Que ficará sabendo que você está na mesma cidade que ele, e ainda estará lá quando o sol se puser."

O rosto abaixado de Lena está grave, sereno. A mão agora parou de se mexer, repousa totalmente imóvel no colo, como se tivesse morrido ali. A voz é serena, tranquila, obstinada. "Acho que uma família deve estar junta quando vem um bebê. Especialmente o primeiro. Acho que o Senhor cuidará disso."

"E eu acho que Ele terá mesmo de fazer isso", diz a sra. Armstid, rude, áspera. Armstid está na cama com a cabeça soerguida, olhando-a por sobre a tábua do pé da cama enquanto, ainda vestida, ela se inclina sob a luz da lâmpada no toucador, vasculhando freneticamente uma gaveta. Ela retira dali uma caixa de metal, destranca-a com uma chave que traz pendurada no pescoço e tira um saco de pano que abre e de cujo interior retira uma pequena efígie de louça de um galo com uma fenda nas costas. As moedas em seu interior tilintam quando ela a retira, vira de cabeça para baixo e sacode com violência em cima do tampo do toucador, extraindo moedas pela fenda num lento gotejar. Da cama, Armstid a observa.

"O que está pretendendo fazer com seu dinheiro dos ovos a esta hora da noite?", pergunta.

"Acho que ele é meu para eu fazer o que quiser." Ela se inclina sob a luz da lâmpada, o rosto ríspido, amargo. "Deus sabe que fui eu que suei por eles e os poupei. Você nunca levantou um dedo."

"Tá bem", diz ele. "Acho que não há ser humano neste país para disputar essas galinhas com você, tirando os gambás e as cobras. Esse cofre de galo tampouco." Isso porque, abaixando-se de repente, ela arranca um sapato e arrebenta o cofre de louça com uma única pancada. Da cama, reclinado, Armstid a observa catar as moedas restantes em meio aos fragmentos de louça e despejá-las junto com as outras no saco e amarrá-lo com um nó e mais outro e mais três ou quatro com feroz determinação.

"Dê isto a ela", diz a mulher. "E assim que o sol nascer você atrela a parelha e leva a moça embora daqui. Leve-a até Jefferson, se quiser."

"Acho que ela consegue transporte no armazém do Varner", ele responde.

A sra. Armstid levantou-se antes de o dia clarear e preparou o café da manhã, que estava na mesa quando Armstid voltou da ordenha. "Vá dizer a ela para vir comer", disse a sra. Armstid. Quando ele voltou com Lena para a cozinha, a esposa não estava lá. Lena correu o olhar pelo recinto uma vez, demorando-se na porta por menos de uma pausa, o rosto já fixado numa expressão imanente com sorriso, com discurso, discurso preparado, Armstid sabia. Mas ela não disse nada; a pausa foi menos que uma pausa.

"Vamos tratar de comer e sair", disse Armstid. "Você ainda tem muito chão pela frente." Ele a observou comer, de novo com o mesmo tranquilo e genuíno decoro da ceia da noite anterior, embora houvesse agora, para corrompê-lo, um quê de polido e quase gracioso comedimento. Depois ele lhe entregou o saco de pano amarrado. Ela o pegou, o rosto alegre, cordial, mas não muito surpreso.

"Puxa, é muita bondade dela", disse. "Mas não vou precisar. Estou tão perto de lá agora."

"Acho melhor você guardar. Acho que percebeu como Martha não gosta de ser contrariada nas suas intenções."

"É muita bondade", disse Lena. Ela amarrou o dinheiro na trouxa do lenço e vestiu a touca de sol. A carroça estava esperando. Quando seguiram para o carreiro, passando pela casa, ela olhou para trás. "Foi muita bondade de todos vocês", disse.

"Foi ela quem fez isso", disse Armstid. "Acho que não posso reivindicar nenhum crédito."

"Foi muita bondade, mesmo assim. Precisa se despedir dela por mim. Eu esperava encontrar com ela eu mesma, mas..."

"Tá bem", disse Armstid. "Acho que ela estava ocupada ou algo assim. Eu digo a ela."

Chegaram ao armazém com as primeiras luzes do dia, com os homens acocorados já cuspindo por cima do assoalho roído de esporas da varanda, vendo-a apear devagar e com cuidado do assento da carroça, carregando a trouxa e o leque. Mais uma vez Armstid não se mexeu para ajudá-la. Ele disse, do assento: "Esta aqui é a srta. Burch. Ela quer ir até Jefferson. Se alguém for para lá hoje, ela ficaria agradecida de ir junto".

Ela pisou o chão com os sapatos pesados, empoeirados. Ergueu os olhos para ele, serena, pacata. "Foi muita bondade", repetiu.

"Tá bem", disse Armstid. "Acho que consegue chegar à cidade agora." Ele olhou para ela. Depois pareceu haver um hiato interminável em que ele observou sua língua buscar palavras, pensando silenciosa e rapidamente, o pensamento fugindo *Um homem. Todos os homens. Ele trocará uma centena de chances de fazer o bem por uma única chance de se meter onde não é chama-*

do. Ele vai negligenciar e deixar de ver chances, oportunidades de riqueza e fama e boa conduta, e às vezes até de fazer o mal. Mas não perderá nenhuma oportunidade de se meter Nesse momento sua língua encontrou palavras, ele escutando, talvez com o mesmo espanto que ela: "Eu só não poria muita fé no... fé em..." pensando *Ela não está ouvindo. Se pudesse ouvir palavras como estas não estaria apeando desta carroça, com essa barriga e esse leque e essa trouxinha, sozinha, indo para um lugar que nunca viu e procurando por um homem que jamais vai ver de novo e que um dia ela já viu demais da conta como é* "... a qualquer hora quando estiver voltando por este caminho, amanhã ou mesmo hoje à noite...".

"Acho que vou ficar bem agora", ela diz. "Me disseram que ele está lá."

Armstid virou a carroça e seguiu para casa, curvado no assento abaulado, os olhos pálidos, pensando: "Não adiantaria nada. Ela não teria acreditado mais no diz que diz do que acreditará na ideia que a tem acompanhado o tempo todo... 'Já são quatro semanas', ela disse. Não mais do que ela sentirá e acreditará agora. Acomodada ali naquele degrau de cima, com as mãos no colo e aqueles sujeitos acocorados e cuspindo na frente dela na estrada. E nem mesmo esperando eles perguntarem sobre aquilo para começar a contar. Contando já por iniciativa própria sobre aquele tipo como se nunca tivesse nada particular para esconder ou contar, mesmo quando Jody Varner ou algum deles lhe disser que aquele sujeito em Jefferson, na serraria, se chama Bunch, e não Burch; sem que isso a preocupasse também. Acho que ela sabe mais até do que Martha, como quando lhe disse, na noite passada, que o Senhor cuidará para que o que é certo seja feito".

Bastaram uma ou duas perguntas apenas. Então, sentada no degrau de cima, o leque e a trouxa no colo, Lena conta sua história de novo, com aquela recapitulação serena e transparente de uma criança mentindo, os homens de macacão acocorados ouvindo em silêncio.

"O nome daquele sujeito é Bunch", diz Varner. "Ele está trabalhando lá na serraria faz uns sete anos. Como sabe que Burch também está por lá?"

Ela contempla a estrada, na direção de Jefferson. Seu semblante é calmo, paciente, um pouco desligado sem ser atônito. "Acho que ele vai estar lá. Naquela serraria e tudo. Lucas sempre gostou de agitação. Ele nunca gostou de viver sossegado. Por isso nunca deu certo na Serraria do Doane. Porque ele... nós decidimos fazer uma mudança: por dinheiro e agitação."

"Por dinheiro e agitação", diz Varner. "Lucas não é o primeiro sujeitinho que jogou para o alto tudo para o que ele foi criado e os que dependiam disso, por dinheiro e agitação."

Mas ela não parece estar ouvindo. Está sentada tranquilamente no degrau de cima, contemplando a estrada no ponto em que ela desaparece na curva, deserta e em aclive, na direção de Jefferson. Os homens acocorados ao longo da parede olham seu rosto calmo e plácido e pensam como Armstid pensara e como Varner pensa: que ela está pensando num salafrário que a deixou encrencada e a quem acreditam que ela jamais verá de novo, salvo as abas de sua casaca talvez ainda esvoaçando na corrida. "Ou talvez seja naquela Serraria do Sloane ou do Bone que ela está pensando", pensa Varner. "Acho que mesmo uma garota tola não precisa vir até o Mississippi para descobrir que o lugar de onde fugiu não é muito diferente ou pior do que o lugar onde está. Mesmo que ela tenha por lá um irmão que condene as escapadas noturnas da irmã" pensando *Eu teria feito o mesmo que o irmão. O pai teria feito o mesmo. Ela não tem mãe, porque o sangue pa-*

terno odeia com amor e orgulho, mas o sangue materno com ódio ama e coabita

Ela não está pensando em nada disso. Está pensando nas moedas amarradas dentro da trouxa entre suas mãos. Está se lembrando do café da manhã, imaginando como pode entrar no armazém neste instante e comprar queijo e bolachas, e até mesmo sardinhas, se quiser. Na casa de Armstid, ela provara apenas uma xícara de café e um pedaço de pão de milho: nada mais, apesar da insistência de Armstid. "Comi polidamente", ela pensa, as mãos pousadas sobre a trouxa, consciente das moedas escondidas, recordando a única xícara de café, o decoroso pedaço daquele pão estranho; pensando com uma espécie de orgulho sereno: "Como uma dama, eu comi. Como uma dama em viagem. Mas agora posso comprar sardinhas também se quiser".

Assim, ela parece cismar sobre a estrada em aclive enquanto os homens acocorados e cuspidores a examinam disfarçadamente, achando que ela está pensando no homem e na crise que se aproxima, quando na verdade está travando uma suave batalha com aquela providencial cautela da velha terra da qual, com a qual e pela qual ela vive. Desta vez ela vence. Levanta-se e, com o andar meio desajeitado, meio cauteloso, atravessa a bateria enfileirada de olhares masculinos e entra no armazém, o balconista atrás; "Vou fazer isso mesmo", ela pensa, no momento mesmo em que pede; "vou fazer isso mesmo", dizendo em voz alta: "Uma lata de sardinhas". Ela pronuncia *sal-dinhas*.* "Uma lata de cinco cents."

"Não temos sardinhas de cinco cents", diz o balconista. "Elas custam quinze cents." Ele também diz *sal-dinhas*.

---

* No original, o autor faz um trocadilho com "sour-dines", sendo "sour" a palavra para amargo, ácido, e "sour-dines", uma pronúncia interiorana sulista para "sardines". (N. T.)

A moça fica matutando. "O que você tem em lata por cinco cents?"

"Nada, só graxa de sapato. Não acho que você vá querer isso. Não para comer, de jeito nenhum."

"Acho que vou levar as de quinze cents." Ela desata a trouxa e desamarra o saco. Demora algum tempo para desatar os nós. Mas o faz pacientemente, um a um, e paga e amarra o saco e a trouxa de novo e leva sua mercadoria. Quando surge na varanda, há uma carroça parada junto aos degraus. Um homem está na boleia.

"Essa carroça está indo para a cidade", eles dizem. "Ele vai levar você."

Seu rosto se anima, sereno, pausado, cordial. "Puxa, vocês são muito bondosos", ela diz.

A carroça avança devagar, persistente, como se ali na vastidão ensolarada da terra imensa ela estivesse fora, além de todo tempo e de toda pressa. Do armazém do Varner a Jefferson são uns vinte quilômetros. "Chegaremos lá antes da hora do almoço?", ela pergunta.

O cocheiro cospe. "Tarveiz", responde.

Ele aparentemente nem olhou para ela, nem mesmo quando ela montou na carroça. Ela aparentemente também não olhou para ele. Mas o faz agora. "Acho que você vai a Jefferson muitas vezes."

Ele diz: "Argumas". A carroça prossegue rangendo. Campos e bosques parecem pairar numa invariável média distância, a um tempo estáticos e fluidos, rápidos, como miragens. Mas a carroça os deixa para trás.

"Você não conhece ninguém em Jefferson chamado Lucas Burch, conhece?"

"Burch?"

"Pretendo encontrá-lo lá. Trabalha na serraria."

"Não", diz o cocheiro. "Não acho que conheça. Mas deve ter um monte de sujeitos em Jefferson que eu não conheço. Pode ser que ele esteja lá."

"Garanto que sim, eu espero. Viajar está ficando muito incômodo."

O cocheiro não olha para ela. "De onde você veio, procurando por ele?"

"Do Alabama. É um bom estirão."

Ele não olha para ela. Sua voz é bem casual. "Como foi que seus pais deixaram você sair, nesse estado?"

"Meus pais morreram. Vivo com meu irmão. Fui eu que decidi vir."

"Sei. Ele mandou um recado para você vir até Jefferson."

Ela não responde. Ele pode avistar por debaixo da touca de sol o perfil sereno. A carroça avança, lenta, intemporal. O percurso vermelho e moroso se desdobra por baixo das patas firmes das mulas, por baixo das rodas rangentes e estrepitosas. O sol está a pino agora; a sombra da touca desce até o regaço da moça. Ela ergue os olhos para o sol. "Acho que está na hora de comer", diz. Ele observa pelo canto do olho enquanto ela abre o queijo, as bolachas e as sardinhas, e lhe oferece.

"Não, obrigado", ele diz.

"Gostaria que partilhasse."

"Não, obrigado. Vá em frente, coma."

Ela começa a comer. Come devagar, com firmeza, sugando dos dedos o rico óleo de sardinha com vagarosa e absoluta satisfação. De repente para, não de modo abrupto, mas completamente, com o maxilar paralisado no meio da mastigação, uma bolacha mordida na mão, o rosto um pouco abaixado e os olhos vazios, como que escutando alguma coisa muito distante ou próxima a ponto de estar dentro dela. O rosto perdeu a cor, o sangue copioso e ardente, e ela fica sentada bem quieta, ouvindo e sentindo a terra implacável e imemorial, mas sem medo ou alarme. "São gêmeos, pelo menos", diz para si mesma, sem mover os lábios, sem nenhum som. Depois o espasmo passa. Ela volta a comer. A carroça não parou; o tempo não parou. A carroça chega no topo da ladeira final, e eles avistam fumaça.

"Jefferson", diz o cocheiro.

"Caramba!", ela responde. "Estamos quase lá, não é?"

Agora, é o homem que não escuta. Ele está olhando para a frente, através do vale na direção da cidade na crista oposta. Seguindo o chicote que aponta, ela vê duas colunas de fumaça: uma, a pesada densidade de carvão queimando sobre uma alta chaminé, outra, uma elevada coluna amarela subindo aparentemente de um agrupamento de árvores a certa distância além da cidade. "É uma casa pegando fogo", diz o cocheiro. "Vê?"

Mas ela por sua vez de novo não parece estar escutando, não parece ouvir. "Ora, ora", ela diz; "fiquei na estrada só quatro semanas, e agora já estou em Jefferson. Ora, ora. O tanto que a gente anda."

2

Byron Bunch sabe o seguinte: foi numa manhã de sexta-feira, três anos atrás. E o grupo de homens que trabalhava no galpão da serraria levantou os olhos e viu o estranho ali parado, olhando na sua direção. Eles não sabiam havia quanto tempo ele estava ali. Parecia um vagabundo, mas também não exatamente um vagabundo. Seus sapatos estavam empoeirados, e a calça, encardida. Mas ela era de sarja decente, bem vincada, e a camisa estava suja mas era uma camisa branca, e ele usava uma gravata e um chapéu de palha bastante novo inclinado num ângulo arrogante e provocador sobre o rosto impassível. Não parecia um vagabundo profissional em andrajos profissionais, mas havia nele alguma coisa definitivamente desarraigada, como se nenhuma vila ou cidade fosse sua, nenhuma rua, nenhuma parede, nenhum quadrado de terra seu lar. E parecia carregar sempre consigo essa consciência como se fosse uma bandeira, com um quê de implacável, solitário e quase altivo. "Como se", disseram os homens mais tarde, "andasse apenas sem sorte por algum tempo e não pretendesse ficar nisso, e não fizesse caso de como se ergueria." Ele era moço. E Byron o observou ali parado e olhando para os homens nos macacões manchados de suor, com um cigarro num canto da boca e o rosto sombria e desdenhosamente impassível meio de lado por causa da fumaça. Passado um instante, ele cuspiu o cigarro sem encostar a mão, deu meia-volta e foi até o escritório da serraria, enquanto os homens de macacões desbotados e sujos do trabalho olhavam-no pelas costas com uma espécie de perplexo sentimento de afronta. "Devíamos passá-lo na plaina", disse o capataz. "Talvez isso tirasse esse ar da sua cara."

Não sabiam quem ele era. Nenhum deles jamais o vira antes. "Sem contar que é muito perigoso um homem exibir essa expressão no rosto em público", disse um. "De repente ele se esquece e a usa em algum lugar onde alguém pode não gostar dela." Depois eles o deixaram de lado, ao menos na conversa, e voltaram ao trabalho entre rangidos e chiados de eixos e correias. Mas não demorou dez minutos para o superintendente da serraria entrar com o estranho na cola.

"Empregue este homem", disse o superintendente para o capataz. "Ele diz que se vira com uma pá. Pode colocá-lo no monte de serragem."

Os outros não tinham parado de trabalhar, mas não havia um único homem no barracão que não estivesse olhando de novo para o estranho com suas roupas citadinas sujas, sua expressão insuportável e soturna e todo seu ar de frio e silencioso desprezo. O capataz olhou para ele rapidamente, o olhar tão frio como o do outro. "Ele vai fazer isso com essas roupas?"

"Isso é problema dele", disse o superintendente. "Não estou contratando as roupas."

"Bom, qualquer coisa que ele vista está bom para mim se estiver bom para você e para ele", disse o capataz. Depois, dirigindo-se ao estranho: "Tudo bem, mestre. Vá até lá, pegue uma pá e ajude aqueles caras a remover a serragem".

O recém-chegado virou-se sem uma palavra. Os outros o observaram caminhar até o monte de serragem, desaparecer e ressurgir com uma pá, e se meter no trabalho. O capataz e o superintendente ficaram conversando perto da porta, e então saíram. Quando o capataz voltou, disse: "O nome dele é Christmas".
"É o quê?", perguntou um.
"Christmas."
"Ele é de fora?"
"Já ouviu falar de algum branco chamado Christmas?", perguntou o capataz.
"Nunca ouvi falar de ninguém chamado assim", disse o outro.
E essa foi a primeira vez que Byron lembrou que jamais pensara em como o nome de um homem, que supostamente é apenas o som para quem ele é, pode ser, de algum modo, um augúrio do que ele fará, se outros homens conseguirem entender sozinhos o significado a tempo. Pareceu-lhe que nenhum deles olhara o estranho de maneira especial até ouvir seu nome. Mas assim que o ouviram, era como se houvesse alguma coisa naquele som tentando lhes dizer o que esperar; que ele trazia consigo a própria advertência inelutável, como uma flor o perfume, ou uma cascavel o chocalho. Só que ninguém ali teve discernimento suficiente para reconhecê-lo. Simplesmente pensaram que ele era um forasteiro, e enquanto o observavam pelo resto da sexta-feira, trabalhando com aquela gravata e o chapéu de palha e a calça vincada, disseram entre si que era daquele jeito que os homens da terra dele trabalhavam; embora alguns outros dissessem: "Ele mudará de roupa à noite. Não estará usando roupa de domingo quando vier trabalhar de manhã".
Chegou a manhã de sábado. Quando os retardatários se apresentaram, pouco antes de o apito soprar, já vieram dizendo: "Ele trocou... Onde...". Os outros apontaram. O novo operário estava parado, sozinho, no monte de serragem. A pá estava ao

lado, e ele usava as mesmas roupas da véspera, com o chapéu insolente, e fumava um cigarro. "Estava ali quando chegamos", disseram os primeiros. "Apenas ali parado, desse jeito. Como se nunca tivesse ido dormir." Ele não falou com nenhum dos outros. E nenhum deles tentou falar com ele. Mas estavam todos conscientes da sua presença, das costas (ele trabalhava muito bem, com uma espécie de regularidade terrível e compassada) e braços rijos. Chegou o meio-dia. Com exceção de Byron, ninguém tinha trazido almoço; os homens começaram a juntar seus pertences preparando-se para largar o serviço até segunda-feira. Byron foi sozinho, com a marmita, até a casa da bomba, onde geralmente comia, e sentou-se. De repente, alguma coisa o fez levantar os olhos. Ali perto, o estranho estava recostado num pilar, fumando. Byron percebeu que o homem já estava ali quando ele entrou, e não se dera ao trabalho de ir embora. Ou pior: que viera até ali deliberadamente, ignorando Byron como se fosse apenas mais um pilar. "Não vai dar o fora?", perguntou Byron.

O outro soltou uma baforada, e olhou para Byron. O rosto era magro, a carne tinha uma cor uniforme de pergaminho gasto. Não a pele: a própria carne, como se a cabeça tivesse sido moldada numa uniformidade estática e mortal e depois cozida no calor ardente do forno. "Quanto eles pagam por hora extra?", perguntou. E só então Byron percebeu. Percebeu por que o outro trabalhava com roupas de domingo, e por que não trouxera almoço nem ontem nem hoje, e por que não fora embora com os outros ao meio-dia. Soube com tanta certeza como se o homem mesmo lhe tivesse contado que ele não tinha um níquel no bolso e muito provavelmente estava vivendo de cigarros há dois ou três dias. Com o pensamento, Byron estava quase oferecendo a própria marmita, a ação tão reflexa quanto o pensamento. Porque antes de o ato se completar, o homem, sem mudar a atitude indo-

lente e desdenhosa, virou o rosto e olhou uma vez para a marmita oferecida através das volutas de fumaça do cigarro. "Estou sem fome. Guarde o seu estrume."
   Chegou a manhã de segunda-feira, e Byron comprovou que estava certo. O homem veio trabalhar num macacão novo e trazia um lanche num saco de papel. Mas não se juntou a eles na casa da bomba para comer ao meio-dia, e aquela expressão continuava em seu rosto. "Dane-se", disse o capataz. "Simms não está contratando nem a cara nem as roupas dele."
   Simms tampouco contratara a língua do estranho, pensou Byron. Pelo menos, Christmas não parecia pensar assim, nem agir de acordo. Continuava sem ter nada a dizer, mesmo depois de seis meses. Ninguém imaginava o que ele fazia quando não estava na serraria. De vez em quando, um dos colegas cruzava com ele na praça da cidade depois do jantar, e era como se Christmas nunca o tivesse visto. Ele estaria usando então o chapéu novo e a calça passada, com o cigarro no canto da boca, a fumaça indolente envolvendo o rosto. Ninguém sabia onde ele morava, onde dormia à noite, salvo que uma vez ou outra alguém o veria seguindo um caminho que entrava pela mata dos arredores da cidade, como se vivesse em algum ponto daquele caminho.
   Isso não é o que Byron sabe agora. É apenas o que sabia então, o que ouviu e observou à medida que tomava conhecimento. Nenhum deles sabia então onde Christmas morava e o que estava realmente fazendo por trás do véu, o biombo, de seu trabalho de negro na serraria. Possivelmente ninguém jamais saberia, não fosse por outro estranho, Brown. Mas tão logo Brown contou, surgiu uma dúzia de homens admitindo que vinham comprando uísque de Christmas havia mais de dois anos, encontrando-se com ele de noite e a sós na mata atrás da velha casa de fazenda colonial a pouco mais de três quilômetros da cidade, onde vivia solitária uma solteirona de meia-idade chamada Burden. Mas nem os que compravam

o uísque sabiam que Christmas estava realmente vivendo numa cabana de negros em ruínas na propriedade da srta. Burden, nem que ele já morava ali havia mais de dois anos.

Um dia, cerca de seis meses antes, aparecera outro estranho na serraria, como Christmas fizera, procurando trabalho. Ele era moço também, alto, já metido num macacão que parecia não deixar seu corpo há muito tempo, e tinha um ar de quem estava viajando sem destino também. Tinha o rosto alerta, ligeiramente bonito, com uma pequena cicatriz branca do lado da boca que parecia ter sido um bocado contemplada no espelho, e um jeito de virar bruscamente a cabeça e olhar por sobre os ombros como uma mula faz diante de um automóvel na estrada, pensou Byron. Mas não era só instinto de vigilância, alarme; a Byron ele pareceu ter também um quê de segurança, de impudência, como se reafirmasse e insistisse o tempo todo que não tinha medo de nada que pudesse ou quisesse vir pelas costas. E Byron achou que ele e Mooney, o capataz, tiveram o mesmo pensamento ao ver o novo braço. Mooney disse: "Bom, Simms pode contratar qualquer coisa depois de empregar um cara como esse. Não contratou nem mesmo um par de calças".

"É isso", disse Byron. "Ele me lembra um desses carros que a gente vê pela rua com o rádio ligado. Você não consegue entender o que o rádio diz, e o carro não está indo a nenhum lugar em particular, e quando você olha de perto vê que não tem ninguém dentro."

"É", disse Mooney. "Ele me lembra um cavalo. Não um cavalo ruim. Apenas inútil. Parece excelente no pasto, mas está sempre dentro do tanque quando alguém chega na porteira com uma brida. É rápido na corrida, está certo, mas tem sempre algum ferimento no casco na hora de arrear."

"Acho que as éguas talvez gostem dele", disse Byron.

"Tá bem", disse Mooney. "Não acho que ele possa causar algum dano permanente nem mesmo a uma égua."

O novo braço foi trabalhar no monte de serragem com Christmas. Com grande animação, aliás, contando para todo mundo quem era e por onde andara num tom e de um jeito que eram a essência do homem, que trazia em si sua própria confusão e mendacidade. Tanto que ninguém acreditava no que ele dizia que tinha feito mais do que acreditara quando ele disse o nome, pensou Byron. Não havia razão para o nome não ser Brown. Era só que, olhando para ele, qualquer um saberia que, em algum momento da vida, ele chegaria a alguma crise em sua própria tolice, quando então mudaria de nome, e que ele pensaria em Brown como novo nome com uma espécie de alegre exultação, como se fosse um nome inédito. A questão era que não havia a menor razão para que ele tivesse nem precisasse de nenhum nome. Ninguém se importava, assim como Byron acreditava que a ninguém (que usasse calças, pelo menos) importaria de onde ele viera, nem para onde fora, nem quanto tempo ficara. Porque, viesse de onde viesse e estivesse onde estivesse, qualquer um saberia que ele estava apenas de passagem, como um gafanhoto. Era como se ele fizesse aquilo há tanto tempo que tivesse se tornado disperso e difuso, e agora não sobrasse nada além da casca transparente e sem peso soprada, ignorada e sem destino, por qualquer vento.

Contudo ele trabalhava um pouco, de certo modo. Byron achava que não lhe sobrara nem mesmo o suficiente para ele fazer um bom e esperto corpo mole. Nem mesmo para querer fazer corpo mole, pois a pessoa precisa ser fora do comum para se sair bem ao se fingir de doente, tanto quanto para se sair bem em qualquer outra coisa: roubar, ou matar, até. Precisa visar a alguma meta específica, definida, trabalhando para alcançá-la. E Byron achava que Brown não fazia isso. Eles ficaram sabendo como ele perdera todo o seu primeiro pagamento num jogo de dados na primeira noite de sábado. Byron disse a Mooney: "Isso me surpreendeu. Eu achava que lançar dados talvez fosse a única coisa que ele soubesse fazer".

"Ele?", retrucou Mooney. "O que o leva a pensar que ele pode fazer alguma velhacaria, se não presta nem para uma coisa simples como padejar serragem? Que ele pode enganar alguém com uma coisa difícil de manejar como um par de dados, se não consegue nada com uma coisa tão fácil de manejar como uma pá?" Então ele disse: "Bom, acho que não existe alguém tão imprestável que não consiga superar alguém em alguma coisa. Porque ele pode ao menos ser melhor do que esse Christmas em não fazer nada."

"Tá bem", disse Byron. "Acho que ser bom é, de certa forma, a coisa mais fácil do mundo para um preguiçoso."

"Acho que ele ficaria ruim bem depressa", disse Mooney, "se tivesse alguém que lhe mostrasse como."

"Bom, ele vai acabar encontrando esse alguém por aí, mais cedo ou mais tarde", disse Byron. Os dois se viraram e olharam para o monte de serragem onde Brown e Christmas trabalhavam, um com aquela regularidade selvagem e mórbida, o outro com um movimento errático de braço levantado que não teria enganado nem a ele mesmo.

"Acho que sim", disse Mooney. "Mas se eu quisesse ser ruim, com certeza detestaria tê-lo como parceiro."

Assim como Christmas, Brown viera trabalhar com a mesma roupa que usava na rua. Mas ao contrário de Christmas, não fez nenhuma mudança no vestuário durante algum tempo. "Numa dessas noites de sábado ele vai ganhar o suficiente naquele jogo de dados para comprar uma roupa nova e ainda ter cinquenta cents em moedas de cinco tilintando no bolso", disse Mooney. "E na segunda-feira seguinte não o veremos mais." Enquanto isso, Brown continuou comparecendo ao trabalho com o mesmo macacão e a mesma camisa com que chegara em Jefferson, perdendo o pagamento semanal no jogo de dados de sábado à noite, ou talvez ganhando um pouco, saudando tanto um como o outro com os mesmos guinchos de risada imbecil, brincando e zombando dos homens que muito provavelmente o roubavam. Um dia ouviram dizer que ele ganhara sessenta dólares. "Bom, é a última vez que o vemos", disse um.

"Não sei", disse Mooney. "Sessenta dólares é a quantia errada. Se fossem dez dólares, ou quinhentos, acho que você estaria certo. Mas só sessenta, não sei não. Agora ele vai sentir que está bem estabelecido por aqui, tirando afinal de algum lugar quanto ele vale por semana." Na segunda-feira ele voltou ao trabalho, com o macacão; eles viram os dois, Brown e Christmas, no monte de serragem. Observavam os dois naquele local desde o dia em que Brown começara a trabalhar: Christmas enterrando a pá na serragem lento, regular, firme, como se estivesse fatiando uma cobra enterrada ("ou algum homem", disse Mooney); e Brown apoiado na pá enquanto aparentemente contava um caso ou anedota a Christmas. Porque então ele ria, gritava de tanto rir, a cabeça atirada para trás, enquanto ao lado o outro trabalhava com silenciosa e incansável brutalidade. Depois Brown recomeçava a fazer alguma coisa, trabalhando de novo durante algum tempo com a mesma rapidez de Christmas, mas enchendo cada vez menos a pá, até que ela mal tocava na serragem em seu arco cansado. Aí ele se curvava outra vez e aparentemente terminava o que estava contando a Christmas, ao homem que nem mesmo parecia ouvir a sua voz. Como se o outro estivesse a um quilômetro e meio de distância, ou falasse uma língua diferente da que ele conhecia, pensou Byron. E às vezes eles eram vistos juntos, na cidade, nas noites de sábado: Christmas de traje cáqui e branco elegante e austero e chapéu de palha; e Brown de terno novo (marrom com quadriculado vermelho, e uma camisa colorida e chapéu igual ao de Christmas, mas com uma faixa colorida), falando e rindo, a voz claramente audível do outro lado da praça e de volta num eco, tal qual o som impreciso que parece vir de todos os lados ao mesmo tempo numa igreja. Como se quisesse que todos vissem o quanto ele e Christmas eram amigos, pensou Byron. E então Christmas se virava e com aquele rosto impassível e taciturno se afastava de qualquer pequeno ajuntamento que o som absolutamente vazio da voz de Brown tivesse formado ao seu redor, com Brown na sua cola, ainda rindo e falando. E toda vez os outros operários diziam: "Bom, ele não vai aparecer no trabalho na segunda de manhã". Mas toda segunda-feira ele estava de volta. Christmas foi o primeiro a sair.

Ele partiu numa noite de sábado, sem avisar, depois de quase três anos. Foi Brown quem informou a eles que Christmas saíra. Alguns operários eram chefes de família, outros eram solteiros; tinham idades diferentes e levavam a vida cada um à sua maneira; mas na segunda de manhã todos iam trabalhar com uma espécie de gravidade, quase com decoro. Alguns eram jovens, e bebiam e jogavam no sábado à noite, e até iam a Memphis de vez em quando. Contudo, na segunda de manhã eles iam trabalhar calmos e sóbrios, de macacão e camisa limpos, esperavam com calma até o apito soar e então começavam a trabalhar calmamente como se ainda houvesse algo de domingo no ar estabelecendo um dogma de que, a despeito do que um homem tivesse feito no dia de descanso, ir trabalhar tranquilo e limpo na manhã de segunda-feira não era mais do que o certo e conveniente a fazer.

Isso é o que eles sempre notaram em Brown. Na manhã de segunda-feira era muito provável que ele aparecesse com as mesmas roupas sujas da semana anterior, e com uma barba curta e escura que não via uma navalha já fazia algum tempo. E seria mais barulhento do que nunca, gritando e pregando peças como uma criança de dez anos. Para os discretos, isso não caía bem. Para eles, era como se ele tivesse chegado nu, ou bêbado. Portanto, foi Brown que naquela manhã de segunda os notificou de que Christmas deixara o emprego. Ele chegara atrasado, mas não foi isso. Também não se barbeara; mas não foi isso. Estava quieto. Por algum tempo, eles nem sequer perceberam que estava presente, ele que, àquela altura, devia ter a metade dos homens dali o amaldiçoando, e alguns a sério. Ele apareceu assim que o apito soou, foi direto para o monte de serragem e começou a trabalhar sem uma palavra para ninguém, nem mesmo quando alguém falou com ele. E só então perceberam que ele estava sozinho, que Christmas, seu parceiro, não estava lá. Quando o capataz apareceu, um disse: "É, acho que você perdeu um dos seus aprendizes de foguista".

Mooney olhou para onde Brown padejava no monte de serragem como se fosse um monte de ovos. Deu uma cuspidela. "É. Ficou rico depressa demais. Este velho empreguinho não ia conseguir segurá-lo."

"Ficou rico?", perguntou outro.

"Um deles ficou", disse Mooney, ainda observando Brown. "Ontem eu os vi andando de carro novo. Ele", Mooney fez um gesto com a cabeça na direção de Brown, "estava dirigindo. Isso não me espanta. Me espanta é que um deles tenha vindo trabalhar hoje."

"Bom, atualmente acho que Simms não terá nenhuma dificuldade de encontrar alguém para ocupar o posto", disse o outro.

"Ele não teria problema em nenhum momento", retrucou Mooney.

"Parecia que ele estava se saindo tão bem."

"Ah", fez Mooney. "Entendi, você está falando do Christmas."

"De quem você estava falando? Brown disse que vai sair também?"

"Acha que ele vai ficar aqui trabalhando, com o outro andando pela cidade o dia todo naquele carro novo?"

"Ah." O outro olhou para Brown também. "Queria saber onde eles arranjaram aquele carro."

"Eu não", disse Mooney. "O que eu queria saber é se o Brown vai sair ao meio-dia ou trabalhar até as seis."

"Bom", disse Byron, "se eu conseguisse ganhar aqui o suficiente para comprar um automóvel novo, também sairia."

Um ou dois dos outros olharam para Byron. Sorriram de leve. "Eles nunca que ficaram ricos aqui", disse um. Byron olhou para ele. "Byron não tem maldade bastante para acompanhar os caras", disse o outro. Eles olharam para Byron. "Brown é o que se pode chamar de servidor público. Christmas obrigava todo mundo a ir até a mata atrás da propriedade da srta. Burden de noite; agora Brown entrega direto na cidade. Ouvi dizer que basta saber a senha para comprar meio litro de uísque tirado de dentro da sua camisa em qualquer beco num sábado à noite."

"E qual é a senha?", perguntou outro. "Seis *bits*?"*

Byron olhou cada um no rosto. "É verdade? É isso que eles fazem?"

"É o que o Brown está fazendo. Não sei de Christmas. Eu não juraria. Mas Brown não ficará longe de onde Christmas estiver. Unha e carne, como diziam os antigos."

"Isso é fato", disse outro. "Se Christmas está nisso ou não, acho que não vamos ficar sabendo. Ele não vai ficar aparecendo em público de calça arriada, como Brown."

"Não vai precisar", disse Mooney, olhando para Brown.

E Mooney estava certo. Eles observaram Brown até o meio-dia, sozinho no monte de serragem. Então o apito soou, e eles

---

* Um *bit*, quantia equivalente a 12,5 cents. (N.T.)

pegaram as marmitas e se agacharam no galpão da bomba e começaram a comer. Brown entrou, taciturno, o rosto a um tempo carrancudo e amuado, como de criança, e se acocorou entre eles com as mãos balançando entre os joelhos. Não trouxera comida. "Não vai comer nada?", perguntou um.
"Boia fria de marmita suja e gordurenta?", rebateu Brown. "Começando ao nascer do dia e mourejando o dia todo como um maldito preto,* com uma hora de intervalo ao meio-dia para comer boia fria de marmita de lata?"
"Bom, talvez alguns caras trabalhem feito preto lá de onde eles vieram", disse Mooney. "Mas um crioulo não duraria até o apito do meio-dia fazendo o serviço como alguns brancos fazem."
Brown não parecia ouvir, não estava escutando, ali agachado, com o rosto fechado e as mãos balançando. Parecia não estar escutando ninguém além de si próprio, escutava apenas a si mesmo: "Um otário. Só um otário faria isso".
"Você não está acorrentado àquela pá", disse Mooney.
"Pode ter certeza que não estou", concordou Brown.
Soou o apito. Eles voltaram ao trabalho. Observaram Brown caminhar até o monte de serragem. Ele cavou durante algum tempo e depois começou a diminuir o ritmo, movendo-se cada vez mais devagar até que, por fim, estava agarrando a pá como se fosse um chicote de montaria, e deu para notar que falava sozinho. "É porque ele não tem ninguém ali com quem conversar", disse um.

---

* No original, "nigger". Utilizaram-se na tradução as palavras "preto" e "crioulo" para "nigger", mas não existe em português nenhuma palavra ou expressão condensada que encerre a carga pejorativa, racista e ofensiva que a cultura escravista do Sul dos Estados Unidos imprimiu e perpetuou no termo "nigger" e em outras palavras e expressões compostas a partir dele ("niggerish", "niggerlover" etc.). (N. T.)

"Não é isso", retrucou Mooney. "Ele ainda não se convenceu totalmente. Ainda não engoliu."

"Não engoliu o quê?"

"A ideia de que é até mais otário do que eu imaginava", disse Mooney.

Na manhã seguinte ele não apareceu. "Seu endereço de agora em diante vai ser a barbearia", disse um.

"Ou aquele beco logo atrás dela", disse outro.

"Acho que ainda vamos vê-lo mais uma vez", disse Mooney. "Ele vai ter de vir receber o dia de ontem."

Foi o que ele fez. Apareceu por volta das onze horas. Usava agora a roupa nova e o chapéu de palha; parou no galpão e ficou olhando os homens trabalhando, como Christmas fizera naquele dia, três anos antes, como se de alguma forma as atitudes da vida pregressa do mestre motivassem, sem que ele tivesse consciência disso, os músculos complacentes do discípulo que aprendera rápido demais e bem demais. Mas Brown conseguia apenas parecer afetado e disperso e vazio onde o mestre fora taciturno e calado e mortal como uma serpente. "Trabalhem, seus escravos idiotas!", ele exclamou em alto e bom som, com os dentes cerrados à mostra.

Mooney olhou para Brown. Brown escondeu os dentes. "Você não me chamou de idiota", disse Mooney. "Chamou?"

No rosto cambiável de Brown operou-se uma daquelas transformações instantâneas que eles já conheciam. Como se fosse um rosto tão difuso e tão levemente delineado que mudá-lo não exigisse nenhum esforço, pensou Byron. "Não estava falando com você", respondeu Brown.

"Ah, sei." O tom de Mooney era muito amável, manso. "Eram esses outros caras que você estava chamando de idiotas."

Imediatamente um deles disse: "Estava me chamando de idiota?".

"Só estava falando sozinho", respondeu Brown.

"Bom, você falou a verdade de Deus uma vez na vida", disse Mooney. "Melhor, a metade dela. Quer que eu vá até aí e diga a outra metade no seu ouvido?"

E essa foi a última vez que o viram na serraria, embora Byron saiba e lembre agora do carro novo (atualmente com um paralama ou dois amassados) rodando pela cidade, à toa, sem destino, sempre com Brown refestelado ao volante e pouco convincente na tentativa de parecer dissoluto, invejável e ocioso. Uma vez ou outra, Christmas está com ele, mas não com frequência. E já não é nenhum segredo o que eles fazem. Corre entre os jovens, e até entre os garotos, que se pode comprar uísque de Brown quase às escâncaras, e a cidade só está à espera de que ele seja apanhado tirando uma garrafa da capa de chuva e oferecendo-a a um espião. Eles ainda não têm certeza de que Christmas esteja metido nisso, embora ninguém acredite que Brown sozinho teria juízo suficiente para lucrar nem mesmo com a fabricação clandestina de bebida; e alguns sabem que os dois, Christmas e Brown, vivem numa cabana na propriedade da srta. Burden. Mas nem esses sabem se a srta. Burden tem conhecimento disso ou não, e se soubessem não lhe diriam. Ela vive sozinha na casa grande, uma mulher de meia-idade. Mora na casa desde que nasceu, mas ainda é uma estranha, uma forasteira cuja família veio do Norte durante a Reconstrução. Uma ianque, uma amante de pretos,* e ainda circulam pela cidade comentários sobre suas relações bizarras com negros na cidade e fora dela, a despeito do fato de fazer sessenta anos já que o avô e o irmão foram mortos na praça por um ex-senhor de escravos por causa do voto negro numa eleição estadual. Mas isso persiste ainda sobre ela e sobre

---

* No original, "niggerlover"; ver nota da p. 46. (N. T.)

o lugar: algo de soturno e grotesco e ameaçador, embora ela seja só uma mulher e só a descendente daqueles que os ancestrais da cidade tinham razão (ou achavam que tinham) para odiar e temer. Mas está lá: os descendentes de ambos em suas relações com os fantasmas uns dos outros, tendo entre eles o fantasma do velho sangue derramado e o velho horror e o ódio e o medo.

Se houve amor alguma vez, homem ou mulher teria dito que Byron Bunch a esquecera. Ou ela (significando amor) dele, mais provavelmente — aquele homem pequeno que não verá os trinta de novo, que passou seis dias de cada semana, durante sete anos, na serraria, colocando pranchas nas máquinas. As tardes de sábado, ele também as passa ali, sozinho agora, com todos os outros operários na cidade em suas roupas e gravatas de domingo, naquele ócio terrível e sem propósito e impaciente de homens que trabalham.

Nessas tardes de sábado, ele carrega vagões de carga com as tábuas terminadas, já que não consegue operar a plaina sem ajuda, marcando o próprio tempo até o derradeiro segundo de um apito imaginário. Os outros operários, a própria cidade ou aquela parte dela que se lembra ou pensa nele acreditam que ele o faz pelas horas extras que recebe. Talvez seja essa a razão. O homem conhece tão pouco seu semelhante. Aos seus olhos, todo homem ou mulher age segundo o que acredita que o motivaria se fosse suficientemente louco para fazer o que aquele outro homem ou mulher está fazendo. Na verdade, existe apenas um homem na cidade que falaria com alguma segurança sobre Bunch, e com esse homem a cidade não tem conhecimento de que Bunch tenha qualquer comunicação, pois eles só se encontram e conversam à noite. O nome desse homem é Hightower. Vinte e cinco anos antes ele fora ministro de uma das principais igrejas, talvez a principal igreja. Somente esse homem sabe aonde Bunch vai todo sábado à noite quando o apito imaginário soa (ou quando o enorme relógio prateado de Bunch diz que ele soou). A sra. Beard, dona da pensão onde Bunch mora, sabe apenas que, pouco depois das seis horas de cada sábado, ele entra, toma banho e veste uma roupa não tão nova de sarja barata, come o seu jantar e sela a mula que guarda num estábulo atrás da casa, que ele próprio consertou e atelhou, e parte na mula. Ela não sabe aonde ele vai. Apenas o ministro Hightower sabe que Bunch cavalga cerca de cinquenta quilômetros para o interior e passa o domingo regendo o coro numa igreja rural — um serviço que dura o dia inteiro. Depois, em algum momento por volta da meia-noite, ele sela novamente a mula e cavalga de volta a Jefferson num trote regular varando a noite. E na segunda-feira de manhã, macacão e camisa limpos, ele estará a postos na serraria quando o apito soar. A sra. Beard só sabe que do jantar de sábado ao café da manhã de segunda-feira de cada semana, seu quarto e o estábulo improvisado da mula estarão vagos. Hightower é o único que sabe aonde ele vai e o que faz por lá, porque duas ou três noites por semana Bunch o visita na casinha onde o ex-ministro mora sozinho, no que a cidade chama de sua desgraça — a casa sem pintura, pequena, escura, mal iluminada, cheirando a homem, homem velho. Aqui os dois sentam-se no estúdio do ministro, conversando serenos: o homem esguio, indescritível, absolutamente inconsciente de que é um mistério para seus colegas operários, e o proscrito cinquentão que foi repudiado por sua igreja.

 Então Byron apaixonou-se. Ele se apaixonou contrariando toda a tradição da educação austera e zelosa de sua terra, que exige a inviolabilidade física do objeto. Acontece numa tarde de sábado em que ele está sozinho na serraria. A cerca de três quilômetros dali, a casa continua ardendo, a fumaça amarela subindo ereta como um monumento no horizonte. Eles a avistaram antes

do meio-dia, quando a fumaça começou a surgir acima das árvores, antes de o apito soprar e os outros partirem. "Acho que hoje Byron também vai sair", disseram. "Com um incêndio grátis para ver."
"É um grande incêndio", disse outro. "O que pode ser? Não me lembro de nada tão grande nessa direção para fazer toda essa fumaça afora aquela casa dos Burden."
"Talvez seja ela", disse outro. "Papai diz que se lembra de como cinquenta anos atrás as pessoas diziam que ela devia ser queimada, e com um pouco de carne humana gorda para o fogo pegar bem."
"Talvez o seu pai tenha se esgueirado até lá e tocado fogo", disse um terceiro. Eles riram. Depois voltaram ao trabalho, esperando pelo apito e parando de vez em quando para olhar a fumaça. Algum tempo depois chegou um caminhão carregado de toras. Eles perguntaram ao motorista, que havia passado pela cidade.
"Burden", disse o motorista. "É esse o nome. Alguém lá na cidade disse que o xerife já foi para lá."
"Bom, acho que Watt Kennedy gosta de olhar um incêndio, mesmo tendo de levar o distintivo com ele", disse um.
"Do jeito que anda a praça", disse o motorista, "ele não terá muita dificuldade de encontrar por lá alguém que possa prender."
Soou o apito do meio-dia. Os outros partiram. Byron comeu seu almoço, o relógio prateado aberto do lado. Quando marcou uma hora, ele voltou ao trabalho. Estava sozinho no galpão de carregamento, fazendo as viagens regulares e intermináveis de sempre entre o galpão e o vagão, com um pedaço de saco de estopa dobrado em cima do ombro servindo de almofada e sustentando sobre a almofada pilhas de tábuas que ninguém diria que ele conseguiria erguer ou carregar, quando Lena Grove entrou pela porta às suas costas, o rosto já armado num sereno sorriso antecipatório, a boca já formando um nome. Ele a ouve, vira-se e

vê o rosto dela murchar como a agitação agonizante de um seixo atirado numa nascente.

"Você não é ele", diz ela por trás do sorriso desfeito, com o espanto grave de uma criança.

"Não, dona", responde Byron. Ele para, meio virado, com as tábuas equilibradas. "Acho que não sou. Quem é que eu não sou?"

"Lucas Burch. Disseram-me..."

"Lucas Burch?"

"Disseram-me que eu o encontraria aqui." Ela fala com uma espécie de suspeita serena, observando-o sem piscar, como que acreditando que ele estava tentando enganá-la. "Quando cheguei perto da cidade eles ficaram chamando-o de Bunch em vez de Burch. Mas achei que estavam falando errado. Ou que talvez eu tivesse escutado errado."

"É, dona", ele diz. "É assim mesmo: Bunch. Byron Bunch." Com as tábuas ainda equilibradas no ombro, ele olha para ela, para o corpo inchado, os quadris pesados, a poeira vermelha nos pesados sapatos de homem em seus pés. "É a sra. Burch?"

Ela não responde de imediato. Fica ali, um pouco para dentro da porta, olhando bem para ele, mas sem alarme, com aquele olhar imperturbável, meio perplexo, meio desconfiado. Os olhos dela são perfeitamente azuis. Mas há neles a sombra da impressão de que ele está tentando enganá-la. "Disseram-me bem lá atrás na estrada que Lucas está trabalhando na serraria em Jefferson. Muitos disseram. Fui até Jefferson, e me disseram onde era a serraria; perguntei na cidade sobre Lucas Burch, e disseram: 'Talvez você queira dizer Bunch', então pensei que eles apenas tinham entendido errado o nome, e que isso não faria nenhuma diferença. Mesmo quando disseram que o homem a que se referiam não era moreno. Não vá me dizer que não conhece nenhum Lucas Burch por aqui."

Byron deposita a carga de tábuas numa pilha arrumada, no

jeito para ser carregada de novo. "Não, dona. Não por aqui. Não tem nenhum Lucas Burch aqui. E eu conheço todos os caras que trabalham aqui. Vai ver ele trabalha em algum lugar na cidade. Ou em outra serraria."

"Tem outra serraria?"

"Não, dona. Tem algumas madeireiras, um monte, aliás."

Ela o observa. "Disseram lá na estrada que ele trabalha na serraria."

"Não conheço ninguém aqui com esse nome", diz Byron. "Não me lembro de ninguém chamado Burch além de mim, e o meu nome é Bunch."

Ela continua a fitá-lo com aquela expressão não tão preocupada com o futuro mas desconfiada do presente. Respira. Não é um suspiro: ela apenas respira fundo, com calma. "Tudo bem." Ela dá meia-volta e olha ao redor, para as pranchas serradas, as tábuas empilhadas. "Acho que vou me sentar um pouco. Cansa muito andar por essas ruas da cidade até aqui. Parece que isso me cansou mais do que todo o caminho desde o Alabama." Ela caminha na direção de uma pilha baixa de tábuas.

"Espere", diz Byron. Ele quase salta na sua frente, puxando a almofada de saco do ombro. A mulher para no ato de sentar, e Byron estende o saco sobre as tábuas. "Vai ficar mais confortável."

"Puxa, você é muito bondoso." Ela se acomoda.

"Acho que vai ficar um pouco mais confortável", diz Byron. Ele tira do bolso o relógio prateado e olha para ele; depois se acomoda também na outra ponta da pilha de madeira. "Acho que cinco minutos não vão atrapalhar."

"Cinco minutos de descanso?", ela pergunta.

"Cinco minutos a contar do momento em que você entrou. É como se eu já tivesse começado a descansar. Eu controlo meu próprio tempo nas tardes de sábado."

"E toda vez que para um minuto você conta? Como eles vão

53

saber que parou? Uns minutinhos não fariam nenhuma diferença, fariam?"

"Acho que não sou pago para ficar sentado. Quer dizer que você veio do Alabama?"

Ela lhe conta, então, sentada na almofada de saco de estopa, o corpo pesado, o rosto calmo e tranquilo, e ele observando com a mesma calma; ela lhe conta mais do que percebe que está contando, como vem fazendo para os rostos estranhos com que cruzou durante quatro semanas que passaram com a lentidão imperturbável de uma mudança de estação. E Byron, por sua vez, monta o quadro de uma mulher jovem traída e abandonada e sem consciência de que foi abandonada, e cujo nome ainda não é Burch.

"Não, acho que não o conheço", diz ele por fim. "Não tem ninguém além de mim por aqui esta tarde, de qualquer modo. Os outros estão todos lá naquele incêndio, com toda a certeza." Ele aponta a coluna de fumaça amarela que se ergue no ar parado acima das árvores.

"Deu para ver da carroça antes de chegar na cidade", diz ela. "É um incêndio bem grande."

"É uma casa velha bem grande. Está lá faz muito tempo. Ninguém vive lá, só uma senhora, sozinha. Acho que alguns nesta cidade vão dizer que é um castigo para ela, mesmo agora. Ela é ianque. A família veio para cá na Reconstrução, para incitar os negros. Dois parentes dela foram mortos fazendo isso. Dizem que ela continua metida com pretos. Visita-os quando estão doentes, como se fossem brancos. Não tem cozinheira porque teria de ser uma negra. Dizem que ela acha que os crioulos são iguais aos brancos. É por isso que ninguém nunca vai lá. Só um." Ela o está olhando, ouvindo. Agora ele não olha diretamente para ela, e sim meio de lado. "Ou talvez dois, pelo que ouvi. Tomara que eles tenham ido lá a tempo de ajudá-la a tirar os móveis. Talvez tenham ido."

"Quem?"

"Dois sujeitos chamados Joe que vivem por lá, de certa maneira. Joe Christmas e Joe Brown."

"Joe Christmas? Que nome engraçado."

"Ele é um sujeito engraçado." De novo ele olha meio de lado para o rosto atento da moça. "O parceiro dele é uma figura. Brown. Trabalhava aqui também. Mas eles largaram o emprego, os dois. Não vão fazer falta nenhuma, eu acho."

A mulher está sentada na almofada de estopa, interessada, tranquila. Os dois poderiam estar ali sentados com roupa de domingo em cadeiras de ripas sobre o verde patinado da terra defronte a uma cabana rústica numa tarde de domingo. "O parceiro se chama Joe também?", ela pergunta.

"É, dona. Joe Brown. Mas acho que esse deve ser o nome verdadeiro. Porque quem pensa num sujeito chamado Joe Brown pensa num sujeito falastrão que está sempre rindo e falando alto. Por isso eu acho que é o nome verdadeiro, ainda que Joe Brown pareça meio apressado e fácil demais para um nome natural, de certa forma. Mas acho que é o dele mesmo. Porque se dependesse da sua boca, ele já seria o dono desta serraria. As pessoas parecem gostar dele, contudo. Ele e Christmas se dão bem, de qualquer modo."

Ela o está observando. O rosto ainda sereno, mas agora bem sério, os olhos muito graves e intensos. "O que eles fazem?"

"Nada que não devessem fazer, parece. Pelo menos ainda não foram apanhados. Brown trabalhou aqui por um tempo, o tempo que sobrava quando não estava rindo e zoando com as pessoas. Mas Christmas se aposentou. Eles vivem juntos lá adiante, em algum lugar perto daquela casa que está pegando fogo. Há uns boatos sobre o que fazem para viver. Mas isso não é da minha conta. E depois, a maior parte do que as pessoas dizem das outras não é verdade, para começo de conversa. E eu não sou melhor que ninguém."

"Ela o observa. Nem sequer pisca. "E ele diz que se chama Brown." Poderia ter sido uma pergunta, mas ela não espera a resposta. "Que tipo de histórias você ouviu sobre o que eles fazem?"

"Não gosto de prejudicar ninguém", diz Byron. "Acho que não devia ter falado tanto. O fato é que é só o sujeito parar de trabalhar para começar a se meter em encrencas."

"Que tipo de histórias?", pergunta a moça. Ela não se mexeu. Seu tom é calmo, mas Byron já está apaixonado, embora ainda não saiba. Ele não olha para ela; sente o olhar grave e intenso da mulher sobre seu rosto, sua boca.

"Uns dizem que eles estão vendendo uísque. Guardam escondido lá, onde aquela casa está pegando fogo. E tem uma história de Brown ter ficado bêbado num sábado à noite, na cidade, e quase ter contado alguma coisa que não devia sobre ele e Christmas em Memphis, uma noite, ou numa estrada escura perto de Memphis, e tinha uma pistola no meio. Talvez duas pistolas. Porque Christmas chegou rápido e fez Brown calar a boca e o levou embora. Alguma coisa que Christmas não queria que ninguém soubesse, de qualquer forma, e que até Brown teria o bom senso de não contar se não estivesse bêbado. Foi o que ouvi. Eu não estava lá." Quando ergue o rosto agora, percebe que olhou de novo para baixo antes mesmo de encontrar os olhos da moça. Ele parece ter já a antecipação de algo agora irrevocável, que não pode mais ser anulado, ele que acreditara que sozinho ali na serraria numa tarde de sábado estaria a salvo da possibilidade de magoar e ferir.

"Como ele é?", ela pergunta.

"Christmas? Ora…"

"Não Christmas."

"Ah. Brown. Pois. Alto, novo. Pele morena; as mulheres dizem que é bonito, um monte delas, ouvi dizer. Uma grande companhia para dar risada e ficar zoando com as pessoas. Mas eu..." Sua voz some. Ele não consegue olhar para ela, sentindo o olhar firme e sóbrio da moça em seu rosto.

"Joe Brown", ela diz. "Ele tem uma pequena cicatriz bem aqui, na boca?"

Ele não consegue olhar para ela, e fica ali sentado na madeira empilhada até ser tarde demais, furioso por não ter mordido a língua.

3

Da janela do estúdio ele consegue ver a rua. Não fica longe, já que o gramado não é alto. É um gramado pequeno, com meia dúzia de bordos baixos. A casa, um bangalô marrom desbotado e modesto, é pequena também, e fica quase escondida por arbustos de murta crespa, filadelfos e alteias, exceto por aquele espaço através do qual ele observa a rua da janela do estúdio. Tão escondida ela fica que a luz da lâmpada da esquina mal a alcança.

Da janela ele também pode ver a placa, que chama de seu monumento. Está fincada no canto do jardim, baixa, de frente para a rua. Tem noventa centímetros de comprimento e quarenta e cinco de altura — um retângulo bem-feito de frente para os passantes e de costas para ele. Mas ele não precisa ler, porque foi ele mesmo que fez a placa com serra e martelo, caprichada, e pintou o letreiro que ela exibe, também com capricho, meticulosamente, ao perceber que teria de começar a ganhar dinheiro para o pão e o fogo e as roupas. Quando saiu do seminário, tinha uma pequena renda herdada do pai; assim que conseguiu a sua igreja, ao receber os cheques trimestrais repassava-os a uma instituição para moças delinquentes de Memphis. Mas então ele perdeu a sua igreja, perdeu a Igreja, e a coisa mais amarga que acreditava já ter enfrentado — mais amarga até que a consternação e a vergonha — foi a carta que escreveu à instituição de Memphis dizendo que doravante só poderia enviar metade da soma que enviava anteriormente. E continuou enviando a metade de uma renda que mesmo em sua totalidade mal daria para ele se manter. "Felizmente há coisas que posso fazer", dissera na ocasião. Daí a placa, que ele carpintejou com esmero e legendou com cacos de vidro habilmente dispostos sobre a tinta de tal forma que à noite, iluminadas pela luz da esquina, as letras cintilavam com um efeito natalino:

REV. GAIL HIGHTOWER, D. D.
AULAS DE ARTE
CARTÕES DE NATAL & ANIVERSÁRIO PINTADOS À MÃO
REVELAÇÃO DE FOTOGRAFIAS

Mas isso fora anos antes, e ele não tivera nenhum aluno de arte e recebera poucos pedidos de cartões de Natal e chapas fotográficas, e a tinta e os cacos de vidro foram sumindo, com o tempo, das letras desbotadas. Elas ainda eram legíveis, porém; embora, como o próprio Hightower, pouca gente na cidade ainda as precisasse ler. De vez em quando, contudo, alguma aia negra com seus protegidos brancos ali se demoraria e as soletraria em voz alta com aquela vaga estupidez da raça indolente e analfabeta; ou um estranho que acontecesse de passar pela rua sem calçamento, calma, remota e pouco utilizada, pararia e leria a placa, e depois olharia para a pequena casa marrom quase escondida e seguiria em frente; ocasionalmente, o estranho mencionaria a placa a algum conhecido da cidade. "Ah, sim", diria o amigo. "Hightower. Ele vive ali sozinho. Veio para cá como ministro da igreja presbiteriana, mas a mulher acabou com ele. Ela dava umas escapadelas para Memphis de vez em quando, para se divertir. Cerca de vinte anos atrás, foi isso, pouco depois de ele chegar por aqui. Alguns garantem que ele sabia. Que ele próprio não podia ou não queria satisfazê-la e que sabia o que ela estava fazendo. Então, num sábado à noite ela foi morta, numa casa em Memphis, parece. Os jornais noticiaram à exaustão. Ele teve de renunciar à igreja, mas por alguma razão não quis sair de Jefferson. Tentaram obrigá-lo, para seu próprio bem e também da cidade, da igreja. Aquilo foi muito ruim para a igreja, sabe. Forasteiros chegando aqui e ouvindo aquela história, e ele se recusando a sair da cidade. Mas mesmo assim ele não partiria. Tem vivido desde então sozinho ali, onde era a rua principal. Pelo menos não é mais a rua principal. Já é alguma coisa. Mas o fato é que ele não incomoda mais ninguém, e acho que a maioria das pessoas o esqueceu. Ele mesmo cuida da casa. Acho que ninguém sequer viu o interior daquela casa nesses vinte e cinco anos. Não sabemos por que ele fica ali. Mas algum dia se você passar por lá perto da hora do crepúsculo ou do anoitecer, poderá vê-lo sentado à janela. Apenas sentado ali. No resto do tempo, as pessoas mal o veem no lugar, a não ser de quando em quando trabalhando no jardim."

E assim, a placa que ele carpintejou e legendou significa ainda menos para ele do que para a cidade; ele não pensa mais nela como uma placa, uma mensagem. Não se lembra absolutamente dela até ocupar seu lugar na janela do estúdio, pouco antes de anoitecer. Depois, ela é apenas uma forma retangular comum e familiar sem nenhum significado, baixa, na ponta perto da rua do gramado raso; ela também poderia ter crescido da trágica e inescapável terra junto com os bordos e os arbustos, sem que ele ajudasse ou impedisse. Ele nem olha mais para ela, assim como não vê realmente as árvores lá embaixo através das quais observa a rua, esperando o cair da noite, o instante da noite. A casa, o estúdio, está escura às suas costas, e ele espera por aquele momento em que toda luz já se extinguiu no céu e seria noite salvo por aquela tênue luminosidade que as folhas das plantas e da grama armazenaram de dia e, relutantes, exalam, produzindo ainda uma fraca claridade na terra, embora a noite propriamente já tenha chegado. *Agora, em breve,* ele pensa; *em breve, agora* Ele não diz nem mesmo para si próprio: "Ainda resta um quê de honra e de orgulho, de vida".

Quando Byron Bunch chegou em Jefferson pela primeira vez, sete anos antes, e viu aquela plaqueta GAIL HIGHTOWER D. D. AULAS DE ARTE CARTÕES DE NATAL REVELAÇÃO DE FOTOGRAFIAS pensou: "D. D. O que é D. D.?", e perguntou e lhe disseram que significava Done Damned.* Gail Hightower Done Damned em Jefferson, de algum modo, lhe contaram. E sobre como Hightower viera diretamente do seminário para Jefferson, recusando-se a aceitar qualquer outro apelo; como mexera todos os pauzinhos para ser mandado para Jefferson. E como chegara com a jovem esposa, descendo do trem já todo eufórico, falando, contando aos velhos e velhas que eram os pilares da igreja como ele metera Jefferson na cabeça desde o começo, desde que decidira tornar--se ministro; contando com uma espécie de exultação sobre as cartas que escrevera, e os trabalhos a que se dera, e a influência de que se utilizara para ser convocado para cá. Para os anciãos, aquilo soou como a exultação de um vendedor de cavalos com um negócio vantajoso. Talvez tenha soado assim para os anciãos. Isso porque eles o escutavam com certa frieza, espanto e descon-

---

* O morador faz um trocadilho com D. D., sigla para doutor em teologia, e "Done Damned", literalmente "completo danado". (N. T.)

fiança, pois ele falava como se fosse à cidade onde desejava viver e não à igreja e ao povo que a compunha que pretendia servir. Como se não se importasse com as pessoas, as pessoas vivas, se elas o queriam aqui ou não. E sendo ele um jovem também, e os velhos e velhas tentando acalmar a sua exultação com assuntos graves da igreja e suas responsabilidades, e as dele. E contaram a Byron como o jovem ministro continuava animado mesmo depois de seis meses, ainda falando da Guerra Civil e do avô, um cavalariano que fora morto, e sobre os suprimentos do general Grant queimando em Jefferson até isso não fazer mais nenhum sentido. Contaram a Byron como ele parecia falar daquela maneira no púlpito também, desvairado também no púlpito, usando a religião como se ela fosse um sonho. Não um pesadelo, mas algo mais acelerado que as palavras no Livro; uma espécie de ciclone que nem mesmo precisava tocar no mundo real. E os velhos e velhas tampouco gostavam disso.

Era como se ele não conseguisse desenredar a religião e aquela cavalaria galopante, e o avô morto baleado no cavalo galopante, mesmo no púlpito. E talvez não pudesse desenredá-los em sua vida privada, doméstica também. Talvez ele nem mesmo tentasse em casa, pensou Byron, meditando sobre como esse era o tipo de coisa que os homens fazem às mulheres que lhes pertencem; pensando que é por isso que as mulheres precisam ser fortes e não deveriam ser censuradas pelo que fazem com, ou para, ou por causa dos homens, pois Deus sabe que ser a esposa de alguém já é uma coisa bastante complicada. Eles lhe contaram como a esposa era uma moça pequena, de olhar sereno, que no começo a cidade achou que simplesmente não tinha nada para dizer por conta própria. Mas os moradores da cidade disseram que se Hightower tivesse sido um tipo de homem mais firme, o tipo de homem que um ministro deveria ser em vez de ter nascido cerca de trinta anos depois do único dia para o qual parecia ter nascido — aquele dia em que o avô fora derrubado por uma bala do cavalo galopante —, ela também teria ficado bem. Mas ele não era, e os vizinhos ouviriam os prantos dela na casa paroquial de tarde ou tarde da noite, e os vizinhos sabiam que o marido não ia saber o que fazer sobre aquilo porque não sabia o que estava errado. E como, às vezes, ela nem mesmo ia à igreja, onde o próprio marido estava pregando, mesmo aos domingos, e eles olhariam para ele e se perguntariam se ele sabia que ela não estava ali, se não se esquecera até de que algum dia tivera uma esposa, lá no alto do púlpito com as mãos esvoaçando ao seu redor e o dogma que supostamente devia pregar repleto de cavalaria galopante e derrota e glória, como quando tentara lhes contar, na rua, sobre os cavalos galopantes, aquilo por sua vez ficara totalmente misturado com absolvição e coros de serafins marciais, até se tornar natural que os velhos e velhas devessem acreditar que o que ele pregava na própria casa do Senhor no próprio dia do Senhor beirava um verdadeiro sacrilégio.

 E contaram a Byron como depois de cerca de um ano em Jefferson a esposa começou a exibir aquela expressão petrificada no rosto, e que quando as senhoras da igreja fossem visitar Hightower o encontrariam sozinho, em mangas de camisa e sem colarinho, atarantado, e durante algum tempo pareceria que ele não conseguia sequer pensar no motivo pelo qual elas tinham vindo e o que devia fazer. Então ele as convidaria para entrar e se desculparia, e sairia. E elas não ouviriam nenhum som em parte alguma da casa, ali sentadas em seus vestidos domingueiros, olhando umas para as outras e para a sala, escutando e não ouvindo nenhum som. E aí ele voltaria com o casaco e o colarinho, sentaria e conversaria com elas sobre a igreja e os doentes, e elas respondendo, ora animadas, ora calmas, ainda escutando e talvez vigiando a porta, talvez se perguntando se ele sabia o que elas acreditavam que já sabiam.

As senhoras deixaram de ir lá. Logo elas nem viam mais a esposa do ministro na rua. E ele ainda agindo como se nada houvesse de errado. E então ela partiria por um dia ou dois. Eles a veriam pegar o primeiro trem, com o rosto começando a ficar magro e encovado como se não comesse o suficiente, e aquele olhar congelado como se não estivesse vendo aquilo que olhava. E ele contaria que ela tinha ido visitar familiares em algum lugar do estado, até que um dia, durante uma de suas ausências, uma mulher de Jefferson que estava fazendo compras em Memphis a viu entrando apressada num hotel. Era um sábado quando a mulher voltou para casa e contou. Mas no dia seguinte Hightower estava no púlpito com religião e cavalaria galopante tudo misturado de novo, e a mulher voltou na segunda-feira, e no domingo seguinte ela foi à igreja de novo, pela primeira vez em seis ou sete meses, sentando-se no fundo. Ela ali compareceu todos os domingos durante algum tempo. Depois partiu de novo, no meio da semana dessa vez (era julho, e estava quente), e Hightower disse que ela tinha ido novamente visitar os parentes no campo, onde estaria fresco; e os velhos, os anciãos, e as velhas o observando, não sabendo se ele acreditava no que estava dizendo ou não, e os jovens falando pelas suas costas.

Mas eles não saberiam dizer se ele próprio acreditava ou não no que lhes contava, se ele se importava ou não, com a mistura de religião e o avô sendo derrubado pela bala do cavalo galopante, como se a semente que o avô lhe transmitira estivesse no cavalo também, naquela noite, e tivesse sido morta também, e o tempo tivesse parado naquele lugar e momento para a semente e nada tivesse acontecido no tempo desde então, nem mesmo ele.

A esposa retornou antes de domingo. Estava quente; os velhos disseram que foi o período mais quente que a cidade já conhecera. Ela foi à igreja naquele domingo e tomou assento num banco do fundo, sozinha. No meio do sermão, ela saltou do banco e começou a gritar, a guinchar alguma coisa para o púlpito, sacudindo as mãos para o púlpito onde o marido parara de falar, inclinado para a frente, com as mãos para o alto, paralisadas. Algumas pessoas próximas tentaram contê-la mas ela as repeliu, e eles contaram a Byron como ela ficou ali, no corredor central, gritando e agitando as mãos para o púlpito onde o marido curvado com as mãos ainda levantadas e o rosto transtornado se congelara na formação da frase alegórica e tonitruante que não havia concluído. Eles não souberam dizer se ela estava sacudindo as mãos para ele ou para Deus. Então ele desceu e aproximou-se dela e ela parou de se debater e ele a levou para fora, com as cabeças todas se virando à passagem deles, até que o superintendente disse à organista que tocasse. Naquela tarde, os anciãos tiveram uma reunião a portas fechadas. As pessoas não ficaram sabendo o que se passou atrás delas, salvo que Hightower retornou e entrou na sala paroquial e fechou a porta atrás de si também.

Mas as pessoas não souberam o que tinha acontecido. Elas só souberam que a igreja juntou uma quantia para enviar a mulher a uma instituição, um sanatório, e que Hightower a levou até lá, e voltou, e pregou no domingo seguinte como sempre. As mulheres, as vizinhas, algumas das quais não entravam no presbitério havia meses, foram gentis com ele, levando-lhe pratos de comida de vez em quando, contando umas para as outras a bagunça que reinava no presbitério, e como o ministro parecia comer como um animal — só quando tinha fome e apenas o que conseguia encontrar. A cada duas semanas, ele ia visitar a esposa no sanatório, mas sempre voltava um dia depois, em geral; e no domingo, de novo no púlpito, era como se tudo aquilo nunca tivesse acontecido. As pessoas perguntariam sobre a saúde dela, curiosas e cordiais, e ele agradeceria. Então, no domingo, estaria de novo no púlpito, com as mãos agitadas e a voz agitada e impulsiva em que, como fantasmas, Deus e salvação e cavalos galopantes e o avô morto trovejavam, enquanto abaixo dele sentavam-se os anciãos, e a congregação, atônitos e indignados. No outono a esposa voltou para casa. Parecia melhor. Ganhara um pouco de peso. Mudara mais do que isso, até. Talvez porque agora parecesse purificada; desperta, de qualquer modo. Seja como for, ela agora estava como as senhoras queriam que estivesse o tempo todo, como achavam que a esposa de um ministro devia ser. Comparecia à igreja e às sessões de oração regularmente, e as senhoras a visitavam e ela as visitava, sentando-se calada e humilde, mesmo em sua própria casa, enquanto elas lhe diziam como administrá-la e o que vestir e o que fazer para o marido comer.

Podia-se inclusive dizer que elas a perdoaram. Nenhum crime ou transgressão fora claramente nomeado e nenhuma penitência fora claramente estabelecida. Mas a cidade não acreditava que as senhoras tivessem esquecido aquelas viagens misteriosas anteriores, tendo Memphis como destino e para aquele propósito a cujo respeito todas tinham a mesma convicção, embora nenhuma jamais o colocasse em palavras, ou falasse em voz alta, pois a cidade acreditava que as mulheres decentes não esquecem as coisas facilmente, boas ou más, a menos que o gosto e o sabor do perdão se desfaçam no palato da consciência. Porque a cidade acreditava que as senhoras conheciam a verdade, pois acreditava que mulheres más podem ser enganadas pela maldade, já que precisam gastar parte do tempo não sendo suspeitas. Mas que nenhuma mulher boa pode ser enganada por ela porque, sendo boa, não precisa se preocupar mais com a bondade sua ou de quem quer que seja; daí que ela tem tempo de sobra para farejar o pecado. Era por isso que, elas acreditavam, o bem pode enganá-la quase o tempo todo fazendo-a acreditar que é o mal, mas o próprio mal não pode jamais enganá-la. Assim, quando depois de quatro ou cinco meses a esposa partiu de novo para uma visita e o marido disse de novo que ela tinha ido visitar os parentes, a cidade acreditou que, dessa vez, nem ele fora enganado. De qualquer modo, ela voltou e ele continuou pregando todos os domingos como se nada tivesse acontecido, fazendo os apelos de sempre pelas pessoas e pelos doentes e falando sobre a igreja. Mas a esposa não voltou mais à igreja, e as senhoras logo deixaram de visitá-la, e até de ir ao presbitério. E nem mesmo as vizinhas de cada lado a veriam mais pela casa. E logo foi como se ela não estivesse lá; como se todos tivessem concordado que ela não estava lá, que o ministro nem sequer tinha uma esposa. E ele pregando para eles todo domingo, nem mesmo lhes dizendo que ela fora visitar sua gente. Talvez estivesse contente com aquilo, a cidade pensava. Talvez estivesse contente por não ter mais de mentir.

Assim, ninguém a viu quando ela tomou o trem naquela sexta-feira, ou talvez fosse sábado, o dia. Foi o jornal matutino de domingo que eles viram, contando como ela saltara ou caíra de uma janela de hotel em Memphis no sábado à noite, e estava morta. Um homem estivera com ela no quarto. Ele fora preso. Estava bêbado. Eles se registraram como marido e mulher, com um nome fictício. A polícia descobriu seu nome verdadeiro num pedaço de papel escrito por ela mesma e depois rasgado e jogado na cesta de lixo. Os jornais o publicaram, junto com a matéria: ESPOSA DO REVERENDO GAIL HIGHTOWER, DE JEFFERSON, MISSISSIPPI. E a matéria contava como o jornal telefonara para o marido às duas da manhã e como o marido dissera que não tinha nada a dizer. E quando eles chegaram à igreja, naquela manhã de domingo, o pátio estava cheio de repórteres de Memphis tirando fotos da igreja e do presbitério. Aí chegou Hightower. Os repórteres tentaram pará-lo mas ele passou direto por eles, entrou na igreja e subiu no púlpito. As senhoras idosas e alguns dos anciãos já estavam na igreja, horrorizados e indignados, não tanto com o assunto de Memphis quanto com a presença dos repórteres. Mas quando Hightower entrou e subiu no púlpito, eles até esqueceram os repórteres. As senhoras levantaram-se primeiro e começaram a sair. Depois os homens se levantaram também, e a igreja ficou vazia salvo pelo ministro no púlpito, um pouco inclinado para a frente, com o Livro aberto e as mãos ancoradas uma em cada lado dele e a cabeça ereta, e os repórteres de Memphis (eles o tinham seguido igreja adentro) enfileirados no último banco. Disseram que ele não notou a congregação saindo; não estava olhando para nada.

Contaram a Byron sobre isso; sobre como o ministro finalmente fechou o Livro, com todo o cuidado, e desceu para a igreja vazia e caminhou pelo corredor central sem olhar uma única vez para a fileira de repórteres, tal como a congregação fizera, e saiu pela porta. Havia alguns fotógrafos esperando na frente, com as câmeras todas preparadas e as cabeças embaixo dos panos pretos. O ministro evidentemente esperava por isso. Porque emergiu da igreja com um hinário aberto diante do rosto. Mas os operadores das câmeras evidentemente esperavam por isso também. Porque o enganaram. Muito provavelmente ele não estava acostumado com aquilo e assim foi facilmente enganado, contaram a Byron. Um dos operadores tinha a máquina montada de um lado, e o ministro não a viu, ou viu tarde demais. Ele estava mantendo o rosto escondido da que estava de frente, e no dia seguinte, quando a foto foi estampada no jornal, ela fora tirada de lado, com o ministro no meio de um passo, segurando o hinário diante do rosto. E atrás do livro seus lábios estavam repuxados como se estivesse sorrindo. Mas os dentes estavam cerrados e o rosto parecia o rosto de Satã nas estampas antigas. No dia seguinte, ele trouxe a esposa para casa e a enterrou. A cidade compareceu à cerimônia. Não foi um funeral. Ele não levou o corpo à igreja. Levou-o diretamente para o cemitério e estava se preparando para ler do próprio Livro quando outro ministro se adiantou e o tirou de suas mãos. Várias pessoas, as mais jovens, permaneceram depois que ele e os outros tinham partido, olhando para o túmulo.

Então, até os membros das outras igrejas souberam que a sua própria lhe pedira que renunciasse e que ele se recusara. No domingo seguinte, muitas pessoas das outras igrejas vieram à sua igreja para ver o que aconteceria. Ele chegou e entrou na igreja. A congregação, como se fosse uma só pessoa, levantou-se e saiu, deixando o ministro e as pessoas das outras igrejas que haviam comparecido como se fosse um espetáculo. Então ele pregou para elas, como sempre pregara: com aquela fúria arrebatada que elas consideraram sacrilégio e que as das outras igrejas acreditavam ser uma absoluta insanidade.

Ele não renunciaria. Os anciãos pediram ao conselho da igreja para chamá-lo de volta. Mas depois da matéria, das fotos nos jornais e tudo, nenhuma outra cidade o aceitaria também. Não havia nada contra ele pessoalmente, todos insistiam. Ele era simplesmente desafortunado. Simplesmente nascera sem sorte. Então as pessoas deixaram de ir à igreja, mesmo as das outras igrejas que ali compareceram durante algum tempo por curiosidade: ele não era mais nem mesmo um espetáculo; era apenas um ultraje agora. Mas chegaria à igreja no mesmo horário todo domingo de manhã e subiria no púlpito, e a congregação se levantaria e sairia, e os desocupados e tais se aglomerariam ao longo da rua do lado de fora e o ouviriam pregando e orando na igreja vazia. E no domingo seguinte, quando ele chegou, a porta estava trancada, e os desocupados o viram forçar a porta e depois desistir, e ficar ali de pé, com o rosto ainda não abaixado, com a rua enfileirada de homens que nunca iam à igreja mesmo, e meninos que não sabiam exatamente do que se tratava mas sabiam que se tratava de alguma coisa, parando e olhando com os olhos ainda arregalados para o homem de pé absolutamente imóvel diante da porta trancada. No dia seguinte, a cidade ficou sabendo que ele tinha se dirigido aos anciãos e renunciado ao púlpito para o bem da igreja.

Então a cidade se penalizou por estar contente como as pessoas às vezes ficam com pena daqueles a quem obrigaram a agir como elas queriam. Eles certamente pensavam que ele agora partiria, e a igreja fez uma coleta para ele partir e se estabelecer em algum outro lugar. Aí ele se recusou a deixar a cidade. Eles contaram a Byron da consternação, do mais-que-ultraje, quando souberam que ele comprara uma casinha na rua de trás onde agora vive e tem vivido desde então; e os anciãos realizaram uma nova reunião porque disseram que tinham lhe dado dinheiro para ir embora, e como ele o gastara em outra coisa, havia aceitado o dinheiro sob falso pretexto. Eles o procuraram e disseram isso. Ele pediu licença; voltou à sala com a quantia que tinham lhe dado, até o último centavo e nas mesmas denominações, e insistiu para que eles a recebessem de volta. Mas eles se recusaram, e ele não quis contar onde arranjara o dinheiro para comprar a casa. Assim, no dia seguinte, contaram a Byron, alguns disseram que ele havia feito um seguro de vida para a mulher e depois contratado alguém para assassiná-la. Mas todos sabiam que não era verdade, inclusive os que contaram e repetiram e os que ouviram quando foi contado.

Mas ele não deixaria a cidade. Então um dia eles notaram a pequena placa que ele próprio fizera, pintara e colocara no jardim da frente, e perceberam que pretendia ficar. Ainda conservava a cozinheira, uma negra. Ele a tivera o tempo todo. Mas eles contaram a Byron como, assim que a mulher morreu, as pessoas pareceram perceber, de repente, que a negra era uma mulher, e que ele tinha aquela mulher negra na casa sozinha com ele o dia todo. E agora a esposa mal tinha esfriado no túmulo vergonhoso para os murmúrios começarem. Sobre como ele tinha feito sua mulher enlouquecer e cometer suicídio porque não era um marido normal, um homem normal, e aquela negra era a razão. E isso era tudo o que bastava; tudo o que estava faltando. Byron escutara em silêncio, pensando consigo como as pessoas são as mesmas em toda parte, mas que parecia que numa cidade pequena, onde o mal é mais difícil de realizar, onde as oportunidades de privacidade são mais escassas, que as pessoas podem inventar mais dele em nome de outras pessoas. Porque isso era tudo o que era preciso: essa ideia, essa mera conversa fiada soprada de mente a mente. Um dia a cozinheira foi embora. Eles ficaram sabendo de como certa noite um grupo de homens descuidadamente mascarados foi até a casa do ministro e ordenou que ele a despedisse. Depois eles ouviram como no dia seguinte a mulher disse que saíra porque o patrão lhe pedira para fazer uma coisa que ela dissera ser contra Deus e a natureza. E foi dito que alguns homens mascarados a tinham assustado para sair porque ela era o que é conhecido como mulata escura e era sabido que havia dois ou três homens na cidade que fariam objeção a ela fazer o que quer que considerasse contrário a Deus e à natureza, já que, como dizia um dos homens mais novos, se uma negra o considerava contrário a Deus e à natureza, devia mesmo ser muito mau. Seja como for, o ministro não pôde — ou não conseguiu — arranjar outra cozinheira. Possivelmente os homens assustaram todas as outras negras da cidade naquela mesma noite. Assim, ele preparou as próprias refeições durante algum tempo, até que eles ouviram, um dia, que ele arranjara um negro para cozinhar para ele. E isso acabou com ele, com certeza. Porque naquela noite alguns homens, nem sequer mascarados, pegaram o negro e o açoitaram. E quando Hightower acordou, no dia seguinte, a janela do estúdio estava quebrada e no chão havia um tijolo com um recado amarrado ordenando que deixasse a cidade até o sol se pôr e assinado K. K. K. Ele não foi, e na segunda manhã um homem o encontrou na mata a um quilômetro e meio da cidade. Estava amarrado numa árvore e fora espancado até perder a consciência. Ele se recusou a dizer quem fizera aquilo. A cidade sabia que aquilo era errado, e alguns dos homens o procuraram e tentaram persuadi-lo a deixar Jefferson, para o seu próprio bem, dizendo-lhe que da próxima vez poderiam matá-lo. Mas ele se recusou a partir. Ele nem mesmo falava no espancamento, nem sequer quando eles se ofereceram para processar os homens que tinham feito aquilo. Mas ele não quis também. Não falaria nem partiria. Aí, de repente, toda a coisa pareceu ser soprada para longe, como um vento ruim. Era como se os moradores percebessem, enfim, que ele seria parte da vida deles até morrer, e que eles poderiam também se reconciliar. Como se, Byron pensou, todo o assunto tivesse sido uma porção de gente encenando uma peça e que agora, por fim, todos tinham encenado as partes que lhes cabiam e poderiam viver em paz uns com os outros. Deixaram o ministro em paz. Eles o veriam trabalhando no quintal ou no jardim, e na rua, e nas lojas com uma cestinha no braço, e falariam com ele. Sabiam que ele próprio fazia toda a sua comida e os trabalhos domésticos, e depois de um tempo as vizinhas começaram a lhe enviar pratos de novo, embora fosse o tipo de pratos que enviariam a uma família operária pobre. Mas era comida, e bem-intencionada. Porque, como pensava Byron, as pessoas esquecem muita coisa em vinte anos. "Ora", ele pensa, "não acho que exista alguém em Jefferson que saiba que ele se senta àquela janela do cair do sol até escurecer totalmente todos os dias, exceto eu. Ou como é o interior daquela casa. E eles nem mesmo sabem que eu sei, senão provavelmente nos levariam os dois e nos açoitariam de novo, pois as pessoas não parecem esquecer por mais tempo do que se lembram." Porque há outra coisa que chegou ao conhecimento e à observação de Byron, no momento mais apropriado desde que ele fora viver em Jefferson.

Hightower lia um bocado. Isto é, Byron examinara com uma espécie de pensativa e respeitosa consternação os livros que forravam as paredes do estúdio: livros de religião, de história, de ciência, de cuja mera existência Byron jamais ouvira falar. Um dia, cerca de quatro anos antes, um negro chegara correndo na casa do ministro vindo de seu casebre à beira da cidade logo atrás dela, e dissera que a esposa estava dando à luz. Hightower não tinha telefone e disse para o negro correr até a casa mais próxima e chamar um médico. Ele observou o negro ir até o portão da casa ao lado e depois sair pela rua na direção da cidade, caminhando; Hightower sabia que o homem andaria todo o caminho até a cidade e depois gastaria provavelmente mais trinta minutos para entrar em contato com um médico, naquela maneira hesitante e morosa de negro, em vez de pedir a alguma mulher branca que telefonasse por ele. Então ele foi até a porta da cozinha e pôde ouvir a mulher no casebre não muito distante, gemendo. Não esperou mais. Correu até o casebre e percebeu que a mulher saíra da cama, por que razão ele nunca ficou sabendo, e estava agora com as mãos e os joelhos no chão, tentando voltar para a cama, gritando e gemendo. Ele a recolocou na cama e lhe disse para ficar quieta, deitada, assustando-a para que lhe obedecesse, e correu de volta até a sua casa e pegou um dos livros da estante do estúdio e pegou a navalha e um pedaço de cordão e correu de volta para a cabana e ajudou a criança a nascer. Mas já estava morta; e o doutor quando chegou disse que a mãe certamente a machucara ao sair da cama para o chão onde Hightower a encontrara. Ele aprovou o trabalho de Hightower, e o marido ficou satisfeito também.

"Mas foi perto demais daquele outro assunto", pensou Byron, "mesmo apesar dos quinze anos de intervalo." Isso porque dois dias depois havia gente dizendo que a criança era de Hightower e que ele a deixara morrer deliberadamente. Mas Byron achava que mesmo os que o disseram não acreditavam naquilo. Ele achava que a cidade adquirira o hábito de dizer coisas em que ela própria não acreditava sobre o desafortunado ministro por tanto tempo que ficava difícil romper com aquilo agora. "Porque sempre", ele pensa, "quando uma coisa vira um hábito, ela também dá um jeito de manter-se à boa distância da verdade e dos fatos." E lembra uma noite em que ele e Hightower estavam conversando e Hightower disse: "São boas pessoas. Precisam acreditar em alguma coisa, especialmente porque fui eu que, em determinada época, fui ao mesmo tempo amo e servidor de sua crença. E portanto não me cabe ofender a sua crença nem a Byron Bunch dizer que estão erradas. Porque tudo que qualquer homem pode esperar é poder viver tranquilamente entre seus semelhantes". Isso foi logo depois de Byron ter ouvido a história, pouco depois de as visitas noturnas ao estúdio de Hightower terem começado e Byron ainda se perguntava por que o outro permanecia em Jefferson, quase ao alcance da vista, e da audição, da igreja que o repudiara e expulsara. Uma noite Byron perguntou a ele.

"Por que você passa as tardes de sábado trabalhando na fábrica enquanto outros homens estão se divertindo na cidade?", respondeu Hightower.

"Não sei", disse Byron. "Acho que a minha vida é essa mesmo."

"E eu acho que minha vida é essa mesmo, também", disse o outro. "Mas agora sei por quê", Byron pensa. "É porque um sujeito tem mais medo do problema que poderá vir a ter do que do problema que já tem. Ele se agarrará ao problema a que está acostumado em vez de arriscar-se a uma mudança. Sim. Um homem falará sobre como gostaria de escapar dos vivos. Mas são os mortos que lhe causam dano. É dos mortos que jazem quietos num lugar e não tentam agarrá-lo que ele não pode escapar."

Agora eles haviam passado com estrondo e se espatifado em silêncio no crepúsculo; a noite descera por completo. Ele, porém, continua sentado à janela do estúdio, o quarto ainda escuro às suas costas. A luz da rua na esquina tremeluz e acende, e as sombras recortadas dos bordos emaranhados parecem se projetar mansas sobre a escuridão de agosto. De alguma distância, muito fracas mas ainda assim muito nítidas, ele pode ouvir as ondas sonoras das vozes aglomeradas na igreja: um som ao mesmo tempo austero e rico, abjeto e soberbo, engrossando e diminuindo na escuridão silenciosa do verão como uma maré harmônica.

Ele vê então um homem se acercando pela rua. Numa noite de meio de semana teria reconhecido a figura, a forma, o porte e o passo. Mas numa noite de domingo, e com o eco do tropel dos cascos fantasmas ainda ressoando silenciosamente na penumbra do estúdio, ele observa com calma a figura insignificante e desmontada se movendo com aquela destreza precária e impudica de animais equilibrados nas pernas traseiras; aquela destreza de que o animal homem com tanta insensatez se orgulha e que constantemente o trai por meio de leis naturais como gravidade e gelo, e por meio dos objetos tão estranhos que ele próprio inventou, como carros a motor e móveis no escuro, e por meio das sobras de sua própria comida no piso ou na calçada; e ele pensa com calma em como estavam certos os antigos ao fazer do cavalo atributo e símbolo de reis e guerreiros, quando então vê o homem na rua passar pela placa baixa, virar-se na direção do portão e aproximar-se da casa. Ainda sentado, inclina-se para a frente, observando o homem avançar pelo passeio escurecido até a porta escura; ouve o homem pisar com força no escuro degrau de baixo. "Byron Bunch", diz. "Na cidade no domingo à noite. Byron Bunch na cidade no domingo."

4

Estão sentados um diante do outro separados pela escrivaninha. O estúdio é iluminado agora por um abajur verde sobre o tampo da escrivaninha. Hightower ocupa a velha cadeira giratória atrás dela; Byron, uma cadeira de espaldar reto no lado oposto. Os rostos dos dois estão fora do feixe direto da luz do abajur. Pela janela aberta entra a cantoria da igreja distante. Byron fala com voz uniforme, monótona.

"Foi uma coisa estranha. Eu achava que se houvesse um lugar onde um homem podia estar a salvo da possibilidade de fazer mal a alguém, seria lá, na serraria, numa tarde de sábado. Ainda mais com a casa pegando fogo, bem na minha cara, você poderia dizer. Era como se o tempo todo eu estivesse almoçando e olhasse para cima de vez em quando e visse aquela fumaça e pensasse: 'Bom, não vou ver uma alma viva por aqui esta tarde. Não vão me interromper, ao menos hoje'. E aí olhei e lá estava ela, o rosto prontinho para sorrir, e a boca prontinha para dizer seu nome quando ela percebeu que eu não era ele. E tudo que eu consegui fazer foi desembuchar a coisa toda." Ele faz uma pequena careta.

Não é um sorriso. O lábio superior apenas se ergue momentaneamente, e o movimento, mesmo o franzir superficial, para e se desfaz quase em seguida. "Eu nem mesmo suspeitei naquela hora que o que eu não sabia não era o pior de tudo."

"Deve ter sido uma coisa bem estranha mesmo, para segurar Byron Bunch em Jefferson no domingo", diz Hightower. "Mas ela estava procurando por ele. E você a ajudou a encontrá-lo. Não era isso o que ela queria, não foi para encontrá-lo que ela veio do Alabama até aqui?"

"Acho que contei a ela, tudo bem. Acho que disso não há nenhuma dúvida. Com ela me olhando, ali sentada, barriguda, me olhando com aqueles olhos para os quais ninguém poderia mentir nem que quisesse. E eu tagarelando, com aquela fumaça completamente visível lá longe como se tivesse sido posta ali para me avisar, para me fazer calar a boca, só que eu não tive o bom senso de ver."

"Ah", fez Hightower. "A casa que pegou fogo ontem. Mas não vejo nenhuma relação entre... De quem era a casa? Eu também vi a fumaça e perguntei a um negro de passagem, mas ele não sabia."

"Aquela casa velha dos Burden", diz Byron. Olha para o outro. Eles se entreolham. Hightower é alto, e já foi magro. Mas não é mais. A pele tem cor de saco de farinha e a forma do tronco lembra um saco não muito cheio descendo dos ombros ossudos, pelo próprio peso, até o colo. Então Byron diz: "Você ainda não ouviu". O outro o observa. Ele diz, em tom pensativo: "Tinha de ser eu, também. Contar em dois dias para duas pessoas uma coisa que elas não iam querer ouvir nem precisavam de jeito nenhum".

"O que acha que não vou querer ouvir? O que é que não ouvi?"

"Não o incêndio", diz Byron. "Eles escaparam do fogo, claro."

"Eles? Pensei que a srta. Burden vivesse ali sozinha."

De novo Byron olha para o outro por um instante. Mas a expressão de Hightower é apenas séria e atenta. "Brown e Christmas", diz Byron. O rosto de Hightower continua impassível. "Não ouviu isso, também", diz Byron. "Eles moravam lá."

"Moravam onde? Eram pensionistas na casa?"

"Não. Numa velha cabana de pretos nos fundos. Christmas a consertou três anos atrás. Ele está vivendo ali desde aquela época, e os rapazes se perguntando onde ele dormia à noite. Aí, quando ele e Brown se acertaram, levou o Brown para viver com ele."

"Ah", disse Hightower. "Mas não vejo... Se eles estavam confortáveis, e a srta. Burden não..."

"Acho que eles se davam bem. Andavam vendendo uísque, usando aquele lugar velho como quartel-general, esconderijo. Não acho que ela soubesse disso, do uísque. Pelo menos os rapazes não sabem se ela sabia ou não. Eles dizem que Christmas começou a coisa sozinho há três anos, vendendo apenas para alguns fregueses regulares que nem se conheciam. Mas quando levou Brown com ele, acho que Brown quis expandir. Vender em frascos de um quarto de litro tirados de dentro da blusa num beco para qualquer um. Vender o que nunca bebia, é isso. E acho que o jeito como eles conseguiam o uísque que vendiam não seria muito bonito de ver. Porque umas duas semanas depois que Brown largou a serraria e deu para andar por aí naquele carro novo como seu trabalho fixo, ele estava bêbado na cidade num sábado à noite e se gabando para uma multidão na barbearia de alguma coisa sobre ele e Christmas em Memphis certa noite, ou numa estrada perto de Memphis. Alguma coisa sobre eles e aquele carro novo escondido nos arbustos e Christmas com uma pistola e muito mais sobre um caminhão e uns cem galões de alguma coisa, até Christmas chegar apressado e andar até ele e arrancá-lo com um safanão da cadeira. E Christmas dizendo naquela voz quieta dele, que não é amável e também não é raivosa:

'Devia tomar cuidado para não beber tanto desse tônico capilar de Jefferson. Ele te subiu à cabeça. A primeira coisa que você nota é o beiço peludo'. Segurando Brown de pé com uma mão, ele batia com a outra no seu rosto. Os tapas não pareciam fortes. Mas os rapazes podiam ver o vermelho mesmo através das suíças de Brown quando a mão de Christmas se afastava entre os tapas. 'Vamos lá fora tomar um pouco de ar fresco', diz Christmas. 'Está atrapalhando o trabalho desses rapazes.'" Ele faz uma careta. E recomeça: "E ali estava ela, sentada naquelas tábuas, olhando para mim, e eu desembuchando a coisa toda para ela, e ela me olhando. E aí ela pergunta: 'Ele tem uma pequena cicatriz branca bem aqui, na boca?'".

"E Brown é o homem", diz Hightower. Sentado, imóvel, ele observa Byron com uma espécie de serena admiração. Não há nenhuma agressividade nele, nenhuma moralidade ultrajada. É como se estivesse ouvindo os feitos de pessoas de uma raça estranha. "O marido é um traficante de bebidas. Bom, bom, bom." Mas Byron pode ver na face do outro alguma coisa latente prestes a despertar da qual o próprio Hightower não tem consciência, como se algo dentro do homem estivesse tentando adverti-lo ou prepará-lo. Mas para Byron é apenas o reflexo do que ele próprio já sabe e está prestes a contar.

"Aí eu já tinha contado a ela antes de perceber. E devia ter mordido a língua naquela hora, apesar de achar que aquilo era tudo." Ele não está olhando para o outro agora. Pela janela, fraca mas nítida ainda, o som misturado de órgão e vozes chega da igreja distante pela noite silenciosa. *Gostaria de saber se ele também está ouvindo* pensa Byron *Ou talvez ele tenha ouvido tanto e por tanto tempo que já não ouve mais. Nem precisa ouvir.* "E ela ali sentada a tarde toda enquanto eu trabalhava, e a fumaça finalmente desaparecendo, e eu tentando pensar no que dizer a ela e no que fazer. Ela queria ir direto para lá, que eu indicasse o caminho. Quando eu disse que eram cerca de três quilômetros, ela meio que sorriu, como se eu fosse uma criança ou coisa assim. 'Eu vim do Alabama até aqui', disse. 'Acho que não vou me importar com três quilômetros a mais.' Então eu disse a ela..." Sua voz some. Ele parece contemplar o chão a seus pés. Ergue os olhos. "Eu menti, acho. Só que de um jeito que não era bem uma mentira. É que eu sabia que teria gente por lá olhando o fogo, e ela chegando, tentando encontrá-lo. Eu mesmo não conhecia, então, o outro. O resto daquilo. O pior daquilo. Aí eu disse a ela que ele estava ocupado num emprego que tinha, e que a melhor hora para encontrá-lo seria na cidade depois das seis. E isso era verdade. Porque acho que ele chama aquilo de trabalho, carregar aquelas garrafinhas frias encostadas no peito, e se ele estivesse longe da praça era só porque estava um pouco atrasado para voltar ou simplesmente tinha entrado em algum beco por um minuto. Eu a convenci a esperar e ela ficou ali sentada e eu continuei trabalhando, tentando me decidir sobre o que fazer. Quando agora penso o quanto estava preocupado com o pouco que sabia, agora que sei o resto da coisa, parece que eu não tinha absolutamente nada com que me preocupar então. O dia todo fiquei pensando em como seria fácil se eu pudesse voltar até ontem e não ter mais nada com que me preocupar."

"Ainda não consigo ver com que você precisa se preocupar", diz Hightower. "Não é culpa sua se o homem é o que é ou ela é o que é. Você fez o que podia. O que seria esperado de um estranho fazer. A menos..." Sua voz também some. Extingue-se naquela inflexão, como se um devaneio se transformasse em especulação e depois em algo como uma preocupação. Sentado à sua frente, Byron está imóvel, o rosto abaixado e grave. E diante de Byron, Hightower ainda não pensa *amor*. Lembra apenas que Byron ainda é moço e tem levado uma vida de celibato e trabalho duro, e que, nas palavras de Byron, a mulher que ele nunca viu possui ao menos alguma qualidade perturbadora apesar de Byron ainda acreditar que se trata apenas de piedade. Agora ele o observa com uma atenção nem fria nem calorosa, enquanto Byron prossegue naquela voz monótona: sobre como às seis horas ele ainda não tinha decidido nada; que quando ele e Lena chegaram à praça, ainda estava indeciso. E agora começa a aparecer na expressão intrigada de Hightower um quê de retraimento e presságio enquanto Byron fala calmamente, contando sobre como decidiu, depois que chegaram à praça, levar Lena até a pensão da sra. Beard. E Byron falando calmamente, pensando, recordando. Era como alguma coisa levada pelo ar, pela noite, fazendo os rostos familiares dos homens parecerem estranhos, e ele, que ainda não tinha ouvido, sem precisar saber que algo acontecera fazendo do dilema anterior de sua inocência uma questão pueril, de forma que ele soube, antes de saber o que acontecera, que Lena não deveria ouvir nada sobre aquilo. Ele nem precisava dizer em palavras que com certeza já encontrara o desaparecido Lucas Burch; parecia-lhe agora que só a imbecilidade e a mais crassa insensatez o teriam mantido inconsciente disso. Parecia-lhe que o destino, o acaso, colocara um aviso no céu durante todo aquele dia naquela coluna de fumaça amarela, e ele era estúpido demais para perceber. E por isso ele não os deixaria contar — os homens com quem eles cruzavam, o ar que soprava sobre eles cheio daquilo — para que ela não ouvisse também. Talvez soubesse na ocasião que ela teria de saber, de ouvir, cedo ou tarde; que de alguma forma ela tinha o direito de saber. Parecia-lhe somente que, se conseguisse levá-la através da praça até uma casa, ele se livraria daquela responsabilidade. Não a responsabilidade pelo mal ao qual ele se aferrava por nenhuma outra razão que a de ter passado a tarde com ela enquanto aquilo estava acontecendo, escolhido que fora pelo acaso para representar Jefferson diante dela que viera a pé e sem dinheiro por trinta dias para chegar até ali. Não esperava nem pretendia evitar essa responsabilidade. Era apenas para dar tempo a si mesmo e a ela de ficarem chocados e surpresos. Ele conta tudo com calma, desajeitadamente, o rosto baixo, a voz monótona, sem inflexões, enquanto do outro lado da escrivaninha Hightower o observa com aquele ar de retraimento e descrédito.

Finalmente chegaram à pensão e entraram. Ela também parecia estar com um pressentimento, observando-o enquanto estavam no vestíbulo, falando pela primeira vez: "O que é que aqueles homens estavam tentando lhe dizer? O que é que tem aquela casa queimada?".

"Não era nada", disse, a voz soando seca e baixa para ele. "Apenas alguma coisa sobre a srta. Burden ter ficado ferida no incêndio."

"Como ferida? Muito ferida?"

"Acho que não muito. Talvez nem mesmo ferida. Só conversa fiada dos rapazes. Do jeito que eles gostam." Não conseguiu olhar para ela, encarar seus olhos, de jeito nenhum. Mas pôde senti-la olhando para ele, e parecia ouvir uma miríade de sons: vozes, as vozes tensas apressadas pela cidade, por toda a praça que a forçara a atravessar às pressas, onde os homens se reuniam entre as luzes seguras e familiares, contando. A casa também parecia repleta de sons familiares, mas sobretudo de inércia, um terrível adiamento enquanto ele examinava o vestíbulo escuro pensando *Por que ela não chega. Por que ela não chega* A sra. Beard finalmente chegou: uma mulher tranquila, com braços vermelhos e cabelos grisalhos desalinhados. "Esta é a sra. Burch", disse ele. Sua expressão era quase feroz: insistente, urgente. "Ela acaba de chegar do Alabama. Pretende encontrar o marido aqui. Ele ainda não chegou. Então eu a trouxe para cá, onde ela poderá descansar antes de se envolver na agitação da cidade. Ela ainda não esteve na cidade nem conversou com ninguém, por isso pensei que talvez você pudesse arranjar um lugar para ela descansar um pouco antes que começasse a ouvir conversas e..." Sua voz sumiu, morreu, insistente, urgente, impertinente. Achou então que a senhoria entendera o que ele queria dizer. Depois percebeu que não fora por causa do seu pedido que ela se abstivera de contar o que sabia, que ela também tinha ouvido, e sim porque já notara a gravidez e teria evitado o assunto de qualquer maneira. Ela olhou para Lena, uma vez, completamente, como mulheres estranhas vinham fazendo durante aquelas quatro semanas.

"Quanto tempo ela pretende ficar?", perguntou a sra. Beard.

"Só uma ou duas noites", disse Byron. "Talvez só esta noite. Ela pretende encontrar o marido por aqui. Acaba de chegar, e ainda não teve tempo de perguntar nem de se informar..." Sua voz ainda era insistente, significativa. A sra. Beard o fitava. Ele achou que ela ainda estava tentando pescar o que ele estava insinuando. Mas na verdade ela estava observando-o tatear, acreditando (ou prestes a acreditar) que sua atrapalhação tinha uma razão e um significado diferentes. Então ela tornou a olhar para Lena, o olhar não exatamente frio, mas também não caloroso.

"Não acho bom ela tentar ir a nenhum lugar neste momento", disse.

"Foi o que pensei", respondeu Byron prontamente, ansioso. "Com todo esse falatório e agitação ela poderia ter de ouvir, depois de não ouvir nenhum falatório e agitação... Se está com a casa cheia esta noite, pensei que ela podia ficar com o meu quarto."

"É", disse a sra. Beard prontamente. "Você vai sair em alguns minutos, de qualquer forma. Quer que ela fique com o quarto até você voltar na segunda de manhã?"

"Eu não vou esta noite", disse Byron, sem desviar o olhar. "Não posso ir dessa vez." Ele olhou direto nos olhos frios, já desconfiados, observando-a tentar de sua parte ler nos seus. Acreditando que ela lia o que estava ali, e não o que imaginava estar. Dizem que o mentiroso escolado é o que consegue enganar. Mas com muita frequência o mentiroso crônico e escolado só engana a si mesmo; são as mentiras do homem que durante toda a vida esteve convicto de sua veracidade que mais rapidamente ganham crédito.

"Ah", fez a sra. Beard. Tornou a olhar para Lena. "Ela não tem nenhum conhecido em Jefferson?"

"Ela não tem ninguém aqui", disse Byron. "Ninguém daqueles lados do Alabama. Provavelmente o sr. Burch vai aparecer de manhã."

"Ah", fez a sra. Beard. "Onde você vai dormir?" Mas não esperou resposta. "Acho que posso acomodá-la num catre no meu quarto por esta noite. Se ela não fizer objeção."

"Isso seria ótimo", disse Byron. "Seria ótimo."

Quando soou a campainha do jantar, ele estava totalmente preparado. Encontrara uma ocasião para falar com a sra. Beard. Passara mais tempo inventando aquela mentira do que qualquer outra. E ela não fora necessária; o que estava tentando proteger era a sua própria proteção. "Os homens estarão falando daquilo na mesa", disse a sra. Beard. "Acho que uma mulher nesse estado (*e tendo de encontrar um marido chamado Burch ao mesmo tempo* pensou com seca ironia) não precisa ficar escutando outras ruindades de homens. Traga-a mais tarde, depois de todos terem comido." Foi o que Byron fez. Lena comeu com grande apetite, de novo, quase adormecendo sobre o prato antes de terminar.

"É muito cansativo viajar", ela explicou.

"Vá sentar no salão enquanto preparo o seu catre", disse a sra. Beard.

"Gostaria de ajudar", retrucou Lena. Mas até Byron podia ver que ela não conseguiria; que estava morta de sono.

"Vá sentar no salão", disse a sra. Beard. "Acho que o senhor

Bunch não se importará de lhe fazer companhia por um minuto ou dois."

"Não ousei deixá-la sozinha", diz Byron. Do outro lado da escrivaninha, Hightower não se movera. "E lá estávamos nós sentados no exato momento em que tudo acontecia no escritório do xerife, e no exato momento em que Brown estava contando tudo; sobre ele e Christmas e o uísque e tudo. Só o uísque não era muita novidade para ninguém, não desde que ele tomara Brown como sócio. Acho que a única coisa que as pessoas se perguntavam era por que Christmas se ligara a Brown. Talvez fosse porque não é só que dois iguais sempre se encontram; é que um deles não consegue deixar de ser encontrado pelo seu igual. Mesmo quando é igual apenas numa coisa, porque mesmo eles dois com o mesmo igual eram diferentes. Christmas desafiava a lei para ganhar dinheiro, e Brown desafiava a lei porque não tinha juízo suficiente para saber o que estava fazendo. Como naquela noite na barbearia e ele bêbado e falando alto até Christmas chegar meio que correndo e arrastá-lo para fora. E o sr. Maxey disse: 'O que acha que ele quase falou sobre ele e aquele outro?', e o capitão McLendon disse: 'Eu não acho absolutamente nada', e o sr. Maxey disse: 'Não acha que eles estavam de fato roubando o caminhão de bebida de alguém?', e McLendon disse: 'Você se espantaria se soubesse que aquele sujeito Christmas não fez nada pior que aquilo na vida?'.

"Era o que o Brown estava falando a noite passada. Mas isso todo mundo sabia. Já vinham dizendo havia muito que alguém devia contar para a srta. Burden. Mas acho que ninguém queria ir lá e contar a ela, porque ninguém sabia ainda o que ia acontecer. Acho que tem gente daqui que nunca a viu. Não acho que eu gostaria de ir lá naquela casa velha onde ninguém nunca a via fora as pessoas que passavam de carroça que a viam de vez em quando de pé no quintal com um vestido e um toucado que

nenhuma negra que eu conheço usaria por sua forma e pela aparência que ganharia vestida assim. Ou talvez ela já soubesse. Sendo uma ianque e tudo, talvez não se importasse. E depois, ninguém podia saber o que ia acontecer.
"E aí eu não ousei deixá-la sozinha até ela ir para a cama. Pretendia sair e vir direto visitar você a noite passada. Mas não ousei deixá-la. Os outros pensionistas estavam andando pra lá e pra cá no salão e eu não sabia quando um deles ia ter a ideia de entrar e começar a falar daquilo e contar a coisa toda; já podia ouvi-los falando daquilo na varanda, e ela ainda me olhando com o rosto todo pronto para me perguntar de novo sobre aquele incêndio. E aí eu não ousei deixá-la. E nós estávamos sentados ali no salão e ela mal conseguia manter os olhos abertos, e eu dizendo como era certo que o encontraria para ela, só que queria antes falar com um religioso conhecido meu que poderia ajudá-la a entrar em contato com ele. E ela ali sentada com os olhos fechados enquanto eu falava, sem saber que eu sabia que ela e aquele sujeito ainda não estavam casados. Ela achava que tinha enganado todo mundo. E me perguntou a que tipo de homem eu pretendia contar sobre ela e eu contei e ela ali sentada com os olhos fechados de modo que por fim eu disse: 'Você não ouviu uma palavra do que estou dizendo', e ela meio que se levantou, mas sem abrir os olhos, e disse: 'Ele ainda pode casar as pessoas?', e eu disse: 'O quê? Ele pode o quê?', e ela disse: 'Ele ainda é sacerdote o bastante para casar pessoas?'."

Hightower não se mexera. Está sentado ereto atrás da escrivaninha, os antebraços paralelos sobre os braços da cadeira. Ele não está usando colarinho nem casaco. O rosto é ao mesmo tempo magro e flácido; é como se houvesse dois rostos, um sobreposto ao outro, olhando por baixo do crânio pálido e calvo rodeado por uma coroa de cabelos grisalhos, detrás dos clarões gêmeos imóveis de seus óculos. A parte de seu torso visível acima da escrivaninha é informe, quase monstruosa, de uma obesidade flácida e sedentária. Ele está sentado com o corpo rígido; no rosto, agora, aquela expressão de descrédito e perplexidade se cristalizara. "Byron", ele diz; "Byron. O que é isso que está me contando?"

Byron para. Olha o outro em silêncio, com uma expressão de comiseração e piedade. "Sabia que você ainda não tinha ouvido. Sabia que seria eu a lhe contar."

Eles se entreolham. "O que é que ainda não ouvi?"

"Sobre Christmas. Sobre ontem e Christmas. Christmas é meio crioulo. Sobre ele e Brown e ontem."

"Meio negro", diz Hightower. A voz soa leve, trivial, como uma flor de cardo caindo em silêncio sem um som, sem nenhum peso. Ele não se move. Por um instante ainda ele não se move. Então parece vir sobre todo o seu corpo, como se as suas partes fossem móveis como as expressões faciais, aquele retraimento e descrédito, e Byron nota o rosto grande, flácido, imóvel subitamente brilhando de suor. Mas a voz é leve e calma. "O que é que tem Christmas e Brown e ontem?", ele pergunta.

Fazia tempo que o som da música da igreja distante havia cessado. Não há agora nenhum ruído na sala além do zumbido insistente de insetos e o som monótono da voz de Byron. Do lado oposto da escrivaninha, Hightower está sentado ereto. Entre as palmas das próprias mãos paralelas e viradas para baixo e com a parte inferior do corpo oculta pela escrivaninha, ele parece um ídolo oriental.

"Foi ontem pela manhã. Tinha um roceiro vindo para a cidade de carroça com a família. Foi ele que descobriu o incêndio. Não: ele foi o segundo que chegou, porque contou que já tinha um sujeito lá quando arrombou a porta. Ele contou como avistou a casa e como disse para a mulher que tinha um monte de fumaça saindo daquela cozinha, e como a carroça chegou e aí sua mulher disse: 'Esta casa está pegando fogo'. E acho talvez que ele parou a carroça e eles ficaram ali na carroça por alguns instantes, olhando para a fumaça, e acho que depois de um tempo ele disse: 'Parece que é'. E acho que foi sua mulher que o fez descer e ir até lá para ver. 'Eles não sabem que ela está pegando fogo', ela disse, eu acho. 'Vá lá e avise.' E ele desceu da carroça e foi até a varanda e parou ali, chamando 'Ei. Ei' durante algum tempo. Ele contou como podia ouvir o fogo então, dentro da casa, e que aí deu um encontrão na porta com o ombro e entrou e aí encontrou o sujeito que tinha achado aquele fogo primeiro. Era o Brown. Mas o roceiro não sabia disso. Disse apenas que era um homem bêbado na sala parecendo que tinha acabado de cair da escada, e o roceiro falou: 'Sua casa está pegando fogo, senhor', antes de perceber o tanto que o homem estava bêbado. E ele contou como o bêbado ficava dizendo que não tinha ninguém no andar de cima e que lá em cima estava tudo em chamas de qualquer modo e não valia a pena tentar salvar nada lá em cima.

"Mas o roceiro sabia que não podia haver muito fogo lá em cima porque o fogo estava todo atrás, nos lados da cozinha. E além disso, o homem estava bêbado demais para saber. E contou como ele suspeitou que tinha alguma coisa errada na maneira como o bêbado estava tentando impedi-lo de subir a escada. Aí ele começou a subir a escada, e o bêbado tentando segurá-lo, e ele afastou o bêbado com um empurrão e foi subir a escada. Ele contou como o bêbado tentou segui-lo, ainda dizendo que não tinha nada lá em cima, e disse que quando desceu e pensou no sujeito bêbado, ele tinha sumido. Mas acho que isso se passou um pouco antes de ele se lembrar de pensar em Brown de novo. Porque ele subiu a escada e começou a chamar de novo, abrindo as portas, e depois abriu a porta certa e a encontrou."

Ele para. Não há nenhum som na sala além dos insetos. Do

lado de fora da janela aberta, os insetos imperturbáveis vibram e zumbem, sonolentos e incontáveis. "Encontrou-a", diz Hightower. "Foi a srta. Burden que ele encontrou." Ele não se move. Byron não olha para ele. Poderia estar contemplando as mãos sobre o colo enquanto fala.

"Ela estava deitada no chão. Sua cabeça tinha sido quase inteiramente decepada; uma senhora com um começo de cabelo branco. O homem disse como ficou ali e podia ouvir o fogo e havia fumaça no próprio quarto agora, como se ela o tivesse seguido. E como ficou com medo de levantar e carregar a mulher porque sua cabeça poderia cair de vez. E aí ele contou como desceu a escada correndo e saiu pela porta da frente sem nem notar que o bêbado tinha sumido, e seguiu para a estrada e disse para a esposa chicotear a parelha até o telefone mais próximo e ligar para o xerife também. E como ele deu a volta correndo na casa até a cisterna e disse que já estava tirando um balde d'água quando percebeu que aquilo era uma tolice com os fundos da casa em chamas agora. Então ele correu de novo até a casa e subiu a escada de novo e foi até o quarto e arrancou uma coberta da cama e a enrolou nela e pegou-a pelas pontas e jogou-a nas costas como um saco de farinha e a carregou para fora da casa e a depositou embaixo de uma árvore. E disse que o que ele temia acontecera. Porque a coberta se abriu e ela estava deitada de lado, de frente para uma direção, e sua cabeça tinha virado completamente como se estivesse olhando para trás. E disse que se ela tivesse feito aquilo enquanto estava viva, poderia não estar fazendo aquilo agora."

Byron para e olha, uma única olhadela, para o homem atrás da escrivaninha. Hightower não se movera. O suor desce calma e persistentemente de seu rosto por trás dos clarões brancos gêmeos dos óculos. "E o xerife chegou, e o corpo de bombeiros também. Mas não havia nada que ele pudesse fazer porque não tinha água para a mangueira. E aquela casa velha queimou durante a tarde toda e eu pude ver a fumaça da serraria e a mostrei a ela quando ela apareceu, porque eu ainda não sabia. E eles trouxeram a srta. Burden para a cidade, e tinha um papel no banco que ela dissera a eles que os instruiria sobre o que fazer com ela quando morresse. Ele dizia que ela tinha um sobrinho no Norte no lugar de onde viera, de onde sua família viera. E eles telegrafaram para o sobrinho e duas horas depois receberam a resposta de que o sobrinho pagaria uma recompensa de mil dólares por quem fizera aquilo.

"E Christmas e Brown, os dois tinham sumido. O xerife descobriu que alguém estava vivendo naquela cabana, e aí imediatamente todos começaram a falar sobre Christmas e Brown, que tinham mantido aquilo em segredo por tempo demais para um deles ter assassinado a dama, ou talvez ambos. Mas ninguém conseguiu encontrar nenhum dos dois até ontem à noite. O roceiro não sabia que era Brown que ele encontrara bêbado na casa. As pessoas achavam que ele e Christmas tinham fugido, talvez. E então, na noite passada, Brown apareceu. Estava sóbrio, e chegou na praça por volta das oito horas, transtornado, gritando que tinha sido Christmas que a matara e reivindicando aqueles mil dólares. Chamaram os ajudantes e o levaram ao xerife e eles lhe disseram que a recompensa seria dele, claro, assim que ele pegasse Christmas e provasse que era ele o culpado. E aí Brown contou. Contou que Christmas estava vivendo com a srta. Burden como marido e mulher fazia três anos, até que Brown e ele se associaram. No começo, quando se mudou para viver na cabana com Christmas, Brown contou que Christmas lhe dissera que dormia sempre na cabana. Aí uma noite ele não conseguia dormir e ouviu Christmas levantar-se da cama e se aproximar e ficar de pé ao lado do catre dele, Brown, durante algum tempo, como se estivesse escutando, e depois foi até a porta na ponta dos pés e a abriu em silêncio e saiu. E Brown contou que se levantou e seguiu Christmas e o viu andar até a casa grande e ir para a porta dos fundos, como se ela tivesse sido deixada aberta para ele ou ele tivesse a chave. Brown voltou para a cabana e foi para a cama. Mas não conseguiu pegar no sono de tanto rir, pensando no quanto Christmas se achava esperto. Ele estava deitado quando Christmas voltou cerca de uma hora depois. Aí ele disse que não conseguiu mais conter o riso, e falou para Christmas: 'Seu velho sacana'. Christmas ficou parado no escuro, como ele ficou lá deitado rindo, dizendo a Christmas que ele não era tão esperto afinal de contas e gozando de Christmas sobre cabelos grisalhos e dizendo que, se Christmas quisesse, ele assumiria por uma semana se ele pagasse o aluguel da casa.

"Então ele contou como descobriu naquela noite que mais cedo ou mais tarde Christmas ia matá-la ou matar alguém. Disse que estava ali deitado, rindo, achando que Christmas simplesmente voltaria para a cama, quando Christmas riscou um fósforo. Aí Brown disse que parou de rir e ficou ali deitado e observou Christmas acender o lampião e colocá-lo sobre a caixa ao lado do catre dele, Brown. Brown contou que não estava rindo e ficou ali deitado e Christmas de pé ao lado do catre, olhando para ele. 'Agora você arranjou uma boa piada', disse Christmas. 'Pode ganhar umas boas risadas contando isso na barbearia amanhã de noite.' E Brown disse que não sabia que Christmas era louco e que meio que retrucou alguma coisa para Christmas, não querendo deixá-lo furioso, e Christmas disse, com aquele jeito calmo dele: 'Você não dorme o suficiente. Passa muito tempo acordado. Talvez devesse dormir mais', e Brown disse: 'Quanto mais?', e Christmas disse: 'Talvez de agora em diante'. E Brown contou que percebeu então que Christmas estava furioso e que não era hora de gozar dele, e disse: 'Nós não somos amigos? Por que ia querer contar uma coisa que não é da minha conta? Não confia em mim?', e Christmas respondeu: 'Não sei. Também não me importo. Mas pode confiar em mim'. E olhou para Brown. 'Não pode confiar em mim?', e Brown contou que respondeu: 'Posso'.

"E ele contou então como ficou com medo de que Christmas matasse a srta. Burden uma noite dessas; e o xerife lhe perguntou por que ele nunca falara desse medo e Brown disse a ele que achava que talvez não dizendo nada poderia ficar por lá e impedi-lo, sem precisar incomodar os policiais com aquilo; e o xerife meio que grunhiu e disse que fora muita consideração de Brown e que a srta. Burden certamente apreciaria se soubesse. E então acho que Brown começou a perceber que ele tinha uma espécie de cheiro de rato também. Porque começou a contar que fora a srta. Burden que comprara aquele carro para Christmas e que ele tentaria persuadir Christmas a parar de vender uísque antes que metesse os dois em encrencas; e os policiais o observando e ele falando cada vez mais depressa, mais depressa, mais depressa; sobre como tinha acordado cedo no sábado de manhã e vira Christmas voltar para a cabana e ficar ali de pé, olhando para ele, Brown. 'Eu fiz', diz Christmas. 'Fez o quê?', diz Brown. 'Vá até a casa e veja', diz Christmas. E Brown contou como ficou com medo então, mas que nunca suspeitou da verdade. Ele disse apenas que tudo que esperava encontrar lá fora era que talvez Christmas tivesse batido um pouco nela. E disse que Christmas saiu de novo e depois ele se levantou e se vestiu e estava acendendo o fogo para preparar o café da manhã quando aconteceu de olhar pela porta e contou que toda a cozinha estava pegando fogo na casa grande.

"'A que horas foi isso?', diz o xerife.

"'Por volta das oito, eu acho', responde Brown. 'Quando alguém estaria normalmente se levantando. A menos que fosse rico. E Deus sabe que eu não sou.'

"'E aquele incêndio só foi informado perto das onze', diz o

xerife. 'E a casa ainda estava queimando às três da tarde. Você quer dizer que uma casa velha de madeira, mesmo das grandes, precisa de seis horas para queimar?'

"E Brown ali sentado, olhando de um lado para outro, com aqueles sujeitos em volta olhando para ele, cercando-o. 'Só estou dizendo a verdade', diz Brown. 'Foi o que me pediram.' Ele olhava de um lado para outro, sacudindo a cabeça. Aí ele meio que gritou: 'Como vou saber que horas eram. Acham que um homem que trabalha na serraria feito um preto escravo seria rico o bastante para ter um relógio?'.

"'Você não trabalha em nenhuma serraria e em coisa nenhuma faz seis semanas', diz o delegado. 'E alguém que pode se dar ao luxo de rodar o dia todo num carro novo pode passar pela prefeitura um número suficiente de vezes para olhar o relógio e saber a hora.'

"'Não era meu carro nada, estou dizendo!', diz Brown. 'Era dele. Ela comprou e deu a ele; a mulher que ele assassinou deu o carro a ele.'

"'Isso não vem ao caso', diz o xerife. 'Ele que conte o resto da história.'

"E então Brown continuou, falando cada vez mais alto e mais depressa, como se tentasse esconder o Joe Brown por trás do que estava dizendo sobre Christmas até que ele, Brown, pudesse ter a chance de abocanhar aqueles mil dólares. É impressionante como alguns sujeitos acham que ganhar ou conseguir dinheiro é uma espécie de jogo sem nenhuma regra. Ele contou que mesmo quando viu o fogo, nunca imaginou que ela ainda estaria na casa, e muito menos morta. Disse que nunca nem mesmo pensou em olhar dentro da casa; que estava só tentando imaginar como apagar o fogo.

"'E isso foi por volta das oito da manhã?', pergunta o xerife. 'Ou assim você afirma. E a mulher de Hamp Waller só informou aquele incêndio perto das onze. Você precisou de um bocado de tempo para descobrir como poderia apagar aquele fogo com as mãos vazias.' E Brown ali sentado no meio deles (tinham trancado a porta, mas as janelas estavam apinhadas de rostos de pessoas encostados nas vidraças) com os olhos indo de um lado para outro e os lábios afastados dos dentes. 'Hamp diz que quando arrombou a porta já havia um homem dentro daquela casa', diz o xerife. 'E que esse homem tentou impedir que ele subisse a escada.' E ele ali sentado no meio deles, com os olhos para cá e para lá.

"Acho que estava desesperado àquela altura. Acho que não só podia ver aqueles mil dólares se afastando cada vez mais, mas já começava a ver outra pessoa ficando com eles. Acho que era como se ele pudesse se ver com aqueles mil dólares bem na sua mão para outra pessoa gastar. Porque disseram que era como se ele viesse poupando o que lhes disse em seguida para um momento como esse. Como se soubesse que se ficasse em apuros, isso o salvaria, mesmo que fosse quase tão ruim para um branco admitir o que teria de admitir quanto ser acusado do próprio assassinato. 'Está certo', diz ele. 'É isso aí. Me acusem. Acusem o branco que está tentando ajudar vocês com o que sabe. Acusem o branco e deixem o crioulo livre. Acusem o branco e deixem o crioulo fugir.'

"'Crioulo?', disse o xerife. 'Crioulo?'

"Foi como se ele soubesse que tinha pegado os caras. Como se nada que eles pudessem achar que ele tivesse feito fosse tão ruim quanto o que ele poderia contar que outro tinha feito. 'Vocês são tão espertos', diz ele. 'Os sujeitos desta cidade são tão espertos. Enganados durante três anos. Chamando o cara de forasteiro por três anos, quando eu mal o observei por três dias e já percebi que ele não era mais forasteiro do que eu. Percebi antes até de ele me contar.' E eles o observando agora, e se entreolhando.

"'É melhor tomar cuidado com o que está dizendo, se é de um branco que está falando', diz o delegado. 'Não me importa se ele é um assassino ou não.'

"'Estou falando de Christmas', diz Brown. 'O homem que matou aquela mulher branca depois que coabitou com ela bem nas fuças de toda esta cidade, e vocês todos deixando ele fugir para bem longe enquanto ficam acusando o único sujeito que pode encontrar o cara para vocês, que sabe o que ele fez. Ele tem sangue de preto. Percebi isso a primeira vez que o vi. Mas vocês, caras, vocês, xerifes espertos e tal... Uma vez ele até admitiu, me contou que era meio crioulo. Talvez estivesse bêbado quando fez isso: não sei. Seja como for, na manhã seguinte depois que me contou, ele vem até mim e diz' (Brown estava falando depressa agora, meio que fazendo seus olhos e dentes brilharem para todos em volta, um a um), 'ele disse para mim: "Cometi um erro ontem à noite. Não faça o mesmo", e eu disse: "O que quer dizer com um erro?", e ele disse: "Pense um pouco", e eu pensei uma coisa que ele havia feito uma noite quando estávamos em Memphis e eu sabia que minha vida não valeria nada se algum dia eu o traísse e por isso eu disse: "Acho que sei o que você quer dizer. Não vou me meter no que não é da minha conta. Nunca fiz nada assim, que eu saiba". E vocês teriam dito isso, também', diz Brown, 'lá longe, sozinhos naquela cabana com ele e ninguém para ouvir se tivessem de gritar. Vocês também teriam se apavorado, até os caras que vocês estavam tentando ajudar aparecerem e acusarem vocês do assassinato que não cometeram.' E ali estava ele sentado, os olhos se mexendo sem parar, e os da sala observando-o e os rostos pressionados contra a janela do lado de fora.

"'Um crioulo', disse o delegado. 'Sempre achei que tinha uma coisa engraçada naquele sujeito.'

"Aí o xerife falou novamente com Brown. 'E era por isso que até agora você não tinha contado o que estava acontecendo por lá?'

"E Brown ali sentado no meio deles, com a boca arreganhada e aquela pequena cicatriz do lado da boca branca como uma pipoca. 'Só me mostrem o homem que teria feito diferente', diz ele. 'Isso é tudo o que eu peço. Só me mostrem o homem que teria vivido com ele o bastante para conhecê-lo como eu conheço e feito diferente.'

"'Bom', diz o xerife, 'acredito que você enfim está dizendo a verdade. Vá com Buck, agora, e durma um pouco. Eu vou cuidar de Christmas.'

"'Acho que isso quer dizer 'prisão', diz Brown. 'Acho que vão me trancar na cadeia enquanto recebem a recompensa.'

"'Cale essa boca', diz o xerife, sem se exaltar. 'Se a recompensa for sua, cuidarei para que você a receba. Leve o cara, Buck.'

"O delegado avançou e tocou no ombro de Brown e ele se levantou. Quando eles saíram, os que estavam olhando pela janela se aglomeraram: 'Vocês o pegaram, Buck? Foi ele que fez aquilo?'.

"'Não', diz Buck. 'Vão para casa. Vão dormir, agora.'"

A voz de Byron silencia. Sua cantilena uniforme, monótona, caipira se dissipa no silêncio. Ele agora está olhando para Hightower com aquele olhar compassivo e perplexo e parado, olhando por sobre a escrivaninha o homem ali sentado com os olhos fechados e o suor escorrendo pelo rosto como lágrimas. Hightower fala: "É certo, provado, que ele tem sangue negro? Pense, Byron; o que vai ser quando as pessoas... se elas pegarem... Pobre homem. Pobre humanidade".

"É o que o Brown diz", responde Byron, o tom calmo, obstinado, convicto. "E até mesmo um mentiroso pode ser coagido a dizer a verdade, assim como um homem honesto pode ser levado a dizer uma mentira sob tortura."

"É", diz Hightower. Ele está sentado com os olhos fechados, ereto. "Mas ainda não o apanharam."

Byron também não está olhando para o outro. "Ainda não. Até onde eu sei. Levaram uns cães farejadores até lá hoje. Mas ainda não o pegaram, que eu saiba."

"E Brown?"

"Brown", diz Byron. "Ele. Foi com eles. Pode ter ajudado Christmas naquilo. Mas acho que não. Acho que pôr fogo na casa era o seu limite. E por que ele fez aquilo, se é que fez, acho que nem mesmo ele sabe. A menos talvez que achasse que, se tudo pegasse fogo, seria como se nunca tivesse existido, e aí ele e Christmas poderiam continuar rodando naquele carro novo. Acho que ele imaginou que o que Christmas cometeu foi mais um erro que um pecado." O rosto de Byron está pensativo, os olhos baixos; de novo ele desaba um pouco, com uma espécie de sardônico cansaço. "Acho que ele está suficientemente a salvo. Agora ela vai poder encontrá-lo quando quiser, se ele e o xerife não foram com os cães. Ele não vai tentar fugir... não com aqueles mil dólares pendurados sobre a sua cabeça, pode-se dizer. Acho que ele quer pegar Christmas mais do que qualquer um deles. Vai com eles. Eles o tiram da cadeia e ele vai com eles, e aí todos voltam para a cidade e prendem o Brown de novo. É muito estranho. Meio como um assassino tentando apanhar a si mesmo para receber a recompensa pela própria cabeça. Ele não parece se incomodar, porém, exceto para lamentar o tempo que eles perderam antes de seguir a pista, o tempo desperdiçado se preparando. É. Vou contar a ela amanhã. Contarei a ela que ele está na prisão por enquanto, ele e aqueles dois cães. Talvez eu a leve até a cidade, onde ela poderá vê-los, todos os três, arrastados pelos outros, esticando a corda e latindo."

"Você ainda não contou a ela."

"Não contei. Nem a ele. Porque ele poderia fugir de novo, com ou sem recompensa. E talvez se conseguir pegar Christmas e pôr as mãos nessa recompensa, ele se case com ela a tempo.

Mas ela ainda não sabe, não mais do que sabia ontem quando desceu daquela carroça na praça. Barriguda, descendo devagar daquela carroça estranha, entre aqueles rostos estranhos, dizendo a si mesma com uma espécie de calmo espanto, só que eu acho que não havia nenhum espanto nisso, porque ela veio devagar e a pé e contar nunca a incomodou: 'Ora, ora. Vim de lá do Alabama, e agora finalmente estou em Jefferson, com toda a certeza'."

# 5

Foi depois da meia-noite. Embora estivesse na cama há duas horas, Christmas ainda não pegara no sono. Ele ouviu Brown antes de o ver. Ouviu Brown aproximar-se da porta e depois cambalear para dentro, endireitando a silhueta escorado na porta. Brown respirava pesado. Ali parado com os braços apoiados, Brown começou a cantar num tenor meloso e nasal. O agudo muito arrastado de sua voz parecia cheirar a uísque. "Cale a boca", disse Christmas. Ele não se mexeu e não alteou a voz. Mas Brown parou na hora. Ele ficou mais alguns segundos à porta, endireitando-se. Então largou a porta e Christmas o ouviu cambalear para dentro do quarto; no instante seguinte, tropeçou em alguma coisa. Houve um hiato preenchido por uma respiração trabalhosa, difícil. E Brown desabou no chão com enorme estardalhaço, chocando-se com o catre onde Christmas estava deitado e enchendo o quarto de um riso barulhento e idiota.

Christmas ergueu-se do catre. Invisível abaixo dele, Brown estendido no chão, rindo, sem fazer o menor esforço para se levantar. "Cale a boca!", disse Christmas. Brown continuou rindo.

Christmas passou por cima de Brown e esticou a mão até onde costumava estar uma caixa de madeira que servia de mesa, sobre a qual ficavam o lampião e os fósforos. Mas não conseguiu achar a caixa, e aí se lembrou do ruído do lampião quebrando quando Brown desabara. Ele se curvou, escarranchado sobre Brown, e encontrou sua gola e arrastou-o de debaixo do catre e ergueu a cabeça de Brown e começou a estapeá-lo com golpes curtos, duros e violentos, até Brown parar de rir.

Brown estava mole. Christmas manteve a cabeça dele erguida, xingando-o com uma voz uniforme como um sussurro. Arrastou Brown até o outro catre e atirou-o sobre ele, com o rosto para cima. Brown recomeçou a rir. Christmas tapou a boca e o nariz de Brown com a mão aberta, fechando sua mandíbula com a mão esquerda enquanto com a direita desfechava novamente nele aqueles golpes duros, lentos, medidos, como se os estivesse contando. Brown parara de rir. Ele se debatia. Por baixo da mão de Christmas, começou a produzir um ruído gorgolejante, sufocado, debatendo-se. A mão de Christmas o segurou até ele parar e se aquietar. Só então Christmas afrouxou um pouco a mão. "Vai ficar quieto, agora?", perguntou. "Vai?"

Brown se debateu mais um pouco. "Tire essa mão preta de mim, seu crioulo maldito." A mão tapou sua boca de novo. De novo Christmas o estapeou com a outra mão. Brown se calou e ficou deitado imóvel outra vez. Christmas afrouxou a mão. Um instante depois, Brown falou num tom astuto, não alto: "Você é um crioulo, não percebe? Você mesmo disse. Você me contou. Mas eu sou branco. Sou br…". A mão tapou sua boca. De novo Brown se debateu, produzindo uma lamúria abafada por baixo da mão de Christmas, babando nos dedos. Quando parou de se debater, a mão afrouxou. Então ele ficou imóvel, respirando com dificuldade.

"Agora vai ficar quieto?", perguntou Christmas.

"Vou", disse Brown. Ele respirou ruidosamente. "Me deixe respirar. Eu fico quieto. Me deixe respirar."

Christmas afrouxou a mão mas não a retirou. Por baixo dela Brown respirou melhor, o ar entrando e saindo mais fácil, menos ruidoso. Mas Christmas não retirou a mão. Ficou no escuro sobre o corpo enviesado com a respiração de Brown alternadamente quente e fria em seus dedos, pensando calmamente *Alguma coisa vai me acontecer. Eu vou fazer alguma coisa* Sem tirar a mão esquerda do rosto de Brown ele conseguiria alcançar com a direita o seu catre, o travesseiro, embaixo do qual ficava a navalha com lâmina de cinco polegadas. Mas não o fez. Talvez o pensamento já tivesse ido longe o bastante e ficado tenebroso o bastante para lhe dizer *Não é a pessoa certa* Seja como for, não procurou a navalha. Depois de um tempo ele retirou a mão do rosto de Brown. Mas não se afastou. Continuou ereto sobre o catre, a própria respiração muito silenciosa, muito calma, sem produzir nenhum som nem mesmo para ele. Invisível também, Brown respirava mais silenciosamente, e pouco depois Christmas voltou e sentou-se em seu próprio catre e remexeu em sua calça pendurada na parede atrás de um cigarro e fósforo. No clarão do fósforo, Brown ficou visível. Antes de a luz se extinguir, Christmas ergueu o fósforo e examinou Brown. Ele jazia de costas, esparramado, um braço pendendo sobre o chão. A boca estava aberta. Sob o olhar de Christmas, ele começou a roncar.

Christmas acendeu o cigarro e atirou o fósforo na direção da porta aberta, observando a chama se apagar no caminho. Ficou esperando ouvir o som fraco, trivial, que o fósforo apagado faria ao bater no chão; e então pareceu-lhe que o ouvira. E pareceu-lhe, sentado no catre no quarto às escuras, que estava ouvindo uma infinidade de sons num volume não maior — vozes, murmúrios, sussurros: de árvores, escuridão, terra; de gente: sua própria voz; outras vozes evocativas de nomes e tempos e lugares — dos quais estivera consciente durante toda a sua vida sem o saber, que eram a sua vida, pensando *Deus talvez e eu sem saber disso também* Ele podia ver como uma frase impressa, acabada e já morta *Deus também me ama* como as letras apagadas e gastas pela intempérie num cartaz do ano anterior *Deus também me ama*

    Ele fumou o cigarro todo sem tocá-lo nem uma vez com a mão. Atirou-o também pela porta. Diferentemente do fósforo, este não se apagou durante o voo. Ele o observou cruzar a porta girando, faiscando. Deitou-se no catre, as mãos atrás da cabeça, como se deita alguém que não pretende dormir, pensando *Estou na cama desde as dez e ainda não peguei no sono. Não sei que horas são mas passa da meia-noite e ainda não peguei no sono* "É porque ela começou a rezar por mim", disse. Falou em voz alta, sua voz súbita e alta no quarto escuro, sobrepondo-se ao ronco embriagado de Brown. "É isso. Porque ela começou a rezar por mim."

    Levantou-se do catre. Os pés descalços não produziram um ruído. Ficou de pé no escuro, apenas com a roupa de baixo. No outro catre, Brown roncava. Por um momento Christmas ficou parado com a cabeça voltada para aquele som. Depois foi até a porta. De roupa de baixo e pés descalços, saiu da cabana. Estava um pouco mais claro do lado de fora. No alto, as lentas constelações giravam, as estrelas que ele vinha percebendo havia trinta anos e que para ele não tinham nome nem significavam nada por sua forma ou brilho ou posição. À frente, destacando-se por cima da massa de árvores próxima, ele podia ver uma chaminé e uma empena da casa. A casa em si estava invisível e escura. Nenhuma luz aparecia e nenhum som saía de seu interior quando ele se aproximou e parou embaixo da janela do quarto onde ela dormia, pensando *Se ela está dormindo também. Se ela está dormindo* As portas nunca ficavam trancadas, e era comum acontecer que a qualquer hora entre o anoitecer e a aurora que o desejo o tomasse, ele entrasse na casa e fosse ao quarto de dormir dela e caminhasse no escuro sem vacilar até a sua cama. Às vezes ela estava acordada esperando e falaria o seu nome. Outras ele a despertava com sua mão dura e brutal e às vezes a possuía dura e brutalmente antes que ela estivesse totalmente desperta.

Isso fora há dois anos, dois anos já passados agora, pensando *Talvez a afronta esteja aí. Talvez eu ache que fui enganado, ludibriado. Que ela mentiu para mim sobre a sua idade, sobre o que acontece com as mulheres numa certa idade* Ele disse, em voz alta, solitário, na escuridão embaixo da janela escura: "Ela não devia começar a rezar por mim. Ela estaria bem se não tivesse começado a rezar por mim. Não é culpa dela ter ficado tão velha a ponto de não prestar mais. Mas devia ter tido o bom senso de não rezar por mim". Ele começou a xingá-la. Ficou embaixo da janela escura, xingando-a com lenta e calculada obscenidade. Não estava olhando para a janela. Na menos que meia-luz, ele parecia observar seu corpo, parecia observá-lo ficar lento e lascivo num murmúrio de sujeira de esgoto como um cadáver afogado num tanque preto espesso parado de algo mais do que água. Apalpou-se com as mãos abertas, firmes, subindo as mãos com firmeza pelo abdômen e o peito por dentro da roupa de baixo. Esta era presa por um único botão no alto. Ele já tivera roupas com os botões intactos. Uma mulher os pregava para ele. Isso foi por um tempo, durante um tempo. Esse tempo passou. Depois, ele furtava as próprias roupas do monte de lavar da casa antes que ela pudesse pegá-las e pregar os botões que faltavam. Quando ela se antecipava, ele tratava deliberadamente de saber e se lembrar dos botões que estavam faltando e haviam sido restaurados. Com o canivete e a fria e cruel deliberação de um cirurgião cortava fora os botões que ela acabara de substituir.

Sua mão direita deslizou mais rápida e suave que a lâmina da faca jamais fizera, subindo para a abertura da roupa. De lado ela aplicou um golpe leve e rápido no botão restante. O ar noturno o bafejou, bafejou manso quando a roupa deslizou por suas pernas, a boca fresca da escuridão, a língua suave e fresca. Recomeçando a andar, ele podia sentir o ar noturno como água; podia sentir o orvalho sob os pés como jamais sentira antes o orvalho. Cruzou o portão quebrado e parou ao lado da estrada. O mato de agosto estava alto e fechado. Sobre as folhas e talos depusera-se a poeira de um mês de carroças passando. A estrada estendia-se à sua frente. Estava um pouco mais clara que a escuridão de árvores e terra. Numa direção ficava a cidade. Na outra, a estrada subia um morro. Depois de algum tempo, uma luminosidade começou a crescer além do morro, definindo-o. Então ele pôde ouvir o carro. Não se mexeu. Ficou parado com as mãos nos quadris, nu, enterrado fundo no mato empoeirado enquanto o carro surgia no alto do morro e se aproximava, os faróis em cheio sobre ele. Observou seu corpo se destacar da escuridão como uma cópia kodak emergindo do líquido. Olhou diretamente para os faróis quando o carro passou em disparada. Dele uma voz esganiçada de mulher se afastou, gritando. "Brancas malditas!", ele gritou. "Não é a primeira de suas putas que já viu…" Mas o carro desaparecera. Não havia ninguém para ouvir, para escutar. O carro desapareceu, sugando a poeira e a luz por onde passava, sugando o grito fugaz da mulher branca. Ele sentia frio agora. Era como se tivesse vindo até ali apenas para uma finalidade, e a finalidade já houvesse acontecido e ele estivesse livre novamente. Voltou para a casa. Embaixo da janela escura, parou, procurou e achou a roupa de baixo e a vestiu. Já não lhe restara nenhum botão e ele teve de segurá-la com a mão enquanto voltava para a cabana. Podia ouvir Brown roncando. Parou por um instante à porta, imóvel e silencioso, escutando os suspiros longos, ásperos e irregulares terminando num gorgolejo estrangulado. "Devo ter machucado o seu nariz mais do que imaginei", pensou. "Maldito filho da puta." Entrou e foi para o seu catre, preparando-se para deitar. Estava no ato de se reclinar quando se deteve, parou, meio reclinado. Talvez a ideia de ficar ali deitado até o dia raiar, com o bêbado roncando no escuro e os intervalos preenchidos por incontáveis vozes, fosse mais do que poderia suportar. Porque se sentou e tateou silenciosamente embaixo do catre, encontrou os sapatos, calçou-os, pegou em cima do catre o lençol de solteiro de mescla de algodão que compunha sua roupa de cama e saiu da cabana. A trezentas jardas, aproximadamente, ficava o estábulo. Estava caindo aos pedaços e não abrigava um cavalo havia trinta anos, mas foi para o estábulo que ele se encaminhou. Caminhava rápido. Agora pensava, em voz alta: "Por que raios eu quero cheirar cavalos?". Depois disse, tateando: "É porque não são mulheres. Mesmo uma égua é uma espécie de homem".

Ele dormiu menos de duas horas. Quando acordou, começava a alvorecer. Deitado sobre o lençol no chão de tábuas soltas da caverna arqueada e sombria cheirando a azedo da poeira fina de feno antigo e levemente amoniacal naquele abandono abafado de velhos estábulos, ele podia ver pela janela sem veneziana da parede oriental o pálido céu amarelo e a pálida e alta estrela da manhã do auge do verão.

Sentia-se perfeitamente descansado, como se tivesse dormido oito horas seguidas. Foi um sono inesperado, pois não esperava dormir nada. Com os pés novamente nos sapatos desamarrados e o lençol dobrado embaixo do braço, desceu a escada perpendicular, testando os degraus invisíveis e apodrecidos com os pés, largando-se de degrau em degrau seguro por uma mão. Emergiu no cinza e amarelo da aurora, na friagem cortante, respirando fundo.

A cabana destacava-se nítida agora contra a luminosidade crescente do leste, e também o grupo de árvores que ocultava inteiramente a casa toda exceto a única chaminé. O orvalho se acumulara na grama alta. Seus sapatos encharcaram rapidamente. O couro esfriava seus pés; contra as pernas nuas, as lâminas molhadas de grama pareciam estocadas de sincelos flexíveis. Brown parara de roncar. Ao entrar, Christmas conseguiu ver Brown à luz da janela do leste. Ele respirava em silêncio agora. "Sóbrio, agora", pensou Christmas. "Sóbrio e não sabe disso. Pobre idiota." Olhou para Brown. "Pobre idiota. Ele vai ficar furioso quando acordar e descobrir que está sóbrio de novo. Vai precisar de uma hora inteira para ficar bêbado outra vez." Estendeu o lençol e vestiu a calça de sarja, a camisa branca agora um pouco suja, a gravata-borboleta. Estava fumando. Havia um caco de espelho preso na parede. No fragmento, ele observou seu rosto baço enquanto dava o nó na gravata. O chapéu de palha pendia de um prego. Não o pegou. Pegou em seu lugar um boné de pano de outro prego, e do chão embaixo do catre uma revista do tipo que estampa na capa mulheres jovens em roupas de baixo ou homens duelando com pistolas. De baixo do travesseiro sobre o catre ele tirou a navalha e uma escova e um pedaço de sabão de barba e os meteu no bolso.

Quando saiu da cabana, o dia já clareara bastante. Os pássaros estavam em pleno coro. Dessa vez ele virou as costas para a casa. Passou pelo estábulo e entrou no pasto além dele. Seus sapatos e as pernas da calça logo ficaram encharcados de orvalho cinzento. Ele parou, dobrou as pernas da calça até os joelhos e prosseguiu. Na extremidade do pasto começava a mata. O orvalho não estava muito denso ali, e ele desenrolou as calças de novo. Depois de algum tempo, chegou a um pequeno vale onde brotava uma fonte. Pousou a revista no chão, juntou gravetos e arbustos secos, fez fogo e sentou-se com as costas apoiadas numa árvore e os pés perto da fogueira. Os sapatos úmidos começaram a secar. Ele podia sentir o calor subindo pelas pernas, e depois, de repente, abriu os olhos e notou o sol alto e também que o fogo ardera até se apagar, e percebeu que havia dormido. "Droga", pensou. "Droga, dormi de novo."

Dormira mais de duas horas dessa vez, porque o sol estava brilhando sobre a própria nascente, cintilando e refletindo na água corrente. Levantou-se, esticando as costas enrijecidas e com cãibras, despertando os músculos formigantes. Do bolso ele tirou a navalha, a escova, o sabão. Ajoelhado ao lado da nascente, ele se barbeou usando a superfície da água como espelho depois de afiar a navalha comprida e brilhante no couro do sapato.

Escondeu os apetrechos de barba e a revista numa touceira de arbustos e tornou a colocar a gravata. Quando deixou a nascente, tomou um caminho bem afastado da casa. Ao chegar à estrada, estava já a oitocentos metros da casa. A pouca distância dali havia um pequeno armazém com uma bomba de gasolina na frente. Entrou no armazém e uma mulher lhe vendeu biscoitos e uma lata de carne em conserva. Voltou à nascente, ao fogo apagado.

Comeu seu desjejum com as costas apoiadas na árvore, lendo a revista enquanto comia. Ele já lera antes uma matéria; começou então a segunda, lendo a revista na sequência como se fosse um romance. De vez em quando, erguia os olhos da página, mastigando, e mirava as folhas batidas de sol que formavam um arco sobre a ravina. "Talvez eu já tenha feito", pensou. "Talvez não esteja mais esperando para ser feito agora." Pareceu-lhe que podia ver o dia amarelo descerrando-se pacificamente diante dele, como um corredor, um arrás, num claro-escuro imóvel, sem urgência. Pareceu-lhe que, enquanto estava ali sentado, o dia amarelo o contemplava modorrento, como um gato amarelo de bruços com sono. Então recomeçou a leitura. Virava as páginas em progressão regular, embora de vez em quando parecesse demorar-se numa página, numa linha, numa palavra talvez.

Já não levantava os olhos agora. Não se mexeria, aparentemente preso e imobilizado por uma única palavra que talvez ainda não tivesse se encaixado, todo o seu ser suspenso pela combinação trivial e única de letras no espaço calmo e ensolarado, de forma que, pendendo imóvel e sem peso físico, ele parecia observar o lento fluir do tempo por baixo dele, pensando *Tudo que eu queria era paz* pensando: "Ela não devia ter começado a rezar por mim".

Quando chegou à última matéria, parou de ler e contou as páginas restantes. Olhou para o sol e voltou à leitura. Ele agora lia como alguém andando por uma rua poderia contar as rachaduras na calçada, até a última e derradeira página, a última e derradeira palavra. Então se levantou, aproximou um fósforo aceso da revista e ali o manteve pacientemente até ela ser consumida. Com os apetrechos de barba no bolso, seguiu pela várzea.

Depois de um trecho, o vale se alargava: um chão liso alvejado de areia entre barrancos protetores íngremes, com os flancos e a crista afogados em mato e arbustos espinhosos. Sobre ele, as árvores ainda se arqueavam, e numa pequena depressão de um flanco havia um tufo de mato seco tapando o esconderijo. Ele começou a afastar o mato para um lado, limpando a depressão e expondo uma pá de cabo curto. Com a pá, pôs-se a cavar na areia que o mato escondera, exumando uma a uma seis latas metálicas com tampa de rosca. Não desenroscou as tampas. Deitou as latas de lado e com a borda aguda da pá furou-as, a areia embaixo delas escurecendo enquanto o uísque jorrava e escorria, o ermo ensolarado, o ar, perfumando-se de álcool. Ele as esvaziou por completo, sem pressa, o rosto absolutamente impassível, quase uma máscara. Quando todas ficaram vazias, ele as devolveu ao buraco, enterrou-as bem, arrastou o mato de volta e escondeu de novo a pá. O mato ocultou a mancha mas não conseguia ocultar o aroma, o cheiro. Olhou mais uma vez para o sol. Já era tarde.

Às sete horas daquela noite, ele estava na cidade, num restaurante de uma rua lateral, comendo seu jantar, sentado num banquinho sem encosto num balcão de madeira lustrado pelo atrito, comendo.

Às nove horas ele estava parado do lado de fora da barbearia, olhando através da janela para o homem que aceitara como sócio. Estava absolutamente imóvel, com as mãos nos bolsos e a fumaça do cigarro subindo pelo rosto e o boné de pano gasto inclinado, como o chapéu de palha, naquele ângulo afetado e fatal. Tão frio, tão fatal estava ele ali, que Brown dentro da barbearia, em meio às luzes, o ar pesado de loção e sabão quente, gesticulante, a voz pastosa, com a calça quadriculada de vermelho suja e a camisa colorida suja, ergueu semiconsciente a vista e fitou com os olhos embotados os olhos do homem do outro lado do vidro. Tão imóvel e fatal que um negro jovem que vinha pela rua arrastando os pés e assobiando viu o perfil de Christmas e parou de assobiar e se esgueirou por trás dele, virando e olhando-o por cima dos ombros. Mas Christmas estava em movimento agora. Era como se tivesse parado só para Brown vê-lo.

Ele saiu andando, sem pressa, afastando-se da praça. A rua, uma rua sempre calma, estava deserta àquela hora. Ela conduzia à estação, passando pelo bairro negro, Freedman Town. Às sete horas ele teria cruzado com pessoas, brancas e negras, indo para a praça e para a sessão de cinema; às nove e meia, elas estariam voltando para casa. Mas a sessão ainda não terminara, e ele dispunha da rua inteira para si. Seguiu andando, passando em silêncio por entre as casas dos brancos, de lâmpada em lâmpada da rua, as sombras densas das folhagens de carvalho e bordo deslizando como pedaços de veludo escuro em sua camisa branca. Não há nada que pareça tão solitário quanto um homem encorpado percorrendo uma rua deserta. Ele, porém, mesmo não sendo grande, nem alto, conseguia de certa forma parecer mais solitário que um poste telefônico no meio do deserto. Na rua larga, vazia, infestada de sombras, parecia um fantasma, um espírito, desgarrado de seu próprio mundo, e perdido.

Então ele se achou. Sem que percebesse, a rua começara a subir e, antes que desse por isso, estava em Freedman Town, cercado pelo cheiro de verão e pelas vozes de verão de negros invisíveis. Elas pareciam cercá-lo como vozes sem corpo murmurando, falando, rindo numa língua que não era a sua. Como que do fundo de um poço negro e espesso ele se viu cercado de vultos de cabanas, vagos, iluminados a querosene, de modo que até as próprias lâmpadas de rua pareciam mais espaçadas, como se a vida negra, a respiração negra tivessem se combinado com a substância da aragem de forma que não só vozes mas corpos em movimento e a própria luz precisam se tornar fluidos e crescer juntos lentamente partícula a partícula, a partir da e com a agora ponderável noite inseparável e una.

Ele estava parado em silêncio, respirando com grande dificuldade, olhando de um lado para outro. À sua volta as cabanas se avultavam sombrias da escuridão sob o brilho fraco, velado dos lampiões de querosene. De todos os lados, e mesmo dentro dele, fecumelodiosas vozes incorpóreas de mulheres negras murmuravam. Era como se ele e toda a vida em forma humana ao redor tivessem retornado à escura, quente e úmida Fêmea ancestral. Começou a correr, reluzindo, os dentes reluzindo, a inspiração fria nos dentes e lábios secos, na direção da lâmpada seguinte da rua. Debaixo dela, uma travessa estreita e sulcada subia para a rua paralela, fora da depressão negra. Entrou por ela na corrida e precipitou-se pela ladeira íngreme, o coração martelando, e para a rua mais alta. Ali ele parou, ofegando, reluzindo, o coração pulsando como se não pudesse ou ainda não acreditasse que o ar era agora o ar duro e frio dos brancos.

Então ele se acalmou. O cheiro negro, as vozes negras estavam atrás e abaixo dele agora. À esquerda ficava a praça, as luzes aglomeradas: baixas aves luminosas em suspensão aladimóvel e trêmula. À direita, as lâmpadas da rua se enfileiravam, espaçadas, intermitentes com galhos recortados e estáticos. Ele seguiu adiante, outra vez devagar, as costas voltadas para a praça, passando de novo entre as casas dos brancos. Havia pessoas nesses pórticos também, e em cadeiras sobre os relvados: mas ele podia andar tranquilamente ali. De vez em quando podia vê-las: cabeças em silhueta, um vulto borrado em traje branco; numa varanda iluminada, quatro pessoas estavam sentadas em torno de uma mesa de jogo, as faces brancas concentradas e distintas sob a luz fraca, os braços nus das mulheres reluzindo suaves e brancos sobre as cartas frívolas. "Isso é tudo o que eu queria", pensou. "Não me parece que seja pedir muito."

A rua começou por sua vez a subir. Mas a subida era branda. A camisa branca lisa e as pernas escuras compassadas morriam entre longas sombras avultando-se quadradas e imensas contra as estrelas de agosto: um armazém de algodão, um tanque horizontal e cilíndrico semelhante ao torso de um mastodonte decapitado, uma fileira de vagões de carga. Ele cruzou a linha, os trilhos surgindo momentaneamente como lampejos verdes gêmeos de uma luz de sinalização, se apagando de novo. Além dos trilhos começava a mata. Mas ele encontrou o caminho sem erro. Subia pelo meio das árvores, as luzes da cidade começando a ressurgir agora do outro lado do vale onde corria a ferrovia. Mas ele não olhou para trás até alcançar a crista do morro. Então poderia ver a cidade, o clarão, as luzes individuais onde as ruas irradiavam da praça. Podia ver a rua por onde viera, e a outra, aquela que quase o atraiçoara; e mais distante e em ângulos retos, o longínquo terrapleno iluminado da própria cidade e, no ângulo entre elas, o poço negro de onde fugira com o coração martelando e os lábios reluzindo. Nenhuma luz vinha dela, dali nenhum sopro, nenhum odor. Ela simplesmente ali jazia, negra, impenetrável, com sua grinalda de luzes agostrêmulas. Poderia ter sido a pedreira original, o próprio abismo.

Seu curso era certeiro apesar das árvores, da escuridão. Em nenhum momento ele errou o caminho que nem sequer podia ver. A mata se estendia por mais de um quilômetro. Ele emergiu numa estrada, com poeira sob os pés. Podia ver, agora, o impreciso mundo alastrado, o horizonte. Aqui e ali janelas pálidas luziam. Mas a maioria das cabanas estava às escuras. Ainda assim seu sangue recomeçou, falando e falando. Ele apertou o passo, acompanhando o ritmo; parecia consciente de que o grupo era de negros antes mesmo de ver ou ouvir, antes mesmo de terem despontado vagamente contra o crepúsculo agonizante. Havia cinco ou seis deles num grupo espalhado mas ligeiramente emparelhado; de novo lhe chegou, por sobre o rumor do próprio sangue, o rico murmúrio de vozes femininas. Ele caminhava direto para eles, andando depressa. Eles o avistaram e desviaram para um lado da estrada, as vozes cessaram. Ele também mudou de direção, cruzando na direção deles como se pretendesse atropelá-los. Num movimento único e parecendo obedecer a um comando oral as mulheres se esquivaram e abriram passagem, deixando-lhe um amplo espaço. Um dos homens as seguiu como se as pastoreasse para cruzar com ele, olhando por cima do ombro ao passar. Os outros dois homens haviam parado na estrada, encarando Christmas. Christmas parara também. Nenhum parecia estar se mexendo, e no entanto eles se aproximavam, assomavam, avultando-se como duas sombras errantes. Ele podia sentir o cheiro de negro; podia sentir o cheiro de roupa barata e suor. A cabeça do negro, mais alta que a sua, parecia se curvar, descendo do céu, contra o céu. "É um branco", disse ele, sem virar a cabeça, em voz baixa. "O que é que está querendo, branco? Procurando alguém?" A voz não era ameaçadora. Tampouco era servil.

"Vem pra cá, Jupe", disse o que acompanhara as mulheres.

"Quem é que está procurando, capitão?", perguntou o negro.

"Jupe", disse uma das mulheres, a voz um pouco alta. "Vem pra cá, agora."

Por alguns instantes as duas cabeças, a clara e a escura, pareciam pender suspensas na escuridão, respirando uma sobre a outra. Então a cabeça do negro pareceu se afastar flutuando; um vento frio soprou de algum lugar. Christmas, virando-se lentamente, observando-os dissolver-se e desaparecer de novo na estrada pálida, notou que estava com a navalha na mão. Não estava aberta. Não era medo. "Putas!", exclamou, bem alto. "Filhos da puta!"

O vento soprou escuro e frio; a terra mesmo através dos sapatos estava fria. "Que raios está acontecendo comigo?", ele pensou. Devolveu a navalha ao bolso e parou e acendeu um cigarro. Teve de umedecer os lábios várias vezes para segurar o cigarro. À luz do fósforo pôde notar as mãos tremendo. "Todo esse problema", pensou. "Todo esse maldito problema", disse em voz alta, retomando a caminhada. Ergueu os olhos para as estrelas, para o céu. "Deve ser quase dez agora", pensou; e então, quase em pensamento, pensou ter ouvido o relógio da prefeitura a pouco mais de três quilômetros dali. Lentas, pausadas, claras soaram as dez badaladas. Ele as contou, parado novamente na estrada solitária e vazia. "Dez horas", pensou. "Ouvi dez badaladas a noite passada também. E onze. E doze. Mas não ouvi uma. Talvez o vento tivesse mudado."

Quando ouviu onze badaladas nessa noite ele estava sentado com as costas apoiadas numa árvore do lado de dentro do portão quebrado, enquanto atrás dele a casa estava novamente escura e oculta em seu pomar malcuidado. Ele não estava pensando *Talvez ela também não esteja dormindo* esta noite. Não estava pensando em nada; o pensar ainda não começara. As vozes também não haviam começado. Ele estava apenas sentado ali, sem se mexer, até que passado um tempo ouviu o relógio a pouco mais de três quilômetros dali bater doze horas. Então ele se ergueu e caminhou até a casa. Não andava depressa. Não pensava então nem mesmo *Alguma coisa vai acontecer. Alguma coisa vai acontecer comigo*

6

A memória acredita antes de o conhecimento lembrar. Acredita um tempo maior do que recorda, um tempo maior até do que o conhecimento imagina. Conhece lembra acredita em um corredor num grande longo frio despojado ressonante edifício de tijolos vermelhos escuros enegrecidos pela fuligem de mais chaminés do que a sua própria, plantado num terreno atulhado de cinza espalhada sem grama rodeado de construções industriais fumacentas e cercado por uma cerca de aço e arame de três metros como uma penitenciária ou um zoológico, onde em vagas erráticas aleatórias, com chilreios infantis pardalinos, órfãos em idêntica e uniforme sarja azul dentro e fora da recordação mas no conhecimento constantes como as paredes soturnas, as janelas soturnas onde na chuva a fuligem das chaminés adjacentes de um ano riscava como lágrimas negras.

No corredor silencioso e vazio, durante a hora de descanso do começo da tarde, ele era como uma sombra, pequeno até para cinco anos, sóbrio e calado como uma sombra. Alguém que estivesse no corredor não saberia dizer exatamente quando e onde ele desaparecera, em qual porta, qual quarto. Mas não haveria mais ninguém no corredor àquela hora. Ele sabia disso. Vinha fazendo aquilo havia quase um ano, desde o dia em que descobrira, por acidente, a pasta de dentes que a nutricionista usava.

No quarto, ele foi direto sobre os pés descalços e silenciosos até a pia e encontrou o tubo. Estava admirando a rosada minhoca espiralar-se lisa e fria e lenta em seu dedo cor de pergaminho quando ouviu passos no corredor, e, em seguida, vozes bem perto da porta. Talvez tivesse reconhecido a voz da nutricionista. Seja como for, não esperou para ver se elas entrariam ou não pela porta. Com o tubo na mão e ainda silencioso como uma sombra sobre os pés descalços, atravessou o quarto e se enfiou por baixo de uma cortina de pano que escondia um canto do recinto. Ali ele se acocorou entre delicados sapatos e macias roupas femininas penduradas. Enquanto se agachava, ouviu a nutricionista e o companheiro entrarem no quarto.

A nutricionista ainda não era nada para ele além de um acessório mecânico de comer, comida, saladejantar, a cerimônia de comer nas gamelas, penetrando de vez em quando em seu campo de visão sem nenhum impacto afora certa associação agradável, e ela própria agradável de ver — jovem, meio encorpada, macia, rosa e branca, fazendo a mente pensar na saladejantar, fazendo a boca pensar em algo doce e pegajoso para comer, também rosado e sub-reptício. Naquele primeiro dia em que descobrira a pasta de dentes no quarto dela, fora diretamente para lá, ele que jamais ouvira falar em pasta de dentes, como se já soubesse que ela possuiria alguma coisa daquela natureza e ele a descobriria. Reconheceu a voz do acompanhante também. Era a de um jovem interno do hospital rural, assistente do médico paroquial, ele também uma figura familiar na casa e tampouco um inimigo ainda.

Estava seguro, agora, atrás da cortina. Quando eles saíssem, recolocaria a pasta de dentes e também sairia. Assim ele se acocorou atrás da cortina, escutando sem ouvir a voz sussurrante e tensa da mulher: "Não! Não! Aqui não. Agora não. Vão nos pegar. Alguém vai... Não, Charley! Por favor!". As palavras do homem ele não conseguiu entender de jeito nenhum. A voz era baixa também. Tinha um tom implacável, como ainda tinham para ele as vozes de todos os homens, pois ainda era novo demais para ter escapado do mundo das mulheres naquele breve intervalo antes de escapar de volta para ele para ali permanecer até a hora da sua morte. Ele ouviu outros sons que conhecia: um arrastar de pés, a chave girada na porta. "Não, Charley! Charley, por favor! Por favor, Charley!", dizia o sussurro da mulher. Escutou outros sons, roupas farfalhando, murmúrios, não vozes. Não estava ouvindo; estava simplesmente esperando, pensando sem particular interesse ou atenção além de que aquela era uma hora estranha de ir para a cama. Uma vez mais o murmúrio desfalecente da mulher chegou pela vedação fina: "Estou apavorada! Depressa! Depressa!".

Estava agachado no meio das macias roupas com perfume-demulher e dos sapatos. Sentia apenas pelo tato agora o tubo antes cilíndrico arruinado. Pelo paladar e sem ver, contemplou a fria minhoca invisível que se enrodilhava em seu dedo e untava picante, automática e doce o interior da sua boca. Normalmente teria tirado uma única porção e depois recolocaria o tubo no lugar e sairia do quarto. Mesmo com cinco anos, sabia que não devia pegar mais do que isso. Talvez fosse o animal avisando-o de que uma quantidade maior lhe faria mal; talvez o ser humano avisando-o de que se pegasse mais do que aquilo ela daria pela falta. Esta era a primeira vez que ele tirava mais. Agora, escondido e esperando, tirara uma boa porção a mais. Pelo tato, pôde sentir o tubo diminuindo. Começou a suar. Descobriu então que já estava suando havia algum tempo, que durante algum tempo não fizera outra coisa senão suar. Nesse momento ele não estava ouvindo absolutamente nada. Muito provavelmente não teria ouvido um tiro de revólver do outro lado da cortina. Parecia ensimesmado, observando-se suar, observando-se lambuzar a boca com outra minhoca de pasta que seu estômago não queria. Ela evidentemente se recusou a descer. Imóvel agora, totalmente ensimesmado, ele parecia curvado sobre si mesmo como um químico em seu laboratório, esperando. Não precisou esperar muito. De repente, a pasta que já havia engolido subiu por seu interior tentando voltar para fora, para o ar onde ela era fresca. Deixara de ser doce. Na densa obscuridade carregada de perfumedemulherrosada atrás da cortina ele se acocorava, espumandorrosa, auscultando suas entranhas, esperando com atônito fatalismo o que estava para lhe acontecer. Então aconteceu. Ele disse para si mesmo com total e passiva rendição: "Bom, aqui estou".

Quando a cortina foi aberta ele não olhou para cima. Quando mãos o arrastaram violentamente de seu vômito, não resistiu. Pendia flácido das mãos, olhando com uma idiotia de olhos vidrados e queixo caído para um rosto não mais rosa e branco suave, emoldurado agora por cabelos selvagens e desgrenhados cujas tranças acetinadas antes o faziam pensar em doces. "Seu ratinho!", sibilou a voz fina, enfurecida; "seu ratinho! Me espionando! Seu negrinho maldito!"

A nutricionista tinha vinte e sete anos — idade suficiente para assumir alguns riscos amorosos, mas ainda nova demais para atribuir grande importância não tanto ao amor, mas a ser flagrada nele. Era também estúpida o bastante para acreditar que uma criança de cinco anos não só poderia deduzir a verdade do que ouvira, mas ia querer contá-la como um adulto o faria. Assim, quando nos dois dias seguintes ela parecia não poder olhar para nenhum lado nem estar em nenhum lugar sem topar com a criança olhando para ela com a interrogação profunda e intensa de um animal, impingiu-lhe mais atributos de adulto: acreditava que ele não só pretendia contar, como adiara isso deliberadamente para fazê-la sofrer mais. Nunca lhe ocorreu que ele acreditava que fora apanhado em pecado e estava sendo torturado com o castigo adiado e que estava se colocando no caminho dela para acabar com aquilo, receber a sua surra, atingir o equilíbrio e encerrar o assunto.

No segundo dia, ela estava à beira do desespero. Não dormia à noite. Permanecia deitada, tensa, durante a maior parte da noite, mãos e dentes cerrados, ofegando de fúria e terror e, pior do que tudo, arrependimento: aquele desejo cego de fazer o tempo voltar uma hora que fosse, um segundo. Isso para a exclusão até mesmo do amor com o tempo. O jovem médico era agora menos do que a criança até, apenas um instrumento do seu desastre, e nem mesmo isso da sua salvação. Ela não saberia dizer a quem odiava mais. Tampouco saberia dizer quando estava dormindo e quando acordada. Porque sempre contra suas pálpebras ou retinas lá estava a observá-la aquele imóvel, grave, inescapável rosto cordepergaminho.

No terceiro dia ela saiu do estado de coma, do sonambulismo através do qual, durante as horas de luzes e rostos, carregava o próprio rosto como uma máscara dolorida num esgar fixo de dissimulação que não ousava afrouxar. No terceiro dia agiu. Não teve dificuldade para encontrá-lo. Foi no corredor, o corredor vazio durante a hora de descanso depois do almoço. Ele estava ali, sem fazer nada. Talvez a tivesse seguido. Ninguém poderia dizer se a estava esperando ali ou não. Mas ela o encontrou sem surpresa e ele ouviu, virou, e a viu sem surpresa: os dois rostos, um não mais rosa e branco suave, o outro grave, os olhos tristonhos perfeitamente esvaziados de tudo exceto da espera. "Agora vou resolver tudo", pensou.

"Escute", disse ela. E parou, olhando para ele. Parecia não saber o que falar em seguida. A criança esperava, quieta, parada. Lenta e gradualmente os músculos de suas nádegas foram ficando achatados e rígidos e tensos como tábuas. "Vai contar?", ela perguntou.

Ele não respondeu. Achava que qualquer um deveria saber que a última coisa no mundo que ele faria seria contar sobre a pasta de dentes, o vômito. Não estava olhando para o rosto dela. Olhava para as mãos dela, esperando. Uma estava fechada dentro do bolso da saia. Através do tecido ele pôde notar que estava bem apertada. Ele nunca fora atingido por um punho. Mas tampouco tivera de esperar três dias para ser castigado. Quando viu a mão emergir do bolso, achou que ela ia esmurrá-lo. Mas não foi o que ela fez; a mão simplesmente se abriu debaixo de seus olhos. Dentro dela estava um dólar de prata. A voz dela era fina, urgente, sussurrante, embora o corredor estivesse vazio em volta. "Pode comprar uma porção de coisas com isso. Um dólar todinho seu." Ele jamais vira um dólar antes, embora soubesse o que era. Olhou para ele. Queria-o como teria querido a tampa brilhante de uma garrafa de cerveja. Mas não acreditou que ela lhe daria, porque ele não daria se fosse dele. Não sabia o que ela queria que ele fizesse. Estava esperando ser surrado e depois liberado. A voz dela prosseguiu, urgente, tensa, rápida: "Um dólar todinho seu. Está vendo? Quanta coisa você poderia comprar. Coisas de comer todos os dias durante uma semana. E no mês que vem talvez eu lhe dê outro".

Ele não se mexeu nem falou. Poderia ter sido esculpido, um boneco grande: pequeno, calado, a cabeça redonda e os olhos redondos, de macacão. Estava paralisado de espanto, choque, ultraje. Olhando o dólar, pareceu-lhe ver tubos de pasta de dentes enfileirados como lenha empilhada, intermináveis e apavorantes; todo o seu ser envolvido numa rica e impetuosa revulsão. "Não quero mais", disse. "Eu nunca que não quero mais", pensou.

Não ousava então sequer olhar para o rosto dela. Podia senti-la, ouvi-la, a respiração longa e trêmula. *Agora está vindo* pensou num átimo. Mas ela nem o sacudiu. Apenas o segurou, firme, sem sacudir, como se sua mão também não soubesse o que queria fazer em seguida. O rosto estava tão próximo que ele podia sentir o hálito dela nas faces. Não precisou olhar para saber como era a aparência do rosto dela naquele instante. "Conte!", disse ela. "Conte, então! Seu pretinho maldito! Crioulo maldito!"

Isso foi no terceiro dia. No quarto, ela ficou muito calma e totalmente enlouquecida. Já não planejava mais. Suas ações subsequentes seguiram uma espécie de adivinhação, como se os dias e as noites sem dormir durante os quais nutrira, por trás daquela máscara de calma, o medo e a fúria, tivessem voltado seu espírito, junto com sua natural infalibilidade feminina, para a compreensão espontânea do mal.

Ela estava muito tranquila agora. Desvencilhara-se por um momento até da urgência. Era como se agora tivesse tempo para olhar em volta e planejar. Observando o quadro, o olhar, a mente, o pensamento foram integral, direta e instantaneamente para o porteiro sentado à porta da sala da caldeira. Não houve nenhum raciocínio nisso, nenhum planejamento. Ela apenas pareceu olhar para fora de si mesma por um instante como um passageiro num carro, e viu, sem nenhuma surpresa, aquele homem pequeno e sujo sentado numa cadeira de ripas de madeira numa entrada fuliginosa, lendo através dos óculos de aro de metal um livro pousado nos joelhos — uma figura, quase um acessório, da qual estivera consciente por cinco anos sem uma única vez ter realmente olhado para ela. Não teria reconhecido seu rosto na rua. Teria cruzado com ele sem o notar, embora fosse um homem.

Sua vida parecia agora reta e simples como um corredor com ele sentado na ponta. Foi até ele sem demora, já em movimento pelo caminho sombrio antes de ter consciência de que partira.

Ele estava sentado na cadeira de ripas à porta, o livro aberto sobre os joelhos. Quando se aproximou, ela viu que era a Bíblia. Mas isso ela apenas notou, como poderia ter notado uma mosca na perna dele. "Você também o odeia", ela disse. "Você também o está vigiando. Eu vi. Não diga que não." Ele fitou seu rosto, os óculos apoiados agora sobre as sobrancelhas. Não era velho. Em sua ocupação atual, era uma incongruência. Era um homem rijo, na plenitude; um homem que devia estar levando uma vida dura e ativa, e a quem o tempo, as circunstâncias, alguma coisa havia traído, varrendo o corpo e o pensamento vigorosos de um homem de quarenta e cinco para uma água estagnada própria de um homem de sessenta, sessenta e cinco. "Você sabe", ela disse. "Sabia antes de as outras crianças começarem a chamá-lo de Preto. Você veio para cá na mesma época. Não fazia nem um mês que estava trabalhando aqui naquela noite de Natal em que Charley o encontrou na porta. Conte." O rosto do porteiro era redondo, meio flácido, muito sujo, com uma barba curta e suja. Os olhos muito claros, muito cinzentos, muito frios. Eram também muito insanos. Mas isso a mulher não notou. Ou talvez não lhe parecessem insanos. Então eles se encararam ali, perto da porta suja de carvão, olhos nos olhos insanos, conversando com voz insana tão calmos e serenos e concisos como dois conspiradores. "Venho observando você há cinco anos." Ela acreditava estar dizendo a verdade. "Sentado aí nessa mesma cadeira, vigiando o menino. Você nunca se senta aí a não ser quando as crianças estão aqui fora. Mas assim que elas saem, você traz a cadeira aqui para a porta e se senta onde possa vigiá-las. Vigiar o menino e ouvir as outras crianças chamando-o de Preto. É isso que está fazendo. Eu sei. Veio aqui só para fazer isso, para vigiá-lo e odiá-lo. Estava aqui a postos quando ele chegou. Talvez você mesmo o tenha trazido e deixado naquela porta. Mas de um jeito ou de outro, você sabe. E eu fiquei sabendo. Quando ele contar, vou ser despedida. E Charley pode… ele vai… Conte para mim. Conte, agora."

"Ah", fez o porteiro. "Sabia que ele estaria lá para pegar você quando Deus achasse que era hora. Eu sabia. Sei quem o colocou ali, um sinal e a danação eterna por putaria."

"É. Ele estava bem atrás da cortina. Tão perto quanto você está. Conte, agora. Vi seus olhos quando olhava para ele. Eu o observei. Durante cinco anos."

"Eu sei", ele disse. "Conheço o mal. Não cometi o mal para me levantar e andar no mundo de Deus? Uma conspurcação ambulante na própria face de Deus, eu fiz. Das bocas das criancinhas Ele nunca o ocultou. Você as ouviu. Eu nunca disse a elas para fazerem isso, para chamá-lo pela sua verdadeira natureza, pelo nome da sua danação. Nunca contei. Elas sabiam. Foi contado a elas, mas não por mim. Eu só esperei pelo momento certo, quando Ele considerasse justo revelar para o mundo vivo. E o momento chegou. Este é o sinal, escrito mais uma vez em pecadofeminino e putaria."

"É. Mas o que eu devo fazer? Diga."

"Esperar. Como eu esperei. Cinco anos eu esperei que o Senhor agisse e mostrasse qual era a Sua vontade. E Ele o fez. Espere também. Quando Ele estiver pronto para isso, revelará a Sua vontade aos que têm a autoridade."

"É. A autoridade." Eles se entreolharam, imóveis, respirando silenciosamente.

"A madame. Quando for a hora, Ele revelará a ela."

"Quer dizer, se a madame souber, vai mandá-lo embora? É. Mas eu não posso esperar."

"Mas você não pode apressar o Senhor nosso Deus. Então eu não esperei cinco anos?"

Ela começou a bater as mãos de leve uma na outra. "Mas não percebe? Este pode ser o caminho de Deus. Você me contar. Porque você sabe. Talvez seja o caminho de Deus que você me conte e eu conte à senhora." Seus olhos insanos estavam muito calmos, a voz insana paciente e calma: só suas mãos delicadas não paravam.

"Espere, assim como eu esperei", ele disse. "Você sentiu o peso da mão compassiva do Senhor por três dias talvez. Eu vivi sob esse peso por cinco anos, vigiando e esperando pelo tempo certo, porque meu pecado é maior que o seu." Embora estivesse olhando direto para o rosto dela, ele não parecia vê-la absolutamente, não seus olhos. Eles pareciam cegos, arregalados, gélidos, fanáticos. "Em comparação com o que eu fiz e o que eu sofri para expiá-lo, o que você fez e está mulhersofrendo não passa de um punhado de podridão. Eu suportei meus cinco anos; quem é você para apressar Deus todo-poderoso com sua pequena depravação de mulher?"

Ela se virou, de repente. "Bom. Não precisa me contar. Eu sei, de qualquer forma. Sempre soube que ele é meio crioulo." Ela voltou para a casa. Não tinha pressa agora, e deu um bocejo colossal. "Tudo que preciso fazer é pensar num jeito de a madame acreditar. Ele não lhe contará, vai me apoiar." Tornou a bocejar tremendamente, o rosto agora vazio de tudo salvo o bocejo e depois vazio até do bocejo. Ela acabara de pensar em outra coisa. Não tinha pensado nisso antes, mas achava que tinha, que soubera o tempo todo, porque lhe parecia tão certa: ele não seria apenas afastado; seria punido por ter lhe causado terror e preocupação. "Vão mandá-lo para um orfanato de pretos", pensou. "Claro. Vão ter de mandar." Ela nem sequer procurou a diretora de imediato. Saíra para lá, mas em vez de parar na porta do escritório, viu-se passando por ela, caminhando até a escada e subindo. Parecia estar seguindo a si mesma para ver aonde ia. No corredor, tranquilo e vazio agora, bocejou de novo, em absoluto relaxamento. Entrou no seu quarto e trancou a porta e tirou a roupa e foi para a cama. As venezianas estavam fechadas e ela ficou deitada de costas, quieta, na mais do que semiescuridão. Os olhos fechados e o rosto vazio e suave. Alguns instantes depois ela começou a abrir e fechar as pernas lentamente, sentindo os lençóis roçarem frios e macios por elas e depois roçarem de novo quentes e macios. O pensamento parecia suspenso entre o sono que não dormira durante três noites e o sono que estava prestes a dormir, o corpo aberto para receber o sono como se o sono fosse um homem. "Só preciso fazer a madame acreditar", pensou. E então pensou *Ele vai parecer uma ervilha numa tigela cheia de grãos de café*

Isso foi de tarde. Às nove da noite ela estava de novo despida quando ouviu o porteiro se aproximar pelo corredor até a sua porta. Ela não sabia, não tinha como saber quem era, mas de alguma forma sabia, ouvindo os passos firmes e, depois, uma batida na porta que já começara a se abrir antes que pudesse chegar até lá. Ela não gritou; saltou para a porta apoiando seu peso nela, escorando. "Não estou vestida!", disse com uma voz fina, agônica, sabendo de quem se tratava. Ele não respondeu, seu peso firme e constante contra a porta entreaberta, além do vão que se entreabria. "Não pode vir aqui!", ela gritou num tom um pouco mais alto que um sussurro. "Não sabe que eles..." A voz ofegante, agônica e desesperada. Ele não respondeu. Ela tentava parar, conter o lento avanço da porta. "Espere eu vestir uma roupa e eu vou até aí. Vai fazer isso?" Falava naquele sussurro desfalecente, com uma entonação leve, irrelevante, como a de alguém falando com uma criança imprevisível ou maníaca: acalmando, induzindo: "Espere, agora. Está ouvindo? Vai esperar?". Ele não respondeu. O avanço lento e irresistível da porta não cessou. Encostada ali, apenas com as roupas de baixo, ela parecia uma marionete em alguma representação burlesca de rapto e desespero. Curvada, olhando para baixo, imóvel, parecia mergulhada em pensamentos profundos, como se a marionete no meio da cena tivesse se ensimesmado. Então ela se virou, soltando a porta, e saltou para a cama, recolhendo sem olhar uma roupa e voltando-se para encarar a porta com a roupa apertada de qualquer maneira contra o peito. Ele já havia entrado. Aparentemente ele a estivera observando e esperando durante todo o cego intervalo de tateante e interminável afobação.

Ele ainda trajava o macacão e agora trazia o seu chapéu. Não o tirou. De novo os olhos frios, insanos, cinzentos não pareciam vê-la, olhar para ela. "Se o próprio Senhor entrasse no quarto de uma de vocês", ele disse, "vocês achariam que Ele estava atrás de putaria." E perguntou: "Contou a ela?".

A mulher sentou-se na cama. Parecia afundar lentamente, agarrando a roupa, olhando para ele, o rosto lívido. "Contar a ela?"

"O que ela vai fazer com ele?"

"Fazer?" Ela o observava: aqueles olhos parados, brilhantes que pareciam não tanto olhar para ela mas envolvê-la. A boca pendia aberta como a boca de um idiota.

"Para onde vão mandá-lo?" Ela não respondeu. "Não minta para mim, para Deus. Vão mandá-lo para aquele dos pretos." A boca da mulher se fechou; parecia que ela descobrira enfim do que ele estava falando. "Pois é, eu pensei no caso. Vão mandá-lo para aquele de crianças negras." Ela não respondeu, mas agora o observava, os olhos ainda um pouco temerosos mas também dissimulados, calculando. Agora ele a fitava; os olhos pareciam franzir sobre a forma e o ser dela. "Responda, Jezebel!", gritou.

"Pssssssssiu", ela fez. "É. Eles vão ter de fazer isso. Quando descobrirem..."

"Ah", ele disse. Seu olhar escureceu; os olhos a soltaram e a envolveram de novo. Olhando para eles, ela parecia se ver refletida ali como menos do que nada, insignificante como um graveto flutuando num tanque. Os olhos dele ficaram então quase humanos. Ele começou a examinar o quartodemulher como se nunca tivesse visto um antes: o quarto fechado, cálido, desorganizado, com perfumedemulherrosada. "Mulherdepravada!", ele disse. "Diante da face de Deus!" Virou-se e saiu. Alguns instantes depois a mulher se levantou. Ela ficou parada um momento, agarrada à roupa, imóvel, idiotizada, fitando a porta vazia como se não soubesse pensar no que devia fazer. Então correu. Saltou para a porta, atirando-se contra ela, batendo e trancando, encostada nela, arquejando, agarrando a chave virada com as duas mãos.

Na hora do desjejum da manhã seguinte, o porteiro e a criança haviam desaparecido. Não se encontrou vestígio deles. A polícia foi imediatamente notificada. Encontraram destrancada uma porta lateral da qual o porteiro tinha a chave.

"É porque ele sabe", disse a nutricionista à diretora.

"Sabe o quê?

"Que aquela criança, aquele menino Christmas é crioulo."

"É o quê?", perguntou a diretora. Impelida para trás na cadeira, ela fitou a mulher mais moça. "Um neg... não acredito!", gritou. "Não acredito!"

"Não precisa acreditar", disse a outra. "Mas ele sabe. Ele o sequestrou por isso."

A diretora tinha mais de cinquenta anos, o rosto flácido com olhos fracos, doces, frustrados. "Não acredito!", repetiu. Mas no terceiro dia ela mandou chamar a nutricionista. Parecia ter ficado muito tempo sem dormir. A nutricionista, ao contrário, estava muito bem-disposta, muito serena. Continuou impassível quando a diretora contou-lhe a nova de que o homem e a criança haviam sido encontrados. "Em Little Rock", disse a diretora. "Ele tentou pôr a criança num orfanato de lá. Acharam que era maluco e o retiveram até a polícia chegar." Olhou para a mulher mais nova. "Você me contou... No outro dia você disse... Como foi que soube disso?"

A nutricionista não desviou o olhar. "Não soube. Não tinha a menor ideia. Claro que sabia que não significava nada quando as outras crianças o chamavam de Preto..."

"Preto?", disse a diretora. "As outras crianças?"

"Elas o vinham chamando de Preto fazia anos. Às vezes acho que as crianças têm um jeito de descobrir coisas que os adultos da sua e da minha idade não veem. Crianças, e gente velha como ele, como aquele velho. É por isso que ele sempre ficava sentado naquela porta enquanto elas estavam brincando no pátio: vigiando aquela criança. Talvez ele tenha descoberto ouvindo as outras crianças chamando o menino de Preto. Mas pode ter sabido antes. Não se lembra, eles vieram para cá na mesma época. Não fazia nem um mês que ele estava trabalhando aqui aquela noite, aquele Natal, lembra, quando Char... encontraram o bebê na porta da entrada." Ela falava manso, observando os olhos franzidos, confusos da mulher mais velha pregados nos dela como se não pudesse afastá-los. Os olhos da nutricionista eram meigos e inocentes. "E assim no outro dia nós estávamos conversando e ele estava tentando me contar alguma coisa sobre a criança. Era uma coisa que ele queria me contar, contar para alguém, e no fim perdeu a coragem, talvez, e não quis contar, e aí eu fui embora. Eu não estava pensando em nada disso. A coisa tinha se apagado da minha cabeça quando..." Sua voz sumiu. Ela olhava para a diretora e em seu rosto foi surgindo uma expressão de iluminação, de súbito entendimento; ninguém poderia dizer se era fingida ou não. "Puxa, é por isso... Puxa, estou vendo tudo, agora. O que aconteceu exatamente no dia antes de eles partirem, desaparecerem. Eu estava no corredor indo para o meu quarto; foi no mesmo dia em que aconteceu de eu conversar com ele e ele não quis me contar o que tinha começado a contar, quando de repente ele surgiu e me parou; achei engraçado, então, porque nunca o tinha visto antes dentro da casa. E ele disse... falava feito um louco, parecia maluco. Fiquei assustada, assustada demais para me mexer, com ele bloqueando o corredor... ele disse: 'Já contou a ela?', e eu respondi: 'Contar a quem? Contar a quem o quê?', e então percebi que ele se referia à madame; queria saber se eu já tinha dito à madame que ele tentara me contar alguma coisa sobre a criança. Mas eu não sabia que ele pretendia que eu lhe dissesse e queria gritar e então ele disse: 'O que ela vai fazer se descobrir?', e eu não sabia o que dizer nem como escapar dele e então ele disse: 'Não precisa me contar. Sei o que ela vai fazer. Vai mandá-lo para aquele de pretos'."

"De negros?"

"Não sei como pudemos ficar tanto tempo sem perceber. É só olhar para o rosto dele, os olhos, o cabelo. Claro que é terrível. Mas é para onde ele terá de ir, imagino."

Atrás dos óculos, os olhos fracos, perplexos da diretora tinham uma aparência gelatinosa, arrasada, como se ela tentasse forçá-los a alguma coisa além da sua coesão física. "Mas por que ele quis levar a criança embora?"

"Bom, se quer saber o que eu acho, acho que ele é doido. Se o tivesse visto no corredor naquela noi... naquele dia como eu. Claro que é ruim para a criança ter de ir para o lar dos pretos, depois de tudo, depois de crescer com gente branca. Ela não tem culpa de ser o que é. Mas não é falha nossa, também..." Ela se calou, observando a diretora. Atrás dos óculos, os olhos da mulher mais velha continuavam arrasados, fracos, desamparados; a boca tremia enquanto ela dava forma à fala em seu interior. Suas palavras soaram desamparadas, também, mas muito decididas, muito determinadas.

"Nós precisamos colocá-lo lá. Precisamos colocá-lo lá imediatamente. Que formulários nós temos? Se me passar o arquivo..."

Quando o menino despertou, estava sendo carregado. Fazia frio e uma escuridão de breu; ele estava sendo carregado pela escada abaixo por alguém que se movia com silencioso e infinito cuidado. Apertado entre ele e um dos braços que o sustentavam estava um rolo que ele percebeu serem as suas roupas. Não fez nenhum berreiro, nenhum ruído. Sabia onde estava pelo cheiro, pelo ar da escada dos fundos que conduzia à porta lateral do quarto, onde sua cama fora uma entre outras quarenta desde quando ele conseguia se lembrar. Sabia também pelo cheiro que a pessoa que o carregava era um homem. Mas não fez nenhum barulho, permanecendo imóvel e relaxado como se estivesse dormindo, carregado nas alturas em braços invisíveis, avançando, descendo lentamente para a porta lateral que dava para o playground.

Não sabia quem o estava carregando. Não se preocupou com isso por achar que sabia para onde estava indo. Ou por quê, melhor dizendo. Também não se preocupou, ainda, em saber para onde ia. Aquilo remetia a dois anos antes, quando tinha três anos de idade. Certo dia estava faltando entre eles uma menina de doze anos chamada Alice. Gostava dela o bastante para deixar que lhe servisse um pouco como mãe; talvez por isso. E por isso, para ele, ela era tão madura, quase tão grande em tamanho quanto a mulher adulta que comandava o seu comer e lavar e dormir, com a diferença de que ela não era e nunca seria sua inimiga. Uma noite ela o acordou. Estava dizendo adeus mas ele não sabia. Ele estava com sono e meio aborrecido, e não inteiramente acordado, aturando-a só porque ela sempre tentara ser boa para ele. Não sabia que ela estava chorando, porque não sabia que pessoas adultas choravam, e quando aprendeu isso a memória já a esquecera. Desaparecida, sem deixar vestígio, nem mesmo uma roupa, a cama em que ela dormia já ocupada por um novo menino. Nunca soube para onde ela foi. Naquele dia ele ouvia enquanto algumas das meninas mais velhas, que a tinham ajudado a se preparar para a partida com aquela mesma sibilação silenciada, secreta, com que meia dúzia de garotas ajudam a preparar a sétima para o casamento, contavam, ainda com a respiração contida, sobre o vestido novo, os sapatos novos, a carruagem que a levara embora. Soube então que ela se fora para sempre, que cruzara os portões de ferro na cerca de aço. Parecia vê-la então, tornando-se heroica no instante do desaparecimento além dos portões estrondeantes, desfazendo-se sem diminuir de tamanho em alguma coisa inominável e esplêndida, como um pôr do sol. Passou-se mais de um ano até ele saber que ela não fora a primeira e não seria a última. Que houvera mais do que Alice desaparecendo além dos portões estrondeantes, num vestido novo ou macacão novo, com uma trouxinha bem-feita às vezes menor que uma caixa de sapatos. Achou que era o que estava se passando com ele agora. Achou que sabia agora como todos conseguiram partir sem deixar vestígio. Achou que tinham sido carregados, como ele estava sendo, na calada da noite.

Agora ele podia sentir a porta. Ela estava bem próxima agora; sabia o número preciso dos degraus invisíveis que faltavam, pelos quais, por sua vez, o homem que o carregava desceria com aquele infinito e silencioso cuidado. Sobre o rosto, podia sentir a respiração silenciosa, acelerada, quente do homem; embaixo dele podia sentir os braços tensos e rijos, o volume enrolado que sabia conter suas roupas apanhadas pelo tato, no escuro. O homem parou. Ao parar, os pés da criança penderam e tocaram o chão, os dedos do pé se recolhendo para evitar as tábuas ferrifrias. O homem falou, pela primeira vez. "Fique de pé", disse. Só então o menino percebeu quem ele era.

Ele reconheceu o homem de imediato, sem surpresa. Surpresa teria tido a diretora se soubesse o quanto ele conhecia o homem. Não sabia o nome dele e, nos três anos desde que se tornara uma criatura sensível, eles não haviam trocado nem uma centena de palavras. Mas o homem era uma pessoa mais definida do que qualquer outra em sua vida, mesmo contando a menina Alice. Mesmo aos três anos de idade, a criança sabia que havia alguma coisa entre eles que não precisava ser dita. Sabia que nunca ficava um instante no playground sem que o homem o estivesse vigiando da cadeira à porta da casa da caldeira, e que o homem o vigiava com profunda e incansável atenção. Se fosse mais velho o menino talvez poderia ter pensado *Ele me odeia e me teme. Tanto que não pode me perder de vista* Com mais vocabulário mas não mais idade, poderia ter pensado *É por isso que sou diferente dos outros: porque ele fica me vigiando o tempo todo* Aceitou-o. Portanto não ficou surpreso quando descobriu que ele o havia tirado, dormindo, da cama e o carregava pela escada; assim como, de pé ao lado da porta na fria escuridão do breu enquanto o homem o ajudava a vestir as roupas, poderia ter pensado *Ele me odeia o suficiente até para tentar impedir que alguma coisa que está para acontecer comigo aconteça*

O menino se vestiu, obediente, tremendo, o mais depressa que podia, os dois se atrapalhando com as roupinhas, colocando-as de qualquer maneira. "Os sapatos", disse o homem, naquele sussurro agonizante. "Aqui." A criança sentou-se no chão frio, calçando os sapatos. O homem não estava encostado nele, agora, mas o menino podia ouvir, sentir que o homem também estava curvado, ocupado com alguma coisa. "Também está calçando os sapatos", pensou. O homem tocou-o de novo, às apalpadelas, colocando-o de pé. Os sapatos não estavam amarrados. Ainda não aprendera a fazer isso sozinho. Ele não contou ao homem que não os amarrara. Não fez o menor ruído. Apenas ficou ali, de pé, e então uma roupa maior o envolveu completamente — pelo cheiro, sabia que ela pertencia ao homem — e depois foi de novo erguido. A porta se abriu, escancarou-se para dentro. O ar fresco entrou com força, e a luz das lâmpadas ao longo da rua; ele pôde ver as luzes e as paredes nuas da fábrica, e as altas chaminés sem fumaça contra as estrelas. Sob a luz da rua, a cerca de aço parecia um desfile de soldados famintos. Quando cruzaram o playground deserto seus pés pendentes balançavam ritmicamente acompanhando as passadas do homem, os sapatos desamarrados batendo nos tornozelos. Chegaram aos portões de ferro e saíram.

Não tiveram de esperar muito pelo bonde. Se ele fosse mais velho teria notado como o homem se programara bem. Mas não imaginou nem notou. Apenas ficou parado na esquina ao lado do homem, os sapatos desamarrados, envolvido até os tornozelos no casaco do homem, os olhos redondos e arregalados, o rostinho calmo, desperto. O bonde chegou, a fileira de janelas, guinchando até parar e zumbindo enquanto eles entravam. Estava quase vazio, pois passava das duas. O homem notou então os sapatos desamarrados e os amarrou, a criança observando, muito quieta sobre o assento, as pernas esticadas para a frente. A estação ficava longe, e ele andara de bonde antes, por isso quando chegaram à estação estava dormindo. Quando acordou era dia e eles já estavam no trem havia algum tempo. Ele nunca andara de trem, mas ninguém poderia dizer. Ficou sentado muito quieto, como no bonde, completamente enrolado no casaco do homem exceto pelas pernas esticadas para fora e a cabeça, observando a paisagem — montes e árvores e vacas e tudo o mais — que ele jamais vira correndo para trás. Quando o homem percebeu que ele estava acordado, tirou comida de um pedaço de jornal. Era pão com presunto. "Tome", disse o homem. Ele pegou a comida e comeu, olhando pela janela.

Ele não disse uma palavra, não mostrara nenhuma surpresa,

nem mesmo quando, no terceiro dia, os guardas vieram e pegaram os dois. O lugar onde estavam agora não era diferente daquele que haviam deixado durante a noite — as mesmas crianças, com nomes diferentes; os mesmos adultos, com cheiros diferentes: ele não conseguia ver mais razão para não ter ficado lá do que para ter deixado o lugar anterior. Mas não ficou surpreso quando eles vieram e lhe disseram para se levantar e se vestir novamente, sem revelar por que ou para onde estava indo agora. Talvez soubesse que estava voltando; talvez com sua clarividência de criança soubesse o tempo todo o que o homem não sabia: que não ia, não poderia durar. Novamente no trem, viu os mesmos montes, as mesmas árvores, as mesmas vacas, mas de outro lado, outra direção. O guarda deu-lhe comida. Era pão, com presunto dentro, embora não tivesse saído de um pedaço de jornal. Isso ele notou, mas não disse nada, talvez não pensasse nada.

Estava em casa de novo. Talvez esperasse ser castigado ao voltar, por quê, por qual crime exatamente, não esperava saber, por já ter aprendido que, embora crianças possam aceitar os adultos como adultos, os adultos jamais conseguem aceitar as crianças senão como adultos também. Já se esquecera do caso da pasta de dentes. Agora ele simplesmente evitava a nutricionista do mesmo jeito como, um mês antes, ficara se colocando no seu caminho. Estava tão ocupado em evitá-la que havia muito se esquecera do motivo; logo esqueceria a viagem também, pois jamais saberia que havia alguma conexão entre elas. De vez em quando pensava nela, obscura e vagamente. Mas isso só acontecia quando olhava para a porta da sala da caldeira e se lembrava do homem que costumava ficar sentado ali, e vigiá-lo, e que agora se fora, completamente, sem deixar rastro, nem mesmo a cadeira de ripas na porta, como era costume de todos que partiam dali. Para onde ele poderia ter ido também o menino nem sequer pensou nem tentou imaginar.

Uma tarde eles entraram na sala de aula e o pegaram. Isso aconteceu duas semanas antes do Natal. Duas das moças — a nutricionista não era uma delas — o levaram ao banheiro e lavaram e pentearam seu cabelo molhado e o vestiram com um macacão limpo e o levaram ao escritório da diretora. No escritório havia um homem sentado, um estranho. E ele olhou para o homem e soube antes mesmo de a diretora falar. Talvez a memória conhecendo, o conhecer começando a lembrar; talvez desejo até, pois cinco é uma idade muito nova para ter conhecido desespero suficiente para ter esperança. Talvez tenha recordado subitamente a corrida de trem e a comida, pois mesmo a memória não retrocede muito mais do que isso. "Joseph", disse a diretora. "Você não gostaria de ir viver com umas pessoas muito bondosas no campo?"

Ele ficou ali parado com as orelhas e as faces vermelhas e ardendo do sabão áspero e do enxugamento áspero, metido no macacão duro, ouvindo o estranho. Olhara apenas uma vez e vira um homem corpulento de barba castanha cerrada e cabelo à escovinha mas não cortado recentemente. Cabelo e barba tinham ambos uma qualidade dura e vigorosa, sem fios prateados, como se a pigmentação fosse impermeável aos quarenta e tantos anos que o rosto revelava. Os olhos eram claros, frios. Ele trajava um terno de um preto firme, decente. Sobre os joelhos repousava um chapéu preto seguro por uma mão imaculadamente branca com o punho cerrado, apesar do feltro mole do chapéu. Cruzava por cima do colete uma pesada corrente de relógio de prata. Os grossos sapatos pretos estavam plantados lado a lado; tinham sido lustrados à mão. Até mesmo o menino de cinco anos, olhando para ele, sabia que não consumia tabaco e não o toleraria nos outros. Mas ele não olhava para o homem por causa de seus olhos.

Podia sentir o homem olhando diretamente para ele, porém, com um olhar frio e intenso e contudo não deliberadamente rude. Era o mesmo olhar com que poderia ter examinado um cavalo ou um arado de segunda mão, convencido de antemão de que acharia defeitos, convencido de antemão de que o compraria. A voz era firme, rara, pesada; a voz de um homem que exigia ser ouvido não tanto com atenção mas em silêncio. "E a madame não pode ou não quer me contar nada mais sobre a sua ascendência."

A diretora não olhou para ele. Por trás dos óculos, seus olhos tinham ficado aparentemente gelatinosos, naquele momento pelo menos. Ela disse prontamente, quase prontamente demais: "Não fazemos nenhum esforço para apurar a ascendência. Como já lhe disse, ele foi deixado aqui na porta de entrada na véspera de Natal vai fazer cinco anos daqui a duas semanas. Se a ascendência do menino é importante para o senhor, é melhor não adotar nenhum".

"Não quis dizer isso", falou o estranho. O tom era mais conciliador agora. Ele aquiesceu na hora em se desculpar sem abrir mão de um mínimo da sua convicção. "Pensei que conversaria com a srta. Atkins (esse era o nome da nutricionista), já que foi com ela que me correspondi."

Novamente a voz da diretora soou fria e urgente, falando antes mesmo de ele terminar: "Talvez eu possa lhe dar tanta informação sobre esta ou qualquer outra de nossas crianças quanto a srta. Atkins, pois a sua ligação oficial aqui é apenas com o refeitório e a cozinha. Acontece que neste caso ela fez a gentileza de agir como secretária em nossa correspondência com o senhor".

"Não importa", disse o estranho. "Não importa. Eu só pensei…"

"Só pensou o quê? Não forçamos ninguém a ficar com nossas crianças, nem forçamos as crianças a ir contra a vontade, se as razões forem sólidas. Esse é um assunto em que as duas partes precisam se entender. Nós só aconselhamos."

"Tá bem", disse o estranho. "Não importa, eu já disse. Não tenho dúvida de que o pirralho servirá. Ele encontrará um bom lar com a sra. McEachern e comigo. Já não somos novos, e apreciamos os bons modos. E ele não encontrará comida de luxo e nenhum ócio. Nem mais trabalho do que será bom para ele. Não tenho dúvida de que conosco ele crescerá temendo a Deus e abominando o ócio e a vaidade a despeito da sua origem."

Assim, a nota promissória que ele assinara com um tubo de pasta de dentes naquela tarde, dois meses antes, foi revogada, com o ainda absorto testamenteiro dela sentado, envolvido num pelego, limpo, pequeno, disforme, imóvel, no assento de uma charrete sacolejando através do crepúsculo de dezembro por uma estrada gélida e gretada. Eles tinham viajado durante todo aquele dia. Ao meio-dia, o homem o alimentara, tirando de debaixo do assento uma caixa de papelão com comida caseira preparada três dias antes. E só então dirigiu-se a ele. Falou uma única palavra, apontando para a estrada com o punho protegido por uma mitene que segurava o chicote, para uma luz solitária destacada do crepúsculo. "Lar", disse. O menino não falou nada. O homem olhou para ele. O homem também estava agasalhado contra o frio, atarracado, grande, disforme, um tanto empedernido, indomável, não tão insistente quanto inflexível. "Eu disse, lá está o seu lar." A criança de novo não respondeu. Ele jamais vira um lar, por isso não tinha nada a dizer a respeito. E não era velho o bastante para falar sem dizer nada. "Você vai encontrar comida e abrigo e o cuidado de gente cristã", disse o homem. "E o trabalho dentro de suas forças, que o manterá longe das diabruras. Pois farei você aprender muito cedo que as duas maiores abominações são o ócio e a preguiça, as duas virtudes, o trabalho e o temor a Deus." O menino continuou sem dizer nada. Jamais trabalhara nem temera a Deus. Sabia menos sobre Deus do que sobre trabalho. Vira trabalho em ação na pessoa de homens com rastelos e pás no playground seis dias por semana, mas Deus só acontecia no domingo. E então — salvo pela provação concomitante da limpeza — ele era música que agradava ao ouvido e palavras que não incomodavam o ouvido de modo algum, agradáveis, conquanto um pouco cansativas. Não disse absolutamente nada. A charrete avançava sacolejando, a parelha forte e bem cuidada impaciente, voltando para casa, para o estábulo.

Houve outra coisa de que ele só se lembraria mais tarde, quando a memória não aceitava mais seu rosto, não aceitava mais a superfície da lembrança. Eles estavam no escritório da diretora; ele parado sem se mexer, sem mirar os olhos do estranho que podia sentir sobre si, esperando o estranho dizer o que os olhos estavam pensando. Então aconteceu: "Christmas. Um nome pagão. Sacrilégio. Vou mudar isso".

"Está no seu direito legal", disse a diretora. "Não estamos interessados em como eles são chamados, mas sim em como são tratados."

Mas o estranho falava mais do que escutava. "Doravante seu nome será McEachern."

"Isso será bem adequado", disse a diretora. "Dar-lhe o seu nome."

"Ele comerá o meu pão e observará a minha religião", disse o estranho. "Por que não carregaria o meu nome?"

O menino não estava ouvindo. Ele não ficou incomodado. Não se importou com aquilo especialmente, não mais do que se o homem tivesse dito que o dia estava quente quando não estava. Não se incomodou nem mesmo de dizer consigo *Meu nome não é McEachern. Meu nome é Christmas* Não havia necessidade de se incomodar com isso ainda. Havia tempo de sobra.

"Por que não, de fato?", disse a diretora.

7

E a memória sabe disso; vinte anos depois a memória é ainda acreditar *Nesse dia eu me tornei um homem*

O quarto limpo, espartano, recendia a domingo. Nas janelas, as cortinas limpas, remendadas, esvoaçavam levemente sob a brisa cheirando a terra fofa e maçã silvestre. Sobre o harmônio em imitação de carvalho amarelo com pedais forrados de pedaços de tapete esfiapados e gastos repousava um vidro de compota cheio de esporinhas. O menino estava sentado numa cadeira reta ao lado da mesa sobre a qual havia uma lâmpada niquelada e uma enorme Bíblia com dobradiças e fechos de latão e um cadeado de latão. Ele vestia uma camisa branca limpa sem colarinho. A calça era escura, áspera e nova. Os sapatos tinham sido recente e toscamente lustrados, como um garoto de oito os lustraria, com pequenas manchas foscas aqui e ali, especialmente perto dos calcanhares, onde a graxa não recobrira tudo. Sobre a mesa, de frente para ele e aberto, havia um catecismo presbiteriano.

McEachern estava de pé ao lado da mesa. Usava uma camisa lustrosa, limpa, e a mesma calça preta com que o menino o vira pela primeira vez. O cabelo, úmido, ainda não prateado, estava cuidadosamente penteado sobre o crânio redondo. A barba também estava penteada, também úmida ainda. "Você não tentou aprender", ele disse.

O menino não levantou os olhos. Não se mexeu. Mas o rosto do homem não estava mais impassível. "Eu tentei."

"Então tente de novo. Dou-lhe mais uma hora." Do bolso, McEachern tirou um grosso relógio prateado e o colocou virado para cima sobre a mesa e puxou uma segunda cadeira reta e dura para a mesa e se sentou, as mãos limpas, esfregadas, sobre os joelhos, os pesados sapatos lustrosos bem assentados no chão. Não havia neles a menor mancha por falta de graxa. Havia na noite anterior à hora do jantar, porém. E mais tarde o menino, já despido para se deitar e em mangas de camisa, recebera uma surra e os lustrara de novo. O menino estava sentado à mesa. O rosto abaixado, imóvel, sem expressão. No quarto frio, soturno, o ar primaveril soprava em rajadas fracas.

Isso foi às nove horas. Eles estavam ali desde as oito. Havia igrejas na vizinhança, mas a presbiteriana ficava oito quilômetros distante; levava uma hora de charrete. Às nove e meia, a sra. McEachern entrou. Estava de preto, com uma touca — uma mulher pequena, entrando timidamente, um pouco encurvada, o rosto pisado. Parecia quinze anos mais velha que o marido robusto e vigoroso. Ela não chegou a entrar completamente no quarto. Apenas cruzou a porta e ficou ali parada, por um momento, com a touca e o vestido preto desbotado de muito escovar, segurando um guarda-chuva e um leque de folha de palma, com um quê de bizarro nos olhos, como se visse ou ouvisse tudo através de uma forma humana ou voz humana mais imediata, como se ela fosse o meio, e o marido vigoroso e implacável, o controle. Pode ser que ele a tenha ouvido. Mas não olhou nem falou nada. Ela deu meia-volta e se retirou.

Na hora exata, McEachern ergueu a cabeça. "Agora já sabe?", perguntou.

O menino não se mexeu. "Não", disse.

McEachern levantou-se, deliberado, sem pressa. Pegou o relógio, fechou-o e devolveu-o ao bolso, passando a corrente de novo por trás do suspensório. "Venha", disse. Não olhou para trás. O menino o seguiu até o vestíbulo em direção aos fundos da casa; também ele caminhava ereto e em silêncio, a cabeça erguida. Havia verdadeira afinidade de obstinação, como que uma semelhança transmitida em suas costas. A sra. McEachern estava na cozinha. Ela ainda vestia o chapéu, ainda segurava o guarda-chuva e o leque. Estava observando a porta quando eles a cruzaram. "Pa...", ela disse. Nenhum dos dois chegou a olhar para ela. Pode ser que não a tenham ouvido, talvez ela não tenha dito nada. Seguiram em frente, em fila indiana, as duas costas numa rígida recusa a qualquer acordo, mais parecidas do que o verdadeiro sangue as poderia fazer. Cruzaram o quintal e foram diretamente para o estábulo e entraram. McEachern abriu a porta do estábulo e ficou de lado. O menino entrou. McEachern tirou da parede uma correia de arreio. Não era nova nem velha, como seus sapatos. Era limpa, como os sapatos, e cheirava igual ao homem: um odor de couro vivo viril duro limpo. Ele baixou o olhar para o menino.

"Onde está o livro?", perguntou. O menino estava de pé à sua frente, imóvel, o rosto calmo e um pouco pálido por baixo da pele lisa apergaminhada. "Você não trouxe", disse McEachern. "Volte lá e pegue." A voz não era rude. Não era humana, pessoal, nada. Era apenas fria, implacável, como palavras escritas ou impressas. O menino virou-se e saiu.

Quando chegou à casa, a sra. McEachern estava no vestíbulo. "Joe", ela disse. Ele não respondeu. Nem mesmo olhou para ela, para o rosto, para o movimento rígido da mão meio levantada em rígida caricatura do movimento mais suave que a mão humana pode executar. Passou apressado por ela, impassível, o rosto rígido de orgulho, talvez, e desespero. Ou talvez de vaidade, a estúpida vaidade de um homem. Apanhou o catecismo na mesa e voltou para o estábulo.

McEachern esperava, segurando a correia. "Largue-o", disse. O menino colocou o livro no chão. "Aí não", disse McEachern, sem calor. "Acha que o chão de um estábulo, lugar onde os animais pisam, é o lugar mais adequado para a palavra de Deus? Mas vou lhe ensinar isso também." Ele mesmo pegou o livro e o colocou sobre a prateleira. "Tire a calça", disse. "Não vamos sujá-la."

Então o menino ficou parado, a calça arriada nos pés, as pernas expostas abaixo da camisa curta. Ele ficou de pé, esguio, ereto. Quando a correia desceu, não se esquivou, nenhum estremecimento percorreu o seu rosto. Olhava direto para a frente, com expressão calma, absorta, como um monge numa estampa. McEachern começou a bater metodicamente, com lenta e deliberada força, ainda sem calor nem ódio. Seria difícil dizer qual dos dois tinha o semblante mais concentrado, mais calmo, mais convicto.

Ele bateu dez vezes, depois parou. "Pegue o livro", disse. "Deixe a calça onde está." Entregou o catecismo ao menino. O menino o pegou. Ele ficou parado, ereto, o rosto e o opúsculo erguidos, numa atitude de exaltação. Não fosse o suplício, poderia ter sido um menino de coro católico, tendo por nave o estábulo indistinto e escuro, atrás de cuja parede de tábuas brutas, na obscuridade dessecada e amoniacal, animais se agitavam de vez em quando com bufos e baques indolentes de patas. McEachern abaixou-se com agilidade até a tampa de uma caixa de ração, com os joelhos esticados, uma mão no joelho e o relógio prateado na palma da outra, o rosto limpo, barbado, rijo como pedra cinzelada, os olhos implacáveis, frios, mas não cruéis.

Ficaram nisso mais uma hora. Antes que terminasse, a sra. McEachern veio até a porta dos fundos da casa. Mas não falou. Apenas ficou ali parada, olhando para o estábulo, de chapéu, com o guarda-chuva e o leque. Depois voltou para dentro da casa.

De novo no segundo exato da hora, McEachern devolveu o relógio ao bolso. "Agora sabe?", perguntou. O menino não respondeu, rígido, ereto, segurando o opúsculo aberto diante do rosto. McEachern tirou o livro das suas mãos. Afora isso, o menino permaneceu imóvel. "Repita o catecismo", disse McEachern. O menino olhava fixo para a parede à sua frente. O rosto agora muito calmo apesar da suave palidez da pele. Cuidadosa e deliberadamente McEachern pousou o livro na prateleira e pegou a correia. Bateu dez vezes. Quando terminou, o menino permaneceu imóvel mais alguns segundos. Ainda não tomara o café da manhã; nenhum dos dois tomara o café da manhã ainda. O menino cambaleou, então, e teria caído se o homem não o pegasse pelo braço, segurando-o. "Venha", disse McEachern, tentando levá-lo até a caixa de ração. "Sente-se aqui."

"Não", disse o menino, tentando livrar o braço do aperto do homem. McEachern o soltou.

"Você está bem? Está se sentindo mal?"

"Não", disse o menino. A voz fraca, o rosto absolutamente lívido.

"Pegue o livro", disse McEachern, colocando-o na mão do menino. Pela janela do estábulo a sra. McEachern ficou visível, surgindo de dentro da casa. Ela usava agora um vestido caseiro desbotado e uma touca de sol, e carregava um balde de cedro. Cruzou a janela sem olhar para o estábulo, e desapareceu. Depois de algum tempo, o lento gemido de uma polia de poço os alcançou, descendo com um caráter pacífico, surpreendente, sobre o ar dominical. Ela tornou a aparecer na janela, o corpo equilibrando agora o peso do balde na mão, e reentrou na casa sem olhar para o estábulo.

De novo na hora em ponto McEachern olhou para o relógio. "Aprendeu?", perguntou. O menino não respondeu, não se mexeu. Quando McEachern se aproximou, viu que o menino nem estava olhando para a página, que tinha os olhos perfeitamente fixos e perfeitamente vazios. Colocando a mão sobre o livro, ele percebeu que o menino estava agarrado a ele como a uma corda ou um poste. McEachern arrancou o livro com força de suas mãos, e o menino desabou no chão e não se mexeu mais.

Quando voltou a si, a tarde ia avançada. Ele estava na própria cama no quarto do sótão com telhado baixo. O quarto estava em silêncio, invadido pelo crepúsculo. Sentia-se muito bem, e ficou deitado durante algum tempo, olhando tranquilo para o teto inclinado sobre a cabeça, antes de perceber que havia alguém sentado ao lado da cama. McEachern. Trajava agora também roupas de todo dia — não o macacão que usava no campo, mas uma camisa desbotada limpa sem colarinho e uma calça cáqui desbotada limpa. "Está acordado", disse. Estendeu a mão e puxou a coberta. "Venha."

O menino não se mexeu. "Vai me surrar de novo?"

"Venha", disse McEachern. "Levante-se." O menino levantou da cama e ficou de pé, magro, metido em grosseiras roupas de baixo de algodão. McEachern também estava se movimentando, compacto, desentorpecendo os músculos com um esforço aparentemente tremendo; o menino, observando com o interesse desassombrado de uma criança, viu o homem ajoelhar-se, lento e pesado, ao lado da cama. "Ajoelhe-se", disse McEachern. O menino ajoelhou-se; os dois ajoelharam-se no quarto fechado, crepuscular: a figura pequena em roupas de baixo curtas, o homem inflexível que jamais conhecera dúvida nem piedade. McEachern começou a rezar. Rezou por muito tempo, a voz sussurrante, enfadonha, soporífica. Rogava para ser perdoado por violar o domingo e por levantar a mão contra uma criança, um órfão, que era amado por Deus. Pedia que o coração obstinado da criança fosse abrandado e que o pecado da desobediência lhe fosse perdoado também, por intercessão do homem a quem ele havia insultado e desobedecido, rogando ao todo-poderoso que fosse tão magnânimo quanto ele próprio, e através e por causa da graça consciente.

    Ele encerrou e se ergueu, ofegante. O menino continuou ajoelhado. Não fez um movimento sequer. Mas mantinha os olhos abertos (nunca escondera o rosto nem mesmo o abaixara) e o semblante muito calmo; quieto, tranquilo, absolutamente inescrutável. Ouviu o homem remexer na mesa que sustentava o lampião. Um fósforo riscado crepitou; a chama firmou-se no pavio, embaixo do globo, sobre o qual a mão do homem parecia como que mergulhada em sangue. As sombras rodopiaram e se firmaram. McEachern ergueu alguma coisa da mesa ao lado do lampião: o catecismo. Abaixou os olhos para o menino: o nariz, a curva da bochecha, granítica, coberta de barba até a órbita ocular cavernosa e de óculos. "Pegue o livro", disse.

    Aquilo tinha começado naquela manhã de domingo antes do café da manhã. Ele não comera nada no café da manhã; provavelmente nem ele nem o homem pensaram nisso. O homem tampouco tomara o café da manhã, embora tivesse ido até a mesa e pedido indulgência pela comida e pela necessidade de comê-la. Na refeição do meio-dia ele ficara dormindo, de esgotamento nervoso. E na hora do jantar nenhum dos dois pensara em comida. O menino nem mesmo sabia o que havia de errado com ele, por que se sentia fraco e sossegado.

    Era assim que se sentia deitado na cama. A lâmpada continuava ardendo; a escuridão era total do lado de fora. Algum tempo passou, mas pareceu-lhe que se virasse a cabeça ainda veria os dois, ele e o homem, ajoelhados ao lado da cama, ou então no tapete as mossas dos pares gêmeos de joelhos sem substância tangível. Até o ar parecia exalar ainda aquela voz monótona como a de alguém falando num sonho, falando, implorando, argumentando com uma Presença que nem ao menos poderia fazer uma mossa fantasma num tapete de verdade.

Ele estava deitado assim, de costas, as mãos cruzadas no peito como uma efígie tumular, quando ouviu passos outra vez na escada estreita. Não eram do homem; ele ouvira McEachern sair na charrete, partindo ao anoitecer para percorrer quase cinco quilômetros até uma igreja que não era presbiteriana, para cumprir a penitência que se impusera pela manhã.

Sem virar a cabeça, o menino ouviu a sra. McEachern subir penosamente a escada. Ele a ouviu aproximar-se pelo assoalho. Não olhou, mas depois de algum tempo a sombra da mulher apareceu e se projetou na parede onde ele podia vê-la, e notou que ela carregava alguma coisa. Uma bandeja de comida. Ela depositou a bandeja sobre a cama. Ele não olhara uma única vez para ela. Não se mexera. "Joe", ela disse. Ele não se mexeu. "Joe", repetiu. Não dava para saber se os olhos dele estavam abertos. Ela não tocou nele.

"Não estou com fome", ele disse.

Ela não se mexeu. Ficou ali parada, as mãos enfiadas no avental. Não parecia estar olhando para ele, também. Parecia estar falando para a parede do outro lado da cama. "Sei o que você acha. Não é isso. Ele não me pediu para trazer isto. Fui eu que resolvi trazer. Ele não sabe. Não foi ele que mandou a comida para você." O menino não se mexeu. A expressão calma como um rosto cinzelado, ele olhava para a forte inclinação do teto de tábuas. "Você não comeu hoje. Sente-se e coma. Não foi ele que me pediu para trazer isto. Ele não sabe. Esperei até ele sair e então eu mesma preparei."

Ele se sentou. Observado por ela, levantou-se da cama e pegou a bandeja e levou-a até o canto e a virou de cabeça para baixo, despejando pratos e comida e tudo no chão. Depois voltou para a cama, carregando a bandeja vazia como se fosse uma custódia e ele o portador, sua sobrepeliz, a roupa de baixo encurtada comprada para um adulto usar. Ela não o fitava agora, embora não tivesse se mexido. As mãos ainda enroladas no avental. Ele voltou para a cama e deitou-se de novo de costas com os olhos bem abertos e fixos no teto. Podia ver a sombra imóvel da mulher, disforme, meio curvada. Ela se afastou. Ele não olhou, mas pôde ouvir quando ela se ajoelhou no canto recolhendo a louça quebrada na bandeja. Então ela saiu do quarto. Ficou tudo muito silencioso. A lâmpada ardia regular sobre o pavio estável; na parede, as sombras fugidias das mariposas rodopiando grandes como pássaros. Do lado de fora da janela ele podia cheirar, sentir, escuridão, primavera, a terra.

Tinha apenas oito anos. Foi só anos depois que a memória soube o que ele estava recordando; anos depois daquela noite em que, uma hora mais tarde, ele se levantou da cama e foi ajoelhar-se no canto como não se ajoelhara no tapete, e sobre a comida ultrajada, ajoelhado, comeu com as mãos, como um selvagem, como um cão.

Entardecia; ele já devia estar a quilômetros de distância de casa. Embora as tardes de sábado fossem livres, nunca estivera tão longe de casa tão tarde. Quando chegasse em casa seria surrado. Não pelo que pudesse ter feito ou deixado de fazer durante essa ausência. Quando chegasse em casa, ainda que não tivesse cometido nenhum pecado receberia a mesma surra que receberia se McEachern o tivesse visto cometer algum.

Mas talvez nem ele mesmo soubesse ainda que não ia cometer o pecado. Os cinco estavam reunidos ao entardecer em silêncio perto da entrada em ruínas de uma serraria deserta onde, esperando escondidos a cerca de noventa metros de distância, haviam observado a moça negra entrar e olhar para trás uma vez e depois sumir. Um dos garotos mais velhos fizera o trato e entrou primeiro. Os outros, rapazes em macacões idênticos que viviam num raio de cinco quilômetros, e que, como aquele a quem conheciam como Joe McEachern, podiam aos catorze ou quinze arar e ordenhar e cortar lenha como adultos, tiraram no palitinho para decidir a vez de cada um. Talvez ele nem mesmo pensasse naquilo como um pecado até pensar no homem que estaria esperando por ele em casa, pois aos catorze o pecado supremo era ser publicamente acusado de virgindade.

Chegou a vez dele. Ele entrou no galpão. Estava escuro. De repente, foi tomado por uma pressa terrível. Havia algo nele tentando sair, como quando lhe acontecia de pensar em pasta de dente. Mas não conseguiu se mexer de imediato, ficou ali parado, sentindo no mesmo instante o cheiro de negro; enclausurado entre a mulherelanegra e a pressa, impelido, tendo de aguardar até ela falar: um som orientador que não era nenhuma palavra em particular e absolutamente inconsciente. Então lhe pareceu que conseguia vê-la — alguma coisa, protuberante, abjeta; os olhos talvez. Inclinando-se, ele parecia olhar um poço escuro e ver no fundo dois brilhos como reflexos de estrelas mortas. Estava andando, porque seu pé a tocou. Então o pé a tocou de novo, porque ele a chutou. Chutou com força, arremetendo na direção e através de um gemido sufocado de susto e pavor. Ela começou a gritar, ele a puxando bruscamente, agarrando-a pelo braço, atingindo-a com golpes largos, selvagens, batendo na voz talvez, sentindo-lhe a carne de alguma forma, enclausurado entre a mulherelanegra e a pressa.

Ela se abaixou para esquivar-se do seu punho, e ele também se esquivou para trás quando os outros caíram em cima dele, em bando, agarrando, puxando, ele devolvendo os golpes, a respiração sibilando de raiva e desespero. Então era cheiro de macho que ele sentia, que eles sentiam; em algum lugar embaixo dele. Ela fugindo, gritando. Eles se atropelavam agitados, golpeando qualquer mão ou corpo que encontrassem até todos se engalfinharem no chão em cima dele. Ele, porém, ainda se debatia, lutando, chorando. Já não havia mais Ela nenhuma. Eles simplesmente brigavam; era como se um vento tivesse soprado entre eles, forte e limpo. Conseguiram enfim segurá-lo no chão, impotente para reagir. "Agora chega? Nós te pegamos. Prometa que chega."

"Não", ele disse, contorcendo-se para se safar.

"Desista, Joe! Não pode enfrentar todos nós. E de qualquer modo ninguém quer brigar com você."

"Não", ele disse, ofegante, debatendo-se. Nenhum deles conseguia ver, dizer quem era quem. Tinham esquecido completamente a moça, o motivo da briga, como se nunca a tivessem conhecido. Da parte dos outros quatro fora puramente automático e reflexo: aquela compulsão espontânea do macho para lutar com ou por causa da ou a respeito da parceira com a qual copulou recentemente ou está prestes a copular. Mas ninguém sabia por que ele havia brigado. E ele não poderia ter dito. Eles o seguravam no chão, falando entre si em voz baixa, tensa.

"Alguns de vocês aí atrás larguem o cara. Depois o resto solta ao mesmo tempo."

"Quem o está segurando? Quem foi que eu peguei?"

"Aqui; solte. Espere aí: aqui está ele. Eu e..." De novo todos se atiraram, brigando. E o seguraram de novo. "Pegamos aqui. Larguem o cara e se afastem. Abram espaço."

Dois se levantaram e recuaram para a porta. Os outros dois pareceram explodir do chão, da penumbra do galpão, engrenando uma corrida. Joe tentou atingi-los assim que se sentiu livre, mas eles já haviam se safado. Deitado de costas, ele viu os quatro correndo no crepúsculo, reduzindo o passo e virando para olhar para trás. Levantou-se e saiu do galpão. Parado na porta, espanou a roupa com um gesto puramente automático enquanto os outros, a pouca distância, amontoavam-se em silêncio olhando na sua direção. Não olhou para eles. Saiu andando, o macacão crepuscular no crepúsculo. Já era tarde. A estrela vespertina brilhava enorme como uma flor de jasmim. Em nenhum momento ele olhou para trás. Foi embora, desvanecendo-se, como um fantasma; os quatro rapazes que o observavam ficaram agrupados em silêncio, os rostos pequenos e pálidos no crepúsculo. Do grupo uma voz exclamou subitamente, bem alto: "Iáááá!". Ele não olhou para trás. Uma segunda voz disse baixinho, arrastando baixinho, nítida: "Te vejo amanhã na igreja, Joe". Ele não respondeu. Seguiu andando. De vez em quando, espanava o macacão mecanicamente com as mãos.

Quando chegou à vista da casa toda luminosidade sumira no oeste. No pasto atrás do celeiro havia uma nascente: um arvoredo de salgueiros na escuridão cheirado e ouvido mas não visto. Quando se aproximou, o flautear de filhotes de rã cessou como inúmeras cordas cortadas com tesouras simultâneas; ele se ajoelhou; estava escuro demais para discernir até mesmo a silhueta da sua cabeça. Lavou o rosto, o olho inchado. Seguiu em frente, cruzando o pasto na direção da luz da cozinha, que parecia vigiá-lo, oferecida e traiçoeira, como um olho.

Ao alcançar a cerca do terreno parou, olhando para a luz na janela da cozinha. Parou ali por alguns minutos, inclinado sobre a cerca. A grama estava alta, pululando de grilos. Contra a terra cinza-orvalho e as faixas escuras de árvores, vaga-lumes esvoaçavam e sumiam, erráticos e aleatórios. Um pássaro-das-cem-línguas cantou numa árvore perto da casa. Atrás dele, na mata além da nascente, dois curiangos trinaram. Além deles, como se além de algum horizonte extremo de verão, um cão uivou. Ele cruzou então a cerca e viu alguém sentado absolutamente imóvel na porta do estábulo onde esperavam as duas vacas que ele ainda não ordenhara.

Pareceu-lhe reconhecer McEachern sem surpresa, como se toda a situação fosse perfeitamente lógica e razoável e inescapável. Talvez estivesse pensando então como ele e o homem sempre poderiam contar um com o outro, depender um do outro; que imprevisível era só a mulher. Talvez não visse nenhuma incongruência no fato de que estava para ser castigado, ele que se abstivera do que McEachern consideraria o pecado supremo que se poderia cometer, exatamente como se o tivesse cometido. McEachern não se levantou. Permaneceu sentado, impassível como uma rocha, a camisa um borrão branco na abertura escura da porta. "Eu ordenhei e alimentei", disse. E só então se levantou, deliberadamente. Talvez o rapaz soubesse que ele já segurava a correia na mão. Ela subiu e desceu, deliberada, numerada, com estalos monótonos, deliberados. O corpo do rapaz poderia ter sido madeira ou pedra; um poste ou uma torre sobre o qual sua parte sensível cismava como um eremita, contemplativa e distante, com êxtase e autoflagelação.

Ao se aproximarem da cozinha, eles caminhavam lado a lado. Quando a luz da cozinha caiu sobre eles, o homem parou e virou, inclinando-se, examinando. "Brigando", disse ele. "A troco do quê?"

O rapaz não respondeu. O rosto perfeitamente imóvel, composto. Depois de alguns instantes, respondeu. A voz calma, fria. "De nada."

Eles ficaram parados. "Quer dizer, você não pode contar ou

não quer contar?" O rapaz não respondeu. Não olhava para baixo. Não olhava para nada. "Então, se você não sabe é um tolo. E se não quer contar foi um canalha. Esteve com alguma mulher?"

"Não", disse o rapaz. O homem o encarou. Quando falou seu tom era pensativo.

"Você nunca mentiu para mim. Que eu saiba, claro." Olhou para o rapaz, para o perfil imóvel. "Com quem estava brigando?"

"Era mais de um."

"Ah", fez o homem. "Deixou marcas neles, imagino?"

"Não sei. Acho que sim."

"Ah", fez o homem. "Vá se lavar. O jantar está pronto."

Quando foi para a cama, naquela noite, sua mente estava decidida a fugir. Sentia-se como uma águia: duro, capaz, poderoso, implacável, forte. Mas isso passou, embora ele não percebesse então, como a águia, que sua própria carne bem como todo o espaço era ainda uma gaiola.

McEachern não deu realmente pela falta da novilha por dois dias. Mas aí descobriu a roupa nova no celeiro onde ela estava escondida; examinando-a, percebeu que nunca fora usada. Encontrou a roupa pela manhã. Mas não contou nada. Naquela tarde, entrou no celeiro onde Joe estava ordenhando. Sentado no banco baixo, a cabeça inclinada contra o flanco da vaca, o corpo do rapaz atingia a metade da altura do homem. Mas McEachern não viu isso. Se alguma coisa ele viu, foi a criança, o órfão de cinco anos sentado com a imóvel e alerta e despreocupada passividade de um animal no assento de sua charrete naquela tarde de dezembro doze anos antes. "Não estou vendo a sua novilha", disse. Joe não respondeu. Inclinou-se sobre o balde, sobre o assobio regular do leite. McEachern ficou parado atrás dele, olhando de cima para baixo. "Eu disse, a sua novilha não apareceu."

"Eu sei", disse Joe. "Acho que ela está lá no riacho. Vou procurar, já que ela me pertence."

"Ah", disse McEachern. A voz não se alterou. "O riacho de noite não é lugar para uma vaca de cinquenta dólares."

"O prejuízo será meu", disse Joe. "A vaca era minha."

"Era?", disse McEachern. "Disse a vaca *era* minha?"

Joe não olhou para cima. Entre seus dedos o leite esguichava contínuo no balde. Ouviu McEachern se mexer às suas costas. Mas Joe não desviou o olhar até o leite não responder mais. Então se virou. McEachern estava sentado num bloco de madeira à porta. "É melhor você levar o leite para casa primeiro", disse.

Joe ficou de pé, o balde balançando na mão. Seu tom era obstinado, mas calmo. "Eu a encontrarei de manhã."

"Leve o leite para casa", disse McEachern. "Espero por você aqui."

Joe permaneceu mais alguns instantes ali. Só então se mexeu. Afastou-se e foi para a cozinha. A sra. McEachern entrou quando ele estava colocando o balde sobre a mesa. "O jantar está pronto", ela disse. "O sr. McEachern já veio para casa?"

Joe estava se virando para a porta. "Ele já vai entrar", respondeu. Podia sentir a mulher observando-o. Ela disse, sondando, ansiosa:

"Vocês só têm o tempo de se lavar."

"Entramos logo", ele respondeu. E voltou ao celeiro. A sra. McEachern veio até a porta e o acompanhou com o olhar. Ainda não estava totalmente escuro e ela podia ver o marido na porta do celeiro. Não chamou. Apenas ficou ali parada olhando os dois homens se encontrarem. Não conseguia ouvir o que diziam.

"Ela está lá no riacho, você diz", lançou McEachern.

"Eu disse talvez. É um pasto de bom tamanho."

"Ah", fez McEachern. As vozes de ambos eram calmas. "Onde acha que está?"

"Não sei. Não sou nenhuma vaca. Não sei onde pode estar."

McEachern se mexeu. "Vamos lá ver", disse. Eles entraram no pasto em fila indiana. O riacho ficava a quatrocentos metros dali. Contra a escuridão do arvoredo por onde ele corria, vaga-lumes piscavam e sumiam. Alcançaram as árvores. Os troncos sufocados por um matagal rasteiro difícil de penetrar mesmo durante o dia. "Chame-a", disse McEachern. Joe não atendeu. Ele não se mexeu. Eles se encararam.

"A vaca é minha", disse Joe. "O senhor me deu. Eu a criei desde novilha porque o senhor me deu a vaca para ser minha."

"Dei", disse McEachern. "Eu dei a vaca a você. Para lhe ensinar a responsabilidade de possuir, ter, propriedade. A responsabilidade do proprietário para com aquilo que ele possui pela graça de Deus. Para lhe ensinar previdência e acumulação. Chame-a."

Eles se encararam por mais alguns instantes. Talvez olhassem um para o outro. Então Joe virou-se e caminhou até a beira do brejo, com McEachern na sua cola. "Por que não a chama?", disse o homem. Joe não respondeu. Não parecia olhar o brejo, o riacho, nada. Ao contrário, observava a luz solitária que assinalava a casa, olhando para trás de vez em quando como se estivesse avaliando a distância. Eles não andavam depressa, mas depois de algum tempo chegaram à cerca que demarcava o fim do pasto. A escuridão era total agora. Quando alcançaram a cerca, Joe virou-se e parou. Olhou então para o outro. De novo estavam frente a frente. Então McEachern perguntou: "O que fez com essa novilha?".

"Vendi", disse Joe.

"Ah. Vendeu. E quanto conseguiu por ela, se posso perguntar?"

Eles não conseguiam distinguir o rosto um do outro agora. Eram apenas vultos, quase da mesma altura, embora McEachern fosse mais corpulento. Por cima do borrão branco da camisa a cabeça de McEachern parecia uma bala de canhão de mármore dos monumentos da Guerra Civil. "A vaca era minha", disse Joe. "Se não era minha, por que o senhor disse que era? Por que me deu a vaca?"

"Tem toda a razão. Ela era sua. Eu ainda não o censurei por vendê-la, desde que tenha conseguido um bom preço. E mesmo que tivesse feito mau negócio, o que num rapaz de dezoito é mais do que provável, eu não o censuraria por isso. Embora tivesse sido melhor você pedir o conselho de alguém mais experiente nas coisas do mundo. Mas você precisa aprender, como eu aprendi. O que eu pergunto é: onde guardou o dinheiro?" Joe não respondeu. Eles se encararam. "Deu a sua madrasta para guardar, talvez."

"Dei", disse Joe. Sua boca falou, contou a mentira. Ele não pretendia responder nada. Ouviu a boca dizer a palavra com uma espécie de espanto atônito. Mas era tarde demais. "Dei a ela para guardar", confirmou.

"Ah", disse McEachern. E suspirou; era um som quase voluptuoso, de satisfação e vitória. "E certamente dirá também que foi sua madrasta que comprou a roupa nova que encontrei escondida no celeiro. Você já tinha revelado quase todos os pecados de que é capaz: indolência e ingratidão e irreverência e blasfêmia. E agora o peguei nos dois restantes: mentira e lascívia. Para o que mais ia querer uma roupa nova se não para a libertinagem?" E então percebeu que a criança que tinha adotado havia doze anos era um homem. Encarando-o, os dois quase da mesma altura, ele disparou um soco em Joe.

Joe recebeu os dois primeiros socos; talvez pelo hábito, talvez pela surpresa. Mas os levou sentindo por duas vezes o punho duro do homem se esmagar contra o seu rosto. Aí ele saltou para trás, agachou-se, pingando sangue, ofegando. Eles se encararam. "Não me bata de novo", disse Joe.

Mais tarde, deitado frio e rígido em sua cama no sótão, ele ouviu a voz deles subindo pela escada estreita do quarto embaixo.

"Comprei para ele!", dizia a sra. McEachern. "Comprei! Comprei com o meu dinheiro da manteiga. Você disse que eu podia ter... podia gastar... Simon! Simon!"

"Você é pior mentirosa do que ele", disse o homem. Sua voz chegou, medida, áspera, sem calor, pela escada estreita até onde Joe estava deitado na cama. Ele não a ouvia. "Ajoelhe-se. Ajoelhe-se. AJOELHE-SE, MULHER. Peça graça e perdão a Deus; não a mim."

Ela sempre tentara ser boa para ele, desde aquela primeira noite de dezembro doze anos antes. Estava esperando na varanda — uma criatura vencida, resignada, sem qualquer marca do sexo além do esmerado coque de cabelo grisalho e a saia — quando a charrete chegou. Era como se em vez de ter sido sutilmente esmagada e corrompida pelo homem rude e intolerante em alguma coisa além de sua intenção e do conhecimento dela, tivesse sido martelada impiedosamente para ficar cada vez mais fina como algum metal passivo e maleável, num aplacar de esperanças silenciosas e desejos frustrados agora tênues e pálidos como cinzas mortas.

Quando a charrete parou, ela se adiantou como se já tivesse planejado, praticado: como o levantaria do assento e o carregaria para casa. Ele não fora carregado por nenhuma mulher desde que crescera o suficiente para andar. Desceu da charrete esquivando-se e entrou na casa com os próprios pés, caminhando, pequeno, informe em seus envoltórios. Ela foi atrás, borboleteando à sua volta. Fez com que ele se sentasse; era como se andasse de um lado para outro com uma espécie de vigilância hostil, um ar perplexo e alerta, esperando para saltar de novo e tentar fazer ele e ela agirem conforme planejara que agiriam. Ajoelhando-se diante dele, ela estava tentando tirar-lhe os sapatos até que ele percebeu o que ela pretendia. Ele afastou as suas mãos e tirou ele mesmo os sapatos, porém não os colocou no chão. Segurou-os. Ela lhe tirou as meias e depois foi buscar uma bacia de água quente, e a trouxe tão depressa que qualquer um que não fosse uma criança saberia que provavelmente a tinha pronta e esperando durante o dia todo. Ele falou pela primeira vez, então. "Eu lavei ainda ontem", disse.

Ela não respondeu. Ajoelhou-se à sua frente enquanto ele observava a coroa do seu cabelo e as mãos lidando um pouco desajeitadas com os seus pés. Não tentou ajudá-la. Não sabia o que ela estava tentando fazer, nem mesmo quando estava sentado com os pés frios na água quente. Não sabia que isso era tudo, porque era muito agradável. Estava esperando o resto começar; a parte que não seria agradável, qualquer que fosse. Isso nunca lhe acontecera.

Mais tarde ela o pôs na cama. Há quase dois anos que ele vinha se vestindo e se despindo sozinho, sem ser percebido nem ajudado salvo por Alices ocasionais. Já estava bastante cansado para dormir logo em seguida, e agora estava inquieto e, por isso, nervoso, esperando ela sair para poder dormir. Mas ela não saiu. Puxou uma cadeira para perto da cama e sentou-se. Não havia fogo no quarto; fazia frio. Ela estava com um xale sobre os ombros, envolvida no xale, exalando vapor com a respiração como se estivesse fumando. E ele ficou completamente desperto então. Esperava o começo da parte de que não gostaria, fosse qual fosse, por algo que tivesse feito. Não sabia que aquilo era tudo. Isso nunca lhe acontecera.

Começou naquela noite. Ele achou que duraria pelo resto da vida. Aos dezessete, olhando para trás, pôde perceber a longa série de tentativas triviais, canhestras e inúteis, fruto de frustração e hesitação e instinto embotado: os pratos que ela lhe prepararia em segredo e depois insistiria para ele aceitar e comer em segredo, quando ele não os queria mesmo sabendo que McEachern não ia se importar; as vezes em que, como nessa noite, ela tentaria se interpor entre ele e o castigo que, merecido ou não, justo ou injusto, era impessoal, tanto o homem como o menino aceitando-o como um fato natural e inevitável, até que ela, colocando-se no caminho, lhe desse um odor, uma diluição, um sabor residual.

Algumas vezes pensou que diria só a ela. Que a faria, a ela que em sua impotência não poderia alterá-lo nem ignorá-lo, ter de escondê-lo do homem cuja reação imediata e previsível ao conhecimento seria obliterá-lo de tal forma em suas relações que ele jamais apareceria de novo. Diria a ela em segredo, em pagamento secreto pelos pratos secretos que ele não quisera. "Escute. Ele diz que criou um blasfemo e um ingrato. Eu a desafio a lhe dizer o que ele criou. Que ele criou um crioulo embaixo do próprio teto, com sua própria comida em sua própria mesa."

Porque ela sempre fora boa com ele. O homem, o homem duro, justo, implacável, dependia apenas dele para agir de certa maneira e receber a igualmente certa recompensa ou punição, assim como ele poderia confiar em que o homem reagiria de certa maneira a suas próprias ações boas e más. Era a mulher que, com a afinidade e o impulso natural da mulher para o segredo, emprestava uma leve nódoa de pecado às ações mais triviais e inocentes. Atrás de uma tábua solta na parede do seu quarto do sótão, ela escondera um pequeno tesouro em dinheiro numa lata. A quantidade era irrisória e aparentemente só era secreta para o marido, e o menino acreditava que ele não teria se importado. Mas nunca fora um segredo para ele. Mesmo quando ainda era uma criança, ela o levaria consigo, com toda a intensa e misteriosa cautela de uma criança brincando, se esgueiraria para o sótão e acrescentaria ao tesouro míseros e ocasionais e impressionantes níqueis e *dimes* (fruto de quais pequenas velhacarias e enganos sem ninguém em lugar algum debaixo do sol para lhe impedir, ele não sabia), colocando-os na lata, sob as vistas de seus graves olhos redondos, moedas cujo valor ele nem sequer reconhecia. Foi ela que confiou a ele, que insistiu em confiar-lhe, do mesmo modo como insistia para ele comer: por conspiração, em segredo, fazendo do próprio fato que o ato de confiar supostamente exemplificaria um segredo.

Não era o trabalho duro que ele odiava, nem o castigo e a injustiça. Estava acostumado a isso antes mesmo de ter visto qualquer um deles. Não esperava menos, e por isso não se sentia ultrajado nem surpreso. Era a mulher: aquela bondade suave da qual se acreditava condenado a ser a vítima eterna e que odiava mais do que a dura e implacável justiça dos homens. "Ela está tentando me fazer chorar", pensava, deitado frio e rígido na cama, as mãos atrás da cabeça e o luar caindo sobre o corpo, ouvindo o murmúrio constante da voz do homem como se ela subisse a escada para o primeiro estágio a caminho do céu. "Estava tentando me fazer chorar. Aí ela acha que eles teriam me submetido."

8

Movendo-se em silêncio, ele tirou a corda do esconderijo. Uma ponta já estava pronta para ser fixada com segurança do lado de dentro da janela. Agora não lhe tomava tempo descer até o chão e voltar; agora, com mais de um ano de prática, ele podia subir pela corda segurando-se com as mãos sem encostar na parede da casa, com a agilidade furtiva de um gato. Inclinando-se na janela, ele deixou a ponta solta descer em silêncio. À luz do luar, parecia não menos frágil que um fio tecido por aranha. Então, com os sapatos amarrados um no outro e seguros pelo cinto às suas costas, ele escorregou pela corda, passando veloz como uma sombra pela janela onde os velhos dormiam. A corda pendia diretamente defronte da janela. Ele a esticou para o lado, encostada na casa, e prendeu-a. Depois caminhou ao luar até o estábulo, subiu no palheiro e tirou a roupa nova do esconderijo. Ela estava cuidadosamente embrulhada em papel. Antes de desembrulhar, apalpou as dobras do papel. "Ele descobriu", pensou. "Ele sabe." E disse em voz alta, sussurrando: "O maldito. O filho da puta".

Vestiu-se no escuro, depressa. Já estava atrasado, porque tivera de dar tempo para eles pegarem no sono depois do alvoroço sobre a novilha, o alvoroço que a mulher causara metendo-se no assunto depois que tudo tinha acabado, se acomodado, por aquela noite, de algum modo. A trouxa incluía uma camisa branca e uma gravata. Colocou a gravata no bolso, mas vestiu o paletó para a camisa branca não sobressair ao luar. Desceu e saiu do estábulo. A roupa nova, depois de seu macacão amaciado de tanto lavar, parecia suntuosa e áspera. A casa estava acocorada ao luar, escura, profunda, um pouco traiçoeira. Era como se ao luar a casa tivesse adquirido personalidade: ameaçadora, traiçoeira. Passou por ela e entrou no carreiro. Tirou do bolso um relógio de um dólar. Ele o comprara três dias antes, com parte do dinheiro. Mas nunca tivera um relógio e se esquecera de dar corda. Contudo, não precisava do relógio para saber que já estava atrasado.

O carreiro seguia em linha reta sob o luar, ladeado por árvores cujos galhos escuros projetavam sombras densas e nítidas como tinta negra no solo macio. Ele caminhava depressa, a casa agora às suas costas, ele próprio agora invisível da casa. A estrada encontrava o carreiro a pouca distância. Ele esperava ver a qualquer momento o carro passar correndo, pois dissera a ela que se não estivesse esperando na entrada do carreiro, a encontraria na escola onde o baile estava sendo realizado. Mas não passou nenhum carro, e quando chegou à estrada não conseguiu ouvir nada. A estrada, a noite estavam vazias. "Talvez já tenha passado", pensou. Tirou outra vez o relógio parado e olhou. O relógio estava parado porque não tivera oportunidade de lhe dar corda. Ele fora retardado por aqueles que não lhe deram nenhuma oportunidade de dar corda no relógio e assim de ficar sabendo se estava atrasado ou não. No alto do carreiro escuro, na casa agora invisível, a mulher dormia depois de fazer tudo que pudera para atrasá-lo. Ele olhou naquela direção, para o alto do carreiro; parou no ato de olhar, e pensar; como se a mente e o corpo estivessem no mesmo embalo, pensando ter notado um movimento entre as sombras do carreiro. Pensou então que não tinha, que alguma coisa em sua mente poderia ter se projetado como uma sombra numa parede. "Mas espero que seja ele", pensou. "Gostaria que fosse ele. Gostaria que me seguisse e me visse entrar no carro. Gostaria que tentasse nos seguir. Gostaria que tentasse me parar." Mas não conseguiu ver nada no carreiro. Estava vazio, intercalado por sombras traiçoeiras. Então ele ouviu de longe, na estrada, na direção da cidade, o som do carro. Olhando, avistou o brilho dos faróis.

Ela era garçonete num pequeno e esquálido restaurante suburbano da cidade. Um olhar adulto casual poderia dizer que já passara dos trinta. Mas para Joe, ela provavelmente não parecia ter mais de dezessete, por causa do tamanho miudinho. Ela não só não era alta como era magrinha, quase infantil. Mas o olhar adulto veria que seu tamanho não resultava de alguma magreza natural mas de alguma corrupção interior do próprio espírito: uma magreza que jamais fora jovem, em cujas curvas jamais vivera ou persistira nada de juvenil. O cabelo era escuro. Tinha o rosto com ossos salientes, sempre olhando para baixo, como se a cabeça estivesse encaixada dessa maneira no pescoço, um pouco fora de prumo. Seus olhos pareciam os olhos artificiais de um bicho de pelúcia: uma qualidade além de toda dureza, não sendo duros.

Foi por ser miúda que ele se aventurou com ela, como se o tamanho devesse ou pudesse protegê-la dos olhares errantes e predatórios da maioria dos homens, melhorando suas chances. Se fosse uma mulher grande, ele não teria ousado. Teria pensado: "De que adianta. Ela já terá um par, um homem".

Começou no outono quando ele tinha dezessete. Foi num

dia de meio de semana. Geralmente quando iam à cidade era sábado e eles levavam comida — almoço frio numa cesta comprada e conservada para esse fim — com a intenção de passar o dia. Dessa vez, McEachern fora ver um advogado com a intenção de concluir negócios e estar de volta em casa na hora do almoço. Mas era quase meio-dia quando ele apareceu na rua onde Joe o esperava. Apareceu olhando o relógio. Olhou então para o relógio municipal no prédio da prefeitura e depois para o sol, com uma expressão de exasperação e ultraje. Olhou para Joe com a mesma expressão, o relógio aberto na mão, os olhos frios, descontentes. Parecia estar examinando e pesando, pela primeira vez, o rapaz que criara desde a infância. Então ele se virou. "Venha", disse. "Agora não tem jeito."

A cidade era um entroncamento ferroviário. Mesmo no meio da semana havia muitos homens pelas ruas. O ar todo no lugar era masculino, transitório: uma população uniforme cujos maridos só ficavam em casa em intervalos e nos feriados — uma população de homens levando vidas esotéricas cujas cenas reais foram removidas e cuja presença intermitente era alcovitada como a de fregueses de um teatro.

Joe não conhecia o lugar aonde McEachern o levara. Um restaurante numa rua secundária — uma porta estreita e sórdida entre duas janelas sórdidas. No início ele não percebeu que era um restaurante. Não havia placa do lado de fora e ele não conseguiu nem sentir o cheiro nem ouvir barulho de comida sendo preparada. O que viu foi um comprido balcão de madeira alinhado por uma fila de banquinhos sem encosto e uma mulher loira e grande atrás do caixa, perto da entrada, e um grupo de homens na outra ponta do balcão, não comendo, que se viraram ao mesmo tempo e olharam para ele e para McEachern quando eles entraram, através da fumaça dos cigarros. Ninguém disse nada. Eles apenas olharam para McEachern e Joe como se a respiração tivesse parado junto com a conversa, como se até a fumaça dos cigarros tivesse parado e agora esvoaçasse desnorteada pelo próprio peso. Os homens não estavam de macacão e todos usavam chapéu, e os rostos eram todos parecidos: nem jovens, nem velhos: não do campo, tampouco da cidade. Pareciam pessoas que tinham acabado de descer do trem e que partiriam no dia seguinte e que não tinham nenhum endereço.

Sentados em dois banquinhos sem encosto alinhados rente ao balcão, McEachern e Joe comeram. Joe comeu depressa porque McEachern estava comendo depressa. Ao seu lado, o homem, mesmo no ato de comer, parecia sentado numa espécie de rigidez ultrajada. A comida que McEachern pediu era simples: preparada com rapidez e consumida com rapidez. Mas Joe sabia que parcimônia não tinha nada a ver com aquilo. Parcimônia poderia tê-los trazido até ali em vez de a outro lugar, mas ele sabia que fora o desejo de sair logo que escolhera a comida. Mal pousou a faca e o garfo, McEachern disse: "Venha", já se levantando do banquinho. No caixa, McEachern pagou a mulher de cabelos acobreados. Havia nela uma qualidade impermeável ao tempo: uma respeitabilidade belicosa e lapidada. Ela mal olhou para eles, nem mesmo quando entraram nem quando McEachern deu-lhe o dinheiro. Entretanto, mesmo sem olhar, ela fez o troco, correta e rapidamente, escorregando as moedas sobre o balcão de vidro antes de McEachern apresentar a conta; ela própria de certa forma precisa por trás do falso brilho do cabelo bem penteado, a expressão atenta, como uma estátua de leoa guardando um portal, exibindo a respeitabilidade como um escudo por trás do qual os homens aglomerados e desocupados e suspeitos podiam inclinar o chapéu e o rosto retorcido pela fumaça espiralada dos cigarros. McEachern conferiu o troco e eles saíram para a rua. Ele estava olhando de novo para Joe, e disse: "Guarde esse lugar. Tem lugares neste mundo onde um homem pode ir mas um rapaz, um jovem da sua idade, não. Esse é um deles. Talvez nunca devesse ter ido lá. Mas você deve ver essas coisas para saber o que deve evitar e do que se afastar. Talvez tenha sido bom eu ter vindo com você para explicar e prevenir. E a comida lá é barata".

"Qual é o problema com esse lugar?", perguntou Joe.

"Isso é problema da cidade, não seu. Você só tem de lembrar de minhas palavras: não quero que vá lá de novo sem que eu esteja junto. O que não vai acontecer de novo. Da próxima vez traremos comida, cedo ou não cedo."

Isso foi o que ele viu naquele dia enquanto comia às pressas ao lado do homem inflexível e silenciosamente ultrajado, os dois completamente isolados no centro do extenso balcão com a mulher de cabelos acobreados numa ponta e o grupo de homens na outra, e a garçonete de rosto acanhado e cabisbaixo e mãos grandes, grandes demais, colocando os pratos e copos, a cabeça emergindo do outro lado do balcão na altura aproximada de uma criança alta. Então ele e McEachern saíram. Ele não esperava voltar. Não porque McEachern o tivesse proibido. Apenas não acreditava na probabilidade de sua vida o levar até ali. Era como se dissesse a si mesmo: "Eles não são da minha laia. Consigo vê-los mas não sei o que estão fazendo nem por quê. Consigo ouvi-los mas não sei o que estão dizendo nem por que nem a quem. Sei que há algo além de comida, de comer. Mas não sei o quê. E jamais saberei".

Assim, aquilo sumiu da superfície de seu pensamento. Uma vez ou outra, nos seis meses seguintes, ele voltou à cidade, mas nem viu nem passou pelo restaurante outra vez. Poderia ter passado. Mas não pensou nisso. Talvez não tenha precisado. Com mais frequência do que percebia, talvez, o pensamento teria subitamente deslizado para um cenário, tomando forma, formado: o balcão, longo, sujo, um tanto suspeito, com a mulher imóvel, impassível, de cabelos ardentes numa ponta, como sua guardiã, e na outra, homens com as cabeças inclinadas para dentro, fumando sem parar, acendendo e atirando fora seus eternos cigarros, e a garçonete, a mulher não muito maior que uma criança, entrando e saindo da cozinha com os braços carregados de pratos, tendo de passar o tempo todo ao alcance dos homens que se curvavam com o chapéu inclinado e falavam com ela através da fumaça de cigarro, murmuravam algo parecido com gracejo ou regozijo, e ela com o rosto pensativo, acanhado, cabisbaixo, como se não tivesse ouvido. "Nem mesmo sei o que estão dizendo a ela", pensou, pensando *Nem mesmo sei se o que estão dizendo a ela é alguma coisa que homens não dizem a uma criança passando* acreditando *Não sei ainda que no instante de sono a pálpebra fechando prisões dentro do ser do olho seu rosto acanhado, pensativo; trágico, triste e jovem; esperando, colorido com toda a vaga e disforme magia do desejo jovem. Que já existe algo para o amor se alimentar: que dormindo eu sei agora por que agredi refreando aquela moça negra há três anos e que ela deve saber também e estar orgulhosa também, com espera e orgulho*

Assim, ele não esperava vê-la novamente, pois o amor no jovem requer tão pouca esperança quanto desejo para se alimentar. Muito provavelmente ficou tão surpreso com sua ação e o que ela pressupunha e revelava quanto McEachern teria ficado. Foi num sábado, dessa vez, na primavera agora. Ele completara dezoito. McEachern foi novamente encontrar o advogado. Mas ele estava preparado. "Estarei de volta em uma hora", disse McEachern. "Você pode andar por aí e olhar a cidade." De novo ele olhou para Joe, duro, calculando, de novo um pouco preocupado, como um homem justo forçado a um pacto entre justiça e julgamento. "Tome", disse. Abriu a bolsa e tirou uma moeda. Era de dez cents. "É melhor não jogá-la fora na primeira oportunidade. É uma coisa estranha", disse mal-humorado, olhando para Joe, "mas parece impossível alguém conhecer o valor do dinheiro sem antes ter aprendido a esbanjá-lo. Esteja aqui em uma hora."

Ele pegou aquela moeda e foi direto para o restaurante. Nem a colocou no bolso. E o fez sem nenhum plano ou intenção, quase sem volição, como se fossem os pés a ordenar a ação, e não a cabeça. Segurava a moedinha quente e pequena apertada na palma da mão como uma criança faria. Cruzou a porta de tela, acanhado, um tanto hesitante. A mulher loira atrás do caixa (era como se ela não tivesse se mexido naqueles seis meses, não tivesse mudado uma mecha do cabelo cor de cobre brilhante ou mesmo o vestido) o observava. Na outra ponta do balcão, o grupo de homens com chapéu inclinado e cigarro e cheiro de barbearia o observava. O proprietário estava entre eles. Ele notou, viu o proprietário pela primeira vez. Como os outros homens, o proprietário usava chapéu e estava fumando. Não era um homem grande, não muito maior que o próprio Joe, com um cigarro queimando no canto da boca como que abrindo caminho para a fala. Daquele rosto esquivo e ainda atrás dos rolos da fumaça do cigarro que não era tocado uma única vez com a mão até queimar por inteiro e ser expelido e esmagado sob o calcanhar, Joe adquiriria um de seus maneirismos pessoais. Mas não ainda. Isso viria mais tarde, quando a vida começasse a andar tão depressa que aceitar tomaria o lugar de saber e acreditar. Agora ele apenas olhava para o homem inclinado sobre o balcão do lado de dentro, num avental sujo que usava como um assaltante poderia usar momentaneamente uma barba postiça. A aceitação viria depois, junto com o somatório final de absoluta afronta à credulidade: aquelas duas pessoas como marido e mulher, o estabelecimento como um negócio de alimentação, com as sucessivas garçonetes importadas se atrapalhando com os pratos de comida simples e barata como justificativa de negócio; e ele próprio aceitando, falando, durante seu breve e violento feriado como um jovem garanhão em estado de incrédulo e atônito espanto num pasto escondido de éguas cansadas e profissionais, ele próprio por sua vez vítima de anônimos e incontáveis homens.

Mas isso seria depois. Ele foi para o balcão, apertando a moedinha de dez cents. Achou que os homens haviam parado de conversar para observá-lo, porque só conseguia ouvir sons odiosos de fritura entrando pela porta da cozinha, pensando *Ela está lá atrás. É por isso que não a vejo* Escorregou para um banquinho. Achava que todos o estavam observando. Achava que a mulher loira no caixa estava olhando para ele, e também o proprietário, sobre cujo rosto a fumaça do cigarro parecia imobilizada em preguiçosa exalação. Então o proprietário falou uma única palavra. Joe sabia que ele não mexera nem tocara no cigarro. "Bobbie", ele disse.

Um nome de homem. Não foi pensamento. Foi rápido demais, completo demais: *Ela foi embora. Puseram um homem no seu lugar. Desperdicei minha moeda, como ele disse* Achou que agora não poderia sair; que se tentasse sair, a mulher loira o impediria. Achou que os homens no fundo sabiam disso e estavam rindo dele. Por isso ficou sentado no banquinho, olhando para baixo, a moeda apertada na mão. Ele só viu a garçonete quando as duas mãos descomunais despontaram no balcão à sua frente e ficaram à vista. Pôde notar o padrão figurativo do vestido e o peitilho do avental e as duas mãos nodosas pousadas na borda do balcão tão completamente imóveis como se fossem algo que ela trouxera da cozinha. "Café e torta", ele disse.

A voz dela soou baixa, quase sumida. "Limão coco chocolate."

Comparadas à altura da voz, as mãos não poderiam absolutamente ser dela. "Sim", disse Joe.

As mãos não se moveram. A voz não se moveu. "Limão coco chocolate. Qual delas?" Para os outros eles deviam parecer muito estranhos. De frente um para o outro por cima do balcão escuro, manchado, gorduroso e lustrado pelo uso, devia parecer que estavam rezando: o jovem roceiro, de roupa limpa e espartana, com um embaraço que o investia de uma qualidade pouco mundana e inocente; e a mulher à sua frente, curva, parada, esperando que por seu tamanho pequeno tinha algo daquela qualidade dele, algo além da carne. O rosto da mulher era ossudo, descarnado. A carne era esticada sobre os malares, escura ao redor dos olhos; abaixo das pálpebras caídas, os olhos pareciam não ter profundidade, como que incapazes até de refletir. A mandíbula parecia estreita demais para conter duas fileiras de dentes.

"Coco", disse Joe. Sua boca disse, porque ele imediatamente queria desdizer. Tinha só uma moeda de dez cents. E a apertava com tanta força que dava a impressão de não perceber que era apenas uma moeda. A mão suava em torno dela, sobre ela. Achou outra vez que os homens o estavam observando e rindo. Não podia ouvi-los e não olhou para eles. Mas achou que estavam. As mãos haviam desaparecido. Depois voltaram, colocando um prato e um copo diante dele. Ele olhou então para ela, para o rosto. "Quanto é a torta?", perguntou.

"Torta é dez cents." Ela estava simplesmente parada de frente para ele, do outro lado do balcão, com as mãos grandes de novo pousadas na madeira escura, com aquele jeito de esgotamento e espera. Jamais olhara para ele. Ele disse, com a voz fraca, desesperada:

"Acho que não quero café."

Por um instante ela ficou imóvel. Então uma das mãos grandes se moveu e retirou a xícara de café; mão e xícara desapareceram. Ele permaneceu sentado, imóvel, olhando para baixo também, esperando. Então aconteceu. Não foi o proprietário. Foi a mulher no caixa. "O que foi?", ela perguntou.

"Ele não quer o café", disse a garçonete. A voz, falando, sumindo, como se não tivesse pensado na pergunta. A voz era monótona, calma. A voz da outra mulher também era calma.

"Ele não pediu café também?", ela perguntou.

"Não", respondeu a garçonete, com aquela voz uniforme que continuava em movimento, partindo. "Não entendi direito."

Quando ele saiu, quando seu espírito se encolheu de degradação e arrependimento e ardendo para se esconder passou apressado pelo semblante gelado da mulher no caixa, achou que sabia que não ia nem poderia vê-la de novo. Achou que não conseguiria suportar vê-la de novo, nem mesmo olhar da rua — a entrada sórdida, mesmo à distância, de novo, não pensando ainda *É terrível ser jovem. É terrível. Terrível* Quando chegavam os sábados ele encontrava, inventava, razões para declinar da ida à cidade, com McEachern observando-o, embora ainda sem uma suspeita clara. Passava os dias trabalhando duro, duro demais; McEachern via o trabalho com suspeita. Mas não havia nada que o homem pudesse saber, deduzir. Trabalhar era permitido. Assim ele conseguia vencer as noites, pois ficava cansado demais para permanecer acordado. E com o tempo, o desespero e o arrependimento e a vergonha cederam. Ele não parava de lembrar, de reagir àquilo. Mas agora aquilo se gastara, como um disco de gramofone: familiar apenas pelos sulcos gastos que abafavam as vozes. Depois de algum tempo, o próprio McEachern aceitou um fato. Ele disse:

"Venho observando você ultimamente. E nada mais me resta a não ser desconfiar de meus próprios olhos ou acreditar que você finalmente está começando a aceitar o que o Senhor considerou justo lhe conceder. Mas não quero que fique convencido porque falei bem. Você terá tempo e oportunidade (e inclinação também, não tenho dúvida) para me fazer lamentar o que eu disse. Cair na indolência e no ócio de novo. Entretanto, a recompensa foi criada para o homem assim como o castigo. Está vendo aquela novilha lá adiante? De hoje em diante a novilha é sua. Cuide para que eu não venha a lamentar isso mais tarde."

Joe agradeceu. Ele podia agora olhar para a novilha e dizer, em voz alta: "Ela me pertence". Então olhou para ela, e foi novamente rápido demais e completo demais para estar pensando: *Isso não é um presente. Não é nem mesmo uma promessa; é uma ameaça* pensando: "Não pedi isso. Ele me deu. Não pedi" acreditando *Deus sabe, eu a mereci*

Foi um mês depois. Era uma manhã de sábado. "Achei que não gostava mais da cidade", disse McEachern.

"Acho que mais uma viagem não me fará mal nenhum", respondeu Joe. Tinha meio dólar no bolso. A sra. McEachern lhe dera. Ele pedira cinco cents. Ela insistira que ele pegasse meio dólar. Ele pegara, segurando na palma da mão, frio, desdenhoso.

"Imagino que não", disse McEachern. "Você trabalhou duro, aliás. Mas a cidade não é um bom hábito para alguém que ainda tem de vencer na vida."

Ele não precisou escapar, mas o faria, até com violência talvez. McEachern facilitou. Ele foi ao restaurante, direto. Entrou sem vacilar dessa vez. A garçonete não estava. Talvez ele tivesse visto, notado que ela não estava. Parou no caixa, atrás do qual a mulher estava sentada, e colocou o meio dólar no balcão. "Devo cinco cents. Por uma xícara de café. Eu disse torta e café antes de saber que a torta custava dez cents. Devo cinco cents." Ele não olhou para os fundos. Os homens estavam lá, de chapéu inclinado e cigarro. O proprietário estava lá, metido no avental sujo; enquanto esperava, Joe o ouviu falar finalmente, sem tirar o cigarro da boca.

"Que história é essa? O que ele quer?"

"Diz que deve cinco cents a Bobbie", falou a mulher. "Quer dar cinco cents a Bobbie." A voz dela era calma. A voz do proprietário era calma.

"Pelo amor de Deus", ele disse. Para Joe a sala estava cheia de escutas. Ele ouvia, sem ouvir; ele via, sem olhar. Estava se encaminhando agora para a porta. O meio dólar ficara sobre o balcão de vidro do caixa. Mesmo do fundo da sala o proprietário podia vê-lo, pois disse: "Isso é a troco de quê?".

"Ele diz que deve uma xícara de café", disse a mulher. Joe já estava quase chegando à porta. "Ei, Jack", disse o homem. Joe não parou. "Devolva o dinheiro dele", continuou o homem, a voz monótona, ainda sem se mexer. A fumaça do cigarro continuava a formar espirais diante de seu rosto, sem ser perturbada por nenhum movimento. "Devolva", disse o homem. "Não sei qual é a sua jogada. É melhor voltar para a fazenda, Hiram. Talvez consiga uma garota por lá com cinco cents."

Agora ele estava na rua, suando o meio dólar, a moeda suando na mão, maior que uma roda de charrete, doendo. Caminhara no meio das risadas. Passara pela porta com ela, com as risadas dos homens. Ela o empurrara e o carregara pela rua; só então começou a flutuar à frente dele, desaparecendo, deixando-o ali, na calçada. Estava diante da garçonete. Ela não o viu de imediato, caminhando apressada, olhando para baixo, de vestido escuro e chapéu. De novo, parada, nem sequer olhou para ele, já tendo olhado, vendotudo, como quando pusera o café e a torta no balcão. Ela disse: "Ah. Então você voltou para me dar isso. Na frente deles. E gozaram de você. Bom, diga".

"Achei que você tivesse precisado pagar do seu bolso. Achei..."

"Imagine. Era só o que faltava."

Parados um diante do outro, eles não se olhavam. Qualquer um pensaria que eram dois monges juntos em meditação num passeio pelo jardim. "Só achei que eu..."

"Onde é que você mora?", ela perguntou. "No campo? Ora essa. Como você se chama?"

"Não é McEachern", ele disse. "É Christmas."
"Christmas? É esse o seu nome? Christmas? Puxa."

Nas tardes de sábado durante e após a adolescência ele e os outros quatro ou cinco rapazes caçavam e pescavam. Ele só via garotas na igreja, aos domingos. Elas estavam associadas a domingo e igreja. Por isso não poderia notá-las. Fazê-lo seria, mesmo para ele, retroceder no ódio religioso que sentia. Mas ele e os outros rapazes falavam de garotas. Talvez alguns — o que combinara com a moça negra naquela tarde, por exemplo — soubessem. "Todas elas querem", ele dissera aos outros. "Mas às vezes não podem." Os outros não sabiam disso. Não sabiam que todas as garotas queriam e muito menos que às vezes não podiam. Pensavam de maneira diferente. Mas admitir que não sabiam seria admitir que ainda não tinham descoberto isso. E assim escutaram quando o rapaz lhes contou. "É uma coisa que acontece com elas uma vez por mês." Ele descreveu sua ideia da cerimônia física. Talvez soubesse. Seja como for, foi bastante descritivo, bastante convincente. Se tentasse descrevê-lo como um estado mental, algo em que só ele acreditava, eles não teriam escutado. Mas traçou um quadro físico, real, a ser percebido pelo sentido do olfato e mesmo da visão. Isso os impressionou: a impossibilidade temporária e abjeta daquilo que provocava e frustrava o desejo; a forma suave e superior na qual a vontade ficava condenada a ser em intervalos estabelecidos e inescapáveis vítima de periódica imundície. Foi assim que o rapaz narrou o assunto, com os outros cinco escutando em silêncio, entreolhando-se, interrogativos e misteriosos. No sábado seguinte Joe não foi caçar com eles. McEachern achou que tivesse ido, pois a espingarda sumira. Mas Joe estava escondido no celeiro. Ali ele permaneceu durante todo o dia. No outro sábado ele foi, mas sozinho, cedo, antes de ser procurado pelos rapazes. Mas não caçou. Estava a menos de cinco quilômetros de casa quando, no fim da tarde, baleou uma ovelha. Descobriu o rebanho num vale escondido e aproximou-se em silêncio e matou uma delas com a espingarda. Depois se ajoelhou, as mãos no sangue ainda quente do animal moribundo, tremendo, a boca seca, olhando para trás. Só então se restabeleceu, se recuperou. Não esqueceu o que o rapaz lhe dissera. Apenas aceitou. Descobriu que podia viver com aquilo, lado a lado com aquilo. Era como se dissesse, ilógica e desesperadamente calmo *Tá bem. É assim, então. Mas não para mim. Não em minha vida e meu amor* Então isso fora três ou quatro anos antes e ele se esquecera daquilo, no sentido de que um fato é esquecido quando algum dia sucumbe à insistência da mente de que não é nem verdadeiro nem falso.

Encontrou a garçonete na noite da segunda-feira seguinte ao sábado em que tentara pagar pela xícara de café. Ele ainda não tinha a corda. Subiu na janela e deixou-se cair de uma altura de três metros até o chão e percorreu andando os oito quilômetros até a cidade. Não pensou em nenhum momento em como voltaria para o quarto.

Chegou à cidade e foi para a esquina onde ela lhe dissera para esperar. Era uma esquina tranquila e ele estava bem adiantado, pensando *Terei de me lembrar. Deixar que ela me mostre o que fazer e como fazer e quando. Não deixar que ela descubra que eu ainda não sei, que terei de descobrir com ela*

Estava esperando havia mais de uma hora quando ela apareceu, de tão cedo que chegara. Veio a pé. Chegou e ficou parada diante dele, pequena, com aquele ar imperturbável, esperando, olhando para baixo, emergindo da escuridão. "Aí está você", ela disse.

"Cheguei o mais cedo que pude. Tive de esperar que eles pegassem no sono. Tive medo de me atrasar."

"Faz tempo que está aqui? Quanto?"

"Não sei. Corri a maior parte do caminho. Tinha medo de me atrasar."

"Correu? Os cinco quilômetros?"

"São oito quilômetros. Não cinco."

"Ora veja." E se calaram. Ficaram ali parados, duas sombras se encarando. Mais de um ano depois, recordando aquela noite, ele disse, de repente sabendo *Era como se ela estivesse esperando por mim para bater nela* "Bom", ela disse.

Agora ele começara a tremer um pouco. Podia cheirá-la, cheirar a espera: calado, sábio, um pouco aborrecido *Ela está esperando que eu comece e eu não sei como* Mesmo para ele sua voz soou estúpida: "Acho que é tarde".

"Tarde?"

"Achei que eles talvez estivessem esperando por você. Esperando até você..."

"Esperando por... Esperando por..." A voz sumiu, cessou. Ela dissera, sem se mexer; eles parados como duas sombras: "Vivo com Mame e Max. Você sabe. O restaurante. Deve se lembrar deles, tentando pagar aqueles cinco cents...". Ela começou a rir. Um riso sem alegria, sem nada. "Quando penso nisso. Quando penso em você chegando lá, com aqueles cinco cents." Então parou de rir. Não foi nenhum estancamento da alegria, tampouco. A voz calma, abjeta, cabisbaixa o alcançou. "Cometi um erro esta noite. Esqueci uma coisa." Talvez estivesse esperando que ele perguntasse o que era. Mas ele não perguntou. Apenas ficou ali parado, com a voz calma, desfalecendo, morrendo em algum ponto de seus ouvidos. Ele se esquecera da ovelha abatida. Já ficara tempo demais com aquilo que o rapaz mais velho contara. Com a ovelha abatida ele adquirira imunidade suficiente contra toda aquela história para que ela já não estivesse tão viva. Por isso não conseguiu entender, no começo, o que a moça estava tentando dizer. Eles ficaram parados na esquina, que ficava na beira da cidade, onde a rua se transformava numa estrada que corria para além dos gramados ordeiros e medidos, entre casinhas esparsas e campos baldios — as casas pequenas, baratas que compõem os arredores dessas cidades. Ela disse: "Escute. Estou doente esta noite". Ele não compreendeu. Não disse nada. Talvez não precisasse compreender. Talvez já estivesse esperando algum infortúnio fatídico, pensando: "Era bom demais para ser verdade, de qualquer modo"; pensando depressa demais até mesmo para pensar: *Num instante ela vai desaparecer. Não estará mais. E aí eu estarei de novo em casa, na cama, não tendo saído dela* A voz da moça prosseguia: "Eu me esqueci do dia do mês quando falei segunda à noite para você. Você me surpreendeu, eu acho. Ali na rua, sábado. De alguma maneira, esqueci que dia era. Até depois de você ter ido embora".

A voz dele estava tão serena quanto a dela. "Como doente? Não tem algum remédio em casa que possa tomar?"

"Se não tenho…" A voz dela foi se apagando. Ela disse: "Ora essa…". Ela disse de repente: "É tarde. E você tem mais de seis quilômetros pela frente".

"Já andei. Estou aqui agora." A voz dele era baixa, sem esperança, calma. "Acho que está ficando tarde", disse. Então alguma coisa mudou. Sem olhar para ele, ela sentiu alguma coisa antes de a ouvir na voz dura do rapaz. "Que tipo de doença você tem?"

Ela não respondeu de imediato. Então disse, olhando para baixo: "Você nunca teve uma namorada, não é? Aposto que não". Ele não respondeu. "Teve?" Ele não respondeu. Ela se mexeu. Tocou-o pela primeira vez. Adiantou-se e pegou seu braço, de leve, com as duas mãos. Acanhado, ele pôde notar o vulto escuro da cabeça curva que parecia ter sido um pouco desaprumada em relação ao pescoço quando ela nascera. Ela lhe contou, hesitante, sem graça, usando talvez as únicas palavras que conhecia. Mas ele já as ouvira antes. Já retrocedera até antes da ovelha morta, o preço pago pela imunidade, até a tarde em que, sentado numa margem do riacho, não se sentira tão ferido ou espantado, mas ultrajado. O braço que ela segurava soltou-se com um puxão. Ela não achou que ele quisesse agredi-la; achou outra coisa, na verdade. Mas o resultado foi o mesmo. Enquanto ele desaparecia na estrada, o vulto, a sombra, achou que estava correndo. Dava para ouvir seus passos por algum tempo mesmo depois de não conseguir mais vê-lo. Ela não se afastou de imediato. Ficou parada como ele a deixara, imóvel, olhando para baixo, como se à espera do golpe que já recebera.

Ele não estava correndo. Mas andava depressa, e numa direção que o levava ainda mais longe de casa, da casa oito quilômetros distante da qual saíra descendo pela janela e na qual ainda não havia planejado uma maneira de reentrar. Seguiu apressado pela estrada e saiu dela pulando uma cerca para um terreno semeado. Algo crescia nas leiras. Além ficava a mata, árvores. Alcançou a mata e entrou, entre os troncos grossos, a quietude ramissombria, fortitocante, fortifragrante, invisível. No nãover e maldiscernir de caverna pareceu-lhe ver uma fileira afilada de urnas de formas suaves ao luar, alvejadas. E nenhuma era perfeita. Todas estavam rachadas e de cada rachadura vazava alguma coisa líquida, mortiça e infame. Ele se encostou numa árvore apoiando nela os braços estendidos, vendo as urnas enfileiradas ao luar. Vomitou.

Na noite da segunda-feira seguinte ele já tinha a corda. Estava esperando na mesma esquina; de novo bem adiantado. Então a viu. Ela se aproximou. "Achei que talvez você não estivesse aqui", ela disse.

"Achou?" Ele pegou seu braço, arrastando-a para a estrada.

"Onde você está indo?", ela perguntou. Ele não respondeu, arrastando-a. Ela teve de andar correndo para acompanhá-lo.

Seu andar era desajeitado: um animal atrapalhado com o que a distinguia dos animais: os calcanhares, as roupas, a miudeza. Ele a arrastou para fora da estrada, para a cerca que saltara uma semana antes. "Espere", ela disse, as palavras saindo entrecortadas de sua boca: "A cerca... não posso...", enquanto se agachava para atravessar por entre os fios de arame pelos quais ele subira, o vestido preso. Ele se abaixou e a soltou fazendo um som de rasgão.

"Compro outro para você", disse. Ela não respondeu. Deixou-se ser meio carregada e meio arrastada por entre as plantas germinando, as leiras, até a mata, as árvores.

Ele guardava a corda, cuidadosamente enrolada, atrás da mesma tábua solta no quarto do sótão onde a sra. McEachern guardava seu tesouro de moedas de dez e cinco cents, com a diferença de que a corda ficava enfiada mais no fundo do buraco, fora do alcance da sra. McEachern. Ela mesma lhe dera a ideia. Às vezes, com o velho casal roncando no quarto embaixo, quando soltava a corda silenciosa ele pensava no paradoxo. Às vezes pensava em contar a ela; mostrar-lhe onde guardava escondido o implemento do seu pecado, tendo obtido a ideia, aprendido como e onde escondê-lo, com ela. Mas sabia que ela só queria ajudá-lo a esconder; que queria que ele pecasse para poder ajudá-lo a esconder o pecado; que ela faria, enfim, tamanho estardalhaço de sussurros e sinais significativos que McEachern acabaria suspeitando de alguma coisa.

Por isso, começou a roubar, a tirar dinheiro da reserva. É bem possível que a mulher não tivesse sugerido isso, que jamais tivesse mencionado nada sobre o dinheiro a ele. É possível que ele nem mesmo soubesse que estava pagando em dinheiro pelo prazer. O fato era que observara durante anos a sra. McEachern esconder dinheiro num certo lugar. Então ele próprio teve algo que era preciso esconder. Colocou-o no lugar mais seguro que conhecia. Toda vez que escondia ou resgatava a corda, ele via a lata com o dinheiro.

Da primeira vez pegou cinquenta cents. Hesitou alguns instantes entre uma moeda de cinquenta cents e uma de vinte e cinco. Decidiu-se pela de cinquenta porque era a soma exata de que precisava. Com ela comprou uma caixa de doces velha e manchada de excrementos de mosca, de um homem que a ganhara aplicando dez cents numa cartela de rifa de uma loja. Deu-a à garçonete. Era a primeira coisa que ele lhe dava. Deu-lhe como se ninguém nunca tivesse pensado em lhe dar coisa nenhuma. Ela fez uma expressão meio estranha quando pegou a caixa comum, espalhafatosa, com as mãos grandes. Naquele momento, estava sentada na cama em seu quarto na casinha onde morava com o homem e a mulher chamados Max e Mame. Certa noite, cerca de uma semana antes, o homem entrara no quarto. Ela estava se despindo, sentada na cama para tirar as meias. Ele entrou e se apoiou na cômoda, fumando.

"Um rico fazendeiro", disse. "O John Jacob Astor dos estábulos."

Ela se cobrira, sentada na cama, parada, olhando para baixo. "Ele me paga."

"Com quê? Ele ainda não gastou aqueles cinco cents?" Olhou para ela. "Acompanhante para caipiras. Foi para isso que eu trouxe você de Memphis. Talvez eu devesse começar a fornecer o grude também."

"Não estou fazendo isso no seu horário."

"Claro. Não posso impedi-la. Só detesto ver você nessa. Um fedelho, que nunca viu um dólar inteiro em toda a sua vida. Com esta cidade cheia de caras ganhando uma boa grana, que tratariam você direito."

"Talvez eu goste dele. Talvez você não tenha pensado nisso."

Ele a olhava, e olhava o cocoruto abaixado e imóvel de sua cabeça, ela sentada na cama com as mãos no colo. Ele apoiado na cômoda, fumando. Ele chamou: "Mame!". Passado um instante, chamou de novo: "Mame! Venha cá". As paredes eram finas. Logo depois a mulher grande e loira se aproximou pelo corredor, sem pressa. Os dois puderam ouvi-la. Ela entrou. "Escuta esta", disse o homem. "Ela diz que talvez goste muito dele. Romeu e Julieta. Santo Deus."

A loira mirou o cocoruto escuro da cabeça da garçonete. "Que história é essa?"

"Nada. É ótima. Max Confrey apresentando a srta. Bobbie Allen, namorada do rapaz."

"Saia daqui", disse a mulher.

"Tá bem. Eu só vim trazer o troco dela para cinco cents." Ele saiu. A garçonete não se mexeu. A mulher loira foi até a cômoda e se apoiou nela, olhando para a cabeça baixa da outra.

"Ele paga a você?", perguntou.

A garçonete não se mexeu. "Sim. Paga."

A mulher loira olhou para ela, apoiada na cômoda como Max estivera. "Lá de Memphis até aqui. Todo esse caminho para dar você de graça."

A garçonete não se mexeu. "Não estou prejudicando o Max."

A mulher loira olhou para a cabeça baixa da outra. Depois se virou e foi em direção à porta. "É bom que não esteja mesmo", disse. "Isso não vai durar para sempre. Essas cidadezinhas não toleram isso por muito tempo. Eu sei. Vim de uma delas."

Sentada na cama, segurando a caixa de doces barata, florida nas mãos, ficou do mesmo jeito que estava enquanto a mulher loira falava com ela. Mas agora era Joe quem estava apoiado na cômoda observando-a. Ela começou a rir. Ria, segurando a caixa espalhafatosa nas grandes mãos nodosas. Joe a observava. Viu-a levantar-se e passar por ele, o rosto abaixado. Ela cruzou a porta e chamou Max pelo nome. Joe nunca vira Max fora do restaurante, com aquele chapéu e o avental sujo. Quando Max entrou, não estava fumando. Estendeu a mão. "Como vai, Romeu?", disse.

Joe já apertava a mão dele antes de ter reconhecido o homem. "Meu nome é Joe McEachern", disse. A mulher loira entrara junto. Era também a primeira vez que a via fora do restaurante. Viu-a entrar, observando-a, observando a garçonete abrir a caixa. Ela a estendeu.

"Joe comprou para mim", disse.

A mulher loira olhou para a caixa de relance. Nem sequer moveu a mão. "Obrigada", disse. O homem também olhou para a caixa, sem mover a mão.

"Ora, ora, ora", disse ele. "Às vezes o Natal* dura um bocado. Hein, Romeu?" Joe tinha se afastado um pouco da cômoda. Ele nunca estivera na casa antes. Olhava para o homem com uma expressão levemente conciliatória e perplexa, mas não alarmada, observando o rosto simiesco e inescrutável. Mas não disse nada. Foi a garçonete quem falou:

"Se não gosta, não precisa comer." Ele percebeu que Max observava seu rosto, ouvindo a voz da garçonete; a voz cabisbaixa: "Não estou causando nenhum prejuízo a você nem a ninguém... Não no seu horário...". Ele não olhava para ela nem para a mulher loira. Estava observando Max, com aquela expressão perplexa, conciliadora, sem medo. A mulher loira falou então; era como se falasse dele e em sua presença e numa língua que sabiam que ele não conhecia.

"Venha aqui fora", disse a mulher loira.

* Trocadilho envolvendo o nome de "Christmas", "Natal" em inglês. (N.T.)

"Santo Deus", disse Max. "Eu ia justamente oferecer uma bebida ao Romeu por conta da casa."

"E ele quer?", perguntou a mulher loira. Mesmo quando se dirigia direto a Joe era como se continuasse falando com Max. "Quer uma bebida?"

"Não o deixe em suspense por causa do seu comportamento passado. Diga-lhe que é por conta da casa."

"Não sei", disse Joe. "Nunca provei."

"Nunca provou nada por conta da casa", disse Max. "Santo Deus." Ele não tinha olhado para Joe novamente desde que entrara no quarto. De novo era como se falassem para ele e a seu respeito numa língua que não compreendia.

"Vamos", disse a mulher loira. "Vamos, agora."

Eles saíram. A mulher loira não olhara para ele uma vez sequer, e o homem, sem olhar para ele, não deixara um instante de fazê-lo. E eles haviam saído. Joe estava parado ao lado da cômoda. No meio do assoalho a garçonete esperava, cabisbaixa, a caixa de doces aberta na mão. O quarto estava fechado, com cheiro de ar viciado. Joe nunca estivera ali. Não achava que algum dia o veria. As venezianas fechadas. A única lâmpada ardia na ponta de um fio, com uma folha de revista presa e já amarelada pelo calor do quebra-luz. "Está bem", ele disse. "Está bem." Ela não respondeu nem se mexeu. Ele pensou na escuridão lá fora, na noite em que ficara sozinho antes. "Vamos", disse.

"Vamos?", ela perguntou. Só então ele olhou para ela. "Vamos para onde?", ela perguntou de novo. "Para quê?" Ele ainda não estava entendendo. Observou-a aproximar-se da cômoda e pousar a caixa de doces no tampo. Enquanto a observava, ela começou a tirar a roupa, arrancando-a com força e atirando no chão.

Ele se alarmou: "Aqui? Aqui?". Era a primeira vez que via uma mulher nua, embora já fossem amantes há um mês. Mas até nessa hora ele ainda não sabia nem mesmo que não sabia o que esperar.

Naquela noite eles conversaram. Ficaram deitados na cama, no escuro, conversando. Ou melhor, ele falou. Durante o tempo todo ele pensava: "Jesus. Jesus. Então é isso". Estava deitado nu também, ao lado dela, tocando-a com as mãos e conversando. Não sobre de onde ela viera e o que tinha feito, mas sobre o seu corpo, como se ninguém o tivesse feito antes, nem com ela nem com ninguém mais. Era como se ao falar estivesse aprendendo sobre o corpo da mulher, com a curiosidade de uma criança. Ela falou sobre a doença da primeira noite. Agora isso já não o chocou. Assim como a nudez e a forma física, era como se nunca tivesse acontecido ou existido antes. Ele lhe contou então, por sua vez, o que tinha para contar. Falou da moça negra no galpão da serraria naquela tarde três anos antes. Falou calma e tranquilamente, deitado ao seu lado, tocando-a. Talvez nem mesmo pudesse dizer se ela escutava ou não. Então disse: "Notou minha pele, meu cabelo", esperando por uma resposta dela, a mão lenta em seu corpo.

Ela sussurrou também. "Sim. Achei que talvez você fosse de fora. Que não tivesse vindo de nenhum lugar por aqui."

"É mais que isso. Mais do que só ser de fora. Você não vai adivinhar."

"O quê? Como assim mais?"

"Adivinhe."

A voz deles era baixa. Estava tudo parado, silencioso; a noite agora conhecida, não precisava mais ser desejada, esperada. "Não sei. O que você é?"

A mão dele corria lenta e serena sobre o flanco invisível da moça. Ele não respondeu de imediato. Não para atormentá-la. Só não tinha pensado em continuar falando. Ela perguntou mais uma vez. Então ele contou. "Tenho um pouco de sangue preto."

Ela ficou deitada absolutamente imóvel, mas com uma imobilidade diferente. Ele não parecia notar. Também estava deitado tranquilo, a mão deslizando, com calma, para cima e para baixo no flanco da moça. "Você o quê?", ela perguntou. "Acho que tenho um pouco de sangue preto." Os olhos fechados, a mão lenta que não se detinha. "Não sei. Acho que tenho." Ela não se mexeu. De repente, disse: "Está mentindo".
"Tudo bem", ele aceitou, sem se mexer, a mão prosseguindo.
"Não acredito", disse a voz dela na escuridão.
"Tudo bem", ele disse, a mão prosseguindo.
No sábado seguinte, ele pegou outro meio dólar do esconderijo da sra. McEachern e deu-o à garçonete. Um ou dois dias depois teve motivos para acreditar que a sra. McEachern dera pela falta do dinheiro e suspeitava dele, porque ela ficara deitada à sua espera até ele notar que ela percebera que McEachern não os interromperia. Então ela disse: "Joe". Ele parou e olhou para ela, sabendo que ela não estaria olhando para ele. Ela disse, sem olhar, a voz monótona, uniforme: "Sei como um homem jovem em crescimento precisa de dinheiro. Mais do que o p... o sr. McEachern lhe dá...". Ele fitou a mulher até a voz dela diminuir e sumir por completo. Aparentemente estava esperando que ela parasse. Então disse:
"Dinheiro? Para que eu quero dinheiro?"
No sábado seguinte, ele ganhou dois dólares cortando lenha para um vizinho. Mentiu para McEachern sobre onde estava indo e onde estivera e o que fizera por lá. Deu o dinheiro à garçonete. McEachern ficou sabendo do trabalho. Talvez achasse que Joe escondera o dinheiro. A sra. McEachern pode ter lhe dito isso.
Duas noites por semana, talvez, Joe e a garçonete iam ao quarto dela. Ele não sabia, no começo, que outros haviam feito o mesmo. Talvez se julgasse favorecido, beneficiado por algum desígnio divino particular. Muito provavelmente ainda acreditava,

até o fim, que Max e Mame precisavam ser aplacados, não pelo fato em si, mas por sua presença ali. Mas não os viu de novo na casa, embora soubesse que estavam lá. Mas não tinha certeza de que eles sabiam que estava lá nem se teria voltado depois da noite dos doces.

Eles geralmente se encontravam fora dali, iam a algum lugar ou apenas se demoravam no caminho até a casa onde ela morava. Talvez achasse até o fim que ele o sugerira. Então, uma noite ela não veio ao seu encontro onde ele esperava. Ele esperou até o relógio da prefeitura bater as doze. Então foi até onde ela morava. Nunca fizera aquilo antes, embora mesmo então não pudesse dizer que ela o proibira de ir a menos que estivesse com ele. Mas ele foi lá naquela noite, esperando encontrar a casa escura e adormecida. A casa estava escura, mas não adormecida. Ele sabia disso, que atrás das venezianas escuras do quarto as pessoas não estavam dormindo e que ela não estava sozinha. Como percebera, ele não saberia dizer. Nem admitiria que percebera. "É só Max", pensou. "É só Max." Mas ele sabia mais. Sabia que havia um homem no quarto com ela. Ficou sem vê-la por duas semanas, mesmo sabendo que ela o esperava. Então, uma noite ele estava na esquina quando ela apareceu. Bateu nela, sem aviso, sentindo a carne. Soube então o que até aquele momento ainda não tinha acreditado. "Ai", ela gritou. Bateu de novo. "Aqui não!", ela sussurrou. "Aqui não!" Percebeu que estava chorando. Não se lembrava de quando chorara pela última vez. Ele chorava, xingando, batendo nela. Ela se agarrou a ele. O motivo da agressão já havia desaparecido. "Calma", ela dizia. "Calma, calma."

Naquela noite eles não saíram da esquina. Não caminharam a esmo nem deixaram a estrada. Sentaram-se numa encosta gramada e conversaram. Ela falou dessa vez, contou tudo. Não havia muito que contar. Ele pôde ver então o que depois descobriu que sabia o tempo todo: os desocupados no restaurante, com o cigarro balançando, dizendo coisas quando ela passava, e ela indo de um lado para outro, constante, cabisbaixa, abjeta. Ouvindo sua voz, ele parecia sentir o mau cheiro de todos os homens anônimos sobre o lodo. Ele manteve a cabeça baixa enquanto ela falava, as mãos grandes ainda no colo. Ele não podia ver, claro. Não precisava ver. "Achei que você soubesse", ela disse.

"Não. Acho que não sabia."

"Achei que soubesse."

"Não", disse ele. "Acho que não."

Duas semanas depois ele começou a fumar, espremendo os olhos por causa da fumaça, e a beber também. Bebia de noite com Max e Mame e às vezes com três ou quatro homens e geralmente uma mulher ou duas, às vezes da cidade, mas geralmente estranhas que tinham vindo de Memphis para ficar uma semana ou um mês, como garçonetes, atrás do balcão do restaurante, onde os desocupados se reuniam todos os dias. Nem sempre sabia o nome de quem estava com ele, mas sabia inclinar o chapéu como eles; durante as noites, atrás das venezianas fechadas da sala de jantar de Max, ele o inclinava e falava da garçonete para os outros, mesmo na presença dela, com sua voz jovem, alta, ébria, desesperada, chamando-a de sua puta. De vez em quando, no carro de Max, ele a levava a bailes no campo, sempre cuidando para que McEachern não ficasse sabendo. "Não sei com o que ele ficaria mais furioso", disse a ela, "com você ou com o baile." Uma vez tiveram de colocá-lo na cama, inerte, na casa onde ele jamais sonhara um dia poder entrar. Na manhã seguinte, a garçonete o levou de carro para casa antes de o dia clarear para que ele pudesse entrar sem ser apanhado. E durante o dia McEachern o observava com soturna e mal-humorada aprovação.

"Mas você ainda tem muito tempo para me fazer lamentar aquela novilha", dizia McEachern.

9

McEachern estava deitado na cama. O quarto estava escuro, mas ele não dormia. Estava deitado ao lado da sra. McEachern, que ele pensava estar dormindo, pensando muito e rápido, pensando: "O terno foi usado. Mas quando? Não pode ter sido durante o dia, porque ele está debaixo dos meus olhos, exceto nas tardes de sábado. Mas em qualquer tarde de sábado ele poderia ir até o celeiro, tirar e esconder a roupa apropriada que eu exijo que ele use, e depois vestir a roupa que ele só poderia e precisaria usar como um acessório do pecado". Era como se soubesse, como se tivessem lhe contado. Disso poder-se-ia inferir que as roupas eram usadas às escondidas, portanto com toda a probabilidade à noite. E, sendo assim, ele se recusava a acreditar que o rapaz tivesse outro propósito que não este: a libertinagem. Ele próprio jamais cometera libertinagens e sempre se recusara a ouvir qualquer um que falasse do assunto. Contudo, depois de trinta minutos de intenso raciocínio, sabia sobre as proezas de Joe quase tanto quanto o próprio Joe poderia lhe contar, tirando nomes e lugares. Muito provavelmente, não teria acreditado mesmo que ouvisse da boca de Joe, pois homens do seu tipo geralmente têm convicções fortemente arraigadas sobre o mecanismo, a teatralização tanto do mal quanto do bem. Por isso, intolerância e clarividência eram praticamente a mesma coisa, só que a intolerância era um pouco lenta, pois quando Joe, descendo pela corda, deslizou como uma sombra veloz pela janela aberta e enluarada atrás da qual McEachern estava deitado, McEachern não o reconheceu prontamente, ou talvez não acreditasse no que vira, apesar de ter visto a própria corda. E quando chegou à janela, Joe já havia puxado a corda para o lado e amarrado e estava a caminho do celeiro. Enquanto o observava da janela, McEachern sentiu algo daquela afronta pura e impessoal que um juiz sentiria vendo um condenado à prisão perpétua inclinar-se e cuspir na manga do meirinho.

Oculto nas sombras do carreiro a meio caminho entre a casa e a estrada, ele pôde ver Joe na entrada do carreiro. Ouviu também o carro e o viu chegar e parar e Joe entrar nele. Possivelmente não se importou com quem estava no carro. Talvez já soubesse e seu objetivo fosse apenas descobrir em que direção ele ia. Talvez achasse que já sabia isso também, pois o carro poderia ter ido a praticamente qualquer lugar numa região repleta de destinos possíveis com estradas conduzindo a eles. Porque voltou então para a casa a passos largos, tomado daquele mesmo ultraje puro e impessoal, como se acreditasse que seria guiado por algum ultraje tão maior e mais puro que nem teria necessidade de duvidar de faculdades pessoais. De pantufas, sem chapéu, com a camisa do pijama enfiada na calça e os suspensórios balançando, ele disparou como uma flecha para o estábulo e selou seu grande, velho, forte cavalo branco e voltou para o carreiro e a estrada num galope pesado, enquanto a sra. McEachern da porta da cozinha chamava seu nome no momento em que ele cavalgava para fora do terreno. Ingressou na estrada naquele galope lento e pesado, os dois, homem e animal, um pouco curvados e hirtos para a frente como se nalguma simulação de irresistível velocidade em que a verdadeira velocidade estivesse ausente, como se naquela fria e implacável e inabalável convicção de onipotência e clarividência compartilhada por ambos, destino conhecido e velocidade não fossem necessários.

Cavalgou naquela mesma velocidade diretamente para o lugar que procurava e que adivinhara de toda uma noite e de quase a metade inteira de uma região, embora não estivesse tão distante assim. Percorrera apenas seis quilômetros quando ouviu música à frente e depois avistou luzes ao lado da estrada numa escola, um edifício constituído de um único salão. Sabia onde ficava a construção, mas não tinha motivos nem meios para saber que ali estaria acontecendo um baile. Mas cavalgou direto para ele e para as sombras esparsas de carros e charretes e mulas e cavalos com sela estacionados que enchiam o arvoredo que rodeava a escola, e desmontou com o cavalo ainda andando. Não se deu ao trabalho de amarrá-lo. Desmontou, e de pantufas e com os suspensórios balançando e a cabeça redonda e a barba curta, áspera, ultrajada, correu para a porta aberta e as janelas abertas de onde saía a música e onde sombras projetadas pelos lampiões passavam numa balbúrdia organizada.

Acreditaria, talvez, se estivesse pensando, que fora guiado e estava sendo agora impelido por algum são Miguel arcanjo militante quando entrou no salão. Aparentemente, seu olhar nem por um momento vacilou ante a claridade súbita e o movimento quando ele enveredou por entre os corpos que viraram a cabeça no momento em que ele, acompanhado por um despertar de espanto e incipiente pandemônio, correu para o jovem que adotara pela própria vontade e a quem tentara criar como achava certo. Joe e a garçonete estavam dançando e Joe ainda não o avistara. A mulher só o tinha visto uma vez, mas talvez se lembrasse dele, ou talvez sua aparência agora lhe bastasse, porque parou de dançar e em seu rosto surgiu uma expressão próxima do horror, que Joe viu e se virou. Antes que ele terminasse de se virar, McEachern já estava em cima deles. McEachern tampouco vira a mulher mais de uma vez, e muito provavelmente não olhara para ela então, da mesma forma como se recusava a ouvir quando homens falavam de fornicação. Mas ele foi direto para ela, ignorando Joe no primeiro momento. "Fora, Jezebel!", bradou. Sua voz trovejou no silêncio estupefato, nos rostos circundantes estupefatos sob os lampiões, na música interrompida, na serena noite enluarada de começo de verão. "Fora, rameira!"

Talvez não lhe parecesse que estivera agindo precipitadamente nem que sua voz estivesse alta. É bem possível que tivesse a impressão de estar parado justo e firme como uma rocha e sem pressa nem ódio enquanto por todos os lados a sordidez da fraqueza humana se agitava num longo suspiro de terror diante do verdadeiro representante do Trono furioso e vingador. Talvez não tenham sido suas mãos que atingiram o rosto do jovem a quem ele alimentara e abrigara e vestira desde criança, e talvez quando o rosto se esquivou do golpe e se endireitou de novo não fosse o rosto daquela criança. Mas isso não poderia surpreendê-lo, pois não era com aquele rosto de criança que ele se preocupava: era com o rosto de Satã, que ele conhecia também. E quando, olhando para o rosto, ele caminhou resoluto na sua direção com a mão ainda erguida, muito provavelmente foi com a furiosa e onírica exaltação de um mártir já absolvido, para a cadeira que Joe brandia e desferia contra sua cabeça, e para o nada. Talvez o nada o tenha espantado um pouco, mas não muito, e não por muito tempo.

Joe sentiu então que tudo se precipitava para longe, estrondeando, arrefecendo, deixando-o no centro do piso, a cadeira despedaçada na mão, olhando para o pai adotivo. McEachern jazia de costas. Tinha uma aparência muito tranquila agora. Parecia dormir: obtuso, indomável até em repouso, mesmo o sangue em sua testa parecia calmo e sereno.

A respiração de Joe estava ofegante. Podia ouvi-la, e também algo mais, tênue e penetrante e longínquo. Pareceu-lhe que ouvia já há muito tempo antes de reconhecer uma voz, uma voz de mulher. Olhou e viu dois homens segurando-a e ela se retorcendo e se debatendo, o cabelo jogado para a frente, o rosto lívido desfigurado e feio por baixo dos borrões da maquiagem carregada, a boca um pequeno orifício dentado cheio de gritos. "Ele me chamou de rameira!", ela bradava, tentando se desvencilhar dos homens que a seguravam. "Velho filho da puta! Larga! Larga!" Aí sua voz parou de formar palavras e ela apenas gritava, se contorcendo e se debatendo, tentando morder as mãos dos homens atracados com ela.

Ainda com a cadeira despedaçada na mão, Joe avançou na sua direção. Encostados nas paredes, acotovelados, amontoados, os outros o observavam: as moças com meias de mau gosto esticadas e sapatos de salto comprados por reembolso postal; os rapazes com roupas mal cortadas e quadriculadas também compradas por reembolso postal, de mãos ásperas, arruinadas, e os olhos revelando já uma herança de paciente ruminação sobre as intermináveis leiras e as lentas ancas das mulas. Joe se lançou correndo, brandindo a cadeira. "Larguem a moça", disse. Imediatamente ela parou de se debater e dirigiu para ele toda a fúria, a gritaria, como se tivesse acabado de vê-lo, de perceber que ele também estava ali.

"E você! Você me trouxe aqui. Maldito roceiro cretino. Seu idiota! Filho da puta, você e ele também. Jogando ele em cima de mim, que nunca me viu." Joe não parecia estar correndo para nenhum lugar em especial, o rosto bem calmo sob a cadeira levantada. Os outros se afastaram da mulher, soltando-a, embora ela continuasse sacudindo os braços como se ainda não tivesse notado.

"Fora daqui!", gritava Joe, girando, brandindo a cadeira; o rosto continuava muito calmo. "Para trás", disse, sem que ninguém tivesse avançado na sua direção. Todos estavam imóveis e silenciosos como o homem estatelado. Joe brandia a cadeira. "Para trás! Eu falei que um dia ainda o mataria! Eu disse a ele!" Ele girava a cadeira à sua volta, o rosto plácido, recuando na direção da porta. "Ninguém se mexa, agora", falou, olhando fixamente e sem cessar os rostos que poderiam ser máscaras. Então atirou a cadeira no chão, girou e se precipitou para a porta, para o suave, mosqueado luar. Alcançou a garçonete quando ela entrava no carro em que haviam chegado. Ofegante, mas com a voz ainda calma: um rosto dormente apenas respirando pesado o bastante para produzir sons. "Volte para a cidade", ele disse. "Estarei lá assim que..." Aparentemente não tinha consciência do que estava dizendo nem do que estava acontecendo; quando a mulher se virou abrupta na porta do carro e começou a bater em seu rosto, ele não se mexeu, a voz não se alterou. "É isso. Tudo bem. Estarei lá assim que..." Virou-se e saiu correndo enquanto ela ainda o agredia.

Ele não tinha como saber onde McEachern deixara o cavalo, nem mesmo se estava lá. Mas correu direto para ele com algo da fé absoluta do pai adotivo na infalibilidade dos fatos. Montou-o e conduziu-o de volta para a estrada. O carro já entrara na estrada. Ele viu as luzes traseiras diminuírem e desaparecerem.

O cavalo velho, forte, rústico voltou para casa em seu meio galope lento e constante. O jovem no lombo cavalgava agilmente, oscilava agilmente, bem inclinado para a frente, exultando talvez naquele momento como Fausto, por ter deixado para trás de uma vez por todas os Não Farás, por estar livre enfim de honra e de lei. No movimento exalava, agridoce, sulfúrico, o suor do cavalo; o vento invisível soprava. Ele gritou bem alto: "Eu fiz! Eu fiz! Eu disse que faria!".

Entrou pelo carreiro e cavalgou ao luar até a casa sem abrandar a marcha. Pensara que estaria tudo às escuras, mas não estava. Ele não parou; a corda cuidadosa e secreta era agora uma parte extinta da vida tanto quanto honra e esperança, e a velha mirrada que durante treze anos fora uma de suas inimigas e que estava então acordada, esperando por ele. A luz era a do quarto do casal e ela estava parada à porta, com um xale sobre a camisola. "Joe?", ela chamou. Ele caminhava apressado pelo corredor. O rosto tinha a aparência que McEachern vira quando a cadeira descia. Talvez ela ainda não o estivesse enxergando bem. "O que aconteceu?", perguntou. "O pai saiu no cavalo. Eu ouvi…" Então ela viu o rosto do rapaz, mas nem teve tempo de recuar. Ele não a agrediu; sua mão no braço dela foi muito suave. Foi apenas apressada, afastando-a do caminho, da porta. Ele a puxou para o lado como faria com uma cortina que vedasse a passagem.

"Está num baile", disse. "Saia daí, velha." Ela se virou, apertando o xale com uma mão, a outra apoiada na frente da porta enquanto ela caía para trás, observando-o cruzar o quarto e começar a subir correndo a escada que levava ao quarto no sótão. Sem parar, ele olhou para trás. Só então ela notou seus dentes brilhando sob a luz. "Num baile, ouviu? Mas ele não está dançando." Ele riu, sob a luz; virou a cabeça e o riso, subindo às pressas pela escada, desaparecendo à medida que subia, desaparecendo da cabeça até embaixo como se subisse a cabeça primeiro e risse para algo que o suprimia como um desenho de giz sendo apagado da lousa.

A mulher foi atrás, subindo a escada com dificuldade. Começou a segui-lo logo depois que ele passou por ela, como se aquela urgência implacável que levara o marido embora houvesse retornado como um manto sobre os ombros do rapaz e fosse passada para ela. Ela se arrastou para cima pela escada estreita, agarrando o corrimão com uma mão e o xale com a outra. Não falava, não chamava por ele. Era como um fantasma obedecendo ao comando do amo ausente. Joe não acendera a luz. Mas o quarto estava inundado pela luz refratada do luar, e mesmo sem isso ela poderia dizer o que ele estava fazendo. Ela se encostou à parede e foi tateando com a mão até encontrar a cama e desabar sentada nela. Isso lhe tomara algum tempo porque, quando olhou para onde ficava a tábua solta, ele já se aproximava da cama, onde o luar batia direto, e ela o viu esvaziar a lata na cama e agarrar o pequeno monte de moedas e notas e enfiar a mão no bolso. Só então ele olhou para onde ela estava sentada, meio caída para trás agora, apoiada num braço e segurando o xale com a outra mão. "Não pedi isso a você", ele disse. "Lembre-se. Não pedi, porque tinha medo que me desse. Simplesmente peguei. Não se esqueça disso." Ele já se virara pouco antes de sua voz calar. Ela o viu entrar na claridade da lâmpada que iluminava a escada, descendo. Ele sumiu de vista, mas ela ainda podia ouvi-lo. Ouviu-o no corredor de novo, apressado, e depois de alguns instantes ouviu o cavalo outra vez, galopando; e pouco depois, o som do cavalo cessou.

Um relógio batia em algum lugar quando Joe açulou o velho cavalo, agora exausto, pela rua principal da cidade. O cavalo já resfolegava havia algum tempo, mas Joe o mantinha num trote cambaleante com um pesado pedaço de pau que descia regularmente na anca do animal. Não era uma vara: era um pedaço de cabo de vassoura que ficava fincado no canteiro de flores da sra. McEachern na frente da casa para servir de escora. Embora o cavalo continuasse num movimento de galope, deslocava-se agora mais devagar que um homem caminhando. O pau também subia e descia com a mesma lentidão, exausta e terrível, o jovem no lombo do cavalo curvado para a frente como se não soubesse que o cavalo estava exausto, ou como que para atiçar e impelir o animal debilitado cujos cascos lentos reverberavam com um som cavo e cadenciado na rua deserta salpicada de luar. Aquilo — cavalo e cavaleiro — causava um efeito estranho, onírico, como um filme em câmera lenta, com o galope constante e moroso rua acima na direção da velha esquina onde ele costumava esperar, com menos premência talvez mas não menos ansioso, e mais jovem.

O cavalo agora nem sequer trotava, as pernas enrijecidas, a respiração pesada e difícil e rascante, cada expiração um gemido. O pedaço de pau continuava descendo; quando o andamento do cavalo arrefecia, a velocidade do pau aumentava na mesma proporção. Mas o cavalo desacelerava, desviando para o meio-fio. Joe dava puxões na cabeça do animal, batia, mas ele desacelerou na direção do meio-fio e parou, salpicado de sombras, a cabeça baixa, tremendo, a respiração quase uma voz humana. O cavaleiro, porém, continuava inclinado para a frente na sela parada, na atitude de uma velocidade terrível, batendo na anca do cavalo com o pau. Salvo pela subida e descida do pau e pelo resfolegar queixoso do animal, eles poderiam compor uma estátua equestre que se extraviara do pedestal e viera descansar numa atitude de exaustão extrema numa rua calma e vazia, borrada e mosqueada de sombras lunares.

Joe desmontou. Aproximou-se da cabeça do cavalo e começou a puxá-la como se pudesse colocá-lo em movimento pela força bruta e depois saltar no seu lombo. O cavalo não se mexeu. Ele desistiu; parecia estar um pouco inclinado na direção do cavalo. De novo eles estavam imóveis: o animal exausto e o jovem, frente a frente, as cabeças bem próximas, como que esculpidas numa atitude de escuta ou de oração ou de consulta. Então Joe levantou o pedaço de pau e desandou a bater na cabeça imóvel do cavalo. Ele bateu continuamente até o pau se quebrar. Continuou batendo com um fragmento não muito maior do que sua mão. Mas talvez tenha percebido que não estava causando nenhuma dor, ou talvez seu braço tenha finalmente se cansado porque jogou fora o pedaço de pau e se virou, girou, já se afastando a passos largos. Não olhou para trás. Diminuindo, a camisa branca pulsando e esmaecendo nas lunissombras, ele se afastou tão completamente da vida do cavalo como se o animal nunca tivesse existido.

Passou pela esquina onde costumava esperar. Se chegou a perceber, a pensar, deve ter dito *Meu Deus, quanto tempo. Há quanto tempo foi isso* A rua fazia uma curva ao entrar na estrada de cascalho. Faltava um quilômetro e meio para percorrer ainda, por isso correu, não tão depressa, mas com cuidado, cadência, o rosto um pouco abaixado como se contemplasse a estrada batida sob os pés, os cotovelos nos flancos como um corredor treinado. A estrada estendia-se em curva, alvejada pelo luar, ladeada em intervalos amplos pelas casinhas pequenas, aleatórias, novas, terríveis em que pessoas que ontem chegaram de qualquer parte e amanhã terão partido para qualquer parte moram nos arrabaldes das cidades. Estavam todas escuras salvo aquela para a qual ele corria.

Ele alcançou a casa e saiu da estrada, correndo, os passos medidos e ruidosos no silêncio reinante. Talvez já conseguisse ver a garçonete, num vestido preto de viagem, de chapéu e com a mala arrumada, esperando (como iriam para algum lugar, por que meio partiriam, decerto ele não pensara). E talvez Max e Mame também, provavelmente despidos — Max sem casaco ou só de camiseta e Mame de quimono azul-claro —, os dois se alvoroçando daquela maneira ruidosa, alegre, de despedida de alguém. Mas ele na verdade não tinha pensado em nada pois não dissera à garçonete que se preparasse para partir. Talvez achasse que havia dito, ou que ela saberia, pois as proezas recentes e os planos futuros dele deviam lhe parecer simples o suficiente para qualquer um perceber. Talvez acreditasse até que dissera que ia até a casa pegar dinheiro, quando ela entrou no carro.

Ele correu até a varanda. Antigamente, mesmo durante seus dias de apogeu na casa, seu impulso sempre fora o de esgueirar-se da estrada para a sombra da varanda e depois para a própria casa, onde era esperado, o mais depressa e imperceptível possível. Bateu na porta. Havia uma luz no quarto dela e outra no fim do corredor, como ele esperava; e vozes no interior das janelas acortinadas também, muitas vozes que lhe pareceram mais intensas que alegres: isso ele também esperava, pensando *Talvez achassem que eu não viria. Aquele maldito cavalo. Aquele maldito cavalo* Bateu novamente, mais alto, colocando a mão na maçaneta, chacoalhando-a, pressionando o rosto contra o vidro acortinado da porta da frente. As vozes cessaram. Depois não veio nenhum som do interior da casa. As duas luzes, a veneziana iluminada do quarto dela e a cortina opaca na porta, ardiam com um brilho constante e inalterado, como se todas as pessoas da casa tivessem morrido de repente quando ele mexeu na maçaneta. Ele tornou a bater, com pequenos intervalos; ainda estava batendo quando a porta (nenhuma sombra caíra sobre a cortina e nenhum passo se aproximara atrás dela) escapou súbita e silenciosamente de sua mão que batia. Ele já estava cruzando o limiar como se estivesse preso à porta, quando Max surgiu de trás dela, bloqueando a passagem. Estava completamente vestido, com o chapéu inclusive. "Ora, ora, ora", ele disse. A voz não era alta, e foi quase como se tivesse puxado Joe rapidamente para o vestíbulo e fechado a porta e trancado antes de Joe perceber que estava dentro. A voz, contudo, tinha mais uma vez aquela qualidade ambígua, aquela qualidade calorosa e completamente vazia e completamente sem prazer nem alegria, como uma concha, como alguma coisa que ele carregasse diante do rosto e através da qual observasse Joe, o que no passado fizera Joe olhar Max com algo entre perplexidade e raiva. "Chegou o Romeu, enfim", disse Max. "O playboy da rua Beale." Depois falou um pouco mais alto, dizendo Romeu bem alto. "Entre e conheça os rapazes."

 Joe já avançava para a porta que conhecia, muito perto de correr de novo, se não fosse impedido. Não estava escutando Max. Nunca ouvira falar da rua Beale, aqueles três ou quatro quarteirões de Memphis que faziam o Harlem parecer um cenário de filme. Joe não olhara para nada. Porque de repente viu a mulher loira parada no fim do corredor. Ele não a vira surgir no corredor, no entanto este estava vazio quando ele entrou. E de repente lá estava ela parada. Usava uma saia escura e segurava na mão um chapéu. E além de uma porta aberta às escuras ao seu lado havia uma pilha de bagagem, várias malas. Talvez ele não as tivesse visto. Ou talvez o olhar tenha visto uma vez, mais rápido que o pensamento *Não pensei que ela tivesse tantas* Talvez pensasse então, pela primeira vez, que eles não tinham no que viajar, pensando *Como vou carregar tudo isso?* Mas não parou, já desviando para a porta que conhecia. Foi só quando colocou a mão na porta que tomou consciência do silêncio absoluto do outro lado, um silêncio que ele, aos dezoito anos, sabia que seria preciso mais de uma pessoa para produzir. Mas não parou; é possível que nem mesmo tivesse consciência de que o corredor estava outra vez vazio, de que a mulher loira desaparecera novamente sem que ele visse nem ouvisse nenhum movimento dela.

 Ele abriu a porta. Estava correndo agora; isto é, como um homem poderia correr muito adiante de si mesmo e de sua percepção parado como um poste. A garçonete estava sentada na cama como ele a vira tantas vezes. Trajava o vestido escuro e o chapéu, como ele esperava, sabia. Estava sentada com a cabeça baixa, e nem sequer olhou para a porta quando ele a abriu, o cigarro queimando na mão imóvel que parecia quase monstruosa em sua imobilidade contra o vestido escuro. E no mesmo instante ele viu o segundo homem. Nunca o vira antes. Mas não percebeu isso naquele momento. Foi só mais tarde que se lembrou, e se lembrou da bagagem empilhada no quarto escuro que olhara de relance enquanto pensava que fora mais rápido que ver.

O estranho também estava sentado na cama, e também fumava. O chapéu inclinado para a frente de tal forma que a sombra da aba atravessava sua boca. Não era velho, mas também não parecia moço. Ele e Max poderiam ser irmãos no sentido de que quaisquer dois homens brancos perdidos de repente numa aldeia africana poderiam parecer irmãos para os moradores locais. O rosto, o queixo onde a luz o atingia, estava imóvel. Se o estranho olhava ou não para ele, Joe não sabia. E que Max estava parado logo atrás dele, Joe não sabia também. E ouviu as vozes reais sem saber o que elas diziam, sem nem mesmo escutar: *Pergunte a ele*

Como ele saberia? Talvez ouvisse as palavras. Mas provavelmente não. Provavelmente elas ainda não tinham mais significado que o zumbido de insetos do outro lado da janela fechada, ou as malas empilhadas que ele olhara e contudo não vira. *Ele caiu fora logo em seguida, Bobbie disse*

Ele poderia saber. Vamos descobrir se soubermos exatamente do que estamos fugindo, ao menos

Embora Joe não tivesse se mexido desde que entrara, ainda estava correndo. Quando Max tocou em seu ombro, virou-se como se tivesse sido parado no meio da corrida. Nem tinha percebido que Max estava no quarto. Olhou para Max por cima do ombro com uma espécie de contrariedade enfurecida. "Diga logo, garoto", disse Max. "Que história é essa?"

"Que história?", disse Joe.

"O velho. Acha que o apagou? Conte direitinho. Não vai querer meter a Bobbie numa encrenca."

"Bobbie", disse Joe, pensando *Bobbie, Bobbie* Ele se virou, correndo de novo; dessa vez Max o segurou pelo ombro, mas não com força.

"Vamos lá", disse Max. "Não somos amigos aqui? Você o apagou?"

"Apagou?", perguntou Joe naquele tom aborrecido de impaciência e contenção, como se estivesse sendo retido e interrogado por uma criança.

O estranho falou. "O sujeito que você coroou com a cadeira. Está morto?"

"Morto?", disse Joe. Olhou para o estranho. Quando o fez, viu a garçonete outra vez e correu outra vez. Agora ele se mexeu de verdade. Tinha apagado por inteiro os dois homens da mente. Foi até a cama, remexendo no bolso, no rosto uma expressão exaltada e vitoriosa. A garçonete não olhou para ele. Não o fitara desde que ele havia entrado, embora muito provavelmente ele tenha se esquecido por completo disso. Ela não se mexera; o cigarro ainda queimava na sua mão. A mão imóvel parecia tão grande e morta e pálida como um pedaço de carne cozida. De novo alguém o agarrou pelo ombro. Era o estranho agora. O estranho e Max parados ombro a ombro, olhando para Joe.

"Não desconverse. Se apagou o sujeito, diga. Já não deve ser nenhum segredo. Vão ficar sabendo disso logo mais lá fora."

"Não sei, estou dizendo!", disse Joe. Olhou de um para o outro, incomodado, mas ainda não fixo. "Acertei o cara. Ele caiu. Eu disse a ele que algum dia ia fazer isso." Olhou uma e outra, as faces imóveis, quase idênticas. Tentou arrancar o ombro da mão do outro.

Max falou. "Para que veio aqui, então?"

"Para…", Joe começou. "O que eu…", disse, num tom de

admiração esmorecendo, olhando fixo um rosto e outro com uma espécie de exasperação ultrajada mas ainda paciente. "Para que eu vim? Vim pegar Bobbie. Acha que eu... quando fui até em casa pegar o dinheiro para me casar..." De novo ele os esqueceu completamente, eliminou-os. Soltou-se com um puxão e virou-se para a mulher outra vez com aquela expressão absorta, exaltada e orgulhosa. Muito provavelmente naquele momento os dois homens haviam sido soprados para fora da sua vida como dois pedaços de papel. Muito provavelmente ele nem sequer notou quando Max foi até a porta e chamou e um instante depois a mulher loira entrou. Ele estava curvado sobre a cama na qual estava sentada a garçonete, imóvel e cabisbaixa, inclinado sobre ela, arrancando a maçaroca de moedas e cédulas do bolso e colocando em seu colo e na cama ao lado dela. "Tome! Olhe isso! Olhe. Eu peguei. Está vendo?"

Então o vento soprou de novo, como na escola três horas antes por entre os olhares embasbacados que ele, por enquanto, esquecera. Ele ficou parado num estado sereno, como num sonho, ereto agora que a garçonete se levantou e o atingiu, e viu quando ela, de pé, recolheu o dinheiro embolado e espalhado e o atirou longe; observou em silêncio o rosto contraído da moça, a boca a gritar, os olhos a gritar também. De todos, só ele parecia calmo, sereno, ensimesmado. A voz apenas baixa o suficiente para registrar ao ouvido: "Quer dizer que você não vai?", disse. "Quer dizer, não vai?"

Foi muito parecido com o que acontecera na escola: alguém a segurando enquanto ela se debatia e gritava, o cabelo desgrenhado pelas sacudidelas e pelos movimentos da cabeça; o rosto, mesmo a boca, em contraste com o cabelo, imóvel como uma boca morta num rosto morto. "Maldito! Filho da puta! Está me metendo numa encrenca, a mim, que sempre o tratei como se fosse um branco. Um branco!"

Mas é bem provável que para ele aquilo ainda fosse apenas ruído, que não estivesse registrando absolutamente nada: só uma parte do vento que não cessava. Ele apenas olhava fixo para ela, para o rosto que nunca vira, dizendo calmamente (se em voz alta ou não, ele não saberia dizer) num lento assombro *Puxa, cometi um crime por ela, até roubei por ela* como se tivesse acabado de ficar sabendo disso, de pensar nisso, como se tivessem acabado de lhe contar o que fizera.

Então ela também pareceu ser soprada para fora da sua vida no vento que não cessava como um terceiro pedaço de papel. Ele começou a brandir o braço como se segurasse a cadeira estraçalhada. A mulher loira estava no quarto havia algum tempo. Ele a notou pela primeira vez, sem surpresa, tendo ela aparentemente se materializado do ar rarefeito, imóvel, com aquela placidez lapidada que a investia de uma respeitabilidade tão implacável e calma como a luva branca erguida de um guarda, sem um fio de cabelo fora do lugar. Ela usava agora o quimono azul-claro sobre a roupa escura de viagem. E disse calmamente: "Peguem o cara. Vamos cair fora daqui. Vai aparecer um tira por aqui já, já. Eles vão saber onde procurar por ele".

Talvez Joe não a tenha ouvido, nem a gritaria da garçonete: "Ele mesmo me contou que era preto! O filho da puta! Eu f… de graça um crioulo filho da puta que me meteria numa encrenca com a polícia caipira. Num baile caipira!". Talvez ele ouvisse apenas o vento que não cessava quando, balançando a mão como se ainda segurasse a cadeira estraçalhada, atirou-se sobre os dois homens. Muito provavelmente nem mesmo percebera que eles já avançavam na sua direção. Porque com algo da exaltação do pai adotivo, ele se atirou direto e por conta própria contra o punho do estranho. Talvez não tenha sentido nenhum soco, embora o estranho tenha lhe esmurrado o rosto por duas vezes antes de ele desabar no chão, onde ficou deitado de costas, como o homem que abatera, absolutamente imóvel. Não estava desmaiado, porque os olhos continuavam abertos, olhando serenamente para eles. Não havia nada em seus olhos, nenhuma dor, nenhuma surpresa. Mas aparentemente ele não conseguia se mexer; apenas jazia ali com uma expressão de quem está em meditação profunda, olhando em silêncio para os dois homens, e a mulher loira ainda tão imóvel e tão polida e lapidada como uma estátua fundida. Talvez não pudesse ouvir as vozes tampouco, ou talvez pudesse e elas de novo não tivessem mais significado que o zumbido seco dos insetos incansáveis do outro lado da janela:

Vadiagem fácil assim até eu ia querer
Ele devia ficar longe das putas
Ele não tem culpa. Nasceu muito perto de uma
É preto mesmo? Não parece
Foi o que ele contou a Bobbie uma noite. Mas acho que ela não sabe mais do que isso a respeito dele. Esses roceiros idiotas são capazes de tudo
Vamos descobrir. Vamos ver se o sangue dele é preto Deitado sereno e imóvel Joe observou o estranho se abaixar e levantar sua cabeça do chão e lhe bater duas vezes no rosto, dessa vez com um golpe curto enviesado. Após um instante, ele lambeu os lábios como uma criança lamberia uma colher de cozinha. Viu a mão do estranho recuar. Mas ela não o golpeou mais.

Chega. Vamos embora para Memphis
Só mais uma Deitado sereno e imóvel, Joe observava a mão. Max agora estava ao lado do estranho, igualmente curvado. *Vamos precisar de um pouco mais de sangue para dizer com certeza*
Tá bem. Ele não precisa se preocupar. Este também é por conta da casa

A mão não desceu. Agora a mulher loira estava ali. Segurava o braço levantado do estranho pelo pulso. *Eu disse chega*

10

O conhecer, não a mágoa, lembra mil ruas selvagens e solitárias. Elas vêm daquela noite em que ele jazia no chão e ouviu o último passo e depois a última porta (eles nem sequer apagaram a luz) e então ficou deitado em silêncio, de costas, com os olhos abertos enquanto o globo suspenso ardia no alto com um brilho doloroso e firme como se na casa todas as pessoas tivessem morrido. Não sabia quanto tempo fazia que estava ali. Não pensava em nada, não sofria. Talvez estivesse consciente de algum lugar dentro de si mesmo onde repousavam as duas pontas separadas do fio da vontade e da sensibilidade, sem se tocar ainda, esperando para se tocar, para se religar de modo que ele conseguisse se mexer. Enquanto terminavam os preparativos para a partida, eles às vezes passavam por cima dele, como pessoas prestes a deixar uma casa para sempre passariam sobre algum objeto que pretendessem deixar para trás. *aqui bobbie aqui garota taqui seu pente você se esqueceu dele taqui caraminguás do romeu também jesus ele deve ter limpado a gaveta da escola dominical no caminho para a sua bobbie agora não viu ele dar a ela não viu velho coração gran-*

de está bem pegue garota pode ficar como uma prestação ou uma lembrança ou alguma coisa o que ela não quer ora essa é péssima agora é duro mas não dá para deixar isso largado aqui no chão ele vai se enfiar num buraco no chão ele já se enfiou num buraco bem grande para o seu tamanho bem grande para qualquer tamanho ei bobbie ei garota certo só vou guardar isso para bobbie o diabo que vai bom eu pretendia guardar metade dele para bobbie deixem aí seus malditos o que querem com isso pertence a ele bom pelo amor de deus para que ele vai querer ele não usa dinheiro ele não precisa pergunte a bobbie se ele precisa de dinheiro eles dão a ele o que o resto de nós tem de pagar deixe aí já disse o diabo isso não é meu para deixar é de bobbie não é seu também a menos que santo deus que você vá me dizer que ele lhe deve grana também que ele vem f... você também fiado pelas minhas costas eu disse para deixar aí caia fora não dá cinco ou seis dólares para cada um Então a mulher loira ficou de pé acima dele, e curvando-se, ele observando em silêncio, ela levantou a saia e tirou do alto da meia um maço dobrado de cédulas e tirou uma e a enfiou no bolsinho do relógio da calça dele. E saiu. *vamos fora daqui você ainda não está pronta você tem de guardar esse quimono e fechar a mala e empoar o rosto de novo traga minha mala e chapéu para cá vamos agora e você leve a de bobbie e as outras malas e entre no carro e espere por mim e max acha que vou deixar qualquer um de vocês aqui sozinho para roubar aquela uma dele também vamos agora fora daqui*

  Eles tinham partido: a passada final, a porta final. Ele ouviu o carro abafar o barulho dos insetos, rodando acima, declinando para o mesmo nível, declinando abaixo do nível, de modo que ele ficou ouvindo apenas os insetos. Estava ali deitado embaixo da luz. Ainda não conseguia se mexer, assim como podia olhar sem realmente ver, ouvir sem realmente entender; as duas pontas do fio ainda desconectadas enquanto ele jazia tranquilo, lambendo os lábios de vez em quando como uma criança.

As pontas do fio finalmente se conectaram. Ele não percebeu o momento exato, só que, de repente, estava consciente da cabeça zunindo, e sentou-se devagar, redescobrindo-se outra vez, pondo-se em pé. Estava tonto; o quarto girava ao redor, lento e suave como o pensamento, e o pensamento disse *Ainda não* Mas ele ainda não sentia nenhuma dor, nem mesmo quando, apoiado na cômoda, examinou no espelho o rosto inchado e ensanguentado e tocou na própria face. "Santo Deus", disse. "Eles me bateram pra valer." Ele ainda não estava pensando; ainda não tinha chegado a esse ponto *acho melhor sair daqui acho melhor sair daqui* Foi até a porta, as mãos estendidas como um cego ou sonâmbulo. Estava no corredor sem se lembrar de ter cruzado a porta, e viu-se em outro quarto quando ainda tinha esperança, talvez sem acreditar, de estar se dirigindo para a porta da rua. O quarto também era pequeno, mas parecia cheio ainda da presença da mulher loira, com as paredes ásperas apertadas e estufadas para fora com aquela respeitabilidade lapidada e militante. Sobre a cômoda vazia estava uma garrafa de meio litro quase cheia de uísque. Ele bebeu devagar, sem sentir nenhum ardor, apoiando-se na cama para ficar em pé. O uísque lhe desceu pela garganta frio como melaço, sem gosto. Pousou a garrafa vazia e se inclinou sobre a cômoda, a cabeça baixa, sem pensar, esperando talvez, sem saber, talvez nem mesmo esperando. Então o uísque começou a queimar por dentro, e ele começou a balançar a cabeça lentamente de um lado para outro, enquanto o pensamento se unia com o vagaroso e quente enrolar e desenrolar das entranhas: "Preciso sair daqui". Entrou de novo no corredor. Agora era a cabeça que tinha clareza e o corpo que não queria obedecer. Teve de persuadi-lo ao longo do corredor, escorregando-o por uma parede na direção da saída, pensando: "Vamos, agora; componha-se. Preciso sair daqui", pensando *Se conseguir ao menos colocá-lo lá fora, ao ar livre, o ar fresco, o escuro fresco* Observou as mãos tenteando para a porta, tentando ajudá-las, persuadi-las e controlá-las. "Seja como for, eles não a trancaram", pensou. "Santo Deus, do contrário eu só poderia sair pela manhã. Jamais conseguiria abrir a janela e saltar." Abriu a porta enfim e saiu e fechou a porta atrás de si argumentando com o corpo que não queria se dar ao trabalho de fechar a porta, precisando ser obrigado a fechá-la na casa vazia onde as duas luzes ardiam com aquele brilho baço e constante, não sabendo que a casa estava vazia e não se importava, não se importando mais com silêncio e desolação como não se importaram com as noites baratas e brutais de cediços espelhos muitusados, cediços leitos muitusados. O corpo respondia melhor, estava ficando dócil. Ele saiu do pórtico escuro para o luar, e com a cabeça ensanguentada e o estômago vazio, aquecido, selvagem e corajoso do uísque, entrou na rua que percorreria durante quinze anos.

O uísque se consumiu com o tempo e foi renovado e se consumiu de novo, mas a rua continuou. A partir daquela noite, os milhares de ruas corriam como uma rua, com esquinas e mudanças de cenário indistinguíveis, quebradas por intervalos de caronas imploradas e roubadas em trens e caminhões, e em carroças rurais com ele aos vinte e vinte e cinco e trinta sentado no assento com o rosto duro, impassível, e as roupas (mesmo quando sujas e gastas) de homem urbano e o condutor da carroça sem saber quem ou o que o passageiro era e não ousando perguntar. A rua correu para Oklahoma e Missouri e tão longe para o Sul como o México e depois de volta para o Norte para Chicago e Detroit e depois de volta para o Sul novamente e por fim para o Mississippi. Foram quinze anos: correu entre as fachadas de madeira selvagens e espúrias de cidades petrolíferas onde, com a indefectível roupa de sarja e os sapatos claros sujos de um barro insondável, comia alimentos grosseiros de pratos de lata que lhe custavam dez ou quinze cents por refeição e pagara por eles com um rolo de cédulas do tamanho de uma rã e manchadas também pela lama rica que parecia tão insondável quanto o ouro que ela excretava. Correu por trigais amarelos ondulando sob os dias ferozmente amarelos de trabalho e sono pesado em montes de feno sob a lua fria insana de setembro, e as frágeis estrelas: ele foi sucessivamente operário, mineiro, prospector, cambista; alistou-se no Exército, serviu por quatro meses e desertou e nunca foi apanhado. E sempre, mais cedo ou mais tarde, a rua atravessava cidades, por uma parte idêntica e quase intercambiável de cidades de nomes deslembrados, onde embaixo das escuras, equívocas e simbólicas arcadas da meia-noite ele se deitava com as mulheres e lhes pagava quando tinha dinheiro, e quando não tinha se deitava mesmo assim e depois lhes dizia que era negro. Durante algum tempo funcionou; isso foi enquanto ele ainda estava no Sul. Era muito simples, muito fácil. Geralmente tudo a que ele se arriscava era uma xingação da mulher e da dona do bordel, embora de vez em quando fosse espancado até a inconsciência por outros donos, para acordar mais tarde na rua ou na cadeia.

 Isso foi enquanto ele ainda estava no Sul (comparativamente falando). Porque uma noite não funcionou. Ele se levantou da cama e disse à mulher que era negro. "É?", ela disse. "Achei que fosse simplesmente outro carcamano ou coisa parecida." Olhou para ele, sem particular interesse; então ela evidentemente notou algo no rosto dele: e disse, "E daí? Tudo bem com a sua cara. Devia ver o tição que eu despachei pouco antes de você aparecer". Ela estava olhando para ele. Estava muito parada agora. "Olha aqui, o que está pensando que esta espelunca é? O Hotel Ritz?" E então ela parou de falar. Estava observando o rosto dele e começou a recuar lentamente, o olhar fixo nele, o rosto empalidecendo, a boca aberta para gritar. E gritou. Foram necessários dois guardas para dominá-lo. No começo eles acharam que a mulher estivesse morta.

Ele ficou doente depois disso. Não sabia até ali que algumas mulheres brancas aceitavam um homem de pele negra. Ficou doente por dois anos. Às vezes se lembrava de como já provocara e iludira homens brancos a chamarem-no de negro para brigar com eles, para espancá-los ou ser espancado por eles; agora ele batia no negro que o chamasse de branco. Estava no Norte, em Chicago, e depois em Detroit. Vivia com negros, evitando os brancos. Comia com eles, dormia com eles, belicoso, imprevisível, pouco comunicativo. Ele agora vivia maritalmente com uma mulher que parecia uma estátua de ébano. De noite, deitava na cama ao seu lado, insone, começando a respirar fundo e pesado. Ele o fazia deliberadamente, sentindo, observando mesmo, o tórax branco se arquear mais e mais fundo dentro das costelas, tentando inspirar para dentro de si o odor negro, o escuro e inescrutável pensar e ser dos negros, tentando em cada expiração expelir de si o sangue branco e o pensar e ser dos brancos. E durante todo esse tempo as narinas no odor que ele estava tentando tornar seu embranqueciam e esticavam, todo o ser contorcido e tenso com o ultraje físico e a negação espiritual.

Achava que era da solidão que estava tentando escapar, e não de si mesmo. Mas a rua prosseguia: como os gatos, todos os lugares se pareciam para ele. Mas em nenhum deles ficaria tranquilo. Porém a rua seguia com seus humores e fases, sempre vazia: ele podia ver-se como em incontáveis avatares, em silêncio, condenado ao movimento, impelido pela coragem de esmorecido e atiçado desespero; pelo desespero da coragem cujas oportunidades precisavam ser esmorecidas ou atiçadas. Tinha trinta e três anos.

Certa tarde, a rua se tornara uma estrada do interior do Mississippi. Não sabia o nome da cidade; não lhe importava que palavra era usada por nome. Ele nem mesmo a viu, de qualquer forma. Esquivou-se dela, seguindo pelo mato, e chegou à estrada e olhou em ambas as direções. Não era uma estrada de macadame, ainda que parecesse bem usada. Viu muitas cabanas de negros espalhadas no percurso; depois avistou, a menos de um quilômetro de distância, uma casa maior. Era uma casa grande plantada no meio de um bosque; obviamente um lugar de algumas pretensões na sua época. Agora, contudo, as árvores precisavam de poda, e a casa não era pintada fazia anos. Mas ele não saberia dizer se era habitada, e estava havia vinte e quatro horas sem comer. "Essa pode servir", pensou.

Não se aproximou de imediato, apesar do entardecer. Preferiu virar as costas e seguir na direção oposta, com a camisa branca suja e a calça de sarja gasta e os sapatos de ir à cidade furados, empoeirados, o boné de pano num ângulo arrogante acima da barba de três dias. Mesmo assim ele não parecia um vagabundo; pelo menos aparentemente não para o menino negro com quem topou, que vinha pela estrada balançando uma marmita. Ele parou o menino. "Quem mora na casa grande lá atrás?", perguntou.

"É onde veve a sinhá Burden."

"O sr. e a sra. Burden?"

"Não, sinhô. Não tem nenhum sinhô Burden. Não tem ninguém vivendo lá, só ela."

"Ah. Uma velha, imagino."

"Não, sinhô. A sinhá Burden não é velha. Também não é moça."

"E ela vive ali sozinha. Ela não tem medo?"

"Quem vai fazer mal a ela, bem aqui na cidade? A gente de cor daqui cuida dela."

"Gente de cor cuida dela?"

De repente era como se o menino tivesse fechado uma porta entre si e o homem que o inquiria. "Acho que ninguém daqui vai fazer mal a ela. Ela não fez mal a ninguém."

"Imagino que não", disse Christmas. "A que distância fica a próxima cidade nesta direção?"

"Coisa de cinquenta quilômetros, eles dizem. Você não está pensano em andar isso tudo, está?"

"Não", disse Christmas. E então deu meia-volta e seguiu em frente. O menino ficou olhando. Depois também se virou e saiu andando, a marmita balançando apoiada no flanco magro. Alguns passos adiante, ele olhou para trás. O homem que o interrogara seguia andando com firmeza mas sem pressa. O menino no macacão desbotado, remendado, apertado retomou a marcha. Estava descalço. Nesse momento, pôs-se a dançar arrastando os pés, sempre caminhando, a poeira vermelha subindo pelas canelas magras cor de chocolate e as pernas puídas do macacão curto demais; desandou a cantarolar, desafinado, rítmico, musical, embora numa única nota:

Say dont didn't.
Didn't dont who.
Want dat yaller gal's
Pudden dont hide.*

Deitado num matagal a cem metros da casa, Christmas ouviu um relógio distante bater as nove e depois as dez. Diante dele a casa se projetava quadrada e enorme a partir do pomar. Uma luz brilhava numa janela do andar superior. As venezianas não estavam fechadas, e ele pôde ver que a luz era de um lampião de querosene, e de vez em quando avistava através da janela a sombra de uma pessoa em movimento cruzar a parede do fundo. Mas não viu a pessoa. Passado um tempo, a luz se apagou.

A casa estava agora às escuras; ele deixou de vigiá-la, então.

---

* Em tradução livre e aproximada: "Diz disse não./ Disse diz não quem./ Quer o pudim dessa garota/ Amarela não esconda". (N.T.)

Ficou deitado de bruços sobre a terra escura no matagal. No matagal a escuridão era impenetrável; através da camisa e da calça ele sentia um pouco de frio, persistente, um pouco úmido, como se o sol nunca atingisse a atmosfera que o matagal retinha. Podia sentir a terra nuncaensolarada tocá-lo, lenta e receptiva, através das roupas: virilha, quadril, barriga, peito, antebraços. Seus braços estavam cruzados, a testa apoiada sobre eles, em suas narinas o rico odor úmido da terra escura e fecunda.

Não tornou a olhar para a casa às escuras. Ficou deitado perfeitamente imóvel por mais de uma hora até se levantar e sair. Não se esgueirou. Nada de se esgueirar nem mesmo de tomar cuidados especiais ao aproximar-se da casa. Apenas caminhou calmamente como se fosse sua maneira normal de andar e contornou o vulto agora sem dimensão da casa, para os fundos, onde estaria a cozinha. Não fez mais barulho do que um gato quando parou e ficou parado por um instante embaixo da janela onde vira a luz. No gramado a seus pés, os grilos que silenciavam à medida que ele se movia, mantendo uma pequena ilha de silêncio ao seu redor como tênue sombra amarela de suas vozes diminutas, recomeçaram, silenciando de novo quando ele se movia, com aquela minúscula e alerta brusquidão. Dos fundos da casa se projetava uma ala térrea. "Aqui deve ser a cozinha", pensou. "Sim. Deve ser." Ele caminhou sem fazer barulho, deslocando a minúscula ilha de insetos bruscamente silenciados. Conseguiu localizar uma porta na parede da cozinha. Descobriria que estava destrancada se a experimentasse. Mas não o fez. Passou por ela e parou embaixo de uma janela. Antes de testá-la, lembrou-se de que não vira tela na janela iluminada do andar de cima.

A janela estava inclusive aberta, mantida assim por uma vareta. "Por essa eu não esperava", pensou. Parou em frente da janela, as mãos no peitoril, respirando silenciosamente, sem auscultar, sem se precipitar, como se não houvesse motivo para pressa em lugar nenhum debaixo do sol. "Ora. Ora. Ora. Veja só. Ora. Ora. Ora." Ele subiu na janela; parecia flutuar na escuridão da cozinha: uma sombra voltando sem nenhum som ou movimento para a mãe de toda a obscuridade e escuridão. Talvez estivesse pensando naquela outra janela que costumava usar e na corda em que precisava confiar; talvez não.

Muito provavelmente não, não mais do que um gato se lembraria de outra janela; como o gato, ele também parecia enxergar na escuridão enquanto se movimentava sem erro para a comida que desejava como se soubesse onde ela estaria; isso, ou talvez estivesse sendo manipulado por algum agente desconhecido. Comeu algo de uma tigela invisível, com dedos invisíveis: comida invisível. Não se preocupou com o que seria. Nem soube que havia imaginado ou provado até a mandíbula parar subitamente no meio da mastigação e o pensamento voar para vintecinco anos antes na rua, para além de todas as esquinas imperceptíveis de amargas derrotas e mais amargas vitórias, e oito quilômetros além de uma esquina onde costumava esperar nos terríveis primeiros tempos de amor, por alguém cujo nome esquecera; oito quilômetros ainda mais além ele foi *Saberei num minuto. Comi isso antes, em algum lugar. Num minuto saberei* memória conectando sabendo *eu vejo eu vejo eu mais do que vejo ouço eu ouço eu vejo minha cabeça curvar eu ouço a voz dogmática monótona que eu acho que jamais deixará de continuar e continuar para sempre e espiando eu vejo o projétil indomável a barba rente limpa eles também curvados e eu pensando Como ele pode estar tão sem fome e eu sentindo minha boca e língua gotejando o sal quente da espera meus olhos provando o vapor quente do prato* "É ervilha", disse em voz alta. "Santo Deus. Ervilhas silvestres cozidas com melaço."

Mais do que seu pensamento pode ter estado ausente; ele deveria ter ouvido o som mais cedo, pois quem o estivesse produzindo não estava tentando ser mais silencioso e cauteloso do que ele tentara. Talvez tivesse escutado. Mas não se mexeu absolutamente enquanto o som suave de pés em pantufas vinha na direção da cozinha pelo lado de dentro da casa, e quando por fim ele virou de estalo, os olhos subitamente brilhando, já avistou por baixo da porta que dava para o interior da casa a luz tênue se aproximando. A janela aberta estava ali, à mão: menos de um passo o separava dela. Mas ele não se mexeu. Nem mesmo pousou a tigela. Nem sequer parou de mastigar. Assim estava, parado no centro do recinto, segurando a tigela e mastigando, quando a porta se abriu e a mulher entrou. Ela trajava um roupão desbotado e carregava uma vela, segurando-a no alto de forma que a luz lhe caía sobre o rosto: um rosto calmo, grave, absolutamente tranquilo. Sob a tênue luz da vela ela não parecia ter muito mais que trinta. Ficou parada na porta. Eles se entreolharam por mais de um minuto, quase na mesma atitude: ele com a tigela, ela com a vela. Ele parara de mastigar agora.

"Se é apenas comida que procura, vai encontrar", disse ela, a voz calma, um pouco profunda, muito fria.

11

À luz da vela ela não parecia ter muito mais de trinta, sob a luz suave que caía sobre a presença maciassolta de uma mulher preparada para dormir. Quando a viu à luz do dia, soube que tinha mais de trinta e cinco. Mais tarde, ela lhe disse que tinha quarenta. "O que poderia significar quarenta e um ou quarenta e nove, do jeito que ela disse", pensou. Mas não foi naquela primeira noite, nem em muitas noites sucessivas, que ela lhe contou isso tudo.

Contou-lhe muito pouco, aliás. Eles se falavam bem pouco, e isso casualmente, mesmo depois que ele se tornou o amante do seu leito de solteirona. Às vezes, ele quase chegava a acreditar que nem se falavam, que nem a conhecia. Era como se houvesse duas pessoas: a que ele via, de vez em quando, de dia, e para a qual olhava quando conversavam com palavras que não diziam nada, pois não tentavam nem pretendiam dizer; a outra, com quem se deitava à noite e nem mesmo via ou conversava.

Mesmo depois de um ano (trabalhava na serraria então), quando ele a avistava durante o dia, era numa tarde de sábado ou num domingo, ou quando ia até a casa para a refeição que ela lhe preparava e deixava em cima da mesa da cozinha. Uma vez ou outra ela vinha à cozinha, embora nunca ficasse por ali enquanto ele comia, e às vezes ela o encontrava no alpendre traseiro, onde, nos primeiros quatro ou cinco meses de sua residência na cabana nos fundos da casa, eles paravam por alguns instantes e conversavam quase como estranhos. Ficavam sempre em pé: ela metida num de uma sucessão aparentemente interminável de asseados vestidos caseiros de algodão e às vezes com uma touca de sol de pano como uma roceira, e ele numa camisa branca limpa e na calça de sarja agora vincada toda semana. Nunca se sentavam para conversar. Ele nunca a vira sentada, exceto uma vez, quando olhara pela janela do térreo e a vira escrevendo na escrivaninha no quarto. E foi somente um ano depois que ele notara, sem curiosidade, o volume de correspondência que ela recebia e enviava, e que, por um período curto de cada manhã, ela se sentava à escrivaninha de tampo corrediço, gasta e arranhada, num dos quartos pouco utilizados e escassamente mobiliados do térreo, escrevendo com afinco, até saber que o que ela recebia eram documentos comerciais e privados com cinquenta carimbos postais diferentes e que aquilo que enviava eram respostas — conselhos comerciais, financeiros e religiosos aos presidentes e professores e curadores, e conselhos pessoais e práticos a garotas estudantes e até mesmo ex-alunas de uma dezena de escolas e universidades de negros espalhadas por todo o Sul. De vez em quando, ela se ausentava da casa por três ou quatro dias seguidos, e embora ele pudesse vê-la quando quisesse em qualquer noite, levou um ano para saber que nessas ausências ela visitava as escolas em pessoa e conversava com os professores e os alunos. Os assuntos comerciais eram geridos por um advogado negro de Memphis que era diretor de uma das escolas e em cujo cofre, junto com seu testamento, estavam guardadas as instruções escritas (de próprio punho) para a disposição do seu corpo após a morte. Quando tomou conhecimento disso, ele compreendeu a atitude da cidade para com ela, mesmo percebendo que a cidade não sabia tanto quanto ele. Ele disse consigo mesmo: "Não vou ser incomodado aqui".

Um dia deu-se conta de que ela nunca o convidara a entrar propriamente na casa. Ele nunca fora além da cozinha, onde entrara por conta própria, pensando, exaltado: "Ela não poderia me manter fora daqui. Imagino que saiba disso". E nunca entrava na cozinha durante o dia exceto quando ia pegar a comida que ela lhe preparava e deixava em cima da mesa. E quando entrava na casa à noite, era como havia entrado naquela primeira noite; sentia-se como um ladrão, um assaltante, inclusive quando subia até o quarto onde ela o esperava. Mesmo um ano depois, era como se entrasse furtivamente para roubar sua virgindade de novo a cada vez. Era como se cada anoitecer o colocasse mais uma vez diante da necessidade de pilhar de novo o que já havia pilhado — ou nunca pilhara e jamais pilharia.

Às vezes ele pensava naquilo dessa maneira, recordando a entrega dura, não lacrimosa, sem autocomiseração e quase máscula daquela capitulação. Uma privacidade espiritual havia tanto intocada que o próprio instinto de preservação a imolara, sua fase física o vigor e a fortaleza de um homem. Uma personalidade dupla: uma, a mulher cuja primeira visão à luz da vela erguida (ou talvez o próprio som da aproximação dos pés com pantufas) descortinara diante dele, instantâneo como a paisagem iluminada por um relâmpago, um horizonte de segurança material e adultério, se não de prazer; outra, os músculos virilizados e o hábito virilizado de pensar nascido da herança e do meio, que ele precisou combater até o instante final. Não houve a menor vacilação feminina, nenhum acanhamento do desejo óbvio e da intenção final de sucumbir. Era como se ele lutasse fisicamente com outro homem por um objeto sem nenhum valor para nenhum deles, e pelo qual lutassem apenas por uma questão de princípio.

Quando a viu pela segunda vez, pensou: "Meu Deus. Como conheço pouco as mulheres, e achava que conhecia muito". Foi já no dia seguinte; olhando para ela enquanto ela lhe falava, era como se aquilo que a lembrança de menos de doze horas antes sabia ser verdade jamais pudesse ter acontecido, pensando *Por baixo das suas roupas ela nem mesmo deve ser feita de modo que isso possa ter acontecido* Ainda não começara a trabalhar na serraria. Passava a maior parte do dia deitado de costas no catre que ela lhe emprestara, na cabana que ela lhe dera para viver, fumando, as mãos atrás da cabeça. "Meu Deus", pensava, "era como se eu fosse a mulher, e ela o homem." Mas isso não era verdade, tampouco. Porque ela resistira até o último instante. Mas não fora uma resistência feminina, aquela resistência que, se verdadeira, não pode ser superada por nenhum homem pelo fato de que a mulher não observa nenhuma regra de combate físico. Mas ela resistira honestamente, pelas regras que estabeleciam que, numa certa crise, alguém era derrotado, tivesse chegado ou não o fim da resistência. Naquela noite ele aguardara até ver a luz se apagar na cozinha e depois se acender no quarto dela. Foi até a casa. Não com ansiedade, mas com uma raiva serena. "Vou mostrar a ela", disse em voz alta. Não procurou agir em silêncio. Entrou na casa com arrojo e subiu a escada; ela o ouviu prontamente. "Quem é?", perguntou. Mas não havia alarme em sua voz. Ele não respondeu. Subiu a escada e entrou no quarto. Ela ainda estava vestida e virou-se e olhou para a porta quando ele entrou. Mas não falou com ele. Apenas o observou enquanto ele ia até a mesa e soprava o lampião, pensando: "Agora ela vai fugir". E saltou para a frente, para a porta, para interceptá-la. Mas ela não fugiu. Ele a encontrou no escuro, exatamente onde a luz a deixara, na mesma atitude. Começou a rasgar-lhe as roupas. Falava-lhe numa voz baixa, dura, tensa: "Vou te mostrar! Vou te mostrar, sua puta!". Ela não esboçou nenhuma resistência. Era quase como se o estivesse ajudando, com pequenas mudanças de posição dos membros quando a necessidade final de ajuda surgia. Mas por baixo das mãos dele o corpo poderia ser o de uma mulher morta que ainda não enrijecera. Ele não desistiu, porém; embora suas mãos fossem rudes e apressadas de raiva apenas. "Pelo menos fiz dela uma mulher, enfim", pensou. "Agora ela me odeia. Pelo menos ensinei isso a ela."

Todo o dia seguinte ele passou novamente deitado no catre na cabana. Não comeu nada; nem mesmo foi à cozinha ver se ela deixara comida. Estava esperando pelo pôr do sol, o crepúsculo. "Aí eu dou o fora", pensava. Não esperava mais vê-la. "Melhor dar o fora", pensava. "Não lhe dar a chance de me expulsar da cabana também. Isso nunca. Nenhuma branca jamais fez isso. Só uma preta já me dispensou, me mandou embora." E ficou deitado no catre, fumando, esperando anoitecer. Pela porta aberta ele observava o sol descer e se alongar e ganhar uma cor de cobre. Depois o cobre se desfez em lilás, no lilás baço do crepúsculo absoluto. Podia ouvir as rãs, e vaga-lumes começaram a esvoaçar pelo vão aberto da porta, ganhando brilho à medida que o crepúsculo avançava. Então ele se levantou. Não tinha nada além da navalha; depois de metê-la no bolso, estava preparado para viajar um ou mil quilômetros, para onde a rua de esquinas indistintas escolhesse seguir. Quando se mexeu, porém, foi na direção da casa. Era como se, ao descobrir que seus pés pretendiam seguir para lá, ele se abandonasse, parecesse flutuar, resignado, pensando *Tudo bem Tudo bem* flutuando, andando pelo crepúsculo até a casa e para a varanda dos fundos e para a porta pela qual entraria, que nunca estava trancada. Mas quando pôs a mão nela, ela não se abriu. Talvez, naquele momento, nem mão nem crença tenham acreditado. Ele parecia estar ali parado, calmo, ainda sem pensar, observando a própria mão sacudindo a porta, ouvindo o som do ferrolho do lado de dentro. Afastou-se calmamente. Ainda não estava furioso. Foi até a porta da cozinha. Esperava que ela também estivesse trancada. Mas não percebeu, até descobrir que estava aberta, que gostaria que não estivesse. Quando descobriu que não estava trancada foi como um insulto. Era como se algum inimigo sobre o qual tivesse despejado o máximo de violência e insolentemente tivesse ficado incólume e destemido o contemplasse com meditado e insuportável desprezo. Quando entrou na cozinha, não se aproximou da porta que dava para a casa propriamente dita, a porta onde ela aparecera com a vela na primeira noite em que a vira. Foi direto para a mesa onde ela colocara a comida. Não precisou ver. As mãos viram; os pratos ainda estavam mornos, pensando *Servido para o preto. Para o preto.*

Pareceu-lhe que observava a própria mão a certa distância. Viu-a pegar o prato e levá-lo para trás e para o alto e ali segurá-lo enquanto respirava fundo e devagar, ponderando muito. Ouviu a própria voz dizer bem alto, como se estivesse jogando um jogo: "Hum", e observou a mão girar e atirar o prato contra a parede, a parede invisível, esperando o estrondo diminuir e silenciar antes de deslizar completamente para trás e pegar outro. Manteve este prato suspenso, cheirando. Isso levou algum tempo. "Feijão ou verdura?", disse. "Feijão ou espinafre?... Tudo bem. Que seja feijão." Atirou-o com força, esperando até o estrondo cessar. Pegou o terceiro prato. "Alguma coisa com cebola", disse, pensando *É divertido. Por que não pensei nisso antes?* "Rango de mulher." Ele o atirou com força, devagar, ouvindo o estrondo, esperando. Naquele momento, ouviu algo mais: passos no interior da casa aproximando-se da porta. "Ela estará com o lampião dessa vez", pensou, pensando *Se olhasse agora, poderia ver a luz embaixo da porta* e sua mão balançando para a frente e para trás *agora ela está quase chegando na porta* "Batata", disse por fim, com determinação judicial. Não olhou em volta nem quando escutou o ferrolho da porta e ouviu a porta abrir para dentro e a luz chegou até onde ele estava parado com o prato erguido. "Sim, é batata", disse, no tom preocupado e absorto de uma criança brincando sozinha. Ele pôde ver e ouvir o estrondo. Então a luz se afastou; de novo ele ouviu a porta se mexer, de novo ouviu o ferrolho. Ainda não tinha olhado em volta. Apanhou o prato seguinte. "Beterraba", disse. "Também não gosto de beterraba."

No dia seguinte foi trabalhar na serraria. Foi trabalhar na sexta-feira. Não comera nada desde a noite de quarta. Só recebeu pagamento no sábado à noite, depois de fazer hora extra no sábado à tarde. Não voltou para a casa. Durante algum tempo, nem olhava para ela quando saía ou entrava na cabana. Ao fim de seis meses, havia calcado um caminho particular entre a cabana e a serraria. Seguia quase reto, evitando as casas, entrando logo na mata e correndo em linha reta e com a definição e a precisão aumentando a cada dia, até o monte de serragem onde trabalhava. E sempre, quando o apito soava, às cinco e meia, ele voltava para a cabana para vestir a camisa branca e a calça escura vincada antes de caminhar os três quilômetros de volta à cidade para comer, como se tivesse vergonha do macacão. Ou talvez não fosse vergonha, embora muito provavelmente ele não soubesse dizer o que era, assim como não saberia dizer que era vergonha.

Não evitava mais, deliberadamente, olhar para a casa; tampouco olhava deliberadamente para ela. Por um tempo, achou que ela o chamaria. "Ela dará o primeiro sinal", pensava. Mas ela não o fez; depois de algum tempo, achou que ela não o esperava mais. Contudo, na primeira vez em que olhou deliberadamente para a casa, sentiu um chocante fluxo e refluxo de sangue, e aí soube que durante o tempo todo estivera com medo de que ela estivesse à vista, de que ela o estivesse observando o tempo todo com aquele claro e silencioso desprezo; teve a sensação de suar, de ter superado uma provação. "Acabou", pensou. "Eu fiz isso agora." Assim, quando um dia ele a viu, não houve choque. Talvez estivesse preparado. De qualquer forma, não houve um chocante fluxo e refluxo de sangue quando ele olhou e a viu no quintal, de vestido cinzento e touca de sol. Não saberia dizer se ela o estivera observando ou se o vira ou se estava ou não olhando para ele naquele momento. "Você não me incomoda, eu não te incomodo", pensou, pensando *Eu sonhei. Não aconteceu. Ela não tem nada por baixo das roupas por isso não aconteceu*

Começara a trabalhar na primavera. Certa noite de setembro, voltou para casa e entrou na cabana e parou no meio de um passo, absolutamente atônito. Ela estava sentada no catre, olhando para ele. Estava com a cabeça descoberta. Ele nunca a vira descoberta antes, embora tivesse sentido, no escuro, o frouxo abandono de seus cabelos, ainda não desarrumados, sobre um travesseiro escuro. Mas nunca vira seus cabelos antes e ficou parado olhando somente para eles enquanto ela o fitava; ele disse subitamente para si mesmo, no instante de reiniciar o movimento: "Ela está tentando. *Esperava que fossem grisalhos* Está tentando ser uma mulher e não sabe como". Pensando, sabendo *Veio falar comigo* Duas horas depois ela ainda estava falando, os dois sentados lado a lado no catre da cabana agora às escuras. Contou-lhe que tinha quarenta e um anos e que nascera na casa e ali vivera desde sempre. Que nunca se afastara de Jefferson por período maior do que seis meses de cada vez e isso só com intervalos muito grandes, cheios de saudade das simples tábuas e pregos, da terra e das árvores e arbustos que compunham o lugar que era uma terra estranha para ela e sua gente; quando falava mesmo agora, quarenta anos depois, entre as consoantes engolidas e as vogais arrastadas da terra onde sua vida fora atirada, a Nova Inglaterra falava tão claramente como na fala de seus parentes que nunca deixaram New Hampshire e que ela vira umas três vezes talvez na vida, naqueles quarenta anos. Sentado ao lado dela no catre escuro enquanto a luz esmaecia e, por fim, sua voz ficava sem origem, firme, incansável, com uma altura quase masculina, Christmas pensava: "Ela é como o resto deles. Tenham dezessete ou quarenta e sete, quando enfim capitularem completamente, será com palavras".

Calvin Burden era filho de um pastor de nome Nathaniel Burrington. Caçula de dez irmãos, fugiu de casa aos doze anos, antes de poder inscrever o próprio nome (o pai acreditava que nunca aprenderia) num navio. Fez a viagem contornando o cabo Horn até a Califórnia e virou católico; viveu durante um ano num mosteiro. Dez anos depois, chegou ao Missouri pelo oeste. Três semanas após a chegada, estava casado com a filha de uma família de ascendência huguenote que emigrara da Califórnia passando pelo Kentucky. No dia seguinte ao casamento, ele disse: "Acho melhor me estabelecer". Naquele mesmo dia começou a se estabelecer. A celebração do casamento ainda estava acontecendo, e seu primeiro passo foi negar formalmente a submissão à Igreja católica. E o fez num bar, insistindo para que todos os presentes o ouvissem e fizessem as objeções que quisessem; foi um pouco insistente em que houvesse objeções, embora não houvesse nenhuma, melhor dizendo, não até o momento em que ele saiu carregado pelos amigos. No dia seguinte, ele disse que era a sério, de qualquer forma, que não pertenceria a uma igreja repleta de papa-rãs donos de escravos. Isso foi em Saint Louis. Ele comprou uma casa ali, e um ano depois era pai. Disse então que renegara a Igreja católica um ano antes pelo bem da alma de seu filho; mal o garoto nascera ele tratou de imbuir a criança da religião de seus ancestrais da Nova Inglaterra. Não havia nenhum templo unitarista disponível, e Burden não conseguia ler a Bíblia inglesa. Mas aprendera a ler em espanhol com os padres na Califórnia, e assim que a criança conseguiu andar, Burden (ele pronunciava Burden, agora, pois não conseguia absolutamente soletrar e os padres tinham lhe ensinado a escrevê-lo a duras penas assim, com uma mão mais apta para a corda, a coronha de revólver ou a faca do que para a caneta) começou a ler para a criança em espanhol do livro que trouxera da Califórnia, intercalando o belo e sonoro fluir de misticismo numa língua estranha com dissertações rudes e improvisadas compostas metade pela lógica sombria e cruel que lembrava o pai nos intermináveis domingos na Nova Inglaterra e metade pelo imediato fogo infernal e o enxofre tangível de que qualquer pregador ambulante metodista rural se orgulharia. Os dois estariam sozinhos no quarto: o homem nórdico alto e magro e a criança, vivaz, miúda e morena, que herdara a constituição e a coloração da mãe, como pessoas de duas raças diferentes. Quando o menino tinha aproximadamente cinco anos, Burden matou um homem numa discussão sobre escravidão e precisou mudar-se com a família, abandonar Saint Louis. Ele foi para o oeste, "para ficar longe dos democratas", dizia.

O lugarejo para onde se mudou consistia em uma loja, uma ferraria, uma igreja e duas tavernas. Nestas Burden passava boa parte do tempo discutindo política e maldizendo, com sua voz alta e rouca, a escravidão e os donos de escravos. Sua reputação o acompanhara e sabia-se que ele carregava uma pistola, e graças a isso as opiniões dele eram recebidas sem comentários. Às vezes, especialmente nas noites de domingo, ele voltava para casa ainda encharcado de uísque puro e do som da própria peroração. Acordava então o filho (a mãe já havia morrido e havia três irmãs, todas de olhos azuis) com a mão rude. "Vou te ensinar a odiar duas coisas", ele diria, "ou arranco teu couro. E essas coisas são o inferno e os donos de escravos. Está me ouvindo?"

"Estou", diria o garoto. "Que remédio. Vai para a cama e me deixa dormir."

Ele não era nenhum catequista, nenhum missionário. Salvo alguns episódios ocasionais menores com pistolas, nenhum com consequências fatais, ele se restringia ao próprio sangue. "Eles que vão para o próprio inferno ignorante", dizia aos filhos. "Mas eu vou enfiar o Deus amoroso em vocês quatro enquanto puder levantar o braço." Isso seria num domingo, todo domingo, quando, lavadas e limpas, as crianças de sarja ou algodão, o pai com sua sobrecasaca fina estufada sobre a pistola no bolso traseiro da calça e a camisa preguada sem colarinho que a filha mais velha lavava todos os sábados como a falecida mãe fizera, eles se reuniam na desguarnecida sala de estar da casa enquanto Burden lia de um livro que já fora dourado e blasonado naquela língua que nenhum deles compreendia. Ele continuou fazendo isso até o filho fugir de casa.

O nome do filho era Nathaniel. Ele fugiu aos catorze anos e não voltou durante dezesseis, embora tenham recebido notícias dele duas vezes por mensageiros orais. A primeira vez foi do Colorado, a segunda do Velho México. Ele não dissera o que estava fazendo em nenhum desses lugares. "Ele estava bem quando o deixei", disse o mensageiro. Este era o segundo mensageiro; foi em 1863, e o mensageiro estava tomando o café da manhã na cozinha, engolindo a comida com decorosa rapidez. As três garotas, as duas mais velhas quase moças agora, o estavam servindo, em pé, com os pratos parados e as bocas meio abertas, com os vestidos estufados, toscos e limpos, em torno da mesa de madeira bruta, o pai sentado à mesa defronte ao mensageiro, a cabeça apoiada no único braço. O outro ele perdera dois anos antes quando tomara parte num bando de guerrilha montado na guerra do Kansas, e a cabeça e a barba estavam grisalhas agora. Mas ele ainda tinha vigor, e a sobrecasaca ainda se abaulava nas costas sobre o cabo da pesada pistola. "Ele se meteu numa encrencazinha", disse o mensageiro. "Mas ainda estava bem da última vez que ouvi falar."

"Encrenca?", perguntou o pai.

"Matou um mexicano que, segundo ele, roubou-lhe o cavalo. Sabe como são esses espanhóis a respeito dos brancos mesmo quando eles não matam mexicanos." O mensageiro sorveu um pouco de café. "Mas acho que eles têm de ser um pouco duros, com o país se enchendo de novatos e tudo. Muito obrigado", disse, enquanto a filha mais velha despejava uma pilha fresca de bolinhos de milho no seu prato; "sim, senhora, eu consigo alcançar o adoçante. As pessoas dizem que o cavalo não era mesmo do mexicano de jeito nenhum. Dizem que o mexicano nunca teve cavalo. Mas acho que até esses espanhóis têm de ser duros, com essa gente do leste sempre dando uma reputação tão ruim para o oeste."

O pai grunhiu. "Não duvido. Se teve encrenca por lá, não duvido que ele estava metido. Você diga a ele", disse bruscamente, "que se deixar aqueles padres barrigamarelas o engambelarem, eu mesmo dou um tiro nele tão rápido como daria num Reb."*

"Diga a ele que volte para casa", pediu a filha mais velha. "É isso que deve dizer a ele."

"Sim, senhora", disse o mensageiro. "Claro que eu digo a ele. Vou para o leste, para Indiana, por um tempo. Mas digo assim que voltar. Claro que digo. Ah, sim; quase esqueço. Ele me pediu para dizer que a mulher e o menino estão bem."

"Que mulher e que menino?", perguntou o pai.

"A dele", disse o mensageiro. "Agradeço sinceramente de novo. E até logo para todos."

Eles ouviram do filho uma terceira vez antes de o verem de

---

* "Reb": abreviação de "Rebel", soldado confederado que lutou pelo Sul na Guerra Civil americana. (N.T.)

novo. Ouviram-no gritando, um dia, na frente da casa, embora a alguma distância ainda. Foi em 1866. A família se mudara de novo, cento e sessenta quilômetros mais para oeste, e isso exigira do filho dois meses para encontrá-los, andando de um lado para outro pelo Kansas e pelo Missouri numa carruagem de quatro rodas com dois sacos de couro de ouro em pó e moedas cunhadas e joias brutas atirados embaixo do assento como um par de sapatos velhos, até encontrar a cabana natal e guiar para ela, gritando. Sentado numa cadeira diante da porta da cabana estava um homem. "Lá está meu pai", disse Nathaniel à mulher no assento ao seu lado. "Está vendo?" Embora o pai ainda não tivesse alcançado os sessenta, sua vista começara a falhar. Ele não distinguiu o rosto do filho até a carruagem parar e as irmãs se amontoarem gritando na porta. Então Calvin levantou-se e soltou um longo e estrondoso berro. "Bom", disse Nathaniel, "aqui estamos."

Calvin não dizia frases. Estava simplesmente berrando, amaldiçoando. "Vou arrancar o teu couro!", trovejava. "Meninas! Vangie! Beck! Sarah!" As irmãs já haviam surgido. Elas pareciam borbulhar pela porta em suas saias estufadas como balões numa torrente, com gritos agudos engolfados pela voz trovejante do pai. A casaca deste — a sobrecasaca do domingo ou do rico ou do aposentado — estava aberta e ele pelejava para tirar alguma coisa da cintura com o mesmo gesto e atitude com que poderia estar sacando a pistola. Mas estava apenas sacando da cintura, com a única mão, um cinto de couro, e brandindo-o, avançou abrindo caminho por entre o alvoroço agudo e chilreante das mulheres. "Vou te ensinar!", trovejava. "Vou te ensinar a fugir!" O cinto desceu duas vezes sobre os ombros de Nathaniel. Desceu duas vezes antes de os dois homens se abraçarem.

Era um jogo, em certo sentido: uma espécie de jogo mortal e uma seriedade sorridente. Eles se abraçaram, o cinto sustado: face contra face e peito contra peito eles ficaram: o velho com o rosto magro, grisalho e os olhos claros da Nova Inglaterra, e o jovem sem qualquer semelhança com ele, com o nariz adunco e os dentes brancos sorrindo. "Chega", disse Nathaniel. "Não vê quem está observando lá da carruagem?"

Nenhum deles olhara para a carruagem até aquele momento. Sentados no assento estavam uma mulher e um menino perto dos doze anos. O pai olhou uma vez para a mulher; nem precisou olhar para o menino. Apenas olhou para a mulher, o maxilar apertado como se tivesse visto um fantasma. "Evangeline!", exclamou. Ela se parecia tanto com a esposa falecida que poderiam ter sido irmãs. O menino, que dificilmente se lembraria da mãe, tomara por esposa uma mulher que se parecia quase perfeitamente com ela.

"Esta é a Juana", disse. "Este é o Calvin com ela. Voltamos para casa para nos casar."

Depois do jantar daquela noite, com a mulher e a criança na cama, Nathaniel lhes contou. Sentaram-se em torno do lampião: o pai, as irmãs, o filho retornado. Não havia pastores lá onde ele estava, explicou; apenas padres e católicos. "Então, quando descobrimos que o *chico* estava a caminho, ela foi falar disso com um padre. Mas eu não ia ter nenhum Burden nascendo como pagão. Por isso comecei a olhar em volta, a animá-la. No começo, uma coisa ou outra sempre surgia e eu não podia sair para achar um pastor; e depois chegou o menino e aí já não tinha nenhuma pressa. Mas ela continuava perturbando, sobre padres e tudo o mais, e por isso, num par de anos, eu ouvi um dia que tinha um pastor branco em Santa Fé. Aí juntei as coisas e saí e fui para Santa Fé bem em tempo de ver a poeira da diligência que estava levando o pastor embora. Então nós esperamos por lá e noutro par de anos tivemos outra chance, no Texas. Só que dessa vez eu fiquei metido numa tentativa de ajudar uns policiais que estavam limpando uma espécie de confusão em que uns sujeitos tinham encurralado um delegado num salão de baile. Aí, quando aquilo terminou, simplesmente resolvemos vir para casa e casar. E aqui estamos."

O pai estava sentado, magro, grisalho e austero, embaixo do lampião. Ele ficara escutando, mas sua expressão estava carrancuda, com uma espécie de sonolência pesada e de ultraje desconcertado. "Outro maldito Burden escurinho", disse. "As pessoas vão pensar que eu gerei um maldito escravista. E agora ele gerou um também." O filho ouvia em silêncio, nem mesmo tentando dizer ao pai que a mulher era espanhola e não Rebel. "Malditos negros baixotes: baixotes pelo peso da ira de Deus, negros pelo pecado da servidão humana manchando seu sangue e sua carne." Seu olhar era perdido, fanático, convicto. "Mas nós os libertamos agora, tanto os negros como os brancos. Agora eles vão branquear. Daqui a uns cem anos serão brancos de novo. Aí quem sabe vamos deixar que eles voltem para a América." Ele refletia, remoendo, imóvel. "Por Deus", disse, de repente, "ele tem a ossatura de um homem, de qualquer forma, apesar de toda a aparência de negro. Por Deus, ele vai ser um homem grande como o avozinho, não um tampinha como o pai. Com toda a fêmea da sua mãe negra e a sua aparência negra, ele vai."

Ela contou isso a Christmas enquanto eles estavam sentados no catre da cabana que escurecia. Eles ficaram imóveis por mais de uma hora. Ele agora não conseguia mais ver o rosto dela; parecia balançar suave como num barco à deriva ao som de sua voz como se numa paz imensurável e entorpecente evocativa de nada de momento algum, mal escutando. "O nome era Calvin, como o do vovô, e ele era grande como vovô, embora fosse escuro como a gente da mãe de meu pai e como da mãe dele. Ela não era minha mãe: ele era apenas meu meio-irmão. Vovô era o último de dez, e meu pai era o último de dois, e Calvin era o último de todos. Ele mal havia completado vinte anos quando foi morto na cidade, a pouco mais de três quilômetros daqui, por um ex-dono de escravo e soldado confederado de nome Sartoris, por causa de uma questão de voto dos negros."

Ela contou a Christmas sobre os túmulos — o do irmão, o do avô, o do pai e de sua mulher — num outeiro de cedros no pasto, a menos de um quilômetro da casa; ouvindo em silêncio, Christmas pensava: "Ah. Ela vai me levar para vê-los. Vou ter de ir". Mas ela não fez isso. Não voltou a mencionar os túmulos para ele depois daquela noite quando lhe disse onde estavam e que ele poderia ir vê-los sozinho se quisesse. "Você provavelmente não conseguirá encontrá-los, de qualquer modo", disse. "Porque quando eles trouxeram vovô e Calvin para casa, naquela noite, papai esperou até escurecer e os enterrou e escondeu os túmulos, alisou a terra e colocou mato e outras coisas em cima deles."

"Escondeu?", disse Christmas.

Não havia nada de suave, feminino, pesaroso ou nostálgico na voz dela. "Para que não os encontrassem. Desenterrassem. Esquartejassem, talvez." Ela prosseguiu, a voz meio impaciente, explanatória: "Eles nos odiavam por aqui. Éramos ianques. Forasteiros. Pior que forasteiros: inimigos. Aproveitadores da derrota do Sul. E ela — a guerra — ainda estava perto demais para os que foram açoitados serem muito sensíveis. Açulando os negros para o assassinato e o estupro, diziam. Ameaçando a supremacia branca. Por isso imagino que o coronel Sartoris era um herói local porque ele matou com dois tiros da mesma pistola um velho maneta e um garoto que ainda nem havia depositado o primeiro voto. Talvez tivessem razão. Não sei".

"Ah", disse Christmas. "Eles podiam ter feito isso? Desenterrá-los depois de já terem sido assassinados, mortos? Quando os homens de sangue diferente deixarão de se odiar?"

"Quando?" A voz dela cessou. Ela prosseguiu: "Não sei. Não sei se teriam desenterrado ou não. Não era viva ainda. Só nasci catorze anos depois que Calvin foi morto. Não sei o que os homens teriam feito então. Mas meu pai achou que poderiam fazer. Por isso escondeu os túmulos. E aí a mãe de Calvin morreu e ele a enterrou lá, com Calvin e vovô. E assim aquilo como que acabou sendo nosso cemitério antes de percebermos. Talvez meu pai não tivesse planejado enterrá-la ali. Lembro-me de como a minha mãe (meu pai mandou buscá-la em New Hampshire onde alguns de seus parentes ainda viviam, pouco depois que a mãe de Calvin morreu. Ele estava sozinho por lá, percebe? Imagino que se não fosse por Calvin e vovô, enterrados ali adiante, ele teria ido embora) me contou que meu pai um dia tratou de ir embora assim que a mãe de Calvin morreu. Mas ela morreu no verão, e estaria quente demais para levá-la até o México, para a sua gente. Então ele a enterrou aqui. Talvez tenha sido por isso que ele resolveu ficar. Ou talvez tenha sido porque estava ficando velho e todos os homens que tinham lutado na guerra estavam ficando velhos e os negros não tinham estuprado nem assassinado ninguém de modo que ninguém podia falar nada. Seja como for, ele a enterrou aqui. Teve de esconder esse túmulo também, porque achava que alguém poderia vê-lo e se lembrar de Calvin e vovô. Ele não podia se arriscar, apesar de tudo já estar acabado e passado e feito. E no ano seguinte ele escreveu para nosso primo em New Hampshire. Ele disse: 'Estou com cinquenta anos. Tenho tudo de que ela pode precisar. Mande-me uma boa mulher para esposa. Não me importa quem ela seja, desde que seja uma boa dona de casa e tenha pelo menos trinta e cinco anos'. Junto com a carta, ele enviou o valor da passagem de trem. Dois meses depois, minha mãe chegou aqui e eles se casaram naquele mesmo dia. Isso era casamento rápido, para ele. Da outra vez, ele levara doze anos para se casar, daquela vez no Kansas, quando ele e Calvin e a mãe de Calvin finalmente se encontraram com vovô. Chegaram em casa no meio da semana, mas esperaram até o domingo para realizar o casamento. Ele foi celebrado ao ar livre, perto do córrego, com um churrasco de novilho e um barrilete de uísque e todos que conseguiram avisar ou que ouviram falar vieram. Começaram a chegar no sábado à tarde, e no domingo à noite veio o pregador. Durante todo aquele dia, as irmãs do meu pai trabalharam, fazendo um vestido de casamento e um véu para a mãe de Calvin. Fizeram o vestido com sacos de farinha e o véu com um pedaço de tela de mosquiteiro que um dono de bar tinha fixado em cima de uma estampa atrás do balcão. Elas pediram a tela emprestada. Chegaram a fazer uma espécie de terno para Calvin usar. Ele tinha doze anos na época, e elas queriam que ele levasse o anel. Ele não queria. Descobriu na noite anterior o que elas pretendiam que fizesse, e no dia seguinte (elas queriam realizar o casamento perto das seis ou sete horas da manhã seguinte), depois que todos tinham se levantado e tomado o café da manhã, tiveram de adiar a cerimônia até conseguirem encontrar o Calvin. Por fim elas o encontraram e o obrigaram a vestir o terno e realizaram o casamento, com a mãe de Calvin usando o vestido feito em casa e o mosquiteiro, e meu pai com o cabelo alisado com banha de urso e as botas espanholas entalhadas que trouxera do México. Vovô conduziu a noiva. Só que ele andara se servindo de tempos em tempos do barrilete de uísque enquanto estavam procurando Calvin, e quando chegou a hora de conduzir a noiva, preferiu fazer um discurso. Ele começou com Lincoln e a escravidão e desafiou qualquer presente a negar que Lincoln e o negro e Moisés e os filhos de Israel eram a mesma coisa, e que o mar Vermelho era apenas o sangue que precisava ser derramado para que a raça negra pudesse cruzar até a terra prometida. Levou algum tempo para fazerem ele parar e prosseguir com o casamento. Depois do casamento, eles ficaram aproximadamente um mês. Aí, um dia meu pai e meu avô foram para o leste, para Washington, e obtiveram uma comissão do governo para vir para cá e ajudar os negros libertos. Eles vieram para Jefferson, todos menos as irmãs do pai. Duas delas tinham se casado, e a mais nova fora viver com uma das outras, e meu avô e meu pai e Calvin e sua mãe vieram para cá e compraram a casa. E então o que eles provavelmente sabiam o tempo todo que ia acontecer aconteceu, e o pai ficou sozinho até que minha mãe veio de New Hampshire. Eles nunca tinham se visto antes, nem mesmo numa foto. Casaram-se no dia em que ela chegou aqui e dois anos depois eu havia nascido e meu pai me chamou de Joanna em homenagem à mãe de Calvin. Acho que ele nem queria ter outro filho. Não consigo me lembrar muito bem dele. A única lembrança que tenho dele como alguém, uma pessoa, é a de quando ele me levou e me mostrou os túmulos de Calvin e vovô. Era um dia luminoso, na primavera. Lembro-me de como eu não queria ir, sem nem mesmo saber para onde estávamos indo. Não queria ir até os cedros. Não sei por que não queria. Não poderia ter sabido o que havia por lá; eu tinha só quatro anos. E mesmo que soubesse, isso não assustaria uma criança. Acho que foi alguma coisa com meu pai, alguma coisa que vinha do bosque de cedros até mim, através dele. Uma coisa que eu sentia que ele pusera no bosque de cedros, e que quando eu fosse lá, o bosque colocaria em mim para que eu nunca conseguisse esquecer. Não sei. Mas ele me fez ir, e nós dois ficamos lá parados, e ele disse: 'Lembre-se disto. Seu avô e seu irmão repousam aqui, assassinados, não por um homem branco, mas pela maldição que Deus colocou sobre toda uma raça antes de seu avô e seu irmão ou eu ou você nem sequer termos sido pensados. Uma raça condenada e amaldiçoada para ser, para todo o sempre, uma parte da sina e da maldição da raça branca por seus pecados. Lembre-se disso. Sina e maldição. Para todo o sempre. Minha. Da sua mãe. Sua, apesar de você ser uma criança. A maldição de toda criança branca que já nasceu e que nascerá. Nenhuma vai escapar'. E eu disse: 'Nem mesmo eu?'; e ele disse: 'Nem mesmo você. Muito menos você'. Eu vi e conheci negros desde que consigo me lembrar. Eu apenas olhava para eles como fazia com a chuva, ou móveis, ou comida ou sono. Mas depois daquilo me pareceu que os via pela primeira vez, não como pessoas, mas como uma coisa, uma sombra em que eu vivia, nós vivíamos, todos os brancos, todas as outras pessoas. Pensei em todas as crianças que viriam ao mundo, brancas, com a sombra escura já caindo sobre elas antes que começassem a respirar. E pareceu-me ver a sombra escura na forma de uma cruz. E parecia que os bebês brancos estavam se debatendo, mesmo antes de poder respirar, para escapar da sombra que não estava só sobre eles mas embaixo deles também, estendida como seus braços estendidos, como se estivessem pregados na cruz. Vi todos os bebezinhos que algum dia viriam ao mundo, os ainda não nascidos — uma longa fileira deles com os braços estendidos, nas cruzes negras, eu não saberia dizer se vi ou sonhei. Mas foi terrível para mim. O que eu queria que ele dissesse era que eu precisava escapar, fugir de debaixo daquela sombra, senão morreria. 'Não dá', ele disse. 'Precisa lutar, se levantar. Mas para se levantar, precisa levantar a sombra com você. Mas nunca conseguirá levantá-la até o seu nível. Vejo isso agora, não via até vir para cá. Mas escapar dela você não vai conseguir. A maldição da raça negra é maldição de Deus. Mas a maldição da raça branca é o homem negro que será para sempre o próprio escolhido de Deus porque Ele uma vez o amaldiçoou'". Sua voz se calou. Através do vago oblongo da porta aberta, vaga-lumes deslizavam. Christmas disse, finalmente:

"Tinha uma coisa que eu ia te perguntar. Mas acho que já sei a resposta agora."

Ela não se mexeu. Sua voz era calma. "O quê?"

"Por que seu pai nunca matou o sujeito... como é mesmo o nome dele? Sartoris."

"Ah", ela disse. Então o silêncio de novo. Além da porta os vaga-lumes esvoaçavam e esvoaçavam. "Você teria. Não teria?"

"Teria", ele disse de imediato, prontamente. E então percebeu que ela estava olhando para sua voz quase como se pudesse vê-la. A voz dela estava quase suave agora, estava tão quieta, tão calma.

"Não tem nenhuma ideia de quem eram seus pais?"

Se pudesse ter visto seu rosto ela o notaria taciturno, ensimesmado. "Fora que um deles era meio preto. Como já contei."

Ela continuava olhando para ele; sua voz lhe dizia isso. Ela era calma, impessoal, interessada sem ser curiosa. "Como sabe disso?"

Ele não respondeu logo. Então disse: "Não sei". De novo sua voz se calou; pelo som, ela percebeu que ele olhava para longe, na direção da porta. O rosto taciturno, perfeitamente imóvel. Ele então falou outra vez, mexendo-se; a voz tinha agora uma nuance cruel mas zombeteira, ao mesmo tempo triste e sardônica: "Se eu não sou, diabos se não perdi um tempão".

Ela, por sua vez, parecia meditar, mal respirando, mas ainda sem nenhuma autopiedade ou retrospecção: "Pensei nisso. Por que meu pai não matou o coronel Sartoris. Acho que foi por causa do seu sangue francês".

"Sangue francês?", indagou Christmas. "Será que os franceses não ficam furiosos quando um homem mata o pai e o filho no mesmo dia? Imagino que seu pai deve ter se tornado religioso. Virou pregador, talvez?"

Ela não respondeu de imediato. Os vaga-lumes esvoaçavam; em algum lugar um cão latiu, suave, triste, distante. "Pensei nisso", disse. "Tudo já havia acabado. A matança com uniformes e bandeiras, e a matança sem uniformes nem bandeiras. E nada disso serviu para nada. Nada disso. Nós éramos forasteiros, estranhos, pensávamos de modo diferente das pessoas da região para onde tínhamos vindo sem que ninguém convidasse ou desejasse. E ele era francês, meio francês. Francês o bastante para respeitar o amor de alguém pela terra onde ele e os seus nasceram e para compreender que um homem teria de agir do jeito como a terra onde nasceu o ensinou a agir. Acho que foi isso."

12

Assim começou a segunda fase. Foi como se ele tivesse caído num esgoto. Como se de uma outra vida olhasse retrospectivamente para aquela primeira rendição dura e viril, aquela rendição terrível e pesada, como o desabar de um esqueleto espiritual cujo som de fibras estalando quase pudesse ser captado pelo ouvido físico, de modo que o ato de capitulação foi um anticlímax, como o de um general derrotado no dia seguinte à última batalha que, com a barba feita durante a noite e as botas limpas da lama da batalha, entrega a espada a uma delegação.

O esgoto escoava somente à noite. Os dias eram iguais ao que sempre foram. Ele saía para trabalhar às seis e meia da manhã. Deixava a cabana sem olhar para a casa. Às seis da tarde voltava, ainda sem olhar para a casa. Lavava-se e vestia a camisa branca e a calça escura vincada e ia para a cozinha e encontrava o jantar esperando-o na mesa e sentava-se e comia, sem a ter visto. Mas sabia que ela estava na casa e que a chegada da escuridão no interior das velhas paredes estava desmantelando alguma coisa e deixando-a corrompida pela espera. Sabia como ela passara o dia; que seus dias também não eram diferentes do que sempre haviam sido, como se também no caso dela outra pessoa os tivesse vivido. O dia todo ele a imaginaria fazendo os serviços domésticos, sentando-se naquele intervalo invariável na escrivaninha arranhada, ou falando ou escutando as mulheres negras que chegavam à casa dos dois lados da estrada, trilhando caminhos que vinham sendo batidos havia muitos anos e que irradiavam a partir da casa como os raios de uma roda. O que diziam a ela, ele não sabia, embora as visse aproximando-se da casa de um jeito não exatamente secreto, mas intencional, entrando em geral sozinhas, mas às vezes em grupos de duas ou três, de avental e lenço na cabeça e de vez em quando com um capote masculino sobre os ombros, tornando a sair e retornando pelos caminhos irradiados sem pressa mas também sem tardança. Elas eram breves em sua mente, pensando *Agora ela está fazendo isso. Agora está fazendo aquilo* sem pensar muito nela. Achava que durante o dia ela também não pensava nele mais do que ele nela. Mesmo quando à noite, no quarto às escuras, ela insistia em contar com detalhes tediosos os assuntos triviais do dia e insistia que ele, por sua vez, lhe relatasse o seu dia, era à maneira de amantes: aquela exigência imperiosa e insaciável de que os detalhes triviais do dia de ambos fossem colocados em palavras, sem qualquer necessidade de que escutassem o relato. Ele terminava então o jantar e ia encontrá-la onde ela o esperava. Em geral não tinha pressa. Com o passar do tempo, a novidade da segunda fase começando a se desgastar e a virar hábito, ele pararia na porta da cozinha e olharia através do crepúsculo e veria, talvez com presságio e premonição, a rua selvagem e solitária que escolhera por vontade própria, pensando *Esta não é a minha vida. Não sou daqui*

No começo, aquilo o chocou: a fúria abjeta da geleira da Nova Inglaterra subitamente exposta ao fogo do inferno bíblico da Nova Inglaterra. Talvez tivesse consciência da abnegação daquilo: a imperiosa e feroz urgência que ocultava um real desespero pelos anos frustrados e irrevogáveis que ela parecia tentar compensar a cada noite como se aquela pudesse ser sua última noite na Terra, condenando-se para sempre ao inferno dos antepassados por viver não só em pecado mas na depravação. Ela era ávida pelos símbolos verbais proibidos; um apetite insaciável pelo som daquelas palavras na boca do outro e na sua própria. Revelava a terrível e impessoal curiosidade de uma criança sobre assuntos e objetos proibidos; aquele interesse arrebatado e incansável e desapaixonado de um cirurgião pelo corpo físico e suas possibilidades. E durante o dia ele veria a mulher calma, impassível, quase masculina, perto da meia-idade, que vivera por vinte anos sozinha sem absolutamente nenhum medo feminino, numa casa solitária de uma zona povoada quando muito por negros, que passava parte do dia sentada tranquila à escrivaninha escrevendo tranquila para os olhos tanto de jovens como de idosos os conselhos práticos de uma combinação de padre e banqueiro e enfermeira treinada.

 Durante esse período (não se poderia chamar de lua de mel) Christmas a viu percorrer cada avatar de uma mulher apaixonada. Em pouco tempo ela mais do que o chocou: ela o espantou e confundiu. Ela o surpreendia e o apanhava desprevenido com ataques de ciumento furor. Ela não poderia ter tido essa experiência e não havia nenhuma razão para a cena nem qualquer possível protagonista: ele tinha consciência de que ela sabia disso. Era como se ela tivesse inventado a coisa toda deliberadamente para encená-la como uma peça. Mas o fazia com tamanha fúria, com tamanha capacidade de convencer e tamanha convicção que na primeira vez ele pensou que ela estava delirando, e na terceira achou que estava louca. Ela revelou um instinto inesperado e infalível para a intriga. Insistiu num lugar para esconderem bilhetes, cartas. Era num mourão de cerca oco atrás do estábulo carcomido. Ele nunca a viu colocar um bilhete ali, mas ela insistia para que ele o visitasse diariamente; quando o fazia, a carta estava lá. Quando não o fazia e mentia para ela, descobria que ela já espalhara armadilhas para apanhá-lo na mentira; ela gritava, chorava.

Às vezes, os bilhetes diziam para não vir antes de certa hora àquela casa onde nenhuma pessoa branca exceto ele entrava havia anos, e onde, por vinte anos, passara sozinha todas as noites; durante uma semana inteira ela o obrigou a galgar uma janela para ir ao seu encontro. Ele fazia isso, e às vezes tinha de procurá-la pela casa às escuras até encontrá-la, escondida, em armários, quartos vazios, esperando, arfando, os olhos no escuro brilhando como olhos de gato. Algumas vezes, ela marcava encontros amorosos atrás de uns arbustos do terreno, onde ele a encontrava nua ou com a roupa meio rasgada, nos espasmos selvagens da ninfomania, o corpo cintilando na lenta mudança de uma para outra das atitudes e gestos formalmente eróticos como um Beardsley da época de Petrônio poderia ter desenhado. Ela frenética, então, na semiescuridão sem paredes, palpitando, o cabelo alvoroçado, cada mecha parecendo viva como tentáculos de um polvo, e as mãos ávidas e o sussurro: "Negro! Negro! Negro!".

Em seis meses, ela ficara completamente depravada. Não se poderia dizer que ele a corrompera. A vida dele, com toda a promiscuidade anônima, fora bastante convencional, como geralmente é uma vida em pecado saudável e normal. A depravação veio de uma fonte ainda mais inexplicável para ele do que para ela. Na verdade, era como se, com a depravação que ela parecia colher do próprio ar, *ela* principiasse a corrompê-lo. Ele começou a ficar com medo. Não saberia dizer do quê. Mas passou a se ver com certo distanciamento, como um homem sendo sugado por um pântano sem fundo. Ainda não pensara exatamente isso. O que via então era a rua solitária, selvagem e fria. Era isso: fria;

ele pensava, dizia em voz alta para si mesmo, às vezes: "É melhor eu me mudar. Melhor cair fora daqui".

Mas alguma coisa o retinha, como o fatalista sempre pode ser retido: por curiosidade, pessimismo, pura inércia. Enquanto isso o caso continuava, submergindo-o cada vez mais na fúria imperiosa e avassaladora daquelas noites. Talvez percebesse que não podia escapar. De qualquer modo, ficava, observando as duas criaturas que se digladiavam dentro de um mesmo corpo como duas formas enluaradas debatendo-se para não se afogar em espasmos alternados na superfície de um poço espesso e escuro sob a lua minguante. Uma hora era aquela figura parada, fria, contida da primeira fase que, embora perdida e condenada, permanecia de alguma forma inacessível e inexpugnável; depois era a outra, a segunda, que numa negação enfurecida daquela inexpugnabilidade, lutava para afogar no abismo negro de sua própria criação aquela pureza física que fora preservada por tempo demais até para ser perdida. De vez em quando, elas emergiriam na superfície escura abraçadas como irmãs: as águas escuras secariam. Depois o mundo retrocederia rapidamente: o quarto, as paredes, os incontáveis sons pacíficos de insetos além das janelas estivais que vinham zumbindo havia quarenta anos. Ela o fitaria então com o rosto selvagem e desesperado de uma estranha; vendo-a nessas ocasiões, ele se parafraseava: "Ela quer rezar, mas também não sabe como fazê-lo".

Ela começara a engordar.

O fim dessa fase não foi brusco, um clímax, como o da primeira. Ela se fundiu na terceira fase de maneira tão gradual que ele não saberia dizer onde terminara uma e começara a outra. Era verão quase outono, já com a fria e implacável importação do outono avançando como as sombras do sol poente sobre o verão; algo como o verão faiscando outra vez como brasa agonizante, no outono. Isso foi no decorrer de um período de dois anos. Ele ainda trabalhava na serraria, e nesse meio-tempo começara a vender um pouco de uísque, muito judiciosamente, limitando-se a alguns clientes discretos que não se conheciam. Ela não ficou sabendo disso, embora ele mantivesse o estoque escondido no lugar e encontrasse os clientes na mata depois do pasto. Muito provavelmente ela não teria objetado. Mas a sra. McEachern também não faria objeção à corda secreta; talvez ele não tenha lhe contado pela mesma razão por que não contou à sra. McEachern. Pensando na sra. McEachern e na corda, e na garçonete a quem nunca contara de onde vinha o dinheiro que lhe dava, e agora de sua amante atual e do uísque, ele quase podia acreditar que não era para ganhar dinheiro que vendia uísque, mas porque estava fadado a sempre ocultar alguma coisa das mulheres que o cercavam. Nesse período ele a veria de longe de vez em quando durante o dia, nas dependências traseiras, onde ela se movimentava articulada sob as roupas limpas e austeras que usava, aquela opulência apodrecida pronta para transbordar em putrefação a um toque, como algo crescendo num pântano, sem olhar uma vez sequer para a cabana ou para ele. E quando pensava naquela outra personalidade que parecia existir em algum lugar da própria escuridão física, parecia-lhe que o que agora via à luz do dia era o fantasma de alguém a quem a irmã noturna havia assassinado e que agora perambulava a esmo pelos cenários da antiga paz, privado até do poder de se lamentar.

    A fúria inicial da segunda fase certamente não poderia durar. No começo, fora uma torrente; agora era uma maré, com fluxos e refluxos. Durante a enchente, ela quase conseguia enganar a ambos. Era como se na falta do seu conhecimento de que era apenas um fluxo que deveria em breve refluir, nascesse uma fúria mais selvagem, uma feroz negação que poderia capitanear a ela própria e a ele numa experimentação física que transcendesse a imaginação, carregando-os, como que pelo simples impulso, conduzindo-os sem volição nem planejamento. Era como se ela de algum modo soubesse que o tempo era curto, que o outono já estava quase em cima, sem no entanto saber o exato significado do outono. Parecia ser apenas instinto: instinto físico e negação instintiva dos anos desperdiçados. Depois a maré refluiria. E eles ficariam encalhados, como depois de um mistral agonizante, sobre uma praia exaurida e saciada, entreolhando-se como estranhos, com olhos desesperançados e repreensivos (da parte dele com enfado; da parte dela com desespero).

Mas a sombra do outono estava em cima dela. Ela começou a falar de um filho, como se o instinto a tivesse prevenido de que chegara a hora em que teria de se justificar ou expiar. Falava disso nos períodos de refluxo. No início, o começo da noite era sempre uma enchente, como se as horas de luz e separação tivessem represado uma quantidade suficiente da corrente de refluxo para simular uma torrente por um momento ao menos. Mas depois de algum tempo, a corrente se tornou muito rala até para isso: ele agora a procurava com relutância, um estranho, já olhando para trás; um estranho, ele a deixaria depois de ter se sentado com ela no quarto às escuras, falando de um terceiro estranho. Ele agora notava que, como se por premeditação, eles sempre se encontravam no quarto de dormir como se fossem casados. Não precisava mais procurá-la pela casa; as noites em que precisava procurá-la, escondida e arfando e nua, pela casa às escuras, ou entre os arbustos do parque arruinado, estavam tão mortas quanto o mourão de cerca oco atrás do celeiro.

Isso tudo morrera: as cenas, as cenas impecavelmente interpretadas de secreto e monstruoso deleite e de ciúme. Mas se ela tivesse sabido agora, teria motivo de ciúme. Ele fazia viagens quase toda semana, a negócios, conforme lhe dizia. Ela não sabia que o negócio o levava a Memphis, onde ele a traía com outras mulheres, mulheres compradas por um preço. Ela não sabia disso. Talvez na fase em que agora se encontrava, não pudesse ter sido convencida, não teria dado ouvidos a provas, não teria se importado. Porque ela dera de ficar deitada insone durante a maior parte da noite, repondo o sono durante a tarde. Não estava doente; não era o corpo. Nunca estivera melhor; tinha um apetite enorme e pesava quinze quilos a mais do que já pesara em toda a sua vida. Não era isso que a deixava acordada. Era alguma coisa na escuridão, na terra, no próprio verão agonizante: alguma coisa ameaçadora e terrível para ela porque o instinto lhe assegurava que não lhe faria dano; que a engoliria e a atraiçoaria completamente, mas ela não seria prejudicada: que, ao contrário, seria salva, que a vida continuaria sendo a mesma ou até melhor, até menos terrível. O terrível era que ela não queria ser salva: "Ainda não estou pronta para rezar", dizia em voz alta, calma, rígida, insondável, os olhos bem abertos, enquanto a lua se espraiava pela janela inundando o quarto de alguma coisa fria e irrevogável e bárbara de arrependimento. "Não me obrigue a rezar ainda. Meu Deus, deixe eu me danar um pouco mais, um pouco mais." Parecia-lhe ver toda a sua vida pregressa, os anos carentes, como um túnel cinzento em cuja ponta distante e irrevogável, tão imperecível quanto uma vergonha, seu seio nu de três curtos anos atrás doía em agonia, virgem e crucificado; "Ainda não, Jesus amado. Ainda não, Jesus amado".

Assim, quando ele agora a procurava, depois dos passivos e frios e aparentes transportes de puro hábito ela começava a falar de um filho. Falava nisso impessoalmente, no início, discutindo crianças. Talvez fosse pura e instintiva astúcia e dissimulação femininas, talvez não. De qualquer forma, isso foi algum tempo antes de ele notar, com uma espécie de choque, que ela estava discutindo o assunto como uma possibilidade, uma ideia prática. Ele disse definitivamente Não.

"Por que não?", ela indagou. Ela o fitava, incrédula. Estava pensando depressa, pensando *Ela quer se casar. É isso. Ela não quer um filho tanto quanto eu* "É só um truque", pensou. "Eu devia ter sabido, esperado. Devia ter caído fora daqui um ano atrás." Mas teve medo de lhe dizer isso, deixar a palavra casamento surgir entre eles, surgir em voz alta, pensando: "Ela pode não ter pensado nisso, e eu vou acabar colocando a ideia na sua cabeça". Ela o observava. "Por que não?", perguntou outra vez. E então alguma coisa clareou *Por que não? Significaria conforto, segurança, pelo resto da vida. Você nunca mais precisaria se mudar. E poderia perfeitamente estar casado com ela assim* pensando: "Não. Se eu ceder agora, negarei todos os trinta anos que vivi para fazer de mim o que escolhi ser." Ele disse:

"Se fosse para termos um, imagino que deveríamos ter feito isso dois anos atrás."

"Mas não fizemos."

"Não queremos um agora também", ele disse.

Isso foi em setembro. Pouco depois do Natal, ela contou que estava grávida. Antes de ela terminar de falar, ele achou que ela estava mentindo. Descobriu então que estava esperando que ela lhe dissesse isso havia três meses. Mas quando olhou em seu rosto, soube que não estava. Achou que ela também sabia que não estava. Pensou: "Aí vem. Agora ela vai dizer: casar. Mas eu posso pelo menos sair da casa antes".

Mas ela não disse. Estava sentada, muito quieta, na cama, com as mãos no colo, o rosto sereno da Nova Inglaterra (era ainda o rosto de uma solteirona: ossos proeminentes, compridos, meio finos, quase masculinos; em contraste, o corpo roliço estava mais suave e ricamente animal do que nunca) abaixado. Ela disse em tom pensativo, distante, impessoal: "Serviço completo. Ainda mais com uma criança negra bastarda. Só queria ver as caras de meu pai e de Calvin. Este é um bom momento para você fugir, se é isso que deseja". Mas era como se não estivesse escutando a própria voz, não pretendesse que as palavras tivessem nenhum significado real: o tremeluzir final do obstinado e agonizante verão sobre o qual o outono, o despertar do meio morto, surgisse despercebido. "Agora terminou", ela pensou calmamente; "acabou". Exceto a espera de mais um mês para ter certeza; aprendera isso com as mulheres negras, que nunca se poderia dizer antes de dois meses. Ela esperaria mais um mês, observando o calendário. Fez uma marca no calendário para ter certeza, para não haver erro; da janela do quarto ela observou aquele mês transcorrer. Veio uma geada, e algumas folhas estavam começando a cair. O dia marcado no calendário chegou e passou; ela se deu mais uma semana, para ficar duplamente segura. Não ficou orgulhosa, pois não estava surpresa. "Estou grávida", disse serenamente em voz alta.

"Vou embora amanhã", disse ele para si mesmo naquele dia. "Vou embora no domingo", pensou. "Vou esperar até receber o pagamento semanal, e aí vou embora." Começou a esperar pelo sábado, planejando para onde iria. Não a viu durante toda aquela semana. Esperava que ela o chamasse. Quando entrava ou saía da cabana, ele se pegava evitando olhar para a casa, como fizera na primeira semana ali. Não a via mais. De vez em quando via as negras, em roupas indescritíveis contra a friagem do outono, chegando ou partindo pelos caminhos batidos, entrando ou saindo da casa. Mas isso era tudo. Quando veio o sábado, ele não partiu. "Posso perfeitamente conseguir toda a grana que puder", pensou. "Se ela não está ansiosa para eu cair fora, não vejo razão para ficar ansioso. Vou no próximo sábado."

Ficou. O tempo continuava frio, luminoso e frio. Agora, quando ia para a cama com o cobertor de algodão na cabana ventosa, ele pensava no quarto da casa, com o fogo, as cobertas amplas, estofadas com fibras de algodão. Estava mais perto da autocomiseração do que nunca. "Ela podia ao menos me mandar mais um cobertor", pensava. Ele também poderia ter comprado um. Mas não comprou. Ela tampouco. Ele esperou. Esperou o que considerou um longo tempo. Então, uma noite de fevereiro ele voltou para casa e encontrou um bilhete dela no catre, na cabana. Era breve; quase uma ordem, dizendo-lhe que fosse até a casa aquela noite. Isso não o surpreendeu. Ainda não conhecera mulher que, sem outro homem disponível, não se apresentasse com o tempo. Agora ele sabia que partiria no dia seguinte. "Deve ser o que estou esperando", pensou; "Só estava esperando uma justificativa." Quando mudou de roupa, também se barbeou. Sem perceber, preparou-se como para um noivado. Encontrou a mesa posta na cozinha, como sempre; durante todo o tempo em que não a vira, isso nunca falhara. Comeu e subiu a escada. Não tinha pressa. "Temos a noite toda", pensou. "Vai ser algo para ela pensar amanhã à noite e na noite seguinte, quando descobrir aquela cabana vazia." Ela estava sentada diante do fogo. Nem mesmo virou a cabeça quando ele entrou. "Traga aquela cadeira com você", disse.

Foi assim que a terceira fase começou. Ela o intrigou por algum tempo, mais ainda do que as outras duas. Esperara avidez, uma espécie de apologia tácita; ou, na falta disso, uma aquiescência que só precisava ser suplicada. Estava preparado para ir até esse ponto, inclusive. O que encontrou foi uma estranha que afastou com a calma firmeza de um homem a sua mão quando por fim, numa espécie de confuso desespero, ele se adiantou e a tocou. "Venha", ele disse. "Se tem alguma coisa para me dizer. Sempre conversamos melhor depois. Não vai machucar a criança, se é disso que tem medo."

Ela o conteve com uma única palavra; pela primeira vez ele olhou para o seu rosto: olhou para um rosto frio, remoto e fanático. "Percebe", ela disse, "que está desperdiçando sua vida?" Ele ficou sentado, olhando para ela como uma pedra, como se não acreditasse em seus próprios ouvidos.

Levou algum tempo para compreender o que ela queria dizer. Ela não olhava para ele. Estava sentada fitando o fogo, o rosto frio, parado, pensativo, falando com ele como se fosse um estranho, enquanto ele ouvia com espanto e ultraje. Ela queria que ele assumisse todos os seus assuntos comerciais — a correspondência e as visitas periódicas — com as escolas para negros. Tinha o plano todo elaborado. Recitou-o em detalhe enquanto ele ouvia com raiva e espanto crescentes. Ele ficaria encarregado de tudo e ela seria a sua secretária, sua assistente: eles viajariam para as escolas juntos, visitariam as casas de negros juntos; ouvindo, apesar da raiva, ele sabia que o plano era maluco. E durante todo o tempo, o perfil sereno dela sob a pacífica luz da lareira estava tão grave e calmo como um retrato numa moldura. Quando saiu, ele se lembrou de que ela não mencionara uma única vez a criança esperada.

Ainda não acreditou que estivesse louca. Achou que era porque estava grávida, como acreditara que fora por isso que não o deixara tocá-la. Tentou argumentar com ela. Mas era como tentar argumentar com uma árvore: ela nem se animou a negar, apenas escutou com calma e depois falou de novo naquele tom frio, monótono, como se ele não tivesse dito nada. Quando ele enfim se levantou e saiu, nem mesmo viu se ela percebeu a sua saída.

Ele a encontrou uma única vez nos dois meses seguintes. Prosseguia em sua rotina diária, salvo que não se aproximava mais da casa agora, fazendo as refeições na cidade de novo, como quando fora trabalhar na serraria. Mas naquela época, quando começou a trabalhar, não precisava pensar nela durante o dia;

e raramente o fazia. Agora não conseguia evitar. Ela vinha à sua mente tão amiúde que era quase como se a visse lá na casa, paciente, esperando, inevitável, louca. Na primeira fase, era como se ele estivesse ao relento no chão forrado de neve tentando entrar na casa; na segunda estava no fundo de um poço na cálida escuridão selvagem; agora estava no meio de uma planície onde não havia casa, nem neve, nem vento.

Começou a ter medo, ele que até então sentira apenas desconcerto e, talvez, pressentimento e fatalidade. Tinha agora um sócio no negócio de uísque: um forasteiro chamado Brown que surgira na serraria um dia de manhã cedo, procurando trabalho. Sabia que esse homem era um estúpido, mas no começo pensou: "Pelo menos terá juízo suficiente para fazer o que eu disser. Não precisará pensar por conta própria"; foi só mais tarde que disse para si mesmo: "Agora sei que o que faz um estúpido é a incapacidade de acatar até mesmo seu próprio bom conselho". Pegou Brown porque era um forasteiro e tinha certa agilidade, alegre e inescrupulosa, e pouca coragem pessoal, sabendo que nas mãos de um homem criterioso um covarde, dentro das próprias limitações, pode se tornar extremamente útil para qualquer um menos para si próprio.

Seu medo era de que Brown ficasse sabendo da mulher na casa e fizesse alguma coisa irreparável em sua loucura imprevisível. Temia que a mulher, já que ele a evitava, pudesse meter na cabeça de ir até a cabana alguma noite. Ele só a vira uma vez desde fevereiro. Foi quando tentara dizer a ela que Brown estava indo morar com ele na cabana. Era um domingo. Ele a chamou, e ela foi ao seu encontro no alpendre traseiro e ouviu em silêncio. "Não precisava fazer isso", ela disse. Ele não compreendeu o que ela queria dizer. Foi só mais tarde que o pensamento novamente lampejou, completo, como uma frase impressa: *Ela acha que eu o trouxe para cá para mantê-la afastada. Acha que eu penso que com ele aqui, ela não ousaria vir até a cabana; que ela terá de me deixar em paz*

Assim ele colocou essa crença, o medo do que ela poderia fazer, na própria mente ao acreditar que a colocara na dela. Achava que por ela ter pensado nisso, a presença de Brown não ia dissuadi-la: antes seria um incentivo para ela ir à cabana. Como durante um mês ela não fizera absolutamente nada, não tomara nenhuma iniciativa, ele achava que poderia fazer algo. Agora ele também ficava acordado de noite. Mas ficava pensando: "Preciso fazer alguma coisa. Vou acabar fazendo alguma coisa".

Portanto, ele enganava Brown e se esquivava para chegar primeiro à cabana. Sempre na expectativa de encontrá-la por lá, aguardando. Quando chegava e encontrava a cabana vazia, pensava com uma espécie de raiva impotente na urgência, na mentira e na pressa, e nela sozinha e ociosa na casa, o dia todo, sem nada para fazer além de decidir se o atraiçoaria de imediato ou o torturaria um pouco mais. Normalmente ele não teria se importado que Brown soubesse ou não das suas relações. Por natureza, nada tinha de discreto ou de cavalheiresco com relação às mulheres. Era prático, material. Teria ficado indiferente se toda Jefferson soubesse que ele era o amante dela: não queria era que ninguém começasse a especular sobre a sua vida privada ali por causa do uísque escondido que estava lhe rendendo trinta ou quarenta dólares semanais. Essa era uma razão. A outra era a vaidade. Ele teria morrido ou matado para evitar que alguém, qualquer pessoa, ficasse sabendo em que haviam se transformado suas relações. Que ela não só mudara a própria vida completamente, mas estava tentando mudar a dele também, e fazer dele algo entre um eremita e um missionário para negros. Achava que se Brown soubesse de uma coisa, inevitavelmente ficaria sabendo da outra. Por isso, chegava à cabana, enfim, depois da mentira e da pressa, e quando punha a mão na porta, lembrando-se da pressa e pensando que num instante descobriria que não havia sido absolutamente necessária mas que não ousava negligenciar a precaução, ele a odiava com a repugnância feroz de uma raiva pavorosa e impotente. Então, certa noite ele abriu a porta e encontrou o bilhete sobre o catre.

Avistou-o assim que entrou, quadrado e branco e absolutamente inescrutável sobre a coberta escura. Nem mesmo parou para pensar que imaginava saber qual seria a mensagem, o que ela prometeria. Não sentiu nenhuma ansiedade; sentiu alívio. "Agora acabou", pensou, ainda sem pegar o papel dobrado. "Será como antes, agora. Nada de falar sobre pretos e bebês. Ela voltou a si. Esgotou a outra, viu que isso não estava levando a nada. Ela agora vê que o que quer mesmo, o que precisa é de um homem. Ela quer um homem de noite; o que ele faz durante o dia não importa." Devia ter percebido então a razão por que não tinha ido embora. Devia ter visto que estava tão fortemente preso por aquele pequeno quadrado de papel ainda não desvendado como se fosse um cadeado ou uma corrente. Não pensou nisso. Viu apenas a si mesmo mais uma vez à beira de promessas e deleites. Agora seria mais calmo, porém. Os dois prefeririam assim; além do domínio que ele agora teria. "Toda aquela tolice", pensou, segurando ainda o papel não aberto nas mãos; "toda aquela maldita tolice. Ela ainda é ela e eu ainda sou eu. E agora, depois de toda essa maldita tolice"; pensando como eles ririam disso naquela noite, depois, mais tarde, quando chegasse a hora da conversa tranquila e do riso calmo: da coisa toda, um do outro, de ambos.

Não abriu o bilhete. Deixou-o de lado e lavou-se e barbeou-se e mudou de roupa, assobiando enquanto o fazia. Ainda não terminara quando Brown entrou. "Ora, ora, ora", disse Brown. Christmas não disse nada. Estava de olho no caco de espelho pendurado na parede, dando o nó na gravata. Brown parado no centro da cabana: um rapaz alto e magro de macacão sujo, o rosto moreno ligeiramente agradável e olhos curiosos. No lado da boca havia uma fina cicatriz branca como um fio de saliva. Depois de um tempo, Brown disse: "Parece que vai a algum lugar".

"Parece?", disse Christmas. Não olhou em volta. Assobiava de um jeito monótono mas genuíno: alguma coisa em tom menor, lamurienta e negroide.

"Acho que nem vou me lavar", disse Brown, "já que você está quase pronto."

Christmas voltou o olhar para ele. "Pronto para quê?"

"Não vai à cidade?"

"Eu disse que ia?", perguntou Christmas. E virou de novo para o espelho.

"Ah", disse Brown. Ele observava a parte de trás da cabeça de Christmas. "Bom, acho então que você vai tratar de algum assunto particular." Ele observava Christmas. "Taí uma noite fria boa para ficar deitado no chão úmido sem nada por baixo além de uma garota magra."

"É mesmo?", disse Christmas, assobiando, absorto e sem pressa. Ele se virou e pegou o paletó e o vestiu, ainda sob o olhar de Brown. Foi até a porta. "Vejo você de manhã", disse. A porta não se fechou atrás dele. Sabia que Brown estava ali parado, observando. Mas não tentou ocultar seu propósito. Foi direto para a casa. "Ele que espie", pensou. "Que me siga se quiser."

A mesa estava posta para ele na cozinha. Antes de se sentar, tirou o bilhete fechado do bolso e o colocou ao lado do prato. Não estava envelopado, nem lacrado; abriu-se sozinho, como que convidando, insistindo. Mas Christmas não olhou para o papel. Começou a comer. Comia sem pressa. Já havia quase terminado quando levantou a cabeça, de repente, escutando. Então se levantou e foi até a porta por onde entrara, silencioso como um gato, e abriu com um puxão. Brown estava parado do lado de fora, o rosto inclinado na direção da porta fechada. A luz caiu sobre o rosto do rapaz, que tinha uma expressão de intenso e pueril interesse que se transformou em surpresa enquanto Christmas o fitava, e depois se recuperou, recuando um pouco. A voz de Brown era brincalhona mas baixa, cautelosa, conspirativa, como se já tivesse estabelecido aliança e simpatia com Christmas, espontaneamente, e sem esperar para saber o que estava acontecendo, por lealdade ao sócio ou talvez a algum homem abstrato no que diz respeito a todas as mulheres. "Ora, ora, ora", ele disse. "Então é aqui que você vadia todas as noites. Bem na porta defronte, dava para dizer…"

Sem pronunciar uma palavra Christmas o atingiu. O soco não foi duro, porque Brown já estava num alegre e inocente recuo entre risadinhas. O soco cortou brusco sua voz; movendo-se, saltando para trás, ele desapareceu do facho de luz na escuridão, de onde chegava sua voz, ainda não alta, como se mesmo assim ele não quisesse prejudicar o assunto do sócio, mas tensa agora, com alarme e espanto: "Não me bata!". Ele era o mais alto dos dois: um vulto já desengonçado numa cômica difusão de fuga como que a ponto de desmoronar no chão em completa desintegração enquanto cambaleava para trás diante do firme e ainda silencioso avanço do outro. De novo a voz de Brown surgiu alta, cheia de alarme e falsa ameaça: "Não me bata!". Dessa vez o soco atingiu seu ombro enquanto ele se virava. Ele corria agora. Correu cem metros até diminuir, olhando para trás. Parou e se virou. "Seu maldito carcamano cagão", ele disse, contemporizador, sacudindo a cabeça em seguida como se a sua voz tivesse feito mais barulho, soado mais alto do que pretendia. Não veio nenhum som da casa; a porta da cozinha outra vez escura, fechada. Ele levantou um pouco a voz: "Seu maldito carcamano cagão! Vou lhe mostrar com quem está se metendo". Não veio som de nenhum lugar. Fazia frio. Ele deu meia-volta e foi para a cabana, resmungando.

Quando Christmas entrou de novo na cozinha, nem olhou para a mesa onde repousava o bilhete que ainda não lera. Foi direto para a porta que dava para o interior da casa e para a escada. Começou a subir, sem pressa. Subiu com firmeza. Agora podia ver a porta do quarto, uma fenda de luz, luz de lareira, por baixo. Ele continuou subindo firmemente e colocou a mão na porta. Então a abriu e ficou ali parado, imóvel. Ela estava sentada à mesa, embaixo da lâmpada. Viu uma figura que conhecia numa roupa austera que conhecia — uma roupa que parecia ter sido feita para e usada por um homem desleixado. Acima dela, viu a cabeça com o cabelo começando a branquear esticado desoladamente para trás para formar um coque indômito e feio como uma verruga num galho doente. Ela levantou o olhar para ele e ele pôde ver que ela usava uns óculos de aro de aço que jamais vira antes. Ele ficou parado na porta, a mão ainda no trinco, perfeitamente imóvel. Pareceu-lhe que podia mesmo ouvir as palavras dentro de si: *devia ter lido aquele bilhete. Devia ter lido aquele bilhete* pensando: "Vou acabar fazendo alguma coisa. Acabar fazendo alguma coisa".

Ainda estava ouvindo isso quando parou ao lado da mesa em que havia papéis espalhados e de onde ela não se levantara, e escutou a calma enormidade que a voz dela, fria e serena, expôs, sua boca repetindo as palavras depois dela enquanto ele olhava os papéis e documentos espalhados e enigmáticos e o pensamento fluía manso e ocioso, tentando imaginar o que significavam este ou aquele papel. "Para a escola", sua boca disse.

"É", ela confirmou. "Elas o aceitarão. Qualquer uma delas. Por mim. Você pode escolher qualquer uma. Não teremos nem de pagar."

"Para a escola", sua boca disse. "Uma escola de pretos. Eu."

"É. Depois você pode ir para Memphis. Pode estudar advocacia no escritório de Peebles. Ele lhe ensinará advocacia. Depois você pode se encarregar de todos os assuntos legais. Tudo isso, tudo o que ele faz, que Peebles faz."

"E aprender advocacia no escritório de um advogado crioulo", disse sua boca.

"É. Aí eu transfiro todo o negócio para você, todo o dinheiro. Tudo isso. De modo que quando precisar de dinheiro para você, você poderia... você saberia como; os advogados sabem como fazer isso para que... você os estaria ajudando a sair da escuridão e ninguém poderia acusar ou culpar você mesmo que eles descobrissem... mesmo que você não repusesse... mas você poderia repor o dinheiro e ninguém jamais saberia..."

"Mas uma faculdade de crioulos, um advogado crioulo", sua voz disse, calma, nem sequer argumentando; apenas sugerindo. Eles não olhavam um para o outro; ela não levantara os olhos desde que ele havia entrado.

"Diga a eles", ela pediu.

"Dizer aos pretos que também sou um preto?" Ela olhou para ele. O rosto muito sereno. Era o rosto de uma mulher velha agora.

"É. Terá de fazer isso. Assim eles não vão te cobrar nada. Por mim."

Então foi como se ele dissesse subitamente para a própria boca: "Feche. Feche essa matraca. Me deixe falar". Ele se inclinou. Ela não se mexeu. Os dois rostos a menos de trinta centímetros de distância: um frio, mortalmente pálido, fanático, ensandecido; o outro apergaminhado, o lábio erguido na forma de um silencioso e rígido rosnado. Ele disse com calma: "Você está velha. Nunca tinha notado isso antes. Uma velha. Está com o cabelo grisalho". Ela o golpeou, de repente, com a mão aberta, o resto do corpo absolutamente imóvel. O tapa da mulher fez um barulho surdo; o dele tão perto em seguida, como um eco. Ele bateu com o punho, e naquele vento que soprava sem cessar ele a arrancou da cadeira e a segurou, de frente, imóvel, sem um tremor no rosto estático, enquanto o vento incessante da percepção soprava sobre ele. "Você não vai ter nenhum bebê", disse. "Nunca esteve grávida. Não tem nada de errado com você além de estar velha. Você simplesmente envelheceu e isso te aconteceu e agora você não presta mais. É isso que está errado com você." Ele a soltou e bateu de novo. Ela caiu embolada na cama, olhando para ele, e ele bateu outra vez no seu rosto, e parado em cima dela falou-lhe as palavras que ela antes adorava ouvir de sua língua, que ela costumava dizer que gostava de saborear ali, murmuradas, obscenas, acariciantes. "Isso é tudo. Você está simplesmente gasta. Não presta para mais nada. É isso."

Ela jazia na cama, de lado, a cabeça virada e olhando para ele por cima da boca que sangrava. "Talvez fosse melhor se nós dois estivéssemos mortos", disse.

Ele poderia ver o bilhete sobre a coberta assim que abrisse a porta. Iria até ele e o pegaria e o abriria. E se lembraria então do mourão de cerca oco como algo de que ouvira falar, algo acontecido em outra vida, qualquer uma das que já vivera. Porque o papel, a tinta, o formato e a forma eram os mesmos. Nunca foram longos; não o eram agora. Mas já não havia neles nada que evocasse promessas desmarcadas, prazeres preciosos e indizíveis. Eram agora mais breves que epitáfios e mais concisos que ordens.

O primeiro impulso foi não ir. Achava que não ousaria ir. Depois percebeu que não ousaria deixar de ir. Não mudaria de roupa agora. Com o macacão manchado de suor ele atravessava o crepúsculo avançado de maio e entrava na cozinha. A mesa já não ficava posta para ele com o jantar. Às vezes, olhava para ela ao passar e pensava: "Meu Deus. Quando foi mesmo que me sentei em paz para comer?". E não conseguia lembrar.

Ele entrava na casa e subia a escada. Já ouvia a sua voz. Ela aumentava à medida que ele subia até alcançar a porta do quarto. A porta fechada, trancada; do outro lado vinha a voz firme e monótona. Ele não podia distinguir as palavras; só a incessante monotonia. Não ousava distinguir as palavras. Não ousava se permitir saber o que ela estava fazendo. Então ficava ali parado esperando, e depois de um tempo a voz se calava e ela abria a porta e ele entrava. Passando pela cama, ele olhava para o chão ao lado dela e lhe parecia poder distinguir as marcas de joelhos e afastava rapidamente os olhos como se fosse a morte que eles tinham visto.

A luz provavelmente ainda não estaria acesa. Eles não se sentavam. De novo ficavam em pé para falar, como costumavam fazer dois anos antes; de pé, no lusco-fusco, enquanto a voz dela repetia a história: "... não para a escola, então, se não quer ir... não precisa disso... sua alma. Expiação de...". E ele esperando, frio, estático, até ela terminar: "... inferno... para todo o sempre...".

"Não", ele dizia. E ela escutava serena, e ele sabia que ela não estava convencida e ela sabia que ele também não estava. Mas nenhum se rendia; pior: eles não davam paz um ao outro; ele tampouco partia. E eles permaneciam mais algum tempo no quieto crepúsculo povoado por uma multidão — como que saindo de seus lombos — de fantasmas de pecados e prazeres mortos, olhando um para o rosto impassível e fanado do outro, exausto, gasto e indomável.

Então ele saía. E antes de a porta se fechar e o ferrolho correr atrás de si, ouvia outra vez a voz, monótona, calma e desesperadora, dizendo o quê, para que ou para quem ele não ousava saber nem suspeitar. E assim, enquanto estava sentado nas sombras do jardim arruinado naquela noite de agosto três meses depois e ouviu o relógio da prefeitura a pouco mais de três quilômetros bater as dez e depois as onze, achou com tranquilidade em relação ao paradoxo que era o servidor involuntário da fatalidade em que pensava não acreditar. Ele dizia para si mesmo *Eu tinha de fazê-lo* já no tempo passado; *tinha de fazê-lo. Ela mesma disse*

Ela o dissera duas noites antes. Ele encontrou o bilhete e foi vê-la. Enquanto subia a escada, a voz monótona foi ficando mais alta, soava mais alta e mais clara que o habitual. Quando atingiu o topo da escada viu por quê. A porta estava aberta dessa vez, e ela não se levantou de onde estava ajoelhada ao lado da cama quando ele entrou. Ela não se mexeu; a voz não parou. A cabeça não se curvou. O rosto estava erguido, quase com orgulho, a atitude de abjeção formal como parte do orgulho, a voz calma e tranquila e abnegada na escuridão do crepúsculo. Ela não pareceu perceber que ele entrara até terminar uma frase. Então virou a cabeça. "Ajoelhe-se comigo", disse.

"Não", ele respondeu.

"Ajoelhe-se", ela insistiu. "Não precisa nem falar com Ele você mesmo. Basta ajoelhar-se. Basta fazer o primeiro gesto."

"Não", ele repetiu. "Estou indo embora."

Ela não se mexeu, olhando para trás e para cima, na direção dele. "Joe", disse. "Você vai ficar? Faria isso?"

"Sim", ele respondeu. "Eu fico. Mas seja rápida."

Ela recomeçou a reza. Falava com calma, com aquela abjeção de orgulho. Quando era preciso usar as palavrassímbolos que ele lhe ensinara, ela as usava, falava delas diretamente e sem hesitação, falando com Deus como se Ele fosse um homem no quarto com dois outros homens. Falava dela e dele como de duas outras pessoas, a voz calma, monótona, assexuada. Então parou. Levantou-se devagar. Eles ficaram ali parados no crepúsculo, um diante do outro. Dessa vez ela nem mesmo fez a pergunta; ele nem precisou responder. Alguns instantes depois ela disse serena:

"Então só há uma coisa a fazer."

"Só há uma coisa a fazer", ele repetiu.

"Então agora está tudo feito, tudo acabado", ele pensou sossegado, sentado na sombra densa do matagal, ouvindo a última badalada do relógio distante silenciar e morrer. Era um lugar onde ele a possuíra, onde a encontrara numa das noites selvagens dois anos antes. Mas aquele era outro tempo, outra vida. Agora tudo estava parado, quieto, a terra fecunda suspirando com frescor. A escuridão repleta de vozes, miríades, fora de todo tempo que ele conhecera, como se todo o passado fosse um molde plano. E prosseguindo: amanhã de noite, todos os amanhãs fossem parte do molde plano, prosseguindo. Pensou nisso com sereno espanto: prosseguindo, miríade, familiar, pois tudo o que já fora era igual a tudo o que haveria de ser, pois que o ser e o sido do amanhã seriam iguais. Então era a hora.

Ele se levantou. Saiu da sombra e contornou a casa e entrou na cozinha. A casa estava escura. Não tinha mais entrado na cabana desde de manhã bem cedo e não sabia se ela deixara ou não algum bilhete, se o esperava ou não. Mas não tentou agir em silêncio. Era como se não se importasse com a questão do sono, se ela estaria dormindo ou não. Subiu a escada resoluto e entrou no quarto. Quase na mesma hora ela falou da cama: "Acenda a luz".

"Não vou precisar de nenhuma luz."

"Acenda a luz."

"Não", ele disse. Parou ao lado da cama. Estava com a navalha na mão, ainda fechada. Mas ela não tornou a falar e então o corpo dele pareceu afastar-se de si. O corpo foi até a mesa e a mão pousou a navalha na mesa e encontrou o lampião e riscou o fósforo. Ela estava sentada na cama, as costas apoiadas na cabeceira. Usava por cima da camisola um xale cruzado sobre o peito. Os braços cruzados sobre o xale, as mãos ocultas ao olhar. Ele ficou parado perto da mesa. Ele se entreolharam.

"Vai ajoelhar-se comigo?", ela perguntou. "Não estou pedindo."

"Não", ele disse.

"Não estou pedindo. Não sou eu que peço. Ajoelhe-se comigo."

"Não."

Eles se entreolharam. "Joe", ela disse. "Pela última vez. Não estou pedindo. Lembre-se disso. Ajoelhe-se comigo."

"Não", ele repetiu. Então viu os braços dela se descruzarem e a mão direita sair de debaixo do xale. Ela segurava um velho revólver de ação simples quase tão comprido quanto um pequeno rifle. Mas a sombra da arma e do braço e da mão da mulher na parede não tremia, a sombra monstruosa, o monstruoso percussor armado, curvado para trás e perigosamente suspenso como a cabeça arqueada de uma cobra; não tremia de jeito nenhum. Os olhos da mulher também não tremiam de jeito nenhum. Imóveis como a mira circular escura da boca da pistola. Mas não havia calor neles, nem fúria. Calmos e parados como toda piedade e todo desespero e toda convicção. Ele não olhava para eles, porém. Olhava a sombra da pistola na parede; estava olhando quando a sombra armada do percussor disparou.

Parado no meio da estrada, com a mão direita erguida completamente iluminada pelo clarão do carro que se aproximava, ele não esperava realmente que parasse. Mas parou, com uma brusquidão de guincho e derrapando de maneira quase jocosa. Era um carro pequeno, velho e maltratado. Quando se aproximou dele, na claridade refletida dos faróis dois rostos jovens pareciam flutuar como dois balões pálidos e aterrorizados, o mais próximo, da moça, afundado contra o encosto em mudo e arregalado horror. Mas Christmas não notou isso no momento. "Que tal me darem uma carona até onde vocês forem?", pediu. Eles não disseram nada, fitando-o com aquele estático e silencioso horror que ele não percebeu. Ele abriu a porta para se acomodar no assento de trás. Quando ele se sentou, a moça pôs-se a emitir um som lamuriento abafado que ficaria mais alto num instante, assim que o medo tomasse coragem. O carro já estava em movimento; parecia corcovear para a frente, e o rapaz, sem tirar as mãos do volante nem virar a cabeça para a moça, ciciava: "Fique quieta! Silêncio! É a nossa única chance! Vai ficar quieta agora?". Christmas não ouviu isso tampouco. Estava recostado agora, absolutamente inconsciente de que rodava logo atrás de um pavor desesperado. Pensou apenas com ligeiro interesse que o carrinho ia a uma velocidade alucinante demais para aquela estrada rural estreita.

"Até onde vai esta estrada?", perguntou.

O rapaz disse, nomeando a mesma cidade que o menino negro nomeara para ele naquela tarde três anos antes quando vira Jefferson pela primeira vez. A voz do rapaz tinha uma qualidade seca, átona. "Quer ir até lá, capitão?"

"Tudo bem", disse Christmas. "Certo. Certo. Isso serve. Isso vai servir. Estão indo para lá?"

"Claro", disse o rapaz naquele tom átono, uniforme. "Onde você disser." A moça ao lado recomeçou aquele gemido abafado, murmurante, quase animal; de novo o rapaz ciciou para ela, o rosto ainda rígido voltado para a frente, o carrinho correndo e chacoalhando. "Quieta! Psiiiiiiiiiuu! Quieta! Quieta!" Mas de novo Christmas não percebeu. Via apenas os dois jovens, as cabeças rígidas cravadas na frente contra o clarão dos faróis em cuja direção a faixa da estrada voava chacoalhando. Mas observava os dois e a estrada que voava sem curiosidade; nem estava prestando atenção quando notou que o rapaz aparentemente falava com ele já havia algum tempo; até onde haviam chegado e onde estavam, ele não sabia. A dicção do rapaz era lenta agora, recapitulante, cada palavra como que escolhida simples e cuidadosamente, e dita com vagar e clareza para o ouvido de um forasteiro: "Escute, capitão. Quando eu sair da estrada ali. É só um pequeno atalho. Um pequeno atalho para uma estrada melhor. Vou pegar o atalho. Quando chegar ao atalho. Para a estrada melhor. Assim vamos chegar lá mais depressa. Percebe?".

"Certo", disse Christmas. O carro saltava e corria, inclinando-se nas curvas e subindo as ladeiras e despencando de novo como se a terra tivesse cedido embaixo deles. As caixas de correio dos postes ao lado da estrada passavam voando pelas luzes e sumiam. De vez em quando, avistavam alguma casa às escuras. De novo o rapaz estava falando:

"Agora, este é o atalho de que falei. Fica logo aqui. Vou entrar por ele. Mas não quer dizer que vou sair da estrada. Só vou seguir um pedaço até uma estrada melhor. Entendeu?"

"Certo", disse Christmas. Então sem nenhuma razão ele disse: "Vocês devem morar em algum lugar por aí".

Foi a moça que respondeu. Ela se virou no assento, girando, o pequeno rosto lívido de suspense e de terror e de cego e incontrolável desespero: "Moramos!", gritou. "Nós dois moramos! Bem aí! E quando papai e meus irmãos…". Sua voz cessou abruptamente; Christmas viu a mão do rapaz tapar a parte inferior do rosto da moça, e as mãos dela tentando puxar o pulso do rapaz enquanto, por baixo da mão dele, sua voz sufocada arfava e balbuciava. Christmas inclinou-se para a frente.

"Aqui", disse. "Eu desço aqui. Pode me deixar aqui."

"Agora você conseguiu!", o rapaz gritou também esganiçado, com uma raiva também desesperada. "Se pelo menos você ficasse quieta…"

"Pare o carro", disse Christmas. "Não vou machucar nenhum de vocês. Só quero descer." De novo o carro parou brusco e derrapando. Mas o motor continuou acelerado e o carro deu novo salto para a frente antes que ele tivesse acabado de sair, o que o obrigou a saltar e dar alguns passos correndo para recuperar o equilíbrio. Nesse momento, alguma coisa dura e pesada o atingiu no flanco. O carro disparou em frente, desaparecendo a toda. Chegava dele pelo ar a lamúria esganiçada da moça. Depois isso também se desfez; a escuridão, a agora impalpável poeira, tornou a descer, e o silêncio sob as estrelas estivais. O objeto que o atingira dera-lhe uma pancada considerável; então ele percebeu que o objeto estava preso à sua mão direita. Erguendo a mão, viu que segurava a velha e pesada pistola. Não sabia que a trouxera consigo; não se lembrava de tê-la apanhado, nem por quê. Mas ali estava ela. "E eu acenei para aquele carro com a mão direita", pensou. "Não admira que ela... eles..." Estendeu a mão para trás para lançá-la longe, a pistola equilibrada na mão. Então parou e acendeu um fósforo e examinou a pistola sob o fraco clarão agonizante. O fósforo queimou e apagou, mas ele ainda parecia estar vendo o objeto antigo com suas duas câmaras carregadas: uma sobre a qual o percussor já batera e que não havia explodido, e outra sobre a qual nenhum percussor caíra ainda mas fora planejado para bater. "Para ela e para mim", disse. Seu braço recuou e arremessou. Ele ouviu a pistola estatelar-se no meio do matagal. E depois não se ouviu mais nenhum som. "Para ela e para mim."

13

Nos cinco minutos depois que o camponês descobriu o fogo, as pessoas começaram a se aglomerar. Algumas delas, também a caminho da cidade em carroças para passar o sábado, pararam também. Algumas vieram a pé da vizinhança mais próxima. Esta era uma zona de cabanas de negros e campos devastados e exauridos onde um destacamento policial não teria encontrado dez pessoas, homem mulher ou criança, mas que agora, em trinta minutos, produzira, como que do ar rarefeito, bandos e grupos variando de indivíduos sozinhos a famílias inteiras. Outros ainda chegaram da cidade em carros barulhentos em disparada. Entre estes estava o xerife — homem gordo, pachorrento, a cabeça sólida, perspicaz, com aspecto de bonachão —, que dispersou a aglomeração que se formara para olhar o corpo sobre o lençol naquele espanto estático e pueril de adultos contemplando os próprios inevitáveis retratos. Entre eles ianques casuais e brancos pobres e inclusive sulistas que tinham vivido por algum tempo no Norte, que julgavam em voz alta tratar-se de um crime de negro anônimo cometido não por algum negro, mas pelo Negro, e que sabiam, julgavam e esperavam que ela também tivesse sido violentada: ao menos uma vez antes de ter a garganta cortada e ao menos uma vez depois. O xerife chegou, olhou uma vez e mandou levarem o corpo embora, escondendo aquela coisa triste dos olhares.

Depois não havia mais nada para olhar exceto o lugar onde o corpo estivera e o fogo. E logo ninguém conseguia mais lembrar com exatidão onde estava o lençol, o pedaço de terra que ele cobrira, e só havia o fogo para olhar. Então eles ficaram olhando o fogo com aquele mesmo espanto estático e atônito que haviam trazido de suas velhas cavernas fétidas onde o saber principiara, como se, assim como a morte, jamais tivessem visto o fogo antes. Logo depois chegou o galante caminhão dos bombeiros, fazendo estardalhaço com sinos e apitos. Era novo, pintado de vermelho com enfeites dourados e uma sirene manual e um sino dourado na cor e no tom sereno, arrogante e orgulhoso. À sua volta, homens e rapazes descobertos se seguravam com a espantosa desconsideração que têm as moscas pelas leis físicas. O carro tinha uma escada mecânica que se estendia até alturas prodigiosas ao toque de uma mão, como claques; só que já não havia nada a alcançar. Tinha espirais de mangueiras arrumadas e virgens que evocavam anúncios da companhia telefônica em revistas populares; mas não havia onde conectá-las e nada para correr em seu interior. Então, os homens sem chapéu que haviam abandonado balcões e escrivaninhas saltaram, inclusive o que acionava a sirene. Eles também se aproximaram e lhes foram mostrados vários lugares diferentes onde o lençol estivera, e alguns deles já com a pistola no bolso começaram a pensar em alguém para crucificar.

Mas não havia ninguém. Ela tivera uma vida tão tranquila, cuidando dos próprios assuntos, que legara, para a cidade onde nascera e vivera e morrera como uma estranha, uma forasteira, uma espécie de herança de espanto e ultraje pela qual, apesar de ela ter lhes oferecido enfim um churrasco emocional, um quase espetáculo bárbaro, eles jamais a perdoariam nem a deixariam morrer em paz e tranquilidade. Isso não. Paz não é sempre assim. Então eles se alvoroçaram e se agruparam, acreditando que as chamas, o sangue, o corpo que morrera três anos antes e agora acabara de reviver clamava por vingança, não aceitando que a fúria arrebatadora das chamas e a imobilidade do corpo fossem afirmações de uma meta atingida fora do alcance das ofensas e maldades do homem. Isso não. Porque a outra constituía uma linda crença. Melhor que as prateleiras e balcões cheios de objetos familiares comprados não porque o dono os desejasse ou admirasse, porque pudesse ter algum prazer em possuí-los, mas para persuadir ou aliciar outros homens a comprá-los pelo lucro; e que precisava de vez em quando contemplar ambos, os objetos que ainda não havia vendido e os homens que os comprariam mas ainda não o tinham feito, com raiva e talvez ultraje e talvez desespero também. Melhor que os escritórios mofados onde os advogados ficavam à espreita entre fantasmas de velhas cobiças e mentiras, ou onde os doutores esperavam com facas e drogas afiadas, dizendo aos homens, achando que eles deveriam acreditar, sem recorrer a advertências impressas, que tinham labutado por aquele objetivo cuja consecução final os deixaria sem nada para fazer. E as mulheres vieram também, as desocupadas em roupas vistosas e às vezes apressadas, com olhares secretos e apaixonados e radiantes e com secretos seios frustrados (que sempre amaram mais a morte do que a paz) para imprimir com uma miríade de saltinhos duros no murmúrio constante *Quem foi? Quem foi?* frases como talvez *Ele ainda está solto? Ah! É ele? É ele?*

  O xerife também fitou as chamas, exasperado e atônito, pois não havia nenhuma cena para investigar. Ele ainda não estava pensando em si mesmo como alguém enganado por um agente humano. Era o fogo. Pareceu-lhe que o fogo nascera espontaneamente para aquele fim e propósito. Pareceu-lhe que aquilo por meio do que e por que ele tivera ancestrais durante tempo suficiente para ser o que era se aliara ao crime. Por isso ele continuou andando de maneira confusa e atrapalhada em torno daquele involuntário monumento da cor da esperança e da catástrofe até que um assistente se aproximou e contou que encontrara traços de ocupação recente numa cabana atrás da casa. E imediatamente o camponês que descobrira o fogo (ele ainda não fora para a cidade; a carroça não progredira uma polegada desde que ele apeara duas horas antes, e ele agora se movimentava entre as pessoas, descabelado, gesticulando, com uma expressão vaga, cansada, radiante no rosto e a voz enrouquecida, quase um sussurro) lembrou-se de ter visto um homem na casa quando arrombara a porta.

"Um branco?", perguntou o xerife.

"Sim, senhor. Berrando pelo saguão como se tivesse acabado de cair da escada. Tentou me impedir de subir. Disse que já tinha ido lá em cima e não tinha ninguém lá. E quando eu voltei, ele tinha sumido."

O xerife correu o olhar em volta. "Quem vivia nessa cabana?"

"Não sabia que alguém vivia ali", disse o assistente. "Pretos, eu acho. Ela pode ter colocado crioulos vivendo na casa com ela, pelo que eu sei. O que me espanta é que tenha demorado tudo isso para um deles aprontar com ela."

"Me arranje um crioulo", disse o xerife. O assistente e dois ou três outros arranjaram um crioulo. "Quem estava vivendo naquela cabana?", perguntou o xerife.

"Não sei, sr. Watt", disse o negro. "Nunca pensei nisso. Nunca soube que alguém morasse nela."

"Traga-o até aqui", disse o xerife.

As pessoas se aglomeravam em torno do xerife e do assistente e do negro, com olhos ávidos que a coluna inclinada das chamas agonizantes começava a amortalhar, com rostos idênticos. Era como se os cinco sentidos individuais tivessem se transformado num órgão de visão, como uma apoteose, as palavras que circulavam entre eles engendradas pelo ar ou pelo vento *Foi ele? Foi ele que fez aquilo? O xerife o pegou. O xerife já o pegou* O xerife olhou para eles. "Vão embora", disse. "Todos vocês. Vão olhar o fogo. Se precisar de ajuda, posso mandar chamá-los. Vão embora." Virou-se e chefiou seu grupo até a cabana. Atrás dele os rejeitados se aglomeraram e ficaram observando os três brancos e o negro entrarem na cabana e fecharem a porta. E atrás deles por sua vez o fogo agonizante rugia, enchia o ar, embora não mais alto que as vozes e de origem muito mais imprecisa *Pelo amor de Deus, se é ele, o que estamos fazendo aqui parados? Assassinando uma branca o negro filho de uma* Nenhum deles jamais entrara na casa. Enquanto ela era viva, não teriam permitido que as esposas a visitassem. Quando eram mais moços, crianças (e os pais de alguns também o haviam feito), gritavam ao cruzar com ela na rua: "Amante de preto! Amante de preto!".

Na cabana, o xerife sentou-se pesado num catre. Suspirou: uma pipa de homem, com a absoluta e pétrea inércia de uma pipa. "Bom, quero saber quem vive nesta cabana", disse.

"Eu já falei que não sei", disse o negro. Sua voz era um pouco rabugenta, mas perfeitamente alerta, disfarçadamente alerta. Ele vigiava o xerife. Os outros dois brancos estavam atrás, onde não podia vê-los. Não olhou para trás, para eles, nem uma olhadela. Vigiava o rosto do xerife como alguém olha o espelho. Talvez o percebesse, como no espelho, antes de acontecer. Talvez não, pois se houve mudança, tremor no rosto do xerife, não passou de um tremor. Mas o negro não olhou para trás; apenas surgiu em seu rosto quando o cinto lhe desceu nas costas uma surpresa, súbita, rápida, fugidia contração dos cantos da boca e a exposição momentânea dos dentes como se estivesse sorrindo. Depois o rosto serenou novamente, inescrutável.

"Acho que não tentou se lembrar direito", sugeriu o xerife.

"Não posso me lembrar porque não sei", disse o negro. "Eu nem vivo aqui perto. Vocês devem saber onde eu moro, os brancos."

"O sr. Buford disse que você mora ali adiante na estrada", disse o xerife.

"Muita gente vive nessa estrada. O sr. Buford deve saber onde eu fico."

"Ele está mentindo", disse o assistente. Seu nome era Buford. Fora ele quem dera a cintada, com o lado da fivela. Ele mantinha o cinto erguido. Observava o rosto do xerife. Parecia um spaniel esperando a ordem para saltar dentro d'água.

"Talvez sim; talvez não", disse o xerife. Olhou pensativo para o negro. Ele continuava imóvel, imenso, inerte, afundando as molas do catre. "Acho que ele só não percebeu ainda que não estou brincando. Para não falar daquela gente lá fora, que não vai ter cadeia boa o suficiente para guardá-lo se vier alguma coisa de que eles não gostem. Que não se dariam ao trabalho de metê-lo na cadeia se houvesse uma." Talvez tenha havido um indício, um sinal, em seus olhos outra vez; talvez não. Talvez o negro o tenha visto; talvez não. O cinto tornou a descer, a fivela lanhando as costas do negro. "Já se lembrou?", perguntou o xerife.

"São dois brancos", disse o negro. A voz fria, sem zanga, sem nada. "Não sei quem eles são nem o que fazem. Não é da minha conta. Nunca vi esses caras. Só ouvi dizer que dois brancos moravam aqui. Não quis saber quem eles eram. E isso é tudo que eu sei. Pode me açoitar até sangrar. Mas isso é tudo que eu sei."

O xerife tornou a suspirar. "Já chega. Acho que é isso."

"É aquele sujeito Christmas, que trabalhava na serraria, e outro sujeito chamado Brown", disse o terceiro homem. "É só pegar qualquer um em Jefferson com o bafo certo que ele poderia dizer."

"Acho que é isso mesmo", disse o xerife.

Ele voltou para a cidade. Quando a multidão percebeu que o xerife estava partindo, começou um êxodo geral. Era como se não restasse mais nada para ver agora. O corpo se fora, e agora o xerife estava indo. Era como se ele carregasse consigo, em algum lugar daquela massa inerte e suspirante, o próprio segredo: aquele que os movia e chamava com uma promessa de algo além da sordidez de intestinos cheios e dias monótonos. Assim, não sobrara nada para olhar além do fogo; fazia três horas já que o estavam observando. Já estavam habituados, acostumados com ele; ele agora se tornara uma parte permanente de sua vida e experiência, parados embaixo da serena coluna de fumaça tão alta e tão inexpugnável quanto um monumento que poderia ser revisitado a qualquer momento. Assim, quando a caravana chegou à cidade, tinha um pouco daquele altivo decoro de uma procissão para o cadafalso, o carro do xerife na frente, os outros carros se atropelando e buzinando na poeira misturada levantada pelo carro do xerife e pelo restante da procissão. Ela foi barrada momentaneamente num cruzamento perto da praça por uma carroça que parara para deixar uma passageira descer. Olhando aquilo, o xerife viu uma mulher jovem apeando lenta e cautelosa da carroça, com aquele cuidadoso desaire da gravidez avançada. Depois a carroça encostou e a caravana prosseguiu, cruzando a praça, onde o caixa do banco já havia tirado do cofre o envelope que a morta ali depositara com a inscrição *Para ser aberto quando eu morrer. Joanna Burden* O caixa estava esperando no escritório do xerife quando ele entrou, com o envelope e seu conteúdo. Este era uma única folha de papel onde estava escrito, pela mesma mão que endereçara o envelope *Noti-*

ficar E. E. Peebles, advogado, Beale Street, Memphis, Tennessee; e Nathaniel Burrington — St., Exeter, New Hampshire Era isso.

"Esse Peebles é um advogado preto", disse o caixa.

"É mesmo?", disse o xerife.

"É. O que quer que eu faça?"

"Acho melhor fazer o que o papel diz", disse o xerife. "Talvez seja melhor eu mesmo fazer isso." Ele enviou dois telegramas. Recebeu a resposta de Memphis em trinta minutos. A outra veio duas horas depois; nos dez minutos seguintes circulou pela cidade a notícia de que o sobrinho da srta. Burden em New Hampshire oferecera uma recompensa de mil dólares pela captura do seu assassino. Às nove horas daquela noite, o homem que o camponês encontrara na casa em chamas quando arrombara a porta da frente apareceu. Eles ainda não sabiam quem era. Ele não disse. Tudo o que sabiam é que um homem que morava havia pouco tempo na cidade e a quem conheciam como um contrabandista de bebida chamado Brown, e nem tão contrabandista assim, surgira na praça todo agitado, procurando pelo xerife. As coisas começaram a se encaixar. O xerife soube que Brown estava associado de alguma forma a outro homem, outro forasteiro chamado Christmas do qual, fora o fato de que vivera em Jefferson por três anos, se sabia menos ainda que de Brown; foi só então que o xerife ficou sabendo que Christmas vivia na cabana atrás da casa da srta. Burden fazia três anos. Brown queria falar. Ele insistia em falar, em voz alta, com urgência; logo ficou claro que o que ele pretendia era reclamar a recompensa de mil dólares.

"Você quer ser testemunha do Estado?", perguntou o xerife.

"Não quero ser nada", disse Brown, ríspido, rouco, a fisionomia meio transtornada. "Sei quem foi, e quando receber a recompensa eu conto."

"Pegue o sujeito que fez isso e receberá a recompensa", disse o xerife. E levaram Brown para a cadeia sob custódia. "Só acho que não há a menor necessidade disso", disse o xerife. "Acho que enquanto aqueles mil dólares estiverem onde ele possa sentir o cheiro, ninguém vai conseguir enxotá-lo daqui." Depois que Brown foi levado, ainda rouco, gesticulando e ofendido, o xerife telefonou para uma cidade vizinha onde havia um par de sabujos. Os cães chegariam no primeiro trem da manhã.

Espalhados pela desolada plataforma no amanhecer triste daquela manhã de domingo, trinta ou quarenta homens estavam esperando quando o trem se aproximou, as janelas iluminadas correndo e guinchando para uma parada rápida. Era um trem expresso e nem sempre parava em Jefferson. Ficou ali parado apenas o tempo suficiente para vomitar os dois cães: mil ricas toneladas de intrincadas e curiosas cintilações metálicas se precipitando com estrépito num silêncio quase chocante repleto de murmúrios humanos, para vomitar dois fantasmas magros e serviçais cujas caras mansas de orelhas caídas observavam com triste aversão os rostos pálidos, cansados, de homens que não dormiam bem havia duas noites, que os rodeavam com um quê de terríveis e ansiosos e impotentes. Era como se o próprio ultraje inicial do crime se introduzisse em sua vigília e fizesse de todas as ações subsequentes algo de monstruoso e paradoxal e errado neles mesmos contra toda razão e natureza.

O sol acabara de nascer quando o destacamento policial alcançou a cabana atrás das cinzas carbonizadas e agora frias da casa. Os cães tomaram coragem, fosse pela luz e pelo calor do sol, fosse por captar a tensa agitação dos homens, e desandaram a correr e ladrar em volta da cabana. Farejando ruidosos e como um único animal, dispararam numa direção arrastando o homem que segurava as correias. Correram lado a lado por cem metros, quando então pararam e começaram a cavar com furor na terra e expuseram uma cova onde alguém enterrara recentemente latas de comida vazias. Os homens arrastaram os cachorros dali à força até um pouco mais longe da cabana e fizeram nova tentativa. Por alguns instantes, os cães ficaram confusos, ganindo, depois partiram novamente, as línguas pendentes, desengonçados, e arrastaram e carregaram os homens correndo e vociferando a toda a velocidade de volta à cabana, onde, com as patas plantadas no chão e as cabeças viradas para trás e os olhos revirados, ficaram latindo para a porta vazia com a entrega apaixonada de dois barítonos de ópera italiana. Os homens levaram os cães de volta para a cidade, de carro, e os alimentaram. Enquanto cruzavam a praça, os sinos da igreja soavam, lentos e pacíficos, e pelas ruas as pessoas decentes se movimentavam sossegadas debaixo de guarda-sóis, carregando Bíblias e livros de orações.

Naquela noite, um rapaz, um jovem do campo, e o pai foram procurar o xerife. O rapaz contou que estava a caminho de casa, de carro, tarde da noite de sexta-feira, e um homem o parara uns dois quilômetros além da cena do crime, com uma pistola. O rapaz achou que seria assaltado e até mesmo morto, e contou que estava prestes a ludibriar o homem para que pudesse guiar até a frente de sua própria casa, onde pretendia parar o carro e saltar e gritar pedindo ajuda, mas que o homem suspeitara de algo e o obrigara a parar o carro e deixá-lo sair. O pai queria saber quanto dos mil dólares seria deles.

"Pegue-o e veremos", disse o xerife. Depois eles acordaram os cães e os puseram em outro carro e o rapaz lhes mostrou onde o homem descera, e eles lançaram os cães, que dispararam prontamente para a mata e, com sua aparente infalibilidade para achar metais de qualquer formato, encontraram quase imediatamente a velha pistola com as duas câmaras carregadas.

"É uma daquelas velhas garruchas da Guerra Civil", disse o assistente. "Uma das cápsulas foi disparada mas falhou. O que acha que ele estava fazendo com isso?"

"Solte os cachorros", disse o xerife. "Talvez as correias os estejam incomodando." Eles soltaram. Os cães agora estavam livres; trinta minutos depois estavam perdidos. Não que os homens tivessem se perdido dos cachorros; os cachorros perderam-se dos homens. Eles estavam do outro lado do riacho e do outeiro, e os homens podiam ouvi-los nitidamente. Não estavam latindo agora, com orgulho e segurança e talvez prazer. O som que produziam era um gemido arrastado e triste, enquanto os homens gritavam bem alto para chamá-los. Mas aparentemente os cachorros não conseguiam ouvi-los. As vozes eram indistintas, mas o gemido plangente e desgraçado parecia vir de uma única garganta, como se os dois animais rastejassem lado a lado. Depois de algum tempo os homens os encontraram assim, rastejando numa valeta. A essa altura as vozes tinham um toque quase pueril. Os homens ficaram acocorados por ali até a luz clarear o suficiente para voltarem para os carros. Era a manhã de segunda-feira.

A temperatura começou a subir na segunda. Na terça de noite, a escuridão depois do dia quente é densa, silenciosa, opressiva. Mal entra na casa, Byron sente os cantos das narinas embranquecerem e esticarem com o cheiro pesado de casa sem presença feminina, cediça. E quando Hightower se aproxima, o cheiro de carne flácida sem banho e de roupas muito usadas — aquele odor de obstinado sedentarismo, de banhas lavadas sem muita frequência — é quase avassalador. Entrando, Byron pensa como já pensou antes: "É o seu direito. Pode não ser o meu jeito, mas é o seu jeito e o seu direito". E lembra que uma vez lhe pareceu ter encontrado uma resposta, como que por inspiração, por adivinhação: "É o odor de bondade. Claro que cheiraria mal para nós que somos maus e pecadores".

Eles se sentam mais uma vez um diante do outro, a escrivaninha, a lâmpada acesa entre eles. Mais uma vez Byron está sentado na cadeira dura, o rosto abaixado, imóvel. A voz é sóbria, teimosa: a voz de alguém dizendo algo que não só será desagradável como não merecerá crédito. "Vou encontrar outro lugar para ela. Um lugar que seja mais privado. Onde ela possa..."

Hightower observa o rosto abaixado. "Por que ela precisa se mudar, se está confortável ali, com uma mulher à mão se precisar?" Byron não responde. Fica sentado, imóvel, olhando para baixo; sua fisionomia é obstinada; olhando-o, Hightower pensa: "É porque acontece tanta coisa. Acontecem coisas demais. É isso. O homem realiza, inventa, muito mais do que poderia ou deveria ter de suportar. É assim que descobre que não consegue suportar nada. É isso. É isso que é tão terrível. Que ele consiga suportar qualquer coisa, qualquer coisa". Ele observa Byron. "A sra. Beard é a única razão de ela se mudar?"

Byron continua de olhos baixos, falando naquela voz calma, obstinada: "Precisa de um lugar que seja uma espécie de lar para ela. Ela não tem muito tempo, e numa pensão onde quase só tem homens... Um quarto onde esteja sossegada quando a hora chegar, e não com cada maldito vendedor de cavalo ou jurado que passe pelo saguão...".

"Sei", diz Hightower. Ele observa o rosto de Byron. "E você quer que eu a traga para cá." Byron ameaça falar, mas o outro prossegue; seu tom também é frio, monocórdico: "Não vai dar, Byron. Se houvesse outra mulher por aqui, vivendo na casa. É uma vergonha, também, com todos esses quartos aqui, a calma. Estou pensando nela, entende. Não em mim. Eu não me importaria com o que dissessem ou pensassem".

"Não estou pedindo isso." Byron não levanta os olhos. Pode sentir o outro olhando para ele. E pensa *Ele sabe que não é o que eu pretendo, também. Ele sabe. Já disse isso. Sei o que está pensando. Acho que já esperava. Acho que não há nenhum motivo para ele pensar diferente das outras pessoas, mesmo a meu respeito* "Achei que devia saber." Talvez o saiba. Mas Byron não olha para ver. Ele segue falando, com aquela voz baixa, monótona, olhando para baixo, enquanto do outro lado da escrivaninha Hightower, sentado um pouco mais ereto, olha para o rosto magro, descorado pelas intempéries, purificado pelo trabalho do homem à sua frente. "Não vou envolvê-lo em nada que não seja da sua conta. Você nem mesmo a viu, e não acho que a verá. Ela provavelmente tampouco o viu, que eu saiba. É só que eu pensei que talvez…" Sua voz cessa. Do outro lado da escrivaninha, o pastor relaxado o observa, esperando, sem se prontificar a ajudá-lo. "Quando se trata de não fazer, acho que a gente precisa se fiar em si próprio. Mas quando se trata de fazer, é melhor ouvir todos os conselhos possíveis. Mas não vou absolutamente envolver você nisso. Não quero que se preocupe."

"Acho que sei disso", diz Hightower. Ele fita o rosto abaixado do outro. "Já não faço parte da vida", pensa. "É por isso que não vale a pena nem mesmo tentar me envolver, interferir. Ele poderia me ouvir tanto quanto aquele homem e aquela mulher (ah, e aquela criança) me ouviriam ou me dariam atenção se eu tentasse voltar à vida." E diz: "Mas você me contou que ela sabe que ele está aqui".

"É", diz Byron, meditando. "Lá onde eu achei que estivesse a salvo da possibilidade de ferir qualquer homem ou mulher ou criança. E mal ela chegou por lá eu tive de soltar a coisa toda."

"Não quis dizer isso. Você mesmo não sabia, então. Quero dizer, o resto da coisa. Sobre ele e o… aquele… Já se passaram três dias. Ela deve saber, quer você tenha dito ou não. Ela já deve ter ouvido a essa altura."

"Christmas." Byron não levanta o olhar. "Nunca disse mais do que isso, depois que ela perguntou sobre aquela pequena cicatriz branca ao lado de sua boca. Durante todo o tempo quando estávamos vindo para a cidade naquela noite, eu temi que ela perguntasse. Tentaria pensar coisas para dizer a ela para que não tivesse nenhuma chance de perguntar outra vez. E durante todo o tempo eu achava que a estava impedindo de descobrir que ele não só tinha fugido deixando-a encrencada, que tinha mudado de nome para impedir que ela o encontrasse, e que agora que finalmente o encontrara, o que ela encontrara era um contrabandista de bebida, ela já sabia. Já sabia que ele era um imprestável." Ele diz agora, com uma espécie de absorta admiração: "Eu nem precisaria poupá-la, suavizar a verdade. Era como se ela soubesse de antemão o que eu ia dizer, que ia mentir para ela. Como se ela mesma já tivesse pensado nisso, e já não acreditasse nisso antes mesmo de eu dizer, e tudo bem. Mas a parte dela que sabia a verdade, que eu não poderia ter enganado de algum jeito...". Ele se atrapalha, experimenta, o homem ereto além da escrivaninha observando-o, sem se oferecer para ajudar. "É como se ela fosse duas partes, e uma delas soubesse que ele é um patife. Mas a outra parte acreditasse que quando um homem e uma mulher vão ter um filho, o Senhor cuidará para que eles estejam juntos quando o momento chegar. Como se fosse Deus quem zela pelas mulheres, para protegê-las dos homens. E se o Senhor não acha adequado fazer as duas partes se encontrarem e como que se acertarem, então não serei eu a fazê-lo."

"Bobagem", diz Hightower. Ele olha para o rosto calmo, obstinado, ascético do outro lado da escrivaninha: o rosto de um eremita que viveu muito tempo num lugar deserto onde a areia esvoaça: "A única coisa que ela tem a fazer é voltar para o Alabama. Para a sua gente".

"Acho que não", diz Byron na mesma hora, com uma finalidade imediata, como se estivesse esperando durante todo o tempo que aquilo fosse dito. "Ela não precisará fazer isso." Mas não levanta os olhos. Pode sentir o outro olhando para ele.

"Será que o Bu... Brown sabe que ela está em Jefferson?"

Por um breve instante, Byron quase sorri. O lábio se ergue: um movimento tênue, quase uma sombra, sem alegria. "Ele tem estado muito ocupado. Depois daqueles mil dólares. É muito divertido observá-lo. É como se um homem que não sabe tocar nenhuma melodia soprasse forte numa corneta e esperasse que num minuto ela começasse a produzir música. Ser arrastado pela praça algemado a cada doze ou quinze horas, quando provavelmente não conseguiriam expulsá-lo mesmo que atiçassem aqueles sabujos para cima dele. Ele passou a noite de sábado na cadeia, ainda falando de como estavam tentando passar-lhe a perna nos mil dólares, tentando armar que ele teria ajudado Christmas a cometer o assassinato, até que Buck Conner foi até a cela e disse que ia amordaçá-lo se não calasse a boca e deixasse os outros presos dormirem. E ele calou a boca, e no domingo à noite eles saíram com os cachorros e ele fez tamanho escarcéu que tiveram de tirá-lo da cadeia e deixá-lo ir junto. Mas os cachorros não queriam sair. E ele xingando e chamando os cachorros e querendo bater neles porque eles não achavam uma pista, dizendo a todos de novo que ele fora o primeiro a contar sobre Christmas e que tudo o que queria era uma justiça justa, até que o xerife o puxou de lado e falou com ele. Eles não ficaram sabendo o que o xerife lhe disse. Talvez tenha ameaçado trancá-lo de novo na cadeia e não o deixar ir junto da próxima vez. Seja como for, ele se acalmou um pouco, e eles prosseguiram. Só voltaram para a cidade bem tarde na segunda à noite. Ele ainda estava calmo. Talvez cansado. Não dormia nada fazia algum tempo, e eles contaram como ele tentara correr na frente dos cachorros até que o xerife finalmente ameaçou algemá-lo a um assistente para segurá-lo atrás e os cachorros poderem farejar alguma coisa na frente. Ele já estava precisando se barbear quando o trancaram, no sábado à noite, e precisava muito mais agora. Acho que devia estar parecendo mais assassino que Christmas a essa altura. E o estava xingando, agora, como se Christmas tivesse se escondido por maldade, para prejudicá-lo e impedir que ele recebesse aqueles mil dólares. Eles o puseram de novo na cadeia e o trancaram naquela noite. E nesta manhã eles o tiraram de novo e saíram com os cães, atrás de uma nova pista. Os rapazes disseram que podiam ouvi-lo gritando e falando até eles saírem da cidade."

"E ela não sabe disso, você diz. Diz que escondeu isso dela. Você preferiria que ela o considerasse mais um patife que um imbecil: é isso?"

A fisionomia de Byron estava calma de novo, sem sorrir agora; muito sóbria. "Não sei. Foi no domingo passado à noite, quando voltei para casa depois de vir falar com você. Pensei que ela estaria dormindo na cama, mas ela ainda estava sentada na sala, e disse: 'O que foi isso? O que aconteceu aqui?'. E eu não olhei para ela e podia sentir o seu olhar sobre mim. Contei-lhe que tinha sido um crioulo que matara uma mulher branca. Não menti. Acho que fiquei bem contente por não ter mentido. Porque antes de pensar, eu tinha dito: 'e pôs fogo na casa'. E aí era tarde demais. Eu tinha apontado a fumaça, e tinha contado a ela sobre os dois sujeitos chamados Brown e Christmas que viviam por lá. E podia senti-la me observando do jeito que posso ver você fazendo agora, e ela disse: 'Como era o nome do crioulo?'. É como se Deus cuidasse para que elas descubram o que precisam saber das mentiras dos homens, sem precisar perguntar. E para que elas não descubram o que não querem saber, sem nem saber que não descobriram. E assim eu não sei ao certo o que ela sabe e o que não sabe. Exceto que escondi dela que foi o homem que ela está procurando que falou do assassinato, e que ele está na cadeia agora, a não ser quando está fora correndo com os cachorros atrás do homem que o acolheu e o ajudou. Eu escondi isso dela."

"E o que vai fazer agora? Para onde ela quer se mudar?"

"Ela quer mudar e esperar por ele. Eu disse a ela que ele saiu a serviço para o xerife. De modo que ainda não menti. Ela já me perguntara onde ele morava e eu já havia contado. E ela disse que esse era o lugar onde devia ficar até ele voltar, porque era a casa dele. Eu disse que era isso que ele gostaria que ela fizesse. Não pude contradizê-la, dizer que aquele era o último lugar do mundo que ele gostaria que ela visse. Ela queria ir para lá assim que eu voltasse da serraria para casa hoje à noite. Já amarrara a trouxa e colocara a touca, esperando eu voltar. 'Eu iria sozinha', ela disse. 'Mas não estava certa de saber o caminho.' E eu disse sim, só que já estava tarde demais hoje e que nós iríamos para lá amanhã; e ela disse: 'Falta uma hora para escurecer ainda. São só três quilômetros, não são?'; e eu disse para esperarmos porque eu teria de pedir primeiro; e ela disse: 'Pedir para quem? Não é a casa do Lucas?'; e eu podia senti-la me observando, e ela disse: 'Achei que você tinha dito que era onde o Lucas morava'; e ela me observava, e disse: 'Quem é esse pastor com quem você vai falar de mim?'."

"E você vai deixar que ela vá viver lá?"

"Seria melhor. Ela teria privacidade, e ficaria longe de todo o falatório até esse assunto terminar."

"Quer dizer, ela está decidida, e você não quer impedi-la."

Byron não ergue o olhar. "De certa maneira, é o seu lar. A coisa mais próxima de um lar que ela jamais conhecerá, eu acho. E ele é seu..."

"Lá sozinha, com a criança chegando. A vizinhança mais próxima são algumas cabanas de negros a quase um quilômetro de distância." Ele observa o rosto de Byron.

"Pensei nisso. Sempre se dá um jeito, as coisas que se pode fazer..."

"Que coisas? O que você pode fazer para protegê-la por lá?"

Byron não responde logo; ele não ergue o olhar. Quando fala, sua voz é obstinada. "Há coisas secretas que um homem pode fazer sem ser mau, pastor. A despeito do que possa parecer para as pessoas."

"Não acho que você possa fazer nada muito mau, Byron, a despeito do que possa parecer para as pessoas. Mas será que pretende simplesmente dizer até onde o mal penetra na aparência do mal? Exatamente onde acaba a distância entre ser mau e parecer mau?"

"Não", diz Byron. E se remexe um pouco; ele fala como se também estivesse acordando: "Espero que não. Acho que estou tentando fazer a coisa certa no meu entendimento". "E isto", pensa Hightower, "é a primeira mentira que ele já me falou. Já falou a qualquer pessoa, homem ou mulher, talvez inclusive a si mesmo." Ele olha por cima da escrivaninha para o rosto obstinado, tenaz e sóbrio que ainda não olhou para ele. "Ou talvez não seja mentira ainda porque ele não sabe que é." Ele diz:

"Bom." Agora ele fala com a espécie de brusquidão espúria que as bochechas flácidas e os olhos cavernosos de seu rosto desmentem. "Isso está decidido, então. Você vai levá-la para lá, para a casa dele, e vai cuidar para que ela fique confortável e não seja perturbada até tudo acabar. E aí você dirá a esse homem, Burch, Brown, que ela está lá."

"E ele vai fugir", diz Byron. Ele não levanta os olhos, embora pareça atravessá-lo uma onda de exultação, de triunfo, antes que ele possa contê-la e ocultá-la, pois já é tarde demais para tentar. No momento, ele não tenta contê-la; recostado também em sua cadeira dura, olhando para o pastor pela primeira vez, com uma fisionomia confiante e ousada e enrubescida. O outro sustenta firmemente o seu olhar.

"É isso que quer fazer?", pergunta Hightower. Eles estão sentados à luz da lâmpada. Pela janela aberta lhes chega o quente e imensurável silêncio da noite abafada. "Pense no que está fazendo. Está tentando se interpor entre marido e mulher."

Byron se recompôs. A fisionomia não mais triunfante. Mas ele olha fixo para o homem mais velho. Talvez tentasse recompor a voz também. Mas não o consegue ainda. "Eles ainda não são marido e mulher", diz.

"Ela pensa assim? Você acha que ela dirá isso?" Eles se entreolham. "Ah, Byron, Byron. O que são algumas poucas palavras murmuradas diante de Deus, diante da constância da natureza feminina? Diante daquela criança?"

"Bom, ele pode não fugir. Se conseguir aquela recompensa, aquele dinheiro. É bem provável que com mil dólares ele fique bêbado suficiente para fazer qualquer coisa, inclusive se casar."

"Ah, Byron, Byron."

"Então o que acha que nós... eu devo fazer? O que aconselha?"

"Vá embora. Saia de Jefferson." Eles se entreolham. "Não", diz Hightower. "Você não precisa da minha ajuda. Você já está sendo ajudado por alguém mais forte do que eu."

Por um instante Byron não fala. Eles se olham fixo. "Ajudado por quem?"

"Pelo diabo", diz Hightower.

"E o diabo está cuidando *dele*, também", pensa Hightower. Ele caminha com passos medidos, a meio caminho de casa, carregando no braço a pequena cesta cheia de compras. "Dele também. Dele também", ele pensa, caminhando. Está quente. Ele está em mangas de camisa, alto, as pernas finas vestidas de preto e os braços e ombros magros, descarnados, e com aquela barriga flácida e obesa como uma monstruosa gravidez. A camisa é branca, mas não é nova. O colarinho está puído, o nó da gravata de linho branco é malfeito, e ele não faz a barba há pelo menos dois ou três dias. O chapéu-panamá está gasto, e embaixo dele, entre chapéu e crânio, contra o calor, sobressaem a borda e os cantos de um lenço puído. Ele fora fazer as compras que fazia a cada meia semana na cidade, onde, magro, infeliz, com a barba curta grisalha e os olhos borrados pelos óculos e as mãos com unhas sujas e o odor masculino rançoso das carnes sedentárias e não lavadas, ele entrava numa loja abarrotada e perfumada que frequentava, pagando em dinheiro pelas compras.

"Bom, eles encontraram a pista daquele crioulo afinal", disse o proprietário.

"Negro?", disse Hightower. Ele paralisou completamente no ato de colocar no bolso o troco das compras.

"Aquele mal... feitor; o assassino. Eu disse todo o tempo que ele não prestava. Que não era um branco. Que tinha alguma coisa engraçada nele. Mas não se pode dizer nada para as pessoas até que..."

"Encontraram o cara?", perguntou Hightower.

"Pode crer que sim. Ora, a besta nem teve juízo bastante para sair da região. O xerife aqui tem telefonado para toda a região perguntando por ele, e o negro filho... ahn... estava bem aqui debaixo do seu maldito nariz o tempo todo."

"E eles conseguiram..." Ele se curvou sobre o balcão, por cima da cesta carregada. Podia sentir a beirada do balcão encostada na barriga. Ele parecia sólido, muito estável; era antes como se a própria terra estivesse balançando de leve, preparando-se para o movimento. Então ela pareceu se mexer, como alguma coisa libertada lentamente e sem pressa, num balanço crescente, e inteligentemente, pois o olhar foi enganado para acreditar que as prateleiras esquálidas estavam enfileiradas com latas salpicadas de moscas, e o próprio comerciante atrás do balcão não se movera; ultrajante e enganoso sentido. E ele pensando: "Não vou! Não vou! Comprei imunidade. Paguei. Paguei".

"Ainda não pegaram", disse o proprietário. "Mas vão pegar. O xerife levou os cachorros até a igreja hoje de manhã antes de clarear. Eles estão menos de seis horas atrás dele. E pensar que o maldito imbecil não teve melhor juízo... mostra que é um crioulo, mesmo que nada mais..." Então o proprietário estava dizendo: "Isso é tudo por hoje?".

"O quê?", disse Hightower. "O quê?"

"Isso era tudo que você queria?"

"Era. Era. Isso era..." Ele começou a remexer no bolso, o proprietário o observando. A mão saiu do bolso, ainda remexendo, atrapalhou-se sobre o balcão, despejando moedas. O proprietário parou duas ou três delas que estavam rolando para fora do balcão.

"Isso é para quê?", perguntou o proprietário.

"Para a..." A mão de Hightower remexeu na cesta carregada. "Para..."

"Você já pagou." O proprietário o observava, curioso. "Isso aqui é o seu troco, que acabei de lhe dar. Pela nota de dólar."

"Ah", fez Hightower. "Claro. Eu... Eu apenas..." O comerciante estava recolhendo as moedas. Ele as devolveu. Quando a mão do cliente tocou na sua pareceu fria como gelo.

"É este calor", disse o proprietário. "Esgota a gente. Quer se sentar um pouco antes de ir para casa?" Mas Hightower aparentemente não o ouviu. Ele estava se dirigindo agora para a porta, enquanto o comerciante o observava. Cruzou a porta e saiu para a rua, o cesto no braço, caminhando rígido e cauteloso, como um homem sobre o gelo. Estava quente; o calor exalava trêmulo do asfalto emprestando aos edifícios familiares do quarteirão uma qualidade nebulosa, uma qualidade de vivo e palpitante claro-escuro. Alguém falou com ele ao passar; ele nem notou. Seguiu em frente, pensando *E ele também. E ele também* andando ligeiro agora, de modo que quando dobrou a esquina finalmente e entrou na ruazinha morta e vazia onde sua casinha morta e vazia o esperava, estava quase ofegante. "É o calor", o alto de sua mente estava lhe dizendo, insistente, explicativo. Mas ainda mesmo na rua calma onde raramente alguém parava agora para olhar, lembrar, a placa, e sua casa, seu santuário, já à vista, ele segue para baixo do topo de sua mente que o enganaria e acalmaria: "Não vou. Não vou. Comprei imunidade". Eram como palavras ditas em voz alta agora: reiterativas, pacientes, justificativas: "Paguei por ela. Não regateei no preço. Ninguém pode dizer isso. Eu só queria paz; paguei o preço sem regatear". A rua tremeluz e flutua; ele estava suando, mas agora até o ar do meio-dia lhe parece fresco. Então suor, calor, miragem, tudo se funde precipitadamente numa finalidade que abole toda lógica e justificação e a oblitera como o fogo faria: *Não* vou! *Não* vou!

Quando, sentado à janela do estúdio ao escurecer, ele vira Byron entrar e sair de sob a luz da lâmpada da rua, curvara-se para a frente na cadeira. Não que não ficasse surpreso de ver Byron ali, àquela hora. No começo, quando reconhecera inicialmente a figura, ele havia pensado A*h. Tinha uma suspeita de que ele viria esta noite. Não é dele suportar até mesmo a aparência do mal* Foi enquanto estava pensando que ele tivera o sobressalto, inclinando-se para a frente: um instante depois de reconhecer a figura que se aproximava no clarão da luz ele acreditou que estava enganado, sabendo o tempo todo que não podia estar, que não podia ser mais ninguém senão Byron, pois ele já estava virando para o portão.

Nessa noite Byron está completamente mudado. Isso se revela no andar, nos modos; inclinado para a frente, Hightower diz consigo mesmo *Como se tivesse aprendido o orgulho, ou a rebeldia* A cabeça de Byron está ereta; ele caminha rápido e ereto; de repente Hightower diz, quase em voz alta: "Ele fez alguma coisa. Ele deu um passo". Solta um estalido com a língua, curvado na janela escura, observando a figura sair rapidamente da vista da janela e ir na direção da varanda, da entrada, e onde, no momento seguinte, Hightower escuta os passos e depois a batida. "E ele não se dispôs a me contar." Ele já está cruzando o quarto, parando na escrivaninha para acender a luz. Caminha até a porta da frente.

"Sou eu, pastor", diz Byron.

"Eu o reconheci", diz Hightower. "Apesar de você não ter tropeçado no degrau de baixo dessa vez. Você sempre vem a minha casa no domingo à noite, mas até hoje nunca entrou sem tropeçar no degrau de baixo, Byron." Essa era a nota com que as visitas de Byron geralmente começavam: esta nota levemente preponderante de frivolidade e calor para colocar o outro à vontade, e da parte do visitante, aquele lento e rústico acanhamento que é cortesia. Às vezes pareceria a Hightower que ele de fato o arrastava para dentro da casa com uma judiciosa aplicação de puro sopro, como se Byron vestisse o pano de uma vela.

Mas dessa vez Byron já está entrando, antes de Hightower ter completado a frase. Ele entra imediatamente, com aquele novo ar nascido a meio caminho entre segurança e desafio. "E acho que você vai descobrir que odeia mais quando eu não tropeço do que quando tropeço", diz Byron.

"Isso é uma promessa ou uma ameaça, Byron?"

"Bom, não pretendo que seja uma ameaça", diz Byron.

"Ah", suspira Hightower. "Em outras palavras, você não pode prometer nada. Bom, estou prevenido, ao menos. Estava prevenido assim que vi você entrar na luz da rua. Mas ao menos você vai me contar do que se trata. O que você fez, mesmo que não tenha considerado adequado falar disso antes." Eles estão se dirigindo para a porta do estúdio. Byron para; ele olha para trás e para cima, para o rosto mais alto.

"Então sabe", diz. "Já ouviu falar." Embora não tenha mexido a cabeça, ele não está mais olhando para o outro. "Bom", ele diz. Ele diz: "Bom, qualquer homem é dono da própria língua. A mulher também. Mas gostaria de saber quem lhe contou. Não que eu esteja envergonhado. Não que tenha tentado esconder de você. Eu mesmo viria lhe contar quando pudesse".

Eles ficam parados à porta do quarto iluminado. Hightower vê agora que os braços de Byron estão carregados de pacotes, embrulhos que aparentemente poderiam conter mantimentos. "O quê?", diz Hightower. "O que veio me contar? Mas entre. Talvez eu já saiba do que se trata. Mas quero ver o seu rosto quando me contar. Eu também o avisei, Byron." Eles entram no quarto iluminado. Os embrulhos são de mantimentos; ele já havia comprado e carregado muitos daqueles para não saber. "Sente-se", diz.

"Não", diz Byron. "Não vou me demorar." Ele fica de pé, sóbrio, contido, com aquele ar ainda compassivo, mas decidido sem ser seguro, confiante sem ser assertivo: aquele ar de alguém prestes a fazer algo que alguém que ele preza não compreenderá nem aprovará, mas que ele próprio sabe que é certo, como sabe que o amigo jamais verá a coisa assim. Ele diz: "Você não vai gostar. Mas não há mais nada a fazer. Gostaria que conseguisse perceber isso. Mas acho que não dá. E acho que isso é tudo".

Do outro lado da escrivaninha, de novo sentado, Hightower o observa, grave. "O que você fez, Byron?"

Byron fala naquela nova voz: aquela voz breve, seca, cada palavra com sentido definido, sem vacilar. "Levei-a até lá esta noite. Já tinha arrumado a cabana, limpado bem. Ela agora está instalada. Ela quis assim. Era a coisa mais próxima de uma casa que ele jamais teve e jamais terá, por isso acho que ela está qualificada para usá-la, especialmente se o dono não a está usando agora. Está preso em outro lugar, pode-se dizer. Sei que não vai gostar disso. Você pode nomear um monte de razões, de boas razões. Você dirá que a cabana não é dele para dar a ela. Tudo bem. Talvez não seja. Mas não há homem ou mulher vivos nesta região ou neste estado para dizer que ela não pode usá-la. Você dirá que no seu estado ela devia ter uma mulher em sua companhia. Tudo bem. Tem uma mulher preta, velha o bastante para ser ajuizada, que vive a uns duzentos metros dali. Ela pode chamá-la sem levantar da cadeira ou da cama. Você dirá: mas ela não é branca? E eu lhe perguntarei o que ela conseguirá das mulheres brancas de Jefferson quando a hora daquele bebê chegar, se ela está em Jefferson há apenas uma semana e já não pode falar com uma mulher dez minutos sem que a mulher saiba que ela ainda não está casada, e enquanto aquele maldito patife ficar em cima do chão onde ela possa saber dele de vez em quando, ela não vai se casar. Que ajuda ela vai conseguir das senhoras brancas a essa altura? Elas cuidarão para que ela tenha uma cama para deitar e paredes para escondê-la totalmente da rua. Não é isso. E acho que um homem teria razão em dizer que ela não merece mais do que isso, sendo que não foi atrás de nenhuma parede que ela ganhou o estado em que se encontra. Mas aquele bebê não pediu para nascer. E mesmo que tivesse pedido, e posso jurar que aquela pobre criancinha, tendo de enfrentar o que terá de enfrentar neste mundo, merece... merece mais do que... melhor do que... Mas acho que sabe o que quero dizer. Acho que pode até dizer..." Do outro lado da escrivaninha Hightower o observa enquanto ele fala naquele tom monocórdico, contido, não se perdendo nem uma vez nas palavras até chegar a algo ainda novo demais e nebuloso demais para ele mais do que sentir. "E pela terceira razão. Uma mulher branca lá, sozinha. Você não vai gostar disso. Principalmente disso."

"Ah, Byron, Byron."

A voz de Byron é obstinada agora. Mas ele conserva a cabeça erguida ainda. "Não estou na casa com ela. Arranjei uma barraca. Também não estou perto. Apenas onde possa ouvi-la, se precisar. E coloquei um ferrolho na porta. Qualquer um deles pode vir, a qualquer hora, e me ver na barraca."

"Ah, Byron, Byron."

"Sei que não está pensando o que a maioria deles pensa. Está pensando. Sei que saberia perfeitamente, mesmo que ela não estivesse... que não fosse por... Sei que disse isso pelo que sabe que os outros pensarão."

Hightower está de novo sentado na postura de ídolo oriental, entre os braços paralelos apoiados nos braços da cadeira. "Vá embora, Byron. Vá embora. Agora. Já. Saia deste lugar para sempre, deste lugar terrível, terrível. Posso adivinhar você. Você me dirá que acaba de conhecer o amor; eu lhe direi que você acaba de conhecer a esperança. Isso é tudo; esperança. O objeto não importa, não para a esperança, nem mesmo você. Só há um fim para isso, para o rumo que você está tomando: pecado ou casamento. E você recusaria o pecado. É isso, Deus me perdoe. Será, terá de ser casamento ou nada com você. E você insistirá em que seja casamento. Você a convencerá; talvez já a tenha convencido, mesmo que ela não saiba, não admita: senão, por que ela estaria contente de ficar aqui e não fazer nenhum esforço para ver o homem a quem veio encontrar? Não posso lhe dizer escolha o pecado, porque você não só me odiaria: levaria esse ódio diretamente para ela. Então eu digo: Vá embora. Agora. Já. Vire o rosto e não olhe para trás. Mas isso não, Byron."

Eles se entreolham. "Sabia que você não ia gostar", diz Byron. "Acho que fiz bem de não aceitar a hospitalidade me sentando. Mas não esperava isso. Que você também se virasse contra uma mulher enganada e traída."

"Nenhuma mulher que tenha um filho é traída; o marido de uma mãe, seja ele o pai ou não, já é um corno. Dê-se ao menos a única chance em dez, Byron. Se precisa se casar, há mulheres solteiras, moças, virgens. Não é justo que você deva se sacrificar a uma mulher que escolheu um dia e agora deseja renegar aquela escolha. Não é certo. Não é justo. Deus não pretendia isso quando criou o casamento. Criou? *As mulheres* criaram o casamento."

"Sacrificar? Eu, me sacrificar: me parece o sacrifício..."

"Não dela. Para as Lenas Groves sempre haverá apenas dois homens no mundo e em número enorme: Lucas Burches e Byrons Bunches. Mas nenhuma Lena, nenhuma mulher merece mais do que qualquer um deles. Nenhuma mulher. Houve mulheres boas que foram mártires para brutos, com seus amargos sofrimentos e tudo. Mas que mulher, boa ou má, já sofreu de algum bruto o que os homens sofreram de boas mulheres? Me diga isso, Byron."

Eles falam calmamente, sem calor, dando tempo para um pesar as palavras do outro, como fariam dois homens já imbuídos da própria convicção. "Acho que está certo", diz Byron. "De qualquer modo, não me cabe dizer que está errado. E não acho que lhe caiba dizer que eu estou errado, mesmo que esteja."

"Não", diz Hightower.

"Mesmo que esteja", diz Byron. "Por isso, acho que direi boa-noite." Ele diz, com toda a calma: "É uma caminhada e tanto até lá".

"É", diz Hightower. "Eu mesmo costumava fazê-la de vez em quando. Devem ser quase cinco quilômetros."

"Pouca coisa mais que três", diz Byron. "Bom." Ele se vira. Hightower não se mexe. Byron muda a posição dos embrulhos que não tinha largado. "Boa noite, então", repete, indo para a porta. "A gente se vê, logo logo."

"É", diz Hightower. "Há alguma coisa que eu possa fazer? Alguma coisa de que você precise? Roupas de cama, coisas assim?"

"Obrigado. Acho que ela tem o suficiente. Já havia algumas por lá. Obrigado."

"E você me informará? Se alguma coisa acontecer. Se a criança... Arranjou um médico?"

"Vou tratar disso também."

"Mas ainda não tratou? Falou com algum?"

"Vou cuidar de tudo. E o informarei."

Ele foi embora. Da janela outra vez Hightower o observa passar e subir a rua, para a borda da cidade e a caminhada de três quilômetros, carregando os pacotes de mantimentos embrulhados com papel. Ele vai sumindo, caminhando ereto e em bom passo; tão bom que um velho com muitas carnes e pouco fôlego, um velho que já passara muito tempo sentado, não conseguiria acompanhar. E Hightower inclina-se ali na janela, no calor do outono, esquecido do odor em que vive — aquele cheiro de gente que já não vive na vida: aquele odor de gordura ressecada e linho cediço como um precursor do túmulo — escutando os passos que ele parece escutar ainda muito depois de saber que não poderia, pensando: "Deus o abençoe. Deus o ajude"; pensando *Ser jovem. Ser jovem. Não há nada como isso: não há nada mais no mundo* Ele está pensando, quieto: "Eu não devia ter abandonado o hábito de rezar". Já não escuta mais os passos. Apenas a multidão interminável de insetos, curvado sobre a janela, respirando o cheiro quente, calmo, rico, impuro da terra, pensando em como, quando era jovem, um moço, tinha amado a escuridão, andar ou sentar-se sozinho no meio das árvores de noite. Então o solo, a casca das árvores, tornavam-se reais, selvagens, cheios e evocativos de estranhas e terríveis meias delícias e meios terrores. Aquilo lhe dava medo. Temia; adorava ter medo. Então um dia no seminário percebeu que não estava mais com medo. Era como se uma porta tivesse se fechado em algum lugar. Não tinha mais medo da escuridão. Apenas a odiava; fugiria dela, para paredes, para luz artificial. "É", ele pensa. "Não devia nunca ter abandonado o hábito de rezar." Ele sai da janela. Uma das paredes do estúdio está forrada de livros. Ele para diante deles, procurando, até encontrar aquele que deseja. Tennyson. Está velho e gasto. Ele o tem desde o seminário. Senta-se embaixo da lâmpada e abre o livro. Não demora muito. Logo a fina linguagem galopante, o medroso enlevo repleto de árvores secas e desejos desidratados começam a flutuar suaves e ligeiros e pacíficos. É melhor do que rezar sem o incômodo de ter de pensar em voz alta. É como ouvir numa catedral um eunuco salmodiando numa língua que ele não precisa nem mesmo entender.

14

"Tem alguém lá naquela cabana", disse o assistente ao xerife. "Não se escondendo: vivendo nela."

"Vá lá ver", disse o xerife.

O assistente foi e voltou.

"É uma mulher. Uma mulher nova. E ela está toda acomodada para viver ali um bom tempo, ao que parece. E o Byron Bunch está acampado numa barraca na mesma distância que daqui até a agência do correio."

"Byron Bunch?", pergunta o xerife. "Quem é a mulher?"

"Não sei. É uma estranha. Uma mulher nova. Ela me contou tudo. Começou a contar quase antes de eu entrar na cabana, como se fosse um discurso. Acho que ela veio de algum lugar no Alabama, procurando pelo marido. Ele veio antes dela para procurar trabalho, parece, e depois de um tempo, ela saiu atrás dele e as pessoas lhe disseram na estrada que ele estava aqui. E nessa altura o Byron apareceu e disse que podia me contar tudo sobre isso. Disse que pretendia contar para você."

"Byron Bunch", diz o xerife.

"É", responde o assistente. Ele diz: "Ela está se preparando para ter um bebê. E não vai levar muito tempo, não".

"Um bebê?", diz o xerife. Olha para o assistente. "E do Alabama. De algum lugar no Alabama. Não me diga isso do Byron Bunch."

"Nem estou tentando dizer", fala o assistente. "Não estou dizendo que é do Byron. Pelo menos o Byron não está dizendo que é dele. Só estou repetindo o que ele me contou."

"Ah", fez o xerife. "Percebo. Por isso ela está lá. Então é um desses rapazes. É o Christmas, não é?"

"Não. Isso é o que o Byron me contou. Ele me levou para fora e me contou, onde ela não pudesse ouvir. Disse que pretendia vir e contar a você. É do Brown. Só que o nome dele não é Brown. É Lucas Burch. O Byron me contou. Sobre como o Brown ou Burch largou a moça no Alabama. Disse a ela que só estava vindo procurar trabalho e arrumar uma casa e que depois mandaria buscá-la. Mas a hora dela se aproximava e ela não tinha notícias dele, de onde ele estava nem nada, por isso decidiu não esperar mais. Saiu a pé, perguntando pelo caminho se alguém conhecia um sujeito chamado Lucas Burch, pegando uma carona aqui e ali, perguntando a todo mundo que encontrava se o conhecia. E assim, depois de um tempo, alguém contou a ela que tinha um sujeito chamado Burch ou Bunch ou algo assim trabalhando na serraria em Jefferson, e ela veio para cá. Chegou aqui no sábado, numa carroça, enquanto nós estávamos fora, na confusão do crime, e ela foi até a serraria e descobriu que era Bunch e não Burch. E o Byron disse a ela que o marido estava em Jefferson antes de saber. E aí ele disse que ela o apertou e ele teve de contar onde o Brown morava. Mas não contou que o Brown ou Burch está envolvido com Christmas nesse assassinato. Só disse que o Brown estava fora a negócios. E acho que dá para chamar isso de negócio. Trabalho, de algum modo. Nunca vi uma pessoa querer tanto mil dólares e aguentar tanto para conseguir quanto ele. E aí ela achou que a casa do Brown devia ser a que Lucas Burch tinha prometido preparar para ela viver, e então se mudou para esperar o Brown voltar desse negócio que ele foi cuidar fora. O Byron disse que não podia impedi-la porque não queria contar a ela a verdade sobre Brown depois de já ter mentido, por assim dizer. Ele disse que pretendia vir aqui e contar a você sobre isso antes, só que você descobriu tudo depressa demais, antes de ele acomodar a moça direito."

"Lucas Burch?", diz o xerife.

"Eu também fiquei um pouco surpreso", diz o assistente. "O que pretende fazer?"

"Nada", diz o xerife. "Acho que eles não prejudicarão ninguém ali. E não é a minha casa para eu mandá-la sair. E como o Byron disse a ela, Burch ou Brown, ou seja lá qual for o nome, está, vai estar ocupado por mais algum tempo ainda."

"Pretende contar ao Brown sobre ela?"

"Acho que não", diz o xerife. "Não é da minha conta. Não estou interessado nas esposas que ele deixou no Alabama ou em qualquer outra parte. Estou interessado é no marido que parece que ele teve desde que chegou em Jefferson."

O assistente dá uma gargalhada. "Acho que isso é um fato", diz. Ele fica sério, pensativo. "Se não conseguir esses mil dólares, acho que ele vai simplesmente morrer."

"Não vai, não", diz o xerife.

Às três horas da madrugada de quarta-feira, um negro chegou na cidade montado em pelo numa mula. Ele foi até a casa do xerife e o acordou. Viera direto de uma igreja de negros distante trinta quilômetros onde estava havendo um encontro de despertar religioso. Na noite anterior, no meio de um hino, ouviu-se uma barulheira tremenda no fundo da igreja, e ao se voltar a congregação viu um homem parado na porta. A porta nem tinha sido fechada mas o homem aparentemente a agarrara pela maçaneta e a arremessara contra a parede de forma que o som explodiu acima das vozes misturadas como um tiro de pistola. Depois o homem caminhou depressa pelo corredor, onde a cantoria havia parado abruptamente, na direção do púlpito, onde o pregador estava inclinado, as mãos levantadas ainda, a boca aberta ainda. Viram então que o homem era branco. Na densa obscuridade de caverna que as duas lâmpadas a óleo só ajudavam a aumentar, eles não conseguiram perceber de imediato o que era até ele chegar na metade do corredor. Então viram que o seu rosto não era negro, e uma mulher começou a gritar, e as pessoas nos fundos saltaram e começaram a correr para a porta; e outra mulher no banco das carpideiras, já em estado meio histérico, saltou e girou e olhou fixo para ele por um instante com os olhos revirados e gritou: "É o diabo! É Satã em pessoa!". Depois ela saiu correndo, absolutamente às cegas. Correu direto para ele e ele a derrubou com um safanão, sem parar, e passou por cima dela e seguiu em frente, os rostos boquiabertos para gritar afastando-se à sua passagem, direto para o púlpito, e pôs a mão no pastor.

"Ninguém estava se metendo com ele ainda, nem mesmo nessa hora", disse o mensageiro. "Estava tudo acontecendo tão rápido, e ninguém o conhecia, quem ele era o que ele queria nem nada. E as mulheres chamando e gritando e ele foi direto para o púlpito e pegou o irmão Bedenberry pela garganta, tentando arrancá-lo do púlpito. Deu para ver o irmão Bedenberry falando com ele, tentando acalmá-lo, e ele sacudindo o irmão Bedenberry e dando um tapa no rosto dele. E as mulheres chamando e gritando tanto que não dava para ouvir o que o irmão Bedenberry estava dizendo, fora que ele não bateu de volta nem nada, e aí alguns dos velhos, os diáconos, foram até lá e tentaram falar com ele e ele largou o irmão Bedenberry e girou e derrubou o velho Papai Thompson de setenta anos com um soco no banco das carpideiras e daí ele se abaixou e pegou uma cadeira e girou e deu um passo para cima dos outros até eles recuarem. E as mulheres ainda berrando e gritando e tentando sair. Aí ele se virou e subiu no púlpito, de onde o irmão Bedenberry tinha descido pelo outro lado, e ficou lá — ele estava todo enlameado, a calça e a camisa, e o queixo preto com a barba — com as mãos levantadas como um pregador. E começou a amaldiçoar, vociferando para as mulheres, e alguns dos homens tentando segurar o Roz Thompson, o garoto da filha de Papai Thompson, que tinha um metro e oitenta de altura e estava com uma navalha aberta na mão, gritando: 'Vou matar esse cara. Me larga, gente. Ele bateu no meu vovozinho. Vou matar esse cara. Me larga. Por favor me larga'; e as pessoas tentando sair, correndo e se atropelando no corredor e pela porta, e ele no púlpito amaldiçoando Deus e os homens arrastando o Roz Thompson para trás e o Roz ainda implorando que o largassem. Mas eles levaram o Roz para fora e nós voltamos para o mato e ele ainda berrando e gritando lá no púlpito. Aí ele saiu depois de um tempo e nós o vimos chegar na porta e ficar ali parado. E tiveram de segurar o Roz de novo. Ele deve ter ouvido o barulho que eles faziam segurando o Roz, porque começou a rir. Ele ficou lá na porta, com a luz por trás dele, rindo alto, e depois começou a praguejar de novo e deu para ver ele apanhar uma perna de banco e girar para trás. E ouvimos a primeira lâmpada estourar e escurecer dentro da igreja e depois ouvimos a outra lâmpada estourar e depois ficou escuro e não deu mais para ver o cara. E dali onde estavam tentando segurar o Roz veio uma barulheira terrível, com eles sussuberrando: 'Segura ele! Segura ele! Pega ele! Pega ele!'. Aí alguém berrou: 'Ele se soltou'; e deu para ouvir o Roz correndo de volta para a igreja e o diácono Vines me disse: 'O Roz vai matar o cara. Pegue uma mula e corra até o xerife. Conte a ele o que você viu'. E não tinha ninguém provocando o cara, capitão", disse o negro. "Ninguém o conhecia nem para chamar o seu nome. Nunca o vimos antes. E tentamos segurar o Roz. Mas o Roz é um homem grande, e ele derrubou o velho vovozinho de setenta anos do Roz e o Roz com aquela navalha aberta na mão, sem se importar com quem ele ia ter de cortar para abrir caminho de volta até a igreja onde o homem branco estava. Mas Deus é testemunha de que nós tentamos segurar o Roz."

Isso foi o que ele contou, porque isso era o que sabia. Ele partira imediatamente: não sabia que, enquanto estava contando, o negro Roz estava deitado inconsciente na cabana vizinha, com o crânio fraturado onde Christmas, perto da entrada da porta agora às escuras, o acertara com a perna de banco quando Roz mergulhou na igreja. Christmas golpeou apenas uma vez, duro, violento, pelo som dos pés correndo, o vulto corpulento que entrou voando de cabeça pela porta, e o ouviu estatelar-se na mesma hora entre os bancos revirados e ficar ali quieto. Também na mesma hora Christmas saltou para fora e ficou parado ali no chão, ágil, equilibrado, ainda segurando a perna de banco, calmo, sem nem sequer respirar pesado. Ele estava bem frio, sem nenhum suor; o frescor da escuridão o envolvia. O terreno em volta da igreja era um pálido crescente de terra pisada e batida, desenhado e cercado pelo mato e pelas árvores. Sabia que o mato estava cheio de negros: podia sentir os olhos. "Olhando e olhando", pensou. "Nem sei se podem me ver." Ele respirou fundo. Percebeu que estava sopesando a perna de banco, curioso, como se testasse o equilíbrio da peça, como se nunca a tivesse tocado antes. "Farei um entalhe nela amanhã", pensou. Encostou a perna cuidadosamente contra a parede ao lado e sacou cigarro e fósforo da camisa. Quando riscou o fósforo, fez uma pausa, e com a chama amarela brilhando fraco, ficou parado com a cabeça meio de lado. Eram cascos que ele ouvira. Ouviu-os ganhar vida e acelerar, diminuindo. "Uma mula", disse em voz alta, mas contida. "Vai para a cidade com as boas novas." Acendeu o cigarro e atirou o fósforo para longe e ficou ali parado, fumando, sentindo os olhos negros sobre o minúsculo carvão aceso. Embora tenha ficado ali até o cigarro se consumir, estava perfeitamente alerta. Apoiara as costas na parede e segurava a perna de banco com a mão direita de novo. Fumou o cigarro todo, depois o atirou, faiscando, o mais longe que pôde na direção do mato onde dava para sentir os negros acocorados. "Peguem a xepa, meninos", disse, a voz repentina e alta no silêncio. Do mato onde estavam agachados, eles viram o cigarro faiscar ao cair no chão e ali ficar brilhando durante algum tempo. Mas não conseguiram ver o homem quando ele partiu, nem em que direção seguiu.

Às oito horas da manhã seguinte, o xerife chegou com o destacamento e os sabujos. Eles fizeram uma captura imediata, mas os cachorros não tiveram nada a ver com isso. A igreja estava deserta; não havia um único negro à vista. O destacamento entrou na igreja e olhou em silêncio para os destroços em volta. Então saíram. Os cães haviam farejado alguma coisa, mas antes de saírem um assistente descobriu, enfiado numa tábua rachada na lateral da igreja, um pedaço de papel. Fora obviamente colocado ali por mão humana, e aberto, revelou ser um maço de cigarros vazio aberto e alisado, no lado branco interno uma mensagem a lápis. Tinha sido escrita com garranchos, como que por uma mão sem prática ou talvez no escuro, e não era longa. Estava endereçada ao xerife pelo nome e era impublicável — uma única frase — e não estava assinada. "Eu não disse?", um do grupo comentou. Ele também estava sem se barbear e enlameado, como a caça que eles ainda não tinham visto, o rosto parecia tenso e um pouco enlouquecido de frustração, de ultraje, a voz rouca, como se tivesse participado de uma boa e inadvertida sessão de gritaria e falação recentemente. "Eu disse o tempo todo! Eu disse!".

"Disse o quê?", perguntou o xerife, num tom de voz monótono, frio, com a mensagem rabiscada na mão. "O que foi que você disse e quando?" O outro olhou para o xerife, ofendido, desesperado, exausto quase no limite do suportável; olhando para ele, o assistente pensou: "Se não pegar essa recompensa, ele vai acabar morrendo, só isso". Sua boca estava aberta mas sem voz enquanto ele fitava o xerife com uma espécie de confuso e incrédulo espanto. "E eu também disse a você", falou o xerife, a voz calma, ríspida. "Se não gosta da maneira como estou conduzindo a coisa, pode esperar na cidade. Lá tem um bom lugar para você esperar. Calmo, onde não ficará tão acalorado como aqui fora no sol. Eu já não falei? Diga."

O outro fechou a boca e desviou o olhar como que num esforço aparentemente tremendo; como que num tremendo esforço ele disse: "Sim", a voz seca, sufocada.

O xerife virou-se pesado, amassando a mensagem. "Trate de evitar que isso se meta na sua cabeça outra vez, então", disse. "Se é que você tem uma cabeça para enfiar alguma coisa dentro." Eles estavam rodeados por rostos calmos e curiosos sob aqueles primeiros clarões do sol. "E sobre isso eu tenho as dúvidas do próprio Senhor, se você ou alguém mais quer saber." Alguém soltou uma risada, uma só. "Feche essa matraca", disse o xerife. "Vamos em frente. Solte os cachorros, Bufe."

Os cães ainda estavam presos na correia. Eles dispararam na mesma hora. A pista era boa, fácil de seguir por conta do orvalho. O fugitivo parecia não ter feito nenhum esforço para escondê-la. Dava para ver inclusive as marcas de joelhos e mãos onde ele se ajoelhara para beber de uma nascente. "Ainda não tinha visto um assassino que tivesse menos juízo do que esse com relação aos rapazes que o perseguiriam", disse o assistente. "Mas esse maldito otário nem suspeita que poderíamos usar cachorros."

"Estamos pondo os cachorros na cola dele uma vez por dia desde domingo", disse o xerife. "E ainda não o pegamos."

"As pistas eram frias. Não tínhamos achado nenhuma pista quente até agora. Mas hoje ele cometeu o seu erro enfim. Hoje nós o pegamos. Antes do meio-dia, quem sabe."

"Acho que vou pagar para ver", disse o xerife.

"Você vai ver", disse o assistente. "Esta pista vai direto para a ferrovia. Eu quase poderia segui-la sozinho. Olhe aqui. Dá até para ver as pegadas dele. O otário nem mesmo teve o juízo de entrar na estrada, na poeira, onde outras pessoas andam e onde os cachorros não podem farejá-lo. Os cachorros vão encontrar o fim dessas pegadas antes das dez horas."

E foi isso mesmo que os cães fizeram. Um pouco adiante, a pista fazia uma curva em ângulo reto para a direita. Eles a seguiram e chegaram a uma estrada que acompanharam atrás dos cães ansiosos de cabeça baixa, que depois de uma curta distância desviaram para o lado da estrada que dava para um caminho que vinha de um depósito de algodão num campo próximo. Eles começaram a latir, andando de um lado para outro, puxando, os latidos altos, contentes, ressonantes; ganindo e pulando agitados. "Ora, o maldito otário", disse o assistente. "Aqui ele sentou e descansou: olhe as pegadas dele: os mesmos saltos de borracha. Ele não está nem dois quilômetros à frente agora! Vamos lá, rapaziada!" Eles foram em frente, as correias retesadas, os cachorros latindo, os homens andando agora em passo acelerado e constante. O xerife voltou-se para o homem barbado.

"Aí está a sua chance de correr na frente e apanhá-lo e pegar aqueles mil dólares", disse. "Por que não faz isso?"

O homem não respondeu; nenhum deles tinha muito fôlego para falar, particularmente quando, depois de cerca de um quilômetro e meio, os cães, ainda puxando e latindo, saíram da estrada e seguiram um caminho que contornava um morro e entrava num milharal. Ali eles pararam ladrando, mas sua ansiedade parecia ter aumentado; os homens corriam agora. Além do milharal alto havia uma cabana de negros. "Ele está ali", disse o xerife, sacando a pistola. "Protejam-se agora, rapazes. Ele deve ter uma arma a esta altura."

Tudo foi feito com finura e destreza: a casa cercada por homens de tocaia com pistolas em punho, e o xerife, seguido pelo assistente, avançando, apesar de toda a sua corpulência, rápido e astuto, colado à parede da cabana, fora do alcance de qualquer janela. Ainda encostado contra a parede ele dobrou o canto correndo e abriu a porta com um chute e arremeteu, pistola em riste, para dentro da cabana. Ela abrigava uma criança negra. A criança estava completamente nua e sentada nas cinzas frias do fogão, comendo alguma coisa. Estava aparentemente sozinha, embora um instante depois tenha aparecido uma mulher numa porta interna, a boca aberta, escorrendo uma frigideira de ferro. Ela usava um par de sapatos de homem que um membro do destacamento identificou como tendo pertencido ao fugitivo. Ela lhes contou sobre o homem branco na estrada ao raiar do dia e que ele lhe dera aqueles sapatos, levando em troca um par de coturnos rústicos do marido que ela usava na ocasião. O xerife escutava. "Isso aconteceu bem perto de um depósito de algodão, não foi?", disse. Ela respondeu Sim. Ele voltou para seus homens, para os cachorros ansiosos presos nas correias. Ficou olhando para os cães enquanto os homens faziam perguntas e depois pararam, fitando-o. Eles o viram recolocar a pistola no bolso e depois virar e chutar os cachorros, um chute pesado em cada um. "Leve esses imprestáveis de volta para a cidade", disse.

O xerife, porém, era um bom policial. Sabia tanto como seus homens que voltaria ao depósito de algodão, onde julgava que Christmas ficara escondido durante todo aquele tempo, mesmo sabendo que ele não estaria mais lá quando voltassem. Tiveram alguma dificuldade para afastar os cães da cabana, e foi na claridade cálida das dez horas que eles cercaram o depósito com cuidado e habilidade e silêncio e atacaram de surpresa com as pistolas, seguindo estritamente as regras mas sem a menor esperança; e encontraram um rato silvestre atônito e apavorado. Mas o xerife mandou trazerem os cães — eles não quiseram se aproximar do depósito; recusaram-se a sair da estrada, curvando-se e forçando as coleiras com as cabeças simultâneas e invertidas apontadas da estrada para a cabana da qual tinham sido havia pouco arrastados. Foram necessários dois homens usando toda a força para levá-los até o ponto de onde, mal soltaram as correias, eles contornaram em disparada o depósito e, seguindo as marcas que as pernas do fugitivo haviam deixado no mato alto e ainda orvalhado à sombra da casa, arremeteram saltando e puxando de volta para a estrada, arrastando os dois homens por cinquenta metros até eles conseguirem passar as correias ao redor de uma arvorezinha e conter os animais. Dessa vez o xerife nem mesmo os chutou.

Finalmente o alvoroço e os alarmes, o som e a fúria da caçada esmorecem, somem de seus ouvidos. Ele não estava no depósito de algodão quando o homem e os cães passaram, como o xerife pensara. Detivera-se ali apenas tempo suficiente para amarrar as botinas: os sapatos pretos, os sapatos pretos cheirando a negro. Elas pareciam ter sido cortadas de minério de ferro com um machado cego. Olhando para sua rude, tosca e desgraciosa deformidade, ele fez "Hã" por entre os dentes. Pareceu-lhe que podia ver-se perseguido enfim pelos brancos até cair no abismo negro que estivera esperando, tentando, durante trinta anos, tragá-

-lo, e onde agora e por fim ele realmente entrara, ostentando em volta dos tornozelos a definitiva e inextirpável medida de seu movimento ascendente.

É justamente a aurora, alvorada: aquela cinzenta e solitária suspensão preenchida pelo pacífico e hesitante despertar de pássaros. O ar, inspirado, é como água da fonte. Ele respira fundo e devagar, sentindo-se fundir em cada respiração no cinza neutro, confundir com aquela calma e solidão que jamais conheceu fúria ou desespero. "Isto era tudo o que eu queria", ele pensa, em serena e lenta admiração. "Era tudo, durante trinta anos. Não me pareceu que fosse pedir muito para trinta anos."

Dormira pouco desde a quarta-feira, e agora a quarta-feira novamente chegara e se fora, embora ele não soubesse. Quando pensa no tempo, parece-lhe que durante trinta anos viveu num desfile organizado de dias nomeados e numerados como ripas de cerca, e que uma noite dormiria e quando acordasse estaria fora dele. Por algum tempo depois da fuga naquela sexta-feira, ele tentou manter-se atualizado sobre os dias, seguindo o velho hábito. Uma vez, depois de dormir a noite toda num monte de feno, foi acordado a tempo de ver a casa da fazenda despertar. Viu antes da alvorada uma lâmpada amarelar na cozinha, e depois no cinza aindescuro ele ouviu os golpes lentos, secos de um machado, e movimento, movimentumano entre os sons do bovino despertar no estábulo ali perto. Depois pôde sentir o cheiro de fumaça, e de comida, comida quente e tosca, e começou a dizer e repetir para si mesmo *Eu não como desde que não como desde* tentando se lembrar de quantos dias haviam se passado desde a sexta-feira em Jefferson, no restaurante onde ele jantara, até algum tempo depois, naquele repouso mudo à espera de que os homens comessem e saíssem para o campo, o nome do dia da semana lhe pareceu mais importante que a comida. Porque quando os homens finalmente saíram e ele desceu, emergiu, na invariável claridade baça e foi para a porta da cozinha, não pediu comida. Pretendia pedir. Podia sentir as palavras rudes se armando em sua mente, logo atrás da boca. E então a mulher magra, coriácea, veio até a porta e olhou-o e dava para ver choque e reconhecimento e medo em seus olhos e enquanto pensava *Ela me conhece. Ela ficou sabendo também* ouviu a própria boca falar com toda a calma: "Pode me dizer que dia é hoje? Só quero saber que dia é hoje".

"Que dia é hoje?" O rosto dela era tão magro quanto o dele, o corpo tão magro e tão incansável e tão impelido. Ela disse: "Vá embora! É terça-feira! Vá embora! Vou chamar meu marido!".

Ele disse "Obrigado" calmamente enquanto a porta batia. E logo depois estava correndo. Não se lembrava de ter começado a correr. Pensou por um instante que corria por causa de e para algum destino do qual o correr o havia subitamente lembrado e que por isso a mente não precisava se preocupar em lembrar por que ele estava correndo, pois correr não era difícil. Era muito fácil, aliás. Sentia-se leve, sem peso. Mesmo a toda a velocidade, os pés pareciam se extraviar lenta e levemente e com deliberada falta de propósito por uma terra sem solidez, até ele cair. Nada o fizera tropeçar. Ele apenas se estatelou, acreditando por um momento que ainda estava sobre os pés e ainda correndo. Mas estava caído, o rosto enfiado numa valeta rasa na beira de um campo semeado. Então ele disse de súbito: "É melhor eu me levantar". Ao sentar-se, percebeu que o sol, a meio caminho no céu, brilhava agora acima dele na direção oposta. Num primeiro momento, achou que simplesmente virara de lado. Depois percebeu que já era de tarde. Que era de manhã quando caíra no meio da corrida e que, embora lhe parecesse ter se sentado de imediato, agora já era de tarde. "Eu dormi", pensou. "Dormi mais de seis horas. Devo ter adormecido correndo sem perceber. Foi isso."

Ele não ficou surpreso. O tempo, os intervalos de claridade

e escuridão, havia muito tinham perdido a regularidade. Seria qualquer um deles agora, aparentemente num átimo, entre dois movimentos das pálpebras, sem aviso. Ele não saberia dizer quando passaria de um para outro, quando descobriria que havia dormido sem se lembrar de ter se deitado, ou descobrir-se andando sem se lembrar de ter acordado. Às vezes parecia-lhe que uma noite de sono, no feno, numa valeta, embaixo de um telhado abandonado, seria seguida imediatamente por outra noite sem intervalo de dia, sem luz no meio para enxergar e poder fugir; que um dia seria seguido por outro dia preenchido com fuga e urgência, sem uma noite interposta ou algum intervalo para descansar, como se o sol não se deitasse mas sim retrocedesse no céu antes de atingir o horizonte e refizesse o seu curso. Quando lhe acontecia de dormir andando ou mesmo ajoelhado ao beber de uma nascente, não sabia nem mesmo se os olhos se abririam em seguida com a luz do sol ou das estrelas.

Já havia algum tempo ele sentia fome o tempo todo. Colhia e comia frutos apodrecidos e infestados de vermes; de vez em quando, esgueirava-se pelos campos e arrancava e roía espigas maduras de milho duras como raladores de batata. Pensava em comer o tempo todo, imaginando pratos, comidas. Pensaria naquela refeição posta para ele na mesa da cozinha três anos antes e viveria de novo o firme e deliberado movimento do braço para trás quando atirava os pratos na parede, com uma espécie de convulsa e pungente agonia de tristeza e remorso e raiva. Então um dia ele não sentiu mais fome. A coisa veio de repente, devagar. Sentiu-se calmo, sereno. Mas sabia que precisava comer. Obrigava-se a comer os frutos apodrecidos, o milho duro, mastigando-os devagar, sem sentir nenhum gosto. Comeria quantidades enormes deles, com resultantes crises de sangramento. Mas instantes depois ficaria de novo obcecado pela necessidade e pela urgência de comer. Não era pela comida que ele estava obcecado agora, mas pela necessidade de comer. Tentaria se lembrar de quando havia comido pela última vez um prato cozido, decente. Podia sentir, recordar uma casa em algum lugar, uma cabana. Casa ou cabana, branca ou negra: não conseguia se lembrar qual. Então, enquanto estava sentado absolutamente imóvel, com uma expressão absorta no rosto magro, doente, barbado, sentiu cheiro de negro. Imóvel (estava sentado, encostado numa árvore ao lado de uma nascente, a cabeça para trás, as mãos no colo, o rosto cansado e sereno) ele cheirou e viu pratos de negro, comida de negro. Era num quarto. Ele não se lembrava de como chegara ali. Mas o quarto estava impregnado de fuga e abrupto temor, como se pessoas tivessem fugido dali pouco antes e repentinamente e com medo. Estava sentado à mesa, esperando, pensando em nada num vazio, num silêncio carregado de fuga. Então havia comida à sua frente, surgindo de repente entre mãos negras longas e flexíveis e fugidias também no ato de colocar os pratos. Pareceu-lhe que podia escutar sem ouvir aqueles gemidos de terror e aflição mais discretos que suspiros ao seu redor, com o som da mastigação e da deglutição. "Era uma cabana dessa vez", pensou. "E eles estavam com medo. De seu irmão com medo."

Naquela noite, uma coisa estranha lhe passou pela cabeça. Estava deitado pronto para dormir, sem sono, sem parecer precisar de sono, tal como fazia o estômago aceitar a comida que ele não parecia desejar nem precisar. Era estranho no sentido de que não conseguiu descobrir nem derivação nem motivação nem explanação para aquilo. Percebeu que estava tentando calcular o dia da semana. Era como se agora e por fim tivesse uma real e urgente necessidade de marcar os dias transcorridos para algum propósito, algum dia ou ato definido, sem errar para menos nem para mais. Entrou no estado de coma em que o sono agora havia se transformado com a necessidade em mente. Quando despertou no cinza orvalhado da aurora, aquilo estava tão cristalizado que a necessidade não lhe pareceu mais estranha.

É justamente a aurora, alvorada. Ele se levanta e desce até a nascente e tira do bolso a navalha, a escova, o sabão. Mas ainda está muito escuro para ver com nitidez o rosto na água, por isso ele se senta ao lado da nascente e espera até conseguir enxergar melhor. Ensaboa então o rosto com a água fria, implacável, pacientemente. A mão treme; apesar da urgência ele sente uma lassidão que o obriga a se forçar. A navalha está cega; ele tenta afiá-la no lado da botina, mas o couro está duro como ferro e úmido de orvalho. Ele se barbeia, daquele jeito. A mão treme; o serviço não fica muito bom, e ele se corta três ou quatro vezes, estancando o sangue com a água fria até cessar o fluxo. Guarda os apetrechos de barba e começa a andar. Segue em linha reta, desconsiderando a caminhada mais fácil das valetas. Depois de percorrer uma pequena distância ele chega a uma estrada e senta-se na beirada. É uma estrada tranquila, que surge e desaparece sem sobressalto, a poeira pálida marcada apenas por rodas estreitas e infrequentes e pelos cascos de cavalos e mulas e as pegadas ocasionais de pés humanos. Ele se senta à beira da estrada, sem casaco, a camisa que já fora branca e a calça que já fora vincada enlameadas e manchadas, o rosto magro manchado por tufos de barba e sangue ressecado, estremecendo lentamente de frio e cansaço enquanto o sol se ergue e o aquece. Alguns instantes depois, duas crianças negras aparecem na curva, aproximando-se. Elas não o veem até que ele fala; elas ficam ali, paralisadas, olhando-o com os olhos revirados. "Que dia da semana é hoje?", ele repete. Elas não dizem nada, olham fixo para ele. Ele mexe um pouco a cabeça. "Vão embora", ele diz. Elas vão. Ele não as observa. Senta-se aparentemente pensativo no lugar onde elas pararam, como se, para ele, ao se mover elas tivessem simplesmente saído de duas conchas. Não repara que estão correndo.

Então, ali sentado, o sol aquecendo-o devagar, ele adormece sem perceber, porque a coisa seguinte de que tem consciência é o chocalhar estridente e assustador de madeira e metal e de cascos trotando. Abre os olhos a tempo de ver a carroça fazer a volta na curva distante e sumir, os ocupantes olhando para trás na sua direção, a mão do chicote do condutor subindo e descendo. "Também me reconheceram", pensa. "Eles, e aquela mulher branca. E os negros onde eu comi naquele dia. Qualquer um deles poderia ter me capturado, se quisesse. Já que é isso que todos querem: que eu seja capturado. Mas todos fogem primeiro. Todos querem que eu seja capturado, e aí, quando eu apareço para dizer Aqui estou *Sim eu diria Aqui estou eu estou cansado de fugir de ter de carregar minha vida como se fosse uma cesta de ovos* eles todos fogem. Como se houvesse uma regra para me apanhar, e capturar-me dessa maneira fosse uma infração dessa regra."

E assim ele volta para o mato. Dessa vez está alerta e ouve a carroça antes de ela ficar visível. Ele não se mostra até a carroça estar bem na sua frente. Então se adianta e diz "Ei". A carroça para, com um solavanco. A cabeça do condutor negro sacode também; em seu rosto surge ainda o espanto, depois o reconhecimento e o terror. "Que dia é hoje?", pergunta Christmas.

O negro olha fixo para ele, o queixo caído. "O... o que disse?"

"Que dia da semana é hoje? Quinta-feira? Sexta? Qual? Que dia? Não vou machucar você."

"É sexta-feira", diz o negro. "Por Deus Nosso Senhor, é sexta--feira."

"Sexta", diz Christmas. De novo ele sacode a cabeça. "Vá em frente." O chicote desce, as mulas se lançam para a frente. Essa carroça também some na curva numa corrida arriscada, o chicote subindo e descendo. Mas Christmas já fez a volta e entrou outra vez no mato.

Novamente sua direção é reta como uma linha de agrimensor, desconsiderando colina e vale e brejo. Mas ele não tem pressa. É como um homem que sabe onde está e onde quer ir e quanto tempo até o minuto exato ele tem para chegar lá. É como se desejasse ver a terra natal em todas as suas fases pela primeira ou pela última vez. Tornara-se um homem naquela região, onde assim como o marinheiro que não sabe nadar sua forma física e seu pensamento tinham sido moldados pelos impulsos sem que aprendesse nada sobre sua verdadeira forma e sensação. Durante uma semana ele espreitara e se esgueirara por seus lugares secretos, mas continuará um forasteiro para as leis imutáveis que a terra deve seguir. Durante um tempo enquanto ele caminha firmemente, pensa que é isso que é — o olhar e o ver —, o que lhe traz paz e vagar e calma, até que lhe vem bruscamente a verdadeira resposta. Ele se sente seco e leve. "Não preciso mais me incomodar com a necessidade de comer", pensa. "É isso aí."

Por volta do meio-dia, havia caminhado mais de doze quilômetros. Ele chega agora numa estrada ampla de macadame, uma autoestrada. Dessa vez a carroça para tranquilamente diante de sua mão erguida. No rosto do jovem negro que a conduz não há espanto nem reconhecimento. "Onde vai dar esta estrada?", pergunta Christmas.

"Mottstown. É para lá que estou indo."

"Mottstown. Vai até Jefferson também?"

O jovem esfrega a cabeça. "Não sei onde fica isso. Estou indo para Mottstown."

"Ah", diz Christmas. "Sei. Você não mora por aqui, então."

"Não, senhor. Eu moro dois condados lá na frente. Estou na estrada faz três dias. Vou até Mottstown pegar um bezerro de um ano que meu pai comprou. Quer ir para Mottstown?"

"Quero", diz Christmas. Ele sobe no assento ao lado do jovem. A carroça prossegue. "Mottstown", pensa. Jefferson fica só a trinta e dois quilômetros de distância. "Agora posso relaxar um pouco", pensa. "Não relaxo há sete dias, por isso acho que vou relaxar um pouco agora." Ele acha que talvez, sentado, com o embalo da carroça, consiga dormir. Mas não dorme. Não está com sono nem faminto nem mesmo cansado. Está em algum lugar entre e em meio a isso tudo, suspenso, balançando com o movimento da carroça sem pensar, sem sentir. Perdeu a noção de tempo e distância; talvez seja uma hora depois, talvez três. O jovem diz:

"Mottstown. Taí."

Olhando, ele pode ver a fumaça baixa no céu, além de uma curva imperceptível; está entrando nela mais uma vez, na rua que percorreu por trinta anos. Havia sido uma rua pavimentada, onde o percurso deveria ser rápido. Ela formara um círculo e ele ainda está no seu interior. Embora nos últimos sete dias não tivesse visto uma única rua pavimentada, fora mais longe do que nos trinta anos anteriores. E contudo ainda se encontra dentro do círculo. "E contudo vi mais nestes sete dias do que em todos os trinta anos", pensa. "Mas nunca saí deste círculo. Nunca quebrei o elo do que já fiz e não posso jamais desfazer", pensa calmamente, sentado no assento, plantados no apoio à sua frente os sapatos, os sapatos pretos cheirando a negro: que marcam em seus tornozelos a medida definitiva e inextirpável da maré negra rastejando por suas pernas, subindo de seus pés como a morte se move.

15

Naquela sexta-feira em que Christmas foi capturado em Mottstown, vivia na cidade um casal de velhos de nome Hines. Eles eram muito velhos. Viviam num pequeno bangalô num bairro de negros; como, do quê, a cidade em geral não sabia pois pareciam viver em abjeta pobreza e total ociosidade; Hines, até onde se sabia, sem nenhum trabalho, trabalho fixo, em vinte anos.

Eles chegaram a Mottstown trinta anos antes. Certo dia a cidade dera com a mulher instalada numa casinha onde eles passaram a morar desde então, mas nos cinco anos seguintes Hines ficava em casa somente uma vez por mês, em fins de semana. Ficou-se sabendo desde logo que ele tinha uma espécie de ocupação em Memphis. Exatamente o quê, não se sabia, pois já naquela época ele era um homem reservado que podia ter trinta e cinco ou cinquenta anos e com um quê de frieza, de um fanatismo violento, com um pouco de loucura no olhar que dissuadia inquirições, curiosidade. A cidade considerava os dois meio amalucados — solitários, a tez acinzentada, um pouco menores que a maioria dos outros homens e mulheres, como que pertencendo a uma raça ou espécie diferente —, mas nos primeiros cinco ou seis anos desde que o homem parecera ter chegado a Mottstown para se estabelecer para sempre na casinha onde morava a esposa, as pessoas o contratavam para vários serviços eventuais que consideravam dentro de suas forças. Com o passar dos anos, porém, isso também acabou. A cidade se perguntou durante algum tempo do que eles viveriam, e depois se esqueceu de especular sobre isso tão logo se inteirou de que Hines saía a pé pelo condado conduzindo sessões de despertar religioso em igrejas de negros, e de que de vez em quando mulheres negras carregando o que seriam obviamente pratos de comida foram vistas entrando pela porta dos fundos de onde o casal morava e saindo de mãos vazias; ela se interessou por isso durante algum tempo e depois esqueceu. Com o tempo, a cidade esqueceu ou perdoou, por Hines ser velho e inofensivo, o que num jovem teria crucificado. Apenas diziam: "Eles são doidos; doidos na questão dos negros. Talvez sejam ianques", e deixavam por isso mesmo. Ou talvez o que a cidade perdoasse não fosse a dedicação pessoal do homem à salvação das almas dos negros, mas o público ignorar o fato de que eles recebiam aquela caridade das mãos de negros, pois é próprio da mente descartar aquilo que a consciência se recusa a assimilar.

Assim, durante vinte e cinco anos, o velho casal não tivera nenhum meio de sustentação visível, a cidade fechando o olho coletivo para as mulheres negras e as panelas e pratos cobertos, em particular porque alguns pratos e panelas muito provavelmente haviam saído intactos das cozinhas dos brancos onde as mulheres cozinhavam. Talvez isso fosse uma parte do descarte mental. Seja como for, a cidade não ligava, e por vinte e cinco anos, o casal viveu no calmo remanso de seu isolamento solitário, como se fossem dois bois almiscarados extraviados do polo Norte, ou dois animais errantes sobreviventes da era glacial.

A mulher quase não era vista, mas o homem — conhecido como Tio Doc — era uma presença constante na praça: um velhinho sujo com um semblante que já fora ousado ou violento — ou um visionário, ou um supremo egoísta — sem colarinho, em roupas de jeans azul sujas e segurando um pesado pau de nogueira descascado e gasto cujo cabo com o uso adquirira uma cor escura de noz e a polidez do vidro. No início, enquanto ele ocupava o cargo em Memphis, em suas visitas mensais ele contara um pouco sobre si com uma autoconfiança não só de homem independente, mas com uma qualidade a mais, como se em algum momento da vida tivesse sido mais que independente, e isso não há muito tempo. Ele não tinha nada de um derrotado. Antes exibia aquela confiança de alguém que estivera no comando de homens inferiores e que por vontade própria e por alguma razão que para ele nenhum outro homem poderia questionar ou compreender, mudara de vida. Mas o que contava de si e de sua ocupação presente não fazia sentido, apesar da aparente coerência. Acharam então que ele era meio louco, já naquela época. Não que parecesse estar tentando ocultar alguma coisa contando outra. Apenas que as palavras, a maneira de contar simplesmente não batiam com o que os ouvintes acreditavam que seria (e deveria ser) da competência de um único indivíduo. Às vezes decidiam que ele fora um pastor. Depois ele falaria de Memphis, a cidade, de maneira vaga e esplêndida, como se durante toda a vida tivesse desempenhado ali algum cargo municipal importante mas ainda obscuro. "Claro", diziam os homens de Mottstown pelas costas; "ele era superintendente da ferrovia por lá. Parado, na passagem de nível, com uma bandeira vermelha toda vez que o trem passava"; ou "Ele é um grande jornalista. Recolhe jornais embaixo dos bancos do parque". Não diziam isso na sua frente, nem o mais destemido deles, nem aqueles com a reputação mais duvidosamente alimentada de espirituosos.

Então ele perdeu o emprego em Memphis ou o abandonou. Certo fim de semana ele voltou para casa e não saiu na segunda--feira. Daí em diante, permanecia na cidade o dia inteiro nas imediações da praça, pouco falante, sujo, com aquela expressão furibunda e repelente nos olhos que as pessoas tomavam por insanidade: aquela qualidade de violência exaurida, como um perfume, um aroma; aquele fanatismo como uma cinza agonizante e quase extinta de algum tipo de vigoroso evangelismo que havia sido um quarto convicção violenta e três quartos temeridade física. Assim, as pessoas não se surpreenderam ao saber que ele circulava pelo condado, geralmente a pé, pregando em igrejas de negros, nem mesmo quando souberam um ano depois qual era o seu tema. Que esse branco que praticamente dependia da bondade e da caridade de negros para a sua sustentação ia sozinho em igrejas de negros remotas e interrompia o serviço para subir ao púlpito e com sua voz rouca, gasta e às vezes com violenta obscenidade, pregar-lhes a humildade diante de todas as peles mais claras que as deles, apregoando a superioridade da raça branca, ele próprio a principal prova documental, num paradoxo fanático e inconsciente. Os negros achavam que ele era louco, tocado por Deus, ou que algum dia O tocara. Provavelmente não o escutavam, não conseguiam compreender muito do que ele dizia. Talvez o tomassem pelo próprio Deus, pois Deus para eles era um branco também e Suas obras também um pouco inexplicáveis.

Ele estava na cidade naquela tarde em que o nome de Christmas circulou rua acima e rua abaixo e os meninos e homens — os comerciantes, os funcionários, os desocupados e os curiosos, predominando os camponeses de macacão — começaram a correr. Hines correu também. Mas não conseguia correr depressa e não era alto o suficiente para espiar por cima dos ombros aglomerados quando chegou. Mas tentou, com a mesma brutalidade e esforço de qualquer outro presente, abrir passagem entre a multidão barulhenta num ressurgimento da velha violência que marcara seu rosto, enfiando as unhas nas costas e por fim batendo com a bengala até os homens se virarem e o reconhecerem e o conterem, debatendo-se, batendo neles com a pesada bengala. "Christmas?", gritava. "Eles disseram Christmas?"

"Christmas!", gritou um dos homens que o seguravam, o rosto também concentrado, atento. "Christmas! Aquele crioulo branco que cometeu o assassinato em Jefferson semana passada!"

Hines fitou o homem, sua boca sem dentes espumando um pouco de saliva. E então ele tentou outra vez se desvencilhar, violento, xingando: um velhinho frágil com os ossos leves, frágeis de uma criança, tentando se desvencilhar com a bengala, tentando abrir caminho a bengaladas até o centro onde o cativo estava de pé com o rosto sangrando. "Calma, Tio Doc!", diziam, segurando-o. "Calma, Tio Doc. Já pegaram o cara. Ele não vai conseguir escapar. Pare com isso."

Mas ele se debatia e lutava, xingando, a voz esganiçada, fina, a boca babando, os que o seguravam lutando, também, como homens tentando conter uma pequena mangueira de debulhar cuja pressão fosse grande demais para o seu tamanho. De todo o grupo, o cativo era o único calmo. Eles seguraram o vociferante Hines, os velhos ossos frágeis e os músculos retesados, naquele momento com a fúria fluida e dócil de uma doninha. Ele se desvencilhou dos outros e disparou para a frente, esgueirando-se, e conseguiu ficar frente a frente com o cativo. Ficou ali parado por um instante, fitando o rosto do cativo. Foi uma parada completa, porém antes que pudessem agarrá-lo de novo, ele levantou a bengala e bateu uma vez no cativo e estava tentando bater mais uma vez quando finalmente o agarraram e o deixaram imobilizado e enfurecido, com aquela espuma leve e fina em volta dos lábios. Mas não conseguiram conter sua boca. "Matem o maldito!", gritava. "Matem. Matem."

Trinta minutos depois, dois homens o levaram para casa num carro. Um deles dirigia enquanto o outro escorava Hines no assento traseiro. O velho estava pálido por baixo da barba e da sujeira, e mantinha os olhos fechados. Eles o ergueram do carro e o carregaram pelo portão e pelo passeio de tijolos gastos e fragmentos de concreto até os degraus. Seus olhos se abriram, mas estavam absolutamente vazios, revirados, exibindo os brancos sujos, azulados. Mas ele continuava trôpego e desamparado. Pouco antes de alcançarem a varanda, a porta da frente se abriu e dali saiu sua mulher, que fechou a porta atrás de si e parou, olhando para o grupo. Sabiam que era a esposa porque ela saíra da casa onde se sabia que ele morava. Um dos homens, embora morasse na cidade, nunca a vira antes. "O que é isso?", ela perguntou.

"Está tudo bem com ele", disse o primeiro homem. "Só estávamos tendo uma grande agitação lá na cidade ainda há pouco, e com este tempo quente e tudo, foi um pouco demais para ele." Ela estava parada na frente da porta como se lhes barrasse a entrada na casa — uma mulherzinha gorda, atarracada, com o rosto redondo parecendo massa de farinha crua e suja, e uma rosca apertada de cabelos ralos. "Eles acabaram de apanhar aquele crioulo Christmas que matou aquela senhora lá em Jefferson semana passada", disse o homem. "Tio Doc só ficou um pouco perturbado com isso."

A sra. Hines já estava se virando para trás como quem vai abrir a porta. Como o primeiro homem disse mais tarde ao seu companheiro, ela parou no meio da virada como se alguém a tivesse atingido de leve com uma pedrinha atirada. "Apanhou quem?", perguntou.

"Christmas", disse o homem. "Aquele crioulo assassino. Christmas."

Ela ficou parada na beira da varanda olhando para eles com o rosto cinzento impassível. "Como se já soubesse o que eu ia dizer", falou o homem ao companheiro quando voltavam para o carro. "Como se quisesse ao mesmo tempo que eu dissesse que foi e que não foi ele."

"Como ele é?", ela perguntou.

"Nem reparei muito", disse o homem. "Acabaram deixando o sujeito ensanguentado quando o pegaram. Sujeito novo. Se parece tanto com um preto quanto eu, aliás." A mulher olhava para eles, de cima para baixo. Entre os dois, Hines estava agora apoiado nos próprios pés, resmungando um pouco como se estivesse despertando do sono. "O que quer que a gente faça com Tio Doc?", disse o homem.

Ela não respondeu. "Parecia que nem tinha reconhecido o marido", disse o homem ao companheiro mais tarde. "O que vão fazer com ele?", ela perguntou.

"Ele?", disse o homem. "Ah. O crioulo. Isso é Jefferson que vai dizer. Ele é coisa lá deles."

Ela olhava para baixo, para eles, cinzenta, quieta, absorta. "Eles vão esperar Jefferson?"

"Eles?", perguntou o homem. "Ah", disse. "Bom, se Jefferson não demorar muito." Ele mudou o ponto em que segurava o braço do velho. "Onde quer que a gente o deixe?" A mulher se mexeu então. Ela desceu os degraus e se aproximou. "Nós o carregamos até dentro da casa para você", disse o homem.

"Eu posso carregar", ela disse. Ela e Hines tinham aproximadamente a mesma altura, embora ela fosse mais pesada. Agarrou-o por baixo dos braços. "Eupheus", disse, não alto. "Eupheus." E disse então aos dois homens, serena: "Podem soltar. Já peguei". Eles soltaram. Ele caminhava um pouco agora. Eles ficaram observando a mulher ajudá-lo a subir os degraus e entrar pela porta. Ela não olhou para trás.

"Nem mesmo agradeceu", disse o segundo homem. "Talvez

a gente devesse trazê-lo de volta e metê-lo na cadeia junto com o crioulo, já que ele parece conhecer o outro tão bem."

"Eupheus", disse o primeiro. "Eupheus. Faz quinze anos que eu quero saber como é o nome dele. Eupheus."

"Venha. Vamos voltar. Podemos estar perdendo alguma coisa."

O primeiro homem olhou para a casa, para a porta fechada por onde as duas pessoas tinham desaparecido. "Ela também o conhecia."

"Conhecia quem?"

"Aquele crioulo. Christmas."

"Venha." Eles voltaram para o carro. "O que acha daquele sujeito estúpido, vindo diretamente aqui para a cidade, a trinta e dois quilômetros de onde fez aquilo, andando para cima e para baixo pela rua principal até alguém o reconhecer. Bem que eu gostaria de ter reconhecido. Iam me cair muito bem aqueles mil dólares. Mas nunca tenho sorte." O carro arrancou. O primeiro homem ainda estava olhando para trás, para a porta vazia por onde as duas pessoas haviam desaparecido.

No vestíbulo da casinha escura, pequena e cheirando a mofo como uma caverna, o velho casal estava parado. O esgotamento do velho era pouco melhor que um estado de coma, e quando a mulher o levou até uma cadeira e o ajudou a sentar, parecia uma questão de conveniência e cuidados. Mas ela não tinha necessidade de voltar e trancar a porta da frente como fez. Ela se aproximou e ficou parada acima dele por um instante. No início, parecia que estava apenas observando-o, com preocupação e solicitude. Depois, um terceiro veria que ela estava tremendo violentamente e que o largara na cadeira para não largá-lo no chão ou para mantê-lo preso até ela conseguir falar. Ela se curvou sobre ele: atarracada, obesa, cinzenta, o rosto parecendo o de um cadáver afogado. Quando falou, a voz tremia e ela lutou para controlar, as mãos agarradas nos braços da cadeira onde ele meio que jazia, a voz tremendo, contendo-se: "Eupheus. Escute. Você precisa me escutar. Eu nunca o incomodei antes. Em trinta anos não o incomodei. Mas agora vou. Quero saber e você vai me contar. O que você fez com o bebê da Milly?".

Durante a longa tarde eles se aglomeraram na praça e na frente da cadeia — os escriturários, os desocupados, os camponeses de macacão; o falatório. Ele correu de um lado para outro da cidade, morrendo e renascendo como um vento ou um incêndio até que, ao alongar das sombras, os moradores do campo começaram a sair em suas carroças e carros empoeirados e os citadinos começaram a sair para jantar. Depois o falatório se reacendeu, momentaneamente reavivado, para as esposas e famílias reunidas nas mesas de jantar em salas iluminadas com luz elétrica e nas remotas cabanas montanhesas com lampiões a querosene. E no dia seguinte, o moroso e agradável domingo campestre, acocorados de camisa limpa e suspensório vistoso, com seus pacíficos cachimbos, em torno de igrejas rurais ou nos quintais sombreados das casas com as parelhas e os carros visitantes amarrados e estacionados ao longo da cerca e com as mulheres na cozinha preparando o jantar, eles falaram de novo: "Ele tem tanta aparência de preto quanto eu. Mas deve ter sido o sangue preto dele. Ele parece que saiu para ser apanhado como um homem sai para casar. Ficou fugido uma semana inteira. Se não tivesse tocado fogo na casa, não descobririam o assassinato por um mês. E não teriam suspeitado dele não fosse por um sujeito chamado Brown, que o crioulo usava para vender uísque enquanto fingia ser branco e tentava jogar o uísque e o assassinato nas costas de Brown e Brown contou a verdade.

"Aí na manhã de ontem ele chegou a Mottstown durante o dia, num sábado com a cidade cheia de gente. Ele foi até a barbearia dos brancos como um branco, e como parecia ser branco não desconfiaram dele. Mesmo quando o engraxate viu que ele estava usando um par de botinas de segunda mão grandes demais para ele, não suspeitaram. Fizeram-lhe a barba e cortaram o cabelo e ele pagou e saiu e foi direto para uma loja e comprou camisa nova e gravata e chapéu de palha com parte do dinheiro que roubara da mulher que tinha assassinado. E depois andou pelas ruas em plena luz do dia, como se fosse o dono da cidade, andando de um lado para outro com as pessoas passando dezenas de vezes por ele sem o reconhecer, até que Halliday o viu e correu e o agarrou e disse: 'Seu nome não é Christmas?', e o crioulo disse que era. Ele não negou. Não fez nada. Não agiu nem como crioulo nem como branco. Foi isso. Foi isso que deixou as pessoas tão furiosas. Ele ser um assassino e todo bem-vestido e andando pela cidade como se desafiasse as pessoas a tocar nele, quando devia estar acovardado e escondido no mato, enlameado e sujo e fugindo. Era como se nem mesmo soubesse que era um assassino, e ainda por cima preto.

"Então Halliday (ele estava agitado, pensando naqueles mil dólares, e já tinha batido um par de vezes na cara do crioulo, e o crioulo agindo como crioulo pela primeira vez e levando, sem dizer nada: só sangrando calado e quieto) — Halliday estava berrando e segurando o homem quando o velho que eles chamam de Tio Doc Hines chegou e começou a bater no crioulo com a bengala até que finalmente dois homens tiveram de segurar Tio Doc e levá-lo para casa de carro. Ninguém ficou sabendo se ele conhecia mesmo o crioulo ou não. Ele apenas chegou coxeando, guinchando: 'O nome dele é Christmas? Você disse Christmas?', e abriu caminho e deu uma olhada no crioulo e começou a bater nele com a bengala. Agia como se estivesse hipnotizado ou coisa assim. Tiveram de segurá-lo, os olhos revirados para dentro da cabeça e a boca espumando e ele ceifando com aquele bastão tudo que estivesse ao seu alcance até que, de repente, ele meio que desabou. Aí dois sujeitos o levaram para casa num carro e a mulher dele saiu e o levou para dentro, e os dois sujeitos voltaram para a cidade. Eles não sabiam o que havia de errado com ele para ficar tão perturbado depois que o crioulo foi apanhado, mas de qualquer forma acharam que agora ele estaria bem. Mas não é que uma hora depois ele estava de volta na cidade! E estava que era pura loucura agora, parado na esquina e gritando para todos que passavam, chamando-os de covardes porque não tiravam o crioulo da cadeia e o enforcavam ali mesmo imediatamente, com Jefferson ou sem Jefferson. Ele parecia transtornado. Como alguém que tivesse fugido de um asilo e soubesse que não teria muito tempo até que o apanhassem de novo. Dizem que era um pregador, também.

"Ele dizia que tinha o direito de matar o crioulo. Não falou por quê, e estava transtornado e maluco demais para fazer sentido mesmo quando alguém o interrompia por tempo suficiente para pedir uma explicação. Tinha uma boa multidão em volta dele então, e ele gritando que era direito dele dizer primeiro se o crioulo devia viver ou morrer. E as pessoas estavam começando a achar que talvez o lugar dele fosse na cadeia junto com o crioulo, quando a mulher dele apareceu.

"'Tem gente que vive em Mottswton há trinta anos e nunca a tinha visto. Ninguém sabia quem era até ela falar com ele, porque, para os que a tinham visto, ela estava sempre perto daquela casinha em Niggertown onde eles moram, usando uma bata larga e um dos chapéus velhos dele. Mas dessa vez ela estava vestida. Usava um vestido de seda púrpura e um chapéu com pluma e carregava uma sombrinha e veio até a multidão onde ele estava chamando e gritando e disse: 'Eupheus'. Aí ele parou de gritar e olhou para ela, com aquela bengala ainda erguida na mão e meio balançando, e o queixo caído, babando. Ela segurou o braço do marido. Muita gente teve medo de chegar perto dele por causa daquela bengala; parecia que ele ia acertar alguém a qualquer momento sem saber nem querer. Mas ela foi direto para debaixo da bengala e o pegou pelo braço e o levou até onde havia uma cadeira na frente de uma loja e o sentou na cadeira e disse: 'Fique aqui até eu voltar. Não se mexa, viu. E pare com essa gritaria'.

"E ele parou. Parou mesmo. Ficou sentado, ali bem onde ela o tinha colocado, e ela nem olhou para trás. Todo mundo notou isso. Talvez fosse porque as pessoas nunca a tinham visto perto de casa, ficando em casa. E ele sendo uma espécie de velhinho feroz que ninguém provocaria sem pensar duas vezes. De qualquer forma, ficaram espantados. Nunca pensaram nele recebendo ordens de alguém. Era como se ela tivesse um poder sobre ele, e ele tivesse de obedecer. Porque ficou sentado quando ela disse para ele ficar, naquela cadeira, sem gritar nem falar grosso, mas com a cabeça baixa e as mãos tremendo naquela grande bengala e um pouco de baba escorrendo ainda da boca, na camisa.

"Ela foi direto para a cadeia. Tinha uma grande multidão na frente dela, porque Jefferson tinha informado que eles estavam vindo buscar o crioulo. Ela passou direto pelo meio deles e foi até a cadeia e disse para o Metcalf: 'Quero ver esse homem que eles pegaram'.

"'Para que você quer vê-lo?', perguntou Metcalf.

"'Não vou incomodar', ela disse. 'Só quero olhar para ele.'

"Metcalf disse a ela que tinha um monte de gente que queria fazer isso, e que sabia que ela não ia ajudá-lo a fugir, mas que era apenas o carcereiro e não podia deixar ninguém entrar sem permissão do xerife. E ela ali parada, com aquele vestido de cor púrpura e a pluma sem nem mesmo assentir com a cabeça nem se curvar de tão parada que estava. 'Onde está o xerife?', perguntou.

"'Deve estar no seu escritório', disse Metcalf. 'Procure por ele e consiga a permissão. Aí você pode ver o crioulo.' Metcalf achou que isso encerraria o assunto. Então ele viu a mulher dar a volta e sair andando no meio da multidão na frente da cadeia e voltar pela rua na direção da praça. A pluma estava balançando agora. Ele podia vê-la balançando por cima da cerca. Ele viu a mulher cruzar a praça e dirigir-se para o tribunal. As pessoas não sabiam o que ela pretendia porque Metcalf não teve tempo de contar o que tinha acontecido dentro da cadeia. Só a viram ir até o tribunal. E aí Russell contou que estava no escritório e aconteceu de erguer os olhos e lá estava aquele chapéu com a pluma diante do guichê do balcão. Ele não sabia quanto tempo fazia que ela estava ali, esperando que ele olhasse. Disse que a altura dela era suficiente apenas para vê-la por cima do balcão, de modo que ela não parecia ter corpo. Era como se alguém tivesse entrado furtivamente e colocado um balão de brinquedo com um rosto pintado e um chapéu cômico em cima, como nos *Sobrinhos do Capitão* nos quadrinhos do jornal. 'Quero falar com o xerife', ela diz.

"'Ele não está', diz Russell. 'Eu sou o vice. O que posso fazer por você?'

"Ele disse que ela ficou ali parada sem responder por um instante. Aí ela disse: 'Onde é que eu posso encontrar o xerife?'.

"'Ele deve estar em casa', diz o Russell. 'Anda muito ocupado, esta semana. Até de noite, ajudando aqueles agentes de Jefferson. Deve estar em casa tirando uma soneca. Talvez eu possa…' Mas ela já tinha partido. Ele disse que olhou pela janela e a viu cruzar a praça e virar a esquina na direção da casa do xerife. Disse que ainda estava tentando pensar, lembrar quem ela era.

"Ela não encontrou o xerife. Mas já era tarde demais, de qualquer forma. Porque o xerife já estava na cadeia, só que Metcalf não contou a ela, e além disso ela ainda não tinha se afastado muito dali quando os agentes de Jefferson chegaram em dois carros e entraram na cadeia. Eles chegaram com pressa e partiram depressa. Mas já tinha circulado a notícia de que eles estavam lá, e devia ter uns duzentos homens e meninos e mulheres na frente da cadeia quando os dois xerifes saíram para a varanda e o nosso xerife fez um discurso pedindo para as pessoas respeitarem a lei, e ele e o xerife de Jefferson prometeram que o crioulo receberia um julgamento rápido e justo; e aí alguém na multidão diz: 'Justo, o diabo. E ele lá deu um julgamento justo para aquela branca?'. Eles gritaram, avançando, como se estivessem gritando uns para os outros e para a mulher morta e não para os xerifes. Mas o xerife continuou falando calmamente que dera sua palavra a eles no dia em que o elegeram e que estava tentando cumprir. 'Não tenho mais simpatia por crioulos assassinos do que qualquer outro branco daqui', diz ele. 'Mas fiz meu juramento e juro por Deus, vou cumpri-lo. Não quero problemas, mas não vou me esquivar deles. É melhor vocês pensarem nisso um pouco.' E Halliday também estava lá, com os xerifes. Ele era o maior defensor da razão e de não criarem problemas. 'Éééé', grita alguém; 'sabemos que você não quer vê-lo linchado. Mas ele não vale mil dólares para nós. Não vale mil fósforos queimados para nós.' E o xerife diz rapidamente: 'O que é que tem se Halliday não o quer morto? Nós não queremos a mesma coisa? Este aqui é um cidadão local que vai receber a recompensa: o dinheiro será gasto aqui em Mottstown. Imaginem só se uma pessoa de Jefferson fosse recebê-lo. Não é verdade, rapazes? Não é sensato?'. Sua voz soava fraca, como uma voz de boneca, como uma voz de homem grande soa quando ele está falando não para pessoas ouvindo mas para suas mentes já meio decididas.

"Seja como for, aquilo pareceu convencê-los, embora os rapazes soubessem que nem Mottstown, nem outro lugar qualquer veria o bastante daqueles mil dólares para engordar um bezerro se deixasse para Halliday gastá-los. Mas isso bastou. As pessoas são engraçadas. Muitas vezes não conseguem se aferrar a um modo de pensar ou fazer qualquer coisa a menos que descubram uma nova razão para fazê-lo. E aí, quando descobrem uma nova razão, são capazes de mudar a qualquer momento. Por isso não recuaram exatamente; era como se antes daquilo a multidão tivesse como que fresado de dentro para fora, e agora começasse a fresar de fora para dentro. E os xerifes sabiam disso, assim como sabiam que aquilo poderia não durar muito, porque entraram rapidamente na cadeia e saíram de novo, quase antes de as pessoas terem tempo de se virar, com o crioulo entre eles e cinco ou seis ajudantes seguindo. Eles deviam estar com ele pronto bem perto da porta da cadeia o tempo todo, porque saíram quase de imediato, com o crioulo entre eles com o rosto manchado e os pulsos algemados ao xerife de Jefferson; e a multidão meio que diz: 'Ahhhhhhhhhhhh'.

"Eles formaram uma espécie de corredor até a rua, onde o primeiro carro de Jefferson estava esperando com o motor ligado e um homem atrás do volante, e os xerifes estavam avançando por esse corredor sem perda de tempo quando ela veio de novo, a mulher, a sra. Hines. Ela vinha abrindo caminho no meio da multidão. Era tão baixinha que tudo que as pessoas podiam ver era aquela pluma avançando devagar meio que aos trancos, como algo que não conseguiria avançar muito depressa mesmo que não tivesse nada no seu caminho, e que nada poderia parar, como um trator.

"Ela seguiu abrindo caminho até o corredor que as pessoas tinham formado, até a frente dos dois xerifes com o crioulo entre eles, de modo que eles tiveram de parar para não a atropelar. O rosto dela parecia um grande pedaço de massa de vidraceiro e o chapéu tinha sido empurrado para o lado de modo que a pluma agora caía na frente do rosto e ela tinha de empurrá-la para trás para ver. Mas não fez nada. Só os parou, de repente, por um minuto, enquanto ficava ali de pé olhando o crioulo. Ela não disse uma palavra, como se aquilo fosse tudo que queria e a razão por que estivera perturbando as pessoas, como se aquela fosse a razão por que se vestira e viera para a cidade: apenas olhar uma vez na cara daquele crioulo. Porque ela se virou e começou a abrir caminho para trás na multidão de novo, e quando os carros se afastaram com o crioulo e a lei de Jefferson e as pessoas olharam em volta, ela já tinha partido. E aí elas voltaram para a praça, e Tio Doc também tinha saído da cadeira onde ela o tinha acomodado e dito para esperar. Mas nem todas as pessoas voltaram direto para a praça. Muitas permaneceram ali, olhando para a cadeia como se pudesse ter sido apenas a sombra do crioulo que saíra.

"Todos pensaram que ela tinha levado Tio Doc para casa. Foi na frente da loja do Dollar, e Dollar contou que a viu voltar pela rua à frente da multidão. Ele disse que Tio Doc não tinha se mexido, que ainda estava sentado na cadeira onde ela o deixara como se estivesse hipnotizado, até que ela voltou e tocou no seu ombro e ele se levantou e eles saíram juntos com Dollar olhando. E Dollar disse que pela expressão no rosto de Tio Doc, era em casa que ele devia estar.

"Só que ela não levou o velho para casa. Depois de um tempo algumas pessoas viram que ela não estava precisando levá-lo a lugar nenhum. Era como se os dois quisessem fazer a mesma coisa. A mesma coisa mas por razões diferentes, e cada um soubesse que a razão do outro era diferente da sua e que qualquer um dos dois que conseguisse se impor seria grave para o outro. Como se os dois soubessem disso sem dizer e cada um estivesse vigiando o outro, e os dois soubessem que ela teria mais juízo para colocá-los a caminho.

"Eles foram direto para a garagem onde Salmon guarda os carros de aluguel. Foi ela que levou a conversa. Disse que eles queriam ir para Jefferson. Talvez nem sonhassem que Salmon cobraria mais de um quarto de dólar por pessoa, porque quando ele disse três dólares ela perguntou de novo, como se não acreditasse nos próprios ouvidos. 'Três dólares', disse Salmon. 'Não faria isso por menos.' E eles ali parados e Tio Doc sem tomar parte, como se estivesse esperando, como se não fosse problema dele, como se soubesse que não precisava se preocupar: que ela os levaria até lá.

"'Não posso pagar isso', ela diz.

"'Não vai conseguir por menos', diz Salmon. 'Só de trem. Ele levará vocês por vinte e cinco cents cada um.' Mas ela já estava se afastando, com Tio Doc seguindo atrás como um cachorro.

"Isso foi perto das quatro horas. Até as seis as pessoas os viram sentados num banco do pátio do tribunal. Não estavam conversando: era como se um não soubesse que o outro estava ali. Apenas ficaram ali sentados, lado a lado, com ela toda vestida com a roupa de domingo. Talvez estivesse se divertindo, assim toda vestida e na cidade durante toda a tarde de sábado. Talvez fosse para ela o mesmo que estar em Memphis durante o dia todo para outras pessoas.

"Eles ficaram ali sentados até o relógio dar seis. Aí se levantaram. As pessoas que viram falaram que ela não disse uma palavra para ele; que eles simplesmente se levantaram ao mesmo tempo, como dois pássaros levantam voo de um galho e ninguém sabe dizer qual deles deu o sinal. Quando saíram andando, Tio Doc ia um pouco atrás. Eles cruzaram a praça assim e viraram na rua que vai dar na estação. E as pessoas sabiam que não havia nenhum trem previsto para as próximas três horas e ficaram se perguntando se eles realmente iam a algum lugar de trem, até descobrirem que eles iam fazer uma coisa que espantou as pessoas mais do que isso até. Foram para aquele pequeno café perto da estação e jantaram, eles que nunca tinham sido vistos juntos na rua antes, muito menos jantando num café, desde que vieram para Mottstown. Mas foi para lá que ela o levou; talvez tivessem medo de perder o trem se fossem até a cidade. Porque estavam lá antes das seis e meia, sentados em dois daqueles banquinhos do balcão, comendo o que ela pedira sem perguntar nada para Tio Doc. Ela perguntou para o homem do café sobre o trem para Jefferson e ele disse que o trem passava às duas da manhã. 'Muita agitação em Jefferson esta noite', ele diz. 'Vocês podem pegar um carro lá na cidade e chegar a Jefferson em quarenta e cinco minutos. Não precisam esperar até as duas por esse trem.' Ele pensou que eles talvez fossem de fora; disse a ela onde ficava a cidade.

"Mas ela não disse nada e eles terminaram de comer e ela pagou, uma ninharia, tudo tirado de um trapo amarrado que ela retirou da sombrinha, com o Tio Doc ali sentado e esperando com aquela expressão pasmada no rosto como se fosse um sonâmbulo. Aí eles saíram, e o homem do café achou que iam aceitar o seu conselho e ir para a cidade e pegar o carro, quando olhou e viu os dois atravessando os trilhos do desvio na direção da estação. Ele quase começou a chamar, mas não começou. 'Acho que não a entendi direito', ele diz que pensou. 'Talvez seja o das nove horas para o sul que eles querem.'

"Eles estavam sentados no banco da sala de espera quando as pessoas, os caixeiros-viajantes e desocupados e outros, começaram a entrar e comprar bilhetes para o que ia para o sul. O agente disse que notou que tinha umas pessoas na sala de espera quando entrou depois do jantar, às sete e meia, mas que não percebeu nada de particular até que ela veio até a janela do guichê e perguntou a que horas saía o trem para Jefferson. Ele disse que estava ocupado no momento e que apenas levantou os olhos e disse: 'Amanhã', sem interromper o que estava fazendo. Aí ele contou que depois de um tempo alguma coisa o fez levantar os olhos, e lá estava aquele rosto redondo olhando para ele e aquela pluma ainda na janela, e ela diz:

"'Quero dois bilhetes para esse trem.'

"'Ele não passa antes das duas da manhã', diz o agente, que

também não a reconheceu. 'Se quer ir para Jefferson antes, é melhor ir até a cidade e alugar um carro. Sabe de que lado fica a cidade?' Mas ele disse que ela simplesmente ficou ali, contando níqueis e cents tirados daquele trapo amarrado, e ele deu a ela os dois bilhetes e depois olhou para ela pela janelinha e viu Tio Doc e lembrou quem ela era. E contou que eles ficaram ali sentados e as pessoas do trem para o sul chegaram e o trem chegou e partiu e eles ainda ali sentados. Ele contou que Tio Doc ainda parecia estar dormindo ou dopado ou coisa assim. E aí o trem partiu, mas algumas pessoas não voltaram para a cidade. Ficaram ali, olhando pela janela, e de vez em quando elas entravam e olhavam para Tio Doc e a mulher, sentados no banco, até que o agente apagou as luzes da sala de espera.

"Algumas pessoas ficaram, mesmo depois disso. Podiam olhar pela janela e ver os dois sentados ali no escuro. Talvez pudessem ver a pluma, e o branco da cabeça de Tio Doc. E aí Tio Doc começou a acordar. Ele não pareceu surpreso ao descobrir onde estava, nem que estivesse onde não queria estar. Apenas despertou como se viesse descendo uma ladeira na banguela havia muito tempo e agora tivesse chegado o momento de acelerar de novo. Deu para ouvir a mulher dizendo 'Psiiiiiiiiiuu. Psiiiiiiiiiuu' para ele, e aí a voz dele se soltou. Ainda estavam sentados ali quando o agente acendeu as luzes e disse a eles que o trem das duas horas estava chegando, com ela dizendo 'Psiiiiiiiiuu. Psiiiiiiiiuu' como para um bebê, e Tio Doc vociferando: 'Putaria e abominação! Abominação e putaria'."

16

Quando sua batida não obtém resposta, Byron sai da varanda e contorna a casa e entra no pequeno quintal cercado dos fundos. Ele vê a cadeira imediatamente, embaixo da amoreira. É uma espreguiçadeira de lona, remendada e desbotada e amoldada por tanto tempo à forma do corpo de Hightower que, mesmo vazia, ainda parece conservar em fantasmagórico abraço a obesa deformidade do dono; aproximando-se, Byron pensa em como a cadeira, muda, evocando desuso e indolência e miserável afastamento do mundo, é, de certa forma, também o símbolo e o ser do próprio homem. "Que vou incomodá-lo de novo", ele pensa, com aquele leve alçar de lábio, pensando *De novo? O incômodo que eu lhe causei, mesmo ele verá que esse incômodo não é nada agora. E no domingo de novo. Mas aí eu acho que o domingo também gostaria de se vingar nele, já que o domingo foi inventado pelas pessoas*

Ele se aproxima por trás da cadeira e olha para baixo. Hightower está dormindo. Sobre a protuberância de sua barriga, onde a camisa branca (é uma camisa limpa e fresca agora) estufa para fora da calça preta e gasta, repousa um livro aberto de rosto para baixo. Sobre o livro, as mãos de Hightower estão cruzadas, pacatas, benignas, quase pontifícias. A camisa é de estilo antigo, com peitilho preguedo mas mal passado, e ele está sem colarinho. Sua boca está aberta, a carne flácida e balofa pendendo frouxamente do orifício redondo por onde se revelam os dentes inferiores manchados, e do nariz ainda fino que, apenas ele, a idade, a derrota dos meros anos, não alterou. Olhando para o rosto inconsciente, Byron tem a impressão de que o homem todo está se afastando do nariz que se aferra, indômito, a algo ainda de altivez e coragem por sobre a sordidez da derrota, como um estandarte esquecido no alto de uma fortaleza em ruínas. De novo a luz, o reflexo do céu acima das folhas da amoreira, lampeja e brilha nas lentes do óculo de modo que Byron não consegue perceber quando os olhos de Hightower se abrem. Ele vê apenas a boca se fechar, e um movimento nas mãos cruzadas quando Hightower resolve sentar-se. "Sim", diz ele. "Sim? Quem é... Ah, Byron."

Byron olha para o outro, abaixo, seu rosto muito sério. Mas ele não está penalizado agora. Não está nada: apenas muito sóbrio e muito determinado. Ele diz, sem qualquer inflexão: "Eles o pegaram ontem. Não acho que você tenha ouvido mais do que ouviu sobre o assassinato".

"Pegaram?"

"Christmas. Em Mottstown. Ele veio para a cidade, e até onde posso saber, ficou pela rua até alguém o reconhecer."

"Pegaram." Hightower está sentado na cadeira agora. "E você veio me contar que ele está... que eles..."

"Não. Ninguém fez nada com ele ainda. Ele ainda não está morto. Está na cadeia. Está bem."

"Bem. Você diz que ele está bem. Byron diz que ele está bem — Byron Bunch ajudou o amante da moça a vender seu amigo por mil dólares, e Byron diz que está tudo bem. Manteve a mulher escondida do pai do seu filho, enquanto aquele — devo dizer, outro amante, Byron? Devo dizer isso? Devo me furtar à verdade porque Byron Bunch a esconde?"

"Se o falatório público é a verdade, então acho que é verdade. Especialmente quando eles descobrem que eu fiz os dois serem trancados na cadeia."

"Os dois?"

"O Brown também. Embora eu ache que a maioria das pessoas meio que decidiu que o Brown é tão capaz de cometer aquele assassinato ou de ter participado dele quanto de pegar o homem que fez aquilo ou ajudar a pegá-lo. Mas agora todos podem dizer que Byron Bunch fez ele ser trancado ileso na cadeia."

"Ah, sim." A voz de Hightower treme um pouco, alta e fina. "Byron Bunch, o guardião da moralidade e do bem-estar públicos. O beneficiário, o herdeiro de recompensas, pois ele agora atacará a morganática esposa de... Devo dizer isso também? Devo entender Byron também nisso?" Ele começa então a chorar, sentado, enorme, largado, na cadeira afundada. "Não estou falando sério. Você sabe que não. Mas não é direito me incomodar, me preocupar, quando eu... quando eu me ensinei a ficar... fui ensinado por eles a ficar... Que isso venha até mim, me agarrando agora que estou velho e reconciliado com o que eles decidiram." Byron já o vira em outra oportunidade sentado com o suor escorrendo pelo rosto como lágrimas; agora ele vê as lágrimas escorrerem pelas bochechas flácidas como suor.

"Eu sei. É uma coisa triste. Uma coisa triste preocupar você. Eu não sabia, quando entrei nisso. Senão eu teria... Mas você é um homem de Deus. Não pode se furtar a isso."

"Não sou um homem de Deus. Não por meu próprio desejo. Lembre-se disso. Não é por minha escolha que não sou mais um homem de Deus. Foi pela vontade, mais do que pela ordem, daqueles como você e como ela e como ele lá na cadeia e como aqueles que o colocaram lá para exercer sua vontade sobre ele, como exerceram sobre mim, com insulto e violência sobre aqueles que, como eles, foram criados pelo mesmo Deus e foram levados por eles a fazer aquilo contra o que eles agora se viram e o despedaçam por ter feito. Não foi minha escolha. Lembre-se disso."

"Eu sei disso. Porque a um homem não são dadas todas essas escolhas. Você teve a sua escolha antes disso." Hightower olha para ele. "Você teve a sua escolha antes de eu ter nascido, e você a fez antes de eu ou ela ou ele também termos nascido. Essa foi a sua escolha. E acho que os bons devem sofrer por isso tanto quanto os maus. Tanto quanto ela, e ele, e eu. E tanto quanto aqueles outros, aquela outra mulher."

"Aquela outra mulher? Outra mulher? Será que minha vida depois de cinquenta anos deve ser violada e minha paz destruída por duas mulheres perdidas, Byron?"

"Esta outra não está perdida agora. Ela esteve perdida por trinta anos. Mas agora ela está encontrada. Ela é avó dele."

"Avó de quem?"

"De Christmas", diz Byron.

Esperando, observando a rua e o portão da janela do estúdio às escuras, Hightower ouve a música distante no momento em que ela começa. Ele não sabe que a espera, que todas as noites de quarta-feira e domingo, sentado à janela escura, ele espera que ela comece. Sabe quase o segundo em que deve começar a ouvi-la sem recorrer ao relógio de bolso ou o de parede. Ele não usa nenhum dos dois, já não precisa deles há vinte e cinco anos. Vive dissociado do tempo mecânico. Mas por essa razão ele nunca o perdeu. É como se no seu subconsciente ele produzisse, sem querer, as poucas cristalizações de instâncias estabelecidas pelas quais sua vida morta no mundo real fora governada e ordenada um dia. Sem recorrer a relógio ele poderia saber imediatamente, pelo pensamento, precisamente onde, em sua vida antiga, ele estaria e fazendo o que entre dois momentos fixos que marcavam o começo e o fim do serviço dominical matinal e do serviço dominical noturno e do serviço de oração na quarta-feira à noite; precisamente quando estaria entrando na igreja, precisamente quando estaria trazendo para um desfecho calculado a oração ou o sermão. Assim, antes de o crepúsculo ter desvanecido por completo, ele está dizendo para si mesmo *Agora eles estão se reunindo, se aproximando pela rua lentamente e virando para entrar, saudando-se uns aos outros: os grupos, os casais, os solteiros. Uma ou outra conversa informal na própria igreja, em voz baixa, as senhoras de sempre um pouco sibilantes com leques, acenando com a cabeça para as amigas que chegam enquanto passam pela nave. A* srta. *Carruthers* (ela era sua organista e já morrera havia quase vinte anos) *está entre elas; logo ela se levantará e entrará no balcão do órgão* Reunião para orações no domingo à noite. Sempre lhe pareceu que naquela hora o homem chega mais perto de Deus, mais perto do que em qualquer outra hora de todos os sete dias. Só então, entre todas as reuniões religiosas, existe algo daquela paz que é a promessa e o fim da Igreja. A mente e o coração se purgavam então, se assim devesse ser; a semana e seus desastres, quaisquer que eles fossem, terminados e somados e expiados pelo furor duro e formal do serviço matinal; a semana seguinte e seus possíveis desastres ainda não nascidos, o coração aquietado agora por algum tempo sob o fresco e suave sopro de fé e esperança.

Sentado à janela escura ele parece vê-los *Agora eles estão se reunindo, entrando pela porta. Eles estão quase todos lá agora* E então ele começa a dizer: "Agora. Agora", inclinando-se um pouco para a frente; e então, como se estivesse à espera do seu sinal, a música começa. A melodia do órgão chega rica e harmoniosa através da noite de verão, maturada, sonora, com aquela espécie de culpa e sublimação, como se as próprias vozes liberadas estivessem assumindo as formas e atitudes de crucificações, avultando-se enlevadas, solenes e profundas. Mesmo assim a música guarda ainda algo duro e implacável, tão deliberadamente e sem paixão quanto sem imolação, rogando, implorando por não amor, não vida, proibindo-o para outros, exigindo em toques sonoros a morte, como se a morte fosse uma dádiva, como toda música protestante. Era como se aqueles que a aceitavam e elevavam suas vozes para exaltá-la dentro da exaltação, tendo se tornado o que eram por aquilo que a música exaltava e simbolizava, se vingassem daquilo que os fizera assim por meio da própria exaltação. Ouvindo, ele parece ouvir dentro dela a apoteose de sua própria história, sua própria terra, seu próprio sangue cercado: aquela gente da qual descendera, e entre a qual vive, que jamais consegue extrair prazer nem catástrofe nem escapar disso sem disputa. Prazer, êxtase, eles parecem não conseguir suportar: fogem dele com violência, bebendo e brigando e rezando; a catástrofe também, a violência idêntica e aparentemente inevitável *E sendo assim por que sua religião não deveria conduzi-los à crucificação de si mesmos e dos outros?* pensa. Parece-lhe que pode ouvir dentro da música a declaração e dedicação daquilo que eles sabem que no futuro terão de fazer. Parece-lhe que a semana anterior passou como uma torrente e que a semana seguinte, que começará amanhã, é o abismo, e que agora na beira da catarata a correnteza levantou um único grito mesclado, sonoro e austero, não como justificativa mas saudação final antes de seu próprio mergulho, e não para algum deus, mas para o homem condenado na cela gradeada ao alcance deles e de duas outras igrejas, e para cuja crucificação elas também levantarão uma cruz. "E farão isso alegremente", ele diz, na janela escura.

Ele sente a boca e os músculos do queixo se retesarem com algo premonitório, alguma coisa mais terrível até do que rir. "Pois se apiedar dele seria admitir a dúvida pessoal e almejar e necessitar de piedade eles mesmos. Eles o farão alegremente, alegremente. É por isso que é tão terrível, terrível, terrível." Inclinando-se então para a frente, ele vê três pessoas se aproximarem e virarem para o portão, em silhueta agora contra a lâmpada da rua, entre as sombras. Já reconheceu Byron e olha as duas sombras que o seguem. Uma mulher e um homem, ele sabe que são, mas salvo pela saia que uma veste, são quase intercambiáveis: da mesma altura, e de uma largura que é o dobro da altura de um homem ou mulher comum, como dois ursos. Ele começa a rir antes de conseguir se preparar para conter-se. "O Byron só precisava de um lenço na cabeça, e brincos", ele pensa, rindo sem parar, sem fazer nenhum som, tentando se preparar para conter o riso para ir até a porta quando Byron bater.

Byron os introduz no estúdio — uma mulher atarracada num vestido de cor púrpura e uma pluma e carregando uma sombrinha, com o rosto perfeitamente imóvel, e um homem incrivelmente sujo e aparentando ser incrivelmente velho, com uma barbicha manchada de tabaco e olhos desvairados. Eles entram não sem desconfiança, mas com um quê de bonecos, como se fossem operados por um grosseiro mecanismo de mola. A mulher parece ser a mais segura, ou, ao menos, a mais consciente dos dois. É como se, apesar de toda a sua congelada e mecânica inércia, ela tivesse vindo por algum propósito definido ou, pelo menos, com uma vaga esperança. Mas ele percebe de imediato que o homem se encontra como que em estado de coma, absorto e totalmente indiferente ao próprio paradeiro, e, contudo, ao mesmo tempo, possui uma qualidade latente e explosiva, paradoxalmente ensimesmada e alerta.

"Esta é ela", diz Byron calmamente. "Esta é a sra. Hines."

Eles ficam ali, imóveis: a mulher como se tivesse chegado ao fim de uma longa jornada e agora entre rostos e ambientes estranhos espera, quieta, gélida, como que feita de pedra e pintada, e o velho calmo, absorto, mas latentemente furioso e sujo. É como se nenhum deles tivesse sequer olhado para ele, com ou sem curiosidade. Ele indica cadeiras. Byron guia a mulher, que se acomoda com cuidado, agarrada à sombrinha. O homem senta-se prontamente. Hightower ocupa sua cadeira atrás da escrivaninha. "Sobre o que ela quer falar comigo?", pergunta.

A mulher não se mexe. Aparentemente não ouviu. Parece alguém que concluiu uma árdua jornada por força de uma promessa e agora para completamente e espera. "Este é ele", diz Byron. "Este é o reverendo Hightower. Conte a ele. Conte a ele o que quer que ele saiba." Ela olha para Byron enquanto ele fala, seu rosto absolutamente vazio. Se há falta de articulação por trás de sua expressão, a articulação é anulada pela própria imobilidade do rosto; se há esperança ou anseio, nem esperança nem anseio se revelam. "Conte a ele", diz Byron. "Conte a ele por que você veio. Por que você veio até Jefferson."

"Foi porque", diz ela. Sua voz é brusca e profunda, quase áspera, mas não alta. É como se ela não esperasse fazer tanto barulho ao falar; ela para como que espantada com o som da própria voz, olhando para uma e a outra face.

"Conte-me", diz Hightower. "Tente me contar."

"É porque eu…" De novo a voz cessa, morre enrouquecida embora ainda não elevada, como que do próprio espanto. É como se as três palavras representassem algum obstáculo automático que sua voz não consegue transpor; eles quase podem observar ela se controlar para contorná-lo. "Eu nem cheguei a ver quando ele já andava", diz ela. "Por trinta anos eu nunca mais vi ele. Nenhuma vez andando sozinho e dizendo o próprio nome..."

"Putaria e abominação!", diz o homem subitamente. Sua voz é alta, esganiçada, forte. "Putaria e abominação!" E aí ele para. De seu estado intuitivo e onírico ele grita as três palavras com ultrajada e profética brusquidão, e isso é tudo. Hightower olha para ele, e depois para Byron. Byron diz calmamente:

"Ele é filho da filha deles. Ele...", com um leve movimento da cabeça ele indica o velho, que agora está observando Hightower com seu olhar brilhante, desvairado, "ele o pegou assim que nasceu e o levou embora. Ela não sabia o que ele tinha feito com a criança. Nunca soube nem se ela ainda estava viva ou não até..."

O velho interrompe de novo, com aquela chocante brusquidão. Mas dessa vez ele não grita: sua voz está agora tão calma e lógica quanto a de Byron. Ele fala claramente, apenas de maneira um pouco convulsiva: "Foi. O velho Tio Doc levou ele. Deus deu ao velho Doc Hines a sua chance e assim o velho Doc Hines deu a Deus a Sua chance também. Foi assim pelas bocas das crianças que Deus fez saber a Sua vontade. As crianças gritando Preto! Preto! para ele aos ouvidos de Deus e do homem, mostrando a vontade de Deus. E o velho Doc Hines disse para Deus 'Mas isso não basta. Aquelas crianças se chamam de coisas piores do que crioulo' e Deus disse 'Espera e observa, porque eu não tenho tempo para perder com a sordidez e a putaria deste mundo. Eu pus a marca nele e agora colocarei o conhecimento. E coloquei você lá para vigiar e guardar a Minha vontade. Caberá a você zelar por isso e fiscalizar'". Sua voz cessa; seu tom não diminui em nada. Sua voz simplesmente cessa, exatamente como acontece quando a agulha é levantada de um disco fonográfico pela mão de alguém que não está ouvindo a gravação. Hightower desvia o olhar dele para Byron, quase feroz também.

"Que história é essa? Que história é essa?", diz ele.

"Eu pretendia dar um jeito de ela vir e falar com você sem ele por perto", diz Byron. "Mas ela não tinha onde deixá-lo. Ela diz que precisa vigiá-lo. Ontem, lá em Mottstown, ele estava tentando persuadir os outros a linchá-lo, antes mesmo de saber o que ele tinha feito."

"Linchá-lo?", diz Hightower. "Linchar o próprio neto?"

"É o que ela diz", responde Byron monotonamente. "Ela diz que foi para isso que ele veio para cá. E ela teve que vir com ele para impedi-lo."

A mulher recomeça a falar. Talvez estivesse escutando. Mas não há mais expressão em seu rosto agora do que quando ela entrara; impassível, ela fala de novo com sua voz apática, com uma brusquidão quase igual à do homem. "Há cinquenta anos ele está assim. Por mais de cinquenta anos, mas por cinquenta anos eu suportei. Mesmo antes de nos casarmos, ele estava sempre brigando. Na noite em que Milly nasceu, ele estava na cadeia por briga. É isso que eu tenho suportado e sofrido. Ele dizia que tinha que brigar porque é menor do que a maioria dos homens e por isso as pessoas tentariam provocá-lo. Esta era sua vaidade e seu orgulho. Mas eu disse para ele que era porque o diabo estava nele. E que algum dia o diabo ia dizer 'Eupheus Hines, vim recolher o meu tributo'. Foi isso que eu disse para ele, no dia seguinte depois que a Milly nasceu e eu ainda estava fraca demais para levantar a cabeça, e ele acabando de sair da cadeia de novo. Eu disse para ele assim: bem ali, Deus tinha dado para ele um sinal e um aviso: que ele estava preso na cadeia na hora e no minuto exatos do nascimento da filha, e isto era um sinal do próprio Senhor de que o céu não achava ele apropriado para criar uma filha. Um sinal de Deus lá em cima de que aquela cidade (ele era guarda-freio, naquele tempo, na ferrovia) só estava fazendo mal para ele. E aí ele levou a sério, porque era um sinal, e aí nós mudamos da cidade e depois de um tempo ele ficou sendo capataz na serraria, se dando bem porque não começou a usar o nome de Deus em vão e com orgulho para justificar e desculpar o diabo que estava nele. Por isso, quando a carroça do Lem Bush passou naquela noite de volta do circo e não parou para deixar Milly saltar e Eupheus voltou para casa e arrancou as coisas da gaveta até achar a pistola, eu disse 'Eupheus, é o diabo. Não é a segurança da Milly que está atiçando você agora', e ele disse: 'Com diabo ou sem diabo. Com diabo ou sem diabo', e me deu um safanão e eu fiquei caída na cama e vendo ele..." Ela para. Mas a sua parada é numa inflexão minguante, como se o mecanismo perdesse força no meio do disco. De novo Hightower desvia o olhar dela para Byron com aquela expressão de furiosa perplexidade.

"Foi isso que eu ouvi também", diz Byron. "Foi duro para eu entender também, no começo. Eles estavam vivendo numa serraria onde ele era o capataz, no Arkansas. A garota tinha perto de dezoito na época. Uma noite o circo passou pela serraria, a caminho da cidade. Era dezembro e tinha chovido muito, e uma das carroças quebrou numa ponte perto da serraria e os homens vieram até a casa deles para acordá-lo e pegar emprestado uns tocos de madeira para tirar a carroça..."

"É a abominação de Deus da carnefêmea!", grita subitamente o velho. E sua voz cai, abaixa; é como se ele estivesse apenas chamando a atenção. Ele torna a falar, rapidamente, seu tom impressionante, vago, fanático, falando novamente de si na terceira pessoa. "Ele sabia. O velho Doc Hines sabia. Ele já tinha visto a marcafêmea da abominação de Deus nela, embaixo das roupas dela. Aí quando ele foi e vestiu a capa de chuva e acendeu a lanterna e voltou, ela já estava na porta, com uma capa de chuva também e ele disse 'Volta pra dentro daquele quarto' e ela voltou e ele saiu e pegou o moitão grande da serraria e desencalhou a carroça. Até quase o dia nascer ele trabalhou, achando que ela tinha obedecido à ordem do pai que o Senhor tinha dado a ela.

Mas ele devia ter imaginado. Devia ter reconhecido a abominação de Deus da carnefêmea; devia ter reconhecido a forma ambulante de putaria e abominação já fedendo nas vistas de Deus. Falando pro velho Doc Hines, que sabia mais, que ele era um mexicano. Quando o velho Doc Hines podia ver no rosto dele a maldição negra de Deus todo-poderoso. Falando para ele…"
"O quê?", diz Hightower. Ele fala alto, como se tivesse antecipado que teria de afogar a voz do outro só com o volume. "Que história é essa?"
"Era um rapaz do circo", diz Byron. "Ela contou para ele que o homem era um mexicano, a filha contou para ele quando ele a pegou. Talvez tenha sido isso que o sujeito contou para a garota. Mas ele", de novo ele aponta para o velho, "sabia, de algum modo, que o sujeito tinha sangue preto. Talvez os caras do circo tenham contado. Não sei. Ele nunca disse como descobriu, como se isso não fizesse nenhuma diferença. E acho que não fez, depois da noite seguinte."
"A noite seguinte?"
"Acho que ela saiu escondida naquela noite quando o circo estava empacado. Ela diz que saiu. De toda forma, ele agiu como se fosse assim, e o que ele fez não poderia ter acontecido se ele não tivesse sabido e ela não tivesse saído às escondidas. Porque no dia seguinte ela foi ao circo com alguns vizinhos. Ele a deixou ir, porque não sabia então que ela tinha saído às escondidas na noite anterior. Ele não suspeitou de nada mesmo quando ela saiu e entrou na carroça do vizinho com o vestido de domingo. Mas ele estava esperando a carroça quando esta voltou naquela noite, escutando ela chegar, quando ela veio pela estrada e passou pela casa como se não fosse parar para deixá-la descer. E ele saiu correndo e chamou, e o vizinho parou a carroça e a garota não estava nela. O vizinho disse que ela se separara deles no terreno do circo para passar a noite com outra moça que vivia a dez quilômetros de dis-

tância, e o vizinho ficou se perguntando como o Hines não sabia disso, porque disse que a garota estava com a sua bolsa de viagem quando entrou na carroça. Hines não viu a bolsa. E ela", dessa vez ele aponta para a mulher de rosto petrificado; ela pode ou não estar ouvindo o que ele está dizendo, "ela diz que foi o diabo que o guiou. Ela diz que ele não poderia ter sabido mais do que ela, onde a garota estava, mas ele entrou na casa e pegou a pistola e derrubou ela na cama quando tentou contê-lo e selou o cavalo e saiu cavalgando. E ela disse que ele pegou o único atalho que poderia pegar, escolhendo-o no escuro, entre a meia dúzia deles pelos quais jamais os teria alcançado. E ainda assim ele não tinha nenhuma maneira de saber que estrada eles tinham tomado. Mas soube. Ele os encontrou como se soubesse o tempo todo onde eles estariam, como se ele e o homem que a garota dissera para ele que era um mexicano tivessem marcado um encontro ali. Era como se ele soubesse. Estava um escuro de breu, e mesmo quando ele alcançou a charrete, não tinha nenhum meio de saber que era a que ele queria. Mas ele cavalgou direto atrás da charrete, a primeira charrete que ele viu naquela noite. Ele cavalgou do lado direito dela e se inclinou, ainda no escuro de breu e sem dizer uma palavra e sem parar seu cavalo, agarrou o homem que podia ser um estranho ou um vizinho até onde ele podia saber por ver e ouvir. Agarrou-o com uma mão e apontou a pistola para ele com a outra e atirou para matar e trouxe a garota de volta para casa na garupa do cavalo. Ele deixou a charrete e o homem lá na estrada. Estava chovendo de novo, também."

Ele para. De imediato a mulher começa a falar, como se estivesse esperando com rígida impaciência que Byron se calasse. Ela fala no mesmo tom apático, uniforme: as duas vozes em monótona estrofe e antístrofe: duas vozes incorpóreas narrando oniricamente algo ocorrido numa zona sem dimensão por pessoas sem sangue: "Eu fiquei atravessada na cama e ouvi ele sair e depois ouvi o cavalo sair do estábulo e passar da casa, já no galope. E fiquei ali sem me despir, olhando o lampião. O óleo estava baixando e depois de um tempo eu me levantei e levei ele para a cozinha e enchi ele e limpei o pavio e aí me despi e me deitei, com o lampião queimando. Ainda estava chovendo e estava frio e depois de um tempo ouvi o cavalo voltar no quintal e parar na varanda e eu levantei e coloquei o xale e ouvi eles entrando na casa. Eu pude ouvir os pés do Eupheus e depois os pés da Milly, e eles vieram pela sala até a porta e a Milly ficou ali parada com a chuva no rosto e no cabelo e o vestido novo todo enlameado e os olhos fechados e aí o Eupheus bateu nela e ela caiu no chão e ficou ali e ela não parecia nem um pouco diferente no rosto do que quando estava de pé. E o Eupheus parado na porta molhado e enlameado também e ele disse: 'Você disse que eu estava a serviço do diabo. Pois bem, eu trouxe de volta pra você a seara do diabo. Pergunte a ela o que ela carrega agora, dentro dela. Pergunte a ela'. E eu estava bem cansada, e estava frio, e eu disse 'O que foi que aconteceu?', e ele disse 'Vai lá e olha na lama e você vai ver. Ele pode ter enganado ela que era um mexicano. Mas nunca me enganou. E não enganou ela. Não precisou. Porque você disse uma vez que um dia o diabo vinha me cobrar o seu tributo. Pois bem, ele veio. Minha mulher me pariu uma puta. Mas pelo menos ele fez aquilo que podia quando chegou o tempo da coleta. Ele me mostrou a estrada certa e manteve a pistola firme'.

"E assim às vezes eu pensava como o diabo tinha vencido Deus. Porque nós descobrimos que a Milly ia ter um bebê e Eupheus saiu para encontrar um médico para dar um jeito. Acho que ele teria encontrado, e às vezes acho que teria sido melhor assim, para os humanos, homem e mulher, viverem neste mundo. E às vezes eu esperava que ele conseguisse, eu estando tão cansada e tudo quando o julgamento terminou e o dono do circo voltou e disse que o homem era mesmo meio preto em vez de mexicano, como Eupheus dizia o tempo todo que ele era, como o diabo tinha contado para Eupheus que ele era um preto. E Eupheus pegaria a pistola de novo e diz que encontraria um doutor ou mataria um, e ele sairia e ficaria fora uma semana de cada vez, e todo mundo sabendo disso e eu tentando pegar o Eupheus para a gente se mudar porque era só aquele homem do circo que disse que ele era preto e talvez ele não tivesse certeza, e além disso ele também tinha ido embora e a gente provavelmente nunca mais veria ele. Mas Eupheus não queria se mudar, e a hora da Milly chegando e Eupheus com aquela pistola, tentando encontrar um doutor que fizesse aquilo. E aí eu ouvi que ele estava na cadeia de novo; que ele estava indo em igrejas, em reuniões de oração de vários lugares onde estaria tentando encontrar um doutor, e que uma noite ele se levantou durante a reunião de oração e foi até o púlpito e começou ele mesmo a pregar, gritando contra os pretos, para os brancos expulsarem e matarem eles todos, e as pessoas na igreja fizeram ele sair e descer do púlpito e ele ameaçou elas com a pistola, lá na igreja, até que a lei chegou e prendeu ele e ele ficou como um doido por algum tempo. E eles descobriam que ele tinha batido num doutor em outra cidade e tinha fugido antes de pegarem ele. Aí quando ele saiu da cadeia e voltou para casa a hora da Milly já estava em cima. E eu achei então que ele tinha desistido, tinha percebido a vontade de Deus enfim, porque ele ficava quieto pela casa, e um dia ele descobriu as roupas que eu e a Milly estávamos preparando e guardando escondidas dele, e não disse nada além de perguntar quando ia ser. Todo dia ele perguntava, e nós achamos que ele tinha desistido, que talvez indo naquelas igrejas ou ficando na cadeia de novo tinha reconciliado ele como naquela noite em que a Milly nasceu. E assim a hora chegou e uma noite Milly me acordou e me disse que tinha começado e eu me vesti e disse para Eupheus ir procurar um doutor e ele se vestiu e saiu. E eu deixei tudo pronto e nós esperamos e o tempo para Eupheus e o doutor terem voltado chegou e passou e Eupheus não estava de volta também e eu esperei até o doutor ter que chegar bem logo ali e aí eu saí para a varanda para olhar e vi Eupheus sentado no degrau de cima com a espingarda no colo e ele disse: 'Volta pra dentro dessa casa. Deixe que o diabo colha o seu fruto: foi ele que plantou nela'. E eu tentei sair pelos fundos e ele me ouviu e deu a volta na casa com a espingarda e me acertou com o cano dela e eu voltei para a Milly e ele ficou parado do lado de fora da porta da sala de onde podia ver a Milly até ela morrer. E aí ele veio até a cama e olhou para o bebê e pegou ele e segurou ele no alto, mais alto que o lampião, como se estivesse esperando para ver se o diabo ou o Senhor venceria. E eu estava tão exausta, sentada na cama, olhando para a sombra dele na parede e a sombra dos seus braços e a trouxa bem alta na parede. E aí eu achei que o Senhor tinha vencido. Mas agora eu não sei. Porque ele colocou o bebê de novo na cama ao lado da Milly e saiu. Eu ouvi ele sair pela porta da frente e aí me levantei e alimentei o fogo no fogão e esquentei um pouco de leite." Ela para. Sua voz rouca, monótona, emudece. Atrás da escrivaninha, Hightower a observa: a mulher parada, impassível, no vestido de cor púrpura, que não se mexera desde que entrara no quarto. E então ela recomeça a falar, sem se mexer, quase sem mover os lábios, como se fosse um boneco e a voz, a de um ventríloquo no quarto ao lado.

"E Eupheus tinha ido embora. O homem que era dono da serraria não sabia para onde ele tinha ido. E ele arranjou um novo capataz, mas me disse para ficar na casa um pouco mais porque não sabia onde Eupheus estava, e o inverno chegando e eu com o bebê para cuidar. E eu não sabia onde Eupheus estava como o sr. Gillman, até que a carta chegou. Era de Memphis e tinha um vale postal nela e mais nada. E assim eu ainda não sabia. E aí, em novembro, veio outro vale postal, sem nenhuma carta nem nada. E eu estava tão cansada, e aí dois dias antes do Natal eu estava fora no quintal, cortando lenha, e voltei para a casa e o bebê tinha sumido. Eu não tinha ficado fora da casa uma hora, e eu poderia ter visto quando ele veio e foi embora de novo. Mas não vi. Só encontrei a carta que Eupheus tinha deixado em cima do travesseiro que eu colocava entre o bebê e a beirada da cama para ele não rolar para fora, e eu estava muito cansada. E eu esperei, e depois do Natal Eupheus voltou para casa, e não quis me dizer nada. Só disse que nós íamos mudar, e eu achei que ele já tinha levado o bebê para lá e tinha vindo me buscar. E ele não quis me dizer para onde nós estávamos mudando, mas não demorou muito e eu fiquei preocupada, quase louca, sobre como o bebê ia ficar até a gente chegar lá e ele mesmo assim não quis me dizer e foi como se a gente nunca fosse chegar lá. Aí nós chegamos lá e o bebê não estava lá e eu disse: 'Me diga o que você fez com o Joey. Você tem que me dizer' e ele me olhou como olhava para a Milly naquela noite quando ela estava deitada na cama e morreu e ele disse: 'É a abominação do Senhor Deus, e eu sou o instrumento da Sua vontade'. E ele saiu no dia seguinte e eu não sei para onde ele foi, e outro vale postal veio, e no mês seguinte Eupheus veio para casa e disse que estava trabalhando em Memphis. E eu soube que ele tinha escondido o Joey em algum lugar de Memphis e achei que isso era porque ele poderia estar lá para olhar pelo Joey mesmo que eu não estivesse. E eu soube que teria de esperar pela vontade de Eupheus para saber, e toda vez eu pensava que talvez da próxima vez ele me leva com ele para Memphis. E assim eu esperei. Eu costurava e fazia roupas para o Joey e teria elas prontinhas quando Eupheus viesse para casa e eu tentaria fazer ele me contar se as roupas serviram no Joey e se ele estava bem e Eupheus não quis me contar. Ele se sentava e lia a Bíblia, alto, sem ninguém ali para escutar além de mim, lendo e gritando alto a Bíblia como se achasse que eu não acreditava no que ela dizia. Mas ele não quis me contar durante cinco anos e eu nunca fiquei sabendo se ele levou ou não para o Joey as roupas que eu fiz. E eu tinha medo de perguntar, de aborrecer ele, porque já era alguma coisa que ele estivesse lá onde Joey estava, mesmo que eu não estivesse. E aí, depois de cinco anos ele veio para casa um dia e disse: 'Nós vamos mudar' e eu achei que seria agora, eu ia ver ele de novo; se foi um pecado, eu acho que todos nós já pagamos agora, e até perdoei Eupheus. Porque pensei que nós íamos para Memphis dessa vez, finalmente. Mas não era para Memphis. Nós viemos para Mottstown. Tivemos de passar por Memphis, e eu implorei para ele. Era a primeira vez que eu implorava para ele. Mas implorei então, só por um minuto, um segundo; não para tocar nele ou falar com ele nem nada. Mas Eupheus não queria. Nós nem saímos da estação. Descemos do trem e esperamos sete horas sem nem sair da estação, até o outro trem chegar, e viemos para Mottstown. E Eupheus nunca voltou para Memphis para trabalhar, e depois de um tempo eu disse 'Eupheus' e ele olhou para mim e eu disse: 'Eu esperei cinco anos e nunca te incomodei. Não pode me dizer apenas se ele está morto ou não?' e ele disse: 'Ele está morto' e eu disse: 'Morto para o mundo vivente, ou morto apenas para mim? Se ele está morto só para mim, me diga só isso, porque em cinco anos eu não te incomodei' e ele disse: 'Ele está morto para você e para mim e para Deus e para todo o mundo de Deus para todo o sempre'."

Ela torna a parar. Atrás da escrivaninha Hightower a observa naquela estupefação silenciosa e desesperada. Byron também está imóvel, a cabeça meio inclinada. Os três parecem três rochas numa praia, acima da vazante. Exceto o velho. Ele estivera escutando, quase atentamente, com aquela sua habilidade de passar instantaneamente da completa atenção sem parecer ouvir à estupefação semelhante ao coma em que o olhar de seus olhos aparentemente revirados parece tão incômodo como se ele os segurasse com a mão. De repente ele solta um cacarejo, vivo, alto, louco; ele fala, incrivelmente velho, incrivelmente sujo. "Foi o Senhor. *Ele* estava lá. O velho Doc Hines dá a Deus a Sua chance também. O Senhor falou pro velho Doc Hines o que fazer e o velho Doc Hines fez. Aí o Senhor disse para o velho Doc Hines: 'Você vigia, agora. Vigia Minha vontade operando'. E o velho Doc Hines vigiou e ouviu as bocas das crianças, dos próprios órfãos de pai e de mãe de Deus, colocando Suas palavras e sabedoria nas suas bocas mesmo quando elas não poderiam saber daquilo já que elas eram ainda sem pecado, mesmo as meninas sem pecado e ainda sem putaria: Preto! Preto! nas bocas inocentes de criancinhas. 'O que foi que Eu te disse?', Deus disse para o velho Doc Hines. 'E agora Eu coloquei Minha vontade em ação e agora Eu vou embora. Não tem pecado suficiente aqui para Me manter ocupado porque pouco Me importam as fornicações de uma cadela, já que isto é uma parte do Meu desígnio também', e o velho Doc Hines disse: 'Como as fornicações de uma cadela podem ser uma parte de Vosso desígnio também?' e Deus disse: 'Espera e verás. Achas que é apenas por acaso que enviei aquele jovem doutor para ser aquele que descobriu Minha abominação embrulhada naquele cobertor naquela porta naquela noite de Natal? Acha que foi apenas por acaso que a Senhora estava fora naquela noite e deu àquelas cadelas moças a chance e o apelo para batizar ele de Christmas em sacrilégio do Meu filho? Assim vou agora, porque coloquei a Minha vontade em ação e posso deixar-te aqui para vigiá-la'. E assim o velho Doc Hines vigiou e esperou. Da sala da caldeira do próprio Deus ele vigiou aquelas crianças, e a semente ambulante do diabo desconhecida entre elas, conspurcando a terra com a ação daquela palavra sobre ele. Porque ele agora não brincava com as outras crianças. Ficava sozinho, parado, e aí o velho Doc Hines sabia que ele estava ouvindo o aviso oculto da sentença de Deus, e o velho Doc Hines disse para ele: 'Por que você não brinca com as outras crianças como costumava brincar?': e ele não disse nada e o velho Doc Hines disse: 'É porque elas chamam você de preto?' e ele não disse nada e o velho Doc Hines disse: 'Acha que você é um preto porque Deus marcou a sua face?' e ele disse: 'Deus é um preto também?' e o velho Doc Hines disse 'Ele é o Senhor Deus das hostes enfurecidas, Sua vontade será feita. Não a tua e não a minha, porque você e eu somos uma parte do Seu desígnio e da Sua vingança'. E ele se afastou e o velho Doc Hines o observou ouvindo e escutando a vontade vingativa do Senhor, até que o velho Doc Hines descobriu como ele estava vigiando o preto trabalhando no pátio, seguindo ele pelo pátio enquanto ele trabalhava, até que o preto disse: 'Está me espiando por quê, menino?' e ele disse: 'Por que você é preto?': e o preto disse: 'Quem lhe disse que eu sou preto, seu branquelo imprestável?' e ele diz 'Eu não sou preto' e o preto diz: 'Você é pior que isso. Você não sabe o que é. E mais que isso, nunca vai saber. Vai viver e vai morrer e nunca vai saber' e ele diz: 'Deus não é preto' e o preto diz 'Acho que você devia saber o que Deus é, porque ninguém além de Deus sabe o que você é'. Mas Deus não estava lá para dizer, porque Ele tinha posto Sua vontade em ação e deixou o velho Doc Hines para vigiar. Desde aquela primeira noite, quando Ele tinha escolhido o sagrado aniversário do Seu próprio Filho para colocá-la em ação, Ele colocou o velho Doc Hines para vigiar. Estava frio naquela noite, e o velho Doc Hines parado no escuro logo atrás da esquina de onde podia ver a entrada e o cumprimento da vontade do Senhor, e ele viu aquele doutor moço afeito à luxúria e à fornicação parar e se abaixar e levantar a abominação do Senhor e carregar ela para dentro da casa. E o velho Doc Hines seguiu e viu e ouviu. Ele vigiou aquelas cadelas novas que estavam profanando o aniversário sagrado do Senhor com *egg-*

-*nog** e uísque na ausência da Madame, abrir a coberta. E foi ela, a Jezebel do doutor, que era o instrumento do Senhor, que disse: 'Vamos chamar ele de Christmas' e outra disse: 'Que Christmas. Christmas o quê?' e Deus disse para o velho Doc Hines: 'Diz para elas' e elas todas olharam para o velho Doc Hines com o ranço da poluição nelas, gritando: 'Ora, é o Tio Doc. Olha o que Papai Noel trouxe para nós e deixou na porta, Tio Doc' e o velho Doc Hines disse: 'O nome dele é Joseph' e elas pararam de rir e elas olharam para o velho Doc Hines e a Jezebel disse: 'Como você sabe?' e o velho Doc Hines disse: 'Assim diz o Senhor', e aí elas riram de novo, gritando: 'Assim está no Livro: Christmas, o filho de Joe. Joe, o filho de Joe. Joe Christmas', elas disseram: 'A Joe Christmas' e tentaram fazer o velho Doc Hines beber também, pela abominação do Senhor, mas ele afastou a taça. E ele só teve que vigiar e esperar, e assim ele fez e foi no tempo justo do Senhor, pois o mal do mal sairá. E a Jezebel do doutor veio correndo da sua cama de luxúria, ainda fedendo a medo e pecado, 'Ele estava escondido atrás da cama', ela diz, e o velho Doc Hines disse: 'Você usou aquele sabão perfumado que a arrastou para a própria ruína, para a abominação e o ultraje do Senhor. Agora aguente', e ela disse: 'Você pode falar com ele. Eu já vi você. Pode tentar persuadi-lo' e o velho Doc Hines disse: 'Eu me interesso tão pouco pelas tuas fornicações quanto o Senhor', e ela disse: 'Ele vai contar e eu vou ser despedida. Cairei em desgraça'. Fedendo com a sua luxúria e lubricidade ela estava então, parada diante do velho Doc Hines com a obra da vontade de Deus sobre ela naquele minuto, que tinha conspurcado a casa onde Deus abrigara Seus órfãos de mãe e de pai. 'Você não é nada', o velho Doc Hines disse, 'Você e todas as cadelas. Você é um instrumento do

---

* "Egg-nog": bebida alcoólica ou não, semelhante a uma gemada feita em geral de ovos batidos, açúcar, leite, ou rum, vinho etc., salpicada de noz-moscada. (N.T.)

desígnio colérico de Deus sem o qual nem um pardal pode cair na terra. Você é um instrumento de Deus, igual ao Joe Christmas e o velho Doc Hines'. E ela se afastou e o velho Doc Hines esperou e vigiou e não demorou a ela voltar e o seu rosto era como o rosto de uma fera de rapina do deserto. 'Dei um jeito nele', ela disse e o velho Doc Hines disse: 'Como deu um jeito nele?', porque não era nada que o velho Doc Hines não soubesse porque o Senhor não mantinha o Seu desígnio oculto do Seu instrumento escolhido, e o velho Doc Hines disse: 'Você serviu à vontade predestinada de Deus. Você pode ir agora e abominar Ele em paz até o Dia do Juízo' e o rosto dela parecia o da fera de rapina do deserto, escarnecendo de Deus na sua sordidez pútrida. E eles vieram e levaram ele embora. O velho Doc Hines viu ele ir embora na charrete e voltou para esperar por Deus e Deus veio e Ele disse para o velho Doc Hines 'Tu também podes ir agora. Tu fizeste o Meu trabalho. Não tem mais nenhum mal por aqui agora além de malmulher, não merecedor de Meu instrumento escolhido vigiar'. E o velho Doc Hines, foi quando Deus disse para ele ir. Mas ele ficou em contato com Deus e de noite ele dizia: 'Aquele bastardo, Senhor' e Deus dizia 'Ele ainda está percorrendo a Minha terra' e o velho Doc Hines ficou em contato com Deus e de noite dizia: 'Aquele bastardo, Senhor' e Deus dizia: 'Ele ainda está percorrendo a Minha terra' e o velho Doc Hines ficou em contato com Deus e uma noite brigou e batalhou e gritou alto: 'Aquele bastardo, Senhor! Eu sinto! Eu sinto os dentes e as presas do mal!' e Deus disse: 'É aquele bastardo. Tua obra ainda não está terminada. Ele é uma contaminação e uma abominação sobre a Minha terra'."

O som de música da igreja distante há muito que cessou. Pela janela aberta chegam agora apenas os múltiplos sons pacíficos da noite de verão. Atrás da escrivaninha, Hightower está sentado, parecendo mais do que nunca um animal desajeitado, iludido e logrado da necessidade de fugir e encurralado por aqueles que o lograram e iludiram. Os outros três estão sentados à sua frente; quase como um júri. Dois deles estão também imóveis, a mulher com aquela paciência petrifacial de uma rocha que espera, o velho com aparência exausta como o pavio carbonizado de uma vela cuja chama foi violentamente apagada com um sopro. Somente Byron parece ter vida. Seu rosto está abaixado. Ele parece meditar sobre uma mão que repousa no seu colo, cujo polegar e indicador se esfregam lentamente enquanto ele parece observá-los totalmente absorto. Quando Hightower fala, Byron sabe que ele não está se dirigindo a ele ou a alguém no quarto. "O que eles querem que eu faça?", diz. "O que eles pensam, esperam, acreditam que eu possa fazer?"

Nenhum som. Nem o homem nem a mulher ouviu, aparentemente. Byron não espera que o homem escute. "Não precisamos de nenhuma ajuda", pensa. "Não ele. É de contenção que ele precisa"; pensando, recordando o estado comatoso de suspensão sonhadora mas maníaca em que o velho se locomovera de um lado para outro um pouco atrás da mulher desde que os encontrara doze horas antes. "É de contenção que ele precisa. Acho que é bom para mais gente, além dela, que ele fique sem ação." Ele está observando a mulher e diz, serenamente, quase gentil: "Vamos. Conte para ele o que deseja. Ele quer saber o que deseja que ele faça. Conte para ele".

"Eu achei talvez", ela diz. Ela fala sem se mexer. Sua voz está mais enferrujada do que hesitante, como se estivesse sendo obrigada a tentar dizer alguma coisa fora do campo do dizer em voz alta, de ser qualquer coisa além de sentida, sabida. "O sr. Bunch disse que talvez..."

"O quê?", diz Hightower. Ele fala com brusquidão, impaciência, sua voz um pouco aguda; ele também não se moveu, recostado, com as mãos sobre os braços da cadeira. "O quê? Que o quê?"

"Achei..." A voz emudece de novo. Além da janela os incansáveis insetos zumbem. Então a voz prossegue, monótona, sem modulação, ela sentada também com a cabeça ligeiramente curvada, como se também escutasse a voz com a mesma e calma atenção: "Ele é meu neto, o menininho da minha filha. Só achei que se eu... se ele...". Byron escuta em silêncio, pensando *É muito engraçado. Parece até que eles fizeram uma troca em algum lugar. Como se ele tivesse um neto preto esperando para ser enforcado* A voz prossegue. "Sei que não é direito incomodar um estranho. Mas o senhor tem sorte. Um solteiro, um homem sozinho que pode envelhecer sem a desesperança do amor. Mas acho que o senhor não poderia conhecer isso mesmo se eu pudesse contar direito como é. Só achei que talvez se pudesse ser um dia como se não tivesse acontecido. Como se as pessoas não conhecessem ele como o homem que matou..." A voz cessa de novo. Ela não se mexeu. É como se a ouvisse cessar assim como a ouvira começar, com o mesmo interesse, o mesmo sereno desassombro.

"Continue", diz Hightower, naquela voz aguda impaciente; "continue."

"Eu nunca vi ele quando já podia andar e falar. Por trinta anos eu nunca vi ele. Não estou dizendo que ele não fez o que dizem que fez. Que ele não sofra por isso como ele fez sofrer os que amaram e perderam. Mas se as pessoas pudessem talvez deixar ele só um dia. Como se não tivesse acontecido ainda. Como se o mundo não tivesse nada contra ele ainda. Aí podia ser como se ele só tivesse saído numa viagem e virasse homem e voltasse. Se pudesse ser assim só um dia. Depois disso eu não me meteria. Se ele fez aquilo, não seria eu que ficaria entre ele e o que ele deve sofrer. Só um dia, entende. Como se tivesse saído de viagem e voltasse, me contando sobre a viagem, sem ninguém contra ele ainda."

"Oh", fez Hightower, com voz aguda, esganiçada. Embora ele não se mova, embora os nós dos dedos de suas mãos segurando os braços da cadeira estejam retesados e brancos, começa a surgir por baixo de suas roupas um lento e reprimido tremor. "Ah sim", diz ele. "Isso é tudo. Isso é simples. Simples. Simples." Aparentemente não consegue parar de dizê-lo. "Simples. Simples." Ele vinha falando num tom baixo; agora sua voz se avulta. "O que é que eles querem que eu faça? O que devo fazer agora? Byron! Byron! O que é? O que eles estão me pedindo agora?" Byron levantou-se. Ele agora está de pé ao lado da escrivaninha, de frente para Hightower. Mas Hightower continua imóvel salvo por aquele tremor crescente no corpo flácido. "Ah, sim. Eu devia ter percebido. Será Byron que vai pedir. Eu devia ter percebido. Isso estará reservado para Byron e para mim. Vamos, vamos. Desembuche. Por que hesita agora?"

Byron olha para a escrivaninha, para suas mãos sobre a escrivaninha. "É uma coisa triste. Uma coisa triste."

"Ah. Compaixão? Depois de todo esse tempo: compaixão por mim, ou por Byron? Vamos; desembuche. O que quer que eu faça? Pois é você: eu sabia disso. Eu soube disso o tempo todo. Ah, Byron, Byron. Que dramaturgo você não daria."

"Ou talvez queira dizer um caixeiro-viajante, um agente, um vendedor", diz Byron. "É uma coisa triste. Sei disso. Não precisa me dizer."

"Mas eu não sou clarividente, como você. Você já parece saber o que eu poderia lhe dizer, mas não me dirá o que pretende que eu saiba. O que é que você quer que eu faça? Será que preciso assumir a culpa pelo assassinato? É isso?"

O rosto de Byron se entrega àquele esgar tênue, fugidio, sardônico, cansado, sem alegria. "É quase isso, eu acho." Então seu rosto fica sério; ele está bastante grave. "É uma coisa triste para pedir, Deus sabe que eu sei disso." Ele observa sua mão lenta se movendo, nervosa e trivial, sobre o tampo da escrivaninha. "Quero dizer como eu disse a você uma vez que existe um preço por ser bom como por ser mau; um custo a pagar. E são os bons que não podem recusar a conta quando ela aparece. Eles não podem recusá-la pela razão de que não há nenhuma maneira de fazê-los pagar, como um homem honesto jogando. Os maus podem se recusar; é por isso que ninguém espera que eles paguem à vista ou em qualquer outro tempo. Mas os bons não podem. Talvez leve mais tempo pagar por ser bom do que por ser mau. E não será como você não ter feito isso antes, não ter pagado uma conta como esta antes. Não precisa ser tão ruim agora como foi naquela época."

"Continue. Continue. O que é que eu devo fazer?"

Byron observa sua mão lenta e incessante, pensativo. "Ele não admitiu que a matou. E toda a evidência que eles têm contra ele é a palavra do Brown, que é quase nada. Você poderia dizer que ele estava aqui com você naquela noite. A noite inteira quando Brown disse que viu ele ir até a casa grande e entrar nela. As pessoas acreditariam em você. Elas acreditariam nisso, de qualquer forma. Acreditariam mais em você nisso do que acreditariam que ele viveu com ela como marido e depois a matou. E você está velho agora. Eles não fariam nada com você sobre isso que pudesse machucá-lo agora. E acho que você está acostumado com todo o resto que eles podem fazer."

"Oh", fez Hightower. "Ah. Sim. Sim. Eles acreditariam. Isso seria muito simples, muito bom. Bom para todos. Aí ele será devolvido aos que sofreram por causa dele, e Brown sem a recompensa ficaria assustado em reconhecer a criança e depois fugiria de novo e para sempre desta vez. E aí seria só ela e Byron. Como eu sou apenas um velho que foi sortudo o bastante para ficar velho sem ter que aprender o desespero de amar." Ele está tremendo intensamente. Ele olha para cima agora. Sob a luz da lâmpada seu rosto parece brilhoso, como se tivesse sido untado. Desfigurado e retorcido, ele brilha sob a luz; a camisa amarelada de tanto lavar, que estava fresca pela manhã, está molhada de suor. "Não é porque eu não possa, não ouse", diz ele, "é porque não vou! Não vou! Está me ouvindo?" Ele levanta as mãos dos braços da cadeira. "É porque eu não vou fazer isso!" Byron não se move. Sua mão parou sobre o tampo da escrivaninha; ele observa o outro, pensando *Não é comigo que ele está gritando. É como se soubesse que tem alguma coisa mais perto dele do que eu para convencer disso* Porque agora Hightower está gritando: "Não farei isso! Não farei!", com as mãos erguidas e fechadas, o rosto suando, o lábio alçado sobre os dentes cerrados e apodrecidos de cujo entorno despenca a longa curva de carne flácida cor-de--massa-de-vidraceiro. De repente sua voz se alteia ainda mais. "Fora!", ele grita. "Fora da minha casa! Fora da minha casa!" E cai para a frente, sobre a escrivaninha, o rosto entre os braços estendidos e os punhos cerrados. Quando, com os dois velhos andando à sua frente, Byron olha da porta para trás, ele vê que Hightower não se moveu, a cabeça calva e os braços estendidos e com punhos fechados aparecendo por inteiro no poço de luz do abajur. Pela janela aberta o som dos insetos persiste, sem fraquejar.

17

Isso foi na noite de domingo. A criança de Lena nasceu na manhã seguinte. O dia raiava quando Byron sustou o galope de sua mula defronte à casa de onde saíra havia menos de seis horas. Ele saltou para o chão já correndo, e percorreu na corrida o passeio estreito até a varanda escura. Parecia manter-se à distância e se observar, mesmo com toda aquela pressa, pensando com uma espécie de penosa falta de surpresa: "Byron Bunch ajudando um bebê a nascer. Se eu pudesse me ver agora, há duas semanas, não teria acreditado nos meus olhos. Diria que estavam mentindo".

Estava escura agora a janela além da qual ele deixara o pastor seis horas antes. Correndo, ele pensava na cabeça calva, as mãos cerradas, o corpo flácido estendido de borco sobre escrivaninha. "Mas acho que ele não dormiu muito", pensava. "Mesmo que não esteja bancando a... bancando a..." Não conseguiu pensar a palavra parteira que sabia que Hightower usaria. "Acho que não preciso pensar nisto", pensou. "Como alguém fugindo de ou indo de encontro a um revólver não tem tempo de se preocupar se a palavra para o que está fazendo é coragem ou covardia."

A porta não estava trancada. Ele aparentemente sabia que não estaria. Tateou o caminho para o corredor, não calmo nem tentando ser. No interior da casa, ele jamais fora além do quarto onde vira por último seu dono esparramado sobre a escrivaninha sob a plena claridade da lâmpada. Mas avançou quase em linha reta para a porta certa como se soubesse ou pudesse ver, ou estivesse sendo guiado. "É como ele o chamaria", pensou, tateando no escuro, apressado. "E ela também." Referia-se a Lena, deitada lá na cabana, entrando já em trabalho de parto. "Só que os dois teriam um nome diferente para quem quer que estivesse conduzindo o trabalho." Ele pôde ouvir Hightower roncando antes de entrar no quarto. "Como quem não está muito zangado, afinal", pensou. E então pensou prontamente: "Não. Isso não é direito. Isso não é justo. Porque não acredito nisso. Sei que a razão por que ele está dormindo e eu não é que ele é um velho e não consegue aguentar tanto quanto eu".

Aproximou-se da cama. O ocupante ainda invisível roncava profundamente. Havia naquilo uma espécie de profunda e total rendição. Não de exaustão, mas de rendição, como se ele houvesse se abandonado e rendido completamente àquele domínio sobre a mistura de orgulho e esperança e vaidade e medo, àquela força de se aferrar à derrota ou à vitória que é o Eu-Sou, e cujo abandono é, geralmente, a morte. Parado ao lado da cama, Byron pensou novamente *Uma coisa triste. Uma coisa triste* Pareceu-lhe então que acordar o homem daquele sono seria a ofensa mais penosa que jamais lhe causara. "Mas não sou eu quem está esperando", pensou. "Deus sabe disso. Porque acho que Ele vem me observando também ultimamente, assim como ao resto deles, para ver o que farei em seguida."

Ele tocou no homem adormecido, sem rudeza, mas de maneira firme. Hightower silenciou no meio do ronco; embaixo da mão de Byron, ele se soergueu bruscamente. "Como?", disse. "O quê? Quem é? Quem está aí?"

"Sou eu", disse Byron. "É o Byron de novo. Já está acordado?"
"Estou. O que…"
"É", disse Byron. "Ela diz que está quase. Que a hora chegou."
"Ela?"
"Me diga onde fica a luz… A sra. Hines. Ela está lá. Eu estou indo atrás do doutor. Mas pode demorar algum tempo. Por isso você pode pegar a minha mula. Acho que pode cavalgar até lá. Ainda tem o seu livro?"

A cama rangeu com o movimento de Hightower. "Livro? Meu livro?"

"O livro que usou quando o pretinho nasceu. Só queria lembrá-lo no caso de querer levar junto. No caso de eu não voltar a tempo com o doutor. A mula está lá no portão. Ela sabe o caminho. Eu vou andando até a cidade pegar o doutor. Volto lá assim que puder." Ele se virou e tornou a atravessar o quarto. Podia ouvir, sentir, o outro sentando na cama. Parou no meio do piso o tempo suficiente para encontrar a luz suspensa e acendê-la. Quando a luz acendeu, ele já estava a caminho da porta. Não olhou para trás. Às suas costas ele ouviu a voz de Hightower:

"Byron! Byron!" Ele não parou, não respondeu.

O dia clareava. Ele andava depressa pela rua deserta sob as luzes espaçadas e enfraquecidas com a multidão de insetos ainda se aglomerando e rodopiando a sua volta. Mas o dia estava clareando; quando chegou na praça, a fachada do lado leste se destacava claramente contra o céu. Ele pensava rapidamente. Não acertara com nenhum médico. Agora, enquanto caminhava, ele se maldizia com todo o terror e a raiva misturados de qualquer jovem pai de verdade pelo que agora considerava uma negligência crassa e criminosa. Não era, contudo, a exata solicitude de um pai principiante. Havia algo mais por trás daquilo que ele só viria a reconhecer mais tarde. Era como se emergisse em sua mente, ainda obscurecida pela necessidade da pressa, algo que estava prestes a saltar cheio de garras sobre ele. Mas o que ele estava pensando era: "Preciso decidir rápido. Ele assistiu bem ao parto daquele bebê preto, disseram. Mas isto é diferente. Eu devia ter feito isso na semana passada, procurado um médico em vez de esperar, tendo que explicar agora, no último minuto, caçar de casa em casa até encontrar um que venha, que acredite nas mentiras que terei de contar. Quero ser um cão se não pareço um homem que dizendo tantas mentiras ultimamente como tenho feito poderia dizer uma agora em que alguém acreditasse, homem ou mulher. Mas não me parece que consiga. Acho que simplesmente não é do meu feitio dizer uma boa mentira e fazer isso bem". Ele caminhava rapidamente, com passos abafados e solitários, na rua vazia; sua decisão já estava tomada, sem ele ter consciência disso. Para ele não havia paradoxo nem comédia ali. Ela entrara em sua mente muito depressa e estava ali solidamente estabelecida quando ele se assenhoreou dela; seus pés já a estavam obedecendo. Eles o estavam levando à casa do mesmo médico que chegara tarde demais no parto da criança negra em que Hightower oficiara com sua navalha e seu livro.

O médico chegou tarde também dessa vez. Byron precisou esperar que ele se vestisse. Estava envelhecido agora, e confuso, e um pouco rabugento por ter sido acordado àquela hora. Depois teve que procurar a chave do carro, que guardava num pequeno cofre metálico cuja chave não conseguiu encontrar logo. Tampouco permitiu que Byron arrombasse a fechadura. Com isso, quando chegaram enfim na cabana, o oriente estava amarelo pálido e já havia um sinal do forte sol de verão. E de novo os dois homens, ambos mais velhos agora, encontraram-se à porta de uma cabana de um cômodo, o profissional tendo perdido de novo para o amador, pois ao entrar pela porta o doutor ouviu o choro do bebê. O médico piscou para o pastor, mal-humorado. "Bem, doutor", ele disse. "Gostaria que Byron tivesse me dito que já tinha chamado você. Eu ainda estaria na cama." Ele se espremeu contra o pastor para entrar. "Parece que teve mais sorte dessa vez do que da última que consultamos. Só que é você que parece estar precisando de um médico agora. Ou talvez seja de uma xícara de café que precise." Hightower disse alguma coisa, mas o doutor já havia entrado, sem parar para ouvir. Ele entrou no cômodo, onde uma mulher jovem que nunca tinha visto estava deitada, pálida e exausta, num estreito catre militar e uma mulher velha de vestido de cor púrpura, que nunca tinha visto, segurava a criança no colo. Havia um velho dormindo num segundo catre, na sombra. Quando o médico o notou, disse para si mesmo que o homem parecia morto de tão profundo e pacífico que era o seu sono. Mas o médico não notou o velho de imediato. Ele foi até a velha que segurava a criança. "Bem, bem", disse. "Byron devia estar transtornado. Nem me disse que a família toda estaria à mão, até o vovô e a vovó." A mulher olhou para ele, que pensou: "Embora sentada, ela parece tão viva quanto ele. Não parece ter energia suficiente para saber que é um parente, quanto mais uma avó".

"É", disse a mulher. Ela olhou para ele, debruçando-se sobre a criança. Então ele notou que seu rosto não era estúpido, vazio. Viu que era ao mesmo tempo pacífico e terrível, como se a paz e o terror houvessem morrido há muito tempo e renascido de novo ao mesmo tempo. Mas observou, sobretudo e prontamente, a atitude dela, como uma rocha e como uma fera agachada. Ela fez um gesto de cabeça indicando o homem; pela primeira vez o médico olhou em cheio para onde ele jazia adormecido no outro catre. Ela disse num sussurro a um tempo astuto e tenso de passageiro terror: "Enganei ele. Disse que você entraria por trás dessa vez. Enganei ele. Mas agora você está aqui. Agora você pode cuidar da Milly. Eu vou cuidar do Joey". Então tudo se esvaiu. Enquanto ele a observava, a vida, a vivacidade, se esvaiu, fugiu repentinamente do rosto que parecia demasiado estático, demasiado obtuso até para a ter abrigado; agora os olhos o interrogavam com um olhar estúpido, indistinto, confuso, enquanto ela estava ali debruçada sobre a criança como se ele tivesse a intenção de tirá-la dela. Seu movimento despertou a criança, talvez, que choramingou um pouco. Depois a própria confusão se esvaiu. Esvaiu-se tão suavemente como uma sombra; ela olhava para a criança, absorta, impassível, patética. "É o Joey", disse. "É o menininho da minha Milly."

E Byron, do lado de fora da porta onde havia parado quando o doutor entrara, ouviu aquele choro e algo de terrível aconteceu com ele. A sra. Hines o chamara de sua barraca. Alguma coisa na voz dela o fizera vestir a calça quase no mesmo instante em que saía às carreiras, e ele passara pela sra. Hines, que ainda estava inteiramente vestida, na porta da cabana, e entrara correndo no cômodo. E então ele a viu e aquilo o deixou inerte como uma parede. A sra. Hines estava bem ao seu lado, falando com ele; talvez tenha respondido, retrucado. Seja como for, ele já havia selado a mula e já estava galopando para a cidade enquanto ainda parecia estar olhando para ela, para seu rosto quando ela se soergueu apoiada nos braços estendidos no catre, olhando para a forma do seu corpo embaixo do lençol com lamentoso e inelutável pavor. Ele ficou com essa visão durante todo o tempo em que estava acordando Hightower, todo o tempo em que estava colocando o médico em ação, enquanto em algum lugar de seu íntimo a coisa com garras espreitava e esperava e o pensamento avançava rápido demais para lhe dar tempo de pensar. Era isso. Pensamento rápido demais para pensar, até que ele e o médico voltaram à cabana. E aí, do lado de fora junto à porta onde ele parara, ouviu a criança chorar uma vez e alguma coisa terrível lhe aconteceu.

Ele agora sabia o que era que parecia estar à espreita e à espera enquanto cruzava a praça deserta procurando o médico que negligenciara contratar. Agora ele sabia por que negligenciara contratar antes um médico. Era por não acreditar até a sra. Hines o chamar de sua barraca que ele (ela) precisaria, teria necessidade, de um. Era como se por uma semana seus olhos tivessem aceitado o ventre dela sem que sua mente acreditasse. "Mas eu sabia, acreditava", pensou. "Eu devia ter sabido, para ter feito o que fiz: a corrida e as mentiras e o incômodo das pessoas." Mas ele agora via que não acreditava até passar pela sra. Hines e olhar para dentro da cabana. Quando a voz da sra. Hines entrara pela primeira vez no seu sono, ele sabia o que era, o que acontecera; levantara-se e vestira um macacão às pressas, a necessidade da pressa, sabendo por quê, sabendo aquilo que por cinco noites estivera esperando. Mas ainda assim não acreditou. Sabia agora que quando correra para a cabana e olhara, esperava vê-la sentada; talvez ser recebido por ela à porta, plácida, inalterada, atemporal. Mas no momento em que tocou na porta com a mão ele ouviu algo que jamais ouvira. Era um gemido queixoso, alto, com algo ao mesmo tempo veemente e sofrido, que parecia estar falando claramente alguma coisa numa língua que ele sabia que não era a sua língua nem a de qualquer homem. Ele passara então pela sra. Hines na porta e a vira recostada no catre. Nunca a tinha visto antes na cama e achou que, quando e se viesse a fazê-lo, ela estaria tensa, alerta, sorrindo um pouco talvez, e completamente ciente da sua presença. Mas quando entrou, ela nem olhou para ele. Nem parecia ter consciência de que a porta se abrira, que havia alguém ou alguma coisa no quarto além dela e daquela coisa com o choro queixoso para a qual ela falara naquela língua desconhecida dos homens. Ela estava coberta até o queixo, mas tinha o tronco soerguido apoiado nos braços e a cabeça inclinada. Seu cabelo estava solto e seus olhos pareciam dois buracos e sua boca estava agora lívida como o travesseiro atrás dela, e enquanto parecia estar naquela atitude de alarme e surpresa contemplando com uma espécie de incredulidade ferida a forma de seu corpo embaixo das cobertas, ela soltou de novo aquele grito alto, abjeto, queixoso. A sra. Hines estava agora curvada sobre ela. Ela virou a cabeça, aquele rosto impassível sobre o ombro cor púrpura. "Vai", ela disse. "Vai buscar o doutor. Agora chegou."

Ele não se lembrava da ida ao estábulo. Mas lá estava ele, pegando a mula, arrastando a sela para fora e selando o animal rapidamente. Trabalhava depressa, mas o pensamento avançava muito devagar. Agora ele sabia por quê. Sabia agora que o pensamento seguia lento e suave, com cálculo, como o óleo se espalha vagarosamente numa superfície, sobre uma tormenta em formação. "Se tivesse sabido antes. Se tivesse passado por isso antes." Pensava nisso calmamente, em horrorizado desespero e pesar. "É. Eu teria virado as costas e cavalgado na outra direção. Para além do conhecimento e da memória do homem para todo o sempre, eu acho que teria cavalgado." Mas não o fez. Passou pela cabana a galope, com o pensamento acompanhando lento e firme, ele ainda sem saber por quê. "Se ao menos eu conseguir passar sem ouvir ela gemer de novo", pensou. "Se ao menos eu conseguir passar sem ouvir ela gemer de novo." Isso o deteve durante alguns segundos, a caminho da estrada, o pequeno animal musculoso andando depressa agora, pensando, o óleo, espalhando-se uniforme e suave: "Vou primeiro até o Hightower. Deixo a mula com ele. Preciso me lembrar de lembrar a ele do livro de medicina. Não posso me esquecer disso", disse o óleo, levando-o até lá, até onde ele saltou da mula ainda em movimento e entrou na casa de Hightower. Então ele tinha algo mais. "Isso já está feito" pensando *Mesmo que não consiga arrumar um médico de verdade* Isso o levou até a praça e depois o traiu; ele podia senti-lo, com garras à espreita, pensando *Mesmo que não consiga arrumar um médico de verdade. Porque nunca acreditei que precisaria de um. Não acreditei* Estava em sua mente, galopando no paradoxo jungido e impetuoso com a necessidade de pressa enquanto ajudava o velho doutor a procurar a chave do cofrinho para pegar a chave do carro. Eles finalmente a encontraram, e, por um momento, a necessidade de pressa caminhou no mesmo passo que o movimento, a velocidade, pela estrada vazia na aurora vazia — isso, ou ele havia entregado toda a realidade, todo o pavor e o medo, para o doutor ao seu lado, como as pessoas costumam fazer. Seja como for, isso o levou de volta à cabana, onde os dois saíram do carro e se aproximaram da porta além da qual o lampião ainda ardia: durante aquele intervalo, ele correu no hiato final de paz antes que o golpe se abatesse e a coisa com garras o pegasse por trás. Ele ouviu então o choro da criança. E então soube. O dia avançava rapidamente. Ele ficou parado em silêncio na paz fria, o despertar calmo — pequeno, indescritível, para quem nenhum homem ou mulher jamais se virara para olhar duas vezes em nenhum lugar. Ele sabia agora que alguma coisa o protegera o tempo todo contra a crença, com a crença a protegê-lo. Com rígido e austero espanto ele pensou *Foi como se somente quando a sra. Hines me chamou e eu a ouvi e vi o seu rosto e percebi que Byron Bunch não era então nada neste mundo para ela que eu descobrisse que ela não era virgem* E pensou que aquilo era terrível, mas não era tudo. Havia mais alguma coisa. Sua cabeça não estava abaixada. Ele estava parado, em silêncio, na claridade crescente, enquanto o pensamento prosseguia calmamente *E isso também me está reservado, como o reverendo Hightower diz. Terei de lhe contar agora. Terei de contar a Lucas Burch* Não foi sem surpresa agora. Foi algo como o terrível e irremediável desespero da adolescência. *Puxa, eu nunca acreditei até agora que ele era assim. Era como se eu, e ela, e todas as outras pessoas que tive que envolver na coisa fossem apenas uma porção de palavras que nunca queriam dizer nada, não éramos nem mesmo nós, enquanto o tempo todo o que éramos estava indo e indo sem mesmo notar a falta de palavras.* Sim. Foi só agora que eu acreditei que ele é Lucas Burch. Que já existia um Lucas Burch

"Sorte", Hightower diz; "sorte. Não sei se tive ou não." Mas o médico já havia entrado na cabana. Olhando para trás por mais um instante, Hightower observa o grupo em torno do catre, ouvindo ainda a voz reconfortante do médico. A velha agora está sentada em silêncio, mas olhando para trás, para ela, parece que alguns instantes antes ele estivera lutando com ela pela criança, para que ela não a derrubasse em seu mudo e furioso terror. Mas não menos furioso por ser mudo, a criança quase arrebatada do corpo da mãe, ela a segurou bem no alto, seu corpo pesado, como uma ursa, curvando-se enquanto olhava fixamente para o velho adormecido no catre. Ele já estava dormindo quando Hightower chegara. Não parecia respirar, e ao lado do catre a mulher estava curvada numa cadeira quando ele entrou. Ela parecia exatamente uma pedra pronta para cair num precipício, e, por um instante, Hightower pensou *Ela já o matou. Ela já tomou suas precauções bem antes deste momento* depois ele ficou muito ocupado; a velha estava ao seu lado sem que ele percebesse até que ela agarrou a criança ainda sem respirar e a ergueu no alto, fitando o velho adormecido no outro catre com a expressão de um tigre. A criança começou então a respirar e a chorar, e a mulher parecia responder a ela, também numa língua desconhecida, selvagem e triunfante. Seu rosto era quase maníaco quando ele lutou com ela e lhe tirou a criança antes que a deixasse cair. "Veja", disse. "Olhe! Ele está calmo. Ele não vai tirar ela de você dessa vez." Ela continuou olhando fixamente para ele, muda, bestificada, como se não entendesse a língua. Mas a fúria, o triunfo, haviam sumido de seu rosto: ela fez um barulho rouco, lamuriento, tentando tirar a criança dele. "Cuidado agora", disse ele. "Vai ter cuidado?" Ela fez que sim, choramingando, acariciando a criança com tapinhas. Mas suas mãos estavam firmes, e ele a deixou pegá-la. E agora ela está sentada com a criança no colo enquanto o doutor que chegara tarde demais está parado ao lado do catre, falando com voz ora carinhosa, ora rabugenta, enquanto suas mãos se ocupam; Hightower vira e sai, transpondo com cuidado o degrau quebrado até o chão, como um velho, como se houvesse em sua pança flácida algo de fatal e altamente inflamável como dinamite. Já passou a madrugada agora; é manhã: já com sol. Ele olha em volta, parando: ele chama: "Byron". Não há resposta. Nota então que a mula que deixara amarrada num mourão próximo também sumira. Ele suspira. "Bom", pensa. "Então eu cheguei ao ponto em que o cúmulo da indignidade que devo sofrer nas mãos do Byron é uma caminhada de três quilômetros até minha casa. Isso não é digno do Byron, do ódio. Mas tantas vezes nossos feitos não são. Nem nós de nossos feitos."

Ele caminhou vagarosamente de volta para a cidade — um homem magro, mas barrigudo, usando um chapéu-panamá gasto e com a ponta de uma áspera camisa de dormir de algodão enfiada na calça preta. "Por sorte eu me dei tempo para calçar os sapatos", pensa. "Estou cansado", pensa, mal-humorado. "Estou cansado, e não conseguirei dormir." Ele está pensando nisso mal-humorado, exaustivamente, dando tempo a seus pés enquanto vira para o seu portão. O sol já vai alto, a cidade despertou; ele sente aqui e ali a fumaça dos preparativos para o café da manhã. "O mínimo que ele poderia fazer", pensa, "já que não me deixou a mula, seria vir na frente e acender o fogo para mim. Já que ele considera melhor para o meu apetite uma caminhada de três quilômetros antes de comer."

Ele vai até a cozinha e acende o fogo no fogão, devagar, desajeitadamente; tão desajeitadamente depois de vinte e cinco anos quanto no primeiro dia em que tentara fazê-lo e preparar o café. "Depois eu vou voltar para a cama", pensa. "Mas sei que não vou conseguir dormir." Mas ele nota que seu pensamento soa queixoso, como a lamúria pacata da mulher queixosa que não está sequer se ouvindo. Então ele percebe que está preparando seu reforçado café da manhã, e fica absolutamente parado, estalando a língua com desgosto. "Eu devia estar me sentido pior do que estou", pensa. Mas tem de admitir que não está. E enquanto está ali de pé, alto, disforme, solitário, em sua cozinha solitária e desmazelada, segurando na mão uma frigideira de ferro incrustada de gordura escura e velha de ontem, atravessa-o um clarão, uma onda, uma corrente de alguma coisa quase quente, quase triunfante. "Mostrei para eles!", pensa. "Ainda existe vida para o velho, enquanto eles chegam lá tarde demais. Eles chegam lá para as sobras, como Byron diria." Mas isto é vaidade e orgulho vazio. No entanto, o lento e evanescente entusiasmo o ignora, impermeável a censuras. Ele pensa: "E daí? E daí que sinto isso? Triunfo e orgulho? E daí que eu sinto?". Mas o calor, o entusiasmo, evidentemente não considera nem necessita de apoio; tampouco é saciado pela realidade de uma laranja e ovos e torradas. E ele olha para os pratos sujos e vazios sobre a mesa e diz, agora em voz alta: "Deus me perdoe. Nem vou lavá-los agora". Ele também não vai para o quarto tentar dormir. Vai até a porta e olha para dentro, com aquele ardor de propósito e orgulho, pensando: "Se eu fosse uma mulher, agora. É isso que uma mulher faria: voltaria para a cama para descansar". Ele vai para o estúdio. Move-se agora como um homem com um propósito, alguém que por vinte e cinco anos não faz nada entre o momento de acordar e o momento de dormir de novo. Tampouco é de Tennyson o livro que ele escolhe: também dessa vez ele escolhe um alimento de homem. É *Henrique IV*, e ele sai para o quintal dos fundos e se acomoda na espreguiçadeira afundada embaixo da amoreira, deixando-se cair pesadamente nela. "Mas, não conseguirei dormir", pensa, "porque Byron logo virá me acordar. Mas, para saber o que mais ele pode pensar em querer que eu faça, quase valerá a pena acordar."

Ele cai no sono quase imediatamente, roncando. Quem quer que parasse para olhar a cadeira veria, por baixo dos clarões gêmeos do céu nos seus óculos, um rosto inocente, pacífico, e confiante. Mas não aparece ninguém, embora quando ele acorda, quase seis horas mais tarde, parece acreditar que alguém o chamou. Senta-se abruptamente, a cadeira rangendo sob ele. "Sim?", ele diz. "Sim? O que é?" Mas não há ninguém ali, embora por um instante ele olhe em volta, parecendo ouvir e esperar, com aquele ar enérgico e confiante. E o ardor não se foi também. "Embora achasse que desapareceria com o sono", pensa, pensando em seguida: "Não. Não quero dizer *esperava*. O que está em meu pensamento é *temia*. E com isso eu também me rendi", pensa, calmo, parado. Começa a esfregar as mãos, suavemente no começo, um pouco culposo. "Eu também me rendi. E me permitirei. Sim. Talvez também isso me esteja reservado. E por isso me permitirei." E depois ele diz, pensa *Aquela criança que eu ajudei a nascer. Eu não tenho xará. Mas sei de gente antes disso que foi batizada por uma mãe agradecida com o nome do doutor que oficiou. Mas aí, tem o Byron. Byron certamente vai me passar para trás. Ela precisará ter outros mais* recordando o corpo forte jovem que mesmo em meio às dores do parto irradiava algo de calma e destemor. *Muitos mais. Muitos mais. Essa será a sua vida, seu destino. A boa cepa povoando em tranquila obediência a ela a boa terra; desses quadris vigorosos sem pressa nem precipitação descendendo mãe e filha. Mas agora engendrada por Byron. Pobre menino. Apesar de ter me feito andar até em casa*

Ele entra em casa. Faz a barba e tira a camisa de dormir e veste a camisa que usara no dia anterior, e um colarinho e a gravata de algodão e o chapéu-panamá. A caminhada para a cabana não lhe toma tanto tempo quanto a caminhada para casa tomara apesar de agora ele ir pela mata por onde a caminhada é mais difícil. "Preciso fazer isto mais vezes", pensa, sentindo o sol intermitente, o calor, sentindo o odor fecundo e selvagem da terra, a mata, o ruidoso silêncio. "Não devia ter perdido este hábito, aliás. Mas talvez os dois voltem para mim, embora não seja o mesmo que rezar."

Ele sai da mata na ponta extrema do pasto atrás da cabana. Além da cabana ele pode ver o grupo de árvores onde a casa existira e ardera, embora dali não consiga ver os restos carbonizados e mudos do que um dia foram tábuas e vigas. "Pobre mulher", ele pensa. "Pobre mulher estéril. Não ter vivido mais uma semana apenas até a sorte voltar para o lugar. Até a sorte e a vida retornarem para estes acres estéreis e arruinados." Parece-lhe poder ver, sentir à sua volta os fantasmas de campos férteis e da vida negra, rica e fecunda dos terrenos, os gritos joviais, a presença de mulheres férteis, as prolíficas crianças nuas na terra diante das portas; e a grande casa de novo, barulhenta, alvoroçada pelos gritos agudos das gerações. Ele chega à cabana. Não bate; com a mão já abrindo a porta, ele chama com uma voz calorosa quase estrondeante: "O doutor pode entrar?".

Não há mais ninguém na cabana além da mãe e da criança. Ela está recostada no catre com a criança no colo. Quando Hightower entra, ela está no meio do ato de puxar o lençol sobre o peito nu, observando a porta sem alarme, mas com precaução, o rosto fixo numa expressão serena e cálida, como que pronta para um sorriso. Ele vê isso se desfazer. "Pensei...", ela diz.

"Quem você pensou?", ele diz, estruge. Aproxima-se do catre e olha para ela, para a face minúscula, mirrada, cor de terracota da criança que parece pender sem corpo e ainda adormecida, do peito. De novo ela puxa o lençol mais para cima, pudica e tranquila, enquanto acima dela o homem magro, pançudo, careca, está parado com uma expressão cordial, radiosa e triunfante no rosto. Ela está olhando para a criança.

"Parece que ele não consegue pegar. Acho que está dormindo de novo e eu deito ele e aí ele chora e eu tenho de colocar ele de volta."

"Você não devia estar aqui sozinha", diz Hightower. Ele corre a vista pelo quarto. "Onde..."

"Ela foi embora, também. Para a cidade. Não disse, mas ela foi para lá. Ele saiu às escondidas, e quando ela acordou ela me perguntou onde ele estava e eu disse que ele tinha saído, e ela foi atrás dele."

"Para a cidade? Escondido?" Então ele diz calmamente: "Ah". Seu rosto está sério agora.

"Ela vigiou ele o dia todo. E ele estava vigiando ela. Eu podia jurar. Ele estava fingindo dormir. Ela pensou que ele estava dormindo. E aí, depois do almoço, as forças dela acabaram. Ela não tinha descansado nada na noite passada, e depois do almoço sentou na cadeira e cochilou. E ele estava vigiando ela, e levantou da outra cama, com cuidado, dando uma piscadela para mim. Ele foi até a porta, ainda me olhando de lado e piscando por cima do ombro, saiu na ponta dos pés. E eu não tentei impedir nem acordar ela, também." Ela olha para Hightower, os olhos graves, bem abertos. "Fiquei com medo. E aí eu recostei aqui com o bebê e logo depois ela acordou assustada. E aí eu fiquei sabendo que ela não queria dormir. Como se tivesse já acordado correndo para a cama onde ele estava, apalpando e não acreditando que ele tinha saído. Porque ela ficou ali na cama, dando pancadinhas na coberta como se achasse talvez que ele estava perdido em algum lugar da coberta. E aí ela olhou uma vez para mim. E ela não estava dando olhadelas e piscadelas mas eu quase queria que estivesse. E ela me perguntou e eu contei para ela e ela pôs o chapéu e saiu." Ela olha para Hightower. "Estou contente que ela se foi. Acho que não devia dizer isso, depois de tudo o que ela fez por mim. Mas…"

Hightower está parado ao lado do catre. Não parece vê-la. Seu rosto continua muito sério; parece ter envelhecido dez anos ali parado. Ou como se o seu rosto tivesse agora a aparência que devia ter e que quando ele entrara no quarto, era um estranho para si mesmo. "Para a cidade", diz. E então seus olhos acordam, vendo de novo. "Bom. Agora não tem jeito", diz. "Ademais, os homens lá na cidade, os sensatos… deve haver alguns. Por que está contente que ela se foi?"

Ela abaixa o olhar. Suas mãos se movem em torno da cabeça do bebê, sem tocá-la: um gesto instintivo, desnecessário, aparentemente inconsciente. "Ela tem sido boa. Mais do que boa. Segurando o bebê para eu poder descansar. Ela quer segurar ele o tempo todo sentada lá naquela cadeira… O senhor vai me desculpar. Nem convidei para sentar." Ela o observa enquanto ele puxa uma cadeira para perto do catre e senta-se. "Sentada ali onde ela pode vigiar ele na cama fingindo dormir." Ela olha para Hightower; seus olhos são inquisitivos, intensos. "Ela fica chamando ele de Joey. Quando o nome dele não é Joey. E fica…" Ela olha para Hightower. Seus olhos estão intrigados agora, inquisitivos, desconfiados. "Ela fica falando sobre… Ela está atrapalhada também. E às vezes eu também fico atrapalhada, ouvindo, tendo que…" Seus olhos, suas palavras, tateiam, apalpam.

"Atrapalhada?"

"Ela fica falando nele como se o pai fosse o… aquele na cadeia, aquele sr. Christmas. Ela fica, e aí eu fico atrapalhada e às vezes eu não consigo… como eu fico atrapalhada também e acho que o pai é aquele sr.… sr. Christmas também." Ela olha para ele; como se fizesse um tremendo esforço de algum tipo. "Mas eu sei que não é. Sei que é uma bobagem. É que ela fica falando e falando, e quem sabe eu ainda não estou forte e fico atrapalhada também. Mas tenho medo..."

"Do quê?"

"Não gosto de ficar confusa. E tenho medo que ela possa me confundir, assim como dizem que a gente pode cruzar os olhos e depois não consegue descruzar..." Ela para, olhando para ele, sem se mover. Pode sentir que ele a está observando.

"Você diz que o nome do bebê não é Joe. Como ele se chama?"

Por mais um momento ela não olha para Hightower. Então ergue os olhos e diz, muito prontamente, muito facilmente: "Ainda não dei um nome para ele".

E ele sabe por quê. É como se a visse pela primeira vez desde que entrara. Nota pela primeira vez que seu cabelo foi penteado recentemente e que ela refrescou as faces também, e vê, meio escondido pelo lençol, como se ela os tivesse enfiado ali às pressas quando ele entrara, um pente e um caco de espelho quebrado. "Quando entrei, você estava esperando alguém. E não era eu. Quem você estava esperando?"

Ela não desvia o olhar. Sua expressão não é nem inocente nem dissimulada. Tampouco está plácida e serena. "Esperando?"

"Era Byron que estava esperando?" Ela ainda não desvia o olhar. O semblante de Hightower é sério, firme, gentil. Mas há nele aquele caráter implacável que ela vira nas feições de algumas pessoas bondosas, homens geralmente, que conhecera. Ele inclina-se para a frente e pousa a mão sobre as dela onde sustenta o corpo do bebê. "Byron é um bom homem", diz.

"Acho que sei disso, como todo mundo sabe. Melhor que a maioria."

"E você é uma boa mulher. Vai ser. Não quero dizer", diz ele rapidamente. Então para. "Não quis dizer…"

"Acho que sei", diz ela.

"Não. Não isso. Isso não importa. Isso ainda não é nada. Tudo depende do que você vai fazer depois. Com você mesma. Com os outros." Olha para ela; ela não desvia o olhar. "Deixe-o partir. Mande-o para longe." Eles se entreolham. "Mande-o embora, filha. Você provavelmente não tem muito mais que a metade da idade dele. Mas já viveu duas vezes mais. Ele nunca passará à sua frente, nunca a alcançará, porque perdeu tempo demais. E isso também, o nada dele é tão irremediável quanto o seu tudo. Ele não pode voltar atrás e fazer, nem você voltar atrás e desfazer. Você tem um filho que não é dele, de um homem que não é ele. Você estará forçando na vida dele dois homens e apenas um terço de uma mulher, ele que merece ao menos que o nada com que viveu por trinta e cinco anos seja violado, se violado deve ser, sem duas testemunhas. Mande-o embora."

"Isso não cabe a mim fazer. Ele é livre. Pergunte para ele. Em nenhum momento eu tentei segurar ele."

"É isso. Você provavelmente não conseguiria contê-lo, mesmo que tentasse. É isso. Mesmo se soubesse como tentar. Mas, se soubesse disso, você não estaria aqui nesta cama, com esta criança no peito. E você não vai mandá-lo embora? Não dirá a palavra?"

"Não posso dizer mais do que já disse. E eu disse Não para ele cinco dias atrás."

"Não?"

"Ele me disse para casar com ele. Para não esperar. E eu disse Não."

"Diria Não agora?"

Ela olha para ele com o olhar fixo. "Diria. Diria agora."

Ele suspira, imenso, disforme; seu rosto está de novo flácido, cansado. "Acredito em você. Você vai continuar dizendo isso mesmo depois de o ver." Torna a olhar para ela; de novo seu olhar é intenso, duro. "Onde ele está, o Byron?"

Ela o fita. Passado um instante, diz calmamente: "Não sei". Continua olhando para ele; de repente, seu rosto fica muito vazio, como se alguma coisa que lhe dava sua real solidez e firmeza começasse a ser drenada para fora. Não há nenhuma dissimulação nem precaução nem cautela nele. "Esta manhã, perto das dez, ele voltou. Não entrou. Só chegou até a porta e parou ali e só olhou para mim. E eu não via ele desde a noite passada e ele não tinha visto o bebê e eu disse: 'Entre e veja ele' e ele olhou para mim, parado ali na porta, e disse: 'Vim saber quando você quer ver ele' e eu disse: 'Ver quem?' e ele disse: 'Eles podem ter que mandar um assistente do xerife junto com ele mas eu posso convencer o Kennedy para deixar ele vir' e eu disse: 'Deixar quem vir?' e ele disse: 'O Lucas Burch' e eu disse: 'Sim' e ele disse: 'Esta tarde? Está bem?' e eu disse: 'Está' e ele foi embora. Ele ficou bem ali, e depois foi embora." Enquanto ele a observa com aquele desespero de todo homem na presença de lágrimas femininas, ela começa a chorar. Ela senta-se ereta, a criança no peito, chorando, não alto nem forte, mas com um sofrimento calmo e desesperado, sem esconder o rosto. "E você me atormenta sobre se eu disse Não ou não disse e eu já disse Não e você me atormenta e me atormenta e agora ele já se foi. Eu nunca mais o verei de novo." E ele ali, sentado, e ela inclina a cabeça por fim, e ele se levanta e fica parado acima dela com a mão sobre a sua cabeça curvada, pensando *Graças a Deus, Deus me ajude. Graças a Deus, Deus me ajude*

Ele encontrou a velha trilha de Christmas pela mata até a serraria. Não sabia da sua existência, mas quando descobriu em que direção ele seguia, pareceu-lhe uma profecia em sua exultação. Ele acredita nela, mas quer corroborar a informação pelo puro prazer de ouvi-la de novo. São apenas quatro horas quando ele chega na serraria. Ele se informa no escritório.

"Bunch?", diz o contador. "Não vai encontrar ele aqui. Ele se demitiu esta manhã."

"Eu sei, eu sei", diz Hightower.

"Ficou na companhia por sete anos, sábados de tarde também. Aí, esta manhã ele chega e diz que está indo embora. Nenhuma razão. Mas esses caipiras são assim."

"É, é", diz Hightower. "Mas eles são gente boa. Homens e mulheres bons." Sai do escritório. A estrada para a cidade passa pelo galpão da plaina onde Byron trabalhava. Ele conhece Mooney, o capataz. "Ouvi dizer que o Byron Bunch já não está mais com vocês", ele diz, fazendo uma pausa.

"É", diz Mooney. "Ele foi embora esta manhã." Mas Hightower não está escutando; os homens de macacão observam a figura surrada, disforme e não muito familiar olhar com uma espécie de exultante interesse para as paredes, as pranchas, o misterioso maquinário cuja própria existência e propósito ele não poderia ter compreendido ou mesmo aprendido. "Se quer vê-lo", diz Mooney, "acho que o encontrará na cidade, no tribunal."

"No tribunal?"

"Sim, senhor. O Grande Júri se reúne hoje. Convocação especial. Para indiciar aquele assassino."

"Sei, sei", diz Hightower. "Então ele se foi. Certo. Um jovem excelente. Bom dia, bom dia, senhores. Bom dia para vocês." Ele se afasta enquanto os homens de macacão ficam olhando ele se afastar durante algum tempo. Ele está com as mãos entrelaçadas às costas. Avança a passo, pensando calmamente, pacificamente, tristemente: "Pobre homem. Pobre sujeito. Ninguém é, pode ser, justificado por tirar uma vida humana; muito menos um funcionário autorizado, um servidor jurado de seus semelhantes. Quando é publicamente sancionado na pessoa de um funcionário eleito que sabe que ele próprio não sofreu nas mãos de sua vítima, chame-se essa vítima pelo nome que se quiser, como podemos esperar que um indivíduo se contenha quando ele acredita que sofreu nas mãos de *sua* vítima?". Ele segue caminhando; está agora em sua própria rua. Não demora muito para avistar sua cerca, a placa; depois a casa atrás da opulenta folhagem de agosto. "Então ele foi embora sem vir me dizer adeus. Depois de tudo o que fez para mim. Trouxe para mim. Ai de mim; deu, recuperou, para mim. Parece que também isso me foi reservado. E isso deve ser tudo."

Mas não é tudo. Há mais uma coisa reservada para ele.

18

Quando chegou na cidade, Byron soube que não poderia encontrar o xerife antes do meio-dia, pois ele estaria ocupado toda a manhã com o Grande Júri especial. "Você terá que esperar", lhe disseram.
"Está bem", disse Byron. "Sei como."
"Sabe como o quê?" Mas ele não respondeu. Saiu do escritório do xerife e ficou parado embaixo da varanda de frente para o lado sul da praça. Do terraço estreito e embandeirado, as colunas de pedra subiam formando arcos, desgastadas, manchadas por gerações de tabaco casual. Embaixo delas, uniformes e constantes e com uma falta de propósito grave (e aqui e ali, parados, imóveis, ou falando uns com os outros pelos cantos das bocas, alguns homens moços, citadinos, alguns deles conhecidos por Byron como funcionários e jovens advogados e mesmo comerciantes, que tinham um ar autoritário, geralmente idêntico, de policiais disfarçados, e sem se importar especialmente se o disfarce ocultava ou não o policial), camponeses de macacão movimentavam-se quase como monges num claustro, falando baixo uns com os

outros sobre dinheiro e colheitas, olhando para cima em silêncio, de tempos em tempos, para o teto sobre o qual o Grande Júri estava se preparando, a portas fechadas, para tirar a vida de um homem que poucos deles pareciam ter algum dia conhecido, por ele ter tirado a vida de uma mulher que um número ainda menor deles parecia ter visto. As carroças e os carros empoeirados em que tinham vindo à cidade estavam estacionados em volta da praça e ao longo das ruas e, entrando e saindo das lojas, as esposas e filhas que tinham vindo à cidade com eles se locomoviam em bandos, devagar, e também sem destino, como gado ou nuvens. Byron ficou ali parado por algum tempo, imóvel, sem se recostar em nada — um homem pequeno que vivera na cidade por sete anos e era ainda menos conhecido das pessoas da região do que o assassino e a assassinada, por nome ou hábitos.

Byron não tinha consciência disso. Isso agora não lhe importava, conquanto uma semana antes teria sido diferente. Então ele não teria ficado ali parado, onde qualquer pessoa poderia fitá-lo e talvez reconhecê-lo: *Byron Bunch, que colheu a seara plantada por outro homem, sem dividir à meia. O sujeito que cuidou da puta de outro homem enquanto o outro sujeito estava ocupado ganhando mil dólares. E não conseguiu nada com isso. Byron Bunch que protegeu o bom nome dela quando a mulher que possuía o bom nome e o homem a quem ela se entregara o haviam ambos jogado fora, que fez com que o bastardo do outro sujeito nascesse em paz e tranquilidade e às custas de Byron Bunch, e ouviu um bebê chorar uma vez como paga. Não recebeu nada por isso afora a permissão para trazer o outro sujeito de volta para ela assim que ele conseguisse colher os mil dólares e Byron não fosse mais necessário. Byron Bunch* "E agora já posso ir embora", pensou. Começou a respirar fundo. Podia sentir-se respirando fundo, como se cada vez suas entranhas tivessem medo de que, na próxima respiração, não seriam capazes de dar o suficiente e de que alguma coisa terrível aconteceria, e de que durante todo o tempo ele poderia olhar para si mesmo respirando, para seu peito, e não ver nenhum movimento, como quando a dinamite começa, se prepara para o agora Agora AGORA, a forma exterior da banana não muda; de que as pessoas que passavam e olhavam para ele não poderiam ver nenhuma mudança: um homenzinho a quem não se olharia uma segunda vez, de quem jamais se acreditaria que pudesse ter feito o que fez e sentido o que sentiu, alguém que acreditara que lá na serraria numa tarde de sábado, sozinho, a chance de ser magoado não poderia encontrá-lo.

Ele estava andando entre as pessoas. "Tenho que ir a algum lugar", pensava. Ele podia andar nesse ritmo: "Tenho que ir a algum lugar". Isso o conduziria adiante. Ainda era o que estava dizendo quando chegou na pensão. Seu quarto ficava de frente para a rua. Antes de perceber que começara a olhar para ele, estava olhando para outro lado. "Poderia ver alguém lendo ou fumando na janela", pensou. Entrou no salão. Vindo da manhã brilhante, ele não conseguiu enxergar de imediato. Podia sentir cheiro de linóleo úmido, de sabão. "Ainda é segunda-feira", pensou. "Tinha me esquecido disso. Talvez seja na próxima segunda--feira. Parece que deve ser assim." Não chamou. Passados alguns instantes, conseguiu enxergar melhor. Pôde ouvir o esfregão no fundo do salão ou talvez na cozinha. Depois, contra o retângulo de luz que era a porta de trás, também aberta, ele viu a cabeça da sra. Beard inclinada para fora, depois seu corpo em silhueta completa, avançando para o salão.

"Ora", disse ela. "É o sr. Byron Bunch. O sr. Byron Bunch."

"Sim, senhora", ele disse, pensando, "Só uma senhora gorda que nunca teve um problema muito maior do que um balde de limpeza se privaria de não tentar ser..." De novo ele não conseguiu pensar a palavra que Hightower saberia, usaria, sem ter de pensar nela. "É como se eu não só não conseguisse fazer nada sem envolvê-lo, como se não conseguisse nem pensar sem a sua ajuda." "Sim, senhora", ele disse. E ficou ali parado, incapaz até de lhe dizer que viera se despedir. "Talvez eu não", pensou. "Acho que quando um sujeito viveu num quarto por sete anos, ele não se muda num dia. Só acho que não vou impedi-la de alugar o quarto." "Acho que lhe devo um aluguel do quartinho", disse.

Ela olhou para ele: um rosto duro, satisfeito, e não descortês. "Aluguel do quê?", perguntou. "Achei que você estava acomodado. Decidido a acampar no verão." Olhou para ele. Então lhe disse. Disse-o amavelmente, delicadamente, com consideração. "Já recebi o aluguel do quarto."

"Ah", disse ele. "Claro. Estou vendo. Claro." Olhou em silêncio para a escada lavada cujo linóleo o arrastar de seus pés ajudara a gastar. Quando o linóleo novo fora aplicado três anos atrás, ele fora o primeiro pensionista a subir por ele. "Ah", disse. "Bom, acho melhor."

Ela respondeu a isso também, prontamente, cortês. "Cuidei disso. Coloquei tudo o que você deixou na sua mala. Está lá no meu quarto. Se quiser subir e olhar você mesmo..."

"Não. Acho que a senhora pegou tudo... Bom, acho que eu..."

Ela o observava. "Vocês, homens", disse. "Não é de estranhar que as mulheres fiquem impacientes com vocês. Vocês não conhecem os limites da própria malícia. Que, aliás, cabem numa cabeça de alfinete. Acho que se não fosse por alguma mulher envolvida nisso para ajudar vocês, todos vocês seriam arrastados gritando para o céu antes de completar dez anos."

"Acho que a senhora não tem nenhuma razão para dizer nada contra ela", ele disse.

"Não tenho mesmo. Não preciso. Nenhuma outra mulher que precise vai. Não digo que não são as mulheres que têm feito a maior parte do mexerico. Mas se vocês, homens, tivessem mais juízo, saberiam que as mulheres não querem dizer nada quando falam. São os homens que levam o mexerico a sério. Nenhuma mulher julga você nem ela com dureza. Por que não tem mulher que não saiba que ela não tinha nenhuma razão para ser má com você, mesmo descontando aquele bebê. Ou nenhum outro homem agora. Ela nunca precisou. Será que você e aquele pregador ou qualquer outro homem que saiba sobre ela já não fez tudo que ela poderia pensar em querer? Por que ela deveria ser má? Me diga isso."

"E é", diz Byron. Ele não a está olhando neste momento. "Eu vim só para..."

Ela respondeu a isso também, antes do fim da frase. "Acho que você vai nos deixar em breve." Ela o observa. "O que foi que eles decidiram esta manhã no tribunal?"

"Não sei. Eles ainda não terminaram."

"Isso eu garanto, também. Eles vão tomar tanto tempo e trabalho e dinheiro do condado quanto puderem limpando o que nós mulheres poderíamos ter limpado em dez minutos no sábado à noite. Por ser tão estúpido. Não que Jefferson vá sentir a falta dele. Que não possa viver sem ele. Mas alguém estúpido o bastante para achar que matar uma mulher fará mais bem a um homem do que matar um homem faria a uma mulher... Acho que eles vão soltar o outro agora."

"Sim, senhora. Acho que vão."

"E durante um tempo eles acharam que ele tinha ajudado. E por isso vão dar aqueles mil dólares a ele para mostrar que não guardam ressentimentos. E aí eles podem se casar. É mais ou menos isso, não é?"

"É, sim, senhora." Ele podia senti-la observando-o sem maldade.

"E por isso acho que você vai nos deixar. Acho que você está meio cansado de Jefferson, não é?"

"Algo assim. Acho que vou me mudar."

"Bom, Jefferson é uma boa cidade. Mas não é tão boa que um homem desimpedido como você não possa encontrar outra com bastante malícia e problemas para mantê-lo ocupado também... Pode deixar sua mala aqui até estar pronto, se quiser."

Ele esperou até depois do meio-dia. Esperou até achar que o xerife terminara seu almoço. Então ele foi até a casa do xerife. Não quis entrar. Esperou na porta até o xerife sair — o homem gordo, com olhinhos astutos que pareciam pedacinhos de mica incrustados no rosto gordo e calmo. Eles seguiram juntos até a sombra de uma árvore no quintal. Não havia onde sentar ali; eles também não se acocoraram, como de costume (os dois haviam crescido no campo) teriam feito. O xerife ouviu em silêncio o homenzinho quieto que por sete anos fora um mistério menor para a cidade e que vinha se tornando, há sete dias, quase uma afronta e um ultraje públicos.

"Entendo", disse o xerife. "Você acha que chegou a hora de casá-los."

"Não sei. Isso é assunto dele e dela. Mas acho que o melhor é ele ir até lá e vê-la. Acho que agora é a hora para isso. Você pode mandar um assistente com ele. Eu disse para ela que ele viria esta tarde. O que eles vão fazer depois é assunto dela e dele. Não meu."

"Claro", disse o xerife. "Não é seu." Ele estava observando o perfil do outro. "O que pretende fazer agora, Byron?"

"Não sei." Seu pé se arrasta lentamente no chão; ele olha para o pé. "Estive pensando em dar uma chegada em Memphis. Venho pensando nisso há um par de anos. Poderia fazer isso. Não tem nada nestas cidadezinhas."

"É. Memphis não é uma má cidade, para quem gosta de

vida urbana. Claro, você não tem família para carregar e o aborrecer. Acho que se eu fosse solteiro dez anos atrás teria feito isso também. Estaria melhor de vida, quem sabe. Você deve estar pensando em partir logo em seguida, imagino."

"Logo, eu acho." Ele levantou a vista, depois baixou de novo. Ele disse: "Larguei a serraria hoje".

"É", disse o xerife. "Imaginei que você não tivesse andado todo o caminho desde o meio-dia e pretendesse voltar lá à uma hora. Bom, parece que…" Ele silenciou. Sabia que à noite o Grande Júri indiciaria Christmas, e Brown — ou Burch — estaria livre, exceto pela obrigação de comparecer como testemunha ao tribunal no mês seguinte. Mas mesmo a sua presença não seria absolutamente essencial, pois Christmas não negara nada e o xerife pensava que ele se declararia culpado para salvar o pescoço. "E não fará mal nenhum, aliás, ensinar para aquele sujeitinho o que é temer a Deus uma vez na vida", pensou. Ele disse: "Acho que isso pode ser arranjado. Claro, como você diz, terei que mandar um assistente com ele. Apesar de que ele não vai fugir enquanto houver alguma esperança de pegar uma parte daquele dinheiro da recompensa. Contanto que ele não saiba o que vai encontrar quando chegar lá. Ele ainda não sabe de nada".

"Não", disse Byron. "Ele não sabe. Não sabe que ela está em Jefferson."

"Então acho que vou mandar ele até lá com um assistente. Sem lhe dizer por quê: apenas mandar ele lá. A menos que você mesmo queira levá-lo."

"Não", disse Byron. "Não. Não." Mas ele não se moveu.

"Vou fazer isso mesmo. Você já terá ido embora essa hora, imagino. Vou só enviar um assistente com ele. Quatro horas está bom?"

"Está ótimo. Isso é muito gentil da sua parte. Será uma gentileza."

"Pois bem. Muita gente além de mim tem sido boa para ela desde que chegou em Jefferson. Bom, não vou dizer adeus. Acho que Jefferson verá você de novo algum dia. Ainda não conheci ninguém que tenha vivido aqui algum tempo e depois foi embora para sempre. Exceto, talvez, esse sujeito na cadeia. Mas ele vai admitir a culpa, eu acho. Salvar o pescoço. Sumir de Jefferson de todo modo. É bem difícil para aquela velha que acha que é avó dele. O velho estava na cidade quando eu vim para casa, vociferando e discursando, chamando as pessoas de covardes porque não o tiraram da cadeia na mesma hora e o lincharam." Ele começa a gargalhar, com força. "É melhor ele se cuidar senão o Percy Grimm vai levá-lo com aquele exército lá dele." Ele ficou sério. "É bem duro para ela. Para mulheres." Olhava o perfil de Byron. "Foi muito duro para muitos de nós. Bom, volte qualquer dia desses. Talvez Jefferson trate você melhor da próxima vez."

Às quatro horas daquela tarde, escondido, ele vê o carro chegar e parar, e o assistente e o homem a quem ele conhecia pelo nome de Brown sair e se aproximar da cabana. Brown não está algemado, e Byron observa quando eles chegam à cabana e vê o assistente empurrar Brown para a frente e porta adentro. Em seguida a porta se fecha atrás de Brown e o assistente fica sentado no degrau e tira um saquinho de fumo do bolso. Byron se levanta. "Agora posso ir", pensa. "Agora posso ir." Seu esconderijo é uma moita de arbustos no gramado onde antes ficava a casa. No lado oposto da moita, fora da vista da cabana e da estrada, a mula está presa. Amarrada com uma corda atrás da sela gasta, há uma surrada mala amarela que não é de couro. Ele monta na mula e a vira para a estrada, sem olhar para trás.

A estrada suave e vermelha se estende sob a luz oblíqua e pacífica da tarde subindo uma colina. "Bom, posso aguentar uma colina", ele pensa. "Posso aguentar uma colina, qualquer um pode." O caminho é pacífico e calmo, familiar há sete anos. "Parece que um homem pode aguentar quase tudo. Pode aguentar até o que nunca fez. Até o pensamento de como algumas coisas são simplesmente mais do que pode aguentar. Pode aguentar até o fato de que se ao menos pudesse se entregar e chorar, não o faria. Aguentar não olhar para trás, mesmo sabendo que tanto olhar para trás como não olhar para trás não lhe fará nenhum bem."

A colina ascende, formando uma crista. Ele nunca viu o mar, e por isso pensa, "É como a beira de nada. Como se ao passá-la cavalgasse diretamente para o nada. Onde as árvores pareceriam e seriam chamadas de tudo, menos de árvores, e os homens pareceriam e seriam chamados de tudo, menos de gente. E Byron Bunch não terá de ser ou não ser Byron Bunch. Byron Bunch e sua mula não seriam algo caindo do céu até pegar fogo, como o reverendo Hightower diz daquelas rochas que atravessam tão velozes o espaço que pegam fogo e queimam e não sobra nem cinza a atingir o chão."

Mas então, acima da crista da colina começa a aparecer o que ele sabe que está lá; as árvores que são árvores, cuja distância terrível e tediosa, sendo movido a sangue, ele terá que cingir para todo sempre entre dois horizontes inevitáveis da terra implacável. Solidamente elas se alçam, não prodigiosas, nem ameaçadoras. É isso. Elas não o veem. "Não sabem e não se importam", pensa. "Como se estivessem dizendo *Certo. Você diz que sofre. Certo. Mas em primeiro lugar, tudo que temos é a sua própria palavra nua e crua disso. E, em segundo lugar, você diz que é Byron Bunch. E em terceiro lugar, você é o único que chama a si mesmo Byron Bunch hoje, agora, neste minuto...* "Bom", ele pensa, "se isso é tudo, acho que eu poderia perfeitamente me dar o prazer de não ser capaz de aguentar olhar para trás também." Ele para a mula e se vira na sela.

Não tinha percebido que chegara tão longe e que a crista era tão alta. Como uma tigela rasa, a antes ampla propriedade do que fora há setenta anos uma casa de fazenda se estende abaixo dele, entre ele e a crista oposta sobre a qual fica Jefferson. Mas a plantação agora é interrompida por cabanas esparsas de negros e nesgas de hortas e campos mortos corroídos pela erosão e sufocados por pés de carvalho preto e sassafrás e caqui e roseira brava. Mas no centro exato o grupo de carvalhos continua no mesmo lugar em que estava quando a casa fora construída, embora agora não haja casa entre eles. Dali onde se encontra ele nem consegue ver as cicatrizes do fogo; não saberia dizer onde a casa ficava não fosse pelos carvalhos e a oposição do estábulo em ruínas e a cabana nos fundos, a cabana para a qual está olhando. Ela se ergue inteira e calma ao sol da tarde, quase um brinquedo; como um brinquedo, o assistente está sentado no degrau. Enquanto Byron observa, um homem surge como por mágica da sua parte traseira, já correndo, no ato de fugir pelos fundos da cabana enquanto o confiante assistente continua sentado e imóvel no degrau da frente. Por um instante, Byron permanece também sentado, imóvel, meio virado na sela, e observa a minúscula figura fugir atravessando a encosta árida atrás da cabana, na direção da mata.

 Um vento rude e frio parece soprar através dele. É ao mesmo tempo violento e pacífico, soprando como palha ou gravetos ou folhas mortas todo o desejo e o desespero e o desconsolo e a trágica e vã imaginação também. Com o sopro ele parece sentir-se empurrado para trás e vazio novamente, sem nada em si que não estivesse ali havia duas semanas, antes de ele a ter visto. O desejo deste momento é mais que um desejo: é convicção calma e segura; antes de se dar conta disso e de seu cérebro telegrafar para a sua mão, vira a mula para a estrada e galopa ao longo da crista que segue em paralelo ao curso do homem correndo quando entrara na mata. Ele nem sequer nomeou o homem para si. Não especula absolutamente aonde ele está indo, nem por quê. Em nenhum momento lhe passa pela cabeça que Brown está fugindo de novo, como ele mesmo previra. Se pensou nisso, provavelmente achou que Brown estivesse, a seu modo peculiar, envolvido em alguma transação totalmente legítima relacionada à sua partida e de Lena. Mas não estava pensando absolutamente em nada disso; não estava em absoluto pensando em Lena; ela estava completamente fora de sua mente como se ele nunca tivesse visto seu rosto nem escutado seu nome. Ele está pensando: "Tomei conta da sua mulher para ele e ajudei seu filho a nascer. E agora há uma outra coisa que posso fazer por ele. Não posso casá-los, porque não sou pastor. E talvez não consiga alcançá-lo porque ele leva grande vantagem. E posso não lhe dar uma surra se conseguir, porque ele é maior do que eu. Mas posso tentar. Posso tentar fazer isso".

Quando o assistente foi buscá-lo na cadeia, Brown perguntou prontamente aonde eles iriam. Fazer uma visita, disse o assistente. Brown recuou, olhando o assistente com o rosto bonito e fingidamente ousado. "Não quero visitar ninguém aqui. Sou um estranho aqui."

"Você será um estranho em qualquer lugar", disse o assistente. "Mesmo em casa. Venha."

"Sou um cidadão americano", disse Brown. "Acho que tenho meus direitos, mesmo que não use uma estrela de lata nos meus suspensórios."

"Claro", disse o assistente. "É o que estou fazendo agora: ajudando-o com os seus direitos."

O rosto de Brown se iluminou: foi um lampejo. "Eles... Eles vão pagar."

"Aquela recompensa? Claro. Vou levar você até o lugar agora mesmo, onde, se for para você receber a recompensa, você a receberá."

Brown se controlou. Mas ele se moveu, sem deixar de fitar o assistente, desconfiado. "É uma maneira muito engraçada de resolver as coisas", disse. "Me deixar trancado na cadeia enquanto aqueles cretinos tentam me tirar da jogada."

"Acho que ainda não nasceu o cretino capaz de passar você para trás", disse o assistente. "Venha. Eles estão nos esperando."

Eles saíram da cadeia. Na claridade do dia, Brown piscou, olhando para um lado e para outro, e depois levantou a cabeça bruscamente, olhando por cima do ombro naquele seu movimento equino. O carro estava parado na esquina. Brown olhou para o carro e depois para o assistente, muito controlado, muito alerta. "Aonde estamos indo de carro?", perguntou. "O tribunal não era tão longe que eu não pudesse andar até lá hoje de manhã."

"Watt mandou o carro para ajudar a trazer a recompensa", disse o assistente. "Entre."

Brown grunhiu. "Ele ficou muito preocupado com o meu conforto de repente. Um carro para circular, e sem algemas. E só um sujeitinho para me impedir de fugir."

"Não o estou impedindo de fugir", disse o assistente. Ele fez uma pausa para dar a partida no carro. "Pretende fugir agora?"

Brown olhou para ele, fixamente, carrancudo, ultrajado, desconfiado. "Estou vendo", disse. "O truque é este. Me fazer fugir e depois pegar ele mesmo aqueles mil dólares. Quanto ele prometeu para você?"

"Para mim? Vou receber o mesmo que você, até o último centavo."

Por mais um instante Brown fitou o assistente. E praguejou, fora de propósito, de maneira tola e violenta. "Vamos", disse. "Se é para ir, vamos."

Eles foram de carro até o cenário do incêndio e do crime. Em intervalos regulares, quase cronometrados, Brown sacudia a cabeça para cima e para trás com aquele movimento de uma

mula solta correndo na frente de um carro numa estrada estreita.
"Para que estamos indo lá?"

"Para pegar a tua recompensa", disse o assistente.

"Onde é que eu vou pegá-la?"

"Naquela cabana lá adiante. Está esperando ali por você."

Brown olhou em volta, para as cinzas enegrecidas que um dia tinham sido uma casa, para a cabana vazia onde vivera por quatro meses, que se erguia arruinada e calma ao sol. Seu rosto estava muito compenetrado, muito alerta. "Tem uma coisa engraçada aí. Se o Kennedy acha que pode atropelar meus direitos só porque ele usa aquela maldita estrelinha de lata..."

"Entre", disse o assistente. "Se não gostar da recompensa, estarei esperando para levar você de volta para a cadeia quando você quiser. No momento que você quiser." Ele empurrou Brown para diante, abrindo a porta da cabana e empurrando-o para dentro e fechando a porta atrás dele e sentando-se no degrau.

Brown ouviu a porta se fechar atrás de si. Ele ainda estava se movendo para a frente. Então, no meio de uma daquelas olhadelas rápidas, espasmódicas, abrangentes, como se os seus olhos não pudessem esperar para captar o quarto, ele estacou como um morto. Lena viu, de cima do catre, a cicatriz branca no canto de sua boca desaparecer completamente como se o refluxo de sangue por trás dela houvesse arrancado a cicatriz ao passar como um vento com um pano no varal. Ela não disse nada. Apenas ficou ali deitada, recostada nos travesseiros, fitando-o com seus olhos graves em que não havia absolutamente nada — alegria, surpresa, censura, amor — enquanto pelo rosto dele passavam choque, espanto, ultraje e, depois, absoluto terror, cada um zombando por sua vez da cicatriz branca reveladora, enquanto seus olhos ariscos e desesperados corriam incessantes para um lado e para o outro do quarto vazio. Ela o observou dominá-los à força e erguê-los para se encontrarem com os seus. "Ora, ora", disse ele.

"Ora, ora, ora. É a Lena." Ela o observou sustentando os olhos na direção dos seus como duas feras prestes a se extraviar, como se soubesse que quando se extraviassem dessa vez, ele não seria capaz de recuperá-los, virá-los de novo, e que ele próprio estaria perdido. Ela quase pôde observar o pensamento dele se lançando para um lado e para outro, incessante, apressado, aterrorizado, procurando palavras que sua voz, sua língua, pudessem falar. "Se não é a Lena. Sim, senhor. Então recebeu o meu recado. Assim que cheguei aqui eu mandei um recado no mês passado assim que me acomodei e achei que ele tinha se perdido. Foi um sujeito que eu não sabia o nome mas ele disse que levaria... Ele não parecia confiável mas tive que confiar nele, mas pensei quando dei os dez dólares a ele, para você, para viajar, que ele..." Sua voz morreu nalgum lugar atrás dos olhos desvairados. Entretanto ela ainda podia observar o pensamento dele se atirando e atirando-se como que sem piedade, sem absolutamente nada, ela o observava sem piscar os olhos, insuportável, o observava esquivar-se e fugir, ziguezaguear, até que, por fim, tudo o que lhe sobrou de orgulho, de um lamentável orgulho era o desejo de justificação, fugiu-lhe e o deixou nu. Então, pela primeira vez ela falou. Sua voz era calma, serena, fria.

"Venha aqui", disse. "Venha. Não vou deixar ele arrancar um pedaço de você." Quando se moveu, ele aproximou-se na ponta dos pés. Ela notou isso, embora não estivesse mais olhando para ele. Sabia disso assim como sabia que ele estava agora parado com uma espécie de espanto canhestro e desconfiado acima dela e da criança adormecida. Mas sabia que não era para ou por causa da criança. Sabia que nesse sentido ele nem mesmo vira a criança. Ela podia ainda ver, sentir, o pensamento dele se atirando de um lado para outro. *Ele vai fingir que não está com medo* pensou. *Ele não terá vergonha de mentir que não está com medo, assim como não teve vergonha de ter medo porque mentiu*

"Ora, ora", disse ele. "Então é isso, claro."

"É", disse ela. "Não vai sentar?" A cadeira que Hightower aproximara continuava ao lado da cama. Ele já a havia notado. *Ela tinha deixado prontinha para mim* pensou. De novo ele praguejou, sem som, atormentado, furioso. *Aqueles cretinos. Aqueles cretinos* Mas seu rosto estava perfeitamente calmo quando ele se sentou.

"Sim, senhor. Aqui estamos nós de novo. Do jeito que nós planejamos. Eu teria deixado tudo pronto para você, se não andasse tão ocupado ultimamente. O que me lembra que..." De novo ele olhou para trás com aquele movimento brusco, muar, da cabeça. Ela não estava olhando para ele quando disse:

"Tem um pregador aqui. Que já veio me ver."

"Isso é ótimo", ele disse. Sua voz era alta, calorosa. Mas a sinceridade, como o timbre, parecia tão inconstante quanto o som das palavras, fugidio, sem deixar nada, nem mesmo um pensamento definitivamente afirmado no ouvido ou na crença. "Isso é ótimo. Assim que eu resolver esse negócio todo." Ele sacudiu o braço num gesto vago, abarcante, olhando para ela. Sua expressão era suave e vazia. Seus olhos brandos, alertas, secretos, mas por trás deles espreitava ainda aquela espécie de pressa e desespero. Mas ela não estava olhando.

"Que tipo de trabalho você está fazendo agora? Na serraria?"

Ele olhou para ela. "Não. Larguei isso." Seus olhos a vigiavam. Era como se não fossem seus olhos, não tivessem nenhuma relação com o resto dele, o que ele fazia e o que dizia. "Mourejando como um maldito crioulo dez horas por dia. Tenho uma coisa em vista que dará mais dinheiro. Não uma mixaria de quinze cents por hora. E quando eu conseguir, assim que acertar uns detalhezinhos, aí você e eu vamos..." Duros, intensos, secretos, os olhos a observavam, o rosto dela abaixado, de perfil. De novo ela ouviu aquele som fraco, brusco, quando ele atirava a cabeça para cima e para trás. "E isso me lembra..."

Ela não se movera. E disse: "Quando será isso, Lucas?". Então ela conseguiu ouvir, sentir, imobilidade absoluta, silêncio absoluto.

"Quando será o quê?"

"Você sabe. Como você disse. Voltar para casa. Estava tudo bem quando era só eu. Eu não me importava. Mas agora é diferente. Acho que tenho o direito de me preocupar agora."

"Ah, isso", disse ele. "Isso. Não se preocupe com isso. Só me deixe acertar esse negócio aqui e pôr as mãos naquele dinheiro. Ele é meu por direito. Nenhum cretino daqueles..." Ele parou. Sua voz começara a engrossar, como se houvesse se esquecido de onde estava e estivesse pensando em voz alta. Baixou a voz; e disse: "Deixe comigo. Não se preocupe. Nunca te dei nenhuma razão para se preocupar, dei? Me diga".

"Não. Nunca me preocupei. Sabia que podia contar com você."

"Claro que sabia. E esses cretinos aqui... esses aqui..." Ele se levantara da cadeira. "O que me lembra..." Ela nem levantou os olhos nem falou enquanto ele ficava parado acima dela com aqueles olhos ansiosos, desesperados e importunos. Era como se ela o segurasse ali e que soubesse disso. E que ela o libertasse por sua própria vontade, deliberadamente.

"Acho que você está muito ocupado agora, então."

"De fato, estou. Com tudo que tenho que me preocupar, e aqueles cretinos..." Ela estava olhando para ele agora. Observava-o enquanto ele olhava para a janela na parede dos fundos. Então ele olhou de novo para a porta fechada às suas costas. Então ele olhou para ela, para seu rosto grave que não tinha nada, ou tudo, todo o conhecimento. Ele abaixou a voz. "Eu tenho inimigos aqui. Gente que não quer que eu receba o que ganhei. Por isso eu vou..." De novo era como se ela o segurasse, forçando-o, provocando-o àquela mentira final contra a qual mesmo suas melancólicas sobras de orgulho se revoltavam; segurava-o não com tirantes nem cordas mas com algo contra o que as mentiras dele esvoaçavam triviais como folhas ou lixo. Mas ela não disse absolutamente nada. Apenas o observou quando ele foi, na ponta dos pés, até a janela e a abriu sem fazer barulho. Ele então olhou para ela. Talvez achasse que estava a salvo, que poderia chegar à janela antes que ela pudesse tocá-lo com uma mão física. Ou talvez fosse algum melancólico resto de vergonha, como um pouco antes fora de orgulho. Porque ele olhou para ela, totalmente despido naquele momento de loquacidade e engodo. Sua voz não ia além de um sussurro: "Tem um homem lá fora. Na frente, esperando por mim". Então ele se foi, pela janela, sem um ruído, num único movimento quase como uma longa serpente. Vindo do lado de fora da janela ela ouviu um único som fraco quando ele começou a correr. Só então ela se mexeu, e suspirou uma vez, profundamente.

"Agora eu tenho que me levantar de novo", disse em voz alta.

Quando Brown sai da mata, no leito da ferrovia, está ofegante. Não é de fadiga, embora a distância que cobriu nos últimos vinte minutos seja de quase três quilômetros e sua corrida não fosse amena. É antes a respiração rosnada e malévola de um animal em fuga: enquanto ele fica ali parado olhando para os dois lados do trilho vazio, seu rosto, sua expressão, é a de um animal fugindo sozinho, sem contar com ajuda, aferrado à dependência solitária dos próprios músculos, e que, na pausa para recuperar o fôlego, odeia cada árvore e folha de grama à vista como se fosse um inimigo vivo, odeia a própria terra que o sustenta e o ar que precisa para recuperar o fôlego.

Ele alcançou a ferrovia a pouco menos de cem metros do ponto que desejava. Trata-se da crista de uma ladeira onde os trens de carga rumo ao norte reduzem a velocidade para um ritmo fraco e arrastado quase igual ao de um homem andando. Adiante, a curta distância, os brilhantes trilhos gêmeos parecem ter sido recortados com tesoura.

Por um momento ele fica na proteção da mata que margeia o leito da estrada ainda escondido. Ele fica parado como um homem calculando, pensativo e desesperado, como se buscasse na mente um último lance desesperado num jogo já perdido. Após permanecer ali por mais algum tempo só escutando, ele se vira e corre novamente pela mata, em paralelo aos trilhos. Parece saber exatamente aonde vai; chega então a uma vereda e segue por ela, ainda correndo, e emerge numa clareira onde há uma cabana de negros. Ele se aproxima da frente, caminhando agora. Na varanda, uma negra velha está sentada fumando seu cachimbo, com um pano branco enrolado na cabeça. Brown não está correndo, mas está com a respiração acelerada, pesada. Ele procura acalmá-la para falar. "Oi, Tia", diz. "Quem está por aqui?"

A negra tira o cachimbo. "Aqui. Quem quer saber?"

"Preciso mandar uma mensagem lá pra cidade. Urgente." Ele contém a respiração para falar. "Eu pago. Tem alguém aqui pra levar?"

"Nessa pressa toda, melhor você mesmo ir."

"Eu pago, estou dizendo!", diz. Ele fala com uma espécie de paciência raivosa, contendo a voz, a respiração. "Um dólar, se for bem depressa. Não tem ninguém aqui para ganhar um dólar? Um menino?"

A velha fuma, observando-o. Com um rosto retinto, idoso e inescrutável, ela parece contemplá-lo com um distanciamento quase divino, mas nada benigno. "Um dólar em dinheiro?"

Ele faz um gesto indescritível, de pressa e raiva controlada e algo como desespero. Está a ponto de se virar quando a negra fala novamente. "Não tem ninguém aqui além de mim e dois pequenos. Acho que são pequenos demais."

Brown vira-se. "Como pequeno? Só quero alguém para levar um recado para o xerife com urgência e…"

"O xerife? Então está no lugar errado. Não deixo um dos meus vadiando com xerife nenhum. Tinha um negro que achava que conhecia muito bem o xerife e foi visitar ele. Ele nunca que voltou. Procura outro lugar."

Mas Brown já está se afastando. Ele não corre de imediato. Ainda não pensou em reiniciar a corrida; neste momento, não consegue pensar em nada. Sua raiva e impotência o deixam quase extático. Ele parece meditar sobre a infalibilidade atemporal e bela de suas imprevisíveis frustrações. Como se, de alguma forma, o próprio fato de ser tão consistentemente abastecido delas o elevasse um pouco acima das mesquinhas esperanças e desejos humanos que elas anulam e negam. Com isso a negra teve que gritar duas vezes até ele ouvir e se virar. Ela não disse nada, não se moveu; ela apenas gritou, dizendo: "Tem um aqui que vai levar".

Parado ao lado da varanda, aparentemente materializado do ar ralo, está um negro que pode ser tanto um adulto imbecil como um jovem tosco. Seu rosto é preto, impassível, quase inescrutável. Eles se entreolham. Ou melhor, Brown olha para o negro. Não sabe dizer se o negro está olhando para ele ou não. E isso também lhe parece, de algum modo, certo e excelente e de acordo: que sua esperança e último recurso fosse uma besta que não parece ter poder de raciocínio suficiente sequer para encontrar a cidade, quanto mais um determinado indivíduo dentro dela. Mais uma vez Brown faz um gesto indescritível. Ele está quase correndo agora, de volta à varanda, vasculhando o bolso da camisa. "Quero que você leve um recado para a cidade e me traga uma resposta", diz. "Pode fazer isso?" Mas não escuta a resposta. Tira da camisa um pedaço de papel sujo e um toco de lápis mascado e, curvado na beira da varanda, escreve, com dificuldade e apressado, observado pela negra:

> Sr Wat Kenedy Caro senhor por favor entregue portador Minha recompensa Dinheiro por captura Assassino Xmas embrulha em Papel pra entrega ela pro portador seu sincero

Ele não assina o bilhete. Levanta-o, fitando-o, observado pela negra. Olha fixamente para o papel sujo e inocente, para os rabiscos laboriosos e apressados onde conseguira, por um instante, depositar toda a sua alma e a sua vida também. Ele então o abaixa rapidamente e escreve *não Assino mas Tudo bem Você sabe quem* e o dobra e entrega ao negro. "Leve para o xerife. Para mais ninguém. Acha que consegue encontrar ele?"

"Se o xerife não encontrar ele primeiro", diz a negra velha. "Dê para ele. Ele vai encontrar, se ele estiver em cima do chão. Pegue seu dólar e vai, rapaz."

O negro começara a se afastar e para. Ele fica ali parado, sem dizer nada, sem olhar para nada. Na varanda a negra está sentada, fumando, olhando para o rosto fraco, lupino, do branco: um rosto bonito, apresentável, mas agora exaurido por uma fadiga mais do que física numa máscara gasta e vulpina. "Pensei que estava com pressa", diz ela.

"Estou", diz Brown. Ele tira uma moeda do bolso. "Toma. E se me trouxer a resposta disto dentro de uma hora, dou mais cinco dessas."

"Anda, preto", diz a mulher. "Não tem o dia inteiro. Quer que traz a resposta aqui?"

Por mais um momento Brown olha para ela. Depois novamente a cautela e a vergonha o abandonam. "Não. Aqui não. Traga para o topo daquela encosta lá adiante. Ande pelo trilho até eu chamar você. Eu estarei vigiando você o tempo todo também. Não se esqueça disso. Está ouvindo?"

"Não se preocupa", diz a negra. "Ele vai lá com ela e volta com a resposta, se nada não atrapalhar. Vai, rapaz."

O negro parte. Mas alguma coisa o detém, antes de ter percorrido um quilômetro. É outro branco, puxando uma mula.

"Onde?", pergunta Byron. "Onde foi que você viu ele?"

"Agorinha mesmo. Lá naquela casa." O branco segue em frente, puxando a mula. Ele não mostra o bilhete para o branco porque o branco não pediu para ver. Talvez a razão por que o branco não pediu para ver o bilhete foi que o branco não sabia que ele tinha um bilhete; talvez o negro esteja pensando assim, porque por um instante seu rosto espelha algo terrível e subterrâneo. Depois se desanuvia. Ele grita. O branco se vira, parando. "Ele não tá lá agora", o negro grita. "Ele diz que vai ficar no alto da estrada de ferro esperando."

"Muito obrigado", diz o branco. O negro segue em frente.

Brown voltou para o trilho. Ele não corre agora, falando consigo mesmo: "Ele não vai conseguir. Não vai. Sei que não vai encontrá-lo, não vai pegar o dinheiro, trazer de volta." Ele não chamou nenhum nome, não pensou em nenhum nome. Parecia-lhe agora que eles eram apenas formas como as peças de um jogo de xadrez — o negro, o xerife, o dinheiro, tudo — imprevisíveis e sem razão movidas para um lado e para o outro por um Oponente que podia ler as suas jogadas antes de ele as fazer e que criara regras espontâneas que ele devia seguir e o Oponente não. Ele já estava além do desespero mesmo naquele momento em que saiu dos trilhos e entrou no mato perto da crista da encosta. Andava sem pressa, agora, medindo a distância como se não houvesse mais nada no mundo ou em sua vida ao menos, além disto.

Escolhe seu lugar e senta-se, oculto dos trilhos mas de onde ele próprio pode vê-los.

"Só que eu sei que ele não fará isso", pensa. "Nem mesmo espero isso. Se visse ele voltando com o dinheiro na mão, não acreditaria. Não seria para mim. Eu saberia. Saberia que era um engano. Diria para ele *Vá em frente. Está procurando alguém que não sou eu. Não está procurando Lucas Burch. Não, senhor, Lucas Burch não merece esse dinheiro, essa recompensa. Ele não fez nada para merecer. Não, senhor* Ele desanda a rir, de cócoras, imóvel, o rosto exausto curvado, rindo. "Sim, senhor. Tudo o que Lucas Burch queria era justiça. Apenas justiça. Nem que ele contasse para aqueles cretinos o nome do assassino e onde encontrar, eles tentariam. Não tentaram porque teriam que dar o dinheiro para Lucas Burch. Justiça." Então ele diz em voz alta, numa voz rouca, lacrimosa: "Justiça. Isso era tudo. Apenas meus direitos. E aqueles cretinos com suas estrelinhas de lata, todos obrigados, cada um deles, por juramento, a proteger o cidadão americano". Ele diz isto rudemente, quase chorando de raiva e desespero: "Quero ser um cão se isso não é o bastante para alguém virar um perfeito bolchevique". Assim ele não escuta nenhum som até que Byron fala diretamente atrás dele:

"Fique de pé."

Não dura muito. Byron sabia que não ia durar. Mas ele não hesitou. Apenas se esgueirou para cima até poder enxergar o outro, onde então parou, olhando para a figura agachada e desprotegida. "Você é maior do que eu", pensou Byron. "Mas não me importa. Você tem ainda outras vantagens sobre mim. E não me importo com isso também. Você jogou fora duas vezes em menos de nove meses o que eu não fiz em trinta e cinco anos. E agora eu vou levar uma surra e não me importo com isso, também."

Não dura muito. Brown, girando, tira vantagem inclusive do seu susto. Ele não acreditou que alguém, pegando seu inimigo sentado, lhe daria uma chance de se levantar, mesmo que o inimigo não fosse o maior dos dois. Ele não teria feito isso. E o fato de que o homem menor o fez quando ele não teria feito era pior que um insulto: era ridículo. Assim ele lutou com uma fúria ainda mais selvagem do que se Byron houvesse saltado sobre as suas costas sem aviso: com a força cega e desesperada de um rato faminto e encurralado, ele lutou.

Durou menos de dois minutos. E Byron ficou caído em silêncio entre arbustos partidos e pisoteados, o rosto sangrando lentamente, ouvindo o mato estalar, cessar, e cair no silêncio. E então ele está sozinho. Não sente nenhuma dor em especial, mas, melhor do que isto, não sente nenhuma pressa, nenhuma urgência de fazer algo ou ir a algum lugar. Apenas fica ali caído, sangrando e quieto, sabendo que depois haverá tempo suficiente para reentrar no mundo e no tempo.

Ele nem mesmo se pergunta aonde foi Brown. Não precisa pensar em Brown agora. De novo sua mente se enche de formas imóveis como brinquedos despedaçados e descartados da infância, empilhados indiscriminadamente e juntando poeira numa despensa esquecida — Brown. Lena Grove. Hightower. Byron Bunch — todos como pequenos objetos que nunca chegaram a viver, com os quais ele brincara na infância e depois quebrara e esquecera. Ele está deitado, pois, quando escuta o trem apitar num cruzamento a uns oitocentos metros dali.

Isso o faz levantar-se. Senta-se, devagar, hesitante. "Seja como for, não quebrei nada", pensa. "Isto é, ele não quebrou nada meu." Está ficando tarde: chegou a hora, com a distância, o movimento, dentro do tempo. "É. Vou ter que me mexer. Vou ter que seguir em frente até encontrar alguma outra coisa para fazer." O trem está se aproximando. O resfolegar da locomotiva encurtou e ficou mais pesado quando começa a chegar a ladeira; ele já avista a fumaça. Remexe no bolso atrás de um lenço. Não tem nenhum e por isso rasga a barra da camisa e esfrega energicamente o rosto, ouvindo os estampidos curtos da locomotiva já no alto da ladeira. Ele vai até a borda da mata, de onde pode ver o trilho. A máquina está visível agora, quase de frente para ele, por baixo das densas baforadas regulares de fumaça negra. Provoca--lhe uma sensação de terrível imobilidade. Mas está avançando, arrastando-se penosamente para o alto e por cima da crista da encosta. Parado agora na borda da mata ele observa a máquina aproximar-se e passar por ele, forcejando, arrastando-se, com o enlevo e a absorção infantil (e talvez a saudade) de sua infância interiorana. Ela passa; seus olhos se movem observando os vagões enquanto eles se arrastam um a um para o alto e por cima da crista, quando, pela segunda vez naquela tarde, ele vê um homem materializar-se aparentemente do ar, no ato de correr.

Ele não adivinha de imediato o que Brown pretende. Já havia avançado muito na paz e na solidão para se preocupar. Apenas fica ali parado e observa Brown correr para o trem, agachar-se, saltar e agarrar a escada de ferro na traseira de um vagão e saltar para cima e desaparecer de vista como que sugado por um vácuo. O trem começava a acelerar; ele observa aproximar-se o vagão onde Brown desaparecera. Ele passa; agarrado na traseira entre este e o seguinte, Brown está parado, o rosto inclinado para fora observando os arbustos. Eles se entreolham por alguns instantes: os dois rostos, o suave, indefinível, ensanguentado, e o magro, abatido, desesperado, agora retorcido por gritos inaudíveis devido ao barulho do trem, passando um pelo outro como que em órbitas opostas e um efeito como de fantasmas ou aparições. Byron ainda não está pensando. "Meu Deus do céu", ele diz com espanto infantil e quase extático, "ele sabe mesmo saltar num trem. Decerto já fez isso antes." Ele não está pensando em nada. É como se a parede em movimento dos vagões desbotados fosse um dique além do qual o mundo, o tempo, a esperança inacreditável e certamente indiscutível esperassem, proporcionando-lhe ainda um pouco mais de paz. De toda maneira, quando passa o último vagão, correndo agora, o mundo desaba sobre ele como um dilúvio, uma vaga de inundação.

É tudo imenso e rápido demais para medir distância e tempo; assim, não há nenhum caminho a ser percorrido de volta, e ele puxa a mula por um bom pedaço até se lembrar de montá-la e cavalgar. É como se já houvesse ultrapassado a si mesmo e há muito, já estivesse esperando na cabana antes de poder ser alcançado e entrar. *E aí eu ficarei lá e...* Ele tenta de novo: *Aí eu ficarei lá e...* Mas não consegue ir além disso. Está na estrada de novo, aproximando-se de uma carroça que volta da cidade para casa. São quase seis horas. Ele não desiste, porém. *Mesmo que não consiga ir além disso: quando abrir a porta e entrar e ficar ali parado. E então eu vou. Olhar para ela. Olhar para ela* A voz fala novamente:

"... confusão, eu acho."

"O quê?", diz Byron. A carroça havia parado. Ele está bem ao seu lado, a mula parada também. No assento da carroça o homem fala de novo, com voz lamurienta e monótona.

"Azar danado. Bem quando eu tinha de vir para casa. Já estou atrasado."

"Confusão?", diz Byron. "Que confusão?"

O homem está olhando para ele. "Pela sua cara, pode-se dizer que você andou metido em alguma confusão."

"Eu caí", diz Byron. "Que confusão aconteceu na cidade hoje à tarde?"

"Achei mesmo que você talvez não tivesse ouvido falar. Coisa de uma hora atrás. Aquele crioulo, Christmas. Mataram ele."

19

Em volta das mesas de jantar naquela noite de segunda-feira, o que a cidade especulava não era tanto sobre como Christmas fugira, mas por que, estando livre, fora se esconder naquele lugar, onde devia saber que certamente seria caçado até o fim, e por que, quando isso ocorrera, ele não se rendera nem resistira. Era como se houvesse fugido e feito planos de cometer passivamente o suicídio.

Houve muitos argumentos, opiniões, sobre por que ele fugira finalmente para a casa de Hightower. "Farinha do mesmo saco", os mais apressados, mais imediatistas, diziam, lembrando as antigas histórias sobre o pastor. Alguns acharam que fora puro acaso; outros disseram que o sujeito revelara inteligência, pois não suspeitariam que ele estava na casa do pastor se alguém não o tivesse visto cruzar o seu quintal e entrar correndo na cozinha.

Gavin Stevens, porém, tinha uma teoria diferente. Ele é o promotor público, formado em Harvard, Phi Beta Kappa: um homem alto, desconjuntado, com um eterno cachimbo de sabugo, tufos rebeldes de cabelo cinza-ferro, envergando sempre um terno cinza-escuro frouxo e amarfanhado. Sua família é antiga em Jefferson; seus ancestrais possuíam escravos ali e seu avô conhecera (e também odiara, e publicamente congratulara o coronel Sartoris quando eles morreram) o avô e o irmão da srta. Burden. Ele tem um jeito calmo e facilidade para lidar com a gente do campo, os eleitores e os júris; pode ser visto, de vez em quando, acocorado entre os macacões nos alpendres de lojas da região durante uma tarde inteira de verão, falando com eles em sua própria linguagem sobre absolutamente nada.

    Nesta noite de segunda-feira descera do trem para o sul das nove horas um professor universitário da universidade estadual vizinha, um colega de Stevens em Harvard que viera passar alguns dias das férias com o amigo. Ao descer do trem, ele logo avistou o amigo. Achou que Stevens viera recebê-lo até perceber que estava entretido com um curioso casal de velhos que colocava no trem. Olhando-os, o professor divisou um velhinho sujo com uma barbicha curta que parecia em estado cataléptico, e uma velha que devia ser a esposa — uma criatura atarracada com um rosto parecendo de massa de pão embaixo de uma pluma branca suja caída para a frente, toda disforme num vestido de seda fora de moda e de um tom purpúreo desbotado. Por um momento, o professor parou com espantado interesse, observando Stevens colocar na mão da mulher, como se na mão de uma criança, dois bilhetes ferroviários; recomeçando a andar e aproximando-se e ainda não visto pelo amigo, ele entreouviu as palavras finais de Stevens enquanto o sinaleiro conduzia os velhos para a plataforma do vagão: "É, é", dizia Stevens dizendo num tom confortador e recapitulando; "ele estará no trem amanhã de manhã. Cuidarei disso. Tudo que precisa fazer é cuidar do funeral, do cemitério. Leve o Vovô para casa e ponha ele na cama. Cuidarei para o rapaz estar no trem da manhã".

    E aí o trem começou a se mover e Stevens virou-se e viu

o professor. Ele começou a história enquanto eles iam de carro para a cidade e completou-a com ambos sentados na varanda da casa de Stevens, e ali recapitulou. "Acho que sei por que foi, por que ele procurou refúgio enfim na casa de Hightower. Acho que foi a sua avó. Ela estivera pouco antes com ele, na cela, quando eles o levaram de volta ao tribunal; ela e o avô — aquele velhinho maluco que queria linchá-lo, que viera de Mottstown com esse propósito. Não acho que a velha senhora tinha qualquer esperança de salvá-lo quando veio, nenhuma esperança real. Acredito que tudo o que ela queria era que ele morresse com 'decência', como ela mesma disse. Enforcado decentemente por uma Força, um princípio, e não queimado ou retalhado ou arrastado morto como uma Coisa. Acho que ela veio aqui apenas para vigiar o velho, para ele não se tornar a faísca que incendiasse a pradaria, porque não arriscava deixá-lo longe dos olhos. Não que ela duvidasse que Christmas fosse seu neto, compreende? Ela só não tinha esperança. Não sabia como começar a ter esperança. Imagino que depois de trinta anos, a máquina da esperança requer mais do que vinte e quatro horas para ser acionada, para entrar em movimento de novo.

"Mas acredito que, tendo sido acionada fisicamente pela maré de insanidade e convicção do velho, antes que percebesse, ela também foi arrastada de roldão. E aí eles vieram aqui. Pegaram o primeiro trem, cerca de três horas da manhã de domingo. Ela não fez nenhuma tentativa de ver Christmas. Talvez estivesse vigiando o velho. Mas não é o que eu acho. Não creio que a máquina da esperança já estivesse acionada, também. Não penso que ela tenha começado a funcionar antes de aquele bebê nascer lá esta manhã, bem na frente dela, pode-se dizer; outro menino. E ela nunca tinha visto a mãe antes, nem o pai, e aquele neto a quem ela nunca vira já como um homem; então, para ela, aqueles trinta anos simplesmente não existiam. Sumiram assim que a criança chorou. Não existiam mais.

"Tudo estava acontecendo muito depressa para ela. Havia realidade demais para seus olhos e suas mãos negarem, e coisas demais que deviam ser tomadas como certas que suas mãos e seus olhos não poderiam provar; muitas coisas inexplicáveis que as mãos e os olhos eram solicitados, tão de repente, a aceitar e acreditar sem provas. Depois de trinta anos, deve ter sido como uma pessoa subitamente cambaleando solitária numa sala cheia de pessoas estranhas, todas falando ao mesmo tempo, e ela procurando desesperadamente alguma coisa para preservar sua sanidade, escolhendo algum curso lógico de ação que estivesse dentro de suas limitações, que ela pudesse ter alguma segurança de ser capaz de realizar. Até aquele bebê nascer e ela descobrir alguma maneira de poder ficar de pé sozinha, nas circunstâncias, ela fora como uma efígie com uma voz mecânica sendo arrastada de um lado para outro numa carroça por aquele tal de Bunch e levada a falar quando ele dava o sinal, como quando ele a levou na noite passada para contar sua história ao doutor Hightower.

"E ela ainda estava tateando, percebe? Ainda estava tentando encontrar algo que aquela mente que aparentemente ainda não funcionara muito em trinta anos pudesse acreditar, admitir como verdadeiro, real. E acho que ela o encontrou ali, no Hightower, pela primeira vez: alguém a quem ela poderia contar, que a escutaria. Muito provavelmente essa foi a primeira vez que ela contou a história. E muito provavelmente ela própria a compreendeu pela primeira vez, de fato, viu o todo real ao mesmo tempo com Hightower. Por isso não considero tão estranho que, pela primeira vez, ela tenha confundido não só a criança mas o seu parentesco, pois naquela cabana aqueles trinta anos não existiam — a criança e seu pai, a quem ela nunca vira, e seu neto, a quem ela não via desde que era um bebê como o outro, e cujo pai tampouco existira para ela, todos confundidos. E isso, quando a esperança começou a se agitar dentro dela, ela deveria ter se virado de imediato, com aquela fé sublime e ilimitada de sua gente nos que são escravos voluntários e fiadores jurados da oração, para o pastor.

"Era isso que ela estava contando a Christmas na cadeia, hoje, quando o velho, aproveitando a chance, fugiu dela e ela o seguiu pela cidade e o encontrou novamente na esquina da rua, louco como um chapeleiro e completamente rouco, pregando o linchamento, contando para as pessoas que ele era o avô da cria do diabo, mantida sob custódia para esse dia. Ou talvez ela estivesse a caminho para ir vê-lo na cadeia quando saiu da cabana. Seja como for, ela deixou o velho sozinho assim que percebeu que sua audiência estava mais curiosa do que empolgada, e foi procurar o xerife. Ele acabara de voltar do almoço e, por alguns instantes, não conseguiu entender o que ela pretendia. Ela deve ter lhe parecido muito maluca, com aquela história lá dela, naquele vestido domingueiro perfeitamente respeitável, planejando uma fuga de presos. Mas ele a deixou ir até a cadeia, com um assistente. E lá, na cela com ele, acho que ela lhe contou sobre Hightower, que Hightower o salvaria, que iria salvá-lo.

"Mas evidentemente eu não sei o que ela lhe contou. Não creio que alguém conseguiria reconstruir essa cena. Não acho que ela mesma soubesse, planejasse, o que diria, porque aquilo já fora escrito e enunciado para ela na noite em que dera à luz a mãe dele, e isso fazia tanto tempo que ela o aprendera para sempre, além de todo o esquecimento, e depois esquecera as palavras. Talvez seja por isso que ele acreditou prontamente nela, sem questionar. Isto é, porque ela não se preocupou com o que dizer, com a plausibilidade ou a possibilidade de incredulidade da parte dele: que em algum lugar, de algum modo, na forma ou presença, ou seja o que for, que aquele velho pastor proscrito era um santuário que seria inviolável não só para os policiais e a turba, mas para o próprio passado irrevogável; para quaisquer crimes que o tivessem moldado e formado e o deixado por fim alto e seco numa cela gradeada com o vulto de um carrasco se formando em cada lugar para onde olhasse.

"E ele acreditou nela. Acho que foi isso que lhe deu não tanto a coragem, mas a paciência passiva de suportar e reconhecer e aceitar a única oportunidade que teve de fugir no meio daquela praça apinhada, algemado, e correr. Mas foi correria demais para ele, sempre um passo a passo. Não de perseguidores: mas dele próprio: anos, atos, feitos omitidos e cometidos, acompanhando seu andar, passo a passo, sopro a sopro, batida a batida do coração, usando um mesmo coração. Não foram apenas todos aqueles trinta anos que ela não conhecia, mas todas aquelas sucessões de trinta anos anteriores que haviam posto aquela mancha em seu sangue branco ou em seu sangue negro, o que você preferir, e que o mataram. Mas ele deve ter corrido com confiança por um tempo; de alguma forma, com esperança. Mas seu sangue não ficaria quieto, não o deixaria salvar-se. Não se decidiria por um ou outro e nem deixaria o seu corpo se salvar. Porque o sangue negro o impeliu primeiro para a cabana de negro. E depois o sangue branco o impeliu para lá, como se tivesse sido o sangue negro que arrebatara a pistola e o sangue branco que não o deixara dispará-la. E foi o sangue branco que o enviou ao pastor, que se avultando nele pela última e derradeira vez o enviou contra toda razão e toda realidade, ao abraço de uma quimera, uma fé cega em alguma coisa lida num Livro impresso. Então eu acho que o sangue branco desertou em algum momento. Apenas um segundo, uma centelha, permitindo que o negro ascendesse em seu momento final e o fizesse dirigir-se contra aquilo que ele postulara como sua esperança de salvação. Foi o sangue negro que o empurrou por seu próprio desejo para fora da possibilidade de ajuda de qualquer pessoa, que o empurrou para aquele êxtase de uma selva negra onde a vida já cessou antes de o coração parar e a morte é desejo e plenitude. E então o sangue negro faltou-lhe novamente, como deve ter feito em crises durante toda a sua vida. Ele não matou o pastor. Apenas o agrediu com a pistola e correu para cima e se agachou atrás daquela mesa e desafiou o sangue negro pela última vez, como vinha desafiando havia trinta anos. Agachou-se atrás daquela mesa derrubada e permitiu que atirassem até matá-lo, com aquela pistola carregada e sem disparar em sua mão."

Na cidade, naquela época, vivia um jovem chamado Percy Grimm. Tinha cerca de vinte e cinco anos e era capitão da guarda nacional do Estado. Nascera na cidade e ali vivera toda a sua vida exceto pelas temporadas nos acampamentos de verão. Era jovem demais para ter estado na Guerra da Europa, mas foi só em 1921 ou 22 que percebeu que jamais perdoaria seus pais por este fato. Seu pai, um comerciante de ferragens, não entendia. Achava que o rapaz era apenas preguiçoso e a pleno caminho de se tornar um perfeito imprestável quando, na realidade, o rapaz estava sofrendo a terrível tragédia de ter nascido, não só tarde demais, mas não tarde o bastante para ter escapado do conhecimento de primeira mão do tempo perdido quando deveria ter sido um homem e não uma criança. E agora, com a histeria passada e os que haviam sido os mais barulhentos na histeria e mesmo aqueles, os heróis que haviam sofrido e servido, começando a se entreolhar com certa desconfiança, ele não tinha alguém a quem contá-lo, alguém a quem abrir seu coração. Na verdade, sua primeira briga séria foi com um ex-soldado que fizera alguma observação no sentido de que, se tivesse que fazê-lo de novo, lutaria desta vez do lado alemão e contra a França. Prontamente, Grimm o interpelou. "Contra a América também?", perguntou.

"Se a América for estúpida a ponto de ajudar a França de novo", disse o soldado. Grimm deu-lhe um soco; ele era menor que o soldado, ainda não alcançara os vinte anos. O resultado era previsível; o próprio Grimm certamente sabia disso. Mas recebeu seu castigo até o próprio soldado implorar aos curiosos que segurassem o rapaz. E ostentou as cicatrizes dessa batalha com o mesmo orgulho com que mais tarde vestiria ele próprio a farda pela qual lutara cegamente.

Foi a nova lei civil-militar que o salvou. Ele era como um homem que vivera muito tempo num pântano, no escuro. Era como se não só não pudesse ver nenhum caminho à sua frente, mas soubesse que não havia nenhum. Então, de repente, sua vida se abriu definitiva e clara. Os anos perdidos em que ele não revelara nenhuma habilidade na escola, em que fora conhecido como preguiçoso, recalcitrante, sem ambição, ficaram para trás, esquecidos. Ele agora podia ver sua vida se descortinando diante dele sem complexidade e inevitável como um corredor árido, complemente livre agora de ter novamente que pensar ou decidir, o fardo que ele agora assumia e carregava, tão brilhante e sem peso e marcial quanto sua insígnia de latão: uma fé sublime e implícita na coragem física e na obediência cega, e uma crença de que a raça branca é superior a cada uma e a todas as outras raças e que o homem fardado americano é superior a todos os homens, e que tudo o que seria exigido dele em pagamento por essa crença, esse privilégio, seria a sua própria vida. Em todos os feriados nacionais que tivessem algum sabor marcial ele envergava seu uniforme de capitão e ia ao centro da cidade. E os que o viam lembravam-se de novo do dia da luta com o ex-soldado quando, cintilante, com sua insígnia de atirador (ele tinha excelente pontaria) e suas divisas, grave, aprumado, ele caminhava entre os civis com uma atitude metade beligerante e metade cheia do orgulho autocomplacente de um menino.

Ele não era membro da Legião Americana, mas isto por culpa de seus pais e não dele. Mas quando Christmas foi trazido de Mottstown, naquela tarde de sábado, ele já se apresentara ao comandante da guarnição local. Sua ideia, suas palavras, foram muito simples e diretas. "Temos que preservar a ordem", disse. "Temos que deixar a lei seguir seu curso. A lei, a nação. Nenhum civil tem o direito de sentenciar um homem à morte. E somos nós, os soldados de Jefferson, que devemos cuidar disso."

"Como sabe que alguém está planejando algo diferente?", perguntou o comandante da Legião. "Ouviu alguma conversa?"

"Não sei. Não ouvi." Ele não mentiu. Era como se não desse suficiente importância ao que poderia ter sido ou não ter sido dito pelos cidadãos civis para mentir sobre isso. "A questão não é essa. Mas se nós, como soldados, que já vestimos o uniforme, vamos ou não ser os primeiros a definir a nossa posição. Mostrar a essas pessoas imediatamente onde fica o governo do país nessas coisas. Que não haverá nenhuma necessidade de ninguém falar nada." Seu plano era muito simples. Era formar o Posto da Legião num pelotão, com ele no comando com autoridade real. "Mas se não quiserem que eu comande, tudo certo também. Serei o segundo, se eles disserem. Ou um sargento ou cabo." E estava falando sério. Não era vanglória que ele queria. Ele era bastante franco. Tão franco, tão compenetrado, que o comandante da legião conteve a recusa irreverente que estava prestes a fazer.

"Ainda não acho que haja qualquer necessidade disso. E se houvesse, nós todos agiríamos como civis. Eu não poderia usar a guarnição dessa maneira. Afinal, já não somos soldados. Não acho que faria, se pudesse."

Grimm olhou-o sem raiva, mas como se ele fosse algum tipo de inseto. "E contudo vocês usaram a farda um dia", disse, com alguma paciência. Ele disse: "Suponho que não vai usar sua autoridade para me impedir de falar com eles, vai? Como indivíduos?"

"Não. Não tenho nenhuma autoridade para tal, de qualquer forma. Mas somente como indivíduos, veja bem. Você não pode absolutamente usar o meu nome."

Então Grimm fez uma provocação. "Provavelmente não vou fazer isso", disse. E saiu. Era sábado, cerca de quatro horas. Pelo resto daquela tarde ele circulou entre as lojas e escritórios onde os membros da legião trabalhavam e ao cair da noite tinha um número suficiente deles persuadido por sua pregação a formar um belo pelotão. Ele foi infatigável, moderado mas persuasivo; havia nele algo de irresistível e profético. Mas os recrutas estavam com o comandante numa coisa: a designação oficial da legião devia ficar fora daquilo — com o quê, e sem intenção deliberada, ele atingira seu objetivo original: estava no comando. Ele os reuniu pouco antes da hora do jantar e os dividiu em esquadrões e nomeou oficiais e um estado-maior; os jovens, aqueles que não haviam estado na França, ganhando fogo próprio agora. Ele os exortou brevemente, friamente: "... ordem... curso da justiça... deixar as pessoas verem que nós que usamos o uniforme dos Estados Unidos... E mais uma coisa...". Nesse momento ele descera para a familiaridade: o comandante regimental que conhece seus homens pelos primeiros nomes. "Deixo isso com vocês, rapazes. Farei o que vocês disserem. Achei que poderia ser uma boa coisa se eu usasse meu uniforme até esse assunto se resolver. Assim eles podem ver que o Tio Sam não está presente só em espírito."

"Mas não está", disse um, rapidamente, de estalo; ele era do mesmo parecer que o comandante, que, aliás, não estava presente. "Isso ainda não é problema do governo. Kennedy pode não gostar disso. Isso é problema de Jefferson, não de Washington."

"Faça-o gostar", disse Grimm. "De que serve a sua Legião se não é para a proteção da América e dos americanos?"

"Não", disse o outro. "Acho melhor não fazermos disso uma

parada. Podemos fazer o que quisermos sem isso. Melhor até. Não é mesmo, rapazes?"

"Certo", disse Grimm. "Farei como você diz. Mas todo homem vai querer uma pistola. Teremos uma pequena inspeção de armas aqui dentro de uma hora. Todos se apresentarão aqui."

"O que o Kennedy vai dizer sobre as pistolas?", disse um.

"Cuidarei disso", disse Grimm. "Apresentem-se aqui dentro de uma hora, exatamente, com suas armas." Ele os dispensou e cruzou a praça calma até o escritório do xerife. O xerife estava em casa, lhe disseram. "Em casa?", repetiu. "Agora? O que ele está fazendo em casa agora?"

"Comendo, eu acho. Um homem grande como ele precisa comer várias vezes por dia."

"Em casa", repetiu Grimm. Ele não fitou o outro; era de novo aquela expressão fria e distante que exibira para o comandante da Legião. "Comendo", disse. Ele saiu, já em passo acelerado. Tornou a cruzar a praça deserta, a calma praça vazia de pessoas pacificamente em suas mesas de jantar daquela pacata cidade e daquele pacato país. Ele foi até a casa do xerife. O xerife disse um peremptório Não.

"Quinze ou vinte rapazes perambulando na praça com pistolas nas calças? Não, não. Isso não. Isso eu não posso permitir. Isso não. Deixe eu cuidar disso."

Por mais um instante Grimm olhou para o xerife. Depois ele se virou já caminhando apressado de novo. "Certo", disse. "Se é assim que você quer. Eu não mexo com você e você não mexe comigo, então." Isso não soou como uma ameaça. Quase sem inflexão, definitivo, quase sem calor. Ele partiu, apressado. O xerife o observava; então ele chamou. Grimm virou-se.

"Deixe a sua em casa também", disse o xerife. "Está ouvindo?" Grimm não respondeu e seguiu adiante. O xerife o viu sair de vista, de cenho franzido.

Naquela noite, depois do jantar, o xerife voltou ao centro da cidade — algo que não fazia havia anos exceto quando algum assunto urgente e inadiável o chamava. Encontrou um piquete de homens de Grimm na cadeia, outro no tribunal e um terceiro patrulhando a praça e as ruas adjacentes. Os outros, o grupo de reserva, disseram ao xerife, estavam no escritório do algodão, onde Grimm estava empregado, e que estavam usando como central de comando. O xerife encontrou Grimm na rua, fazendo uma ronda de inspeção. "Venha cá, rapaz", disse o xerife. Grimm parou sem se aproximar; o xerife foi até ele e apalpou o flanco de Grimm com uma mão gorda. "Eu lhe disse para deixar isso em casa", disse. Grimm não disse nada. Ele fitava o xerife de igual para igual. O xerife suspirou. "Bom, se não vai, acho que terei que nomeá-lo assistente especial. Mas você não deve nem mostrar esse revólver a menos que eu diga. Está me ouvindo?"

"Claro que não", disse Grimm. "Você com certeza não gostaria que o sacasse se eu não visse nenhuma necessidade disso."

"Quis dizer, não até eu falar."

"Decerto", disse Grimm, sem calor, com paciência, imediatamente. "É o que nós dois dissemos. Não se preocupe. Estarei lá."

Mais tarde, quando a cidade foi conclamada para a noite, quando a sessão de cinema se esvaziou e as drugstores fecharam uma a uma, o pelotão de Grimm também começou a minguar. Ele não protestou, observando-os friamente; eles estavam um pouco acabrunhados, defensivos. De novo, sem saber, ele jogara um trunfo. Por sentirem-se acabrunhados, por sentirem que, de algum modo, não haviam correspondido ao ardor frio dele, eles retornariam no dia seguinte mesmo que só para lhe mostrar. Alguns ficaram; era noite de sábado, de toda forma, e alguém arranjou mais cadeiras de algum lugar e eles iniciaram um jogo de pôquer. O jogo varou a noite, mas de tempos em tempos Grimm (ele não estava no jogo; tampouco permitiria que seu segundo no comando, o único ali que ostentava o equivalente a uma patente de oficial comissionado, estivesse) enviava um grupo para patrulhar a praça. A essa altura o delegado noturno era um deles, embora também não participasse do jogo.

O domingo foi calmo. O jogo de pôquer prosseguiu calmamente durante aquele dia, interrompido pelas patrulhas periódicas, enquanto os calmos sinos de igreja soavam e as congregações se reuniam em grupos decorosos em cores estivais. Na praça já se sabia que o Grande Júri especial se reuniria no dia seguinte. De algum modo, o próprio som das duas palavras, com sua evocação de sigilo e irrevogabilidade e algo de um oculto e insone e onipotente olho vigiando os atos dos homens, começou a tranquilizar os homens de Grimm em seu próprio faz de conta. O homem é movido de maneira involuntária e imprevisível tão depressa que, sem saber que o estava pensando, a cidade subitamente aceitara Grimm com respeito e, talvez, um pouco de admiração e uma dose de verdadeira fé e confiança, como se, de algum modo, sua imagem e seu patriotismo e sua altivez na cidade, naquela ocasião, houvessem sido mais ágeis e verdadeiros que os dela. De algum modo, seus homens o assumiram e aceitaram; depois da noite sem dormir, eles estavam quase no ponto em que poderiam morrer por ele, se a ocasião surgisse. Eles agora se moviam numa luz refletida grave e levemente inspiradora de admiração quase tão palpável quanto teria sido o uniforme caqui que Grimm desejara que usassem, desejara que tivessem vestido, como se cada vez que voltassem à sala de comando eles se vestissem de novo com suaves e austeros e esplêndidos fragmentos do seu sonho.

Isso durou toda a noite de domingo. O jogo de pôquer prosseguia. A cautela, o caráter sub-reptício que o revestira não existia mais. Havia naquilo algo por demais tranquilo e serenamente confiante para ser fanfarronice; naquela noite, quando ouviram os passos marciais do delegado na escada, um disse: "Atenção, P.

M.", e, por um instante, eles se entreolharam com olhos duros, brilhantes, temerários; um falou então, em voz bem alta: "Expulsa o filho da puta", e outro fez o som imemorial entre lábios franzidos. E assim, na manhã seguinte, segunda-feira, quando os primeiros carros e carroças do campo começaram a se juntar, o pelotão estava novamente intacto. Eles usavam uniformes agora. Eram seus rostos. A maioria tinha a mesma idade, a mesma geração, a mesma experiência. Mas era mais do que isso. Eles possuíam agora uma profunda e solene gravidade enquanto ficavam onde as multidões circulavam, graves, austeros, apartados, olhando com olhos vazios, soturnos, para os grupos vagarosos que, sentindo, percebendo sem o saber, erravam à sua frente, desacelerando o passo, olhando, de modo que eles ficavam cercados de faces enlevadas e vazias e imóveis como caras de vacas, aproximando-se e se afastando, para serem substituídas. E durante toda a manhã as vozes vieram e se foram, entre calmas perguntas e respostas: "Lá vai ele. Aquele sujeito moço com a pistola automática. Ele é o capitão deles. Oficial especial enviado pelo governador. Ele é o cabeça da coisa toda. O xerife não manda nada nisso aqui hoje".

Depois, quando já era tarde demais, Grimm disse ao xerife: "Se tivesse me ouvido. Me deixado tirar ele daquela cela no meio de um esquadrão de homens em vez de enviá-lo através da praça com um único assistente e nem mesmo algemado, com toda aquela multidão onde aquele maldito Buford não ousaria atirar, mesmo que conseguisse acertar uma porta de celeiro".

"Como ia saber que ele pretendia fugir, ia pensar em tentar justo naquele momento e ali?", disse o xerife. "Porque o Stevens me contou que ele ia admitir a culpa e levar prisão perpétua."

Mas aí já era tarde demais. Aí estava tudo acabado. Aquilo acontecera no meio da praça, a meio caminho entre a calçada e o tribunal, no meio da multidão de pessoas apertadas como em dia de feira, mas Grimm só tomou conhecimento ao ouvir, por duas vezes, a pistola do assistente disparada para o ar. Ele soube imediatamente o que acontecera, embora estivesse dentro do tribunal naquele momento. Sua reação foi decidida e imediata. Ele já estava correndo na direção dos disparos quando gritou por sobre os ombros para o homem que o seguia de perto por quase quarenta e oito horas como um assistente ou ordenança: "Toque o alarme de incêndio!".

"O alarme de incêndio?", disse o assistente. "O que..."

"Toque o alarme de incêndio", gritou Grimm para trás. "Pouco me importa o que pensem, desde que saibam que alguma coisa..." Ele não terminou; já se fora.

Correu entre pessoas correndo, superando-as e deixando-as para trás pois tinha um objetivo e elas não; estavam simplesmente correndo, a negra, brusca, enorme automática abrindo passagem para ele como um arado. Olhavam para seu rosto jovem, tenso e duro, com as faces lívidas e boquiabertas com seus orifícios dentados, redondos; produziram um longo som como um suspiro murmurante: "Lá... foi por este caminho...". Mas Grimm já tinha visto o assistente correndo com a pistola levantada na mão. Grimm olhou de relance em volta e acelerou de novo em frente; entre a multidão que estivera evidentemente acompanhando a passagem do assistente e do prisioneiro através da praça estava o indefectível jovem desengonçado com o uniforme da Western Union, levando sua bicicleta pelo guidão como uma vaca dócil. Grimm enterrou a pistola no coldre e empurrou o rapaz para o lado e saltou para a bicicleta, sem uma interrupção no movimento.

A bicicleta não tinha buzina nem campainha, mas as pessoas de alguma forma o percebiam e abriam caminho, e também nisso ele parecia servido pela certeza, a cega e imperturbável fé na correção e infalibilidade de seus atos. Quando alcançou o assistente, desacelerou a bicicleta. O assistente virou para ele um rosto suado, boquiaberto de grito e corrida. "Ele virou", gritou o assistente. "Para aquele beco por..."

"Eu sei", disse Grimm. "Estava algemado?"

"Estava!", disse o assistente. A bicicleta deu um salto para a frente.

"Então ele não pode correr muito depressa", pensou Grimm. "Ele logo terá que se entocar. Sair do espaço aberto de alguma forma." E entrou acelerado no beco. Este se estendia entre duas casas, com uma cerca de ripas de um lado. Naquele instante a sirene de incêndio soou pela primeira vez, disparando e crescendo para um uivo lento e sustentado que parecia cruzar finalmente a fronteira da audição, para aquela sensação de vibração inaudível. Grimm pedalava, pensando rapidamente, logicamente, com uma espécie de feroz e contida alegria. "A primeira coisa que ele vai querer é ficar fora de vista", pensou, olhando em volta. Num dos lados o beco era aberto, no outro havia uma cerca de ripas de um metro e oitenta de altura. Na sua extremidade, ele era fechado por um portão de madeira além do qual ficava um pasto e, depois, uma ravina profunda que era um marco da cidade. As copas de árvores altas que cresciam em seu interior apenas assomavam acima de sua borda; um regimento poderia se esconder e se organizar dentro dela. "Ah", ele disse, alto. Sem parar nem reduzir a velocidade, virou a bicicleta e pedalou de volta pelo beco para a rua que acabara de deixar. O uivo da sirene estava diminuindo, descendo para um nível audível de novo, e quando ele virou a bicicleta para a rua avistou, por um breve instante, as pessoas correndo e um carro vindo na sua direção. Apesar de pedalar forte, o carro o alcançou; seus ocupantes se inclinaram gritando para seu rosto fixo que olhava em frente. "Entre aqui", gritaram. "Aqui!" Ele não respondeu. Não olhou para eles. O carro o ultrapassara, desacelerando; então ele passou por ele em seu ritmo veloz, silencioso, constante; de novo o carro acelerou e passou por ele, os homens inclinando-se para fora e olhando para a frente. Ele estava andando depressa também, silencioso, com a etérea rapidez de uma aparição, o implacável avanço sem desvio de um Carro de Jaganata ou do Destino. Atrás dele a sirene recomeçou seu gemido crescente. Quando logo depois os homens no carro olharam para trás na sua direção, ele desaparecera completamente de vista.

Havia entrado a toda velocidade em outro beco. Seu rosto estava impassível e calmo, radiante ainda com aquela expressão de plenitude, de grave e temerária alegria. Este beco era mais sulcado do que o outro, e mais comprido. Terminava num outeiro estéril onde, saltando para o chão com a bicicleta ainda em movimento, caindo, ele pôde ver toda a extensão da ravina que cercava a cidade, interrompida apenas por duas ou três cabanas de negros alinhadas em sua borda. Estava perfeitamente imóvel, parado, solitário, fatídico, quase como um marco. De novo o uivo da sirene na cidade às suas costas começou a fraquejar.

Então ele avistou Christmas. Viu o homem, apequenado pela distância, surgir subindo pela ravina, as mãos muito juntas. Enquanto observava, Grimm viu as mãos do fugitivo cintilarem uma vez como um lampejo de heliógrafo quando o sol bateu nas algemas, e pareceu-lhe que mesmo dali podia ouvir a respiração ofegante e desesperada do homem que mesmo agora ainda não estava livre. Então a figura minúscula recomeçou a correr e desapareceu além da cabana de negros mais próxima.

Grimm começou a correr também. Ele corria velozmente, mas não havia nenhuma pressa, nenhum esforço, nele. Tampouco havia algo de vingativo, de fúria, de ultraje. O próprio Christmas o percebera. Porque por um instante eles se entreolharam quase frente a frente. Foi quando Grimm, correndo, estava no ato de contornar a quina da cabana. Naquele momento, Christmas saltava da janela traseira da cabana, com um efeito como que de mágica, com as mãos algemadas para cima e cintilando como se estivessem em chamas. Por um instante eles se fitaram, um parado no ato de se agachar para saltar, o outro no meio da corrida, antes que o ímpeto de Grimm o impelisse para além da cabana. Naquele instante ele notou que Christmas carregava uma pesada pistola niquelada. Grimm girou e virou e saltou de volta para a proteção da esquina, sacando a automática.

Ele estava pensando velozmente, calmamente, com aquela serena alegria: "Ele pode fazer duas coisas. Pode tentar chegar de novo na ravina, ou pode se esgueirar em volta da casa até um de nós levar um tiro. E a ravina está no seu lado da casa". Ele reagiu prontamente. Correu a toda velocidade dobrando a esquina que acabara de dobrar. Ele o fez como se estivesse sob a proteção de alguma magia ou providência, ou como se soubesse que Christmas não estaria esperando ali com a pistola e passou correndo pela esquina seguinte sem parar.

Estava agora ao lado da ravina, onde parou, estacou, no meio da corrida. Acima da inclinação fria e brusca da automática seu rosto exibia aquela luminosidade serena e celestial de anjos em vitrais de igreja. Ele já estava se movimentando de novo quase antes de parar, com aquela seca, veloz e cega obediência a algum Jogador que o estivesse movendo no Tabuleiro. Correu para a ravina. Mas no começo de seu mergulho no mato que obstruía a descida íngreme ele se virou, agarrando-se. Notou então que a cabana ficava cerca de sessenta centímetros acima do chão. Na pressa, não o havia notado antes. Sabia agora que perdera um ponto. Que Christmas estivera vigiando suas pernas o tempo todo de debaixo da casa. E disse: "Bom sujeito".

Seu mergulho o levara até uma certa distância antes que ele conseguisse parar e subir de volta. Parecia infatigável, sem carne ou sangue, como se o Jogador que o movia como peão lhe desse também o fôlego. Sem uma pausa, no mesmo impulso que o levara de novo para fora da vala, ele estava de novo correndo. Contornou a cabana a tempo de ver Christmas pular uma cerca a quase trezentos metros de distância. Não atirou porque Christmas estava atravessando na carreira um pequeno quintal direto para uma casa. Correndo, ele viu Christmas subir aos saltos os degraus traseiros e entrar na casa. "Hah", fez Grimm. "A casa do pregador. A casa de Hightower."

Ele não reduziu a velocidade, mas deu uma guinada e correu contornando a casa na direção da rua. O carro que passara por ele e o perdera e depois voltara estava exatamente onde devia estar, exatamente onde o Jogador desejara que estivesse. O carro parou sem nenhum sinal da parte dele e três homens saltaram. Sem uma palavra, Grimm virou-se e correu pelo jardim e para a casa onde o velho pastor desgraçado vivia sozinho, e os três homens o seguiram, precipitando-se para dentro do vestíbulo, parando, trazendo consigo para a obscuridade claustral e cediça reinante um pouco da selvagem luminosidade estival que acabavam de deixar.

Estava neles, emanava deles: sua impudente selvageria. Dela seus rostos pareciam reluzir em suspensão incorpórea como se através de halos quando eles se inclinaram e levantaram Hightower, seu rosto sangrando, do chão onde Christmas, correndo pelo vestíbulo com as mãos levantadas e armadas e algemadas cheias de brilho e cintilação como raios lampejantes que o faziam parecer um deus vingativo e furioso pronunciando uma sentença, o derrubara. Eles seguraram o velho de pé.

"Em que quarto?", perguntou Grimm, sacudindo-o. "Em que quarto, velho?"

"Cavalheiros!", disse Hightower. Então ele disse: "Homens! Homens!".

"Em que quarto, velho?", gritou Grimm.

Eles seguravam Hightower de pé; na obscuridade do vestíbulo depois da luz solar, também, com sua cabeça calva e seu grande rosto pálido riscado de sangue, era terrível. "Homens!", gritou. "Me escutem. Ele estava aqui naquela noite. Estava comigo na noite do assassinato. Juro por Deus."

"Jesus Cristo!", gritou Grimm, sua voz jovem clara ultrajada como a de um padre jovem. "Será que todo pregador e toda solteirona de Jefferson baixaram as calças para o poltrão filho da puta?" Ele empurrou o velho para o lado e seguiu em frente.

Era como se tivesse estado apenas esperando o Jogador movê-lo de novo, porque com aquela certeza infalível ele correu diretamente para a cozinha e para a porta, já atirando, quase antes de ter podido ver a mesa virada e apoiada de lado no canto do recinto, e as mãos reluzentes e cintilantes do homem agachado atrás dela apoiadas na borda superior. Grimm esvaziou a câmara da automática na mesa. Mais tarde alguém cobriu todos os cinco tiros com um lenço dobrado.

Mas o Jogador ainda não havia terminado. Quando os outros chegaram à cozinha, viram a mesa agora afastada para o lado e Grimm inclinado sobre o corpo. Quando se aproximaram para ver o que ele pretendia, viram que o homem ainda não estava morto, e quando perceberam o que Grimm estava fazendo, um dos homens soltou um grito abafado e cambaleou para trás até a parede e começou a vomitar. Então Grimm também saltou para trás, atirando para trás a ensanguentada faca de açougueiro. "Agora você vai deixar mulheres brancas em paz, mesmo no inferno", disse. Mas o homem no chão não se movera. Ele simplesmente jazia ali, e com os olhos abertos e vazios de tudo exceto de consciência, e com algo, uma sombra, pairando na boca. Por um longo momento, olhou para eles com olhos pacíficos e insondáveis e insuportáveis. Então seu rosto, corpo, tudo, pareceu desmoronar, desabar sobre si mesmo, e das roupas retalhadas em torno de suas nádegas e seus quadris o sangue negro represado pareceu se precipitar como um fôlego libertado. Pareceu jorrar do corpo lívido como o jorro de centelhas de um foguete em ascensão; por sobre aquela explosão preta o homem parecia se elevar nas alturas na memória deles para todo o sempre. Eles não a perderão, não importa em que vales pacíficos, ao lado de que regatos plácidos e tranquilizantes da velhice, nas faces espelhadas de que crianças, eles contemplarão velhos desastres e renovadas esperanças. Estará lá, cismando, quieta, constante, sem fraquejar, e não particularmente ameaçadora, mas por si só serena, por si só triunfante. De novo da cidade, um pouco abafado pelas paredes, o uivo da sirene atingiu seu inacreditável crescendo, ultrapassando o campo da audição.

20

Agora a luz acobreada da tarde esmaece; agora a rua além dos bordos baixos e da placa baixa está pronta e deserta, enquadrada pela janela do estúdio como um palco.

Ele consegue se lembrar de como, quando jovem, depois de chegar em Jefferson vindo do seminário, aquela agonizante luz acobreada parecia quase audível, como uma agônica queda amarela de trombetas morrendo num intervalo de silêncio e espera do qual um instante depois emergiria. Antes mesmo dos clarins agonizantes silenciarem, ele teria a impressão de poder ouvir o alarido incipiente ainda não maior que um sussurro, um rumor, no ar.

Mas jamais falara disso a ninguém. Nem mesmo a ela. Nem mesmo a ela nos dias em que ainda eram amantes noturnos, e a vergonha e a discórdia ainda não haviam chegado, e ela sabia e não se esquecera com a discórdia e o desgosto e, depois, o desespero, pelo qual ele se sentava nesta mesma janela e esperava o cair da noite, o instante da noite. Nem mesmo para ela, para a mulher. A mulher. Mulher (não o seminário, como ele um dia acreditara): a Passiva e Anônima a quem Deus criara para ser, não só o recipiente e receptáculo da semente do seu corpo, mas do seu espírito também, que é a verdade ou o mais perto de verdade de que ele ousaria se aproximar.

Ele era filho único. Quando nasceu, seu pai tinha cinquenta anos e sua mãe estava inválida havia quase vinte. Ele veio a acreditar que isso se devera à comida com que tivera que subsistir no último ano da Guerra Civil. Talvez fosse essa a razão. Seu pai não tivera escravos embora fosse filho de um dono de escravos em sua época. Poderia ter tido. Mas embora nascido e criado e vivendo numa época e numa terra onde ter escravos era menos dispendioso do que não os ter, ele não comia alimentos cultivados e cozidos, nem dormia em camas preparadas por um escravo negro. Assim, durante a guerra e enquanto esteve ausente de casa, sua mulher não tivera uma horta que pudesse cultivar sozinha ou com a ajuda ocasional de vizinhos. E essa ajuda o marido não lhe permitiria aceitar porque não poderia ser paga em espécie. "Deus proverá", dizia.

"Proverá o quê? Dentes-de-leão e ervas daninhas?"

"Então Ele nos dará as entranhas para digeri-los."

Ele era pastor. Durante um ano, saíra de casa todos os domingos de manhã cedo até o pai (isso foi antes do casamento do filho), que, embora fosse um membro bem situado da Igreja Episcopal, não entrava numa igreja até onde o filho conseguia lembrar, descobrir aonde ele ia. Descobriu que o filho, então com vinte e um anos recém-completados, cavalgava por mais de vinte e cinco quilômetros todos os domingos para pregar numa pequena capela presbiteriana nas montanhas. O pai riu. O filho escutou a risada do pai como se fossem berros e insultos: com fria e respeitosa indiferença, sem dizer nada. No domingo seguinte, voltou para a sua congregação.

Quando a guerra começou, o filho não estava entre os primeiros a partir. Tampouco estava entre os últimos. E ficou com as tropas por quatro anos, embora não houvesse disparado um único tiro de fuzil e usasse em vez de uniforme a escura sobrecasaca que comprara para se casar e usava para pregar. Quando voltou para casa, em 65, ainda a usava, embora nunca mais tornasse a vesti-la depois do dia em que a carroça parara diante dos degraus da frente e dois homens o levantaram, carregaram para dentro e puseram na cama. Sua mulher tirou a sobrecasaca e guardou-a numa arca no sótão. Ela ali permaneceu por vinte e cinco anos até o dia em que o filho abriu a arca e tirou-a de dentro e desfez as dobras cuidadosas com que havia sido arrumada por mãos que já estavam, naquela altura, mortas.

    Ele se recorda disso agora, sentado na janela às escuras no estúdio silencioso, esperando o crepúsculo se extinguir, a noite e os cascos galopantes. A luz acobreada já se desfez completamente; o mundo está imerso numa suspensão verde em cor e textura como luz atravessando vitrais coloridos. Logo será hora de começar a dizer *Em breve agora. Em breve agora* "Tinha oito então", pensa. "Estava chovendo." Parece-lhe ainda poder sentir o cheiro de chuva, da dolorosa umidade da terra de outubro, e o bocejo mofado quando a tampa da arca se abriu. Aí a roupa, as dobras esmeradas. Ele não sabia o que era, porque no início ficou completamente tomado pela evocação das mãos de sua mãe morta que persistia entre as dobras. Então ela se desdobrou, caindo lentamente. Para ele, a criança, a sobrecasaca pareceu incrivelmente imensa, como se feita para um gigante; como se, meramente por ter sido usada por um deles, a própria roupa tivesse assumido as propriedades daqueles fantasmas que despontavam, heroicos e fabulosos, contra um cenário de estrondo e fumaça e bandeiras dilaceradas que agora enchia sua vida no sono e na vigília.

    A veste estava quase irreconhecível pelos remendos. Remendos de couro, costurados à mão e toscos, remendos do tom cinza dos Confederados descorados então para um castanho de folhagem, e um que fez seu coração parar: era azul, azul-escuro; o azul dos Estados Unidos. Olhando para aquele remendo, para o pedaço de pano mudo e anônimo, o menino, a criança nascida no outono das vidas de sua mãe e seu pai, cujos órgãos já requeriam o cuidado permanente de um relógio suíço, experimentaria uma espécie de silencioso e triunfante terror que a deixou um pouco enjoada.

Naquela noite, ao jantar, ele não conseguiria comer. Observando-o, o pai, um homem perto dos sessenta então, notaria a criança olhando fixamente para ele com terror e admiração e algo mais. Então o homem diria: "No que andou se metendo agora?", e a criança não responderia, não falaria, olhando fixamente para o pai com uma expressão como que vinda do próprio Inferno no rosto infantil. Naquela noite, na cama, ele não conseguiria dormir. Ficaria deitado rigidamente, sem tremer sequer, na sua cama escura enquanto o homem que era seu pai e seu último parente vivo, cuja distância entre eles era tamanha no tempo que décadas não poderiam medir, que nem mesmo possuía nenhuma semelhança física com ele, dormia separado por paredes e pisos. E no dia seguinte a criança sofreria um de seus desarranjos intestinais. Mas não contaria o que estava acontecendo nem mesmo à negra que cuidava da casa e que era também sua mãe e sua ama. Gradualmente suas forças retornariam. E, então, um dia ele se esgueiraria de novo até o sótão e abriria a arca e tiraria a sobrecasaca e tocaria no remendo azul com aquele triunfo horrorizado e júbilo doentio, perguntando-se se o pai havia matado o homem de cujo capote azul o remendo viera, tentando imaginar ainda com maior horror a profundidade e a força de seu desejo e o pavor de saber. No dia seguinte, porém, quando soube que o pai havia saído para uma de suas visitas a pacientes no campo e possivelmente não retornaria antes de escurecer, ele iria até a cozinha e diria à negra: "Conte-me de novo sobre o vovô. Quantos ianques ele matou?". E quando ouviu, então, não foi com terror. Tampouco foi com triunfo: foi com orgulho.

Esse avô era a única fonte de aborrecimento para o filho. O filho não o diria assim como não o pensaria, e jamais teria ocorrido a qualquer um deles desejar mutuamente que lhes tivessem cabido um filho diferente ou um pai diferente. Suas relações eram bastante pacíficas; da parte do filho uma reserva fria, sem humor, automaticamente respeitosa; e da parte do pai, um humor franco, direto e rudemente brilhante, com menos sentido que sagacidade. Eles viviam em boa paz na casa de dois andares na cidade, embora o filho, havia já algum tempo, se recusasse, calmo e confiante, a comer qualquer comida preparada pela escrava que o criara desde a infância. Ele preparava a própria comida na cozinha para a indignação ultrajada da negra, e a colocava na mesa e a comia de frente para o pai que a brindava meticulosa e infalivelmente com um copo de bourbon: nisto o filho também não tocava e jamais provara.

No dia do casamento do filho, o pai entregou a casa. Ele estava esperando na varanda com a chave da casa na mão quando a noiva e o noivo chegaram. Usava chapéu e sobrecasaca. Ao seu lado sua bagagem pessoal estava empilhada, e atrás dele estavam os dois escravos que possuía: a negra que cozinhava, e seu "menino", um homem mais velho do que ele e sem um fio de cabelo, que era o marido da cozinheira. Ele não era roceiro: era um advogado que aprendera advocacia de um modo ou de outro, como o filho haveria de aprender medicina, "na marra e pela graça e sorte do diabo", como dizia. Já havia comprado para si uma casinha a três quilômetros de distância para o interior, e a sua carruagem com a parelha atrelada estava parada diante da varanda, assim como ele também estava parado, o chapéu inclinado para trás e as pernas apartadas — um homem robusto, franco, de nariz vermelho com um bigode de chefe de bandoleiros — quando o filho e a nora, a quem ele nunca vira, percorreram o caminho que vinha do portão. Quando se inclinou para cumprimentar a moça, ela sentiu cheiro de uísque e charutos. "Acho que você serve", ele disse. Seus olhos eram francos e ousados, mas gentis. "Tudo que o maldito carola deseja, de qualquer forma, é alguém capaz de cantar com voz de contralto de um hinário presbiteriano de onde nem o Próprio e bom Senhor conseguiria espremer alguma música."

    Ele partiu na carruagem enfeitada com borlas, cercado por suas posses — as roupas, o garrafão empalhado, os escravos. A cozinheira escrava nem sequer ficou para preparar a primeira refeição. Ela não foi oferecida e, com isso, não foi recusada. O pai jamais voltou a entrar na casa em vida. Teria sido bem-vindo. Ele e o filho sabiam disso sem que jamais tivesse sido dito. E a mulher — ela era uma entre os muitos filhos de um casal distinto que nunca progredira e parecia encontrar na igreja algum sucedâneo para o que faltava na mesa de jantar — gostava dele, admirava-o de uma maneira apressada, alarmada, secreta: sua gabolice, sua franca e singela adesão a um código simples. Eles ficariam sabendo de seus feitos, porém, de como no verão seguinte depois da mudança para o campo, ele invadira uma demorada reunião de despertar religioso ao ar livre que estava sendo realizada num bosque próximo e a transformara numa semana de corrida de cavalos amadora, enquanto para uma congregação minguante, pregadores rurais com rostos desolados e fanáticos trovejavam excomunhão do púlpito rústico para sua cabeça omissa e incorrigível. Seu motivo para não visitar o filho e a nora era aparentemente sincero: "Vocês vão me achar maçante e eu vou achar vocês maçantes. E, quem sabe? O sujeitinho poderia me corromper. Poderia me corromper em minha velhice rumo ao céu". Mas não era essa a razão. O filho sabia que não era, ele que seria o primeiro a combater a calúnia se ela viesse de outro:

de que havia uma delicadeza no comportamento e no pensamento do velho.

O filho era um abolicionista quase antes de o sentimento ter se tornado uma palavra a porejar do Norte. Entretanto, quando tomou conhecimento de que os republicanos tinham um nome para aquilo, mudou completamente o nome da sua convicção sem moderar em nada seus princípios ou seu comportamento. Mesmo então, ainda não tendo chegado aos trinta, ele era um homem de uma sobriedade espartana incomum na sua idade, como acontece frequentemente com o rebento de um servidor não excessivamente particular da Sorte e da garrafa. Talvez isso explicasse o fato de que ele só teve um filho depois da guerra, da qual voltara um homem mudado, "desinfetado", como diria seu falecido pai, de qualquer tipo de santidade. Embora durante aqueles quatro anos ele jamais houvesse disparado uma arma, seu serviço não era só orar e pregar para as tropas nas manhãs de domingo. Quando voltou para casa com seu ferimento e se recuperou e se estabeleceu como médico, estava apenas praticando a cirurgia e a farmácia que praticara e aprendera nos corpos de amigos e de inimigos ajudando os médicos no front. De todas as proezas do filho, esta provavelmente seria a que o pai mais teria apreciado: que o filho tivesse aprendido uma profissão às custas do invasor e devastador de seu país.

"Mas santidade não é a palavra para ele", pensa o filho do filho, por sua vez, sentado à janela escura, enquanto lá fora o mundo paira naquela suspensão verde além das trombetas silenciadas. "O próprio avô teria sido o primeiro a afrontar qualquer um que empregasse esse termo." Foi uma espécie de regressão aos tempos austeros e não soturnos, não muito antigos, em que um homem naquele país tinha pouco de seu para gastar e pouco tempo para fazê-lo, e tinha que guardar e proteger aquele pouco, não só da natureza, mas dos outros homens também, por meio de uma estrita firmeza que não oferecia, ao menos durante a sua vida, o conforto físico como recompensa. Era nisso que repousava sua desaprovação da escravidão e de seu pai sensual e sacrílego. O próprio fato de que ele não poderia ver e não vira nenhum paradoxo no fato de ter tomado parte ativa numa guerra de guerrilha e do lado cujos princípios eram contrários aos seus, era prova suficiente de que ele era ao mesmo tempo duas pessoas completas e separadas, uma delas habitada por regras serenas num mundo fora da realidade.

Mas a outra parte dele, que vivia no mundo real, se deu tão bem quanto qualquer um e melhor que a maioria. Ele vivia em paz segundo seus princípios, e quando estourou a guerra, ele os levou para a guerra e lá viveu com eles; quando havia pregação em domingos pacíficos em bosques calmos a ser feita, ele a fazia, sem qualquer equipamento especial para isto além da sua vontade e das suas convicções e do que pudesse ter recolhido pelo caminho; quando havia salvação de homens feridos em combate e a cura deles sem instrumentos apropriados, ele fazia isto também, de novo sem outro equipamento além de sua força e sua coragem e do que conseguira recolher pelo caminho. E quando a guerra estava perdida e os outros homens voltaram para casa com os olhos teimosamente voltados para o que se recusavam a acreditar que estava morto, ele olhou para a frente e extraiu o que podia da derrota fazendo uso prático do que aprendera nela. Tornou-se médico. Um de seus primeiros pacientes foi a mulher. Possivelmente foi ele quem a conservou com vida. Pelo menos ele a capacitou a produzir vida, embora tivesse cinquenta anos e houvesse passado dos quarenta quando o filho nasceu. Esse filho cresceu até a idade adulta entre fantasmas e lado a lado com um espectro.

Os fantasmas eram seu pai, sua mãe, e uma negra velha. O pai que havia sido um pastor sem igreja e um soldado sem inimigo, e que na derrota combinara as duas coisas e se tornara um médico, um cirurgião. Era como se a mesma fria e inflexível convicção que o havia escorado, nas circunstâncias, entre o puritano e o paladino, houvesse se tornado não derrotada e não desanimada, mas mais sábia. Como se essa convicção tivesse visto no fumo da artilharia, como que numa visão, que a imposição das mãos tinha um significado literal. Como se houvesse chegado subitamente a acreditar que Cristo pretendera que ele, de quem só o espírito precisava de cura, não merecia tê-la, salvar-se. Esse era um fantasma. O segundo era a mãe de quem ele recorda em primeiro e em último lugar um rosto magro e olhos tremendos e uma profusão de cabelos escuros espalhados num travesseiro, com mãos azuladas, inertes, quase esqueléticas. Se no dia em que ela morrera lhe houvessem dito que ele jamais a vira fora da cama, não teria acreditado. Mais tarde ele se lembrou de outro modo: lembrou-se dela se movimentando pela casa, cuidando dos afazeres domésticos. Mas aos oito e nove e dez anos, pensava nela como alguém sem pernas, sem pés; como sendo apenas aquele rosto magro e os dois olhos que pareciam ficar maiores dia a dia, como que prontos para abraçar toda a vista, toda a vida, com um último e terrível olhar de frustração e sofrimento e antevisão, e que quando aquilo finalmente acontecesse, ele o ouviria: seria um som, como um grito. Antes mesmo de ela morrer, ele já podia senti-los através das paredes. Eles estavam na casa: ele vivia dentro deles, dentro de seu escuro e envolvente e paciente resultado de traição física. Ele e ela viviam ambos dentro deles como dois animais pequenos e fracos numa toca, numa caverna, onde, de vez em quando, o pai entrava — aquele homem que era um estranho para ambos. Um forasteiro, quase uma ameaça: de tão rápido que o bem-estar do corpo altera e modifica o espírito. Ele era mais que um estranho: era um inimigo. Seu cheiro era diferente do deles. Ele falava com uma voz diferente, quase com palavras diferentes, como se habitasse, de ordinário, ambientes diferentes e um mundo diferente; agachada ao lado da cama a criança podia sentir o homem encher o quarto com sua saúde rude e seu desprezo inconsciente, ele também tão impotente e frustrado quanto os outros dois.

O terceiro fantasma era a negra, a escrava, que partira na carruagem naquela manhã em que o filho e sua noiva foram para casa. Ela saiu como escrava; voltou em 66, ainda escrava, a pé agora, uma mulher enorme, com um rosto a um só tempo irascível e calmo: a máscara de uma tragédia negra entre dois atos. Depois da morte do amo e até ela se convencer, enfim, de que jamais veria novamente nem ele nem seu marido — o "menino" que acompanhara o amo na guerra e que também não retornara —, ela se recusara a abandonar a casa no campo para a qual o amo se mudara e da qual a deixara encarregada ao partir. Depois da morte do pai, o filho foi até lá para fechar a casa e tirar os bens pessoais do pai, e se ofereceu para tomar providências por ela. Ela recusou. Também se recusou a sair. Fez sua própria horta no quintal e vivia ali, sozinha, esperando a volta do marido, recusando-se a acreditar nos rumores sobre a sua morte. Eram apenas rumores, vagos: de como, depois da morte do amo na carga de cavalaria em Van Dorn para destruir os suprimentos de Grant em Jefferson, o negro ficara inconsolável. Uma noite ele desapareceu do bivaque. Logo depois começaram a chegar histórias sobre um negro maluco que fora detido por piquetes confederados perto do front inimigo, contando a mesma história falsa sobre um amo sequestrado pelos ianques que pediam um resgate por ele. Não conseguiram que ele considerasse, por um momento sequer, a ideia de que o amo podia estar morto. "Não, senhor", ele diria. "Não o seu Gail. Não ele. Eles não *ousava* matar um Hightower. Eles não *ousava*. Eles *escondeu* ele em algum lugar, tentando arrancar onde que eu e ele *escondeu* a cafeteira e a bandeja dourada da senhora. Eles só *quer* isso." Todas as vezes ele escapava.

Então um dia chegou uma notícia das linhas federais sobre um negro que atacara um oficial ianque com uma pá, obrigando o oficial a atirar nele para proteger a própria vida.

A mulher não acreditou nisso por muito tempo. "Não que ele não seja estúpido bastante para fazer isso", ela disse. "Ele não tem juízo bastante para conhecer um ianque e acertar com uma pá se visse um." Ela repetiu isso durante mais de um ano. Então um dia ela apareceu na casa do filho, a casa que deixara dez anos antes e onde não entrara desde então, levando seus pertences num lenço. Entrou na casa e disse: "Olha eu aqui. Você tem lenha na caixa para fazer o almoço?".

"Você agora é livre", disse-lhe o filho.

"Livre?", disse ela. Ela falou com calmo e pensativo desprezo. "Livre? O que a liberdade fez fora matar o Sinhô Gail e fazer Pomp ainda mais louco do que Deus Nosso Senhor não podia fazer? Livre? Nem me fala de liberdade."

Esse foi o terceiro fantasma. Com esse fantasma a criança ("e ela pouco melhor que um fantasma também, então", aquela mesma criança agora pensa ao lado da janela escurecendo) falava sobre o espectro. Eles nunca se cansavam: a criança com enlevo, vastidão, mescla de terror e deleite, e a velha com uma tristeza pensativa e selvagem, e orgulho. Mas isso para a criança era apenas um calmo calafrio, de prazer. Ela não via nenhum terror na informação de que o avô, ao contrário, matara homens "às centenas" quando lhe contaram e acreditou, ou no fato de que o negro Pomp estava tentando matar um homem quando morrera. Nenhum horror nisso porque eles eram apenas fantasmas, jamais vistos em carne e osso, heroicos, simples, ardentes, enquanto o pai, que ele conhecia e temia, era um fantasma que jamais morreria. "Por isso não espanta", pensou, "que eu tivesse pulado uma geração. Não espanta que eu não tenha pai e que tenha morrido certa noite vinte anos antes de ver a luz. E que minha única salvação deve ser voltar para morrer no lugar onde minha vida já cessou antes de começar."

No seminário, logo no começo, ele costumava pensar em como contaria a eles, aos mais velhos, aos homens ilustres e santificados que eram o destino da igreja à qual ele voluntariamente se entregara. Como chegaria até eles e diria: "Ouçam. Deus deve me chamar para Jefferson porque minha vida morreu lá, foi baleada na sela de um cavalo galopante numa rua de Jefferson certa noite vinte anos antes de ela ter mesmo começado". Achou que poderia dizer isso, no começo. Achou que eles compreenderiam. Foi para lá, escolheu isso como sua vocação, tendo esse propósito. Mas acreditava em mais do que isso. Acreditara também na igreja, em tudo que ela se desdobrava e evocava. Acreditava com serena alegria que se houvesse algum dia um abrigo, este seria a Igreja; que se um dia a verdade pudesse andar nua, sem vergonha e sem medo, seria no seminário. Quando achou que ouvira o apelo, pareceu-lhe que podia ver seu futuro, sua vida, intacto e por todos os lados completo e inviolável, como um vaso clássico e sereno, onde o espírito poderia renascer abrigado da tormenta furiosa da vida e assim morrer, pacificamente, apenas com o som longínquo do vento circundante, com um punhado de poeira putrefata para ser descartado. Era isso que a palavra seminário significava: paredes silenciosas e seguras em cujo interior o espírito tolhido e preocupado com roupas poderia reaprender a serenidade para contemplar sem horror ou alarme a própria nudez.

"Mas há mais coisas no céu e também na terra do que a verdade", ele pensa, parafraseia, calmamente, sem zombaria, sem humor; tampouco sem falta de zombaria nem falta de humor. Sentado no crepúsculo agonizante, a cabeça com sua bandagem branca emergindo maior e mais fantasmagórica do que nunca, ele pensa, "Mais coisas, de fato", pensando como o engenho foi aparentemente dado ao homem para que ele pudesse se suprir nas crises de formas e sons para se proteger da verdade. De uma coisa ao menos ele não tinha que se arrepender: não cometera o erro de contar aos superiores o que planejara dizer. Não precisou de um ano de seminário para saber mais do que isso. E mais, pior: que com a sua percepção disso, em vez de perder algo que ganhara, ele escapara de algo. E que esse ganho tingira a própria face e a forma do amor.

Ela era filha de um dos pastores, dos professores, do seminário. Como ele próprio, era apenas uma criança. Ele a achou imediatamente linda, porque já ouvira falar dela antes de a ver e quando a viu não a viu realmente por causa do rosto que já criara em seu pensamento. Não acreditava que ela pudesse ter vivido ali toda a sua vida e não ser linda. Não viu o rosto verdadeiro por três anos. Nessa altura, já houvera, durante dois anos, uma árvore oca em que eles deixavam bilhetes um para o outro. Se ele realmente acreditava em algo era que a ideia brotara espontaneamente neles, sem importar qual deles a pensara, a dissera, primeiro. Mas na verdade a ideia lhe surgiu não dela ou dele mesmo, mas de um livro. Mas não viu o rosto verdadeiro dela. Não viu um pequeno oval se afilando demais no queixo e ardendo de descontentamento (ela era dois ou três anos mais velha do que ele e ele não sabia disso e nunca viria a saber). Não viu que por três anos os olhos dela o observaram num cálculo quase desesperado, como os de um jogador acossado.

Então, uma noite ele a viu, olhou para ela. Ela falou bruscamente, freneticamente de casamento. Foi sem preâmbulo nem aviso. Aquilo jamais fora mencionado entre eles. Ele nem havia pensado naquilo, pensado na palavra. Ele a aceitara porque a maioria dos professores era casada. Mas para ele não se tratava de homens e mulheres em santificada e viva intimidade física, mas de um estado morto transmitido para, e ainda existente entre os seres como duas sombras acorrentadas uma à outra pela sombra de uma corrente. Estava acostumado com isso; crescera com um espectro. Então, uma noite, ela falou bruscamente, freneticamente. Quando ele descobriu enfim o que ela queria dizer com fugir de sua vida atual, não manifestou a menor surpresa. Era inocente demais. "Fugir?", disse. "Fugir do quê?"

"Disso!", ela disse. Ele viu então seu rosto, pela primeira vez, como um rosto real, como uma máscara anterior ao desejo e ao ódio: desfigurado, cego, transtornado pela paixão. Não estúpido: apenas cego, implacável, desesperado. "Tudo isso! Tudo! Tudo!"

Ele não se surpreendeu. Achou desde logo que ela estava certa, e que ele simplesmente não percebera direito. Achou de imediato que sua própria crença sobre o seminário estivera errada o tempo todo. Não seriamente errada, mas falsa, incorreta. Talvez já estivesse começando a duvidar de si sem perceber até aquele momento. Talvez essa fosse a razão para ainda não ter contado aos outros por que devia ir para Jefferson. Contara a ela, um ano antes, por que queria, precisava, ir para lá, e que pretendia contar a eles a razão, com ela o fitando com aqueles olhos que ele ainda não vira. "Quer dizer", disse ele, "que não me enviariam? Não dariam um jeito de eu ir? Que isso não seria razão suficiente?"

"Certamente que não", disse ela.

"Mas por quê? É a verdade. Tola, talvez. Mas verdade. E para que serve a Igreja se não ajudar os que são tolos mas desejam a verdade? Por que não me deixariam ir?"

"Ora, eu, se fosse eles, também não deixaria se você me apresentasse isso como razão."

"Oh", disse ele. "Entendo." Mas não entendeu, exatamente, embora achasse que podia estar errado e ela certa. E assim, quando um ano depois ela lhe falou subitamente de casamento e fuga nas mesmas palavras, ele não se surpreendeu nem se ofendeu. Apenas pensou com calma: "Então é isso o amor. Entendo. Estava errado sobre isso também", pensando, como pensara antes e pensaria de novo, e como qualquer outro homem pensara: como o mais profundo dos livros se mostra falso quando aplicado à vida.

Ele mudou por completo. Eles planejaram casar-se. Ele agora sabia que vira o tempo todo aquele cálculo desesperado nos olhos dela. "Talvez eles estivessem certos em colocar o amor em livros", pensou calmamente. "Talvez ele não possa existir fora deles." O desespero continuava neles, mas agora que existiam planos definidos, um dia estabelecido, ele era mais calmo, era sobretudo cálculos. Eles conversavam agora sobre a ordenação dele, sobre como poderia conseguir que Jefferson o convidasse como pastor. "É melhor começarmos a trabalhar imediatamente", ela disse. Ele lhe contou que vinha trabalhando nisso desde os quatro anos de idade; talvez estivesse sendo caprichoso, extravagante. Ela pôs isso de lado com aquela impetuosa e controlada falta de humor, quase desatenção, falando como que para si mesma de homens, nomes, a ver, a bajular ou ameaçar, esboçando para ele uma campanha de aviltamento e conspiração. Ele ouviu. O sorriso tênue, caprichoso, zombeteiro, de desespero talvez, não abandonou seu rosto. Ele dizia: "É. É. Percebo. Compreendo", enquanto ela falava. Era como se estivesse dizendo *Sim. Entendo. Agora eu entendo. É como se faz essas coisas, se ganha essas coisas. É a regra. Agora eu entendo*

No começo, quando a demagogia, o aviltamento, as pequenas mentiras reverberaram em outras pequenas mentiras e ameaças na forma de pedidos e sugestões na hierarquia da Igreja e ele recebeu o pedido de Jefferson, esqueceu-se de como o conseguira durante algum tempo. Só foi se lembrar depois de estar estabelecido em Jefferson; certamente não enquanto o trem da última etapa da viagem disparava rumo à consumação de sua vida numa terra semelhante àquela onde nascera. Mas esta parecia diferente, embora ele soubesse que a diferença não estava do lado de fora mas de dentro da janela do carro contra a qual seu rosto estava quase colado como o de uma criança, enquanto a esposa ao seu lado também exibia no rosto uma certa ansiedade, além de fome e desespero. Eles haviam se casado menos de seis meses antes. Haviam se casado logo depois de ele se formar. Em nenhum momento desde então ele vira o desespero nu no rosto dela. Mas tampouco vira paixão novamente. E mais uma vez ele pensou com calma, sem surpresa e, talvez, sem mágoa: *Entendo. É assim que as coisas são. Casamento. Sim. Agora eu entendo*

O trem corria velozmente. Curvado para a janela, olhando a paisagem rústica passar, ele falava com a voz animada e contente de uma criança: "Eu podia ter vindo antes para Jefferson, quase a qualquer momento. Mas não vim. Podia ter vindo a qualquer momento. Tem uma diferença, sabe, entre transferência civil e militar. Transferência militar? Ah, foi a transferência do desespero. Um punhado de homens (ele não era um oficial: acho que esse foi o único ponto em que o pai e a velha Cinthy sempre estiveram de acordo: que o avô não usava espada, galopava à frente dos outros sem brandir espada) realizando, com a sinistra leviandade de um escolar, uma travessura tão temerária que os soldados que os enfrentaram por quatro anos não acreditavam nem que eles o tentariam. Cavalgando por mais de cento e sessenta quilômetros numa região onde cada bosque e cada aldeia abrigava seu acampamento ianque, e por uma cidade guarnecida — conheço até a rua exata por onde eles entraram e depois saíram da cidade. Nunca a vi, mas sei exatamente a aparência que terá. Sei exatamente como será a casa que algum dia terei e onde viverei nessa rua. Não será no início, por algum tempo. Teremos que viver no presbitério no começo. Mas em breve, o mais breve possível, de onde poderemos olhar pela janela e ver a rua, talvez até as marcas de cascos ou seus vultos no ar, porque o mesmo ar estará lá ainda que a poeira, a lama, tenha sumido... Esfomeado, esquálido, berrando, tocando fogo nos depósitos de mantimentos de toda uma campanha cuidadosamente planejada e cavalgando para fora de novo. Sem fazer nenhum saque: nada de parar para um par de sapatos, tabaco. Isso eu posso te dizer, eles não eram homens atrás de saques e glória; eram rapazes cavalgando no puro ímpeto tremendo do viver desesperado. Meninos. Por causa disso. É belo. Escute. Tente ver. Aqui está a fina forma de juventude eterna e desejo virginal de que são feitos os heróis. É que isso faz as façanhas de heróis beirarem tão de perto o inacreditável que não espanta que suas façanhas devam emergir de vez em quando como clarões de tiros na fumaça, e que seu verdadeiro passamento físico torne-se um rumor de mil rostos antes que o alento os abandone, a menos que a verdade paradoxal se avilte a si mesma. Foi isso que a Cinthy me contou. E eu acredito. Eu sei. É bom demais para duvidar. É bom demais, simples demais, para ter sido inventado por um pensamento branco. Um negro poderia ter inventado. E mesmo que a Cinthy tenha inventado, eu ainda acredito. Porque nem mesmo o fato consegue se equiparar a ele. Não sei se o esquadrão do avô se perdeu ou não. Acho que não. Acho que eles fizeram aquilo deliberadamente, como meninos que puseram fogo no celeiro de um inimigo, sem levar uma única telha ou um ferrolho de porta, poderiam parar, na fuga, para roubar algumas maçãs de um vizinho, um amigo. Note que eles estavam famintos. Viviam famintos havia três anos; talvez estivessem acostumados com isso. Seja como for, eles simplesmente tocaram fogo em toneladas de comida e roupas e tabaco e bebidas, não levando nada embora sem que tivesse sido emitida nenhuma ordem contra o saque, e eles se viram agora, com todo aquele fundo, aquele pano de fundo: a consternação, a conflagração; o próprio céu devia estar em chamas. Você pode ver, ouvir: os gritos, os tiros, a gritaria de triunfo e terror, os cascos retumbando, as árvores se erguendo contra aquele clarão vermelho como se transidas também de terror, as empenas pontiagudas

das casas como a borda eriçada da terra final e explodindo. Agora é um lugar fechado: pode-se sentir, ouvir na escuridão os cavalos sofreados, desembestando; estrépito de armas; sussurros audíveis, respiração opressa, as vozes ainda triunfantes; atrás deles o resto das tropas correndo a galope para as cornetas incitantes. Isso é ouvir, sentir: então você vê. Vê antes do choque, no brusco clarão vermelho, os cavalos com olhos e narinas abertos nas cabeças atiradas para trás, manchados de suor; o reluzir de metal, as faces brancas esquálidas de espantalhos vivos que não comiam até a saciedade até onde conseguiam se lembrar; talvez alguns tivessem desmontado, talvez um ou dois já tivessem entrado no galinheiro. Tudo isso você vê antes do estampido do fuzil chegar: depois, escuridão de novo. Foi apenas um tiro. "E, claro, ele estaria bem no caminho do tiro", disse a Cinthy. "Roubando galinhas. Um homem adulto, com um filho casado, indo para a guerra onde seu negócio era matar ianques, morto no galinheiro de alguém com um punhado de penas. Roubando galinhas." Sua voz era alta, pueril, exaltada. A esposa já estava segurando seu braço: *Xiiiiiiiiiiiiuu! Xiiiiiiiiiiiiuu! As pessoas estão olhando para você!* Mas ele não parece absolutamente ouvi-la. Seu rosto magro, doentio, seus olhos pareciam exsudar uma espécie de brilho. "Foi isso. Eles não souberam quem deu o tiro. Nunca souberam. Não tentaram descobrir. Pode ter sido uma mulher, muito provavelmente a mulher de um soldado confederado. Gosto de pensar assim. É bom assim. Qualquer soldado pode ser morto pelo inimigo no calor da batalha, por uma arma aprovada pelos árbitros e criadores de regulamentos da guerra. Ou por uma mulher num quarto de dormir. Mas não com uma espingarda, uma caçadeira, num galinheiro. E assim, será motivo de espanto que este mundo esteja povoado sobretudo pelos mortos? Certamente, quando Deus zela por seus sucessores, Ele não pode deixar de partilhar o Seu próprio conosco."

"Calma! Xiiiiiiiiiiiuu! Estão olhando para nós!"

Neste momento o trem desacelerava na entrada da cidade; as periferias esquálidas passavam pela janela e desapareciam. Ele continuava olhando para fora — um homem magro, desalinhado, mas com algo ainda do brilho não empanado do seu apelo, da sua vocação — serenamente cercando e encerrando e protegendo seu insistente coração, pensando com serenidade em como certamente o céu deve ter algo da cor e da forma de uma aldeia ou colina ou casinha da qual o fiel diz, Esta é minha. O trem parou: o corredor estreito, ainda obstruído pelas olhadelas para fora, depois a descida entre rostos graves, decorosos e judiciosos: as vozes, os murmúrios, as frases cortadas corteses mas ainda reservadas no julgamento, sem ainda o fazer (digamos), e preconceituoso. "Eu admiti isso", ele pensa. "Acho que eu o aceitei. Mas talvez tenha sido tudo o que eu fiz, Deus me perdoe." O mundo quase desapareceu. É quase noite agora. Sua cabeça distorcida pela bandagem não tem qualquer profundidade, qualquer solidez; imóvel, ela parece pender suspensa acima das duas bolhas gêmeas pálidas que são as suas mãos pousadas no peitoril da janela aberta. Ele se inclina para a frente. Já pode sentir os dois instantes prestes a se tocarem: um que é a somatória de sua vida, que se renova entre cada escuridão e penumbra, e o instante suspenso do qual o *logo* realmente começará. Quando era mais jovem, quando seu faro era fino demais para esperar, neste momento ele às vezes se enganaria e acreditaria tê-los ouvido antes de saber que chegara a hora.

"Talvez isso seja tudo o que eu sempre fiz, que tenho sempre feito", pensa, pensando nos rostos: rostos de homens velhos naturalmente duvidosos de sua juventude e zelosos pela igreja que estavam colocando em suas mãos quase como um pai entrega uma noiva: rostos dos velhos vincados por aquela pura acumulação de frustração e dúvida que é, com tanta frequência, o outro lado da moeda da plenitude vigorosa e respeitada dos anos — o lado, aliás, que o objeto e o proprietário da moeda precisa cuidar, não pode deixar de cuidar. "Eles fizeram sua parte. Jogaram conforme as regras", pensa. "Fui eu que falhei, que infringi. Talvez seja esse o maior pecado social de todos; ai de mim, pecado moral talvez." O pensamento prossegue calmamente, tranquilamente, fluindo, recaindo em formas calmas, não assertivas, não reprovativas, não particularmente pesarosas. Ele se vê como uma figura irreal entre sombras, paradoxal, com uma espécie de falso otimismo e egoísmo acreditando que encontraria naquela parte da Igreja que mais hesita, sonholembrando, em meio às paixões cegas e às mãos e vozes elevadas de pessoas, o que ele não conseguira encontrar na apoteose claustral da Igreja sobre a terra. Parece-lhe que percebeu isto o tempo todo: que aquilo que está destruindo a Igreja não é o andar titubeante para fora dos que estão dentro e não é o andar titubeante para dentro dos que estão fora, mas os profissionais que a controlam e que retiraram os sinos de seus campanários. Parece-lhe que os está vendo, infinitos, desordenados, vazios, simbólicos, sombrios, apontados para o céu, não em êxtase ou paixão, mas em súplica, ameaça e condenação. Parece-lhe ver as igrejas do mundo como um baluarte, como uma daquelas barricadas medievais eriçadas de estacas secas e aguçadas, contra a verdade e contra aquela paz de pecar e ser perdoado que é a vida do homem.

"E eu aceitei isso", pensa. "Eu consenti. Não, fiz pior: servi a isso. Servi a isso para satisfazer meu próprio desejo. Vim para cá onde rostos cheios de perplexidade e fome e avidez me esperavam, esperando para acreditar; eu não os vi. Onde mãos estavam erguidas para o que eles acreditavam que eu traria; eu não as vi. Trouxe comigo um dever, talvez o primeiro dever do homem, que aceitara por vontade própria diante de Deus; considerava aquela promessa e aquele dever de tão pouco valor que nem mesmo sabia que os tinha aceitado. E se isso foi tudo que fiz por ela, o que poderia esperar? O que poderia esperar exceto desgraça e desespero e a face de Deus desviada de vergonha? Talvez no momento em que revelei a ela não só a profundeza da minha fome como o fato de que ela jamais teria alguma parte na sua mitigação; talvez naquele momento eu me tornei o seu sedutor e o seu assassino, autor e instrumento de sua vergonha e sua morte. Afinal, deve haver algumas coisas pelas quais Deus não pode ser acusado pelo homem e responsabilizado. Deve haver." O pensamento começa a desacelerar agora. Ele desacelera como uma roda começando a girar em areia, o eixo, o veículo, o poder que o propele ainda não consciente disso.

Parece-lhe ver-se entre rostos, sempre entre, cercado e rodeado por rostos, como se vendo a si mesmo em seu próprio púlpito, dos fundos da igreja, ou como um peixe num aquário. E mais que isso: os rostos parecem espelhos em que ele se mira. Conhece a todos eles; pode ler seus próprios atos neles. Parece-lhe ver refletido neles uma figura grotesca como um *showman*, um pouco desvairado: um charlatão pregando pior que heresia, em total desconsideração por aquilo cujo palco ele ocupou antecipadamente, oferecendo em lugar da forma crucificada de piedade e amor, um bravo gabarola e fanfarrão morto por uma espingarda num pacato galinheiro, num hiato temporário de seu próprio passatempo de matar. A velocidade da roda do pensamento diminui; o eixo sabe disso mas o veículo ainda não percebeu.

Ele vê os rostos que o cercam espelharem espanto, perplexidade e, depois, ultraje, depois medo, como se olhassem mais além de suas travessuras alucinadas e vissem atrás dele e olhando para ele, por sua vez sem o perceber, o final e supremo Rosto, frio, terrível por causa de Seu onisciente distanciamento. Ele sabe que eles veem mais do que isso: que veem a confiança de que ele se mostrou desmerecedor, sendo usada agora para seu

castigo; parece-lhe agora que ele fala para o Rosto: "Talvez eu tenha aceitado mais do que poderia realizar. Mas será isso um crime? Devo ser punido por isso? Devo ser responsabilizado por algo que está além das minhas forças?". E o Rosto: "Não foi para realizar isso que você a aceitou. Você a tomou como meio para seu próprio egoísmo. Como um instrumento para ser convidado para Jefferson; não para os Meus fins, mas para os seus".
"Será verdade?", ele pensa. "Pode ter sido verdade?" Ele se vê novamente como quando a vergonha chegou. Lembra-se do que sentira antes daquilo surgir, escondendo-o de seu próprio pensamento. Ele se vê oferecendo, como suborno, fortaleza e clemência e dignidade, fazendo parecer que renunciou ao púlpito pelas razões de um mártir, quando naquele mesmo instante havia nele uma saltitante e triunfante onda de negação por trás de um rosto que o atraiçoara, acreditando-se salvo por trás do hinário erguido, quando o fotógrafo pressionou o seu bulbo.

Ele parece se observar, alerta, paciente, habilidoso, jogando bem as suas cartas, fazendo parecer que foi levado, sem queixumes, ao que ele nem mesmo então admitia que fora seu desejo antes de entrar no seminário. E ainda atirando seus subornos como se estivesse atirando frutas podres para uma vara de porcos: a magra renda de seu pai que ele continuava dividindo com a instituição de Memphis; permitir-se ser perseguido, ser arrastado da cama à noite e carregado para a mata e surrado com porretes, ele o tempo todo suportando a visão e a audição da cidade, sem vergonha, com aquele paciente e voluptuoso ego do mártir, o ar, o comportamento, o *Até quando, ó Senhor* até que, dentro de casa novamente e a portas fechadas, tirava a máscara com voluptuoso e triunfante júbilo. Ah. *Está feito agora. É passado agora. Está comprado e pago agora*

"Mas eu era jovem então", pensa. "Eu também tinha que fazer, não o que podia, mas o que sabia." O pensamento está fluindo muito pesadamente agora; ele deveria sabê-lo, senti-lo. O veículo ainda não está consciente do que está vindo. "E afinal, eu paguei. Comprei o meu espectro, mesmo tendo pagado por ele com a vida. E quem pode me proibir de fazer isso? É privilégio de qualquer homem destruir-se desde que não prejudique mais ninguém, desde que viva para e de si mesmo..." Ele para, subitamente. Imóvel, sem respirar, avança sobre ele uma consternação, prestes a se tornar um verdadeiro horror. Ele está consciente da areia agora; com a percepção dela, ele sente dentro de si uma acumulação como que para um esforço imenso. O progresso agora é progresso calmo, mas ele é agora indistinguível do passado recente como as polegadas de areia já atravessadas que se prendem à roda em movimento, caindo para trás com um assobio seco que antes disso o deveria ter alertado: "... revelado para minha mulher minha fome, meu ego... instrumento de seu desespero e vergonha...", e sem que ele a tenha absolutamente pensado, uma sentença parece persistir em toda a extensão de seu crânio, atrás de seus olhos: *Não quero pensar nisso. Não devo pensar nisso. Não ouso pensar nisso* E ele senta-se à janela, inclinado para fora por cima das mãos imóveis, o suor começando a correr, a brotar dele como sangue, e escorrendo. A partir daquele instante a roda arenosa do pensamento gira com a lenta implacabilidade de um instrumento de tortura medieval, sob as articulações retorcidas e quebradas de seu espírito, sua vida: "Então, se é assim, se sou o instrumento do desespero e da morte dela, então sou também instrumento de alguém fora de mim. E sei que por cinquenta anos nem sequer tenho sido argila: tenho sido um único instante de escuridão em que um cavalo galopava e uma arma detonava. E se sou meu avô morto no instante da sua morte, então minha mulher, a mulher de seu neto... o corruptor e assassino da mulher de meu neto, pois tampouco poderia deixar meu neto viver ou morrer...".

A roda, libertada, parece acelerar com um longo suspiro. Ele senta-se imóvel depois disso, com o suor esfriando, enquanto o suor escorre mais e mais. A roda gira. Está girando veloz e macia agora, porque se libertou de carga, de veículo, eixo, tudo. Na bruxuleante suspensão de agosto em que a noite se prepara para se instalar por completo, ela parece engendrar e se cercar de um brilho tênue como um halo. O halo está cheio de rostos. Os rostos não estão marcados por sofrimento, nem marcados por nada: não por horror, dor, nem mesmo censura. São pacíficos, como se tivessem escapado de uma apoteose; o seu próprio está entre eles. Na verdade, todos se parecem um pouco, formados que são por todos os rostos que ele conhecera. Mas ele consegue distingui-los: de sua mulher, gente da cidade, membros daquela congregação que o rejeitou, que o recebera na estação naquele dia com fome e avidez; de Byron Bunch; da mulher com a criança; e do homem chamado Christmas. Somente o seu rosto não está claro. Está mais confuso do que qualquer outro, como se nos espasmos agora pacíficos de uma mais recente, mais inextricável compostura. Então ele pode ver que são dois rostos que parecem se esforçar (mas não por si mesmos batalhando ou o desejando: ele sabe disso, mas pelo movimento e o desejo da própria roda) por sua vez para se libertarem um do outro, e depois enfraquecer e se fundir de novo. Mas ele agora viu, o outro rosto, o que não é Christmas. "Ora, é…", pensa. "Eu o vi, recentemente… Ora, é aquele… rapaz. Com aquela pistola preta, automática assim eles a chamam. O que… na cozinha onde… matou, que atirou no…" Então lhe parece que uma maldita torrente final dentro dele irrompe e se precipita para longe. Ele parece observá-la, sentindo perder contato com a terra, cada vez mais leve, esvaziando, flutuando. "Estou morrendo", pensa. "Devia rezar. Devia tentar rezar." Mas não o faz. Não tenta. "Com todo o ar, todo o céu, cheio dos gritos perdidos e ignorados de todos os seres que já viveram, lamentando-se ainda como crianças perdidas entre as frias e terríveis estrelas... Eu queria tão pouco. Pedi tão pouco. Pareceria que..." A roda segue rodando. Gira agora, diminuindo, sem progresso, como se girada por aquela torrente final que irrompera dele, deixando seu corpo vazio e mais leve que uma folha de árvore esquecida e ainda mais trivial que destroços de um naufrágio jazendo gastos e imóveis sobre o parapeito da janela que não tem solidez sob mãos que não têm peso; de modo que pode ser agora Agora

É como se eles tivessem simplesmente esperado até ele poder encontrar alguma coisa para palpitar, para serem reafirmados em triunfo e desejo, para este último resto de honra e orgulho e vida. Ele ouve acima do seu coração o estrondo crescer, múltiplo, retumbante. Como um longo suspiro de vento nas árvores ele começa, então surgem de repente, acompanhados agora por uma nuvem de poeira espectral. Passam em disparada, curvados para a frente sobre as selas, brandindo as armas, embaixo de fitas agitadas de lanças inclinadas e impetuosas; com alvoroço e uma gritaria inaudível passam como uma onda cuja crista é recortada pelas cabeças selvagens de cavalos e os braços brandidos por homens como a cratera de um mundo em explosão. Passam céleres, vão embora; a poeira rodopia sugada para o céu, desaparece na noite que finalmente se instala. Contudo, inclinado para fora da janela, a cabeça enfaixada enorme e sem profundidade acima das bolhas gêmeas de suas mãos sobre o peitoril, parece-lhe que ainda os ouve: os clarins selvagens e os sabres retinindo e o trovão agonizante de cascos.

21

Vive na parte leste do estado um reparador e vendedor de móveis que fez recentemente uma viagem ao Tennessee para retirar uns móveis antigos que comprara por correspondência. Ele fez a viagem no seu caminhão, levando consigo, já que o caminhão (do tipo baú com porta na traseira) era novo e ele não pretendia dirigi-lo acima de vinte e cinco quilômetros por hora, itens de acampamento para economizar hotéis. Ao voltar para casa, ele contou à mulher uma experiência na estrada que o interessara na ocasião e que considerou suficientemente divertida para a repetir. Talvez a razão por que a considerou interessante e sentiu que poderia torná-la interessante recontando seja que ele e a mulher não são velhos, além de que ele ficara fora de casa (por conta da velocidade bem moderada a que julgou apropriado se restringir) mais de uma semana. A história envolve duas pessoas, passageiros que ele recolheu; ele nomeia a cidade, no Mississippi, antes de entrar no Tennessee:

"Resolvi colocar um pouco de gasolina e já estava reduzindo para entrar no posto quando vi um tipo de garota nova de rosto agradável, parada no canto, como se estivesse esperando alguém chegar e oferecer carona. Ela estava segurando alguma coisa nos braços. Não vi o que era de início, e não vi mesmo o sujeito que estava com ela até ele se aproximar e falar comigo. Achei no começo que não o vira antes porque ele não estava parado onde ela estava. Aí notei que ele era o tipo de sujeito que você não vê ao primeiro olhar nem se ele estiver sozinho no fundo de uma piscina de concreto vazia."

"Aí ele veio e eu disse, bem depressa: 'Não vou para Memphis, se é isso que deseja. Vou passar por Jackson, rumo ao Tennessee'. E ele diz:

"'Isso será ótimo. Isso nos serve perfeitamente. Seria um favor.' E eu digo:

"'Para onde vocês querem ir?' E ele olhou para mim, como um sujeito que não está acostumado a mentiras tentará logo pensar quando já sabe que provavelmente não acreditarão nele. 'Vocês só estão dando um giro, não é?', eu digo.

"'É', ele diz. 'É isso. Só estamos viajando. Até onde puder nos levar, será um grande favor.'

"Então eu disse para ele subir. 'Acho que você não vai me roubar nem assassinar.' Ele foi e buscou ela e voltou. Aí eu vi que o que ela estava carregando era um bebê, uma criaturinha com menos de um ano. Ele fez que ia ajudá-la a subir na carroceria do caminhão e eu digo: 'Por que um de vocês não vai aqui no banco?', e eles conversaram um pouco e aí ela veio e subiu no banco e ele voltou até o posto e pegou uma dessas maletas de papel imitando couro e colocou no assoalho e subiu também. E lá fomos nós, com ela no banco, segurando o bebê e olhando para trás de vez em quando para ver se ele não tinha caído do caminhão ou alguma coisa.

"Achei que fossem marido e mulher no começo. Não pensei nada sobre aquilo, fora ficar tentando imaginar como uma garota jovem e robusta como ela podia ter alguma coisa com ele. Não tinha nada de errado com ele. Parecia um bom sujeito, o tipo que ficaria firme no emprego e trabalharia no mesmo emprego por muito tempo, e sem incomodar ninguém sobre aumento também, desde que o deixassem ficar trabalhando. Ele parecia do tipo que, exceto quando estava no trabalho, estaria de certo modo disponível. Eu simplesmente não conseguia imaginar alguém, alguma mulher, que algum dia tivesse dormido com ele, muito menos com alguma coisa para mostrar como prova disso."

Você não tem vergonha? diz a esposa. *Falando desse jeito diante de uma dama* Eles estão conversando no escuro.

De qualquer modo, não estou vendo você corar ele diz. Ele continua: "Não pensei em nada sobre aquilo até aquela noite quando nós acampamos. Ela estava sentada no banco ao meu lado, e eu estava falando com ela, como qualquer um faria, e depois de um tempo comecei a entender que eles tinham vindo do Alabama. Ela ficava dizendo 'Nós viemos' e por isso eu achei que ela queria dizer ela e o sujeito na traseira. Que eles estavam na estrada fazia quase oito semanas. 'Você não está com esse filho há oito semanas', eu digo. Não se eu conheço cor, e ela disse que ele tinha nascido três semanas antes, em Jefferson, e eu disse: 'Ah. Onde lincharam aquele crioulo. Você devia estar lá então', e ela encabulou. Como se ele tivesse dito para ela não falar nisso. Eu percebi que foi por isso. Então nós fomos em frente e aí a noite vinha chegando e eu disse: 'Logo nós vamos chegar na cidade. Eu não vou dormir na cidade. Mas se quiserem seguir comigo amanhã, eu volto ao hotel para pegar vocês de manhã por volta das seis', e ela estava sentada bem rígida, como se estivesse esperando para ele dizer, e depois de um instante ele diz:

"'Acho que com este caminhão aqui você não precisa se preocupar com hotéis', e eu não disse nada e nós estávamos chegando na cidade e ele disse: 'Esta cidade daqui é uma cidade grande?'.

"'Não sei', eu disse. 'Mas acho que eles têm uma pensão ou coisa assim.' E ele diz:

"'Eu estava pensando se eles não teriam um lugar para acampar.' E eu não disse nada e ele disse: 'Com barracas para alugar. Esses hotéis daqui são caros, e a gente tem muito chão pela frente'. Eles ainda não tinham falado para onde estavam indo. Era como se eles mesmos não soubessem, como se estivessem só esperando para ver até onde podiam chegar. Mas eu não sabia disso, então. Mas sabia o que ele queria me dizer, e que ele não iria chegar e me perguntar diretamente. Como se o Senhor quisesse que eu dissesse, eu diria, e se o Senhor quisesse que ele fosse para um hotel e pagasse quem sabe três dólares por um quarto, ele faria isso também. Então eu disse:

"'Bom, a noite está quente. E se vocês não se importarem com uns mosquitos e com dormir nas tábuas nuas do caminhão.' E ele diz:

"'Não. Será perfeito. Será muito perfeito você deixar ela.' Notei então como ele disse *ela*. E comecei a notar como tinha uma coisa engraçada e meio que tensa nele. Como quando um homem está decidido a se preparar para quando ele fará alguma coisa que deseja fazer e que tem medo de fazer. Não quero dizer que era como se estivesse com medo do que poderia acontecer com ele, mas como se fosse alguma coisa que ele morreria antes até de pensar em fazer se não tivesse tentado todo o resto até ficar desesperado. Isso foi antes de eu saber. Eu simplesmente não conseguia entender o que diabos poderia ser. E se não fosse por aquela noite e o que aconteceu, acho que não teria sabido quando os deixei, em Jackson."

O que era que ele pretendia fazer? diz a esposa.

Espere só até eu chegar nessa parte. Talvez eu te mostre, também Ele continua: "Aí nós paramos na frente da loja. Ele já estava saltando antes do caminhão ter parado. Como se tivesse medo que eu fosse expulsá-lo na marra, com o rosto todo radiante como um garoto tentando fazer alguma coisa para você antes de você mudar de ideia sobre alguma coisa que prometeu fazer para ele. Ele foi até a loja num trote e voltou com tantos sacos e sacolas que nem conseguia olhar por cima delas, então eu disse para mim mesmo: 'Olha aqui, meu camarada. Vê lá se você não pretende se instalar para sempre neste caminhão e montar casa'. Aí nós saímos e chegamos logo num lugar apropriado onde eu podia tirar o caminhão da estrada, para perto de umas árvores, e ele salta e corre e ajuda ela a descer como se ela e o garoto fossem de vidro ou ovos. E ele ainda estava com aquela expressão no rosto como se quase tivesse tomado a decisão de fazer o que fosse que estava desesperado para fazer, como se nada que eu fizesse ou ela fizesse antes o pudesse impedir, e como se só ela não notasse em seu rosto que ele estava desesperado para alguma coisa. Mas mesmo aí eu não sabia o que era".

O que era? diz a esposa.

Já te mostrei agora há pouco. Você não está pronta para eu te mostrar de novo, está?

Acho que não me importo se você não contar. Mas ainda não vejo nada de engraçado nisso. Por que foi que ele gastou todo aquele tempo e esforço, então?

Foi porque eles não eram casados diz o marido. *Ele nem era seu filho. Mas eu não sabia disso ainda. Não descobri isso até ouvir eles conversando naquela noite ao lado do fogo, quando eles não sabiam que eu estava escutando eu acho. Antes de ele ter se levantado completamente desesperado. Mas acho que ele estava desesperado demais, mesmo. Acho que ele só estava dando mais uma chance para ela* Ele continua: "Então lá estava ele batalhando, preparando o acampamento, até me deixar bem nervoso: ele tentando fazer tudo e sem saber por onde começar ou coisa assim. Aí eu disse para ele ir juntar um pouco de lenha, e peguei minhas cobertas e estendi no caminhão. Eu estava um pouco furioso, então, comigo mesmo por ter entrado naquilo e porque ia ter que dormir no chão com os pés perto do fogo e sem nada por baixo. Por isso acho que eu estava rude e resmungão, talvez, me mexendo de um lado para outro, ajeitando as coisas, e ela sentada recostada numa árvore, dando de mamar para o garoto embaixo de um xale e dizendo sem parar como estava envergonhada de me incomodar e que queria ficar sentada perto do fogo porque não estava cansada, de maneira nenhuma, apenas rodando de carro o dia todo sem fazer nada. Aí ele voltou, com lenha suficiente para assar um bezerro, e ela começou a contar para ele e ele foi até o caminhão e tirou aquela mala e abriu e tirou um cobertor. Então aconteceu, claro. Era como aqueles dois sujeitos que costumavam aparecer nos quadrinhos do jornal, aqueles dois franceses que estavam sempre se curvando e disputando com o outro para ver quem ia entrar primeiro, fingindo que nós todos tínhamos vindo de casa só pelo privilégio de dormir no chão, cada um tentando mentir mais depressa e melhor que o outro. Por um momento eu fiquei tentado a dizer: 'Tudo bem. Se quer dormir no chão, durma. Porque o diabo se eu quero'. Mas acho que você poderia dizer que eu ganhei. Ou que eu e ele ganhamos. Porque resultou que ele arrumou o cobertor deles no caminhão, como nós todos poderíamos ter sabido o tempo todo que aconteceria, e eu e ele estendemos o meu perto do fogo. Acho que ele sabia que seria assim, de algum modo. Se eles tinham vindo desde o sul do Alabama como ela dizia. Acho que foi por isso que ele trouxe toda aquela lenha só para fazer um bule de café e esquentar umas latas. Aí nós comemos, e então eu descobri".

Descobriu o quê? O que era que ele queria fazer?

Não naquela hora. Acho que ela teve um pouco mais de paciência do que você Ele continua: "Aí nós tínhamos comido e eu estava me deitando no cobertor. Estava cansado, e me esticar todo fez eu me sentir bem. Eu não pretendia escutar, assim como não pretendia espiar como se estivesse dormindo quando não estava. Mas eles tinham me pedido uma carona; não fui eu que insisti para eles entrarem no caminhão. E se acharam certo falar sem ter certeza de que alguém podia escutar, não era problema meu. E foi assim que eu descobri que eles estavam procurando alguém, seguindo ele, ou tentando. Ou ela estava, melhor dizendo. E assim, de repente, eu disse para mim mesmo: 'Ah-há. Eis aí outra garota que acha que pode aprender no sábado de noite o que a sua mamãezinha esperava até o domingo para perguntar para o pastor'. Eles não disseram o nome dele. E não sabiam o caminho certo que ele tinha tomado. E eu sabia que se tivessem sabido para onde ele foi, não seria por erro do sujeito que estava fugindo. Descobri isso rapidamente. E aí eu escutei ele falando para ela, sobre como eles poderiam viajar assim de um caminhão para outro e um estado para outro pelo resto de suas vidas e não encontrar sinal dele, e ela sentada ali no tronco, segurando o pequeno e ouvindo silenciosa como uma pedra e gentil como uma pedra e faltando bem pouco para ser influenciada ou persuadida. E eu disse comigo: 'Bom, meu velho, acho que não é de agora que ela vem no banco enquanto você vai com os pés pendurados na boleia nessa viagem'. Mas eu não disse nada. Só fiquei ali deitado e eles falando, ou ele falando, não alto. Ele também não tinha mencionado casamento. Mas era disso que estava falando, e ela ouvindo plácida e calma, como se já tivesse ouvido aquilo antes e soubesse que nem mesmo tinha que se incomodar de dizer nem sim nem não para ele. Ela estava sorrindo um pouco. Mas isso ele não podia ver.

"Aí ele desistiu. Levantou do toco e se afastou. Mas eu vi o rosto dele quando ele se virou e sabia que não tinha desistido. Sabia que ele só dera a ela mais uma chance e que agora estava desesperado para arriscar tudo. Eu podia ter dito a ele que ele estava decidindo agora como fazer o que devia ter feito primeiro.

Mas acho que ele tinha lá as suas razões. Seja como for, ele se afastou no escuro e deixou ela ali sentada, com o rosto inclinado um pouco e aquele sorriso parado nele. Ela não o acompanhou com o olhar, também. Talvez soubesse que ele só tinha se afastado para se preparar para fazer o que ela poderia ter aconselhado ele a fazer todo o tempo, ela mesma, sem dizer em palavras ditas, algo que uma dama não poderia naturalmente fazer; nem mesmo uma dama com uma família na noite de sábado.

"Só que não acho que foi isso também. Ou talvez o tempo e o lugar não servissem para ela, para não falar do público. Depois de um tempo ela se levantou e olhou para mim, mas eu não me mexi, e aí ela se afastou e subiu no caminhão e depois de um tempo eu ouvi ela parar de se mexer e percebi que tinha se preparado para dormir. E eu ali deitado — eu estava meio acordado, agora — e foi um tempo e tanto. Mas eu percebi que ele estava em algum lugar por perto, esperando talvez o fogo apagar ou eu cair no sono profundo. Porque, com toda certeza, bem na hora que o fogo apagou completamente, eu ouvi ele chegar, silencioso como um gato, e parar em cima de mim, olhando para baixo, escutando. Eu não fiz um som; não sei mas posso ter soltado um ronco ou dois para ele. De qualquer modo, ele vai até o caminhão, andando como se estivesse pisando em ovos, e eu ali deitado e observando ele e dizendo para mim mesmo: 'Meu velho, se você tivesse feito isso na noite passada, estaria quase sessenta quilômetros mais para o sul do que agora, pelo que sei. E se tivesse feito duas noites atrás, acho que eu nem teria posto os olhos em nenhum de vocês'. Aí eu fiquei um pouco preocupado. Não estava preocupado com ele fazer qualquer mal para ela que ela não quisesse que fosse feito. Na verdade, eu estava me empenhando pelo sujeitinho. Era isso. Eu não conseguia decidir o que era melhor eu fazer quando ela começasse a gritar. Sabia que ia gritar, e se eu saltasse e corresse para o caminhão, isso o assustaria, e se eu não viesse correndo, ele saberia que eu estava acordado e observando ele o tempo todo e seria afugentado mais depressa do que nunca. Mas eu não precisava ter me preocupado. Devia ter sabido disso desde o primeiro olhar que lancei nela e nele."

Acho que a razão por que você sabia que não tinha que se preocupar era que já tinha descoberto exatamente o que ela faria num caso desses diz a esposa.

É diz o marido. *Não pretendia que você descobrisse isso. Sim, senhor. Achei que tinha coberto minhas pegadas desta vez.*

Bom, vá em frente. O que aconteceu?

O que acha que aconteceu, com uma garota forte e grande como aquela, sem qualquer aviso de que era apenas ele, e um maldito bichinho que já parecia ter atingido o ponto em que podia cair no choro como qualquer outro bebê? Ele continua: "Não teve nenhum grito nem nada. Eu só vi ele subir devagar e calmo no caminhão e desaparecer e depois não aconteceu nada durante um tempo de se contar até quinze devagar, e aí eu ouvi uma espécie de som espantado que ela fez quando acordou, como se tivesse sido surpreendida e depois um pouco de confusão sem estar nem um pouco assustada e ela diz, também em voz baixa: 'Puxa, sr. Bunch. Não tem vergonha. Você podia ter acordado o bebê, também'. Aí ele sai pela porta de trás do caminhão. Não depressa, e não descendo sobre as próprias pernas também. Quero ser um cão se não acho que ela o levantou e o colocou para fora no chão como teria feito com aquele bebê se ele fosse uns seis anos mais velho, quem sabe, e ela diz: 'Agora você vai deitar lá, e dormir um pouco. Nós temos muito chão pra andar amanhã'.

"Bom, eu fiquei totalmente envergonhado de olhar para ele, deixar ele saber que algum ser humano tinha visto e ouvido o que acontecera. Quero ser um cão se não quis encontrar um buraco e me enfiar nele. E encontrei mesmo. E ele ali parado onde ela tinha descido ele. O fogo tinha apagado e eu mal conseguia enxergar ele. Mas sabia como eu estaria parado e me sentindo se fosse ele. E que estaria com a cabeça abaixada, esperando o Juiz dizer: 'Levem ele daqui e enforquem depressa'. E não fiz um barulho, e depois de um tempo ouvi ele se afastar. Podia ouvir os arbustos estalando, como se ele tivesse se metido às cegas pelo mato. E quando o dia clareou ele não tinha voltado.

"Bom, eu não disse nada. Não sabia o que dizer. Continuei achando que ele ia aparecer, ia chegar andando do mato, com dignidade ou sem. Por isso acendi o fogo e comecei a preparar o café, e depois de um tempo ouvi ela descendo do caminhão. Não olhei em volta. Mas podia ouvir ela ali parada como se estivesse olhando em volta, como se talvez estivesse tentando saber pelo jeito do fogo ou da minha coberta se ele estava ali ou não. Mas eu não disse nada e ela não disse nada. Eu queria arrumar as coisas e partir. E sabia que não ia poder deixar ela no meio da estrada. E que se minha mulher ficasse sabendo de mim percorrendo o país com uma roceira engraçadinha e um bebê de três semanas, mesmo que ela alegasse que estava procurando o marido. Ou os dois maridos agora. Então nós comemos e aí eu disse: 'Bom, tenho muito chão e acho melhor começar a me mexer'. E ela não disse absolutamente nada. E quando olhei pra ela eu vi que o seu rosto estava tão quieto e calmo como sempre. Quero ser um cão se ela ficou até mesmo surpresa ou coisa assim. E lá estava eu, sem saber o que fazer com ela, e ela já tendo empacotado as suas coisas e até varrido o caminhão com um ramo de eucalipto antes de colocar aquela mala de papel e feito uma espécie de almofada com o cobertor dobrado no fundo da carroceria do caminhão. E eu disse comigo: 'Não espanta que você se vira. Quando eles dão o fora em você, você simplesmente pega seja o que for que eles deixaram e vai em frente'. 'Acho que vou continuar aqui atrás', ela diz.

"'Vai ser meio duro para o bebê', eu disse.

"'Acho que posso segurar ele', ela disse.

"'Como quiser', eu disse. E lá vamos nós, eu me pendurando para fora do banco para olhar para trás, esperando que ele aparecesse antes de a gente virar a curva. Mas nada dele. Contam de um sujeito que foi apanhado na estação com um bebê estranho nas mãos. Lá estava eu com uma mulher estranha e um bebê também, esperando que cada carro que viesse de trás e cruzasse por nós estivesse cheio de maridos e esposas também, para não falar de xerifes. Estávamos chegando perto da divisa do Tennessee e eu estava com a cabeça toda concentrada em como ia, ou queimar o chão com aquele caminhão novo, ou ir para uma cidade grande o bastante para ter uma daquelas sociedades de assistência a senhoras onde pudesse deixá-la. E, de vez em quando, eu olhava para trás, esperando que talvez ele tivesse disparado a pé atrás de nós, e podia ver ela ali sentada com o rosto calmo como uma igreja, segurando aquele bebê no alto para que ele pudesse comer e enfrentar os solavancos ao mesmo tempo. Ninguém pode com elas." Ele se recosta na cama, rindo. "Sim, senhor. Quero ser um cão se alguém pode com elas."

Aí o quê? O que foi que ela fez então?

Nada. Apenas ali sentada, rodando, olhando para fora como se nunca tivesse visto a região — estradas e árvores e campos e postes telefônicos — antes na vida. Ela não viu ele até ele contornar até a porta de trás do caminhão. Não viu. Tudo que ela tinha para fazer era esperar. E ela sabia que

Ele?

É. Ele estava parado do lado da estrada quando nós viramos a curva. Ali parado, com dignidade ou sem, envergonhado e determinado e calmo também, como se tivesse se desesperado pela última vez, para tentar uma última vez, e que agora ele soubesse que jamais ia ter que se desesperar de novo Ele continua: "Ele não olhou para mim. Eu apenas parei o caminhão e ele já correndo

para trás até a porta onde ela estava sentada. E ele rodeou até a traseira do caminhão e parou ali, e ela nem se surpreendeu. 'Eu cheguei longe demais agora', ele diz. 'Quero ser um cão se vou desistir agora.' E ela olhando para ele como se soubesse o tempo todo o que ele ia fazer antes até que ele soubesse que ia, e que qualquer coisa que tivesse feito, ele não tinha tido a intenção."
"'Ninguém nunca disse para você desistir', ela diz." Ele ri, deitando na cama, rindo. "Sim, senhor. Quem pode com uma mulher? Porque você sabe o que eu acho? Acho que ela estava apenas viajando. Não acho que ela tivesse a menor intenção de encontrar seja quem for que estivesse seguindo. Acho que ela jamais pretendeu isso, só que ainda não tinha dito a ele. Acho que essa foi a primeira vez que ela foi mais longe de casa do que poderia caminhar de volta antes do ocaso da sua vida. E que ela tinha ido tão bem até esta lonjura, com as pessoas cuidando bem dela. E por isso acho que ela meteu na cabeça de viajar um pouco mais e ver o máximo que podia, pois acho que sabia que quando se assentasse desta vez, provavelmente seria para o resto da sua vida. Isso é o que eu acho. Sentada ali naquele caminhão, com ele do seu lado agora e o bebê que não parou um instante de comer, que vinha tomando o café da manhã fazia quase dezesseis quilômetros como se estivesse num desses carros-restaurantes do trem, e ela olhando para fora e vendo os postes telefônicos e as cercas passando como se fosse um desfile de circo. Porque depois de um tempo eu disse: 'Aí vem Saulsbury', e ela diz:
"'O quê?', e eu disse:
"'Saulsbury, Tennessee', e olhei para trás e vi o seu rosto. E era como se ele já estivesse preparado e esperando para ser surpreendido, e que ela soubesse que quando a surpresa viesse ia gostar dela. E ela veio e lhe serviu. Porque ela disse:
"'Ora, ora. O tanto que a gente anda. Não faz dois meses que nós estamos vindo do Alabama, e agora já é o Tennessee.'"

Faulkner, autobiografia e moral

Michel Laub

Quando se fala em ficção autobiográfica, a primeira ideia que surge é óbvia: o modo como fatos objetivos da vida de quem escreve são registrados e reinventados pela matéria literária. Um texto do gênero sobre William Faulkner começaria falando de um autor americano sulista, branco, nascido em 1897, influenciado tanto pelo modernismo como pela Bíblia e pelos contadores de história do Mississippi — um estudante mediano que se tornou um adulto celebrado, alcoólatra e notoriamente intratável.

Mas há um nível mais profundo nessa relação, algo entranhado nos mecanismos internos do texto, que está ali para expressar o que pode ser chamado de caráter — uma presença tentando se livrar do que Faulkner nomeou de "sonho" numa célebre entrevista à *Paris Review*. Nos contornos imprecisos das sombras formais do estilo — vocabulário, sintaxe, arquitetura narrativa — enxergamos o perfil desse artista "arrastado por demônios", procurando fixar o resultado de sua luta frase a frase, num "esplêndido fracasso" em tentar "fazer o impossível".

No caso de *Luz em agosto*, a luta oscila entre extremos de

feições românticas (com sua intuição e seus demônios) e modernas (com sua técnica e consciência do impossível). A dialética poderia ser explicada a partir de critérios representativos: o ordenamento do livro refletindo as circunstâncias políticas da sua e de outras épocas, ou o autor encarnando uma voz, uma identidade em sentido amplo, que segue dizendo algo sobre a expressão de certas identidades coletivas. Afinal, é nessa conversa com a história, a sociologia, os estudos culturais e outras disciplinas auxiliares que costumam nascer os clássicos literários.

Prefiro reconhecer, contudo, a âncora autoral estável em meio ao oceano das modas críticas. O maior feito estético — e biográfico — de Faulkner foi aprender como estar presente no que escrevia. Ou seja, fazer seu texto conversar com nossa sensibilidade mais do que outros textos com os mesmos temas, a mesma perspectiva e o uso dos mesmos recursos disponíveis na mesma época. Alguns dos melhores atributos de *Luz em agosto* são atributos humanos, aplicáveis mais a pessoas do que a palavras e frases: por um lado, o que enxergamos (ou intuímos) ser ambição, inquietude, entrega; por outro, rigor, disciplina, controle.

No início do livro, a dialética faulkneriana oscila para o lado apolíneo. Na página 26,* a sra. Armstid prepara o "café da manhã" para Lena. Na 30, Lena está com fome e lembra que na casa dos Armstid havia comido "como dama" apenas "uma xícara de café e um pão de milho". É só na 32 que a vemos se alimentar no tempo presente: a bolacha e as sardinhas com as quais vinha sonhando, cujo óleo é chupado dos dedos com "vagarosa e absoluta satisfação", fazem a personagem escutar "alguma coisa muito distante ou próxima a ponto de estar dentro dela". Seu rosto

---

* Todos os trechos citados são desta tradução de Celso Mauro Paciornik, a quem também devemos o sabor e as equivalências de estilo da prosa em português.

perde a cor e ela sente a "terra implacável e imemorial" num espasmo de enjoo. A sequência crescente de detalhamento — a comida não citada no primeiro trecho, referida de modo ligeiro no segundo e mais completo no terceiro, com as devidas reações digestivas (e emocionais) reveladas — empurra a leitura para a frente. A última cena vira uma espécie de miniclímax: somos preparados durante a viagem de carroça, durante as ruminações do sr. Armstid relativas à falta de hospitalidade da esposa e durante as refeições que não eram dignas de nota para então, e tão somente ali, espelhando o desconforto existencial de estar sozinha no mundo, Lena experimentar o desconforto físico — no qual a fome é substituída por algo ainda mais assustador — de estar grávida ("são gêmeos, pelo menos").

De maneira semelhante, as alternâncias entre tempo cronológico e afetivo, ou entre eventos de épocas diversas que são postos na ordem da leitura, funcionam como pausas, marcas de ritmo que nos fazem tomar fôlego e refletir entre ganchos narrativos. Quando Lena finalmente chega a Jefferson, na página 33, pode-se avistar ao longe o incêndio na casa de Joanna Burden, fato que desencadeia a perseguição a Joe Christmas. Não acompanharemos tudo no presente: na página seguinte Faulkner pula para um flashback de três anos antes, quando é o futuro linchado que chega à cidade, e durante o qual mantemos a curiosidade sobre a jovem frágil e forte que acabamos de conhecer — sabemos que algo da história de Lena tem a ver (ou deve ter, afinal é um romance) com o que agora nos é mostrado.

A pequena dúvida se soma a outras pistas plantadas, num truque que amarra todo o começo da trama para que não a larguemos nas primeiras dificuldades — e só possamos compreendê-la, de fato, atravessando o romance inteiro. Quando Christmas aparece pela primeira vez, surge logo a informação de que algo ruim acontecerá com ele: "O nome de um homem, que supostamente é apenas o som para quem ele é, pode ser [...] o augúrio do que ele fará". O mistério de origem — "nunca ouvi falar de ninguém chamado assim", diz um empregado da serraria — é o mistério de sua ambiguidade racial. E fonte de uma incompreensão fundadora: ao trabalhar, o personagem maneja a pá com uma "regularidade selvagem e mórbida". Seus movimentos para remover a serragem fazem Byron lembrar de alguém "fatiando uma cobra enterrada". "Ou algum homem", Mooney acrescenta. Faulkner antecipa em tom menor os elementos que comporão o assassinato do personagem centenas de páginas depois: de um lado está a vítima que conhece as regras hostis do mundo onde vive, e que as cumpre num misto de resignação e raiva; de outro, um tipo de estranheza ou desconfiança que é mãe desse tipo de violência.

A partir da estrutura básica, uma planície que está ali para reforçar por contraste os picos que logo mais aparecerão, *Luz em agosto* passa a se desdobrar em ambiguidades sem as quais não será possível chegar a tais alturas. Uma delas é o manejo das múltiplas vozes que o compõem. Aqui, o modelo bíblico e trágico do romance se mistura às ironias procedimentais do modernismo. O tom convicto dos narradores inconfiáveis de *O som e a fúria* (1929) e *Enquanto agonizo* (1930) agora pauta um constante discurso indireto livre cujo efeito é muito parecido. Tanto faz se em primeira pessoa (antes) ou em terceira (agora), cada descrição de atos ou pensamentos é ditada pelas ideias fixas — e em geral erradas — dos personagens. Há um misto de adesão ao ritmo hipnótico da prosa, que pode ser harmônico ou quebrado, e distanciamento do que é dito de maneira tão enfática — e a ênfase, claro, é parte da mistura que dá o ritmo. Ouvimos tais arengas, apoiadas em construções de sotaque religioso como "agônica quebra amarela de trombetas" ou "servidor [...] da Sorte e da garrafa", com a desconfiança que teríamos diante de um pastor cuspindo de cima de um caixote seus alertas sobre o apocalipse. Mas seria possível chegar tão longe na fatura poética de alguns desses monólogos se, por exemplo, houvesse restrições morais ao seu conteúdo frequentemente odioso? Isto é, se Faulkner não permitisse que suas criaturas falassem por si, expondo um ponto de vista que naquele momento — e só naquele momento — não é o dele como autor que manipula a cena?

Na ponta oposta da polifonia, o distanciamento/controle narrativo é rompido por um melodrama direto, composto de motivos folhetinescos que vão de orfandade a amores proibidos, de tráfico de uísque a assassinato. A autoproteção paródica ou cerebral, que poderia ser onipresente numa obra apenas tributária da autoconsciência de James Joyce e companhia, muitas vezes é deixada de lado para mergulharmos sem piscadelas em construções pomposas: mãos "suaves, pacatas, benignas", um rosto "cego, implacável, desesperado". Ou em imagens algo beletristas que se grudam à pretensão obtusa de quem as pensa: "Como todo ar, todo o céu, cheio dos gritos perdidos e ignorados de todos os seres que já viveram, lamentando-se ainda como crianças perdidas entre as frias e terríveis estrelas". É como se os excessos sinalizassem os momentos em que o próprio autor se deixa levar pela intuição: a escolha de deixar de lado as restrições da carpintaria literária "sofisticada" e apostar mais alto, rompendo pudores gramaticais e estéticos, tentando a sorte de chegar a certos níveis emocionais não com a lâmina, e sim com os entulhos da linguagem.

Daí surge um tipo de frase que, no contraste com a cadência curta, convicta e violenta dos diálogos, soa longa, reflexiva e lírica. É por meio dela que vemos com mais clareza a oscilação entre um eventual plano de voo do autor e o resultado nunca previsível ou domesticado do seu trabalho. Nos segundos em que vai morrer, por exemplo, estendendo o tempo e se fixando em metáforas talvez elaboradas demais para a psicologia do personagem, Christmas encontra espaço para pensar que "a roda segue rodando". E completa, no que em português resulta em duas entrevírgulas curtas, uma média, um período mais longo e um ponto e vírgula seguido por uma conclusão urgente que quebra a pontuação e a sintaxe (já tortuosa): "Gira agora, diminuindo, sem progresso, como se girada daquela torrente final que rompera dele, deixando seu corpo vazio e mais leve que uma folha de árvore esquecida e ainda mais trivial que destroços de um naufrágio jazendo gastos e imóveis sobre o parapeito da janela que não tem solidez sob mãos que não têm peso; de modo que pode ser agora Agora".

Ou, de novo preparando o desfecho, numa alternância de descrição, monólogo interior e fluxo de consciência que dá conta de memória, sentimento e sensação fisiológica de um Christmas faminto:

> Nem soube que havia imaginado ou provado até a mandíbula parar subitamente no meio da mastigação e o pensamento voar para vintecinco anos antes na rua, para além de todas as esquinas imperceptíveis de amargas derrotas e mais amargas vitórias [...]; oito quilômetros ainda mais além ele foi *Saberei num minuto. Comi isso antes, em algum lugar. Num minuto saberei memória conectando sabendo eu vejo eu vejo eu mais do que vejo ouço eu ouço eu vejo* [...] *o projétil indomável a barba rente limpa eles também curvados e eu pensando Como ele pode estar tão sem fome e eu sentindo minha boca e língua gotejando o sal quente da espera meus olhos provando o vapor quente do prato* "É ervilha", disse em voz alta. "Santo Deus. Ervilhas silvestres cozidas com melaço.'"

Ao final, a dialética de *Luz em agosto* converge para um sentido temático inescapável. Seus desvios, suas repetições e obscuridades, assim como seu engenho, sua inteligência e elegância, parecem estar ali como preâmbulos da morte de Joe Christmas.

Não só pelo ponto avançado em que Faulkner põe a cena na trama, nos fazendo sair da leitura com uma memória vívida dela — um farol que organiza o sentido do muito que veio antes e do pouco que vem depois —, mas também por seu impacto literário. No "sangue negro represado" que "pareceu jorrar do corpo lívido" como "centelhas de um foguete em ascensão", e se fixará na história "não importa em que vales pacíficos, ao lado de que regatos plácidos e tranquilizantes da velhice, nas faces espelhadas de que crianças", unem-se passado, presente e futuro num Sul americano eternamente assombrado pela escravidão.

Como se sabe, essa é a base da mitologia restrita (em termos espaciais) e profunda (em termos psicológicos) dos romances faulknerianos. O que eles têm a dizer a respeito do tema está na maneira como ordenam suas histórias, apresentam seus personagens, calibram o que soa como ironia ou opinião literal de quem os escreveu. Ao longo dos anos, Faulkner fez declarações lamentáveis sobre a questão dos direitos civis nos Estados Unidos: algumas pregando que seus defensores deveriam ir "mais devagar", outras diretamente ofensivas a negros (e depois atribuídas à bebedeira). Os suspiros finais de Christmas, no entanto, tomados aqui como exemplos de toda uma obra que condena a violência racial, são um desmentido literário a esse discurso — algo reconhecido implicitamente por nomes como James Baldwin, que rebateram as falas do autor sem entrar no mérito de sua ficção.

Transcender a si mesmo enquanto se escreve também é um ato de coragem, que exige uma rara abertura moral e emocional. Trata-se de outro elemento autobiográfico, talvez o mais importante em Faulkner: a firmeza de manter os olhos abertos diante de um horror que também estava dentro de si mesmo. Quase noventa anos depois do lançamento, esse é o traço que continua vivo em *Luz em agosto*: a fibra íntima que enfrenta a luta formal, e que se mantém fresca em sua revolta e beleza.

Sobre o autor

William Faulkner nasceu em 1897, em New Albany, Mississippi, em uma família tradicional e financeiramente decadente. Publicou seu primeiro romance, *Soldier's Pay*, em 1926, depois de uma breve temporada em Paris — onde frequentava o café favorito de James Joyce. Com o lançamento de *O som e a fúria*, em 1929, iniciou a fase mais consagradora de sua carreira, que culminou com o grande sucesso de *Palmeiras selvagens*, de 1939. Durante as décadas de 1930 e 1940, escreveu roteiros para Hollywood — "Compreendi recentemente o quanto escrever lixo e textos ordinários para o cinema corrompeu a minha escrita", anotaria em 1947. Em 1949 recebeu o prêmio Nobel de literatura. Morreu em 1962, vítima de um infarto, aos 64 anos.

1ª EDIÇÃO [2021] 1 reimpressão

ESTA OBRA FOI COMPOSTA PELA SPRESS EM ELECTRA E IMPRESSA
EM OFSETE PELA GEOGRÁFICA SOBRE PAPEL PÓLEN DA SUZANO S.A.
PARA A EDITORA SCHWARCZ EM JUNHO DE 2024

A marca FSC® é a garantia de que a madeira utilizada na fabricação do papel deste livro provém de florestas que foram gerenciadas de maneira ambientalmente correta, socialmente justa e economicamente viável, além de outras fontes de origem controlada.